Zum Buch:

Evans Nachbarn halten ihn für einen harmlosen Handelsvertreter für Industriereiniger. Dabei war er eine der tödlichsten und geheimsten Waffen der US-Regierung: Als 12-Jähriger wurde er für das Orphan-Programm ausgewählt, in dem Waisenkinder zu hocheffizienten Killern ausgebildet wurden. Nach Jahren des Mordens im Regierungsauftrag ist Evan ausgestiegen – und wird dafür von seinen alten Auftraggebern gejagt. Dies hält ihn nicht davon ab, seine Fähigkeiten zu nutzen, um denen zu helfen, die mit ihren Problemen nicht zur Polizei gehen können. Und dabei hält er sich strikt an seine eigenen Gebote.

Zum Autor:

Gregg Hurwitz schreibt neben Thrillern Drehbücher für die großen Hollywood-Studios sowie Comicbücher für so prestigeträchtige Verlage wie Marvel (Wolverine, Punisher) und DC (u.a. Batman). Mit seinen Büchern hat er den Weg auf die New-York-Times-Bestsellerliste gefunden, seine 15 Thriller sind mittlerweile in 22 Sprachen übersetzt worden.

Gregg Hurwitz

Rache der Orphans

Thriller

Aus dem amerikanischen Englisch von
Mirga Nekvedavicius

Genehmigte Sonderausgabe 2023

© 2018 für die deutschsprachige Ausgabe
by HarperCollins in der
Verlagsgruppe HarperCollins Deutschland GmbH, Hamburg

© 2018 by Gregg Hurwitz
Originaltitel: »Hellbent«
Erschienen bei: Minotaur Books, New York

Published by arrangement with
St. Martin's Press, New York

Umschlaggestaltung: Birgit Tonn/
Verlagsgruppe HarperCollins Deutschland GmbH
Umschlagabbildung: Harlequin Books S. A., zhudifeng/Getty Images
Satz: GGP Media GmbH, Pößneck
Druck und Bindung: GGP Media GmbH, Pößneck
Printed in Germany

ISBN 978-3-365-00668-9

Für Gary und Karen Messing
und
Darra und Zach Brewer.

Man kann sich seine Familie nicht aussuchen,
aber manchmal hat man einfach Glück.

Evan umklammerte das Lenkrad. Seine ramponierten Knöchel, ein Überbleibsel vom Kampf gerade eben, leuchteten in einem hübschen Auberginetton. Aus seiner frisch gebrochenen Nase tröpfelte ein dünnes Rinnsal Blut. Nichts wirklich Schlimmes, eher eine Verschiebung entlang der alten Bruchstellen.

Er betrachtete seine Nase im Rückspiegel, dann klappte er ihn wieder zurück in die Ausgangsposition.

Die Spur des Cadillacs war verstellt, er zog nach rechts und drohte, mit ihm in dem mit Regenwasser gefüllten Straßengraben zu landen. Die Sitzfederung drückte ihm in die Oberschenkel, und die mit Zigarettenlöchern gesprenkelten Bezüge stanken nach Menthol. Eine ausgebrannte Glühbirne ohne Abdeckung stellte die Innenraumbeleuchtung dar, die Bremsscheiben machten Geräusche wie ein Huhn, dem man gerade den Hals umdrehte, und das rechte Bremslicht war kaputt.

Er hätte ein besseres Auto klauen sollen.

Es regnete wie aus Kübeln. Typisch Portland. Oder, genauer gesagt, eine Landstraße außerhalb von Hillsboro.

Dicke Tropfen trommelten auf das Blechdach des Wagens, das Wasser rann in Strömen über die Windschutzscheibe und spritzte in einem breiten Fächer unter den Reifen hervor.

Evan schlitterte um eine Kurve, vorbei an einer Reklametafel. Im nächsten Moment tauchten verschwommen rote und blaue Lichter im Rückspiegel auf.

Ein Streifenwagen.

Wegen des defekten Bremslichts.

Extrem nervig.

Vor allem bei diesem Wagen, da vermutlich bereits eine Fahndung nach ihm herausgegeben worden war. Der Beamte würde jetzt das Nummernschild eingeben, falls er's nicht schon längst getan hatte.

Evan holte tief Luft. Und verstärkte den Druck aufs Gaspedal.

Aha, jetzt kam die Sirene. Die Scheinwerfer im Rückspiegel wurden größer.

Evan konnte den Umriss des Polizisten am Steuer ausmachen. Fast wie eine Zielscheibe: Kopf und Brust, genau die Bereiche, die am verwundbarsten waren.

Hillsboro rühmte sich, eine der sichersten Städte des pazifischen Nordwestens zu sein. Evan hoffte, dass es das auch bleiben würde.

Als er in die Eisen ging und das Lenkrad herumriss, bockte das Blechmonstrum auf seinen Stoßdämpfern und schwang in einer 90-Grad-Drehung in die Mündung einer Querstraße.

Zwei weitere, aus der Gegenrichtung kommende Polizeiautos scherten hinter ihm ein.

Evan seufzte.

Jetzt hatten sich hinter ihm drei Streifenwagen mit voller Weihnachtsbeleuchtung und heulenden Sirenen auf beide Fahrbahnen verteilt und kamen immer näher.

Genau in diesem Moment wurde auch das Hämmern aus dem Kofferraum lauter.

1. NIE VORSICHTIG GENUG

Das RoamZone ans Ohr gepresst, trat Evan rasch durch die Tür seiner Penthousewohnung im Apartmenthochhaus Castle Heights. Das Handy mit dem Gehäuse aus gehärtetem Gummi und dem Display aus Gorilla Glass war so widerstandsfähig wie ein Hockeypuck und im Prinzip nicht zurückzuverfolgen. Jeder Anruf auf 1-855-2-NOWHERE wurde digitalisiert und über ein Labyrinth von verschlüsselten VPN-Tunneln über das Internet verschickt. Erst nachdem er per Software von Vermittlungsstelle zu Vermittlungsstelle einmal rund um den Globus geleitet worden war, kam er auf dem RoamZone an.

Evan meldete sich immer mit demselben Satz.

Brauchen Sie meine Hilfe?

Aber diesmal kannte er zum allerersten Mal die Stimme am anderen Ende.

Jack Johns.

Mit zwölf Jahren hatte Jack ihn gezielt aus der Vergessenheit eines Kinderheims herausgeholt und in ein streng geheimes Programm des Verteidigungsministeriums aufgenommen, das offiziell gar nicht existierte und komplett abgestritten werden konnte. Jack hatte aus Evan Orphan X gemacht, einen Agenten, dessen man sich jederzeit wieder entledigen konnte und der dorthin ging, wo die US-Regierung offiziell nicht sein durfte, und das tat, was sie offiziell nicht tun durfte. Und während der gesamten Zeit, die Jack ihn zum Killer ausgebildet hatte, hatte er darum gekämpft, dass Evan seine Menschlichkeit behielt.

Der einzige Vater, den er jemals hatte, rief jetzt diese Nummer an, eine Nummer, die normalerweise nur Menschen anriefen, die um ihr Leben fürchteten. Und Evans Frage – *Brauchen Sie meine Hilfe?* – hatte er mit einem einzigen Wort beantwortet.

Ja.

Evan und Jack hatten festgelegte Regeln für die Kontaktaufnahme: unter keinen Umständen so wie jetzt.

Dass Jack diese Nummer anrief, bedeutete, er befand sich in einer Lage, die andere vermutlich als ausweglos bezeichnen würden.

Alles, was Evan bislang gehört hatte, war dieses eine Wort. Das Rauschen in der Leitung war zum Verrücktwerden, die Verbindung wurde immer wieder unterbrochen.

Er umklammerte das Telefon so fest, dass es wehtat. »Jack? Jack? *Jack!*«

Vor acht Jahren war Evan beim Orphan-Programm ausgestiegen. Zu der Zeit war er dessen bester Agent gewesen. Aufgrund seines hochbrisanten Geheimwissens, der Morde, die er verübt, und der Spezialfähigkeiten, die er sich im Laufe seiner Ausbildung angeeignet hatte, war beschlossen worden, dass er nicht am Leben bleiben durfte. Der gnadenloseste Orphan, Charles Van Sciver, hatte die Leitung des Programms übernommen und war fest entschlossen, Evan aufzuspüren und zu vernichten.

Spurlos zu verschwinden war leichter, wenn man ohnehin nicht existierte. Das Orphan-Programm war hinter so vielen Geheimhaltungsmaßnamen verborgen, dass nur die unmittelbaren Betreuer wussten, wer die Orphans waren. Sie warteten in separaten Silos wie Marschflugkörper auf ihren verschlüsselten Einsatzbefehl, wodurch die glaubhafte Bestreitbarkeit auf jeder Ebene der Hierarchie gewahrt blieb. Doppelblind-Vorschriften garantierten, dass der höherrangige Führungsstab häufig noch nicht einmal den Aufenthaltsort der Betreuer kannte.

Also war Evan einfach von der Bildfläche verschwunden und hatte nur seinen Decknamen beibehalten, den er sich im Zuge seines Agentendaseins verdient hatte, ein Name, den man sich in den Hinterzimmern sämtlicher Geheimdienstorganisationen der Welt ehrfürchtig zuflüsterte.

Der Nowhere Man.

Jetzt half er den Verzweifelten, denjenigen, die keinen Ausweg mehr wussten. Menschen, denen von brutalen Verbrechern ohne jedes Schuldgefühl großes Leid zugefügt wurde.

Seine Klienten wählten 1-855-2-NOWHERE. Sofortige Problemlösung garantiert.

Sauber. Effektiv. Unpersönlich.

Bis zu diesem Moment.

Evans angespannte Schritte hallten durch das 650 m² große Penthouse. Die stahlgraue, offen gestaltete Wohnfläche wurde hier und da durch eine Trainingsstation, Sitzbereiche und eine Wendeltreppe aufgelockert, die ins Loft führte, das er als Lesezimmer nutzte. Der Küchenbereich war ebenso modern, überall Edelstahl und Gussbeton. Der Blick von hier, aus dem 21. Stock, war atemberaubend. Zwölf Meilen in östlicher Richtung schimmerte Downtown Los Angeles wie eine Fata Morgana.

Trotz der großzügigen Dimensionen seiner Wohnung bekam Evan keine Luft mehr. Er spürte einen wilden Schmerz in seiner Brust, etwas, das er nicht einordnen konnte. Angst?

»*Jack.*«

Es raschelte erneut in der Leitung, und schließlich – endlich – konnte er Jacks Stimme wieder hören. »Evan?«

Anscheinend befand Jack sich in seinem Truck, denn im Hintergrund war ein Motorengeräusch zu hören.

»Ich bin hier«, sagte Evan. »Bist du in Ordnung?«

Nur das Geräusch von Jacks Reifen auf Asphalt drang aus dem Hörer. Als Jack weitersprach, klang seine Stimme ganz rau. »Bereust du es? Was ich dir angetan habe?«

Evan atmete bewusst ein und aus und brachte seinen Herzschlag unter Kontrolle. »Wovon redest du?«

»Hast du dir je gewünscht, ich hätte dich damals nicht aus dem Kinderheim geholt? Dass ich dich einfach ein ganz normales Leben hätte führen lassen?«

»Jack, wo bist du?«

»Kann ich dir nicht verraten. Ich bin mir hundertprozentig sicher, die hören gerade mit.«

Evan starrte durch die deckenhohen, kugelsicheren Lexanfenster. Die dezenten, gepanzerten Sonnenschutzrollos waren heruntergelassen, aber durch die Zwischenräume im Titangewebe konnte er die Lichter der Stadt glitzern sehen.

Man konnte nie vorsichtig genug sein.

»Warum rufst du dann an?«, fragte Evan.

»Ich wollte deine Stimme hören.«

Evan hörte das Quietschen von Reifen in der Leitung. Jack fuhr sehr schnell, zumindest so viel war klar.

Was Evan jedoch nicht wissen konnte, war, dass Jack verfolgt wurde – heimlich, jedoch nicht so heimlich, dass Jack es nicht bemerkt hätte –, und zwar von einem Überwachungsteam von fünf SUVs. Oder dass ein illegales Ortungsgerät der Marke StingRay Jacks Handysignal abfing und jedes seiner Worte aufzeichnete. Dass innerhalb der nächsten fünf Minuten das Wupp-Wupp-Wupp von Rotorblättern die Wolkendecke durchbrechen, ein Black-Hawk-Kampfhubschrauber am Nachthimmel auftauchen, sich blitzschnell absenken und dabei eine Staubwolke aufwirbeln würde. Und dass längst eine Wärmebildkamera Jack hinter dem Lenkrad entdeckt hatte und den Umriss seines 36,5 Grad warmen Körpers in angenehmen Rot- und Gelbtönen wiedergab.

Alles, was Evan in diesem Augenblick wusste, war, dass etwas ganz und gar nicht stimmte.

Auf einmal schwoll das Rauschen in der Leitung zu einem Grollen an, dann war die Verbindung vollkommen klar. »Ich glaube, gerade geht mein neuntes Leben zu Ende, Junge.«

Kurzzeitig versagte Evans Stimme. Schließlich gelang es ihm, »Sag mir, wo du bist, und ich komme dich holen«, hervorzupressen.

»Für mich ist es zu spät«, sagte Jack.

»Wenn du nicht willst, dass ich dir helfe, worüber sollen wir dann reden?«

»Ich schätze, über das, was wirklich zählt. Das Leben. Dich und mich.« Jack war gerade dabei, seine eigenen Regeln zu brechen.

»Weil wir das so gut können?«

Jack lachte sein raues Lachen, ein einziger bellender Laut. »Na ja, manchmal können wir vor lauter Nebel nicht erkennen, was wichtig ist. Aber vielleicht ist es an der Zeit, es zu versuchen, bevor, du weißt schon …« Wieder quietschten die Reifen. »Wir sollten uns aber besser ranhalten.«

Evan spürte eine unerklärliche Nässe hinter seinen Lidern und blinzelte sie weg. »Okay. Versuchen wir's.«

»Bereust du es?«, fragte Jack wieder. »Was ich getan habe?«

»Wie soll ich dir darauf eine Antwort geben?«, fragte Evan. »Ich hab nie etwas anderes gekannt. Ich hatte nie ein anderes Leben, als Klempner oder Lehrer oder … oder Vater.«

Jetzt drang das Rotorgeräusch durch die Leitung, zunächst noch ganz schwach.

»Jack? Bist du noch dran?«

»Ich schätze … Ich schätze, ich würde gern hören, dass du mir vergibst.«

Evan schluckte schwer. »Wärst du nicht gewesen, säße ich jetzt im Gefängnis, wäre an einer Überdosis gestorben oder bei einer Kneipenschlägerei erstochen worden. So hätte meine Zukunft ausgesehen. Ich hätte niemals ein normales Leben gehabt. Und ich wäre nicht der gewesen, der ich heute bin.« Er schluckte erneut, aber seine Kehle fühlte sich wie zugeschnürt an. »Dich zu kennen würde ich gegen nichts auf der Welt eintauschen.«

Ein langes Schweigen, unterbrochen nur vom Zischen von Jacks Reifen auf dem Asphalt.

Schließlich sagte Jack: »Nett, dass du das sagst.«

»Das hat nichts mit ›nett‹ zu tun, ich habe es gesagt, weil es die Wahrheit ist.«

Das Rotorgeräusch wurde lauter. Im Hintergrund konnte Evan Reifenquietschen von weiteren Fahrzeugen hören. Er konzentrierte sich mit jeder Faser seines Wesens auf Jacks Stimme. Auf das Gespräch, das durch fünfzehn Länder auf vier Kontinenten geleitet wurde, eine letzte, zerbrechliche Verbindung zu dem Menschen, der ihm so viel bedeutete wie kein anderer auf der Welt.

»Wir hatten keine Zeit«, stieß Evan hervor. »Wir hatten nicht genug Zeit.«

Jack sagte: »Ich hab dich lieb, mein Junge.«

Das hatte noch niemals jemand zu Evan gesagt. Etwas rann seine Wange hinab und blieb einen Moment an seinem Kinn hängen.

»Verstanden«, krächzte er.

Dann war die Leitung tot.

Evan stand mitten in seiner Wohnung; die Kälte des Fußbodens kroch durch seine Sohlen, hinauf in seine Füße, seine Waden und durch seinen gesamten Körper. Das Handy hielt er noch immer ans Ohr gedrückt. Obwohl ihm eiskalt war, fühlte er sich fiebrig.

Schließlich ließ er das Telefon sinken, schälte sich aus dem durchgeschwitzten Sweatshirt, ging hinüber in den Küchenbereich und zog die Schublade des Gefrierschranks auf. Darin befanden sich, säuberlich aufgereiht wie Geschosse, diverse der erlesensten Wodkas. Er nahm eine rechteckige Flasche Double Cross heraus, ein siebenfach destillierter und filtrierter slowakischer Wodka aus Winterweizen und Quellwasser aus den Tiefen des Tatra-Gebirges.

Es war eine der reinsten Flüssigkeiten, die er kannte.

Er schenkte sich zwei Fingerbreit in ein Glas und setzte sich, den Rücken an den kalten Sub-Zero gelehnt. Trinken wollte er nicht, nur das Glas in der Hand spüren. Er atmete die sauberen Dämpfe und hoffte, sie würden den Schmerz aus seiner Lunge und seiner Brust brennen.

Aus seinem Herzen.

»Also gut. Verdammte Scheiße.«

Mit dem Glas in der Hand blieb er sitzen und wartete zehn Minuten, dann weitere zehn.

Dann klingelte das RoamZone erneut.

Auf dem Display erschien weder UNBEKANNTE NUMMER noch UNTERDRÜCKTE NUMMER, es zeigte überhaupt nichts an.

Evan war übel vor Angst, als er auf ANNEHMEN drückte und sich das Handy ans Ohr hielt.

Es war die Stimme, die zu hören er am meisten gefürchtet hatte.

»Hol dir mal deine digitale Kontaktlinse. Das, was du gleich zu sehen kriegst, willst du dir bestimmt nicht entgehen lassen.«

Fünf Tage zuvor

2. DUNKLE MATERIE

Der kräftig gebaute Mann kämpfte sich durch die dichte Vegetation und die fast greifbare Schwüle des Amazonas-Regenwalds. Seine Stiefel sanken bei jedem Schritt in den schlammigen Untergrund ein. Er hatte sich einen breitkrempigen Buschhut tief ins Gesicht gezogen. Das rundum an der Krempe befestigte Moskitonetz bewegte sich im Rhythmus seiner Atemzüge. Dieser gespenstisch anmutende Anblick – ein großer, unförmiger Kopf, der atmete – ließ ihn wie ein Monster auf zwei Beinen wirken, das ab und zu zwischen den verrottenden Baumstämmen auftauchte. Die Kleidung des Mannes war schweißgetränkt. Der blinkende rote GPS-Punkt auf seiner Uhr trieb ihn voran.

Ihm folgte ein zweiter Mann. Jordan Thornhill hatte den kompakten Körperbau eines Turners, mit deutlich definierten Muskeln und präziser Körperbeherrschung. Sein Haar war kurz geschoren, mit einrasiertem Seitenscheitel. Das Hemd hatte er ausgezogen und sich oben in den Hosenbund geklemmt. Auf seiner dunklen Haut hatte sich ein Schweißfilm gebildet.

Den gemieteten Jeep hatten sie vor mehreren Meilen stehen lassen, als der Dschungel den Pfad schließlich unpassierbar gemacht hatte.

Jetzt arbeiteten die beiden Männer sich schweigend vorwärts. Ihre Stiefel machten schmatzende Geräusche im Schlamm, und Laub raschelte, als sie sich mit ihren breiten Schultern durch das Dickicht zwängten. Lianen hatten sich um riesige Bäume gewunden und erdrückten sie langsam. Hoch über ihnen huschten Fledermäuse durchs Blätterdach, und irgendwo in der Entfernung machten Brüllaffen ihrem Namen alle Ehre.

Thornhill, leichtfüßig und geschmeidig in seinen Bewegungen, hielt sich dicht hinter dem großen Mann. »Wir sind hier am Arsch der Welt, Boss. Bist du dir überhaupt sicher, dass er's dabeihat?«

Das verdeckte Gesicht unter dem Buschhut drehte sich abrupt zu Thornhill um. Das Moskitonetz pulsierte rhythmisch wie ein Herz. Dann hob der Mann das Netz an und schlug es über den Hut nach hinten. Dank plastischer Chirurgie war die rechte Hälfte von Charles Van Scivers Gesicht nahezu wiederhergestellt, nur an der Schläfe waren ein paar feine Narben zurückgeblieben. Die Pupille seines rechten Auges war permanent erweitert, und wenn man genau hinsah, konnte man eine winzige seesternförmige Trübung darin erkennen.

Ein Andenken an den Bombenhinterhalt, in den Orphan X ihn vor beinahe einem Jahr gelockt hatte.

Als Leiter des Orphan-Programms verfügte Van Sciver über die Mittel, den Großteil des Schadens an seinem Körper beheben zu lassen, aber in seinem Inneren brodelte nach wie vor eine unbändige Wut, die nichts von ihrer Kraft eingebüßt hatte.

Unter Van Scivers durchdringendem Blick wurde es Thornhill zunehmend mulmig zumute. Dieses Haifischauge konnte einen wirklich nervös machen.

»Er hatte es irgendwo am Körper«, sagte Van Sciver. »Das weiß ich aus sicherer Quelle.«

»Aus welcher?«

»Stellst du mir wirklich diese Frage?« Van Scivers Narben sahen gar nicht so schlimm aus – bis er sauer wurde und sein Gesicht sich in die falsche Richtung verzog.

Thornhill beeilte sich, den Kopf zu schütteln.

»Die Frage ist doch, ob es noch dort ist«, fuhr Van Sciver fort. »Es könnte ja genauso gut bereits im Magen eines Jaguars gelandet sein. Oder wenn's einen Brand gab – keine verdammte Ahnung.«

»Manchmal braucht man einfach nur ein bisschen Glück«, entgegnete Thornhill.

Glück, genau: Über Monate hatte sich Van Sciver in einem virtuellen Bunker aus Servern verschanzt und die leistungsfähigste Deep-Learning-Data-Mining-Software seit der Erfindung des Computers darauf angesetzt, irgendeine Spur – sei sie auch noch so winzig – von Orphan X zu finden. Die neuesten Anweisungen von oben waren unmissverständlich gewesen. Auf Abwege geratene Orphans zu beseitigen war Van Scivers oberste Priorität. Alle, die ausgestiegen waren. Alle, die nicht den Standards entsprochen hatten. Und alle, die laut Testergebnis ihren Befehlen wahrscheinlich irgendwann einmal nicht Folge leisten würden. Aber vor allem denjenigen Orphan, der als Einziger seit Bestehen ihres legendären Programms das Heft selbst in die Hand genommen hatte.

Die groß angelegte Datenauswertungsaktion des Orphan-Programms hatte letztendlich tatsächlich einen Hinweis ausgespuckt, einen schimmernden Köder im Datenozean, der tagtäglich durch die virtuelle Realität wogte. Die Bezeichnung »Hinweis« war eigentlich zu optimistisch, dachte Van Sciver jetzt. Eher ein Hinweis auf einen Hinweis, der ihnen eventuell einen Hinweis auf den Verbleib von Orphan X liefern würde.

Wie dieser Hinweis entdeckt wurde, hatte in Geheimdienstkreisen rasch Legendenstatus erreicht. Es hatte sich folgendermaßen abgespielt: Ein Agent mittleren Ranges im Verteidigungsministerium hatte sich durch ein komplexes Geflecht aus Nötigung und Erpressung eine Kopie streng geheimer Informationen über das Orphan-Programm verschafft. Ein paar Decknamen, letzte bekannte Adressen sowie die Namen einiger Orphans und ihrer jeweiligen Betreuer. Diese äußerst nützlichen Bausteine stammten aus einer Reihe geheimer, nicht zum Programm gehöriger Verschlusssachen, die kopiert werden konnten, kurz bevor sie sich selbst überschrieben.

Der Agent hatte gehofft, mit dieser Datei seinen Aufstieg im Verteidigungsministerium voranzutreiben, aber musste schnell einsehen, dass es sich dabei um eine tickende Zeitbombe handelte. Der Inhalt war zu gefährlich, um ihn zu verwenden. Trotz gegenteiliger Anweisungen aus dem Weißen Haus, sämtliche Informationen über das Orphan-Programm spurlos zu vernichten, hatte er das Dokument als Versicherung zurückbehalten. Während der letzten Monate hatten Gerüchte über diese Schattendatei kursiert, aber bei diesen war es geblieben.

Bis Van Scivers hochleistungsfähige Data-Mining-Computer sich an die Spur der Datei geheftet und ihre Existenz bestätigt hatten, indem sie Bruchstücke unmittelbar angrenzender Informationen sichtbar machten, so wie die Analyse von Schwerkraftphänomen Rückschlüsse auf das Vorhandensein dunkler Materie erlaubt. Der Agent mittleren Ranges hatte gespürt, dass sich die Schlinge zuzog, und war von der Bildfläche verschwunden.

Und zwar endgültig.

Am Ende war es kein Orphan oder Kollege vom Geheimdienst gewesen, der ihn zu Fall gebracht hatte, sondern eine unvorhergesehene Fügung des Schicksals.

Van Sciver hatte sich geschworen, seinen Bunker zu verlassen, wenn es so weit war, und sich nötigenfalls durch den Dreck zu wühlen, um eine Spur zu verfolgen, die ihn möglicherweise zu Orphan X führen würde. Also war er jetzt hier, watete durch den zähen Schlamm eines anderen Erdteils und folgte dem glitzernden Köder.

Noch bevor sie es sahen, rochen sie es. Eine Wolke von Schlachthausgestank mischte sich in die feuchtigkeitsgesättigte, drückende Luft. Sie waren gerade über die Kuppe eines Hügels gekommen. Ein Stück vor ihnen hatte sich der abgebrochene Heckrotor eines Sikorsky S-70 in einen Banyanbaum gebohrt und den Riesen fast durchtrennt.

Thornhill wedelte mit der Hand vor seiner Nase. »Heilige Scheiße.«

Van Sciver nahm einen von Kerosin und faulendem Fleisch geschwängerten Atemzug. Der Gestank war so übel, dass er ihn fast schmecken konnte. Sie drängten sich durch ein Dickicht aus Unterholz, und dann lag er vor ihnen. Der abgestürzte Rumpf war auf die Seite gekippt und lehnte mit dem Heck an einem gigantischen Felsbrocken wie ein Hund, der versucht, sich den Rücken zu kratzen. Es handelte sich um einen als private Chartermaschine umfunktionierten ausgedienten Army-Transporthubschrauber aus den Siebzigern, der schon durch etliche Hände gegangen war und jetzt langsam vom Regenwald überwuchert wurde.

Der Pilot war durch die Windschutzscheibe geschleudert worden. Seine Leiche, die nur vom Fliegeranzug zusammengehalten wurde, hing mit dem Kopf nach unten in der zärtlichen Umklammerung einer Liane in etwa drei Metern Höhe von einem

Baum. Sein Fleisch schien lebendig zu sein, denn es bewegte sich wellenartig.

Feuerameisen.

Aus dem Rumpf ertönte ein Rascheln, dann fragte eine ausgedörrt klingende Stimme: »Ist da jemand? Lieber Gott, bitte lass da jemanden sein.«

Van Sciver und Thornhill gingen auf das Wrack zu. Van Sciver musste in die Hocke gehen, um hineinspähen zu können.

Der NSA-Agent hing leblos von einem der Seitensitze, die Arme baumelten an einer Seite schlaff herab wie in der Achterbahn in der Kurve. Der Schultergurt schnitt ihm in den Stoff seines anthrazitfarbenen Jacketts und hatte sich bei dieser Hitze vermutlich schon ein gutes Stück in das darunterliegende Fleisch gegraben.

Dem anderen Passagier war es gelungen, seinen Gurt zu öffnen. Er war unglücklich aufgekommen und hatte sich die Beine gebrochen. Ein Fragment seines Schienbeins ragte ihm vorne aus dem Hosenbein. Die Haut ringsherum war geschwollen und rot.

Dem Mann liefen die Tränen über das Gesicht. »Ich dachte, ich muss hier krepieren. Ganz allein mit einer … im gottverlassenen …« Sein Schluchzen ging in trockenes Würgen über.

Van Sciver sah an ihm vorbei zum toten Agenten und verspürte einen winzigen Hoffnungsschimmer. Wie sie da im Sitz hing, sah die Leiche recht gut erhalten aus. Er verstaute seine Vorfreude wieder in der kleinen finsteren Ecke seines Herzens, in der alles lagerte, was mit Orphan X zusammenhing. So oft war X ihm zum Greifen nah gewesen, und immer wieder war er ihm entwischt.

»Der Gurt hat dafür gesorgt, dass er nicht auf dem Boden gelandet ist«, sagte Van Sciver zu Thornhill. »Hat ihn vor den Elementen geschützt. Vielleicht haben wir Glück.«

Der zweite Passagier streckte die Hand nach Van Sciver aus. »Wasser. Ich brauche Wasser.«

Thornhill kletterte blitzschnell in den Rumpf des Helikopters und schlängelte sich elegant durch die zerstörte Kabine, bis er unmittelbar unterhalb des Agenten stand, mehr oder weniger Auge in Auge.

»Er ist relativ unversehrt«, bemerkte Thornhill. »Die Miss-

Amerika-Wahl gewinnt er nicht mehr, aber immerhin. Wir haben hier ne ziemlich passable Leiche.«

Der Passagier gab ein lautes, trockenes Husten von sich. »Wasser«, krächzte er.

»Lass uns die Leiche hier rausschaffen«, sagte Van Sciver.

»Ich mach den Gurt auf«, entgegnete Thornhill. »Und du nimmst ihn entgegen und lässt ihn langsam runter. Was wir keinesfalls gebrauchen können, ist, dass uns der vergammelte Typ hier auf dem Boden zerfließt.«

»*Bitte.*« Der Passagier klammerte sich an Van Scivers Hosenaufschlag. »Bitte sehen Sie mich doch wenigstens an.«

Van Sciver nahm seine Pistole aus dem Schulterholster mit Federhalterung und schoss dem Mann in den Kopf. Dann packte er ihn an den Hacken seiner Loafer und zog ihn aus dem Wrack. Danach kletterte er wieder hinein und half Thornhill, die Leiche des Agenten aus dem Sitz herabzulassen, was sich nicht ohne ein gutes Stück unangenehme Tuchfühlung bewerkstelligen ließ. Der Gestank war grauenhaft, aber Van Sciver war an grauenhafte Dinge gewöhnt.

Die beiden Männer trugen die Leiche vorsichtig hinaus in die glühend heiße Mittagssonne und legten sie auf ein ebenes Stück Untergrund. Thornhills Augen waren gerötet, und er konnte ein Würgen nicht unterdrücken. Sie legten eine Pause ein, und jeder ging ein paar Schritte, um durchatmen zu können. Van Sciver wurde bewusst, dass sie ihre Kleidung würden verbrennen müssen, sobald sie wieder in der Zivilisation waren.

Ohne sich absprechen zu müssen, trafen sie sich wieder bei der Leiche. Sie betrachten sie einen Moment lang, dann klappte Van Sciver ein Messer auf und durchtrennte die Kleidung.

Jetzt lag der aufgeblähte Körper nackt vor ihnen und verströmte seine Gase.

Thornhills durchschnittliches Aussehen war Absicht, wie bei den meisten Orphans, die ausgewählt wurden, um sich optisch überall einfügen zu können. Sein Lächeln allerdings war überdurchschnittlich attraktiv. Jetzt drehte er sich zu Van Sciver um und strahlte ihn an.

»Dieser Scheiß hier? Wir leben wirklich den Traum ...«

Van Sciver griff in die Tasche seiner Cargohose und zog zwei Kopfband-Lupenbrillen hervor, von denen er eine Thornhill reichte.

»Irgendeine Ahnung, wo's sein könnte?«, fragte Thornhill.

»Fingernägel, Zehennägel, Haare.«

Sie banden sich ihre Hemden vor Mund und Nase, Bandido-Style, ließen sich auf alle viere nieder und fingen an mit ihrer Übelkeit erregenden Suche.

Die erste Stunde verging so qualvoll wie ein Nierenstein.

Die zweite war noch schlimmer.

Nach drei Stunden waren die Fluginsekten da und umwaberten sie als dichte Wolke. Die Schatten wurden merklich länger, als ob sie ihre Klauen nach ihnen ausstreckten. Bald wäre es dunkel, und sie konnten es sich nicht leisten, noch einen weiteren Tag zu warten.

Thornhill durchforstete das Haar des Agenten, wobei er es Strähne für Strähne anhob. Schließlich kam er hoch und setzte sich auf die Hacken, holte ein paarmal tief Luft und spuckte einen dicken Klumpen zähflüssigen Speichel seitlich ins Gebüsch.

»Sind wir uns sicher, dass es irgendwo an ihm dran ist?«

Die gelblich verfärbte Hand des Agenten vorsichtig umklammert, hielt Van Sciver inne. Die Hand war am Handgelenk abgewinkelt, als bekäme er gleich eine Maniküre. Die Haut glitschte verstörend um die Knochen.

Schweiß tröpfelte Van Sciver in die Augen, und er wischte ihn sich mit dem Arm ab. Mit dem rechten Auge konnte er noch gut sehen, aber nach so langem Fokussieren auf winzige Details hatte er dank der geplatzten Pupille und verletzten Netzhaut Mühe, auf dem linken Auge scharf zu stellen. Er konnte spüren, wie sehr sich die Muskeln anstrengen mussten. Er tat sein Bestes, um den Schweiß wegzublinzeln.

Dann erstarrte er urplötzlich, weil er eine Eingebung hatte.

Er beugte sich nach vorn und zog Ober- und Unterlid der Leiche auseinander. Die hübsche blaue Iris war bereits getrübt. Dann drückte er auf ein Oberlid, sodass sich die Wimpern auffächerten. Fehlanzeige. Dann tat er dasselbe am Unterlid.

Und da war sie.

Eine Wimper, die sich unter den anderen versteckte. Diese war glänzender und etwas dicker und verbreitete sich am unteren Ende leicht, wo sie im Lidrand steckte.

Genau wie eine richtige Wimper. Nur war es keine des Agenten.

Mit einer Pinzette zupfte Van Sciver das Implantat vorsichtig heraus und sah es sich genauer an.

Die Wimper war künstlich.

Dies war nicht die Zukunft der Datenspeicherung, es war deren *Ursprung*. Seit Millionen von Jahren hatte DNA bereits als Speichermedium für Informationen gedient. Anstatt von Einsen und Nullen, mit denen Computer digitale Informationen darstellen, verwendet DNA die vier Grundbausteine, um Daten zu erzeugen, die so komplex sind, dass daraus alles Leben entstehen kann. Dieser unglaublich leistungsstarke Mechanismus hatte die Jahrtausende unverändert überdauert, benötigte keine externe Energiezufuhr und war temperaturbeständig. Van Sciver kannte die Forschung zu diesem Thema und die großspurigen Prognosen, dass eines Tages die Gesamtheit aller Daten auf der Welt in einem Teelöffel voll synthetischer DNA Platz fände. Trotz der ganzen abgedrehten Diskussionen um Exabytes und Zettabytes steckte die Technologie noch in den Kinderschuhen, und die Preise waren astronomisch. Einen Megabyte digitaler Information zu codieren, kostete knapp zwanzig Riesen.

Aber das, was in dieser einen Wimper steckte, war weitaus mehr wert.

Für Van Sciver bedeutete es *alles*.

Nichts davon hatte direkt mit Orphan X zu tun, dafür war Evan zu geschickt darin, seine Spuren zu verwischen, aber im Vergleich zu den ungeheuren Datenmengen, die Van Sciver bereits durchsucht hatte, war dieses Härchen eine wahre Fundgrube wichtiger Details.

Als er die Wimper gegen den orangefarbenen Ball der untergehenden Sonne hielt, fiel Van Sciver auf, dass er vergessen hatte zu atmen.

Und noch etwas fiel ihm auf.

Zum ersten Mal, seit er sich erinnern konnte, lächelte er.

3. ALL DAS, WAS IHM AM MEISTEN BEDEUTETE

Venedig war eine wunderschöne Stadt. Aber wie viele Schönheiten war sie launenhaft.

Ein Gewitter sorgte dafür, dass sich die Touristen lieber in den Gebäuden aufhielten. Regen prasselte auf die Kanäle herunter, erodierte die alten Steinbauten und peitschte die Wangen der wenigen, die sich dennoch vor die Tür wagten. Das Unwetter ließ alle Farben verblassen und verwandelte die Lagunenstadt in ein Potpourri gedämpfter Grautöne.

In der Nähe der Rialtobrücke bemerkte Jim Harville, dass er verfolgt wurde. Es handelte sich um einen Schwarzen im Regenmantel, der sich ein gutes Stück hinter ihm mit vorgeneigtem Oberkörper durch den Sturm kämpfte. Der Mann war ein Profi – wären wetterbedingt nicht ohnehin nur wenige Passanten unterwegs gewesen, wäre er Harville niemals aufgefallen. Seine aktive Zeit als Agent lag etliche Jahre zurück, und seine eigenen Fähigkeiten waren nicht mehr das, was sie einmal waren. Aber sich routinemäßig nach Verfolgern umzusehen war etwas, das man nie verlernte.

Harville erklomm die breiten Stufen der Brücke; unter ihm rauschte der aufgewühlte Canal Grande. Als er den nach beiden Seiten offenen, überdachten Bogen an seinem höchsten Punkt erreicht hatte, sah er sich um.

Über die Entfernung hinweg fixierten sich die beiden Männer.

Ein plötzlicher Windstoß heulte durch das uralte Gewirr der Gassen, rüttelte an den Markisen der Geschäfte und ließ Harville kurzzeitig aus dem Gleichgewicht kommen.

Als er seinen Stand wiedergefunden hatte und aufblickte, sah er den Mann in vollem Tempo aus sich zurennen.

Es war seltsam, nach so vielen Jahren wieder ein derart unverhohlenes Aggressionsverhalten zu erleben.

Sein Instinkt verlieh ihm einen Energieschub, und Harville rannte von der Brücke. Als er in einer engen Gasse außer Sicht war, bog er scharf links zwischen zwei verlassene Palazzi ein und rannte über einen kopfsteingepflasterten Platz. Er war unbewaffnet, und sein Verfolger war jünger und durchtrainierter als er. Sein einziger Vorteil war, dass er das verwinkelte Straßennetz der Stadt so genau kannte wie die Konturen des Rückens seiner Frau, dessen olivfarbene Haut er jeden Abend liebevoll streichelte, wenn sie einschlief.

Harville stieß mit der Schulter die Tür einer Boutique auf, riss einen Verkaufstisch mit Masken für den Karneval um und drängte sich durch eine Hintertür hinaus auf eine Gasse. Seine Beinmuskeln brannten bereits. Giovanna sagte gerne scherzhaft, sie hielte ihn jung und man sähe ihm seine fünfzig nicht an, aber seit er im Ruhestand war, war er längst nicht mehr so fit wie früher.

Er schlitterte in eine *calle* direkt am Wasser. Auf der anderen Seite des Kanals, ein gutes Stück nach Norden, tauchte gerade sein Verfolger rutschend zwischen zwei Gebäuden auf.

Er hatte Harville entdeckt. Der Mann riss die Arme nach hinten, und sein Mantel glitt ihm, wie von unsichtbaren Fäden gezogen, elegant von den Schultern. Sein weißes T-Shirt war vom Regen durchweicht und klebte ihm am Körper, sodass die dunkle Haut hindurchschien. Selbst aus der Distanz war sein Sixpack zu erkennen.

Der Mann sah auf das aufgewühlte Wasser hinunter. Dann setzte er zum Sprung an und bewegte sich wie Frogger von Landungssteg zu Müllkahn und weiter, wodurch zwei vertäute Gondeln ins Schaukeln gerieten.

Harville verspürte Panik wie einen Faustschlag in die Magengrube. Ein einziger Gedanke drängte sich ihm auf.

Orphan.

Der Mann war jetzt auf Harvilles Kanalseite angekommen, aber zum Glück lag noch eine breite Wasserstraße zwischen ihnen, die den Kanal kreuzte. Als Harville sich wieder in Bewegung setzte, schwang sich der Mann über die Kanaleinfassung, rollte sich über den Bug eines Schiffes und bewegte sich in rasantem Tempo unter Zuhilfenahme von Fallrohren und Fensterläden an der Seite eines Gebäudes hoch. Selbst in der Vertikalen wurde er nur unmerklich langsamer.

Diese spezielle Art von Hindernislauf, Parkour genannt, war erst nach Harvilles Ausbildung in Mode gekommen, und jetzt konnte er seinem Kontrahenten nur ziemlich beeindruckt zusehen.

Der Mann machte einen Klimmzug in ein offenes Fenster im dritten Stock, was der kinnlosen Frau, die dort stand und rauchte, einen Riesenschrecken versetzte. Dann schwang er sich auch schon aus einem anderen Fenster auf Harvilles Seite des Kanals wieder hinaus.

Harville hatte wertvolle Sekunden verloren.

Er drehte sich um, wobei er in eine Pfütze trat, und rannte los. Die engen Durchgänge und Gassen erstreckten sich in nicht endenwollender Folge vor ihm, ein genaues Abbild der Gedanken, die ihm durch den Kopf rasten: Giovannas herzhaftes Lachen, die frei stehende Badewanne auf dem rissigen Marmorboden, Kerzen an ihrem Bett, die einen warmen Schein an die Wände ihrer einfachen Wohnung warfen. Ohne sich dessen bewusst zu sein, rannte er weg von ihrem gemeinsamen Zuhause, so weit es ging, um seinen Verfolger wegzulocken von all dem, was ihm am meisten bedeutete.

Hinter ihm konnte Harville Schritte hören, die schnell näher kamen. Als er an der Kolonnade an der Seite des Markusplatzes entlangrannte, zuckten in schnellem Abstand Säulen an ihm vorbei, was dem herabprasselnden Regen einen Stroboskopeffekt verlieh. Der Platz stand unter Wasser; die aufgepeitschte Adria drängte durch die Abflüsse nach oben und stand zwei Fuß hoch über den Pflastersteinen.

Der riesige Platz so ganz ohne Menschen war ein befremdlicher Anblick.

Harville war völlig außer Atem.

Er schleppte sich auf den Platz hinaus und watete durch das Flutwasser. Mit jedem schmerzenden Schritt pulsierte der Markusdom in seinem Gesichtsfeld. Nördlich davon erhob sich der große Uhrturm, auf dem zwei Figuren aus Bronze, die eine alt, die andere jung, links und rechts der gewaltigen Glocke Wache hielten und darauf warteten, die nächste Stunde zu läuten.

Harville würde es nicht auf die andere Seite schaffen, um dort im Gewirr der Gassen unterzutauchen. Er machte sich gerade innerlich bereit, sich umzudrehen und seinem Schicksal zu stellen, als eine Kugel sein Schulterblatt durchstieß und beim Austreten aus seiner Brust kleine Fetzen seiner Lunge mit sich riss.

Er sackte nach vorn auf die Knie, seine Arme tauchten bis zum Ellbogen ins Wasser. Ungläubig starrte er auf seine Finger, die unter der bewegten Wasseroberfläche schimmerten wie Fische.

Die Stimme in seinem Rücken hätte unbeschwerter nicht klingen können. »Orphan J. Freut mich sehr.«

Harville hustete blutigen Schaum, der auch tiefrote Bröckchen enthielt.

»Jack Johns«, fuhr der Mann fort. »Er war Ihr Betreuer. Damals, vor all den Jahren.«

»Den Namen kenne ich nicht.« Harville war überrascht, dass er überhaupt noch etwas herausbrachte.

»Oh, Sie missverstehen da was. Das war keine Frage. Die kommen erst später.« Der Mann sprach im Plauderton, klang geradezu freundlich.

Harvilles Arme zitterten. Er sah nach unten auf die sanft plätschernden Wellen, das Pflaster, seine Hände. Er war sich nicht sicher, wie lange er sich noch würde halten können, bevor er Gesicht voran ins Wasser stürzte.

Irgendwann hatte es aufgehört zu regnen. Es herrschte eine fast wie gelähmt wirkende Stille, als halte alles die Luft an für den Fall, dass das Unwetter doch noch nicht vorbei war.

»Was sind Ihre aktuellen Vorschriften für die Kontaktaufnahme mit Jack Johns?«, fragte der Mann.

Harvilles Atem ging keuchend. »Den Namen kenne ich nicht.«

Sein Verfolger ging neben ihm in die Hocke. Er hatte ein zerknittertes Foto in der Hand. Es zeigte Giovanna, die Adelina im Arm hielt und sie gerade stillte. Die Kleine trug noch das rosa Mützchen, das man ihr im Krankenhaus angezogen hatte.

Harville konnte spüren, wie all seine Atemluft durch das Loch in seiner Brust entwich.

Er erzählte dem Mann, was er wissen wollte.

Der Mann erhob sich und stellte sich hinter ihn.

Eine Woge umspülte Harville. Er schloss die Augen.

»Ich habe geträumt, ich hätte ein normales Leben«, sagte er leise.

»Und dieser Traum hat Sie alles gekostet«, entgegnete der Mann.

Der Knall des Schusses ließ einen Schwarm Tauben von den riesigen Kuppeln des Doms aufsteigen.

Als der Mann seine Pistole wieder einsteckte und sich einen Weg durch das Flutwasser bahnte, schlug es zur Stunde. Hoch oben auf dem Uhrturm ließen die beiden Bronzefiguren, die eine alt, die andere jung, die Glocke erklingen, die seit mehr als fünf Jahrhunderten auf diesem Platz mit seinen erodierenden Mauern widergehallt hatte.

4. BIST DU BEREIT?

Evan saß noch immer in der Küche. Sein nackter Rücken war taub von der Kälte des Sub-Zero, das Glas Wodka hatte er auf ein Knie gestützt. Das Handy hatte er nach wie vor am Ohr. Er fühlte sich weniger gelähmt als nicht willens, auch nur einen Muskel zu bewegen. Denn Bewegung wäre ein Zeichen dafür, dass die Zeit weiterlief, und jetzt gerade konnte das nur bedeuten, dass furchtbare Dinge geschehen würden.

Er ermahnte sich zu atmen. Zwei Sekunden einatmen, vier Sekunden ausatmen.

Er rief sich das Vierte Gebot in Erinnerung: *Es ist nie persönlich*.

Jack hatte ihm die Gebote beigebracht und würde wollen – nein, darauf *bestehen* –, dass Evan sie jetzt befolgte.

Das Vierte Gebot half nicht, also kramte er das Fünfte heraus: *Wenn du nicht weißt, was du tun sollst, tu gar nichts*.

Es gab keine Situation, die man nicht noch schlimmer machen konnte.

Auf dem Glas in Evans Hand hatte sich Kondenswasser gebildet.

In der Leitung herrschte Totenstille.

»Hast du mich verstanden?«, fragte Van Sciver.

»Nein«, sagte Evan.

Er wollte mehr Zeit haben, aber wofür, wusste er nicht genau.

»Ich sagte: Hol deine digitale Kontaktlinse. Ich habe etwas, das du dir unbedingt ansehen musst.«

Zwei Sekunden einatmen, vier Sekunden ausatmen.

»Nur damit das klar ist«, sagte Evan. »Wenn du das tust, wird mich nichts davon abhalten, dich zu finden und zu töten.«

»Aber X«, sagte Van Sciver betont nachsichtig, »du weißt doch noch gar nicht, was ich vorhabe.«

Dann wurde die Verbindung getrennt.

Zwei Sekunden einatmen, vier Sekunden ausatmen.

Evan erhob sich.

Das Glas stellte er auf die Kochinsel aus Gussbeton. Auf dem Weg aus der Küche kam er an der Grünen Wand vorbei, einem hängenden Garten, in dem Kräuter und Gemüse wuchsen. Die begrünte Fläche war das einzig Lebendige und zugleich der einzige Farbtupfer im gesamten Penthouse. Außerdem verströmte sie einen angenehmen Duft nach Kamille und Minze.

Er ging durch sein riesiges, offen gestaltetes Wohnzimmer, vorbei an dem Sandsack und der Reckstange, vorbei an dem frei stehenden Kamin in der Mitte und einer Gruppe Sofas, auf denen er, soweit er sich erinnern konnte, noch nie gesessen hatte. Dann ging er einen kurzen Flur hinunter. An den zwei leeren Haken an der Wand hatte einmal sein Katana gehangen. Er trat ins Schlafzimmer, in dem sich ein Magnetschwebebett befand, das dank unglaublich starker Neodym-Seltenerd-Magnete zwei Fuß über dem Fußboden schwebte. Nur die Kabel, mit denen es am Boden befestigt war, verhinderten, dass es noch weiter nach oben stieg und an die Decke knallte. Genau wie Evan war das Bett für optimale Funktionalität ausgelegt: Platte, Matratze und weder Füße noch Kopf- oder Fußteil.

Von dort ging er ins Badezimmer und tippte mit dem Fuß die Milchglastür der Duschkabine an, die zur Seite glitt. Vollkommen lautlos. Als er in der Dusche stand, schloss er die Hand um den Hebel für das heiße Wasser. Versteckte Sensoren im Metall scannten seinen Handabdruck. Dann drückte er den Hebel in die falsche Richtung über den Endpunkt hinaus, und eine nahtlos in das Fliesenmuster eingepasste Tür schwang nach innen.

Evan betrat den Tresor, das Nervenzentrum seiner Einsätze als der Nowhere Man.

Der knapp 40 m² große Raum mit frei liegenden Streben und unverputzten Betonwänden lag unmittelbar unter der für alle Hausbewohner zugänglichen Treppe, die zum Dach führte. An einer Wand befanden sich sein Waffenarsenal und eine Werkbank. In der Mitte des Raumes stand ein L-förmiger Metallschreibtisch mit einer großen Anzahl sorgfältig angeordneter Computertower, Server und Antennen. Die Monitorwand zeigte diverse illegal angezapfte Feeds der Überwachungskameras des Castle Heights. Von hier aus konnte sich Evan auch unbemerkt Zugang zu nahezu allen Datenbanken der Strafverfolgungsbehörden verschaffen.

Die Tür zu dem riesigen Waffenschrank stand einen Spaltbreit offen. Auf einem Regalbrett unter einer Reihe aus Aluminium geformter, spezialangefertigter ARES-1911-Pistolen ohne Seriennummer lag ein schmales silbernes Kästchen von der Größe eines Scheckbuchs.

Evan klappte es auf.

Darin befanden sich zehn RFID-Tags zum Aufsetzen auf die Fingernägel sowie eine hochauflösende Kontaktlinse.

Diese Vorrichtung, die Evan einem toten Orphan aus Van Scivers Truppe abgenommen hatte, diente als Doppelblind-Kommunikationsverbindung zwischen ihm und seinem größten Feind.

Evan klebte sich die Tags auf die Nägel und setzte die Linse ein. Einen halben Meter vor seinem Gesicht erschien ein virtueller Cursor.

Er bewegte die Finger im leeren Raum vor sich und tippte etwas in die Luft: HIER.

Im nächsten Moment erschien Van Scivers Antwort: WUNDERBAR. BIST DU BEREIT?

Evan nahm einen langen, tiefen Atemzug. Er wollte diese letzten kostbaren Sekunden auskosten, bevor ihm der Boden unter den Füßen weggerissen wurde.

Dann tippte er: JA.

Jack beschloss schließlich, dass es jetzt genug war, und bog mit seinem Truck in einen breiten, unbefestigten Zufahrtsweg, der mitten durch ein schier endlos erscheinendes Baumwollfeld führte. Der von seinen Reifen aufgewirbelte Staub schwebte geisterhaft die vollkommen leere Schneise entlang. Den Hubschrauber konnte er in der Dunkelheit zwar nicht sehen, aber er hörte ihn hoch über dem Feld kreisen. Jack stellte den Wählhebel auf Parken, behielt den Rückspiegel im Auge und wartete, während sein Atem in der spätherbstlichen Kälte die Scheiben beschlagen ließ.

Wie erwartet erschienen hinter ihm die Scheinwerfer eines SUVs, gefolgt von zwei weiteren. Die Fahrzeuge hielten etwa zehn Meter hinter ihm. Von vorne näherten sich drei weitere schwarze SUVs. Durch die Windschutzscheibe beobachtete er, wie sie immer größer wurden, bis sie schließlich quer vor ihm stehen blieben und ihm den Fluchtweg abschnitten.

Anscheinend selbstvergessen kritzelte er etwas in die Kondensation auf dem Fenster an der Fahrerseite und hauchte auf das Armaturenbrett. Dann stieg er, theatralisch ächzend, aus dem Wagen.

Die Insassen der SUVs kletterten in voller Kampfmontur und mit M4-Gewehren im Anschlag aus ihren Fahrzeugen. Einige der Männer hielten stattdessen Kalaschnikows. »Hände hoch! Los!«

»Ist ja schon gut.« Betont langsam reckte er die Arme in ihre Richtung und zeigte seine leeren Hände.

Für jemanden in den Siebzigern war er noch verdammt gut in Form, aber während der letzten Monate war ihm aufgefallen, dass seine kräftige Baseball-Catcher-Statur ein wenig weicher um die Mitte wurde, egal, wie viele Push-ups und Sit-ups er jeden Morgen machte. Irgendwann holte das Alter eben jeden ein.

Er atmete den Geruch von frischem Erdreich und Nachtluft ein. Die Baumwolle erstreckte sich, so weit das Auge reichte, ein Muster aus weißen Tupfen an braunen Stängeln wie Schneeflecken auf einem felsigen Abhang. Heute war Thanksgiving; anscheinend waren sie spät mit der Ernte dran.

Er beobachtete die Männer dabei, wie sie auf ihn zukamen, wie sie ihre Waffen hielten, wohin ihr Blick ging. Sie bewegten sich einigermaßen professionell, aber zwei von ihnen hatten ihre Linke so am Magazinschacht der Kalaschnikow positioniert, dass die Daumen nach oben zeigten, anstatt eine Linie mit dem Lauf zu bilden. Falls sie umgreifen mussten, würde ihnen beim Nachladen der Durchladehebel den Daumen zerquetschen.

Freelancer, keine Orphans. Ganz sicher keine Orphans.

Allerdings waren es fünfzehn von ihnen.

Mehrere Männer packten Jack, tasteten ihn grob ab und fesselten ihm die Hände hinter dem Rücken mit Kabelbindern.

Einer der Männer trat vor. Sein kahl rasierter Schädel glänzte im Licht der Autoscheinwerfer. Unter der blanken Kopfhaut zeichneten sich die Grate der Schädelplatten ab. Kein schöner Anblick; eine Kopfbedeckung wäre angebracht gewesen.

Der Mann hob sein Funkgerät und sprach hinein: »Ziel gesichert.«

Seine Kumpane traten unruhig auf der Stelle, Stiefel quietschten.

»Entspannt euch, Jungs«, sagte Jack. »Habt ihr gut gemacht.«

Ihr Anführer ließ das Funkgerät sinken. »Das war's für dich, Opa.«

Jack kniff die Lippen zusammen und quittierte das Gesagte mit einem angedeuteten Nicken. »Er wird euch finden.« Er ließ seinen Blick langsam über die Freelancer wandern. »Und er wird sich rächen. An jedem einzelnen von euch.«

Die Männer blinzelten nervös.

Die Tür des nächststehenden SUVs ging auf, und ein weiterer Mann stieg aus. Kompakt gebaut und muskulös. Er breitete die wohldefinierten Arme aus, als begrüße er ein lange verschollenes Familienmitglied.

»Es war nicht einfach, Sie zu finden, Jack Johns«, sagte er.

Jack musterte ihn von oben bis unten. »Jordan Thornhill. Orphan R.«

Ein Anflug von Erstaunen zeigte sich auf Thornhills Gesicht. »Sie kennen mich?«

»Zumindest hab ich schon mal Ihren Namen gehört«, bemerkte Jack. »Wenn man so lange dabei ist wie ich, Junge, hört und sieht man so einiges.«

»Sie hatten Glück, so lange dabei gewesen zu sein«, entgegnete Thornhill.

»Ja, das hatte ich«, sagte Jack.

Das Rotorengeräusch schwoll an. Über dem Hügel drehte ein Black Hawk ein und setzte vor ihnen auf. Eine Wolke aus Staub und Pflanzenteilen wehte ihnen entgegen. Jack kniff die Augen gegen den Abwind zusammen.

Als die Rotoren ausliefen, kletterten zwei Männer in voller Ausrüstung aus dem Hubschrauber. Sie trugen Fliegeranzüge und hatten Fallschirme auf dem Rücken. Der ganze Aufzug wirkte ziemlich überzogen. Drei weitere Männer und der Pilot warteten im Black Hawk.

Jack schrie: »Bisschen übertrieben, das Ganze, oder?«

»Diese Woche haben wir Hubschraubern ne Menge zu verdanken«, schrie Thornhill zurück.

Die Äußerung konnte Jack nicht einordnen.

»Wie dem auch sei«, rief Jack. »Bringen wir's einfach hinter uns.«

Die beiden Männer im Fliegerdress packten Jack an den Armen und zogen ihn zum Hubschrauber. Die noch im Inneren Befindlichen zogen ihn herein. Als sie abhoben, konnte Jack aus der Vogelperspektive tief unter sich sehen, wie Thornhill ebenso elegant wieder in seinem SUV verschwand, wie er ihm entstiegen war. Zwei Freelancer waren auf dem Weg zu Jacks Truck, um ihn zu durchsuchen, während sich die anderen zurück zu ihren Fahrzeugen begaben und davonfuhren.

Der Hubschrauber stieg steil nach oben und kletterte immer höher. Black Hawks haben eine aggressive Steigrate, wie der Pilot offenbar gerade demonstrieren wollte. Sie befanden sich definitiv nicht auf einem Sonntagsausflug. Bei diesem Trip ging es um etwas ganz anderes.

Jack hatte während seiner Laufbahn unzählige Fallschirmsprünge absolviert, daher wusste er genau, wie man anhand der kleiner werdenden Lichter am Boden grob die Höhe bestimmen konnte.

Gerade hatten sie zehntausend Fuß erreicht.

Fünfzehn.

Dann hörten sie auf zu steigen und gingen in Schwebeflug über.

Einer der Männer setzte sich ein wuchtiges Headset auf und bereitete einen digitalen Camcorder vor.

Ein anderer schob links und rechts die Türen auf.

Ein starker Luftzug blies durch die Kabine und riss Jack fast von den Beinen. Da seine Hände gefesselt waren, konnte er nicht mit den Armen stabilisieren, also stellte er sich breitbeinig hin.

Der Mann mit dem Headset schrie: »Sehen Sie in die Kamera!«

Jack tat wie geheißen.

Der Kameramann lauschte auf etwas, das er über sein Headset empfing, dann fragte er: »Was sind die aktuellen Sicherheitsvorschriften für die Kontaktaufnahme mit Orphan X?«

Jack kämpfte sich ein Stück näher an die Kamera, während der Wind ihm an den Haaren riss, und sah mit zusammengekniffenen Augen ins Objektiv. »Van Sciver, du kannst nicht im Ernst annehmen, dass das bei mir funktioniert.«

Wieder hörte der Mann zu, was aus dem Headset kam, dann wiederholte er seine Frage.

Weil seine Hände hinter dem Rücken gefesselt waren, taten Jack die Schultern weh, aber er wusste, er würde den Schmerz nicht mehr viel länger ertragen müssen.

»Es gibt nichts, was mich je dazu bringen würde, den Jungen an dich zu verraten«, sagte er, an Van Sciver gerichtet. »Er ist das Beste an mir.«

Der Kameramann verzog das Gesicht, da er sich offensichtlich gerade eine Tirade von Van Sciver anhören musste, dann wandte er sich wieder voll konzentriert an Jack. »Ich würde vorschlagen, du überlegst es dir noch mal. Wir sind hier auf knapp sechzehntausend Fuß, und du bist der Einzige ohne Fallschirm.«

Jack lächelte. »Und du bist dumm genug zu glauben, dass dir das einen Vorteil verschafft.«

Er schoss nach vorn, nahm den Griff der Reißleine, die vom Schirm des Kameramanns baumelte, zwischen die Zähne und riss den Kopf nach hinten.

Als der Fallschirm auf dem Kabinenboden landete, herrschte einen Moment lang vollkommenes, ungläubiges Schweigen.

Zunächst hob der Wind den Nylonstoff ganz sanft an, als ob er ihn liebkoste.

Dann öffnete sich der Hauptschirm mit einem Ruck und holte die Männer in der Kabine von den Füßen. Den Mann mit der Kamera riss es seitlich aus der offenen Tür. Der Black Hawk geriet stark ins Schlingern, als zuerst der Fallschirm und dann der Kameramann den Heckrotor blockierten.

Der Hubschrauber drehte sich in rasendem Tempo einmal um seine eigene Achse. Jack nickte den auf dem Kabinenboden ausgestreckten Männern zum Abschied zu und trat aus der Tür ins Nichts. Auf dem Weg nach draußen sah er, dass sich das reißfeste Nylongewebe des Schirms in den bereits verbogenen metallenen Rotorblättern verfangen hatte.

Sofort spannte sich Jack instinktiv an, um, so gut es ging, die stabile Körperhaltung eines Fallschirmspringers einzunehmen. Trotz seiner gefesselten Hände zog er die Schultern nach hinten, um die Fläche seiner Brust zu verbreitern und den Punkt, an dem er fixiert war, oberhalb seines Schwerpunkts zu halten. Der Wind fuhr ihm durch die Haare. Unter sich sah er die Lichter der weit verstreuten Häuser hin und her schwanken wie flackernde Kerzen in einem Luftzug. Vermutlich hatte er jetzt 125 Meilen pro Stunde erreicht, die Geschwindigkeit, die für einen Menschen im freien Fall tödlich war.

Er hatte das Fliegen immer geliebt.

Jack dachte an den unterernährten zwölfjährigen Jungen, der mit blutverkrustetem Hals vor all den Jahren in sein Auto gestiegen war. Er dachte daran, wie sie schweigend unter den Eichen hinter einem Farmhaus in Virginia gewandert waren. Sonnenlicht hatte den Waldboden gesprenkelt, und der Junge war immer ein paar Schritte zurückgeblieben, um in die Fußstapfen treten zu können, die Jack im weichen Erdboden hinterließ. Er dachte an das furchtbare Gefühl in seiner Magengrube, als er den Jungen mit neunzehn zu seinem ersten Einsatz zum Flughafen gebracht hatte. Jack hatte mehr Angst gehabt als Evan. *Ich werde immer für dich da sein*, hatte Jack zu ihm gesagt. *Du kannst mich immer anrufen.*

Der Boden kam in rasender Geschwindigkeit auf ihn zu.

Ich werde immer für dich da sein.

Jack veränderte die Position seiner Beine und drehte sich auf den Rücken. Er sah jetzt zum Nachthimmel hoch und überließ seine müden Knochen der Schwerkraft. Die Sterne leuchteten in dieser Nacht hell und unglaublich klar, der Mond war so deutlich zu sehen, dass die Krater aussahen wie die Abdrücke einer schmutzigen, kleinen Kinderhand. Und vor diesem atemberaubend schönen Hintergrund kreiselte der Black Hawk noch immer um die eigene Achse.

In einem letzten Moment der Genugtuung sah Jack, wie der Hubschrauber explodierte, dann schlug er selbst auf dem Boden auf.

Evan stand im dunklen Tresor, atmete die feuchte Luft und beobachtete voller Grauen, was auf dem Live-Feed geschah.

Der schwindelerregende Bildausschnitt der Kamera schoss wild durch die Kabine, als sie von Befestigungsgurten, Notsitzen und schreienden Männern abprallte. Dann flog sie nach draußen, segelte ein Stück durch die Luft und trudelte hinunter in den Abgrund. Jetzt war nur noch das Heulen des Windes zu hören.

Evans Gehirn verarbeitete immer noch, was sich vor dreißig Sekunden ereignet hatte, als Jack so seelenruhig aus der Kabine getreten war, als ließe er sich von einem Sprungbrett in den Pool gleiten.

Auf dem Bildschirm kam der Boden auf Evan zugerast. Der Aufprall.

Statik.

Darunter hing noch immer Evans letzte, panische SMS an Van Sciver in der Luft: NEIN WWARTE STOPP ICH SAG DIR WWO ICH BIN

In sein nächstes Ausatmen mischte sich ein Geräusch, das Evan nicht erkannte.

Der Cursor blinkte.

Schließlich kam Van Scivers Antwort: ZU SPÄT.

Evan nahm die Kontaktlinse heraus, zog sich die Tags von den Fingernägeln und legte beides zurück in den Kasten.

Er verließ den Tresor, ging durch das Schlafzimmer, den Flur und den Wohnbereich in die Küche.

Dort stand noch immer sein Glas Wodka.

Mit zitternder Hand hob er es hoch.

Und leerte es in einem Zug.

5. GEMEINSAME INTERESSEN SIND WICHTIG

Zum ersten Mal seit er sich erinnern konnte, hatte Evan lange geschlafen. »Schlafen« war allerdings nicht ganz der richtige Ausdruck, da er bereits um fünf Uhr wach gewesen war. Aber er blieb bis um neun liegen und starrte an die Decke, während sein Gehirn versuchte zu verarbeiten, was er gesehen hatte, wie ein Seestern, der seine Beute verdaute.

Einmal hatte er sich aufgesetzt und versucht zu meditieren, aber jeder Atemzug brachte nicht Achtsamkeit, sondern eine rasende, alles verschlingende Wut mit sich.

Schließlich stand er auf und stellte sich unter die Dusche. Er seifte seine rechte Hand ein, stützte sich mit seinem vollen Gewicht an der gefliesten Wand der Duschkabine ab und fuhr mit gestrecktem Arm daran auf und ab, um seine Schulter zu dehnen. Die Verletzung lag noch nicht lange zurück, und er wollte vermeiden, dass die Sehnen und Bänder unbeweglich wurden.

Danach zog er sich an. Alle Schubladen der Kommode in seinem Schlafzimmer enthielten Stapel identisch aussehender Kleidungsstücke: dunkle Jeans, graue T-Shirts mit V-Ausschnitt, schwarze Sweatshirts. Besonders an diesem Morgen empfand Evan es als eine Erleichterung, einfach auf Autopilot schalten zu können und keine Entscheidungen treffen zu müssen. Er hakte sich eine Victorinox-Taschenuhr an die Gürtelschlaufe und tappte den Flur hinunter in die Küche.

Im Kühlschrank befanden sich ein Glas Oliven, ein Stück Butter und zwei Fläschchen Epogen, ein Mittel gegen Blutarmut, das im Falle eines größeren Blutverlustes die Bildung von roten Blutkörperchen anregte. Drei Notfall-Beutel mit Kochsalzlösung starrten ihm aus dem Fleischfach entgegen.

Sein Magen erinnerte ihn daran, dass er seit fast einem Tag nichts mehr gegessen hatte. Sein Gehirn erinnerte ihn daran, seinen im Großraum Los Angeles verstreuten Safe Houses einen Besuch abzustatten, die Post reinzuholen, die Zeitschaltuhren für die Beleuchtung neu einzustellen und die Position der Gardinen und Rollos zu verändern.

Aber noch nie hatte er weniger Lust verspürt, seine Wohnung zu verlassen.

Es gibt nichts, was mich je dazu bringen würde, den Jungen an dich zu verraten.

Vor seiner Haustür holte er tief Luft und bereitete sich auf den Übergang in seine andere Identität vor. Hier, im Castle Heights, war er Evan Smoak, Importeur von Industriereinigern. Langweilig, und das mit Absicht. Durchtrainiert, aber nicht auffällig muskulös. Weder groß noch klein. Einfach ein durchschnittlicher Typ mit durchschnittlich gutem Aussehen.

Die einzige Person, die wusste, dass er nicht das war, was er zu sein vorgab, war Mia Hall, die alleinerziehende Mutter in 12B. Sie hatte zarte Sommersprossen auf der Nase, und das Muttermal an ihrer Schläfe sah aus, als habe es ihr ein Renaissancemaler aufgetupft. Weil all das noch nicht kompliziert genug war, war sie obendrein noch Bezirksstaatsanwältin. Was Evans Aufträge anging, waren sie zu der unausgesprochenen und wenig ersprießlichen Übereinkunft gelangt: Sie stellte keine Fragen, und er erzählte nichts.

Er presste die Stirn an die Tür, während er sich mental gut zuredete.

Er ist das Beste an mir.

Evan trat auf den Korridor und stieg in den Aufzug.

Auf dem Weg nach unten hielt er an, und Lorilee Smithson aus 3F kam hereingestöckelt. »Evan, lange nicht gesehen.«

»Ja, Ma'am.«

»Immer so förmlich ...«

Lorilee, die dritte Ehefrau eines reichen älteren Herrn, der sie kürzlich verlassen hatte, war eine glühende Anhängerin von plastischer Chirurgie und Bodyforming. Sie war einmal sehr hübsch gewesen, so viel war klar, aber es war zunehmend befremdlich zu beobachten, wie ihre Augenbrauen permanent hochgezogen blieben, egal, was der Rest ihres Gesichtes machte. Alter: fünfzig. Aber vielleicht auch siebzig.

Sie hakte sich bei Evan unter und stieß ihm spielerisch den Ellbogen in die Rippen. »Gleich fängt der Bastelkurs an. Scrapbooking. Sie sollten wirklich mitkommen. Ist prima geeignet, die schönsten Kindheitserinnerungen für immer festzuhalten.«

Evan drehte sich zu ihr um. Rund um ihre Augen waren drei neue Fältchen entstanden, die sich schwach auf ihrer sonst prallen, glänzenden Haut abzeichneten. Sie standen ihr und ließen ihr Gesicht wirken, als gehöre es zu einem lebendigen Menschen. Nächste Woche wären sie verschwunden, und ihr Gesicht wäre noch mehr gestrafft, wie eine Tomate kurz vorm Platzen.

Er überlegte, wie viele Wörter es maximal brauchen würde, bis sie endlich den Mund hielt.

Aber was er sagte, war: »Scrapbooking ist nicht so meins.«

Lorilee drückte seinen Arm. »Ach, kommen Sie, Sie müssen mal was Neues ausprobieren. Zumindest mache ich das so. In meinem Leben hat sich gerade einiges verändert, wie Sie vielleicht schon gehört haben.«

Das hatte Evan, wusste aber absolut nicht, wie er darauf reagieren sollte. War jetzt vielleicht einer dieser Fälle, wo ein »Tut mir leid« angebracht war? Klang das aber nicht vollkommen bescheuert, wenn jemand gerade von seinem Arschloch von Ehemann verlassen worden war? »Die Zeit heilt alle Wunden« klang genauso abgedroschen.

Zum Glück hielt Lorilee nichts von langen Gesprächspausen. »Wissen Sie was? Ich genieße mein Leben jetzt wieder. Ich hab da jemanden kennengelernt, einen Hochzeitsfotografen. Aber ich weiß noch nicht, ob er mich wirklich mag oder nur mein Geld.«

Sie verzog ihre aufgespritzten Lippen zu einem Schmollmund und knuffte ihn wieder scherzhaft in die Seite.

Evan tätschelte ihr das Handgelenk, was er dazu benutzte, sich unauffällig von ihrem Arm zu befreien. Als es ihm schließlich gelungen war, hatte er Abdeckcreme an der Hand. Er sah zu ihrem Handgelenk und entdeckte die blauen Flecken, die sie versucht hatte zu verdecken. Die Abdrücke von drei Fingern, wo jemand sie roh gepackt hatte.

Lorilee hielt sich die Handtasche vor den Arm und wandte verlegen den Blick ab. »Er ist in Ordnung«, murmelte sie. »Sie wissen doch, wie diese Künstlertypen sind. Ziemlich temperamentvoll.«

Darauf hatte Evan wirklich keine Antwort parat.

Es ging ihn auch nichts an. Er dachte daran, wie Jack ins Nichts hinausgetreten war, als ließe er sich von einem Sprungbrett in den Pool gleiten. Evan musste sich etwas zu essen besorgen, und dann gab es ein paar Leute, die er umbringen musste.

Lorilee lächelte wieder, aber es wirkte ziemlich gequält. »Deshalb mache ich ja auch Scrapbooking. Es heißt doch, gemeinsame Interessen sind wichtig.«

Plötzlich wurde Evan heiß und kalt. »Wo, sagten Sie, findet der Kurs statt?«

Die Aufzugtüren gingen auf, und vor ihnen lag die Lobby, in der sich eine große Anzahl der Bewohner des Castle Heights an den Basteltischen tummelte, die eigens für diese Veranstaltung aufgebaut worden waren.

Alle Köpfe drehten sich zu Lorilee und Evan um.

Evan stellte eine blitzschnelle Berechnung an: siebzehn seiner Nachbarn, darunter der Präsident der Eigentümerversammlung, Hugh Walters. Und alle sahen aus, als hätten sie Lust auf einen kleinen Plausch.

Endlich hatte Evan es runter in die Tiefgarage geschafft, schloss die Tür hinter sich und wollte schon erleichtert aufatmen, als er Mia und ihren neunjährigen Sohn unten auf der Treppe sitzen sah.

Mia warf ihm einen zaghaften Blick zu. Kein Wunder, dass sie nicht wusste, wie sie sich verhalten sollte. Gestern Abend war er zu ihr gegangen, bereit, seine diversen Tarnungen und das nicht zurückzuverfolgende Sorgentelefon aufzugeben und herauszufinden, wie es sich anfühlen würde, es mit einer normalen Beziehung zu versuchen. Aber als Jack ihn auf dem RoamZone angerufen hatte, hatte er ihr – und dem, was er ihr hatte sagen wollen – den Rücken gekehrt.

Peter reckte den Hals und sah mit seinen dunklen Augen zu ihm hoch. »Hallo, Evan Smoak.«

»Was gibt's Neues?«, fragte Evan.

»Zahnspangen sind voll scheiße«, grummelte Peter.

»Na, na, na«, sagte Mia matt.

»Was macht ihr denn hier unten?«, fragte Evan.

»Mom versteckt sich vor der Scrapbook-Frau.«

»Gar nicht wahr.«

»Wohl. Du hast sie ›krankhaft gut gelaunt‹ genannt.«

»Na ja, stimmt ja auch.« Mia fuhr sich mit den Händen durch die kastanienbraunen Locken, ein Zeichen von Frustration. »Und ich brauchte dringend mal ne Pause ... von guter Laune.«

Peters raue Stimme klang auf einmal geknickt. »Ich wollte doch nur mal gucken. Außerdem hatte sie 'ne Schale voll Hershey's Kisses.«

»Ist ja schon gut«, seufzte Mia. »Geh schon rauf, ich komme gleich nach.«

Peter lief eilig die Stufen hinauf und hielt vor Evan an, um ihm das neue Metall in seinem Mund zu zeigen. »Hab ich was in der Zahnspange?«

»Ja«, sagte Evan. »Deine Zähne.«

Peter grinste. Dann verabschiedete er sich mit einer Ghetto-Faust und flitzte durch die Tür in die Lobby.

Auch Mia erhob sich. Sie drehte sich langsam um, streckte die Arme und ließ sie dann mit einem Klatschen gegen ihre Beine fallen. »War ein komisches Gespräch«, sagte sie. »Gestern Abend.«

Evan ging die Stufen hinunter. Es war schwer, sie da vor sich zu sehen und ihr nicht noch näher sein zu wollen. Sie war der erste Mensch, den er je kennengelernt hatte, der die Vorstellung einer anderen Art von Leben für ihn attraktiv gemacht hatte. Er hatte gegen jeden Instinkt und gegen seine Ausbildung ankämpfen müssen, die sein Leben bislang bestimmt hatten, um den Mut aufzubringen, gestern Abend an ihre Tür zu klopfen.

Seitdem schienen Jahre vergangen zu sein.

»Es tut mir leid«, sagte er schließlich.

»Ich will keine Entschuldigung, nur eine Erklärung.«

Evan sah einen digitalen Camcorder vor sich, der wie wild durch die Kabine eines abstürzenden Hubschraubers schoss.

Er räusperte sich, für ihn ein seltenes nicht verbales Signal. »Ich fürchte, ich kann dir keine anbieten.«

Mia legte den Kopf schräg. »Du siehst schlimm aus. Ist alles in Ordnung?«

Da war es wieder, das Bild: Jack, wie er aus dem Black Hawk tritt und im Nichts verschwindet. Es fühlte sich an wie das Fragment eines Traumes, voller Bedeutung und gleichzeitig unwirklich.

»Ja«, sagte er.

»Reden wir über das, was passiert ist?«

»Ich kann nicht.«

»Wegen was immer ... wegen der Sachen, die du machst.«

»Ja.«

Sie sah ihn prüfend an. In seiner Jugend hatte Evan unzählige Stunden Training durch PSYOP-Experten über sich ergehen lassen müssen, eine Ausbildung, zu der brutale, stundenlange Verhöre zählten, die manchmal Tage andauerten. Um sicherzustellen, dass er nichts durch Körpersprache oder Mimik preisgab, hatten sie alles an ihm überwacht, bis hin zur Frequenz seines Blinzelns. Und dennoch hatten heute seine Gefühle dazu geführt, dass er sich nicht unter Kontrolle hatte und verletzlich war. Ihm kam es so vor, als könne Mia hinter seine Maske und direkt in sein Innerstes blicken. Er stand vollkommen schutzlos vor ihr.

»Was auch immer diesmal geschehen ist, es hat dir sehr wehgetan«, stellte sie fest.

Evan ließ sein Gesicht wieder ausdruckslos werden und erwiderte ihren Blick.

Sie nickte ihm besorgt zu. »Sei vorsichtig.«

Als er an ihr vorbeiging, fasste sie ihn um die Taille. Sie zog ihn zu sich heran und umarmte ihn, woraufhin er spürte, wie er erstarrte. Sie hatte ihre Wange an seine Brust gelegt und hielt ihn ganz fest. Er atmete ihren Duft – Zitronengras-Körperlotion, Shampoo, ein Hauch Parfüm, das nach Regen roch. Er wollte sich in ihre Arme fallen lassen, aber als er die Augen schloss, sah er nur den Black Hawk vor einem Himmel voller Sterne außer Kontrolle um die eigene Achse kreisen.

Evan zwang sich, sich von ihr zu lösen, und ging zu seinem Truck.

6. DIE GRENZE DER SICHTBARKEIT

Nachdem er alle Aufgaben für den Tag erledigt hatte, nahm Evan an der Kochinsel vor einem dampfenden Teller Mahi Mahi Platz, gewürzt mit Thymian von der Grünen Wand. Der Teller stand genau mittig zwischen Gabel und Messer, links und rechts waren im exakt gleichen Abstand zwei Schälchen angeordnet, das eine mit frischen Granatapfelkernen, das andere mit Cocktailtomaten, ebenfalls aus dem hängenden Garten. Sein Wodka an diesem Abend – so gründlich geschüttelt, wie es gründlicher nicht ging, und dann in ein Glas geschenkt – war ein 666 Pure Tasmanian aus fermentierter Gerste, in kupferbeschichteten Brennblasen als Einzelcharge destilliert und aktivkohlefiltriert. Oben am Glas hatten sich Eiskristalle gebildet.

Er hatte sich sorgfältig auf die Zubereitung der Mahlzeit konzentriert.

Aber ihm war der Hunger vergangen.

Er fragte sich, was Mia und Peter in ihrer Wohnung neun Stockwerke unter ihm wohl gerade aßen. In ihrem farbenfrohen Zuhause mit den Action-Figuren auf dem Fußboden, dem schmutzigen Geschirr in der Spüle und verschmierten, mit Magneten befestigten Buntstiftzeichnungen am Kühlschrank. Als er sie das erste Mal besucht hatte, war ihm die Unordnung unangenehm aufgefallen. Aber mit der Zeit war ihm bewusst geworden, dass man es auch anders sehen konnte, nämlich als Zeichen, dass hier zwei Menschen ihr Leben lebten, und zwar mit all seinen Höhen und Tiefen.

Er zwang sich, einen Bissen zu nehmen. Es schmeckte gut, und sein Körper meldete ihm, dass er doch hungrig war. Er rief sich in Erinnerung, dass egal, welche Gefühle er gerade verarbeitete, er eine Maschine war, die nur eine einzige Aufgabe hatte, und Maschinen brauchten nun mal Kraftstoff.

Also aß er.

Danach wusch er den Teller ab, trocknete ihn und legte ihn in den Schrank auf die anderen. Ihm fiel auf, dass dieser Teller der einzige war, der je benutzt wurde.

Er nahm seinen Wodka, ging zu den großen Fenstern, die sich über die gesamte Wand an der Nordseite erstreckten, und blickte hinaus auf die nächtliche Stadt. Er konnte so deutlich in das Haus gegenüber sehen, als spähte er in ein Puppenhaus. Gerade kam ein Mann aus dem Aufzug, der mit einem Taschentuch wie wild an seinem Hemdkragen herumrieb. Das Tuch war rot von Lippenstift. Dann faltete er es wieder, steckte es ein, und ging den Flur hinunter. Evan sah, wie seine Frau ihn freudig begrüßte, als er die Haustür aufschloss. Die beiden umarmten sich. Drei Stockwerke weiter oben lag eine vierköpfige Familie auf dem Bauch auf dem Wohnzimmerteppich und spielte ein Brettspiel. In der Wohnung daneben schluchzte eine Frau allein in einem dunklen Schlafzimmer. Ganz oben übte ein älteres Ehepaar gerade seine Tanzschritte. Die Frau hatte eine Blume im stahlgrauen Haar. Beide strahlten über das ganze Gesicht.

All diese Menschen, die ihr Leben lebten. Es kam ihm vor, als sehe er ins Innere einer komplexen Uhr: all die kleinen Rädchen im verborgenen Mechanismus. Evan konnte an der Uhr zwar die Zeit ablesen, aber wie ein Uhrwerk funktionierte, würde er niemals verstehen.

Sein Blick wanderte wieder zu der Frau, die im Dunkeln weinte. Während er sie beobachtete, spürte er, wie etwas in seinem Innern aufbrach, wie von Neuem eine Trauer in ihm aufstieg, die der ihren in nichts nachstand. An Mitgefühl hatte es ihm nie gemangelt, nein, das war bei ihm schon immer sehr ausgeprägt gewesen. Aber er hatte stets dafür gesorgt, nicht zu viel zu fühlen, und sich in seine Festung der Einsamkeit zurückgezogen und die Zugbrücke hochgezogen.

Er sah die Frau schluchzen und beneidete sie um ihre Fähigkeit, ihren Gefühlen so ungehemmt und vollständig freien Lauf lassen zu können.

Wenn er schließlich dasselbe täte, würde jemand mit dem Leben bezahlen.

Evan nahm einen Schluck von seinem Drink, ließ ihn sich langsam über die Zunge gleiten und durch die Kehle brennen. Ein Hauch von dunkler Schokolade und der Biss von schwarzem Pfeffer.

Den Rest schüttete er weg, ging zum Orientteppich vor dem Kamin hinüber, setzte sich in den Schneidersitz und legte die Hände leicht auf die Knie. Er streckte den Rücken, um seine Wirbelsäule zu dehnen, und ließ die Lider halb sinken, sodass seine Augen weder offen noch geschlossen waren.

Dann versenkte er sich nach innen und konzentrierte sich auf seinen Atem, wie er durch ihn hindurchstrich, seinen Körper wieder verließ, und auf das, was er dabei mit sich nahm.

Er konnte seine Trauer und die rasende Wut in sich spüren, die wie glühende Lava in seinen Eingeweiden brodelte. Er nahm wahr, wie sie ihm in den Hals stieg und nach außen drängte. Er atmete gegen die Wut an, selbst als sie kämpfte und sich wehrte, atmete, bis sie vergangen war, bis er vergangen war, bis er nicht länger Orphan X war oder der Nowhere Man oder Evan Smoak.

Als er irgendwann die Augen wieder öffnete, fühlte er sich von Grund auf gereinigt.

Seine Trauer würde warten müssen, wie auch seine Wut.

Denn jetzt war es Zeit zu handeln.

Die hochauflösende Kontaktlinse hatte ihren eigenen Datenspeicher und konnte daher gewissermaßen zurückgespult und erneut abgespielt werden. Evan sah sich die Aufnahme noch einmal als neutraler Beobachter an – wie ein Sprengstoffexperte, der den Ort der Explosion auf Hinweise untersucht.

Die Aufnahme erwachte blinkend zum Leben; man sah das verwackelte Innere des Black Hawk. Evan blendete den Mann in Handschellen aus, auf den die Kamera gerichtet war, stattdessen beobachtete er, wie einer seiner Kidnapper die Kabinentüren aufschob, sodass man links und rechts ein Stück in die nächtliche Dunkelheit hinaussehen konnte.

Es war zu dunkel, um auf dem Boden etwas erkennen zu können. Evan konnte also nicht abschätzen, in welcher Höhe sich der Hubschrauber befand, allerdings hatte einer der Männer von sechzehntausend Fuß gesprochen. Als der Wind durch die geöffneten Türen hereinblies und dem Gefangenen durchs Haar fuhr, schob sich an einer der Türen wacklig der Mond ins Bild. Hätte Evan ein Team von NASA-Astronomen zur Verfügung, könnte er vielleicht anhand der Gestirne die Position des Black Hawk bestimmen.

Aber hier im Tresor gab es nur ihn und eine Aloe vera in einer Schale mit kobaltblauen Glaskieseln. Er hatte sie Vera II. getauft, und obwohl er ihre Gesellschaft sehr schätzte, konnte sie, was die Rechenleistung anging, mit einer Gruppe Astrophysiker nicht mithalten.

Er hatte bereits online die Nachrichtenportale durchsucht und war wenig überrascht, nirgends einen Bericht über den Absturz eines Black Hawk am gestrigen Abend zu finden. Da hatte eindeutig Van Sciver seine unsichtbaren Finger im Spiel. Wenn Evan eine Spur finden wollte, würde er wesentlich tiefer graben müssen.

Er konzentrierte sich wieder auf die Aufnahme, auf der jetzt die Freelancer in Fliegeranzügen in der Kabine des Black Hawk Aufstellung nahmen.

Aus dem Off schrie jemand: »Sehen Sie in die Kamera!«
Die Geisel tat wie geheißen.

Evan sah sich die Geiselnehmer auf Tattoos und Abzeichen hin an, anhand derer man sie identifizieren könnte, aber alle waren von Kopf bis Fuß eingepackt, sodass nur die Gesichter zu sehen waren. Diese Typen standen total auf ihre Ausrüstung. Evan analysierte ihr Verhalten, den Körperbau und ihre Haltung. Diejenigen, die gerade nicht in der Kabine unterwegs waren, standen so stramm, als hätten sie zwei Wirbelsäulen. Ihre Stiefel waren parallel geschnürt, das Markenzeichen von Hipstern oder Ex-Militärs.

Evan ging davon aus, dass sie keine Hipster waren.

Van Sciver heuerte gerne die Ausschussware der Spezialeinheiten als Fußvolk an – unehrenhaft entlassene Soldaten, die zwar über die entsprechende Ausbildung verfügten, aber zu brutal oder aufsässig waren, um weiterhin im Dienst zu verbleiben.

Aus dem Off fragte eine Stimme: »Was sind die aktuellen Sicherheitsvorschriften für die Kontaktaufnahme mit Orphan X?«

Die Geisel stellte sich breitbeinig hin, um das Gleichgewicht nicht zu verlieren, und sprach in die Kamera.

Als das Frage-und-Antwort-Spiel weiter seinen Lauf nahm,

suchte Evan die Szene vor ihm nach verräterischen Details ab: ein Name in Filzstift auf einem Rucksack, die Seriennummer einer Waffe, eine Karte mit einem dicken roten Kreuz. Fehlanzeige. Die Jungs hatten ganze Arbeit geleistet und keinerlei visuelle Hinweise hinterlassen.

Die Geisel sah jetzt direkt in die Kamera und sagte den Satz: »Und du bist dumm genug zu glauben, dass dir das einen Vorteil verschafft.«

Objektiv betrachtet, hatte das anschließende Chaos beinahe etwas Komisches. Die absolute Ruhe der Geisel im Gegensatz zur panischen Reaktion der Kidnapper.

Als der Camcorder durch die Kabine flog, bewegte Evan seine Finger mit den RFID-Tags und fand die Einstellungen, mit denen er die Aufnahme in Zeitlupe ablaufen lassen konnte. In diesem Durcheinander würde er vielleicht einen Hinweis entdecken.

Er sah sich die Szene fünf- oder sechsmal an, jedoch ohne Erfolg.

Dann konzentrierte er sich auf einen späteren Teil der Aufnahme, als der Camcorder aus dem abstürzenden Hubschrauber geschossen war. Er legte einen Nachtsichtfilter darüber in der Hoffnung, auf dem Boden etwas erkennen zu können, aber er war zu schnell wieder verschwunden. Selbst als er auf Einzelbildschaltung ging, schien die durch die Luft segelnde Kamera nur hier und da verschwommene Lichtflecke und längliche Umrisse aufgenommen zu haben, die wie Ackerland aussahen.

Er wollte schon aufgeben, als er aus dem Augenwinkel einen etwas größeren verschwommenen Fleck auf dem Boden wahrnahm, der weniger hell leuchtete als die anderen Lichter. Er ging zurück und ging auf Standbild. Das Objekt war dunkler, weil es sich gar nicht um eine Lichtquelle handelte. Der Nachtsichtfilter hatte es entdeckt, indem er es bis an die Grenze der Sichtbarkeit ausgeleuchtet hatte.

Evan ging ein Bild weiter, dann eins zurück. Mehr Spielraum hatte er nicht. Dann kehrte er wieder zum mittleren Bild zurück, kniff konzentriert die Augen zusammen und beugte sich instinktiv nach vorn. Natürlich bewegte sich das virtuelle Bild mit ihm und blieb in derselben Entfernung vor seinem Gesicht.

Zum Glück erlaubte sich Vera kein Urteil.

Evan markierte den Fleck und vergrößerte ihn, dann versuchte er erneut, etwas darin zu erkennen.

Ein Wasserturm.

Mit einer Vertiefung in der Mitte? Sah aus wie ein Apfel.

Nein, ein Pfirsich.

Ein Wasserturm in der Form eines Pfirsichs.

Ja, den gab es tatsächlich. Er hatte ihn schon mal auf einer Postkarte gesehen.

Er war bereits dabei, sich die Kontaktlinse und die Tags abzustreifen. Weg mit der neuen Technologie und her mit der alten.

Eine Suche auf Google ergab den sogenannten Peachoid, einen knapp vier Millionen Liter fassenden Wasserturm in Gaffney, South Carolina. Er befand sich an der Interstate 85, zwischen den Ausfahrten 90 und 92 auf der einfallsreich benannten Peachoid Road.

Es war zwar kein dickes rotes Kreuz auf einer Karte.

Aber es kam dem verdammt nahe.

7. ZWEI GRÄBER

Evans Woolrich-Hemd hatte vorne eine Knopfreihe, die nur Attrappe war. Eigentlich wurde es von Magneten zusammengehalten, die leicht aufgingen, wenn er schnell an das Holster kommen musste, das oben am Bund seiner unauffälligen, für taktische Einsätze konzipierten Cargohose eingehakt war. Momentan war das Holster allerdings leer. Er trug leichte Original-S.W.A.T.-Boots, die wie langweilige Wanderschuhe aussahen, wenn er die Hose über den Stiefeln trug. Es würde ewig dauern, bei der Sicherheitskontrolle am Flughafen die Schürsenkel aufzubinden.

Hinten in seiner Hose steckte einer seiner vielen, von der zauberhaften Passfälscherin Melinda Truong zauberhaft gut gefälschten Reisepässe.

Mit dem Auto nach South Carolina zu fahren, also effektiv einmal quer durch die Staaten, würde zu lange dauern, dazu war die Sache zu dringend.

Es war irgendwann sehr früh am Morgen, und um diese Zeit fuhr Gott sei Dank noch niemand mit dem Aufzug. Als sich die Türen hinter ihm schlossen, bemerkte er einen schwachen Duft nach Zitronengras. Auf dem Boden der Kabine lag ein zusammengerolltes Kügelchen Alufolie, das letzte, geisterhafte Überbleibsel eines Hershey's Kiss.

Vielleicht war auch er der Geist, der unsichtbar durch die Welt der Lebenden driftete und ihren Spuren folgte.

Während der Fahrt nach unten herrschte absolute Stille. Wundervoll.

Evan kämpfte sich durch den peitschenden Wüstenwind und duckte sich in den Eingang der Werkstatt seines Waffenlieferanten, ein schummrig beleuchtetes, höhlenartiges Gebäude irgendwo weitab vom Strip in Las Vegas. Evan überprüfte die Überwachungskamera an der Tür und vergewisserte sich, wie er es jedes Mal tat, dass sie für seinen Besuch ausgestöpselt worden war.

Es roch nach Waffenfett, Kaffee, Zigarettenrauch und verbrauchtem Schießpulver. Er spähte zwischen den gestapelten Waffenkisten hindurch und über die Maschinen und Werkbänke hinweg, die in einer Weise arrangiert waren, deren Logik sich ihm immer entzogen hatte.

»Tommy?«

Das Geräusch kleiner Rollen auf Beton kündigte das Erscheinen des neunfingrigen Waffenmannes an. Dann kam er auch schon, so weit zurückgelehnt, dass er fast lag, auf einem Bürostuhl der Marke Aeron von links um die Ecke gebogen. Die Schweißerbrille ließ ihn wie eine albtraumhafte Steampunk-Figur aussehen. Unterhalb seines Walrossschnurrbarts brannte knisternd eine fast bis auf den Filter heruntergerauchte Camel Wide. Tommy Stojack zupfte sich den Stummel aus dem Mund und ließ ihn in einen wassergefüllten roten Plastikbecher fallen, wo er zischend absoff und sich zu den unzähligen anderen gesellte. In Anbetracht der hier lagernden Waffen und Munition würde eine unachtsam platzierte Kippe die Werkstatt in ein spektakuläres Independence-Day-Feuerwerk verwandeln.

Tommy schob sich die Schweißerbrille in die Stirn und betrachtete Evan eingehend. »Fünf Minuten vor der Zeit ist des Soldaten Pünktlichkeit. Ich könnte meine Uhr nach dir stellen.«

»Hast du sie?«

»Na klar. Warum die Hektik?«

»Ich hab was Bestimmtes vor. Ist höchst persönlich.«

»Persönlich.« Tommy schob die Unterlippe vor und ließ ein Stück Skoal-Kautabak in der Geschmacksrichtung Wintergreen hineinplumpsen. »Wusste gar nicht, dass das zu deinem Wortschatz gehört. Sogar mit Adverb und allem.«

Evan konnte die Leute, denen er vertraute, an den Fingern von Tommys verstümmelter Hand abzählen, dann blieb allerdings immer noch ein Finger übrig. Nach der Explosion des Black Hawk war Tommy einer der wenigen noch Verbliebenen. Trotzdem wussten Evan und Tommy so gut wie nichts über das Privatleben des anderen. Genau genommen wussten sie auch so gut wie nichts über das, was der andere beruflich machte. Aus den Informationsbrocken, die Tommy hier und da hatte fallen lassen, hatte Evan sich zusammenreimen können, dass Tommy ein Elitescharfschütze war und als Vertragsausbilder und Waffenspezialist mit Schwerpunkt auf Forschung und Entwicklung für diverse von der Regierung sanktionierte geheime Sonderkommandos arbeitete, die, was die Geheimhaltungsstufe anging, mit dem Orphan-Programm allerdings nicht ganz mithalten konnten.

Tommy war auch Evans Waffenlieferant und baute jede seiner Pistolen selbst, indem er ein aus massivem Aluminium gefertigtes Griffstück glatt fräste, das nie eine Seriennummer getragen hatte – eine Phantomwaffe. Dann steckte er einfach eine Abzuggruppe auf und packte noch eine etwas höher sitzende »Straight Eight«-Visierung, einen verlängerten Lauf mit einem Gewinde für einen Schalldämpfer und eine beidseitig bedienbare Daumensicherung drauf, da Evan am liebsten mit links schoss. Er bevorzugte seine Pistolen in Mattschwarz, damit sie ebenso leicht in der Dunkelheit verschwanden wie er selbst.

Als Evan das Herzstück der Höhle erreicht hatte, stieß Tommy sich mit dem Stiefel von einer Kiste Panzerfäuste ab und rollte hinüber an eine Werkbank, wo er sich schließlich ein wenig steif aus seinem Stuhl erhob.

Auf einem mit Waffenfett beschmierten Silikontuch lagen ein Laptop und eine schmale Pistole, die aussah wie eine abgespeckte Version von Evans üblicher Wilson 1911.

»Ich hab der kleinen Lady ne kleine Abmagerungskur verpasst, genau wie du wolltest«, erläuterte Tommy. »Na, wie findste sie?«

Evan hob die Waffe hoch. Sie fühlte sich etwas komisch in seiner Hand an. Wie seine normale Wilson, nur auf die Hälfte runtergeschrumpft. Sie war kaum breiter als die 230-Grain-»Gold Dot«-Hohlspitzgeschosse der Firma Speer, die sie verschoss. Er drehte sie hin und her. »An das Gewicht muss ich mich erst noch gewöhnen.«

»Das ist scheinbar deine Art, ›Danke, Kumpel. Du bist der absolute Oberhammer‹ zu sagen ...«

Evan sah sich gerade die Visierung an. »Das natürlich auch.«

Tommy warf Evan ein entsprechend modifiziertes Holster zu. »Und hier ist das passende Extrasupersonder-High-Guard aus Kydex.«

Evan hob die neue Waffe noch ein paarmal prüfend an. »Ehrlich gesagt, war ich mir nicht sicher, wie du das hinkriegen würdest.«

»Hinkriegen?« Tommy reckte beleidigt das Kinn. »Junge, ich hab schon eine Laserkanone für die Navy kalibriert, die Drohnen vom Himmel holen kann. Ich hab die präzisionsgelenkte Kaliber-.50-Scharfschützenmunition für die DARPA, die Forschungsabteilung des Verteidigungsministeriums, getestet, die nach Verlassen des Laufs die Flugbahn ändern kann, und ich hab ein intelligentes Zielfernrohr feingetunt, mit dem du erst gar nicht versehentlich einen von deinen eigenen Leuten abknallen kannst.« Er verschränkte die Arme vor der Brust. »Ich glaube, da werd ich's grad noch hinkriegen, ne Handfeuerwaffe an ein paar unterbelichteten Fuzzis von der Transportsicherheitsbehörde am Flughafen vorbeizuschmuggeln.« Er schnippte mit den Fingern und zeigte auf eine verklebte Kaffeemaschine, die hinter Evan vor sich hin blubberte. »Einmal hier rüber.«

Evan goss Tommy einen Becher ein und musste sich danach die Hände an einem Waffenputztuch abwischen. Über seine mit Kautabak vollgepackte Unterlippe hinweg nahm Tommy schlürfend einen Schluck. Dann steckte er sich eine neue Camel an. Evan war sich sicher, der einzige Grund, warum er sich nicht zwei auf einmal anzündete, war, dass es ihm noch nicht eingefallen war.

Tommy zog drei Wilson-Magazine mit jeweils acht Kugeln aus seiner ausgebeulten Hemdtasche und hielt sie Evan hin. »Probier sie doch einfach mal aus.«

Evan schob das erste Magazin in den Lauf, zog sich Augen- und Ohrenschutz an und ging zum Testschussrohr. Ohne Probleme verschoss er alle vierundzwanzig Kugeln. Dann nickte er kaum merklich.

Zurück an der Werkbank fragte er: »Was machen die Herzrhythmusstörungen?«

Tommy winkte ab. »Mittlerweile ist das schon nicht mehr

Herzrasen ... Wenn das noch nen Zahn zulegt, hab ich bald nen Puls wie Iron Man.« Er stach mit seinem Fingerstummel in Richtung der vor ihm aufgereihten Gegenstände. »Ich erklär's dir jetzt mal schön langsam zum Mitschreiben. Alles genau so, wie du's kennst, nur in der Light-Version. ›Warum in der Light-Version, Chief Stojack?‹, hör ich dich fragen.« Der Stummel beschrieb einen Kreis in der Luft. »Jetzt pass mal auf.«

Tommy griff die schlanke Pistole und schob sie in den Festplatten-Slot des vor ihm liegenden Laptops, wo sie ein verborgener Mechanismus in Empfang nahm. »Das Einzige, was die auf ihrem Röntgenschirm sehen werden, ist ein solider Block Festplatte. Beim Display musste ich auf dreizehn Zoll runtergehen, damit alles passt, also musst du den Laptop vielleicht rausholen und hochfahren – halt das ganze bescheuerte Sicherheitstheater –, aber du solltest keinerlei Probleme haben. Natürlich musst du das Teil noch reinigen, damit's keine verräterischen Pulverrückstände gibt. Und auf den Laptop hab ich dir irgendwelche Exceltabellen, büromäßig aussehende Dokumente und ein paar frei runterladbare Bilder aus dem Internet aufgespielt.« Er hob den Laptop an, um zu demonstrieren, wie dünn er in der Seitenansicht war. »Kein überflüssiger Schnickschnack.« Er reichte ihn Evan mit einer übertriebenen Geste wie ein Ober, der dem Gast eine Flasche edlen Bordeaux präsentiert. »Gehe hin und siege.« Tommy lächelte sein Zahnlückenlächeln. »Bon voyage.«

Evan nahm den Laptop und ging Richtung Tür.

»Hey.«

Evan drehte sich um.

»Ne wirkliche Stimmungskanone bist du ja eigentlich nie, aber heute siehst du noch bedröppelter aus als sonst. Das ›höchst persönlich‹ von vorhin: Das war ernst gemeint, oder?«

»Ja.«

Tommy sah sich Evan genau an, wobei er eine Spitze seines ausladenden Bikerschnurrbarts zwirbelte. Die Fältchen rund um seine Augen wurden noch tiefer, als er ihn besorgt ansah. »Wenn du in der Klemme steckst, schick mir ein Rauchsignal. Ich bin nämlich noch nicht zu alt, um dir den Arsch zu retten.«

»Ich weiß. Aber das ist eine Sache, die ich allein durchziehen muss.«

Tommy nickte langsam, wobei er Evan weiterhin unverwandt ansah. »Vergiss nicht den alten chinesischen Glückskeksspruch: ›Vor jedem Rachefeldzug soll man zwei Gräber ausheben.‹«

»Oh, das werden mit Sicherheit ne ganze Menge mehr.«

8. DIENE MIT FREUDEN

Die ganze Sache war völlig umsonst gewesen.

Evan stand vor seinem gemieteten Chevrolet Impala am Rand der Peachoid Road und starrte auf das Gebilde, nach dem die Straße benannt war und das er mittlerweile richtiggehend verabscheute. Er machte die monströse Frucht persönlich dafür verantwortlich, dass er in seiner Verfolgungsjagd nicht weiterkam.

Er wusste nicht genau, wonach er suchte, aber irgendein Hinweis darauf, dass Jack und ein Zehn-Tonnen-Black-Hawk-Hubschrauber irgendwo hier in der Gegend runtergekommen waren, wäre ein Anfang gewesen.

Van Scivers Orphans waren der feuchte Traum eines jeden Verschwörungstheoretikers. Nicht nur, was das Töten anging – darin waren sie zwar gut, sehr gut sogar, aber darin hatte die Menschheit schon jahrtausendelange Übung. Nein, worin sie am besten waren, war dies: keinerlei Spuren in der alltäglichen Welt zu hinterlassen, in der alle anderen lebten. Den Medien, örtlichen Polizeibehörden, dem FBI und selbst dem CIA nichts zu bieten, wo sie ansetzen konnten. Sie gingen mit der zerstörerischen Kraft eines Wirbelsturms vor, und zurück blieb nicht das kleinste Stäubchen.

Evan war an der Vorderseite entlanggefahren, dann über die Zufahrtstraßen, hatte kreuz und quer die schachbrettartig angeordneten Flächen mit Ackerland, Bebauung und Wald durchkämmt, die das ach so lustige Wahrzeichen umgaben, und nach genau diesem Stäubchen gesucht, jedoch ohne Erfolg. Nirgends irgendwelche Wrackteile oder verbrannte Erde und auch nicht Jacks leerer Truck, der irgendwo an der Straße stand.

Der Flug von Las Vegas, mit Zwischenstopp in Houston, hatte sieben Stunden und sieben Minuten gedauert. Die dreiundfünfzig Meilen mit dem Mietwagen vom *Charlotte Douglas International*-Flughafen hatten dem eine weitere Stunde und zwanzig Minuten hinzugefügt. Eine verdammt lange Strecke für nichts und wieder nichts.

Rache genießt man angeblich am besten kalt, aber Evan bevorzugte seine kochend heiß.

Er nahm einen tiefen Atemzug, geschwängert mit Autoabgasen.

Das Vierte Gebot: *Es ist nie persönlich.*

Er wiederholte es so oft in seinem Kopf, bis er es beinahe glaubte.

Dann stieg er in den Impala und fuhr los. Er drehte eine letzte Runde hangaufwärts und schlängelte sich durch immer dichteren Wald, der ihn entfernt an die Bäume rund um Jacks Farmhaus erinnerte.

Er prüfte das RoamZone. Selbst nach diesem langen Tag war der hochleistungsfähige Lithium-Ionen-Akku noch immer fast vollständig geladen. Kurzzeitig fragte er sich, was er tun würde, wenn sich der nächste Fall für den Nowhere Man über das Handy ankündigte – ein *richtiger* Auftrag im Gegensatz zur persönlichen Rachemission, auf der er sich momentan befand. Nachdem er seinen Klienten geholfen hatte, bat er sie jedes Mal, jemanden zu finden – nur eine Person –, der seine Hilfe brauchte, und ihm seine nicht zurückverfolgbare Nummer zu geben.

Er hatte eine Regel, die im Siebten Gebot niedergelegt war: *Nur ein Auftrag auf einmal.*

Aber für Jack war er bereit, eine Ausnahme zu machen.

Bei einer Tankstelle hielt er an, um sich eine Flasche Wasser zu kaufen. Als er sie auf dem Weg zum Auto mit großen Schlucken leerte, hörte er irgendwo Gesang.

Erst als er sich umdrehte und die offene Tür einer Baptisten-Kirche auf der anderen Seite des Parkplatzes sah, wurde ihm klar, dass es sich um einen echten Chor handelte. Angezogen vom Klang der Stimmen, näherte er sich der Kirche, ging die Steinstufen herauf und trat ein. Die Bänke waren leer, aber der Chor, herausgeputzt in leuchtend blauen Gospel-Gewändern, stand auf seinem angestammten Platz vor dem Altar. Unter einem schmucklosen, von hinten hell erleuchteten Holzkreuz probten die Sänger gerade ein Kirchenlied ohne Begleitung. Der Chorleiter, ein älterer Herr, dirigierte von einem Podium aus. Die Stimmen erhoben sich rein und klar.

Evans Umriss erschien im Licht, das durch den Türrahmen fiel, und der Chorleiter drehte sich halb zu ihm um, während er den Sängern mit den Händen weiter den Takt vorgab. Er deutete einladend mit dem Kinn in Richtung der Sitzreihen.

Evan spürte wie üblich den Drang, wieder zu verschwinden, aber im Klang der vereinten Stimmen lag eine Kraft, die ihn mitten ins Herz traf und es zum Klingen brachte wie eine Gitarrensaite. Er setzte sich in die letzte Reihe und nahm die Musik in sich auf.

Mit den Wohlklängen kamen alte Erinnerungen in ihm auf. Wie er in dem Zimmer mit dem Dachfenster in Jacks Haus aufgewacht war, an jenem ersten, sonnigen Morgen. Wie er hinter Jack her durch den Wald gegangen war und seine kleinen Schuhe immer in die Abdrücke von Jacks Wanderschuhen gesetzt hatte. Der Tonfall von Jacks Stimme, die sich während ihrer abendlichen Unterrichtsstunden nie über eine gemäßigte Lautstärke hinaus erhoben hatte. Jack hatte ihm alles beigebracht, von den Kampfstrategien Alexanders des Großen über einfache Sätze in den indoiranischen Sprachen bis hin zu den Trinkspruchgepflogenheiten der skandinavischen Länder – nichts war zu unbedeutend gewesen, denn jedes noch so winzige Detail konnte Evan auf einem Einsatz das Leben retten.

Oder ihn töten.

Er dachte an den arabischen Geldgeber, der ihn aus tief umschatteten Augen angesehen hatte, eine halbkreisförmige Wunde um den Hals, wo Evans Würgeschlinge ihm ins Fleisch geschnitten hatte. Oder an den fetten Typen, vollkommen kahlköpfig und nur mit einem Handtuch bekleidet, der ihm leblos durch die Dampfschwaden einer Männersauna entgegengestarrt hatte, während ihm Blut aus dem Einschussloch über seinem rechten Auge über das Gesicht lief. Oder den Mann, der in einer heruntergekommenen Küche irgendwo in Osteuropa vornübergesunken an einem Tisch saß, das Gesicht in der Suppe und ohne Hinterkopf.

Und dann dachte er an all das, was er mit Van Sciver und jedem einzelnen seiner Gefolgsleute anstellen würde, die ihm auf dieser Mission noch über den Weg liefen.

Die Chorprobe war zu Ende. Bevor die Mitglieder sich verabschieden konnten, räusperte sich der Leiter äußerst wirkungsvoll und sagte: »Wenn Sie wieder da draußen bei Ihren Fahrgemeinschaften, dem wöchentlichen Einkauf und der Stechuhr sind, nehmen Sie sich einen Moment Zeit und denken Sie über Ihre Taten nach und darüber, was für ein Leben Sie führen. Wenn man Sie eines Tages im Sarg in diese Kirche trägt, ist das nämlich das Einzige, was für Sie sprechen wird.« Dann scheuchte er die Leute mit einem Winken seiner runzligen Hand hinaus. »Und jetzt ab mit Ihnen.«

Scherzend und den neuesten Klatsch austauschend, verließen die Sänger das Gebäude. Ein paar von ihnen sahen flüchtig zu Evan, und er nickte ihnen freundlich zu. Leute vergessen alles, was sie nicht als Bedrohung empfinden, und Evan hatte keinerlei Absicht, jemandem in Erinnerung zu bleiben.

Er sah hoch zu dem hellen Schein hinter dem Altar und dachte über die Dinge nach, an die die Menschen glaubten, und darüber, was sie im Namen dieses Glaubens verübten. Trotz seiner relativ jungen Jahre hatte er bereits in so viele gebrochene Augenpaare geblickt, hatte in so viele aschfahle, vom Tod gezeichnete Gesichter gesehen. Aber er hatte dabei nie vergessen, dass sich in diesen zerstörten Hüllen ein Mensch befunden hatte. Dafür hatte Jack gesorgt. Er hatte dieses Paradoxon tief in Evans Verstand und in seinem Herzen verankert. In gewisser Weise hatte es ihn gerettet. Aber er hatte einen hohen Preis dafür bezahlt.

Evan wollte gerade aufstehen, als der Chorleiter sich umdrehte und ihn entdeckte. Mit schleppenden Schritten kam der alte Herr durch den Mittelgang auf ihn zu. »Unsere Altstimmen sind ein bisschen zu tief, und die Tenöre dafür etwas zu hoch. Das sollte sich doch eigentlich gegenseitig aufheben, würde man meinen.«

»Für mich klang's perfekt«, sagte Evan. »Allerdings habe ich auch kein geschultes Gehör.«

»Offensichtlich.« Der Mann ließ sich mühsam neben Evan auf die Bank sinken und stieß ein keuchendes Seufzen aus, das wie ein Blasebalg klang.

»Ich sollte Sie nicht länger aufhalten, Sir«, sagte Evan.

»Pastor.«

»Herr Pastor. Danke, dass ich zuhören durfte.«

»Niemand kommt zufällig und ohne Grund in eine Kirche.«

Aus Respekt widersprach Evan nicht.

Der Pastor ließ sich gegen die Lehne sinken, verschränkte die Arme vor der Brust und sah an die gewölbte Decke. Wieder verspürte Evan den Drang, sich zu verabschieden, dann fiel ihm auf, dass er im Moment nirgendwo sein musste. Der Pastor kratzte sich am Ellbogen, ganz offenbar hatte er es ebenfalls nicht eilig.

Evan dachte noch einmal darüber nach, was der Pastor gesagt hatte, und entschloss sich, die Herausforderung anzunehmen.

»Was von beidem hat das größere Gewicht?«, fragte er.

»Wovon?«

»Am Ende. Worauf kommt es mehr an? Unsere Taten oder das Leben, das wir führen?«

»Sprechen Sie in der ersten Person, mein Junge. Sie werden sich wundern, was das für einen Unterschied macht.«

Evan dachte einen Augenblick nach. »Worauf kommt es mehr an? Meine Taten oder das Leben, das ich führe?«

Der Pastor hatte recht. Die Worte fühlten sich anders in seinem Körper und in seinem Kopf an.

»Sie glauben, da besteht ein Unterschied«, fuhr der Mann fort. »Zwischen unseren Taten und unserem Leben.«

»Manchmal.«

»Zum Beispiel bei Ihnen?«

»Das muss sich erst noch rausstellen.«

Der Pastor runzelte nachdenklich die Stirn und nickte tiefgründig. Man benötigte eine gute Portion Gesetztheit, um tiefgründig nicken zu können, aber dem Pastor gelang es mühelos. »Befolgen Sie die Gebote, mein Sohn?«

Evan konnte sich das Grinsen gerade noch verkneifen. »Ja, Herr Pastor. Und zwar jedes einzelne.«

»Dann fangen Sie bei denen an.«

Evan hielt kurz inne, bevor er das Thema wechselte. »Ich könnte mir denken, dass kaum jemand sich in dieser Gemeinde so gut auskennt wie Sie.«

»Da haben Sie wohl recht.«

»Ist Ihnen in letzter Zeit etwas zu Ohren gekommen über Regierungsleute hier in der Gegend, einen Hubschrauber oder einen Brand?«

Der Pastor hob eine Augenbraue. »Nein, nicht das Geringste.«

»Oder irgendwelche verdächtige Aktivitäten unten beim ...« Er zögerte kurz, bevor er den Namen seines neuen Hassobjekts aussprach. »... Peachoid?«

»Nein.«

»Und wie steht es mit UFOs, die Kreise in Kornfelder zeichnen?« Der Mann bedachte ihn mit einem etwas trübäugigen wütenden Funkeln. »War nur Spaß.«

»Was soll dieser ganze Unsinn überhaupt?«

»Ich hätte eigentlich einen Freund bei diesem Pfirsich-Wasserturm treffen sollen, aber er ist nicht gekommen.«

»Warum rufen Sie ihn nicht einfach an?«

»Ist ein Freund von ganz früher. Wir hatten uns online verabredet.«

»Hm.« Der Pastor dachte einen Augenblick nach. »Sind Sie sich auch sicher, dass es der richtige ist?«

Eine plötzliche Vorahnung ließ Evan sich kerzengerade aufrichten. »Der richtige Freund?«

»Der richtige Riesenpfirsich. Dieselbe Firma hat noch einen kleineren gebaut, unten in Clanton, Alabama.«

Also hatte Evan doch nicht alle Gebote befolgt. Das Erste hatte er völlig außer Acht gelassen: *Keine voreiligen Schlüsse*.

Er stand auf. »Vielen Dank, Herr Pastor. Ich kann Ihnen gar nicht sagen, wie sehr Sie mir geholfen haben.«

»Ich diene mit Freuden.«

Evan schüttelte die ihm entgegengestreckte Hand, die sich wie Schmirgelpapier anfühlte. »Genau wie ich.«

9. AUS DEM JENSEITS

Fünf Stunden und achtunddreißig Minuten später stand Evan am Rand der Interstate 65 zwischen Birmingham und Wetumpka und sah zur Zweitausend-Liter-Version desselben pfirsichförmigen Schandflecks empor.

Nach weiteren siebenundzwanzig Minuten erfassten seine Scheinwerfer Jacks Truck, der am Anfang eines Zufahrtswegs zwischen zwei nicht enden wollenden Streifen Baumwollfeld stand, die sich in die Dunkelheit erstreckten.

Er stieg aus dem Impala, nahm seine schlanke ARES-Pistole zum ersten Mal aus dem Holster und ging vorsichtig auf den Truck zu. Es war so kalt, dass ihn fröstelte, aber er verkniff sich dieses Gefühl sofort. Mit der Maglite an seinem Schlüsselbund leuchtete er in die Fenster und sah sich die Verwüstung an: aufgeschlitzte Sitzpolster, achtlos verstreute Unterlagen aus dem Handschuhfach, in den Dachhimmel gestoßene Löcher. Sie hatten den Wagen genauso gründlich durchsucht, wie er es erwartet hatte. Sicher hatten sie nach allem Ausschau gehalten, was sie vielleicht auf Evans Spur führen könnte.

Durch die von seinem Atem beschlagene Scheibe betrachtete Evan das verschandelte Innere des Trucks und überlegte, über wie viele Jahre hinweg Jack dieses Armaturenbrett poliert, die Fugen gesaugt und den Lack ausgebessert hatte. Wut und Schmerz drohten aus dem fest verschlossenen Kästchen in seiner Brust zu entkommen, aber er nahm sich die Zeit, sie wieder wegzusperren.

Er ging um den Truck herum und suchte ihn nach Fallen ab, konnte aber auf Anhieb nichts entdecken.

Der Wagen war nicht abgeschlossen. Er war zwar zwanzig Jahre alt, aber die Türen öffneten sich ohne jedes Quietschen. Jacks Türen würden es auch nicht wagen.

Evan setzte sich dahin, wo Jack immer gesessen hatte.

Bereust du es? Was ich dir angetan habe?

Er fasste ans Lenkrad. Das genarbte Vinyl war links und rechts ganz abgenutzt und glatt. Da, wo Jacks Hände immer gelegen hatten.

Ich wollte deine Stimme hören.

Aus dem Augenwinkel sah Evan etwas in der in die untere Hälfte der Fahrertür eingelassenen Ablage aufglänzen. Er griff hinein und hob Jacks Autoschlüssel ins diffuse Licht, das von draußen hereinfiel.

Seltsam.

Jack ließ niemals seine Schlüssel im Auto.

Er war ein Gewohnheitstier. Das Zweite Gebot hatte er immer am liebsten gemocht: *Totaler Fokus im Großen wie im Kleinen.* Das hatte er Evan immer wieder eingebläut, bis es ihm in Fleisch und Blut übergegangen war.

Natürlich konnte es auch sein, dass Van Scivers Leute Jacks Schlüssel an sich genommen hatten, als sie Jack gekidnappt hatten, damit sie seinen Truck durchsuchen konnten. Aber hätten sie sie in diesem Fall nicht danach einfach auf den Sitz geworfen oder in den Getränkehalter gestopft? Die Schlüssel in die Ablage unten an der Fahrertür zu stecken fiel einem nicht als Erstes ein und war auch nicht die einfachste Lösung.

Für mich ist es zu spät.

Jack hatte gewusst, dass sie ihn sich gleich holen würden.

Ich glaube, gerade geht mein neuntes Leben zu Ende, Junge. Ich bin mir hundertprozentig sicher, die hören gerade mit.

Aber Jack hätte es auf seine Art getan. Evan schätzte, er war selbst aus dem Truck gestiegen und hatte ihn offen gelassen, damit sie ihn durchsuchen konnten. Und die Schlüssel hatte er sorgfältig an einem Ort versteckt, wo Evan sie finden würde.

Aber wieso?

Na ja, manchmal können wir vor lauter Nebel nicht erkennen, was wichtig ist. Aber vielleicht ist es an der Zeit, es zu versuchen, bevor, du weißt schon …

Jack hatte gewusst, dass er nicht mehr lange zu leben hatte.

Ich schätze … Ich schätze, ich würde gern hören, dass du mir vergibst.

Evan sah durch die schmutzige Windschutzscheibe. In der Dunkelheit war nichts von der Landschaft ringsum zu erkennen. Hier, in der Kabine von Jacks Truck, kam es Evan so vor, als schwebe er durch die schwarze Unendlichkeit des Weltraums.

»Wir hatten keine Zeit«, sagte er leise in das Armaturenbrett. »Wir hatten nicht genug Zeit.«

Ich hab dich lieb, mein Junge.

»Verstanden«, flüsterte Evan.

Sinnierend starrte er in die Dunkelheit, während sein Atem als weiße Wolke in die kalte Novemberluft aufstieg.

Bevor er starb, wollte Jack die Dinge zwischen ihm und Evan in Ordnung bringen – das zumindest war unmissverständlich gewesen. Aber vielleicht waren seine Worte absichtlich doppeldeutig. Was, wenn es noch etwas anderes gab, das er in Ordnung bringen wollte? Er wusste, dass Van Sciver zuhörte, also hatte er mit Sicherheit einen Code verwendet.

Evan wiederholte das Gespräch nochmals im Kopf und stolperte über etwas, das Jack gesagt hatte: *Manchmal können wir vor lauter Nebel nicht erkennen, was wichtig ist.*

Die Wortwahl war vollkommen untypisch für Jack. Jack drückte sich nüchtern aus, war nie um Worte verlegen und sprach mit der Schlagfertigkeit eines ehemaligen Leiters einer Polizeidienststelle. Ohne unnötige Schnörkel, selten poetisch, und wenn er Metaphern verwendete, dann höchstens ironisch.

Evans Blick fiel auf die Schlüssel in seiner Hand.

vor lauter Nebel nicht erkennen, was wichtig ist

Die Erkenntnis traf ihn wie ein Faustschlag.

Im gleichen Moment steckte er den Schlüssel ins Zündschloss.

Der sorgfältig gewartete Motor sprang sofort an.

Evan saß einen Moment regungslos da.

Dann beugte er sich nach vorne, sodass sein Mund sich näher an der kalten Windschutzscheibe befand, und fing an, sie anzuhauchen.

Eine ganze Minute verstrich. Dann eine weitere.

Schließlich kam der Nebel: Die Fenster fingen an, von den Rändern her zu beschlagen. Evan drehte sich im Sitz zur Seite und beobachtete das Fenster auf der Fahrerseite.

Als der Nebel auf die Mitte der Scheibe zukroch, blieben ein paar Streifen nach wie vor frei. Als die Kondensation näher rückte, traten sie deutlicher hervor, bis die leeren Stellen allmählich die Form von Buchstaben annahmen.

In den letzten Minuten seines Lebens hatte Jack mit den einfachsten Mitteln – seinem Zeigefinger – eine Geheimbotschaft für Evan verfasst.

Evan starrte auf die Scheibe und wagte nicht zu blinzeln.

Schließlich war die Botschaft komplett, und Evans Befehle hoben sich überdeutlich vom beschlagenen Fenster ab.

HOL DAS PAKET
3728 OAK TERRACE # 202
HILLSBORO, OREGON

Jack hatte ihm einen letzten Auftrag erteilt.

10. EIN GANZ ORDENTLICHER SCHADEN

Die Wohnanlage war derart gut gesichert, dass es sich fast schon um ein Regierungsgebäude hätte handeln können. Drei Meter hoher Sicherheitszaun, Metallrollläden, Gegensprechanlage mit elektrischem Türöffner. Evan hatte sich seinem Ziel langsam genähert, indem er blockweise immer engere Kreise um die Adresse zog wie eine Boa, die allmählich ihrem Opfer die Luft abschnürte. Dann hatte er den Wagen hinter dem Gebäude im Schatten eines Baumes abgestellt – in Hillsboro standen überall welche – und mit der Observierung begonnen.

Der gemietete Toyota Corolla stank penetrant nach diesem künstlichen Neuwagengeruch, den wohl jemand von der Aufbereitung versprüht hatte, der es etwas zu gut meinte. Evan hatte jetzt drei Stunden lang die Anlage beobachtet, was so ziemlich alles war, was er an Neuwagengeruch ertragen konnte.

Der Verkehr floss stetig an ihm vorüber. Ein Tesla Model S war an ihm vorbeigeflitzt und mehr Toyota Prius, als er zählen konnte. Auf der gegenüberliegenden Straßenseite hielt ungefähr alle zehn Minuten ächzend ein Bus und spie diverse Hausangestellte und junge Männer mit beeindruckenden Bärten aus. Evan nutzte die Spiegelung auf den Scheiben des Busses dazu, den weitläufigen Parkplatz zu beobachten, der in der Mitte des hufeisenförmigen, dreigeschossigen Gebäudekomplexes lag. Die Leute, die herauskamen oder hineingingen, sahen relativ normal aus.

Das tat Evan allerdings auch.

Derselbe Kleintransporter mit der Aufschrift HILLSBORO HOME THEATER INSTALLATION! kam im Abstand von einer halben Stunde zweimal an ihm vorbei. Dieser halbstündige Abstand konnte einen stutzig machen, allerdings wäre vorstellbar, dass der Fahrer einen neuen Job reinbekommen hatte oder nach einer kleinen Reparatur wieder auf dem Weg in die Werkstatt war.

Kleintransporter machten Evan nervös.

Er wartete eine weitere Stunde, aber der Transporter kam nicht zurück. Außerdem, welcher Idiot würde ein Ausrufezeichen auf ein Undercover-Fahrzeug machen?

Er trug noch eine dünne Schicht Sekundenkleber auf seine Fingerkuppen auf. Der Kleber war unauffälliger als Handschuhe, und er konnte nach wie vor alles ertasten. Er drückte die Fingerkuppen seiner linken Hand auf die Scheibe. Sie hinterließen fünf runde Flecken ohne Fingerabdruck.

Ein klappriger alter Cadillac kam gemächlich herangefahren und hielt Evan gegenüber am Bordstein auf der Rückseite der Wohnanlage. Ein älterer Herr stieg aus; durch die geöffneten Fenster drangen noch immer die Klänge eines Klavierkonzertes von Beethoven. Der Mann holte etliche Gemälde aus dem Kofferraum, die er an die Wand des Gebäudes lehnte. Es handelte sich um Musikinstrumente im kubistischen Stil – eine dekonstruierte Trompete, ein Klavier, die Innenseite nach außen gekehrt. Seine Bilder hatten das gewisse Etwas und schienen von innen heraus zu leuchten. Die Gemälde nahmen gar kein Ende: Sie lehnten entlang der gesamten Rückwand, bedeckten eine Decke, die der Maler auf dem Bürgersteig ausgebreitet hatte, und einige sahen noch oben aus dem geöffneten Kofferraum hervor. Der Mann setzte sich mühsam wieder ins Auto, zog sich die Tweedkappe zurecht und wiegte sich leicht zur Musik.

Evan lauschte ebenfalls. Es war Beethovens 3. Klavierkonzert, eines von Jacks Lieblingsstücken. Jack hatte immer gesagt, das Konzert hätte Mozart einiges zu verdanken. Und dass alles auf der Welt die Dinge würdigen sollte, die ihm vorausgegangen waren, und diejenigen inspirieren sollte, die auf es folgen würden.

Er fragte sich, wie er Jack am besten würdigen konnte.

Und was die Inspiration anging, war die Sache noch schwieriger.

Er rief sich Jacks Nachricht in Erinnerung, die er auf das beschlagene Fenster gekritzelt hatte, und fragte sich, was zum Teufel das Paket war und warum Jack es hier, auf der anderen Seite des Kontinents, versteckt hatte. Es musste sich um etwas sehr Wichtiges handeln. Ein lange verschüttetes Geheimnis aus Jacks

Vergangenheit, das ihn zu Van Sciver führen würde? Vielleicht sogar eines mit einer solchen Durchschlagskraft, dass er ihn ein für alle Mal erledigen konnte.

Evan prüfte seine Waffe. Neben der schlanken 1911 hatte er im Laptop noch ein zusätzliches Magazin für den Ernstfall geschmuggelt. Er hatte es auf einem Schießplatz getestet und sichergestellt, dass es einwandfrei durchlud. Somit hatte er insgesamt siebzehn Kugeln zur Verfügung, weniger, als ihm lieb war. Andererseits konnte er damit einen ganz ordentlichen Schaden anrichten.

Er hörte Jacks Stimme in seinem Kopf: *Achte drauf, dass nicht alle Löcher an derselben Stelle sitzen.*

Evan stieg aus dem Wagen. Mit einem raschen Blick auf den Verkehr ging er um den Ostflügel des Gebäudes herum und trat rasch ins Innere der Hufeisenform. Am Sicherheitszaun vor dem Parkplatz hing die Gegensprechanlage. Der Zaun war solide, wie auch das Doppelzylinderschloss. Eine weitere Gittertür sicherte das außen liegende Treppenhaus, das zusätzlich noch rundum vergittert war.

Nicht ideal im Brandfall, aber das hier war keine sonderlich gute Gegend von Hillsboro, was auch immer damit gemeint war, und die Leute, die hier wohnten, sorgten sich mehr um ihre tagtägliche Sicherheit als um den äußerst unwahrscheinlichen Fall einer Massenpanik, wenn mal ein Feuer ausbrach.

Jack hatte sich ein gutes Versteck für sein Paket ausgesucht.

Auf dem Verzeichnis der Gegensprechanlage war unter der Nummer 202 nichts eingetragen. Evan überflog die übrigen Namen. Nach dem Sicherheitsbedürfnis der Bewohner zu urteilen, konnte er es vermutlich vergessen, alle Knöpfe zu drücken und sich als jemand vom Paketdienst auszugeben.

Im Baumarkt hatte er sich einen Rake-Pick und einen Spanner besorgt und wollte gerade loslegen, als ein Typ, der mit nerviger Stimme in sein Bluetooth-Headset sprach, aus der Gittertür des Treppenaufgangs kam und sie hinter sich ins Schloss fallen ließ. Als der Mann mit großen Schritten durch den Korridor zum Ausgang ging, tat Evan so, als gebe er eine Nummer ins Bedienfeld der Gegensprechanlage ein.

»Ich hab gehört, dieser neue Ramen-Laden ist echt der Hammer«, teilte der Typ gerade seinem Gesprächspartner mit – sowie jedem in der näheren Umgebung, den es vielleicht interessieren könnte. »Die haben Shōchū in hundert verschiedenen Geschmacksrichtungen oder so.«

Er stieß das Haupttor auf, ohne Evan oder sonst irgendjemandem Beachtung zu schenken, und Evan schlüpfte unbemerkt hinein. Für den Fall, dass er sich schnell zurückziehen musste, klemmte er einen Quarter zwischen Rahmen und Riegel, sodass das Tor nicht zufallen konnte.

Am Treppenhaus angekommen, kam schließlich sein Pick-Set zum Einsatz. In diese Gittertür klemmte er einen weiteren Quarter.

Diese fünfzig Cent waren sehr sinnvoll angelegt.

Er schlich sich in den ersten Stock und dann den außen gelegenen Flur entlang. Wohnung 202 hatte einen Spion. Evan duckte sich und legte das Ohr an die Tür. Drinnen herrschte Stille.

Obwohl jetzt, am späten Nachmittag, nicht viel los war, konnte er es nicht riskieren, sich lange im Flur aufzuhalten.

Das Schloss der Wohnungstür war ebenfalls ein Doppelzylinderschloss. Mit dem Rake-Pick und dem Spanner hob er die Stifte in die richtige Anordnung und schob vorsichtig und lautlos die Tür auf.

Das Innere war spärlich beleuchtet und roch nach staubigem Teppich und fettigem Essen. Ein kurzer Flur führte zu einem großen Wohn- und Schlafzimmer. Es war unmöbliert.

Drinnen konnte er ein leises Scharren hören.

Mit der Pistole im Anschlag schlich sich Evan ganz langsam durch den Flur, um zu vermeiden, dass die Dielen quietschten. Jetzt konnte er mehr von dem Zimmer sehen. Eine nackte Matratze. Ein ganzer Berg Fast-Food-Verpackungen. Ein geöffneter Laptop, dessen Screensaver mit geometrischem Muster einen streifigen Schein verbreitete. Daneben ein vollgestopfter Rucksack.

Das Scharren wurde lauter.

Evan holte leise tief Luft und sah vorsichtig um die Ecke.

Auf der anderen Seite des Zimmers hockte ein Mädchen mit abgewandtem Gesicht auf dem Fußboden, ihre Stirn berührte fast die Wand. Sie hatte dichte dunkle, leicht gelockte Haare und trug eine zerrissene Jeans und ein eng anliegendes Tanktop. Von hinten war es schwer, ihr Alter zu schätzen, aber Evan würde sagen, noch keine zwanzig. Sie beugte sich gerade über etwas, und ihre Schultern zitterten leicht. Weinte sie etwa?

Die Schranktür und die Tür zum Badezimmer waren offen, und es gab keine Möbel, hinter denen sich jemand verstecken konnte. Also nur sie.

Evan dachte an die Doppelzylinderschlösser und fragte sich, ob man sie hier wohl gefangen hielt.

Er ließ die ARES sinken, aber steckte sie noch nicht wieder zurück ins Holster. Er trat ins Zimmer und fragte leise, um das Mädchen nicht zu erschrecken: »Ist alles in Ordnung?«

Beim Klang seiner Stimmer zuckte sie zusammen, dann sah sie vorsichtig über ihre Schulter. Ihr Rücken war vor Angst gekrümmt, Furcht lag in ihrem Gesicht. Sie sah lateinamerikanisch aus, aber Evan war sich bei der schummrigen Beleuchtung nicht sicher.

»Wer sind Sie?«, fragte das Mädchen.

»Keine Sorge, ich werde dir nichts tun.«

»Warum sind Sie hier?«

Er näherte sich ihr nur allmählich, um sie nicht noch mehr zu verängstigen. »Ist ne lange Geschichte.«

»Können Sie … Können Sie mir helfen?«

Er steckte die Pistole ins Holster, blieb jedoch wachsam. »Wer hat dich hier eingesperrt?«

»Weiß nicht. Ich kann mich nicht erinnern. Ich … Ich …«

Dann sprang sie plötzlich auf, alle Muskeln kampfbereit angespannt. Die harte Kante ihres Hackens voran, drehte sie sich um und platzierte einen Fußfeger, der Evan glatt von den Beinen holte.

Während er noch durch die Luft segelte, fiel ihm auf, dass sich der Glanz in ihren Augen im Glanz der feststehenden Klinge des Kampfmessers in ihrer Rechten wiederholte. Auf dem Teppich lag ein Wetzstein – über den sie sich gebeugt hatte, um ihr Messer zu schärfen, daher das Scharren, das er beim Hereinkommen gehört hatte. Das Mädchen hatte sich bereits wieder gedreht, war auf die Beine gesprungen und machte sich bereit, ihm das Messer in die Brust zu stoßen.

Evan krachte auf den Boden, alle Luft entwich schlagartig aus seiner Lunge, und er konnte sich des Gedankens nicht erwehren, wie sehr er mit der Einschätzung der Situation doch danebengelegen hatte.

11. FEIND MEINES FEINDES

Zuerst konzentrierte sich Evan auf das Messer.

Es kam blitzschnell auf ihn zu wie ein selbst gebasteltes Knastmesser – nur Klinge und nichts, an dem man es packen konnte.

Wie leblos auf dem Teppich ausgestreckt, riss er den Unterarm hoch, um seine Brust zu schützen, donnerte damit gegen das schmale Handgelenk des Mädchens und lenkte das Messer gerade noch rechtzeitig ab, bevor es seine Haut durchstoßen konnte. Es ratschte oberhalb seiner Rippen über das Hemd und durchtrennte den Stoff.

Dann richtete er seine Aufmerksamkeit auf ihre andere Hand, die sie zur Faust geballt hatte.

Die hatte sie erhoben und vorschnellen lassen, noch während die Hand mit dem Messer die Stichbewegung ausführte. Ihm blieb der Bruchteil einer Sekunde, um ihre Technik zu bewundern – Fingerknöchel, Messer, Bamm, Bamm –, dann hatte sie ihm auch schon die Nase gebrochen.

Er drehte den Kopf mit dem Schwung des Schlages mit und kam ungelenk auf die Beine. Sie packte ihn hinten am Hemd, aber die Magnetknöpfe sprangen mit einem Klickgeräusch auf, und er konnte sich durch eine Drehung daraus befreien. Von dem Schlag auf die Nase tränten ihm die Augen, aber sein Manöver hatte ihm eine wertvolle Sekunde verschafft, um dagegen anzublinzeln und wieder einigermaßen klar sehen zu können. Das Mädchen schleuderte sein Hemd zur Seite und ließ eine Abfolge von Fußtritten auf ihn einprasseln.

Er wehrte jeden einzelnen ab, wobei seine Unterarme und Fingerknöchel arg in Mitleidenschaft gezogen wurden, und behielt währenddessen vor allem das Messer im Auge.

Sie griff erneut mit einer blitzschnellen Messerattacke an, aber diesmal war er darauf vorbereitet. Seine Hände bewegten sich blitzschnell im Gleichklang, ein Bong-Sao-/Lop-Sao-Konter aus dem Wing-Tsun, der ihren Arm blockierte und gleichzeitig festhielt. Er verstärkte seinen Griff um ihren Arm, fuhr mit seiner

Hand ihren Unterarm entlang und donnerte so fest gegen die Handwurzel, dass sich ihre Finger öffneten und das Messer davonflog.

Die beiden standen sich so dicht gegenüber, dass sich ihre Nasen fast berührten; der Mund des Mädchens beschrieb ein vollkommen fassungsloses O. Er hatte jetzt freie Bahn auf ihre Luftröhre – ein Stoß mit dem Ellbogen, und sie wäre erledigt –, aber Jacks Achtes Gebot kam von irgendwoher angeflogen und setzte sich in seinem Kopf fest: *Töte niemals ein Kind.*

Also stieß er sie um und nahm sie in einen Crossface Cradle, einen Ringergriff, der ihr das Knie hoch an die Wange drückte, und gegen den ihre wild herumrudernden Arme völlig machtlos waren.

»Runter von mir!«, brüllte sie. »Ich bring dich um! Ich bring dich verdammt noch mal …«

Evan drückte mit der Stirn gegen ihre Schläfe, wodurch er sie bewegungsunfähig machte und gleichzeitig seine Augen schützte. »Tief durchatmen«, sagte er.

Sie holte tief Luft.

»Noch mal.«

Sie gehorchte.

»Wo ist das Paket?«, fragte Evan.

»Hä?«

»Was hast du mit dem Paket gemacht?«

»Wovon zum Teufel redest du überhaupt?«

»Du hast die Nachricht gelesen und bist vor mir hier gewesen.«

»Kannst du die Knie von meinen Rippen nehmen?«

Evan lockerte den Druck auf ihren Brustkorb. »Was hast du damit gemacht?«

Sie schwieg. Wegen ihres zur Seite gedrückten Halses bekam sie nur keuchend Luft.

Blut tropfte Evan aus der Nase und kitzelte an seiner Wange. »Ich lasse dich jetzt los, und wir versuchen das Ganze noch mal, okay?«

Mühsam brachte sie ein »Okay« hervor.

»Ich fände es besser, wenn ich dich nicht umbringen müsste.«

»Würde ich auch gerne sagen können, aber ich hab mich noch nicht entschieden.«

Er ließ sie los, und beide kamen auf die Beine. Sie behielten die Hände oben, auf halbem Wege zur richtigen Abwehrhaltung mit auf Kopfhöhe erhobenen Händen, Handflächen zueinander gedreht. Das Mädchen sog gierig die Luft ein, ihre Wangen waren gerötet. Sie war ganz klar professionell ausgebildet, aber hatte noch nicht viel Kampferfahrung.

Jetzt konnte er sie sich zum ersten Mal genauer ansehen. Sie hatte schulterlanges Haar, dicht, dunkel und glänzend. An der rechten Kopfseite war es kurz geschoren, was aber von den darüberhängenden langen Locken verdeckt wurde; ein überraschend subtiler Effekt. Sie war schlank und durchtrainiert. Ihre Deltamuskeln waren so gut definiert, dass sich die Vertiefungen im Muskel deutlich abzeichneten.

»Ich ziehe mir jetzt das Hemd wieder an«, sagte Evan. »Wenn du's noch mal versuchst, wird's nicht gut für dich ausgehen.«

Er behielt sie im Auge, während er rückwärts zu seinem Hemd ging und es anzog. Neben dem Rucksack lag ein abgetragenes Holzfällerhemd auf dem Teppich. Er warf es dem Mädchen zu.

Sie streifte es über.

Aus einem gewissen Abstand beobachteten sie einander. Von draußen drangen ein paar Noten einer bewegten Klavierpassage zu ihnen herein, der Anfang des dritten Satzes des Beethoven-Konzertes.

»Kommen wir am besten gleich zur Sache«, sagte Evan. »Ich sehe, wie du dich bewegst. Ich weiß, du bist ein Orphan, und ich weiß auch, wer dich geschickt hat.«

»Einen Scheiß weißt du.«

»Was ist das Paket?«

Statt einer Antwort erhielt er einen wütenden Blick.

Er riskierte einen schnellen Blick auf den Rucksack. »Ist es da drin?«

»Nein.«

Er hockte sich vor den Rucksack.

»Finger weg von meinen Sachen.«

Er fasste hinein und wühlte darin herum, wobei er ab und an einen raschen Blick hineinwarf. Klamotten, eine Handvoll Toilettenartikel, ein Schuhkarton mit etwas, das wie persönliche Briefe aussah.

»Leg die sofort wieder zurück.«

»Steht da irgendein Code drin?«

»Nein.«

Er wischte sich mit dem Ärmel das Blut von der Oberlippe. »Ist das Paket etwas auf dem Laptop?«

»Nein.«

»Wenn du lügst, kann ich ihn auch einfach hacken und nachsehen.«

Ihr Mund verzog sich zu etwas Angriffslustigerem als nur einem abschätzigen Grinsen. »Viel Glück.«

Als er die Hand nach dem Laptop ausstreckte, erwachte er plötzlich mit einem Hinweiston zum Leben, und der Screensaver verschwand.

Vier Kacheln mit Überwachungsfeeds erschienen auf dem Bildschirm. Es dauerte einen Moment, bis Evan erkannte, dass es sich um Streams verschiedener Außenansichten der Wohnanlage handelte.

Der Feed links unten zeigte zwei SUVs, die die Einfahrt zum Parkplatz blockierten. Mehrere Trupps von Spezialeinsatzkräften in voller Montur rannten gerade auf das Haupttor zu.

»Da kommt deine Verstärkung«, kommentierte das Mädchen. »Konntest wohl nicht allein mit mir fertigwerden, was?« Ihre Stimme klang nach wie vor tough, aber er sah, wie schnell sich ihr Brustkorb hob und senkte. Sie hatte Angst, und er wusste, diesmal war sie nicht gespielt.

Evan starrte auf den Bildschirm. Die Truppe legte eine ähnliche militärische Präzision an den Tag wie die Männer im Black Hawk. Evan zählte sechs von ihnen.

Siebzehn Kugeln. Sechs Männer.

Achte drauf, dass nicht alle Löcher an derselben Stelle sitzen.

Auf dem Feed hatte der Anführer gerade gegen das Haupttor getreten, das daraufhin mit einem metallischen Dröhnen auflog.

Evan hörte es in Stereo und konnte die Schwingungen durch den Fußboden spüren.

Das Mädchen und er sahen zu, wie die Männer in den Flur im Erdgeschoss rannten.

»Die gehören nicht zu mir«, sagte er.

Ihre Blicke trafen sich, und er konnte sehen, dass sie ihm glaubte.

Ihre Stimme war vor Angst ausdruckslos geworden. »Du hast die Tore hinter dir offen gelassen.«

Ein weiteres Scheppern. Dank Evans im Nachhinein doch schlecht angelegter fünfzig Cent flog die Tür zur Außentreppe auf. Der Blick des Mädchens huschte vom Bildschirm zurück zu Evan.

»Der Feind meines Feindes«, sagte er.

Sie nickte.

Evan zog die ARES. »Hinter mich. Hol dein Messer.«

Das Mädchen drehte sich um, aber nicht, um das Messer aufzuheben. Sie stürzte zu der Matratze und hob sie an – darunter befand sich eine in den Boden eingelassene offene Luke. Sie sah Evan mit weit aufgerissenen Augen an, das Haar hing ihr ins Gesicht. »Mein Zeug«, sagte sie. »Hol mein Zeug.«

Der von den Männern ausgehende Lärm hatte jetzt den ersten Stock erreicht und kam über den Flur auf sie zu.

Evan klappte den Laptop zu, stopfte ihn in den Rucksack und warf das Kampfmesser hinterher. Das Mädchen schlüpfte durch die Luke und verschwand. Die Matratze kippte zurück auf den Boden und verdeckte die Öffnung. Er hörte nicht, wie sie unten aufkam. Dann sprintete er durchs Zimmer.

Als er die Matratze an einer Ecke hochriss, hörte er, wie die Wohnungstür eingeschlagen wurde. Er griff hinter sich, schnappte den Rucksack, rollte über die Schulter in die Öffnung unter der Matratze – und fiel ins Nichts. Ein dumpfer Laut von oben verkündete, dass die Luke wieder verdeckt war.

Evan drehte sich, um die Wucht des Aufpralls abzumindern, aber dass er weich landen würde, hatte er nicht erwartet. Er war mit den Stiefeln auf einer zweiten Matratze aufgekommen, die hier, in der Wohnung ein Stockwerk tiefer im Erdgeschoss, genau an derselben Stelle lag wie die oben. Er ließ sich seitlich auf den Teppich rollen.

Dann blickte er auf.

Das Mädchen wartete schon.

Sie riss ihm den Rucksack aus der Hand, warf ihn sich blitzschnell über die Schultern und zog das Bein nach oben, um es ihm, Hacken voran, in die Kehle zu rammen. Evan fing ihren Fuß mit beiden Händen ab und drehte ihn mit Kraft, sodass das Mädchen zur Seite umfiel. Wie eine Katze war sie sofort wieder auf den Beinen, raste durchs Zimmer und riss das Fenster auf.

Als sie schon dabei war, hinauszuklettern, packte er einen Schultergurt des Rucksacks und bremste sie dadurch ab. Sie wurde zurückgerissen und prallte gegen die Außenwand des Gebäudes unterhalb des Fenstersimses, an dem sie sich noch mit einer Hand festhielt. Den Rucksack wollte sie einfach nicht loslassen. Dieses lächerliche Tauziehen über ein geöffnetes Fenster hinweg bedeutete, dass weder er noch sie festen Halt hatten.

Über ihnen donnerten Stiefel über den Boden. Es würde nicht mehr lange dauern, bis einer der Männer unter der Matratze nachsah.

Evan hechtete durchs Fenster, drückte das Mädchen mitsamt dem Rucksack fest an sich und zog sie mit sich nach unten. Sie stürzten an dem alten Maler vorbei und kamen dank seiner Bilder auf der Decke auf dem Bürgersteig einigermaßen weich auf. Währenddessen dröhnte das Beethoven-Konzert mit unverminderter Lautstärke aus dem Autoradio, der Schlusssatz in c-Moll donnerte presto seinem Ende entgegen.

Evan, das Mädchen noch immer umklammert, sprang auf die Füße, zerbrochene Rahmen segelten zu Boden. Was vorher Kubismus in 2-D war, war gerade um eine Dimension erweitert worden. Durch das geöffnete Fenster entdeckte Evan einen gelblichen Lichtstrahl, der in das Zwielicht der Erdgeschosswohnung schien.

Jemand hatte oben die Matratze angehoben.

Hilflos sah er zu seinem Auto auf der anderen Straßenseite.

Ungefähr dreißig Meter durch den Verkehr, ohne jegliche Deckung.

Das würde er niemals schaffen.

Der Maler erhob sich mit verrutschter Kappe vom Bürgersteig. »Was soll denn dieser gottverdammte Zirkus?«

Das Mädchen strampelte sich von Evan los und landete auf allen vieren. Sie versuchte, über die Decke wegzukrabbeln, aber verfing sich darin mit den Knien und war nicht schnell genug.

Evan packte sie am Arm, zog sie hoch, drehte sie um und verfrachtete sie in den offenen Kofferraum des Cadillacs – direkt durch ein Bild mit einem kubistisch verfremdeten Fagott hindurch. Er schlug den Kofferraumdeckel zu, und sie fing sofort an dagegenzuhämmern.

Er griff ihren Rucksack vom Bürgersteig und warf ihn durch das geöffnete Fenster auf den Rücksitz. »Wenn die dich hören, werden sie dich umbringen.«

Ihre gebrüllte Antwort kam etwas gedämpft bei ihm an: »Woher will ich wissen, dass *du* mich nicht umbringen willst?«

»Weil ich's sonst schon längst getan hätte.«

Er stieg ein. Die Schlüssel steckten wegen der Musik schon im Schloss, und Luft aus der Klimaanlage blies ihm angenehm entgegen.

Das Konzert klang langsam aus, und Evan sah durch das Fenster auf der Beifahrerseite zu dem alten Maler hinüber. Hinter dem Mann sah er im Fenster im Erdgeschoss, wie der erste dunkle Umriss durch das Loch in der Decke plumpste.

»Tut mir leid wegen Ihrer Bilder«, rief Evan und fuhr aus der Parklücke.

Er bog schnell um die hufeisenförmige Wohnanlage herum, fädelte sich in den Verkehr und fuhr in normalem Tempo an der offenen Seite vorbei, wo er einen Blick nach hinten zum Gebäude warf.

Mitten auf dem Parkplatz stand ein Mann, den Rücken zu ihm, der den Kopf nach oben reckte und zur Wohnung im ersten Stock hinaufsah. Er schien auf etwas zu warten. Eigentlich ein normal aussehender Typ, wenn da nicht diese ganz bestimmte Körperhaltung gewesen wäre. Er stand so vollkommen reglos da, wie es nur jemand konnte, der eine ganz bestimmte Art von Ausbildung durchlaufen hatte.

Ein Orphan.

Einer der Spezialkräfte trat gerade aus der zerborstenen Tür von Wohnung 202 auf den umlaufenden Gang und gab dem Mann auf dem Parkplatz ein Signal mit zwei Fingern: *Er ist abgehauen. Durch die Luke und raus.*

Die Ampel schaltete auf Rot, und Evan stieg auf die Bremse, während er wie hypnotisiert zusah, wie sich der Mann auf dem Parkplatz plötzlich in Bewegung setzte. Er stieß sich mit dem Fuß vom Haupttor ab, sprang hoch, rannte in vier großen Schritten oben auf dem hohen Zaun entlang und machte dann einen Satz auf die Gitterverkleidung der Außentreppe. Mit ein paar riesigen Sätzen kletterte er daran hinauf und schwang sich dann in den offenen Gang vor den Wohnungen im zweiten Stock. Von dort aus sprang er hoch, hielt sich an der überhängenden Dachkante fest und schwang sich aufs Dach. Dort blieb er stehen wie ein Bergsteiger, der gerade als Erster einen Gipfel bezwungen hatte.

Der Typ hatte die gesamte Strecke im Parkour-Stil in unter sechs Sekunden zurückgelegt. Evan musste zugeben, er war beeindruckt.

Der Mann sah angestrengt nach unten, offenbar hatte er den Aufruhr auf dem Bürgersteig vor Wohnung 102 entdeckt. Wie eine Wetterfahne drehte er sich langsam einmal um die eigene Achse und suchte die Straßen rund um die Anlage ab.

Evan drehte sich wieder nach vorne, kippte den Rückspiegel steil nach oben und beobachte den Mann von dort aus weiter. Er hatte gerade seine Drehung beendet und sah jetzt auf die Schlange von Autos hinunter, die vor der Ampel warteten. Es sah so aus, als hätte er Evan genau im Blick, was aus dieser Entfernung natürlich völlig unmöglich war.

Die Ampel wurde grün, und Evan fuhr los.

12. EIN ZUNEHMEND LÄNDLICHES GEWIRR

Mit der zulässigen Höchstgeschwindigkeit fuhr Evan über Umwege auf den nächsten Freeway und blieb vier Ausfahrten lang darauf, bevor er wieder abfuhr und sich in westlicher Richtung durch ein zunehmend ländliches Gewirr von Landstraßen schlängelte. Der Himmel war grau verhangen, und es sah stark nach Regen aus. Und tatsächlich pochten die ersten Tropfen bereits auf das Autodach, was sich bald zu einem unablässigen Trommeln steigerte und die Dämmerung nächtlich dunkel erscheinen ließ. Schlechte Sicht war gut, denn das bedeutete, auch er war schlecht zu sehen. Die örtliche Polizei hatte mit Sicherheit bereits eine Fahndung nach dem Cadillac herausgegeben.

Er musste das Fahrzeug wechseln, aber zuerst musste er so viele Meilen wie möglich zwischen sich und die Typen bringen, die die Wohnanlage überfallen hatten. Danach würde er sich erst einmal zurückziehen, herausfinden, worum es sich bei dem Paket handelte, und sich auch dem Problem im Kofferraum widmen sowie den unzähligen Fragen, die es aufwarf.

Er schloss die Augen, nahm einen tiefen Atemzug und lockerte die Schultern. Dann atmete er durch den Mund aus, machte die Augen wieder auf, stellte mental alles zurück auf null und ging noch einmal alle Informationen durch, als wäre es das erste Mal.

Jacks letzte Nachricht vor seinem Tod.
Ein Paket.
Eine Adresse.
Ein Mädchen, ebenfalls ein Orphan – oder zumindest von einem Orphan ausgebildet.
Und das ihm alles andere als freundlich gesinnt war.
Aber sie hatte nichts mit der Spezialtruppe zu tun, angeführt anscheinend von einem weiteren Orphan, die den Überfall auf den Wohnkomplex durchgeführt hatte, um entweder das Mädchen, das Paket oder auch Evan selbst zu finden.
Eine Truppe, die eindeutig Van Scivers Handschrift trug.
So viele offene Fragen, so wenig Antworten.

Der Regen prasselte ohne Unterlass herab. Das Mädchen hämmerte ein paarmal gegen den Kofferraumdeckel und schrie etwas Unverständliches. Die Scheibenwischer machten quietsch, klapp, quietsch, klapp.

Zuallererst war ein schneller Ausrüstungs-Check angezeigt.

Evan umklammerte das Lenkrad. Seine ramponierten Knöchel, ein Überbleibsel vom Kampf gerade eben, leuchteten in einem hübschen Aubergineton. Aus seiner frisch gebrochenen Nase tröpfelte ein dünnes Rinnsal Blut. Nichts wirklich Schlimmes, eher eine Verschiebung entlang der alten Bruchstellen.

Er betrachtete seine Nase im Rückspiegel, dann klappte er ihn wieder zurück in die Ausgangsposition.

Die Spur des Cadillacs war verstellt, er zog nach rechts und drohte, mit ihm in dem mit Regenwasser gefüllten Straßengraben zu landen. Die Sitzfederung drückte ihm in die Oberschenkel, und die mit Zigarettenlöchern gesprenkelten Bezüge stanken nach Menthol. Eine ausgebrannte Glühbirne ohne Abdeckung stellte die Innenraumbeleuchtung dar, die Bremsscheiben machten Geräusche wie ein Huhn, dem man gerade den Hals umdrehte, und das rechte Bremslicht war kaputt.

Er hätte ein besseres Auto klauen sollen.

Es regnete wie aus Kübeln. Typisch Portland. Oder, genauer gesagt, eine Landstraße außerhalb von Hillsboro.

Dicke Tropfen trommelten auf das Blechdach des Wagens, das Wasser rann in Strömen über die Windschutzscheibe und spritzte in einem breiten Fächer unter den Reifen hervor.

Evan schlitterte um eine Kurve, vorbei an einer Reklametafel. Im nächsten Moment tauchten verschwommen rote und blaue Lichter im Rückspiegel auf.

Ein Streifenwagen.

Wegen des defekten Bremslichts.

Extrem nervig.

Vor allem bei diesem Wagen, da vermutlich bereits eine Fahndung nach ihm herausgegeben worden war. Der Beamte würde jetzt das Nummernschild eingeben, falls er's nicht schon längst getan hatte.

Evan holte tief Luft. Und verstärkte den Druck aufs Gaspedal.

Aha, jetzt kam die Sirene. Die Scheinwerfer im Rückspiegel wurden größer.

Evan konnte den Umriss des Polizisten am Steuer ausmachen. Fast wie eine Zielscheibe: Kopf und Brust, genau die Bereiche, die am verwundbarsten waren.

Hillsboro rühmte sich, eine der sichersten Städte des pazifischen Nordwestens zu sein. Evan hoffte, dass es das auch bleiben würde.

Als er in die Eisen ging und das Lenkrad herumriss, bockte das Blechmonstrum auf seinen Stoßdämpfern und schwang in einer 90-Grad-Drehung in die Mündung einer Querstraße.

Zwei weitere, aus der Gegenrichtung kommende Polizeiautos scherten hinter ihm ein.

Evan seufzte.

Jetzt hatten sich hinter ihm drei Streifenwagen mit voller Weihnachtsbeleuchtung und heulenden Sirenen auf beide Fahrbahnen verteilt und kamen immer näher.

Genau in diesem Moment wurde auch Hämmern aus dem Kofferraum lauter.

Er prüfte die Lenkung: So schwammig, dass das Lenkrad fünf Zentimeter Spiel in jede Richtung hatte, bevor der Wagen ansprach. Jetzt würde er versuchen müssen, taktische Manöver mit einem Auto zu fahren, das eigentlich gar nicht auf die Straße gehörte.

Mit fünfzehn hatte Evan einen Teil des Sommers auf einem eigens dafür vorgesehenen Gelände irgendwo in Virginia verbracht, wo Jack ihn vom Beifahrersitz aus mit einer Hand am Lenkrad durch alle Fahrtechniken geleitet hatte, angefangen von Ausweichmanövern bis hin zu Beschleunigungstechniken auf schwierigen Untergründen.

Nur ein ganz normaler Junge, dem sein Vater das Fahren beibringt.

Bei ihrem allerletzten Gespräch hatte er zu Jack gesagt: *Dich zu kennen würde ich gegen nichts auf der Welt eintauschen.* Jetzt, in diesem Moment, waren das nicht einfach nur Worte, sondern er fühlte sie auch als Wärme in seiner Brust. Er war froh, dass er es geschafft hatte, sie auszusprechen.

Der Cadillac hatte eine Fehlzündung. Der Motor klang, als würde eine Murmel darin herumkullern. Evan verzog das Gesicht.

Okay, Jack. Das machen wir jetzt gemeinsam.

Er gab abwechselnd Gas und bremste und spielte mit seinen Verfolgern, indem er sie zwang, ihre Formation aufzubrechen. Schließlich löste sich einer der Streifenwagen vom Pulk und ging in Führung.

Evan hielt das Steuer gerade und lockte ihn näher zu sich heran.

Eine krächzende Lautsprecherstimme drang durch den Regen. »*Fahren Sie sofort rechts ran. Ich wiederhole: Fahren Sie sofort an den rechten Fahrbahnrand!*«

Evan schrie nach hinten zu dem Mädchen im Kofferraum: »Du solltest dich jetzt besser gut festhalten.«

»Na super!«, brüllte sie zurück.

Er zog die ARES aus dem Holster.

Siebzehn Kugeln.

Das vordere Auto hatte ihn fast eingeholt und befand sich jetzt auf Höhe der Hinterräder des Cadillacs.

Das PIT-Manöver, oder Präzisionsimmobilisierungstechnik, ist von einer illegalen Ramm- und Überhol-Strategie bei Stockcar-Rennen abgeleitet. Dabei touchiert das Verfolgerfahrzeug seinen Vordermann seitlich am Heck kurz vor dem Hinterrad, dreht dann scharf zu ihm ein und beschleunigt. Währenddessen verliert der Vordermann die Haftung und gerät ins Schleudern.

Genau hierzu setzte der Streifenwagen an der Spitze gerade an.

Sehr zu dessen Nachteil, tat dies auch Evan.

Er wartete ab, bis der Streifenwagen sich noch ein Stückchen weiter am Heck des Caddys in Position gebracht hatte.

Dann stieg er in die Eisen.

Er schien rückwärts zu fliegen und konnte gerade noch den ungläubigen Gesichtsausdruck des Fahrers sehen, als der Streifenwagen an ihm vorbeischoss.

Die beiden Wagen hatten einmal genau die Position getauscht; das elegante Manöver hatte gerade mal eine halbe Sekunde gedauert.

Evan lenkte den stabilen Bug des Caddy in das Heck des Streifenwagens, steuerte in Richtung des Zusammenstoßes und trat aufs Gaspedal.

Der Streifenwagen gehorchte den physikalischen Gesetzen und scherte mit dem Heck zur Seite aus. Er umrundete den Kühlergrill des Cadillacs in einer Reihe von Mini-Zusammenstößen, bevor er ganz außer Kontrolle geriet. Als Evan auf der nun freien Straße davonfuhr, beobachtete er im Rückspiegel, wie das Polizeiauto mit einem seiner Kollegen zusammenstieß und schließlich in ihm verkeilt im Straßengraben landete, wo die beiden Wagen in einem Haufen von verbogenem Blech und platten Reifen liegen blieben.

Ein Scheinwerferpaar verfolgte ihn jedoch nach wie vor, manövrierte sich durch die Unfallstelle und blieb dicht am Heck des Caddy.

Eine Viertelmeile flog vorüber, dann noch eine, während Evan und der letzte verbliebene Polizist einander taxierten.

Plötzlich beschleunigte der Polizist und versuchte, sich in Position zu bringen, aber Evan hielt ihn sich vom Leib, indem er sich genau vor ihn setzte. Dieses Spiel spielten sie noch eine ganze Weile weiter, wobei sie mal nach links, mal nach rechts über die regennasse Straße ausscherten, wenn der Streifenwagen sein Glück erneut versuchte und Evan mit einem Ausweichmanöver konterte.

Dem Caddy ging allmählich die Puste aus, und er reagierte immer langsamer. Evan holte zwar alles aus ihm raus, was ging, aber das war eben nicht sehr viel.

Er warf einen Blick in den Rückspiegel. Der Streifenwagen schien zum Sprung anzusetzen und machte sich bereit, wieder nach vorn zu stoßen, um den entscheidenden Treffer zu landen.

Okay, Jack, was mach ich jetzt?

Als Allererstes werd mal aktiv, Junge. Das Neunte Gebot: Angriff ist die beste Verteidigung.

»Alles klar«, sagte Evan in Richtung des leeren Beifahrersitzes.

Er hob die 1911, drehte den Kopf zur Seite und schoss die Windschutzscheibe raus. Zwar zeigte sich das charakteristische Spinnennetzmuster, aber das Verbundglas hielt. Evan schlug das beschädigte Glas mit dem Handballen aus dem Rahmen, und der

Regen schlug über ihm zusammen wie eine eiskalte Woge. Evan stieg auf die Bremse und schlug das Steuer ganz ein. Die riesige, alte Kutsche schwankte bedrohlich, als das Heck nach vorne ausscherte und durch den Schlamm am Straßenrand pflügte. Kurzzeitig befürchtete Evan, er würde sich überschlagen.

Aber der Caddy fing sich wieder und vollführte eine wenig elegante Drehung um 180 Grad, während Evan den Wählhebel in die Rückwärts-Position hieb und das sich drehende Lenkrad nur locker umklammert hielt. Das Getriebe kreischte.

Das tat auch das Mädchen im Kofferraum.

Er hatte das Gaspedal schon voll durchgedrückt, um jeglichen Schwung zu nutzen, den er hatte, nur dass er gerade rückwärts fuhr.

Und zwar mit dem Streifenwagen unmittelbar vor seinem Kühlergrill, so dicht, dass sich ihre Stoßstangen fast berührten.

Der junge Polizist am Steuer blinzelte ungläubig.

Die beiden Wagen rasten die Straße entlang wie zwei Kinder, die sich auf einer Spielplatzwippe gegenüberstehen und versuchen, sie im Gleichgewicht zu halten.

Nur dass die Wippe mit fünfzig Meilen in der Stunde über den Asphalt raste.

Der Fahrtwind heulte um die gähnende Öffnung der Windschutzscheibe. Dadurch, dass er rückwärts fuhr, war er zumindest vor dem Regen geschützt. Über die Pistole hinweg hatte er freie Sicht, zwischen ihm und dem Ziel befand sich keine Scheibe mehr, die die Kugel hätte ablenken können.

Bevor der Polizist reagieren konnte, zog er kurz am Steuer, löste so den Verbund der beiden Wagen und stellte sicher, dass er die Seite des Streifenwagens im Blick hatte.

Dann zerschoss er einen Vorderreifen.

Noch fünfzehn Kugeln.

Als der Streifenwagen ins Schlingern geriet und langsamer wurde, bremste Evan im selben Tempo ab, wobei er ihn weiterhin genau im Visier seiner Pistole behielt.

Beide Autos wurden immer langsamer und langsamer und rollten dann aus, bis sie in ungefähr zehn Meter Abstand voneinander zum Stehen kamen.

Die Waffe auf den Polizisten gerichtet, stieg Evan aus dem Caddy. Seine Stiefel hinterließen tiefe Furchen im durchweichten Boden am Straßenrand. Es hatte aufgehört zu regnen, aber die Luft war noch mit Feuchtigkeit gesättigt, sodass sich Kondensationstropfen auf seiner Haut bildeten. Sein Hemd war klatschnass.

Der Polizist war noch angeschnallt, hatte die Hände ums Lenkrad gekrallt und versuchte, sich wieder zu fangen.

»Aus dem Wagen«, sagte Evan. »Hände hoch.«

Der Polizist öffnete den Gurt und stieg aus. Der Schweiß lief ihm über das Gesicht und verfing sich im Bartflaum auf seiner Oberlippe. Er blieb in der geöffneten Tür seines Wagens stehen. Evan bedeutete ihm, ganz herauszutreten. Der Mann machte einen ernsten, unerschütterlichen Eindruck, wie er da vor dem Streifenwagen stand, auf dem in großen Lettern die Aufschrift HILLSBORO PD prangte. Seine Hände zitterten, allerdings nicht sonderlich. Er trug einen Ehering.

Aus dem Kofferraum des Caddy schrie etwas gedämpft eine Stimme: *»Tu's nicht! Tu ihm ja nichts!«*

Der Polizist erstarrte und befeuchtete seine Lippen. »Wer ist das?«

»Das weiß ich selber noch nicht genau«, antwortete Evan.

Der Polizist ließ die Hände ein Stück sinken.

»Sie haben Familie«, fuhr Evan fort.

»Und Sie haben ein Mädchen im Kofferraum Ihres gestohlenen Fahrzeugs«, entgegnete sein Gegenüber.

»Ich gebe zu, es gibt nur wenige Fälle, in denen es eine vernünftige Erklärung dafür gibt. Aber dieser ist einer davon.«

Der Polizist schien wenig beeindruckt.

»Ich habe nicht vor, ihr wehzutun«, fuhr Evan fort.

»'tschuldigung, aber das kaufe ich Ihnen nicht ohne Weiteres ab.«

Der Wind trug den bitteren und gleichzeitig frischen Geruch nach aufgewühlter Erde und dem Unkraut am Straßenrand zu ihnen herüber. Die rechte Hand des Polizisten, die mittlerweile kurz über dem Holster schwebte, zuckte unmerklich. Er war einer von diesen Typen, die hart arbeiteten, ihren Nachbarn halfen und sich im Spätprogramm Western ansahen.

»Kinder?«, fragte Evan.

Der Mann nickte. »Eine Tochter. Fünf.« Sein Adamsapfel ging einmal rauf und wieder runter, als er schwer schluckte. »Ich muss ihr jeden Morgen und jeden Abend in die Augen sehen können und wissen, dass ich das Richtige getan habe.«

»Denken Sie noch mal genau nach«, sagte Evan. »Sehe ich aus wie jemand, der nicht weiß, was er tut?«

Die Hand des Polizisten fuhr blitzartig hinunter zu seiner Waffe.

Lange bevor er sie erreicht hatte, feuerte Evan.

13. STERBEN BEDEUTETE NUR EINS

Evans Schuss rasierte die Kimme von der noch im Holster steckenden Glock des Polizisten. Die Wucht der Kugel riss ihm das gesamte Holster vom Gürtel. Es vollführte eine gemächliche Drehung in der Luft und landete mit einem Platschen im Straßengraben, wo es im trüben braunen Wasser versank.

Eigentlich hatte Evan nicht noch eine Kugel opfern wollen, aber nun war es eben so. Nur noch vierzehn.

Als der Polizist das nächste Mal nach Luft schnappte, machte er ein Geräusch, das wie ein Wimmern klang. Er beugte sich nach vorn, die Hände auf den Knien.

»Atmen Sie ein paarmal tief durch«, empfahl Evan.

»Okay.«

»Sie geben über Funk durch, dass Sie mich haben und mit aufs Revier bringen.«

»Okay.«

»Und zwar jetzt gleich.«

Die Polizisten, die Evan vor mehreren Meilen in den zu Schrott gefahrenen Streifenwagen zurückgelassen hatte, hätten längst Verstärkung angefordert und eine grobe Lagebestimmung durchgegeben, was bedeutete, Van Sciver würde es mitbekommen, weil Van Sciver alles mitbekam.

Als sich der Polizist in den Wagen beugte, um sein Funkgerät zu holen, behielt Evan ihn genau im Visier für den Fall, dass er sich stattdessen das Gewehr aus der Halterung zwischen den Vordersitzen schnappte. Aber der Mut schien ihn verlassen zu haben.

»Einheit siebzehn an Zentrale. Habe den Verdächtigen festgenommen und bin auf dem Rückweg zum Hauptquartier, Ende.«

»Verstanden, siebzehn. Wir rufen die Verstärkung zurück.«

Evan griff um den Polizisten herum, stellte den Wählhebel auf N und zog die Schlüssel aus dem Zündschloss. Beide Männer machten ruckartig einen Schritt zur Seite, als der Streifenwagen durch den Schlamm rollte, über den Straßengraben hinwegholperte und anschließend in die Botanik pflügte. Raschelnd schloss sich das Buschwerk um ihn, dann war er auch schon verschwunden.

»Auf geht's«, sagte Evan.

Evans ARES auf sich gerichtet, verließ der Polizist die Straße und lief durch ein Eschenwäldchen bis zu einem dahinter liegenden Sumpfgebiet.

»Auf die Knie«, befahl Evan.

Der Polizist blieb auf einem Klumpen Wiesen-Rispengras stehen. Seine Knie machten ein schmatzendes Geräusch auf dem feuchten Untergrund.

Evan stellte sich hinter ihn. »Schließen Sie die Augen.«

»*Warten Sie.*« Die Stimme des Polizisten drohte zu versagen. »Meine Tochter, die Fünfjährige. Sie heißt Ashley. Jeden Abend wartet sie auf mich und hält Ausschau nach meinen Scheinwerfern. Spielt dabei mit ihrer American-Girl-Puppe vor dem Erkerfenster neben der Küche. Sie geht nicht eher schlafen, bis ich zu Hause bin.« Er nahm ein paar hastige Atemzüge. »Ich habe ihr versprochen, immer nach Hause zu kommen. Machen Sie jetzt keinen Lügner aus mir. Bitte. Bitte lassen Sie mich jetzt nicht wie ein Lügner dastehen.«

Schweigen.

»Haben Sie Kinder? Eine Frau? Oder Eltern. Denken Sie an die, wie würden die sich fühlen, wenn Sie … wenn Sie … Oder wenn ihnen etwas zustoßen würde. Denken Sie daran, wie Sie sich fühlen würden, wenn Ihnen das jemand antäte. Etwas, das vollkommen unnötig war. Wenn Ihnen jemand die Eltern nehmen würde.«

Der Polizist fiel nach vorn auf die Hände. Seine Augen waren noch immer geschlossen, aber er konnte spüren, wie sich seine Finger in die weiche, nachgiebige Erde gruben. Er stellte sich vor, wie sein Körper dort aufkommen und der schwammige Boden sich um ihn schließen würde.

Er wartete auf die Kugel. Jede Sekunde würde sie kommen. Jede Sekunde.

Würde er sie spüren, ein winziges Druckgefühl hinten am Schädel, bevor es für immer dunkel wurde?

Er dachte an die angekaute Ecke der Kuscheldecke seiner Tochter, daran, wie ihr Kopf roch und wie sich ihre Zehen immer zusammengekrümmt hatten, wenn sie als Neugeborenes weinte.

Er dachte an das Gesicht seiner Frau unter dem weißen Schleier, daran, dass er sie nicht richtig hatte sehen können, nur ein kleines Stück ihrer Wange und des Auges, bis der Pastor die magischen Worte gesagt hatte und er dann den weichen Tüll angehoben hatte und sie ihn darunter genauso anstrahlte wie er sie.

Er dachte, sterben bedeutete nur eins, und zwar, die beiden nie mehr wiederzusehen. Wie glücklich er doch war, etwas gehabt zu haben, für das es sich zu leben lohnte. Und wie schrecklich musste es für all die verlorenen Seelen da draußen sein, die ohne Bezugspunkt durch ihr Leben drifteten, haltlos und ganz allein.

Zwanzig Minuten vergingen, vielleicht noch mehr, bevor ihm klar wurde, dass er gar nicht tot war.

Er öffnete die Augen und sah hinunter auf seine Hände, die tief im Rispengras steckten.

Er kam hoch auf die Hacken, und so langsam wie noch nie in seinem Leben drehte er sich um.

Hinter ihm befand sich nichts außer dem Wind, der durch die Blätter rauschte.

14. EIN ANFLUG VON ETWAS UNBEKANNTEM

Evan stand vor dem Kofferraum des Cadillac. Goldenes Licht drang durch die hoch liegenden Fenster der uralten Scheune und verlieh dem Boden voller Heu und den leeren Stallbuchten etwas Märchenhaftes. Er machte sich innerlich bereit und öffnete den Kofferraum.

Das Mädchen kam herausgeschossen.

Diesmal war Evan darauf vorbereitet. Er duckte sich, und der Wagenheber zischte nur wenige Zentimeter von seinem Schädel entfernt an ihm vorbei. Das Mädchen kam auf dem Boden auf, drehte sich blitzschnell um und griff erneut an, allerdings eher halbherzig. Sie wusste, dass sie ihre einzige Chance vergeben hatte.

Evan nahm ihr den Wagenheber ab und leitete ihre Attacke so um, dass sie zu Boden ging. Sie lag schwer atmend da, eine Strähne ihres glänzenden schwarzbraunen Haars hatte sich in ihrem Mundwinkel verfangen.

»Na ja«, sagte sie und spuckte die Strähne aus. »Ich musste es wenigstens versuchen.«

»Ja.«

Sie setzte sich auf, zog die Beine an und legte die Hände um die Knie, verlagerte ihr Gewicht ein Stück nach hinten auf den Po und sah zu ihm hoch. Sie hatte breite Wangenknochen, lange Wimpern und leuchtend grüne Augen. Ihre Haltung war entwaffnend und ließ sie sehr jung wirken. Ebenso gut hätte sie sich gerade auf einer Pyjamaparty mit ihren Freundinnen einen Film anschauen können. Aber in ihren kräftigen Zügen lag etwas Gehetztes, als habe sie in ihrem jungen Leben schon mehr mitbekommen, als ihr lieb war.

»Du hast ihn umgebracht, oder?«, fragte sie.

»Den Polizisten?«

»Nein, nicht den.«

»Wen dann?«

»Ich hatte ihn nur für ein paar Monate«, antwortete sie. »Endlich hatte ich mal jemanden, der ...« Dann wurde ihr Gesicht ausdruckslos wie ein Bildschirm, der herunterfährt.

»Wer?«

Schweigen.

Er setzte neu an. »Wie heißt du?«

»Joey.« Ihr Gesicht blieb ausdruckslos.

»Wofür ist das die Kurzform?«

Ihre Augen wirkten auf einmal wieder lebendig, und sie sah ihn an. »Geht dich gar nichts an.« Sie sah an die Dachbalken hoch. »Wo zum Geier sind wir?«

»Wo uns so schnell niemand findet.«

»Wie geht's jetzt weiter?«

»Wir lassen den Caddy hier. In einem Schuppen anderthalb Kilometer von hier steht ein funktionierender Truck. Den nehme ich, und du bleibst hier. Aber erst danach.«

»Nach was?«

»Nachdem du mir das Paket gegeben hast. Wir können Stück für Stück deinen Kram durchgehen. Oder du sagst es mir gleich. Aber geben musst du's mir auf jeden Fall.«

Sie sah ihn nur wütend an.

»Joey, du weißt doch, wie das hier läuft. Du bist eine Geheimwaffe der Regierung ...«

»Nein, da müssen wir was klarstellen.« Sie stand auf, verschränkte ansatzweise ihre Arme, dabei umfasst sie mit einer Hand den anderen Ellbogen. Sie zog die Schultern hoch und krümmte den Oberkörper leicht nach vorn. Eine Schutzhaltung. »Ich bin ein *defektes* Exemplar der Geheimwaffe. Die haben mich aussortiert.«

»Soll heißen?«

»Ich hab abgekackt, okay? Ich hab's nicht gepackt.«

»Wer war dein Betreuer?«

»Orphan Y. Charles Van Sciver.«

Seinen vollen Namen laut ausgesprochen zu hören, hier, in der dumpfen Feuchtigkeit der Scheune, traf ihn wie ein obszöner Fluch. Kurzzeitig war sich Evan nicht sicher, ob sie ihn wirklich gesagt hatte oder ob er ihn selbst heraufbeschworen und aus der Ursuppe seiner eigenen Obsession heraus ins Leben gerufen hatte.

Er atmete den süßlichen Fäulnisgeruch nach altem Holz ein. Seine Kehle fühlte sich trocken an. »Er hat dich ausgebildet?«

»Ja«, sagte sie. »Bis er's dann irgendwann nicht mehr getan hat.«

Evan bemühte sich zu begreifen, was hier vor sich ging. »Van Sciver war doch dabei, die letzten Orphans auszuschalten. Alle, die nicht zu seiner Kerntruppe gehörten.«

»Tja, er hat eben beschlossen, noch mal neu zu rekrutieren. Je mehr Agenten, desto mehr Macht.«

Plötzlicher Eifer drang durch seine Verwirrung. »Also darum handelt es sich bei dem Paket? Informationen über Van Sciver.«

»Nein«, entgegnete Joey. »Ich hab keine.«

»Was hast du dann in der Wohnung gemacht?«

»Ich hab da gewohnt. Aber was hast du da gemacht?«

»Jack Johns hat mich hingeschickt.«

Sofort veränderte sich ihre Körperhaltung, und sie war sprungbereit. »Wer zum Teufel bist du? Woher kennst du Jack Johns?«

»Er war mein Betreuer.«

»Bullshit. Erzähl mir keinen Scheiß. Also, wo ist er?«

»Er ist tot.«

Ihr kamen so plötzlich die Tränen, dass er nicht darauf gefasst war. Ihre Gefühle bahnten sich ihren Weg nach außen. »Wusst ich's doch. Du hast ihn umgebracht.«

»Jack war wie ein Vater für mich.«

»Nein. *Nein*.« Sie hatte die Hände zu Fäusten geballt. »Wenn das stimmt, wenn er wirklich dein Betreuer war, hättest du niemals die ganzen Bullen getötet.«

»Hab ich auch nicht.«

»Lasse niemals einen Unschuldigen sterben.«

»Die Polizisten sind alle noch ...« Er brach mitten im Satz ab.

»Was hast du gerade gesagt?«

Auf einmal schien es in der Scheune keine Atemluft mehr zu geben.

»Gar nichts.«

»Das Zehnte Gebot«, sagte Evan.

Joey funkelte ihn wütend an. Aber dann entspannten sich ihre Züge unmerklich.

Niemand hätte Jack dazu bringen können, die Gebote zu verraten. Das wusste Evan. Was bedeutete, dass auch sie es wusste.

»Das Erste?«, fragte sie. »Wie lautet das Erste Gebot?«

»Keine voreiligen Schlüsse.« Er holte tief Luft. »Und das Achte?«

»Töte niemals ein Kind.« Joey strich sich die Haare aus dem Gesicht; ihr Mund stand leicht offen, und in ihrem Gesicht lag so etwas wie Ehrfurcht. Als sie weitersprach, war ihre Stimme nur noch ein Flüstern: »Du bist Orphan X.«

Die Holzkonstruktion um sie herum knarrte. Staubpartikel lagen in der Luft. Evan nickte kaum merklich.

»Evan«, sagte sie. Es lag etwas Vertrauliches darin, dass sie seinen Vornamen benutzte. »Er hat mir von dir erzählt.«

»Aber mir hat er nicht von dir erzählt.«

»Als ich aus dem Programm ausgestiegen bin, hat Jack mich gerettet.«

»Gerettet?«

»Du weißt ja, wie das ist mit Van Sciver. Entweder bist du auf seiner Seite. Oder ...« Den Satz musste sie nicht beenden. »Ich hab's dir doch gesagt. Ich bin keine Waffe der Regierung. Ich bin kein Orphan mehr. Ich bin einfach nur ein Mädchen.«

Mit einem Schlag war ihm alles klar, und er bekam am ganzen Körper eine Gänsehaut, als habe ihm soeben jemand einen Eimer eiskaltes Wasser über den Kopf geschüttet. Er setzte sich auf den Scheunenboden, lehnte sich mit dem Rücken an die Stoßstange des Caddy und vergrub das Gesicht in den Händen.

»Was ist los?«, fragte sie.

»Jack will, dass ich auf dich aufpasse.«

»Auf mich aufpassen?«

Evan sah zu ihr hoch und spürte, wie ihm alles Blut aus dem Gesicht entwich. »*Du* bist das Paket.«

Im hellen Licht des Mondes brachen sie auf und bahnten sich vorsichtig einen Weg durch ein Zucchinifeld in Richtung des Trucks, den Evan bereits ausgekundschaftet hatte. Joeys voller Rucksack hüpfte auf ihren schmalen Schultern auf und ab und ließ ihre zierliche Gestalt wie die eines Schulkinds aussehen.

Was hatte Jack sich bloß dabei gedacht? Evan verspürte den Anflug von etwas Unbekanntem. Schuldgefühle? Er stellte sich vor, wie Jack im freien Fall durch den nächtlichen Himmel von Alabama gestürzt war, und ließ ein wenig Wut zu, die die Schuldgefühle einfach fortschwemmte.

»Eins muss klar sein«, sagte Evan. »Ich bin nicht Jack. So arbeite ich nicht. Ich bringe dich in Sicherheit, sorge dafür, dass du alles hast, was du brauchst, und das war's.«

Joeys Miene ließ keine Gefühlsregung erahnen. Undurchdringlich. Die Stiefel der beiden machten schmatzende Geräusche auf dem aufgeweichten Acker. Eine Eule in einem der dunklen Bäume kommentierte ihre Lage mit dem uralten Ruf: »Huhuuu, Huhuuu.«

»Wie haben Van Scivers Leute meine Wohnung gefunden?«, fragte sie.

»Die waren eigentlich auf der Suche nach Jack. Von irgendwoher hatten sie offenbar die Adresse und haben da auf der Lauer gelegen.«

»Bist du dir sicher, dass *dir* keiner gefolgt ist?«

»Ja.«

»Wenn die wussten, dass ich in der Wohnung war, warum haben sie mich dann nicht einfach umgelegt?«

»Weil ich wertvoller für sie bin.«

»Soso. Also haben die mich nur leben lassen, um dich anzulocken.«

»Ja.«

An seiner Wange machte sich ein Brennen bemerkbar. Er fasste hin, ertastete etwas Kantiges. Er entfernte das kleine Stückchen Sicherheitsglas und schnippte es auf den Boden.

Das Mädchen sagte wieder etwas. »Van Sciver hat Jack umbringen lassen.«

Er ging weiter und ließ sie diese Tatsache erst mal verarbeiten. Es war verdammt viel zu verarbeiten.

Sie nagte an ihrer Unterlippe. »Ich kann dir helfen, Van Sciver fertigzumachen.«

Evan blieb abrupt stehen und drehte sich im Mondlicht zu ihr um. »Wie alt bist du?«

»Zwanzig.«

»Nein.«

»Achtzehn.«

»Auch nicht.«

Sie wand sich noch ein bisschen, dann: »Sechzehn.«

Evan setzte sich wieder in Bewegung, und sie beeilte sich, mit ihm Schritt zu halten. Die Landschaft bestand nur aus verschiedenen Grau- und Brauntönen. Das Mondlicht ließ die grünen Zucchini zu einem blassen Gelb reifen.

»Woher hast du's gewusst?«, fragte sie.

»Wenn du lügst, blinzelst du öfter. Und du machst dieses einseitige Achselzucken, das ist auch ein nonverbales Signal. Und deine Hände – die solltest du unbedingt an der Seite behalten. Deine Körpersprache sagt mehr als du selbst, und das will was heißen.«

»O Mann«, stöhnte sie. »Du klingst genau wie Jack.«

Das musste Evan erst mal verdauen.

Sie hatten das Zucchinifeld jetzt hinter sich gelassen und kamen zu einem Stück Land, das vor Kurzem abgeerntet worden war. Kürbisse vielleicht. Überall auf dem kahlen Acker lagen zerhackte Ranken, die sich wie knorrige Gliedmaßen aus der Erde reckten. Der Erntegeruch hing noch in der Luft, fruchtbar und herbstlich, der Geruch von Leben und Tod.

»Ist doch egal, wie alt ich bin«, brummelte sie. »Ich kann dir helfen.«

»Und wie? Kennst du irgendwelche Aufenthaltsorte oder Adressen von Van Sciver?«

»Natürlich nicht. Du weißt doch, wie er ist. Alles wird zigmal überprüft, ob es sich auch ja nicht zurückverfolgen lässt. Meist hatte ich keinen blassen Schimmer, wo ich war.«

»Hast du irgendwas, weswegen wir ihn strafrechtlich drankriegen könnten?«

»Nein, eigentlich nicht.«

»Weißt du, warum Jack in Alabama war?«

Ihre Wangen röteten sich. »Ist er da gestorben?«

»Joey, hör mir zu. Du bist noch unerfahren und in keiner Weise an den Sattel gewöhnt …«

»Ich bin doch kein Pferd.«

»Richtig. Du bist ein wilder Mustang. Du kämpfst gut, und deine Koordination ist hervorragend. Aber du bist noch nicht fertig, geschweige denn in der Lage, einen Einsatz durchzustehen.«

»Jack hat dich aber zu mir geschickt.«

»Um dich zu beschützen, nicht, damit du umgebracht wirst.«

»Ich bin ausgebildet.« Sie war jetzt wütend und betonte jedes Wort einzeln. »Dich hab ich schließlich auch auf die Matte geschickt, oder?«

»Du hast keine Vorstellung, was für ein Ausmaß an Gewalt auf uns zukommt.«

»Hat Jack dir geraten, mich einfach irgendwohin zu verfrachten, wo ich mich für den Rest meines Lebens verstecken soll?«

Vor ihnen erhob sich der Schuppen als eine dunkle Masse vom Erdboden, daneben der Umriss des schrottreifen Trucks. Evan beschleunigte seine Schritte.

»Jack ist gestorben, bevor er wusste, wie sich das hier entwickeln würde. Jetzt habe ich nur noch ein einziges Ziel: Van Sciver zu finden und jeden Einzelnen, der irgendetwas mit Jacks Tod zu tun hatte, und sie umzubringen.« Evan zog die quietschende Fahrertür des Trucks auf und klappte die Sonnenblende runter. Die Schlüssel fielen in seine ausgestreckte Hand. Er drehte sich wieder zu Joey um. »Was soll ich bloß mit dir anfangen?«

»Ich bin nicht nutzlos.«

»Das hab ich auch nie behauptet.«

Sie ging zur Beifahrerseite, stieg ein und knallte die Tür zu. »Doch«, sagte sie. »Hast du.«

15. NUR EINE FRAGE DER GEOMETRIE

Das Neonschild des Motels in Cornelius hatte das M und das L eingebüßt, jetzt leuchtete nur noch ein trauriges grellorangefarbenes OTE in den Nachthimmel. Der Laden war nicht gerade stabil gebaut, obwohl es nur das eine Geschoss gab, und lag eingezwängt unter einem Autobahnzubringer. An der mit Brandlöchern übersäten Empfangstheke stand eine Frau, die eifrig auf einem Kaugummi mit Wassermelonengeschmack herumkaute, um ihre Schnapsfahne zu überdecken.

Einfach perfekt.

Evan checkte allein ein, zahlte im Voraus in bar und musste auch keine Ausweisdokumente für die fiktive Identität vorlegen, die er für solche Fälle parat hatte. Dies war nicht die Art von Unterkunft, die ihren Gästen zu sehr auf den Zahn fühlte. Die Frau am Empfang sah ihn nicht einmal an, sondern konzentrierte sich auf ihren eingerissenen Nagel, den sie nicht sonderlich erfolgreich mit den Zähnen bearbeitete. Die Überwachungskamera war eine Attrappe, ein nur zum Schein in die Wand gedübeltes, eingestaubtes Plastikteil.

Er unterzeichnete das Gästebuch mit Pierre Picaud, nahm den Zimmerschlüssel entgegen, der aus unerfindlichen Gründen an einer mit Panzerband beklebten Wasserflasche hing, und schlurfte wie ein von den Strapazen eines langen Tages im Auto erschöpfter Vertreter Richtung Zimmer 6.

Als er die Tür aufschloss, löste Joey sich aus der Dunkelheit und schlüpfte mit hinein.

Sie ließ den Rucksack auf den fadenscheinigen Teppich fallen und betrachtete ein schief hängendes Aquarellbild mit niedlichen Kolibris. »Guck mal, Kunst.«

»Verleiht dem Ambiente den letzten Schliff.«

Sie zeigte in eine Ecke. »Ich kann da schlafen.«

»Ich schlafe auf dem Boden.«

»Ich bin jünger. Außerdem sieht das Bett total unbequem aus.«

»Ich will direkt neben der Tür sein.« Evan blieb beharrlich.

Joey zuckte die Achseln. »Na schön.« Sie ließ sich voller Vertrauen aus dem Stand nach hinten auf die Matratze fallen, obwohl niemand da war, der sie auffing. Das Bett quietschte bedrohlich.

»Du hast's da unten definitiv besser.«

»So schlimm?«

»Fühlt sich an wie'n Sack Schraubenschlüssel. Nee, nicht ganz, vielleicht wie'n Sack Schraubenschlüssel mit Gummigriff.«

»Na, zumindest etwas.«

»Und ich kenn mich mit beschissenen Unterkünften aus.«

»Das ist der größte Trumpf, den das Programm gegenüber Kids aus dem Kinderheim hat«, sagte Evan. »Egal, wo wir hingeschickt werden, wir denken immer, es ist nicht so übel wie da, wo wir herkommen.«

Joey hob den Kopf, sodass ihr Kinn die Brust berührte; der von draußen hereinfallende Schein des Motelschilds ließ ihre Augen rötlich aufleuchten wie die eines Wildtiers. »Na ja, also Heime für Mädchen sind anders.«

»Wie denn?«

»Wie: Geht dich gar nichts an.«

»Na gut.«

»Darüber red ich nicht. *Niemals*.«

»Okay.«

Sie ließ den Kopf wieder auf die Matratze sinken. Evan folgte ihrem Blick. Die Decke mit den unzähligen Wasserflecken sah aus wie eine topografische Karte. Er fragte sich, ob es jemanden gab, der wirklich verstand, was im Hirn eines weiblichen Teenagers vor sich ging.

»Hast du eine falsche Identität?«, fragte Evan.

»Jack wollte mir einen Pass und nen Führerschein besorgen. Das war noch in der Mache, als …«

»Also fällt der Flughafen flach. Kein Problem, da suchen sie sowieso als Erstes.«

»Was machen wir dann?«

»Um acht geht der erste Zug aus Portland.«

»Schön, also mit dem Zug. Und wohin?« Joey winkte ab. »Egal.«

»Wir bereiten alles vor und sorgen dafür, dass du gut versorgt bist.«

»Ja. Klar.«

»Wenn's was gibt, das ich über Van Sciver wissen sollte, jetzt wäre der richtige Zeitpunkt.«

Sie kam hoch und setzte sich in den Schneidersitz. »Privat hatte ich nicht viel mit ihm zu tun, wenn du das meinst.«

»Irgendetwas, egal, was.«

»Er hat mich ins Programm aufgenommen, als ich vierzehn war.«

»Hat *er* dich gefunden?«

»Nein. Das war dieser Typ. Steinalt. Goldene Uhr, ständig ne Kippe im Mund und immer ne Ray-Ban auf, sogar abends.«

Eine Erinnerung stieg in Evan auf. Etwas, das er längst für tot gehalten hatte.

Die Jungs drängen sich im Türrahmen eines der Zimmer im Pride-House-Kinderheim, Evan ganz unten, weil er wie immer der Kleinste ist. Sie spähen den Flur hinunter, wo ein Mann steht, aber sie sehen ihn nur teilweise im Profil. Mit zwei schlanken Fingern hält er gerade Papa Z eine vollkommen schwarze Visitenkarte hin. An seinem dünnen Handgelenk baumelt eine glitzernde goldene Uhr.

»Der Mystery Man«, sagt Evan.

Joey sah interessiert auf.

Woran er sich vor allem erinnerte, war die Hilflosigkeit. Zwölf Jahre alt, sein Schicksal in den Händen von Mächten, die so gewaltig und wenig zu greifen schienen, dass es sich auch um antike Götter hätte handeln können. Immer neue Prüfungen durchstehen zu müssen und nie zu wissen, ob er sie überleben würde, ob sie je ein Ende nähmen.

Aber dann war Jack gekommen, sein Fels in der Brandung, auf den er sich immer verlassen konnte.

Und Joey war an Van Sciver geraten.

Sie sah zu ihm hoch und wartete darauf, dass er fortfuhr. Er fragte sich, wie sie es durch ihre bisherigen sechzehn Jahre geschafft hatte. Der alte Schmerz durchfuhr ihn erneut, aber er ignorierte ihn und richtete seine Aufmerksamkeit wieder auf die Gegenwart.

»Wie hat er dich ausgewählt?«, fragte Evan. »Der Mystery Man.«

»Zuerst hat er uns allen draußen im Garten beim Spielen zugesehen. Hat uns einfach nur ... *beobachtet*. Aus irgendwelchen Gründen hat er mich dann eines Tages ausgewählt und ist mit mir ne ziemlich lange Strecke zu einem Marine-Stützpunkt gefahren. Keine Ahnung, welcher, aber damals hab ich in Phoenix gewohnt, also würd ich heute sagen, es könnte Yuma gewesen sein. Er hat mich in eine riesige Trainingsanlage gebracht. Das ganze Gebäude war innen zu einer Hindernisbahn wie beim Militär umgebaut worden, nur eben drinnen. Da gab's echt alles: ne Kriechstrecke mit Stacheldraht, Schlammgruben, Kletterseile, Reifenziehen, Eskalierwände. So viel Zeug hatte ich noch nie auf einmal gesehen, die Halle war vollgepackt. Am Ende der Bahn hing eine Glocke, und wenn man einmal durch war, sollte man die läuten. Der alte Typ hatte ne Stoppuhr dabei. Er hat gesagt: ›Es geht einzig und allein darum, so schnell wie möglich von A nach B zu kommen.‹ Ich hatte ein Kleid und Sandalen an. ›Nur darum, ja?‹, hab ich gefragt, und er hat ›Genau.‹ gesagt.«

Joey hielt inne und nagte an ihrer vollen Unterlippe. Ihre Vorderzähne waren ein kleines bisschen zu groß geraten, und dazwischen war eine winzige Zahnlücke. Dieser kleine Schönheitsfehler war liebenswert. Ohne ihn wäre ihr Gesicht zu ebenmäßig, zu perfekt gewesen.

»Was hast du gemacht?«, fragte Evan.

»Ich hab mich umgedreht und bin rausgegangen«, antwortete sie. »Dann bin ich außen ums Gebäude gelaufen, durch die kleine Tür am Ende der Hindernisbahn wieder rein und hab die Glocke geläutet. Dann hab ich zu ihm rübergesehen: Er hatte noch nicht mal auf die Stoppuhr gedrückt.«

»Clever.«

Sie zuckte die Achseln. »Ist nur eine Frage der Geometrie.«

»Und dann?«

»Zwei Sekunden später klingelt das Handy des alten Typen. Muss da wohl Kameras gegeben haben. Als ich wieder bei ihm angekommen bin, hatte er ne Spritze in der Hand. Ich kann mich nicht dran erinnern, dass er sie mir verpasst hat, und auch sonst an nichts.« Sie überlegte kurz. »Danach hab ich nie wieder jemanden gesehen.«

»Wo bist du wieder wach geworden?«

»In Maryland. Aber das hab ich erst elf Monate später rausgefunden, als ich abgehauen bin.«

»Van Sciver hat dich ein ganzes Jahr lang in einem Haus festgehalten?«

»Haus?« Ein bellendes Lachen. »Ich hab in ner verlassenen Airforce-Einrichtung gewohnt. Mein Bett war ne Matratze in einem Hangar. Ich hab gegessen, trainiert, geschlafen, das war's. Meist waren andere Ausbilder dabei. Van Sciver ist nur ab und zu vorbeigekommen, um zu überprüfen, was ich für Fortschritte mache.«

»Und war er zufrieden?«

»Schon. Bis zu dieser einen Sache.« Sie holte tief Luft. »Irgendwann bin ich nachts aufgewacht, weil ich Geräusche gehört hatte. Ein Mann hat geweint. Keine Ahnung, warum das schlimmer ist als bei ner Frau, aber das war es. Ich hab mich vorsichtig zu dem erhöhten Bürobereich geschlichen, du weißt schon, so'n paar Stufen rauf. Nur da gab's ein Fenster. Ich hab rausgesehen, da war Van Sciver und hat gerade nen ohnmächtigen Typen in eine Reisetasche gestopft. Dann haben sie die Tasche in den Hangar getragen. Ich bin wieder zurückgerannt und hab so getan, als ob ich schlafe. Van Sciver kam rein und hat mich wach gemacht. Er hat mir ne Glock 21 in die Hand gedrückt, vierte Generation.«

Auf einmal fröstelte es Evan in dem Hotelzimmer.

»Ich hab ihn gefragt, was wir jetzt machen, und er hat gesagt ...«

»Es ist, wie es ist. Mehr gibt's dazu nicht zu sagen«, ergänzte Evan.

Sie sah ihn sprachlos an.

»Schnellstmögliche Auflösung aller Mehrdeutigkeit«, erläuterte Evan. »So tickt Van Sciver. Eine stark ausgeprägte Vorliebe für Ordnung, die zugegebenermaßen viele von uns haben. Aber die geht bei ihm mit einer Abneigung gegen Ungewissheit einher. Genau deshalb hat Jack das auch in uns beiden gefördert. Die Fähigkeit, Mehrdeutigkeit zu akzeptieren. Denn die hilft uns, unsere Menschlichkeit zu bewahren.«

»Hinterfrage deine Befehle«, sagte Joey mit leiser, rauer Stimme. »Das Sechste Gebot.«

Evan nickte.

Sie schluckte und schwieg kurz, bevor sie fortfuhr. »Jedenfalls, ich hab die Waffe genommen. War ja nicht so, als ob ich die Wahl gehabt hätte. Van Sciver ist mit mir zu der Reisetasche gegangen und hat gesagt, ich soll drauf schießen. Warum, hab ich gefragt. Er sagte, weil's ein Befehl ist, und da gibt's kein Warum. Ich hab die Umrisse des Typen durch die Tasche gesehen.«

Im schummrigen Licht des Neonschilds sah Evan, dass ihre Stirn glänzte. Schweiß.

Joey schüttelte den Kopf und brach ab. »Wir haben doch alle schon Sachen gemacht, die wir bereuen. Was ich getan habe, bereue ich jeden verdammten Tag.«

Sie rutschte vom Bett und kramte in ihrem Rucksack. Sie holte ein paar Toilettenartikel heraus, die sie mit dem Arm an die Brust drückte, und verschwand im Bad. Kurz darauf ging die Dusche an.

Evan sah auf den offenen Rucksack. Ein Stück Papier war herausgefallen. Er hob es auf, um es wieder hineinzustecken, als er sah, dass es sich um eine Geburtstagskarte handelte. Zerschlissener Umschlag ohne Adresse.

Auf der Vorderseite stand in fröhlichen bunten Buchstaben: JETZT BIST DU 16!, aber sie war schon so oft gelesen worden, dass der meiste Glitzer abgefallen war. Offensichtlich eine Karte, die Joey sehr viel bedeutete.

Evan klappte sie auf.

Darin lag eine gepresste Iris, die bereits anfing, brüchig zu werden.

Ich möchte, dass du weißt, wie stolz ich auf dich bin, meine Süße. Und dass ich sehe, was für eine schöne junge Frau aus dir geworden ist.
Viele Küsse und alles Liebe, M.

Evan starrte eine Zeit lang auf die unordentliche weibliche Handschrift und spürte, wie sich etwas in ihm regte. Stand »M« für die Mutter, die Joey ins Heim gegeben hatte?

Orphan M war es ganz sicher nicht; den hatte Evan nämlich

in kleinen Stückchen auf einer Straße in Zagreb zurückgelassen.

Aber auf welche Art und Weise hatte »M« in Kontakt mit Joey gestanden? Als sie als mögliche Kandidatin für das Orphan-Programm ausgewählt worden war, hatte man sie von der Bildfläche verschwinden lassen. Jack musste irgendwie dafür gesorgt haben, dass Tochter und Mutter wieder miteinander Kontakt aufnehmen konnten – entweder über ein Postfach bei einem kommerziellen Anbieter, der Briefe auf Wunsch einscannte und weiterleitete, oder einen toten Briefkasten. Die Sache richtig hinzubekommen wäre sehr mühsam gewesen, aber alles, was Jack tat, tat er richtig. Und das wiederum bedeutete, wer immer »M« war, sie musste Joey sehr am Herzen liegen.

Evan steckte die Karte in den Rucksack, wobei er darauf achtete, die getrocknete Blume nicht noch weiter zu zerstören, und suchte eine Steckdose für das Ladegerät des RoamZone.

Über den schwachen grünen Schein gebeugt, überlegte er, was er tun würde, wenn jetzt ein Anruf für den Nowhere Man käme. Diese Aufträge waren wie eine nicht abreißende Kette, da jeder Klient seine nicht zurückverfolgbare Nummer an den nächsten weitergab. Das war die einzige Bezahlung, die er für seine Dienste verlangte. Er hatte festgestellt, dass dieser einfache Akt zugleich Teil des Heilungsprozesses für seine Klienten war, ein erster Schritt dahin, ihr Leben wieder aufzubauen. Was stärkte das eigene Selbstvertrauen mehr, als dabei zu helfen, einen anderen Menschen zu retten?

Zum ersten Mal, seit er als der Nowhere Man operierte, fühlte er sich nicht in der Lage dranzugehen, wenn das schwarze Handy klingelte. Verschanzt in einem Motel in Cornelius, Jacks Tod noch immer ungesühnt, mit einer Sechzehnjährigen an der Backe, die im besten Fall ziemlich aufsässig war – er war in keiner Verfassung, einen neuen Auftrag anzunehmen.

Er rief sich in Erinnerung, dass in sechs Stunden alles wesentlich einfacher werden würde. Er musste nur ausharren, bis der erste Zug in die Union Station einfuhr. Dann wäre Joey nicht mehr sein Problem.

Danach würde er Van Sciver aufspüren und ihm eine Kugel in den Schädel jagen.

Die Dusche wurde abgedreht, und wenige Minuten später kam Joey in ein großes Handtuch gewickelt wieder aus dem Badezimmer. Sie deutete auf ihren Rucksack. »Würde es dir was ausmachen, wenn ich, äh …«

»Du kannst dich ruhig hier umziehen, ich geh derweil ins Bad.«

Ein wenig steif gingen die beiden aneinander vorbei, bemüht, sich nicht zu berühren. Im Badezimmer beugte sich Evan nah an den Spiegel und betrachtete sein Gesicht, auf dem diverse Kratzer von der zerschossenen Windschutzscheibe zu sehen waren. In der grellen Beleuchtung entdeckte er einen Spritzer getrocknetes Blut an seinem Mundwinkel. Erst dann bemerkte er ein dumpfes Pochen oberhalb seines rechten Schneidezahns. Er hob die Oberlippe an und sah, dass der Zahn ganz blutig war. Im Zahnfleisch darüber steckte ein winziger Splitter Sicherheitsglas. Er pulte ihn mit den Fingern heraus und warf ihn in den Mülleimer.

Dann spülte er sich Mund und Nase, putzte sich die Zähne mit Joeys Zahncreme, die er sich auf den Finger strich, und ging zurück ins Zimmer.

Joey lag im Bett, den Kopf zur Wand gedreht, und atmete bereits langsam und regelmäßig. Sie hatte ihm ein Kopfkissen auf den Boden gelegt.

Er legte sich vor der Tür auf den Teppich und schloss die Augen.

Er wachte auf, weil sich im Zimmer etwas bewegte. Er verhielt sich absolut ruhig und öffnete die Augen nur einen winzigen Spalt.

Joey war gerade dabei, vorsichtig aus dem Bett zu klettern, und bewegte sich so langsam, dass noch nicht einmal die Bettfedern quietschten, was sie sonst bei der kleinsten Bewegung taten.

Zwei lautlose Schritte, dann hockte sie vor ihrem Rucksack und suchte darin nach etwas. Sie stand auf, drehte sich um. Evan beobachtete, wie sie auf ihn zukam. Ein Lichtstrahl von draußen fiel auf ihre Hand.

Sie hielt ihr Kampfmesser mit feststehender Klinge.

Ihre Bewegungen waren geschmeidig, auf ihren bloßen Füßen schien sie fast zu schweben. Er analysierte ihre Körperhaltung: Schultern hochgezogen, Kopf eingezogen.

Nichts ließ auf Aggression schließen.

Nur auf Angst.

Sie beugte sich über ihn.

Er traf in dem Moment die Entscheidung, sie gewähren zu lassen.

Die Karbonstahlklinge drückte ihm gegen die Kehle.

Er öffnete die Augen ganz.

Joeys Augen waren so weit aufgerissen, dass das Licht, das vom Fenster her seitlich auf sie traf, die Iris durchsichtig erscheinen ließ. Das kräftige Grün leuchtete im Dunkeln wie die Augen einer Großkatze, die sich auf einmal sehr klein fühlte.

»Tu mir niemals weh«, flüsterte sie. »Bitte.«

»In Ordnung.« Er spürte, wie seine Kehle an der Klinge entlangrieb, als er die Worte formte.

Sie nickte einmal, dann noch einmal, wie zur Bestätigung für sich selbst.

Der Druck auf seine Kehle ließ nach.

Sie verschwand so lautlos, wie sie gekommen war.

Er lag da und starrte an die wasserfleckige Karte an der Decke, auf der die ganze Welt in all ihrer Düsternis und Vielschichtigkeit abgebildet schien.

16. DIE AUFFAHRT IN RICHTUNG FREIHEIT

Ein viereckiger Uhrturm im Stil der Neoromanik, auf dem erleuchtete Hinweisschilder prangten, verankerte Portland Union Station, den Hauptbahnhof von Portland, am westlichen Ufer des Willamette River. Evan scheuchte Joey rasch unter dem blinkenden »GO BY TRAIN«-Schild hindurch in den eleganten, mit italienischem Marmor verkleideten Wartesaal, wo er ihr unter falschem Namen eine Fahrkarte nach Ashland, Kentucky kaufte. Ein zufällig gewähltes Ziel, auf das so schnell keiner kommen würde. Die Strecke führte über Sacramento und Chicago. Mit Reisezeit und Aufenthalten wäre Joey drei Tage unterwegs.

Er lotste sie hinaus auf den kalten Bahnsteig und reichte ihr das Amtrak-Ticket und ein Bündel Geldscheine.

»Meine E-Mail-Adresse lautet the.nowhere.man@gmail.com«, sagte er. »Wiederhol das bitte.«

Sie tat es. Es war das Erste, was sie in den letzten zwanzig Minuten gesagt hatte.

Er nahm sie sanft am Arm und eilte mit ihr zum hinteren Ende des Bahnsteigs. »Sobald du in Ashland bist, logg dich in meinen Account ein.« Er gab ihr das Passwort. »Schreib mir eine Nachricht, die du im Entwurf-Ordner speicherst. Du darfst sie unter keinen Umständen senden. Ich werde mich auch einloggen und in derselben Mail Anweisungen für dich hinterlassen. Wenn diese Informationen nie ins Internet gelangen …«

»Ich kenne die Sicherheitsvorschriften«, sagte sie knapp.

Sie drehte ihm den Rücken zu und wartete auf den Zug. Eine leichte Brise fuhr ihr durchs Haar, und sie strich es sich hinters Ohr, wodurch man ein Stück der kurz geschorenen Partie sah.

Zu seiner Frustration weigerten sich Evans Füße, den Bahnsteig zu verlassen.

»Du musst besser darauf achten, ob dir jemand folgt«, sagte er zu Joey. »Benutz Fensterscheiben als Spiegel – da zum Beispiel oder da. Oder Spiegelungen auf vorbeifahrenden Zügen. Du solltest Bescheid wissen, wo sich die Überwachungskameras befinden, und in den Bereichen, wo sie dich sehen können, den Kopf gesenkt halten.«

Sie schob das Kinn vor, und Evan konnte hören, wie sie mit den Zähnen knirschte. »Ich kenne die Sicherheitsvorschriften.«

»Dann komm zehn Zentimeter nach hinten hinter diese Säule«, sagte er.

Sie trat unter den Überhang aus Metall und warf ihm einen wütenden Blick zu.

»Wenn du nicht weißt, was du nicht weißt …«, fuhr Evan fort.

»… wie kannst du wissen, was du noch lernen musst?«, vervollständigte sie den Satz. »Den hat Jack mir auch beigebracht. Wie gesagt, ich kenne die Vorschriften.«

»Also gut«, sagte Evan.

»Also gut«, sagte Joey.

Er ließ sie auf dem Bahnsteig zurück. Weiterhin genau auf seine Umgebung achtend, ging er zurück durch den Wartesaal und ließ den Blick über die Menschenmenge schweifen. Seine Nase sah nicht allzu schlimm aus, aber der Bruch hatte für dunkle Blutergüsse unter beiden Augen gesorgt, weswegen er es vermied, jemanden direkt anzusehen. Er spürte deutlich, wie ihn jeder Schritt weiter von Joey wegtrug, von Jacks letztem, nicht sehr gut durchdachtem Wunsch. Seine Schritte hallten von den kalten, glänzenden Marmorwänden wider. Er hatte das Gefühl, durch ein Mausoleum zu gehen.

Er trat aus dem Vordereingang des Bahnhofs und lief eilig über den gebührenpflichtigen Parkplatz zu einem Subaru, auf dem hinten ein Aufkleber mit der Aufschrift MEINE TOCHTER IST SCHÜLERIN DES MONATS klebte. Früher an diesem Morgen hatte er in einer Bürogarage die Fahrzeuge getauscht und die Tatsache, dass der Mitarbeiter des Parkdienstes gerade Pinkelpause machte, dazu genutzt, sich einen Schlüsselbund von der Theke zu nehmen. Angenommen, der stolze Elternteil arbeitete ganztags, hätte Evan bis fünf Uhr nachmittags Zeit, bevor das Auto als gestohlen gemeldet würde.

Er hatte rückwärts eingeparkt, sodass er hinten an der Stoßstange ungestört hantieren konnte. Er kniete sich vor das Nummernschild, schraubte es ab und tauschte es gegen das des Kia daneben ein.

Eine weitere Sicherheitsmaßnahme, bevor er sich auf den Weg machte, frei und ohne Ballast, und erneut seine Jagd nach Van Sciver aufnahm.

Er stieg in den Wagen, verließ den Parkplatz und hielt Ausschau nach Hinweisschildern zum Freeway.

Er wollte gerade die Auffahrt in Richtung Freiheit nehmen, als er in den Rückspiegel sah und entdeckte, dass ein Lieferwagen mit der Aufschrift HILLSBORO HOME THEATER INSTALLATION! in den Parkplatz der Union Station einbog.

17. EIN EINZIGER HUNGRIGER SPRUNG

Ein Mietwagen von Hertz gehörte offenbar dazu. Die beiden stellten sich nebeneinander an den äußeren Rand des Parkplatzes und fuhren rückwärts in ihre Parklücken, um schnell wieder abhauen zu können.

Drei bullige Typen stiegen aus dem Lieferwagen. Sie waren gekleidet wie ganz normale Pendler, in Dockers-Hose und geknöpftem Hemd. Allerdings spannte der Stoff über ihren Muskeln, was sich nun mal nicht vermeiden ließ. Darüber weite Jacketts, um ihre Statur und die Waffen zu verstecken. Sie betraten die Wartehalle und schwärmten sofort aus wie Kampfjets, die die Formation verließen.

Der Fahrer des Mietwagens blieb im Auto, nur der Kopf bewegte sich von einer Seite zur anderen, als er den Parkplatz und die Straßen, die zum Bahnhof führten, absuchte. Der Wachtposten.

Die drei Männer liefen im Eiltempo durch die Wartehalle und schlängelten sich zwischen Fahrgästen und den schweren Eichenbänken hindurch. Sie betraten den Bahnsteig durch drei verschiedene Ausgänge und blieben im Schatten des Dachüberhangs stehen. In der Entfernung näherte sich ein Güterzug, der ein lang gezogenes Tuten als Warnsignal ausstieß und den Bahnsteig zum Vibrieren brachte.

Das Signal wäre perfekt geeignet, um einen Schuss zu übertönen.

Die Männer suchten die Gruppen der wartenden Passagiere auf dem Außenbahnsteig und zu beiden Seiten des Mittelbahnsteigs dahinter ab. Einer von ihnen entdeckte einen Rucksack, der ganz am Ende hinter einer Holzsäule hervorlugte. Und ein Stück vom Bein eines Mädchens.

Er drehte blitzschnell den Kopf und sah seinen Kollegen in der Mitte des Bahnsteigs an, der sich wiederum zum dritten Mann umdrehte. Alle drei setzten sich Richtung Bahnsteigende in Bewegung und drängten sich durch die Menge, wobei die beiden weiter vorne zu ihrem Kollegen aufschlossen.

Tut-Tuut.

Der Güterzug näherte sich unverminderter Geschwindigkeit dem Bahnhof. Er würde im selben Tempo am Bahnsteig vorbeirasen und den Knall des Schusses noch besser überdecken. Dort, am Ende des Bahnsteigs, stand das Mädchen ganz allein, und die Muskeltypen könnten relativ ungestört ihren Auftrag ausführen.

Tut-Tuut.

Sie kamen auf das Mädchen zu, jetzt Schulter an Schulter, wie Linemen beim American Football, die den gegnerischen Quarterback zu Fall bringen wollen.

Noch fünfzehn Meter.

Tut-Tuut.

Erst dann entdeckte das Mädchen sie. Beunruhigung spiegelte sich in ihrem Gesicht, aber trotzdem nahm sie Kampfhaltung ein, Hände oben, den Kiefer angespannt.

Der Mann in der Mitte fasste in sein locker fallendes Jackett.

Die Angreifer kamen unaufhörlich näher.

Zehn Meter.

Hinter ihnen schwang sich ein dunkler Umriss vom Bahnsteigdach und ging beim Aufkommen in die Hocke, um den Aufprall abzufangen. Mit einer Hand stützte er sich auf dem Beton ab.

Vollkommen lautlos.

Evan konnte keinen Schuss aus seiner ARES abgeben. Nicht, solange Joey hinten in der Schusslinie stand. Aber das war in Ordnung. Er wollte sowieso gern mal wieder seine Hände benutzen.

Joey entdeckte ihn durch eine Lücke zwischen den auf sie zurennenden Männern. Die wiederum konnten es an ihren Augen und ihrer veränderten Körperhaltung ablesen.

Sie schwangen herum.

Drei Männer. Einer hatte seine Pistole bereits im Anschlag, die anderen zwei waren gerade dabei, ihre eigenen Waffen herauszuholen.

Evan nahm sich als Erstes die Pistole vor.

Ein beidhändiger Jiu-Jitsu-Block, dann ein Armbeugehebel, das befriedigende Knacken, als die Knochen von Handgelenk und Ellbogen brachen, und …

... Jack steht schwankend in der Kabine des Black Hawk, seine Hände sind hinter dem Rücken gefesselt, der Wind reißt an seinen Haaren, als ...

... die Pistole schlitterte über die Gleise, der Typ war auf den Knien, sein Arm hing nutzlos herab. Der zweite Mann hatte es aufgegeben, seine Waffe zu ziehen, und griff Evan mit einem Schwinger an, aber Evan konterte mit einem Handballenschlag auf sein Kinn, sodass ihm der Kopf in den Nacken flog. Dann machte er seine Finger steif und griff die freiliegende Kehle seines Gegners mit einer Speerhand an, die ihm die Luftröhre zerquetschte. Der Mann geriet ins Straucheln, fiel über einen Mülleimer und gab ein Gurgeln von sich. Seine Sauerstoffzufuhr war ein für alle Mal abgeschnitten, und ...

... Jack wirbelte zurück, den Griff der Reißleine, die vom Schirm des Kameramanns baumelte, zwischen den Zähnen. Genugtuung spiegelte sich in seinem Blick, als ...

... der dritte Mann hatte gerade seine Pistole gezogen, also packte Evan sein Handgelenk, stopfte damit die Pistole zurück in das Hüftholster, hakte den Daumen in den Abzugbügel und feuerte durch das Holster senkrecht nach unten in den Fuß des Typen. Der starrte noch sprachlos auf den blutigen Klumpen unterhalb seines Knöchels, als Evan die Pistole wieder aus dem Holster zog, um seinen Daumen schnellen ließ und eine Kugel abdrückte, die dem Mann den halben Kiefer wegriss. Evan blinzelte die Blut- und Gewebespritzer weg, und das Bild von ...

... Jack, wie er den Männern, die haltlos durch die Kabine des schwankenden Black Hawk taumelten, zum Abschied zugenickt hatte, ein Nicken voller Frieden und Ergebenheit in sein Schicksal, bevor er hinaus ins Nichts getreten war.

Jetzt ertönten Schreie, Menschen stürmten in blinder Flucht davon, und der Expresszug kam mit unverminderter Geschwindigkeit auf den Bahnhof zugerast. Auf dem Betonboden lagen zwei Leichen; eine glänzende dunkelrote Lache breitete sich aus, so ebenmäßig, dass sich die Wolken darin spiegelten. Der erste Mann kniete nach wie vor auf dem Bahnsteig, zwischen seinen Knien verlief die gelbe Sicherheitslinie, er hielt sich den kaputten Arm, dessen Hand gummiartig von dem zerbrochenen Stängel herabbaumelte. Entgegen jeder Vernunft versuchte er, ihn wieder gerade zu biegen, damit das Handgelenk wieder funktionierte, als Evan sich in der Hüfte drehte, mit dem hinteren Bein zu einem Side-Kick ausholte und dem Mann seinen Fersenballen seitlich in den Kiefer rammte, sodass er in hohem Bogen auf die Gleise flog, und zwar genau in dem Moment, als der Güterzug mit seinem *Tut-Tuut* vorbeiraste und ihn in einer Bewegung, die an einen einzigen hungrigen Sprung erinnerte, hochschleuderte und unter seinen Rädern zermalmte.

Über die sich immer weiter ausdehnende Pfütze und die ausgestreckten Beine des dritten Angreifers hinweg starrte Joey zu Evan. Entsetzen stand ihr ins Gesicht geschrieben, und sie hatte vergessen zu atmen.

Die ganze Sache hatte vier Sekunden gedauert, vielleicht fünf.

Der verbliebene Mann war am Rand des Bahnsteigs aufgekommen und lehnte am umgestürzten Mülleimer; mit einer Hand griff er sich vergeblich an seine zerquetschte Luftröhre. Seine Bewegungen wurden immer langsamer.

Joey sah zu ihm, dann wieder zu Evan, die Augen noch weiter aufgerissen.

»Er ist tot«, kommentierte Evan. »Das weiß er nur noch nicht.«
Sie räusperte sich. »Danke.«
»Nimm deinen Rucksack, wir gehen.«
Sie tat wie geheißen.

Sie rannten durch die großen Türen in den Wartesaal. Dort herrschte Chaos. Die Leute stießen sich gegenseitig aus dem Weg und drängten sich rücksichtslos zum Ausgang. Ein Obdachloser führte in voller Lautstärke Selbstgespräche, während er sein Bettzeug in einem Einkaufswagen verstaute. Bahnhofsangestellte kauerten hinter ihren Schaltern.

Draußen hörte man bereits Sirenen, und die farbigen Lichter der Streifenwagen blinkten auf dem Parkplatz. Die ersten Einsatzkräfte rannten in den Haupteingang und stemmten sich gegen den Strom der Flüchtenden.

»Da lang.« Evan packte Joey beim Arm und zog sie schnell den Flur hinunter zu den Toiletten.

Sie hatten bereits die Hälfte des Weges zurückgelegt, als eine

Seitentür aufflog und zwei Polizisten hereindrängten. Die Glocks im Anschlag, aber noch auf den Boden gerichtet, entdeckten sie Evan und Joey sofort.

Evan schwang sie am Arm herum und lief mit ihr in die entgegengesetzte Richtung. Sie waren keine drei Schritte weit gekommen, als vor ihnen die ersten Polizisten die Wartehalle erreichten.

Sie saßen in der Falle.

18. KEINE ZEIT UND AUCH KEIN BRECHEISEN

Hinter ihnen rief einer der beiden Polizisten: »Halt! Stehen bleiben!«

Evan und Joey erstarrten, den Polizisten immer noch den Rücken zugekehrt. Der Gang war leer und blitzblank sauber, abgesehen von einer Zeitung, die jemand fallen gelassen hatte, und einem unlängst an die Wand geklebten Batzen Kaugummi.

»Und jetzt?«, fragte Joey Evan, ohne den Mund zu bewegen.

»Wir töten keine Polizisten.«

Vor ihnen fing die Polizei an, die große Eingangshalle abzuriegeln. Hinter ihnen quietschten die Sohlen der Officers über den Marmorboden, als sie sich ihnen vorsichtig näherten.

»Ich weiß«, flüsterte Joey. »Also, was machen wir?«

»Wir lassen uns festnehmen. Stellen uns den Konsequenzen, was immer die sind. Eher gehen wir unter, als dass wir ein Gebot brechen.«

Die Polizisten waren jetzt direkt hinter ihnen. »Umdrehen. Sofort.«

Joey griff hoch und strich sich die Haare zur Seite, sodass man die kurz geschorene Partie darunter sehen konnte. Als sie sich umdrehte, streifte sie Evan, und als auch er sich zu den Polizisten drehte, sah er, dass sie sein RoamZone in der Hand hatte.

»Das ist voll unfair«, maulte sie. »Irgend so'n riesiger Typ ist an uns vorbeigerannt, total in Panik, und hat mich gerammt. Ich hab mein Handy fallen lassen, das ist jetzt komplett im Eimer.«

Ihre Körperhaltung war vollkommen verändert: hängende Schultern, leicht eingeknickte Beine, Kopf träge zur Seite geneigt, ein Finger zwirbelte eine Haarsträhne. Selbst ihr Gesicht war ausdruckslos geworden, der Inbegriff eines lustlosen Teenagers.

Und sie kaute Kaugummi. Mit der typischen Hingabe eines Teenies.

Evan riskierte einen schnellen Blick an die Stelle, wo eben noch der giftgrüne Batzen an der Wand geklebt hatte.

Joey zog Evan am Arm. »Dad, du musst mir ein neues Handy

kaufen. Jetzt sofort. Mit dem kaputten Display kann ich mich doch nicht in der Schule blicken lassen.«

Evan räusperte sich. »Tut mir leid, Officers.«

Die Polizisten sahen hinter sich. »Ein großer Mann ist an dir vorbeigelaufen? Da lang?«

»Ja, den haben Sie nur gaaanz knapp verpasst.«

Die Beamten sahen sich kurz an und rannten den Flur zurück zu der Seitentür.

Joey rief ihnen hinterher: »Wenn Sie ihn finden, sagen Sie ihm, er muss mir ein neues Handy bezahlen!«

Die Tür fiel hinter den beiden Männern ins Schloss. Joey strich sich die Haare wieder glatt, sodass sie über die kurz geschorene Stelle fielen. »Nimm an, was nützlich ist, verwirf, was unnütz ist, und füge hinzu, was dein Eigenes ist.«

»Odysseus?«

Sie fischte den Kaugummi aus dem Mund und klebte ihn wieder an die Wand. »Bruce Lee.«

Er nickte. »Ah.«

Sie traten rasch durch die Seitentür nach draußen und schlichen sich am Rand des Parkplatzes vorbei, kurz bevor weitere Polizisten herbeirannten und das Gebäude umstellten.

Evan sah vorsichtig zum äußeren Teil des Parkplatzes. Selbst durch die spiegelnde Windschutzscheibe konnte er den Umriss des Mannes im Mietwagen ausmachen. Derzeit saß er in der Falle, denn die Cops hatten die Ausgänge abgeriegelt.

Joey bemerkte den Mann ebenfalls. »Der Wachtposten?«

»Ja.«

Evan führte sie eilig weg vom Tumult zu einem leeren Mitarbeiterparkplatz, der versteckt hinter einem Seitenflügel des Bahnhofs lag.

»Steht da das Auto?«

»Nein. Ich hab einen Block weiter südlich geparkt.«

»Warum sind wir dann hier?«

Evan hielt vor einem quietschgelben Chevy Malibu an.

»Evan, jetzt ist nicht der richtige Zeitpunkt, um wieder das Auto zu wechseln. Wir kommen hier eh nicht raus, du hast doch die Ausgänge gesehen.«

Er ließ sich auf den Rücken hinunter und schob sich unter den Malibu. Dann schraubte er die Ölfilterpatrone ab und zog sie aus dem austretenden Ölstrahl.

Danach wand er sich wieder unter dem Wagen hervor.

Joey sah den Filter und sagte: »Oh.« Und dann: »*Oh.*«

Er hielt den Filter verkehrt herum und schüttelte ihn, sodass Öl auf den Asphalt zu seinen Füßen spritzte. Dann sah er sich das grobe Gewebe im Innern an. »Gib mir dein Hemd.«

Sie zog es aus. Er benutzte es, um damit den Filter von Öl zu befreien und sich dann die Hände abzuwischen. Nicht sonderlich toll, aber besser ging es nicht. Er hielt den Filter in der ausgestreckten Hand an der Seite, machte einen großen Schritt über eine Betonbarriere auf den Bürgersteig und folgte dem Bogen der Straße vor dem Bahnhofsgebäude, während er sich vorsichtig einen Weg durch die Schaulustigen bahnte.

»Wieso riskieren wir das?«, fragte Joey. »Ausgerechnet jetzt.«

»So schnell, wie die hier waren, haben diese Jungs irgendwo in der Gegend eine Art Hauptquartier. Bei deiner Wohnanlage haben wir ja schon mal sieben Männer gesehen, den Orphan eingerechnet. Wenn wir das Hauptquartier finden, kriegen wir Antworten.«

»Glaubst du, der Typ sagt dir einfach, wo es ist? Hier wimmelt's nur so vor Polizisten, da kannst du's schlecht aus ihm rausprügeln.«

»Das brauch ich auch gar nicht.«

Sie bogen um die Ecke und näherten sich wieder dem Bahnhofsparkplatz. Der Wagen des Wachtpostens befand sich ein gutes Stück vor ihnen hinter eine Hecke. Er hatte rückwärts eingeparkt, sodass er mit dem Kofferraum unmittelbar an der Hecke stand. Der Großteil der Polizisten befand sich entweder an den Hauptausgängen oder auf der anderen Seite des Parkplatzes vor dem Bahnhofsgebäude, wo sie aufgeregt hin und her liefen, gestikulierten und in ihre Funkgeräte sprachen.

Evan zog seine schlanke 1911 aus dem Holster. Er wusste, dass das Gewinde im Ölfilter nicht auf das Gewinde vorne am Lauf passte, also riss er ein quadratisches Stück vom Holzfällerhemd, legte es über die Gewindeöffnung und presste die Mündung der Pistole fest hinein.

Ein selbst gebastelter Schalldämpfer.

Die beiden flitzten hinter eine Gruppe Schaulustiger, die sich vor dem Haupteingang des Bahnhofsgebäudes versammelt hatte, und gingen rasch auf die Wacholderhecke zu, hinter der der Parkplatz lag.

»Warte hier«, flüsterte Evan.

Er zwängte sich durch die Hecke. Mit drei großen Schritten war er bei der Fahrertür des Mietwagens. Der Wachtposten bemerkte die Bewegung im Seitenspiegel und streckte sich blitzschnell nach der Pistole auf dem Beifahrersitz. Evan hob die 1911 ans Fenster, drückte die Ölpatrone fest an die Mündung und schoss dem Mann in den Kopf.

Der Knall war lauter, als er gehofft hatte.

Aufgrund der Kombination von Flanellstoff, Öl und Mündungsfeuer fing der Filter an zu brennen. Evan ließ ihn auf den Asphalt fallen und trat die Flammen aus.

Er hockte sich neben das kaputte Fenster und hielt Ausschau, aber niemand schien etwas bemerkt zu haben.

Er öffnete die Fahrertür, etwas zerborstenes Glas rieselte heraus. Der Wachtposten war über der Mittelkonsole zusammengesackt. Evan zog ihm vorsichtig das Portemonnaie und das Samsung Galaxy aus der Tasche. Dann hob er den Blick zu dem Gerät, um das es ihm eigentlich gegangen war.

Das Hertz-NeverLost-Navi steckte auf einem biegsamen Metallarm, der am Armaturenbrett befestigt war.

Evan versuchte, es abzureißen, aber für den diebstahlsicheren Arm hätte man ein Brecheisen gebraucht.

Er ging wieder vor der Tür in die Hocke, drückte die platt getretene Ölfilterpatrone zurecht, so gut es ging, und steckte sie erneut fest auf die Mündung. Die Schalldämpfung beim ersten Schuss war alles andere als optimal gewesen, und wie er wusste, fiel bei Schalldämpfern der Marke Eigenbau das Ergebnis jedes Mal schlechter aus. Aber er hatte keine Zeit und auch kein Brecheisen.

Er nahm ein paar tiefe Atemzüge. Die Luft roch nach Wacholder – ein Geruch nach bitterer Beere, Nadelbaum und frischem Baumsaft, in den sich noch etwas Penetranteres mischte.

Er beugte sich ins Auto, zielte auf die Stelle, an der der Navi-Arm am Armaturenbrett befestigt war, und schoss.

Jetzt neigte der Arm sich stark zur Seite. Er warf einen raschen Blick durch die blutbespritzte Windschutzscheibe und sah, wie die Köpfe einiger Polizisten ruckartig nach oben gingen. Sie sahen sich um, konnten aber nicht feststellen, woher das Geräusch gekommen war. Evan ruckelte an dem Metallarm; die Glocks im Anschlag, betraten mehrere Officers den Parkplatz.

Reihe für Reihe suchten sie die geparkten Autos ab.

Der Navi-Arm wollte sich einfach nicht lösen. Er bewegte ihn jetzt fester hin und her; man konnte schon den Polyurethanschaum durch das Loch im Armaturenbrett sehen.

Eine Polizistin ging die Reihe unmittelbar vor Evan ab. Gleich würde sie um das letzte Auto biegen und stünde direkt vor ihm.

Endlich riss der Arm aus dem Spritzgussplastik oberhalb des Handschuhfachs. Evan kletterte rückwärts aus dem Auto und fuhr schon das Navi herunter, damit niemand aus der Ferne darauf zugreifen konnte. Er hielt sich geduckt und zwängte sich mit dem Rücken zuerst durch die Wacholderhecke. In der Sekunde bevor die Zweige sich wieder vor seinem Gesicht schlossen, sah er, wie die Polizistin zum Ende ihrer Reihe gekommen war und das Blut auf der Windschutzscheibe entdeckte.

Rasch trat er auf den Bürgersteig auf der anderen Seite, wo er mit Joey zusammenstieß. Er reichte ihr das NeverLost, schraubte den Ölfilter von der Mündung seiner Pistole und warf ihn in den Müll. Dann steckte er die 1911 zurück unter sein Hemd ins Holster und nahm Joeys Hand wie ein treu sorgender Vater. Sie begriff sofort und schloss ihre saubere Hand um seine, um die Ölflecken zu verdecken.

In Höhe der Irving Street überquerten sie die Straße, mischten sich in den Strom von Fußgängern und machten sich auf den Weg zum Familienwagen.

19. MEHR ALS NUR EINE MISSION

In Alabama war es im November sehr gut auszuhalten.

Van Sciver saß in einem Schaukelstuhl und trank gesüßten Eistee. Auf seinem Knie lag ein verschlüsseltes Satellitentelefon, dessen Display auffällig blinkte, selbst wenn es gerade nicht in Benutzung war.

Das Haus im Kolonialstil war in dem Sinne nicht gemietet, sondern mehr requiriert worden. Obwohl es im Vergleich zu manchen Herrenhäusern in der Gegend eher bescheiden war, bot es dennoch die klassische weiße Holztäfelung, einen gewaltigen gemauerten Kamin und zwei beeindruckende Säulen, die die breite Veranda bewachten wie zwei Wachsoldaten. Zudem war es ein nationales Kulturdenkmal. Das hieß, es wurde auf Bundesebene verwaltet – genauer gesagt vom Innenministerium.

Das Orphan-Programm hatte eine besondere Beziehung zum Innenministerium. Wenn das Verteidigungsministerium Geld für Operationen des Programms benötigte, bediente es sich der bürokratischen Maschinerie des Innenministeriums in der korrekten Annahme, dass dies der letzte Ort war, an dem ein wissbegieriger Geist nach Unregelmäßigkeiten im Selected Acquisition Report suchen würde.

Das Geld selbst stammte direkt aus der Notenbank und wurde unmittelbar nach dem Druck verschifft, wodurch es nicht zurückzuverfolgen war. Und das wiederum bedeutete, dass Van Sciver sich wortwörtlich Geld drucken konnte, wann immer er es brauchte. Das Leben eines Orphan war nicht ohne Entbehrungen, aber diese wurden durch geheime Bankkonten mit achtstelligen Beträgen ein wenig erträglicher gemacht, die auf diejenigen Länder verteilt waren, die es mit der Bankenaufsicht nicht so genau nahmen.

Wenn er dazu gezwungen war, seinen Data-Mining-Bunker zu verlassen, ließ er nicht jedes Mal seine Beziehungen zum Innenministerium spielen. Aber diese Mission war mehr als nur eine Mission.

Sie war ein Freudenfest.

Also hatte er einen einzigen Anruf getätigt, der immer weitere Kreise gezogen hatte, bis er sich schließlich hier wiedergefunden hatte, wo er mit einem Eistee auf der Veranda saß und darauf wartete, dass sich eine Mücke auf ihm niederließ, damit er sie wie im Film mit einem Stofftaschentuch von seinem Hals verjagen konnte.

Einer seiner Leute ging Patrouille; sein buschiger Bart und das sandfarbene SCAR-17S-Sturmgewehr passten nicht ganz zu den Trauerweiden und der sanften Brise.

»Gelände gesichert«, berichtete der Mann im Vorbeigehen, und Van Sciver hob seinen Eistee zu einem ironischen Toast.

Jack Johns war die Nummer zwei auf Van Scivers Liste gewesen. Aber ihn erledigt zu haben war nicht das, was ihm das gegenwärtige warme Gefühl der Zufriedenheit beschert hatte, sondern die Tatsache, dass er damit Orphan X großen Schmerz zugefügt hatte.

Allein das war es wert gewesen, einen Black Hawk und sechs Leute zu opfern.

Die gemeinsame Geschichte von Van Sciver und Orphan X reichte fast dreißig Jahre zurück, zu einem Waisenhaus für Jungen in East Baltimore. Die Rivalität zwischen ihnen beiden damals im Pride-House-Heim war nahezu genauso unerbittlich gewesen wie heute. Van Sciver war schon damals einen Kopf größer gewesen und doppelt so kräftig. Eigentlich war es um ihn gegangen, er war derjenige, der für das Orphan-Programm ausgewählt worden war, der, den sie haben wollten.

Und trotzdem war es Evan irgendwie gelungen, sich dazwischenzuschmuggeln, sodass sie ihn zuerst mitgenommen hatten. Heute hatte Van Sciver das Heft in der Hand, und Evan befand sich auf der Flucht. Van Sciver hatte seinen Feldzug von langer Hand geplant und abgewartet.

Und er hatte einen Sieg errungen.

Aber selbst hier, träge in seinem Schaukelstuhl schaukelnd, auf der uralten Veranda eines Herrenhauses, das er sich aus einer Laune heraus von der Regierung hatte zur Verfügung stellen lassen, umgeben von einem ganzen Bataillon ausgebildeter Männer, die nur auf seinen Befehl warteten, und trotz des ganzen offiziellen Machtapparats, der ihm jederzeit zur Verfügung stand, wusste er, es reichte nicht.

Es würde niemals reichen.

Sein Handy klingelte. Der Anruf wurde über Signal auf das Telefon geleitet, eine von Open Whisper Systems entwickelte Verschlüsselungs-App. Jedes Gespräch, egal, ob über WLAN oder eine Datenverbindung, hatte eine durchgängige Verschlüsselung, die ausschließlich von den Benutzern der App bedient wurde. Wie bei allen Sicherheitsmaßnahmen hatte Van Sciver noch einen draufgesetzt und den Code ein wenig angepasst, um die Protokolle zu ändern.

Er sah auf das Display, auf dem zwei Wörter standen: NATTER LUSTVOLL.

Er nahm das Gespräch an: »Codewort.«

Ein Rascheln ertönte, während Orphan R auf sein eigenes Display sah. »Natter Lustvoll.«

Die Übereinstimmung der Codewörter bewies, dass die Verbindung sicher war; kein Man-in-the-Middle-Angriff war erfolgt.

»Ist das Paket sichergestellt?«, fragte Van Sciver.

»Wir haben sie nicht«, antwortete Orphan R.

»Und wieso?«

Das kurze Zögern bewies, wie viel Angst Thornhill hatte. »X ist aufgetaucht. Hat vier meiner Leute ausgeschaltet.«

Van Sciver benutzte sein Taschentuch jetzt tatsächlich dazu, sich den Schweiß vom Hals zu wischen. »Wie viele Leute hattest du am Bahnhof?«

»Vier.«

Darauf hatte Van Sciver keine Antwort parat.

»Wir dachten, da wäre nur das Mädchen. Auf den Überwachungskameras war nur sie zu sehen. Alleine. Wir dachten, es würde sich um ne einfache Aktion handeln, rein, Mädchen schnappen und wieder raus, und wir könnten sie dann als Köder für ihn benutzen.«

»Stattdessen hat er sie als Köder für euch benutzt.«

»So sieht's wohl aus.«

Van Sciver lehnte sich im Schaukelstuhl nach vorne und stellte sein Glas auf den unebenen Dielen der Veranda ab. »Wir haben hier noch eine alte Rechnung zu begleichen. Ich will, dass du zurückkommst.«

»Sollten wir nicht lieber noch ein Weilchen hierbleiben, für den Fall, dass X noch mal seine Visage zeigt?«

»Lass dein Team vor Ort. Aber ihr werdet ihn nicht finden. Er und das Mädchen sind längst weg. Ihr habt eure Chance verpasst.«

Diesmal zog sich Thornhills Schweigen noch länger. »Ich sitze schon im Flugzeug.«

Van Sciver legte auf.

Er hob sein Glas auf und schüttete den Rest des Tees in die Hortensien.

Das Freudenfest war definitiv vorbei.

20. AUSREISSER

Es war nicht ganz leicht gewesen, aber Evan hatte ein Motel gefunden, das dem Schmuckstück in Cornelius in nichts nachstand. Abgestandener Zigarettenmief dunstete aus dem Bettzeug, den Handtüchern und selbst von der Raufaserdecke. Beim Wassertank der Toilette fehlte der Deckel. Eine Tischlampe mit gelblich verfärbtem Schirm, die über eine Schnur an- und auszuschalten war, verbreitete einen ungesunden Schein. Die Überdecke zierte ein Fleck in der Farbe von getrocknetem Blut. Evan hoffte, dass es sich auch darum handelte, denn die Alternative wäre noch unangenehmer. Er hatte das Zimmer für drei Stunden gemietet, was eigentlich alles erklärte.

Jetzt saß er im Schneidersitz auf dem Fußboden, das Hertz-NeverLost-Navi vor sich. Das Gerät steckte noch immer an seinem Metallarm, wodurch es wie der abgetrennte Fühler eines Außerirdischen aussah. Die Geldbörse und das Samsung des Wachtpostens lagen neben dem Metallarm, alles genau parallel und die Kanten auf derselben Höhe.

Ordnung half ihm denken.

Joey lehnte sich mit den Schultern an das Bett und hantierte einhändig mit etwas herum, das sie aus ihrem Rucksack hervorgeholt hatte und wie ein Zauberwürfel auf Steroiden aussah. Sie drehte ihn mit der Geschwindigkeit und Konzentration eines Eichhörnchens, das eine Walnuss knackt.

Evan öffnete die Geldbörse des Wachtpostens. Sie enthielt vier neue Hundertdollarscheine und sonst nichts. Alle Fächer und Schlitze waren leer. Er legte sie wieder zurück an ihren Platz.

Dann schaltete er das Samsung an und sah sich die Kontakte an. Es gab keine. Auch keine E-Mails. Der Papierkorb war ebenfalls leer. Keine Anrufe in letzter Zeit. Auch keine Voicemail-Nachrichten.

Das nervige Klacken von Joeys Zauberwürfel war nach wie vor zu hören. Ohne aufzublicken, kommentierte sie: »Kein Glück, was?«

Evan ging nicht darauf ein und fuhr das NeverLost-Navi hoch. Als er sich die Einstellungen ansah, stellte er fest, dass auch auf diesem Gerät alles gelöscht worden war. Keine gespeicherten Adressen, keine letzten Ziele – keinerlei Hinweise, dass das Gerät überhaupt benutzt worden war.

Klack-Klack-Klack-Klack …

»Kannst du bitte endlich damit aufhören?«

Joey hielt mit dem Würfel in der Hand inne. Das Ding war nach außen aufgebrochen; diverse Stege und Balken ragten in den Raum wie auf einer architektonischen Kritzelei.

Evan betrachtete es stirnrunzelnd. »Was zum Teufel ist das?«

»Der hier?« Sie drehte es hin und her, damit er es von allen Seiten betrachten konnte. »Das ist ein 3X3X5. Cuber nennen ihn Shape-Shifter.«

»Und was kann der?«

»Dafür sorgen, dass dir der Schädel raucht.«

»Genau wie du …«

Sie zog kurz die Mundwinkel hoch und ließ sie gleich wieder sinken.

Dann widmete sie sich wieder ihrem Würfel. Ihre Hände bewegten sich in rasendem Tempo, als sie die verschiedenen Ebenen gegeneinander verdrehte. »Zuerst muss man die Form hinkriegen. Kleinen Moment, so.« Sie hielt den Würfel hoch. Sie hatte ihn wieder in seine ursprüngliche Form gebracht. Er sah aus wie ein Turm im Miniformat. »Als Nächstes kommen die Farben dran. Der Teil ist einfacher. Es gibt Algorithmen, eine bestimmte Abfolge von Schritten ..:«

Alles, was Evan sah, war eine rasante Abfolge von Primärfarben.

»Man muss die Ausreißer finden und dann die Muster, mit denen man sie wieder zurückholen kann. Und zwar so.«

Sie hielt den fertigen Würfel mit einer Hand hoch und deutete mit der anderen in einer übertriebene Geste darauf wie die Assistentin in der TV-Show »Wheel of Fortune«, Vanna White.

»Beeindruckend.«

»Es heißt doch immer, Mädchen haben kein räumliches Verständnis. Hat man offenbar vergessen, mir zu sagen.«

»Du hättest sowieso nicht hingehört.«

Sie warf den Würfel in ihren Rucksack und deutete mit dem Kinn auf das Navi. »Wie läuft's mit dem?«

»Die haben alles gelöscht. Kann ich mal an deinen Laptop? Ich muss da irgendwie reinkommen.«

Sie zuckte die Achseln. »Okay.« Sie holte den Laptop und ein USB-Kabel aus dem Rucksack und sah zu, wie Evan das Never-Lost einstöpselte. »Was hast du vor?«

»Selbst wenn alles gelöscht wurde, sind die Koordinaten, Ziele und gelöschten Routen noch irgendwo da drin gespeichert.« Er machte sich an die Arbeit. »Der erste Schritt bei einer Datenwiederherstellung ist die Abbildung der Daten. Nennt sich Mounten. Dazu mache ich eine Kopie des internen Speichers des Geräts auf deinem Computer, aber abgesichert, damit du dir keinen Virus einfängst. Dann durchforste ich den Speicher, finde raus, wie die Daten strukturiert, wo und wie sie gespeichert sind und mit welcher Art von Verschlüsselung ich's zu tun habe. Ungefähr wie ein Jailbreak bei nem Handy. Verstanden?«

Joey neigte den Kopf über das Display, um zu sehen, wie er vorankam, und bedachte ihn dann mit einem Ausdruck, den er nicht einordnen konnte. »Welcher Uropa hat dir denn Hacken beigebracht? Hast du das da gelernt, als COBOL und das S/370 von IBM der neueste Stand der Technik waren?«

Dieser Witz schien sie ganz besonders zu amüsieren.

»Bitte?«

»Nimm doch gleich ein Wählmodem. Oder wir besorgen uns ein paar Hamster im Rad, die könnten dann die Software zum Laufen bringen.«

Evan hielt mit den Fingern über der Tastatur inne. »Hast du einen besseren Vorschlag?«

»Du verwendest also tatsächlich eine Memory-Dump-Software«, sagte sie. »Wieso baust du dir nicht einfach ne virtuelle Maschine, wie's jeder Idiot tun würde, machst ein Abbild und fährst dann das virtuelle Navi da drin hoch und überlässt den Hauptteil der Arbeit dem Analyseprogramm auf dem Desktop?«

Sie pustete sich die Haare aus dem Gesicht und drehte den

Laptop zu sich um. Ihre Finger flitzten über die Tastatur wie die einer Klaviervirtuosin, die durch ein Rachmaninow-Stück rast. Dann drehte sie den Laptop wieder zu Evan.

Auf dem Bildschirm geschahen mehrere Dinge gleichzeitig, und zwar in rasanter Geschwindigkeit.

Joey lehnte sich wieder ans Bett, genauso gelangweilt wie vorher. Evan schnappte hier und da einen Baustein des Codes auf und fand sich zumindest so gut hinein, dass er die Software selbst steuern konnte.

»Lass mich mal das Handy sehen«, sagte Joey.

»Hab ich schon überprüft. Alles gelöscht.«

»Vier Augen sehen mehr als zwei. Besonders, wenn meine beteiligt sind.«

»Vertrau mir. Ist nicht nötig.«

Sie schnappte sich das Samsung und fing an, darauf herumzutippen.

Auf dem Laptop erschienen die ersten Ergebnisse. Es dauerte einen Moment, bis Evan sie entziffert hatte.

»Mist.«

»Hm?« Das Handy machte leise Klickgeräusche, das Display warf einen Schein auf Joeys rundes Gesicht.

»Offenbar haben sie ein professionelles Datenlöschungstool verwendet. Hat alles zwölf Stunden lang mit Zufallswerten überschrieben.«

»Das Ganze geht übrigens auch einfacher.«

Evan klappte den Laptop fester zu als notwendig. »Ach ja?«

»Ach, keine Ahnung, vielleicht mit der Waze-App auf seinem Handy.« Sie hielt das Samsung hoch, damit er die Navigations-App sehen konnte, die auf dem Display leuchtete. »Hier kannst du sehen, wo es Polizei, Unfälle und Staus gibt. All der Kram, der Wachtposten und Fahrer von Fluchtfahrzeugen interessiert. Warum hatte er wohl sonst das Handy?«

Evan lief rot an. »Um damit zu telefonieren.«

»›Um damit zu telefonieren‹, wie süß.«

»Die App – sind da alle gefahrenen Routen drin?«

»Ja, aber die brauchen wir nicht.«

»Warum?«

»Guck mal, was passiert, wenn ich das Smiley-Auto antippe.« Sie drückte auf das Symbol. Eine Liste mit den letzten Zielen öffnete sich. Das zweite von oben, eine Adresse in der Central Eastside von Portland, hieß »HQ«.

»Wir Agenten nennen das einen Hinweis«, kommentierte Joey.

Evan rieb sich die Augen.

»Du musst wirklich deine nicht verbalen Signale besser unter Kontrolle halten«, schob sie nach.

Evan ließ die Hände in den Schoß sinken. »Du hast die Ortung auf dem Teil ausgeschaltet, oder?«

»Klar doch.«

»Mach das Ding trotzdem aus, nur um auf Nummer sicher zu gehen.«

Joey tat wie geheißen. Dann warf sie es wieder auf die dünne Aneinanderreihung von Fäden, die den Teppich darstellen sollte. »Als du gesagt hast, dass die mich auf den Überwachungskameras am Bahnhof sehen können, hab ich gedacht, du bist paranoid. Aber es ist nicht paranoid, wenn man recht hat, oder?«

»Ich muss dich weit weg von hier bringen, bevor ich dich noch mal in ein öffentliches Verkehrsmittel setze. Und damit meine ich, über mehrere Staatsgrenzen.«

»Was ist mit dem Hauptquartier?« Sie tippte das Handy an. »Wie's aussieht, könnten wir in vierzig Minuten dort sein. Wenn du mich erst nach Idaho fährst und dann wieder herkommst, sind die in der Zwischenzeit längst getürmt.«

»Und was soll ich derweil mit dir machen?«

Sie sah ihn nur unverwandt an.

»Nein. Kommt nicht infrage.«

»Gib mir deine Waffe.«

Ohne zu blinzeln, starrte sie ihn an, bis er klein beigab. Schließlich nahm er die schlanke ARES aus dem Holster und reichte sie ihr. Amüsiert betrachtete sie die schmale Ausführung der 1911, während sie sie hin und her drehte. »Nettes Teil. Gibt's die auch in Rosa?«

»Nur als Sonderanfertigung.«

»Schmeichelt deiner Hüfte.«

»Danke.«

»Du solltest noch ein paar Accessoires dazu tragen, zum Beispiel ne Clutch. Vielleicht noch ne Perlenkette.«

»War's das?«

»Gleich.«

Er wartete ab.

»Wenn du den Abzug drückst, kommt dann vorne ne kleine Flamme raus? Oder ein Fähnchen, wo ›Peng‹ draufsteht?«

»Joey.«

»Is ja schon gut. Geh mal zu der Lampe.«

Er erhob sich und ging zu der Lampe auf dem Tisch.

»Mach sie aus, zähl bis fünf, dann mach sie wieder an.«

Er zog an der Schnur, im Zimmer wurde es stockdunkel. Er wartete fünf Sekunden, dann schaltete er das Licht wieder an.

Joey saß im Schneidersitz auf dem Boden, vor ihr lag die 1911. Sie hatte sie komplett zerlegt: Griffstück, Verschluss, Laufhalter, Lauf, Führungsstange, Schließfeder, Schließfederhülse und Schlittenfang. Als kleines Extra hatte sie die vier verbleibenden Kugeln hochkant nacheinander auf dem Magazin aufgebaut.

Ihr Blick war entschlossen. »Noch mal.«

Er zog nochmals an der Schnur, zählte bis fünf und schaltete die Lampe wieder ein.

Die Pistole lag vor ihr. Wieder zusammengesetzt.

Sie hatte ein Grübchen in der rechten Wange, selbst wenn sie gar nicht lächelte. Und jetzt lächelte sie ganz sicher nicht.

»Du kannst mein Wachtposten sein«, gab er sich geschlagen. »Aber nur, weil es sicherer für dich ist, wenn du bei mir bist und nicht alleine.«

»O super. Vielen Dank.«

Joey stand auf, drehte die ARES auf ihrem Handteller und reichte sie ihm, Griff voran. Er nahm sie und steckte sie zurück in das High-Guard-Holster aus Kydex.

»Und was, wenn sie dich erwarten?«, fragte sie.

»Selbst wenn, wird ihnen das auch nichts nützen.«

21. SCHNELL UND OHNE KOMPLIKATIONEN

Central Eastside war ein mit billigen Mietwohnungen durchmischtes Industriegebiet. Im gestohlenen Subaru mit dem ausgetauschten hinteren Nummernschild fuhr Evan langsam durch das Viertel und sah eine unendliche Abfolge von Autowerkstätten, Wäschereien und Baustoffgroßhandlungen an sich vorbeiziehen. Die Schlaglochdichte der Straßen war beeindruckend, und überall glitzerten Glassplitter auf dem Asphalt. Hier und da hatten sich Kneipen mit eigener Brauerei oder Destillen angesiedelt, ein Zeichen, dass die Gentrifizierung auch hier auf dem Vormarsch war. Allerdings waren diese Läden die absolute Vorhut, und nach der Klientel und den Graffiti zu urteilen, waren sie nicht sonderlich willkommen.

Joey beobachtete die Straßen und schien sich in keiner Weise unwohl zu fühlen.

Sie hatte die Augen leicht zusammengekniffen, die angespannten Wangen wirkten markant, die jugendliche Weichheit ihrer Züge hatte einen harten, konzentrierten Ausdruck angenommen. Evan musste sich eingestehen, dass er sie bewunderte. Sie war eine wilde Mischung von Widersprüchen und Überraschungen.

Eine Zeit lang fuhren sie schweigend.

»Ich brauche eine Flinte«, sagte Evan schließlich.

»Hier können wir bestimmt irgendwo eine auftreiben.«

»Was wir jetzt nicht gebrauchen können, ist, uns auf chaotische Verhandlungen mit den örtlichen Gangstern einzulassen, und am Ende kriegen wir nur ne rostige Marlin-Repetierflinte. Wir brauchen eine Waffe, die gut gepflegt ist, und zwar schnell und ohne Komplikationen.«

»Wo willst du so was so schnell herkriegen?«

»Von der Polizei.«

»Na klar. Schnell und ohne Komplikationen.« Sie warf ihm einen schnellen Blick über die Mittelkonsole hinweg zu und sah gleich noch mal hin. »Das meinst du ernst, oder?«

Evan hielt unter dem Schild mit dem grünen Kreuz einer Marihuana-Vergabestelle, kramte sein RoamZone hervor und wählte den Notruf.

Der Streifenwagen hielt am Bordstein, zwei ehrwürdige Hüter des Gesetzes stiegen aus und schlugen die Türen hinter sich zu. Der Fahrer drückte auf den Autoschlüssel, und das charakteristische helle Piepen ertönte, als sich die Türen automatisch verriegelten.

Joey saß auf den Stufen vor der Vergabestelle mit Evans Handy in der Hand und tat so, als schriebe sie gerade eine SMS. Ihre dunklen, leicht gelockten Haare hingen ihr ins Gesicht und verdeckten ein Auge – kunstvoll drapiert, um sie ein wenig zerzaust wirken zu lassen.

»Was machst du hier?«, fragte der Officer. Er hatte ausgeprägte Hängewangen, und seine Augen blickten müde, weil er während zu vieler Nachtschichten schon zu viel Mist gesehen hatte.

»Mein Dad arbeitet hier«, sagte Joey.

Der zweite Officer, eine zäh aussehende Rothaarige mit sonnengegerbtem Gesicht, baute sich vor Joey auf. »Wir hatten einen anonymen Anruf, angeblich sollen hier in dieser Gegend Schüsse gefallen sein.«

»Ach echt?«

»Hast du was gehört?«

»Tu ich ständig.«

Die beiden Officer sahen sich genervt an. »Kannst du das mal näher erläutern?«

Joey seufzte theatralisch. Dann steckte sie im Zeitlupentempo das Handy weg. »Kommen Sie mal mit.« Sie drängte sich an der rothaarigen Beamtin vorbei, nahm den Fahrer des Streifenwagens beim Arm, zog ihn zum Bordstein und zeigte auf die andere Straßenseite. »Sehen Sie die kleine Gasse da? Ganz am Ende ist ein Schrottplatz. Da geht man hin, wenn man auf die Schnelle ne Knarre braucht. Ne beschissene kleine .22, so was in der Richtung. Sagen hier zumindest alle. Die Leute probieren die Ware erst aus, bevor sie das Geld rausrücken.« Sie trat einen Schritt zurück und verschränkte die Arme vor der Brust. »Also ja, ich hab tatsächlich Schüsse gehört. Wie jeden Abend.«

Die Rothaarige stöhnte genervt. Ihr Atem roch nach Kaffee und Zigaretten. »Schau'n wir's uns eben an.«

Sie und ihr Partner überquerten die Straße und verschwanden in der Gasse.

Evan löste sich aus der Dunkelheit neben der Vergabestelle. Joey warf ihm die Autoschlüssel zu, die sie dem Fahrer aus der Tasche gezogen hatte.

Evan drückte auf den Schlüssel und öffnete den Kofferraum, in dem sich ein eingebauter Waffensafe befand.

Ebenfalls über den Schlüssel zu bedienen.

Er drückte auf einen anderen Knopf, und der Safe öffnete sich mit einem kurzen, metallisch klingenden Brummton.

Im Inneren: mehrere Schachteln Munition sowie eine Benelli-M3-Combat-Schrotflinte.

Seine Lieblingsflinte.

Er griff zwei Schachteln Munition, nahm sich die Flinte, dann schloss er den Waffensafe und den Kofferraum. Er deutete auf eine Stelle auf dem Bürgersteig. »Lass die Schlüssel einfach hier fallen.«

Das tat Joey.

Dann stiegen sie in den Subaru und fuhren davon.

22. DIE TASCHE DES TOTEN

Das Hauptquartier befand sich ganz oben an der Spitze des eigentlichen Portland auf der Northeast Thirteenth Avenue, in einem lange verlassenen Schädlingsbekämpfungsgeschäft, eingequetscht zwischen einem Trailer-Händler und einer Fabrik, die Betonfertigteile herstellte. Je näher sie der Adresse kamen, desto rauer wurde die Gegend und desto mehr nahmen die metallverarbeitenden Betriebe zu: Truck-Teile, Zerspanungstechnik, Schweißereien. Alle paar Blocks sah man einen Gentlemen's Club, obwohl es hier eher wenige von dieser Sorte Männer zu geben schien.

Der kleine Schädlingsbekämpfungsladen, nicht größer als ein Schuppen, war zu einer Kommandozentrale umgebaut worden. Evan erkannte das Fabrikat der Stahltür, die den Haupteingang sicherte. Dieses Modell hatte wassergefüllte Hohlräume im Innern, die die Hitze von einem Rammbockangriff verteilen sollten. Der Rammbock würde eher verbiegen, bevor er ein Loch in diese Art von Tür reißen würde. Wirklich sehr effektiv.

Natürlich nur, wenn es keine Hintertür gab.

Genau diese beobachtete Evan gerade. Er hatte den Subaru am Rand des Nachbargrundstücks zwischen zwei gebrauchten Trailern abgestellt, die mit fröhlichen gelb-roten »Zu verkaufen«-Schildern verziert waren. Das Fenster auf der Fahrerseite hatte er runtergerollt. Ein kühler Luftzug drang herein, der nach Teer und schalem Bier roch. Joey saß auf dem Beifahrersitz, mucksmäuschenstill und vollkommen reglos.

Evan hatte zwei Schachteln verschiedener Schrotflintenmunition auf dem Schoß, die Flinte lag quer darüber. Sie war noch nicht geladen.

Ein paar Blocks entfernt heulte sich eine schlechte Coverband durch einen Song von den Eagles; die Lautsprecher waren offenbar zumindest zum Teil defekt. *Somebody's gunna hurt someone, a'fore the night is through.*

Ganz genau, dachte Evan.

Ein Lincoln hielt am Bürgersteig vor dem Hintereingang des Gebäudes. Evan spürte, wie Joey sich neben ihm anspannte. Ein breitschultriger Mann stieg aus dem Wagen. Er klopfte einen Rhythmus an die Hintertür: tam-tata-ram-tam, tam-tam. Die sieben Schläge drangen durch die kühle Luft und waren selbst in dieser Entfernung noch im Subaru zu hören.

Ein Guckfenster öffnete sich quietschend in der Tür, und ein Gesicht erfüllte das winzige Metallviereck.

Es folgte eine leise Begrüßung, dann wurden diverse Riegel zurückgezogen, die Tür schwang nach innen, und der breitschultrige Mann verschwand im Laden.

Jetzt wusste Evan, womit er die Schrotflinte laden wollte.

Eine Schrotpatrone mit neun Kugeln in der Kammer und zwei weitere im Röhrenmagazin. Darauf ließ er drei Shock-Lock-Geschosse folgen, und wieder zwei Schrotpatronen bildeten den Abschluss.

Er drückte die dreieckige Druckknopfsicherung nach unten, sodass sie auf einer Ebene mit dem Metall des Abzugsbügels lag und auf der anderen Seite die rote Markierung erschien. Als er die Benelli durchlud, konnte er das satte *Klack-Klack* in der Magengrube spüren.

»Bleib hier«, sagte er zu Joey. Er streckte die Hand nach dem Türgriff aus, hielt dann aber inne. »Was du gleich sehen wirst, ist vielleicht etwas schwer verdaulich.«

Er stieg aus und ließ leise die Tür wieder ins Schloss fallen.

Er überquerte die trostlose Straße, Glassplitter knirschten unter seinen Sohlen. Die tiefschwarze Benelli hielt er locker an der Seite.

Er spürte, wie Jack sich neben ihm einreihte, hörte Jacks Stimme, ein Flüstern in seinem Ohr. *Für mich ist es zu spät.*

»Es tut mir so leid, dass ich nicht bei dir war«, sagte Evan leise.

Ich würde gern hören, dass du mir vergibst.

»Ja, das tue ich.« Evan beschleunigte seine Schritte und hielt auf die Tür zu.

Er klopfte die kurze Melodie und nahm die Flinte hoch, den Kolben an die unverletzte Schulter gestützt.

Ich hab dich lieb, mein Junge.

Das Speakeasy-Guckfenster öffnete sich quietschend, und Evan stieß die Mündung der Benelli in den überrascht wirkenden Gesichtsausschnitt in der viereckigen Öffnung und drückte ab.

Danach gab es kein Gesicht mehr.

Er steckte den Lauf noch weiter hinein, sodass die Mündung in den dahinter befindlichen Raum hineinreichte, und feuerte die zwei folgenden Schrotladungen ab, eine nach links, die andere nach rechts.

Danach kamen die drei Shock-Locks, Flintenlaufgeschosse mit stark komprimiertem Kupferstaub und einer einzigen Bleikugel, die die Energie vollständig an das Ziel abgaben und weder den Schützen noch Umstehende gefährdeten, da es keine Splitterbildung und Streuung gab.

Türöffner eben.

Er schaltete auf Handbetrieb um, um den Sprenggeschossen, die über eine geringe Geschossgeschwindigkeit verfügten, mit dem Pumpprinzip beim Durchladen mehr Schwungkraft zu verleihen. Dann trat er einen Schritt zurück und gab von oben nach unten drei Schüsse auf die Scharniere ab, *Bumm, Bumm, Bumm.* Das letzte Geschoss riss die Tür komplett aus den Angeln, und sie kippte nach hinten und schlitterte über den Boden.

Nachdem er eine Schrotpatrone in die Kammer geladen und wieder auf Selbstladen umgestellt hatte, trat er mit der Flinte im Anschlag durch den umherwirbelnden Staub, dann konnte er den scharfen, metallischen Geruch von Schießpulver riechen.

Die ersten drei Schüsse hatten den kleinen Laden dank ihrer Streuweite in ein Schlachtfeld biblischen Ausmaßes verwandelt. Die Luft stand still, und der pulvergeschwängerte Rauch hatte Schlieren gebildet, die wie grauer Nebel im Raum hingen.

Fünf Männer, entweder tot oder mit diversen lebensgefährlichen Verletzungen, die mehr oder minder schnell zum Tode führen würden, röchelten auf umgestürzten Klappstühlen, lehnten an blutbespritzten Wänden oder waren über dem Tisch in der Mitte des Raumes zusammengebrochen. Keine Spur von dem Orphan. Der Typ mit den breiten Schultern war der Einzige, der noch zu mehr in der Lage war als auszubluten.

Wie beim Militär robbte er über den Boden und zog sich auf dem Bauch liegend mit den Unterarmen vorwärts. Sein rechtes Bein war eine gesprenkelte Masse aus Jeansstoff und Fleisch.

Der Mann arbeitete sich unbeirrt voran und hielt auf einen Waffenständer mit Gewehren neben der Vordertür aus Stahl zu.

Evan ging auf ihn zu, rammte ihm die Stiefelspitze in die Rippen und drehte ihn auf den Rücken.

Der Mann bemühte sich, Blickkontakt zu vermeiden. »O Gott. Du bist … Bist du … Orphan X? O Gott.«

Evan setzte ihm den Stiefel mitten auf den breiten Brustkorb, die noch heiße Mündung der Benelli nur wenige Zentimeter von seiner Kehle entfernt. »Du hast Jack Johns umgebracht.«

Das feine Haar des Mannes, so hellblond, dass es fast grau wirkte, war militärisch kurz geschoren. Seine Kopfhaut schien durch, sie glänzte vor Schweiß. »Nein, das war ich nicht. Ich war nicht mit im Hubschrauber, Mann. Das war ne Spezialtruppe.«

»Aber du warst dabei. Auf dem Boden, in Alabama. Ihr wart alle an der Sache beteiligt.«

»Ja.«

Evan zog mit der Flinte zur Seite und schoss ihm die Hand weg.

Das Gebrüll war unmenschlich.

Aber unmenschlich war es auch, einen über siebzigjährigen Mann, dem die Hände auf dem Rücken gefesselt waren, aus einem Black Hawk springen zu lassen.

Evan schwang die Benelli zurück zu seinem Kopf. »Van Sciver?«, fragte er. »Wo ist er?«

Irgendwo hinter ihnen ertönte ein letztes, abgehacktes Röcheln, dann herrschte Stille.

»Ich weiß es nicht, ich schwör's. Den hab ich noch nie gesehen.«

Evan fuhr mit der Flinte zur anderen Hand des Typen.

»*Warte!* Warte! Ich verrat's dir – ich verrat dir alles. Aber … aber schieß mir nicht stückweise die Glieder weg.«

»Wie viele Freelancer hat er insgesamt für den Job dazugeholt? Außer der Hubschrauberbesatzung.«

»Fünfundzwanzig. Er hat fünfundzwanzig von uns angeheuert.«

Evan ließ den Blick über die Verwüstung schweifen und addierte die neuen Toten zu denen am Bahnhof. »Jetzt sind's nur noch fünfzehn.«

»*Sechzehn.*« Der Mann riskierte einen Blick auf seine Hand und konnte ein großflächiges Schaudern nicht unterdrücken. »Mit mir sechzehn.« Dann setzte er mit verzweifeltem Nachdruck hinzu: »Mit mir … sind's immer noch sechzehn.«

»Wer hat hier das Sagen?«

Der Mann sah zu der rotverschmierten Stelle auf dem Linoleum, wo sich eben noch seine Hand befunden hatte, und musste würgen. Er war kreidebleich, und der Schweiß rann ihm über das Gesicht. Evan verstärkte den Druck auf seine Brust, eine Rippe brach. Der Kopf des Typen fuhr herum, und er hatte erneut seine Aufmerksamkeit.

»Jordan Thornhill«, sagte er. »Orphan R. Der netteste Typ, den man sich vorstellen kann. Bis er einen umbringt.«

»Wie sieht er aus?«

»Schwarzer, muskelbepackt. Könnte freihändig ne Felswand raufklettern, wenn er wollte.« Der Freelancer fing an zu hyperventilieren. »O Gott, o Gott, ich glaube, ich verblute.«

»Das reicht noch für die nächsten fünf Minuten. Wo ist er?«

»Van Sciver hat ihn zurückbeordert. Wohin, weiß ich nicht.«

Evan zuckte minimal mit dem Lauf.

»KEINE AHNUNG, WO! Ich schwöre, ich weiß überhaupt nichts. Die lassen uns bei allem völlig im Dunkeln.«

Evan ließ die kochend heiße Mündung in die Kuhle unterhalb seines Adamsapfels sinken. Die Haut fing an zu brutzeln. »Damit verbesserst du nicht gerade deine Lage, Mietling.«

»Halt, Moment, ich hab zufällig mitbekommen, wie Thornhill was von einem weiblichen Orphan erwähnt hat. Candy Nochwas. Orphan V.«

Bei diesem Namen spannte sich Evans Kiefermuskulatur an.

»Bitte.« Speichel rann aus dem Mund des Freelancers. »Mehr weiß ich nicht. Ich hab dir alles gesagt. Könnte ich nicht … lässt du mich am Leben?«

»Du warst schon tot, als Van Sciver dir meinen Namen genannt hat.« Evan drückte den Abzug.

Plötzlich hörte er ein Quietschen hinter sich. Blitzschnell fuhr er herum, ließ die leere Flinte fallen und zog die ARES.

Die Person, auf die er zielte, war Joey.

Vom Türrahmen aus betrachtete sie das Horrorszenario. Eine leichte Röte überzog ihre glatten braunen Wangen. Der kleine Raum stank nach Eisen von all dem Blut und nach menschlichen Eingeweiden. Durch den Rauch konnte er ihre leuchtend grünen Augen sehen. Verletzlich, fassungslos.

»Ich hab doch gesagt, du sollst im Wagen bleiben.«

»Ist schon okay.«

»Hol den Wagen zum Vordereingang. Beeil dich.«

Sie trat rückwärts aus der Tür und war verschwunden.

Evan stieß eine Leiche vom Tisch in der Mitte und durchwühlte die Dinge, die sich unter ihr auf der Tischplatte befunden hatten. Kaffeebecher, Akkus, ein halb verzehrtes Sandwich. Nutzlos. Unter einer Packung schwarzer Gelschreiber fand er ein Notizbuch mit rotem Einband. Er griff es und blätterte durch die steifen Seiten. Leer.

Er warf es beiseite und ging weiter zu der ramponierten Theke, die die halbe Wand nach Osten einnahm. Kaffeemaschine, Mikrowelle, Spüle. Im Schrank darunter fand er rostige Rohre, Wasserflecken und eine verklebte Flasche Rohrreiniger.

Evan drehte sich in der Hocke um und ließ den Blick abschließend noch einmal rasch durch den Raum schweifen.

Blut tropfte von der Tischkante. Darunter glänzte ein Streifen Panzerband.

Ein Laptop war auf der Unterseite des Tisches befestigt.

Er riss ihn aus der Verklebung und wandte sich zum Gehen. Als er über die Überreste des breitschultrigen Typen hinwegtrat, ertönte ein Hinweiston. Evan hielt inne, um ein Samsung Galaxy aus der Tasche des Toten zu fischen. So eins hatte er kürzlich schon einmal gesehen.

Mit dem Hemd der Leiche wischte er einen roten Streifen vom Display. Die standortbezogenen Dienste waren ausgestellt, die Ortung abgeschaltet.

Vor dem Gebäude hielt der Subaru quietschend am Bordstein.

Das Handy steckte er ein und trat durch die gepanzerte Stahltür nach draußen. Als er sie aufstieß, hörte er in ihrem Innern leise Wasser hin und her schwappen.

Für sich betrachtet wirklich eine tolle Sicherheitsmaßnahme.

23. AUSSCHUSSWARE

Während Joey aufs Gas drückte, sah Evan sich das Samsung genauer an. Auch von diesem Handy schien alles gelöscht worden zu sein, bis auf das Betriebssystem und eine einzige App.

Signal.

Die verschlüsselte Kommunikationssoftware zeigte an, dass jemand mehrmals versucht hatte, Kontakt aufzunehmen.

Das Heulen von Sirenen ertönte, ein großes Aufgebot von Streifenwagen rauschte in einem Block Entfernung auf der Lombard Street an ihnen vorbei, die blauen und roten Blinklichter durchschnitten die Dunkelheit.

Joey hatte sie auf schnellstem Wege vom Schädlingsbekämpfungsladen weggebracht. Aus dem Augenwinkel warf sie nervöse Blicke zur Seite. Die Streifenwagen schienen kein Ende zu nehmen. An Kreuzungen und Seitenstraßen konnte man sie sehen, oder sie tauchten für einen Sekundenbruchteil hinter Lagerhäusern oder Gebäuden auf.

»Wir sind weit genug weg«, beruhigte Evan sie. »Fahr auf die 5.«

»Und wie weiter?«

»Dann Richtung Norden.«

Signal funktionierte nur über WLAN, aber Portlands gewachsten Hipster-Schnurrbärten, Craftbieren und den Leistungen, die es seinen Bürgern bot, sei Dank – sie befanden sich hier noch immer im Gebiet des kostenfreien Netzes.

Das Sirenengeheul schwoll zu einem ohrenbetäubenden Kreischen an, dann wurde es schnell immer leiser.

Joey stieß laut hörbar die Luft aus, wobei sie die Wangen aufblies.

Evan starrte auf das Samsung und wartete, dass es einen Hinweiston von sich gab.

»Was machst du ...«, setzte Joey an.

Der Hinweiston erklang.

Zwei Wörter erschienen auf dem Display: EREIGNISREICH AZUR.

Joey sah zu Evan hinüber. In ihren Augen stand die panische Wachsamkeit eines in die Enge getriebenen Beutetiers. »Das ist er, oder?«

Evan tippte auf das Display.

Van Scivers Stimme ertönte: »Codewort.«

»Ab sofort kannst du dir das sparen«, antwortete Evan.

Es folgte ein ausgedehntes, nicht von Statikgeräuschen unterbrochenes Schweigen. »Wie hast du diese Verbindung gehackt?«

»Gar nicht«, sagte Evan. »Stattdessen habe ich deine Männer gehackt.«

Er gab Van Sciver ein wenig Zeit, um diese Information sacken zu lassen. Vierzig Prozent seiner Leute, einfach so verschwunden. Freelancer waren zwar leicht zu ersetzen, aber sie sorgfältig zu überprüfen, kampftechnisch auf den erforderlichen Stand zu bringen und in die notwendigen Einzelheiten einer Orphan-Mission einzuweihen, war sehr zeitaufwendig. Und diesen Luxus würde Evan ihm nicht gönnen. Van Sciver hatte in dem Moment die Lunte ans Pulverfass gelegt, als er Jack gezwungen hatte, in den Black Hawk zu steigen.

Evan überprüfte, ob die WLAN-Verbindung unterbrochen war, aber sie befanden sich noch immer innerhalb der Reichweite.

Schließlich sagte Van Sciver. »X.«

»Y.«

»Ich hätte nicht gedacht, dass du dich noch in der Gegend aufhältst. Wenn du aus der Versenkung auftauchst, verschwindest du doch für gewöhnlich schnell wieder.«

»Jetzt liegen die Dinge anders.«

»Ach, natürlich. *Der* abgedroschene Spruch, ›Diesmal ist es persönlich.‹ Ich dachte, du hättest mehr auf dem Kasten.«

Statt einer Reaktion gönnte Evan ihm nur das Summen in der Leitung.

»Jack ist selbst aus dem Hubschrauber gesprungen«, fuhr Van Sciver fort. »Du hast das doch mit mir zusammen gesehen. Wir haben ihn nicht aus der Tür gestoßen.«

»Ihr hattet es aber vor.«

»Ja, hatten wir.«

Evan gab Joey ein Handzeichen, und sie bog in die Auffahrt, beschleunigte und fuhr auf die Interstate 5.

»Dafür kannst du mir wirklich keinen Vorwurf machen«, sprach Van Sciver weiter. »Mein Gott, das hab ich von dir gelernt. Rücksichtslos zu sein.«

»Von mir?«

»Das musstest du ja sein. Du warst schließlich nie der Beste. Alle lieben zwar geborene Sieger. Aber insgeheim halten sie dem Schwächeren die Daumen.«

»Die Daumen halten? Von wem redest du, Charles?«

Van Sciver ließ sich nicht beirren. »Verdammt cleverer Schachzug, den du dir vor all den Jahren im Heim hast einfallen lassen. Hast mich einfach um den mir zustehenden Platz auf dem Siegertreppchen gebracht.«

»Das ist lange her.«

»Es liegt in der Vergangenheit, richtig. Aber es ist auch Teil der Gegenwart. Du bestimmst mich, Evan. Genau wie ich dich bestimme.«

Evan beobachtete, wie die Scheinwerfer anderer Fahrzeuge an ihnen vorbeistrichen. Er konnte Joeys fragenden Blick auf seinem Gesicht spüren.

»Der Mystery Man wollte mich«, fuhr Van Sciver fort. »Nicht dich.«

»Stimmt«, antwortete Evan.

»Wir waren noch so jung. Weißt du noch, als wir dachten, er sei wichtig? Der mächtigste Mann auf Gottes Erdboden?«

»Ja, ich erinnere mich.«

»Jetzt arbeitet er für mich. Ich habe das Programm komplett abgespeckt, aber als ich mich entschlossen hatte, für etwas frisches Blut zu sorgen … Na ja, was das Rekrutieren angeht, ist er immer noch der Beste. Obwohl selbst er hin und wieder einen Fehler macht. Wie mit dem Mädchen. Aber das hat sie dir sicher schon im Detail berichtet.«

Joeys Hände krampften sich um das Lenkrad. Van Scivers tiefe, selbstsichere Stimme drang laut aus dem Hörer.

»Ein Fehler«, wiederholte Evan. »Ich hab sie gefragt, wo ich dich finden kann. Sie konnte mir nicht das Geringste sagen. Sie taugt nicht mal zum Köder. Sie ist vollkommen nutzlos.«

Joey sah stur nach vorne, hielt das Steuer ruhig, aber Evan hörte, wie ihr Atem schneller ging.

»Sie ist ein weiterer unerwünschter Makel, den wir auslöschen müssen«, sagte Van Sciver. »Sie hat mein Gesicht gesehen.«

»Was soll sie schon groß machen? Jemanden anheuern, der ein Phantombild macht? Nicht mal das würde sie zustande bringen. Sie ist Ausschussware. Sie umzubringen ist nicht der Mühe wert.«

»Schon, aber Johns hat sie bei sich aufgenommen, also werde ich sie trotzdem töten. Allein schon aus diesem Grund. Weil sie dir deswegen wichtig ist.«

»Deine Entscheidung«, sagte Evan. »Wenn du meinst, du kannst es dir leisten, deine Aufmerksamkeit von mir abzuwenden.«

Van Sciver klang belustigt. »Du hast keinen blassen Schimmer, oder? Wie hoch nach oben die Sache reicht?«

»Was soll das heißen?«

Er lachte. »Du glaubst immer noch, es geht um dich und mich.«

»Es geht um nichts anderes«, entgegnete Evan. »Seit dem Augenblick, in dem du Jack gekidnappt hast.«

Der Handyempfang wurde schwächer, dann war er wieder da, als der Subaru sich am Rand des WLAN-Kerngebietes entlangbewegte.

»Über viele Jahre hatte ich mich damit abgefunden, ein Dasein im Verborgenen zu führen«, fuhr Evan fort. »Ich war zufrieden damit, mich im Dunkeln zu verstecken. Dich gewähren zu lassen. Das ist nicht länger der Fall.«

Joey hatte nach und nach die Höchstgeschwindigkeit überschritten, und Evan bedeutete ihr, langsamer zu fahren.

»Evan«, sagte Van Sciver nachsichtig. »Genau darauf verlassen wir uns doch.«

Die Verbindung wurde von Hintergrundgeräuschen übertönt, dann war sie ganz verschwunden.

Evan schaltete das Samsung aus und steckte es ein. Er beugte sich nach vorn, um den Tacho zu prüfen. »Fahr konstant fünfundsechzig.«

Joeys Brustkorb hob sich deutlich mit jedem Atemzug; sie schnaubte vor Wut. »Mich umzubringen ist nicht der Mühe wert?« Sie spie ihm seine eigenen Worte entgegen.

»Das war alles Strategie, Joey.«

»Für mich klang's aber anders.«

»Dafür haben wir jetzt keine Zeit«, sagte er knapp.

»Wofür?«

Er riss das lose Isolierband vom Laptop und klappte ihn auf. »Für deine Gefühle.«

Den Rest der Fahrt setzten sie schweigend fort.

24. EINE SCHULSTUNDE

Nach den Vorfällen an der Union Station in Portland entschloss sich Evan, Joey erst sicher aus dem Staat herauszubringen, bevor sie getrennte Wege gingen. In der Vergangenheit war er Van Sciver in und um Los Angeles einige Male nur knapp entkommen, also wusste er vermutlich, dass Evan einen Stützpunkt in der Gegend hatte. An Van Scivers Stelle würde er die Routen stärker überwachen lassen, die in südlicher Richtung aus Oregon herausführten. Also anstatt die Richtung nach Kalifornien einzuschlagen, folgten Evan und Joey dem großen Bogen der Interstate 90, die durch Washington State führte und den schmalen oberen Teil von Idaho durchquerte.

Sie wechselten sich beim Fahren ab, gerade war Evan an der Reihe. Seine diversen Versuche, sich Zugang zum Laptop zu verschaffen, waren erfolglos geblieben. Wie sich herausgestellt hatte, war der Dell Inspiron extrem verschlüsselt. Um ihn zu knacken, würde es Zeit, Konzentration und eine bestimmte Ausrüstung brauchen, alles Dinge, um die er sich erst kümmern konnte, wenn er Joey nicht mehr zu babysitten brauchte.

Wie ein Flüstern in seinem Ohr hörte er noch einmal, was Van Sciver gesagt hatte: *Du hast keinen blassen Schimmer, oder? Wie hoch nach oben die Sache reicht? Du glaubst immer noch, es geht um dich und mich.* Egal, aus welcher Perspektive er es betrachtete, Evan konnte sich einfach keinen Reim darauf machen, was Van Sciver bei ihrem Telefonat andeuten wollte. Van Sciver verfolgte einen geheimen Plan, von dem Evan keine Kenntnis hatte.

Das machte ihm Angst.

Es fühlte sich an, als säße Van Sciver vor dem Schachbrett, und er selbst sei nichts als eine Schachfigur, die er hin und her schob.

Die Fahrt nach Helena, Montana, würde etwas mehr als zehn Stunden dauern, ein Ziel, das er ausgewählt hatte, weil es so unwahrscheinlich war und man außerdem drei Staatsgrenzen passieren musste, um dorthin zu gelangen. Nach sechs Stunden fing sein Magen an, sich zu beschweren. Das letzte Mal hatte er vor achtzehn Stunden etwas gegessen.

Joey war schließlich an das Seitenfenster gelehnt eingenickt. Eine Haarsträhne kräuselte sich vorne in der Kuhle ihres Halses. Es tat gut, sie so friedlich schlafen zu sehen.

Evan fuhr bei einem Diner raus und bremste vorsichtig ab, um sie nicht zu wecken. Er parkte hinter dem Restaurant, außer Sichtweite der Straße, und beugte sich zu ihr hinüber, um sie sanft wach zu rütteln.

Blitzschnell richtete sie sich im Sitz auf und fing an zu schreien und um sich zu schlagen. »Lass mich los! Lass mich sofort …«

Dann wusste sie wieder, wo sie war, erstarrte und drückte sich mit dem Rücken gegen die Beifahrertür, Fäuste erhoben und Beine angezogen, sodass sie sofort zutreten konnte.

Evan hatte sich wieder auf seine Seite zurückgezogen, um ihr so viel Raum zu geben wie möglich. Er hatte sich schon einen ordentlichen Schlag oben auf die Stirn eingefangen. Wäre er eine Sekunde langsamer gewesen, hätte sie ihm die Nase ein zweites Mal gebrochen.

Joey atmete noch immer schwer. Er wartete darauf, dass sie ihre Schultern sinken ließ, dann entspannte auch er sich.

Sie faltete sich aus ihrer zusammengerollten Schutzhaltung und sah sich um. »Wo sind wir?«

»Ich dachte, wir holen uns was zu essen.«

Sie zog ihre Kleidung glatt. »Ich hab nichts, okay? Aus der Sache eben kannst du jetzt nicht sonst was über mich ableiten.«

»Okay.«

»Du weißt gar nichts über mich. Du weißt nicht, was ich erlebt habe. Oder auch *nicht* erlebt habe.«

»Okay.«

»Ich reagier manchmal einfach über, das ist alles.«

»War mir schon aufgefallen«, kommentierte Evan.

Sie setzten sich an einen Tisch ganz hinten in dem leeren Diner, Evan so, dass er den Eingang im Blick hatte. Obwohl die Füllung durch die Risse im Vinyl der Sitzbänke quoll, war das Restaurant sauber und aufgeräumt, sodass er sich mit seinem doch recht deutlich ausgeprägten Sinn für Ordnung dort wohlfühlen konnte. Der Duft nach starkem Kaffee und frisch gebackenen

Pies lag in der Luft. Am Ende ihres Tisches stand eine Wall-O-Matic-Jukebox, und die Five Satins »shoo-doo 'n' shooby-doo«-ten sich mit viel »hoping and praying« durch einen Song. Salz- und Pfefferstreuer, Sirupflaschen und Zuckerdosen waren vor dem glänzenden Chromlautsprecher aufgereiht wie Kinder, die einer Gutenachtgeschichte lauschten.

Die künstlich hergestellte Retroatmosphäre – von den Oldschool-Baseballwimpeln bis zum unvermeidlichen Marylin-Poster – ließ das Lokal wie ein Set aus einer Fernsehserie wirken, ein Pseudo-Diner, das so dekoriert war, dass es wie ein echtes Diner aussehen sollte.

Evan aß ein Rührei aus Eiweiß mit Spinat, das er ordentlich mit Tabasco gewürzt hatte. Joey stocherte an einem Stapel Pfannkuchen herum und zog mit ihrer Gabel Linien in die geschmolzene Butter.

Seit dem Vorfall im Auto war ihre Unterhaltung nicht mehr so recht in Gang gekommen.

Evan legte die Gabel beiseite und richtete sie parallel zur Tischkante aus. Neben seinem Teller befand sich ein Braille-Muster aus Kaffeeflecken – die Kellnerin hatte beim Einschenken nicht gut genug achtgegeben. Er konnte seinem Drang ein paar Sekunden lang widerstehen, dann gab er nach und wischte den Tisch mit seinem Taschentuch sauber.

Joey schien ihre Pfannkuchen absolut faszinierend zu finden. Neben ihr auf der Bank stand der Rucksack, sodass er ihr Bein berührte. So gut bewacht wie das Hab und Gut von jemandem, der auf der Straße lebte.

Evan suchte krampfhaft nach Gesprächsstoff. Mit so etwas hatte er keinerlei Erfahrung. Seine unkonventionelle Erziehung hatte aus ihm eine elegante, perfekt auf ihre Funktion ausgerichtete Waffe gemacht, aber wenn er sich mit dem alltäglichen Leben konfrontiert sah, kam er sich vor wie ein Elefant im Porzellanladen.

Allerdings vermutete er, dass es Joey in dieser Hinsicht nicht besser ging.

Er sah weiter zu, wie sie ihren kleinen Pfannkuchenstapel mit der Gabel zerstückelte.

»Wenn du einen Angreifer abwehrst, einen richtigen, meine ich, ziel auf die Kehle oder die Augen«, sagte er schließlich. »Oben antäuschen, unten durchziehen. Wenn du nur auf den Kopf zielst, kann er sich wegducken, sein Gesicht verdecken oder deinen Schlag mit dem oberen Teil der Stirn abfangen, wo der Schädel am dicksten ist.«

Sie öffnete den Mund, aber ausnahmsweise hatte sie keine schlagfertige Antwort parat.

Er spürte, dass er etwas Falsches gesagt hatte.

»Du machst allen Ernstes hier ne Schulstunde draus?«, fauchte sie.

Evan befand, dass es am besten war, nicht auf ihre Frage einzugehen.

Aber Joey war noch nicht fertig. »Man muss nicht aus allem irgendwas lernen.«

Evan erinnerte sich an seine Erziehung in Jacks Farmhaus, wo sie sich jeder Aufgabe und jedem Handgriff mit derselben Ernsthaftigkeit gewidmet hatten, sei es dem Bettenmachen, dem Abwasch oder sich die Schnürsenkel zu binden.

Totaler Fokus im Großen wie im Kleinen.

»Doch«, entgegnete Evan. »Muss man.«

»Du hast mich doch schon kämpfen sehen«, sagte Joey. »Ich weiß, wie das geht. Eben im Auto, da ging's nicht um Kämpfen. Das war nur ... ne Schreckreaktion.«

»Eine Schreckreaktion.«

»Genau.«

»Dann brauchst du unbedingt eine bessere.«

Sie schob den Teller von sich weg. »Hör zu, du hast mich einfach überrumpelt.«

»›Überrumpelt‹ gibt's nicht, Joey. Auf jeden Fall nicht mehr, sobald du in Helena in den Bus steigst. Nicht mal für einen Sekundenbruchteil. Ist so. Das weißt du auch.«

Sie riss sich zusammen. Dann nickte sie. »Ja, tu ich.« Sie erwiderte seinen Blick. »Augen oder Kehle.«

Der Himmel zeigte noch ein einheitliches Schwarz, aber nach und nach kamen bereits die ersten frühmorgendlichen Gäste herein: Trucker mit ihren charakteristischen Caps, Farmer in abgewetzten Jeans, deren raue Hände über das Papier ihrer Speisekarten kratzten.

»Du wirst es schaffen«, sagte Evan. »Je weiter weg du von mir bist, desto mehr bist du in Sicherheit.«

»Du hast doch gehört, was er gesagt hat. Er hat nicht vor, mich gehen zu lassen.«

»Er wird anderweitig beschäftigt sein.«

»Ich glaube, gemeinsam sind wir sicherer.«

»Wie in deiner Wohnung? Am Bahnhof? Oder in dem Schädlingsbekämpfungsladen?«

Joey hob beschwichtigend die Hände. »Jetzt sind wir hier, oder? Und die nicht.«

Der süßliche Geruch des Sirups drehte ihm fast den Magen um. »Das hier ist nicht gut für dich, kann es gar nicht sein.«

»Ich komm schon klar.«

»Du bist sechzehn.«

»Was hast du denn mit sechzehn gemacht?« Sie funkelte ihn wütend an. »Na? War das vielleicht gut für dich? Oder ist das was anderes? Weil ich ein *Mädchen* bin.«

»Mir ist egal, dass du ein Mädchen bist, aber was mir nicht egal ist, ist deine Sicherheit. Und da, wo ich als Nächstes hingehe, wird es alles andere als sicher sein.«

Das Geräusch eiliger Schritte kündigte die Kellnerin an. »Meine Schicht hat gerade erst angefangen, und ich bin schon aus der Puste von dem langen Weg bis zu euch beiden hier hinten.« Sie presste sich theatralisch die Hand auf den ausladenden Vorbau und tat so, als ringe sie nach Atem.

Evan lächelte gequält.

»Kann ich Ihnen oder Ihrer Tochter noch etwas bringen, Schätzchen?«

Evan berührte die Frau leicht an der Seite, aber nicht so weit unten, dass die Geste hätte falsch ausgelegt werden können. »Nein, vielen Dank, nur die Rechnung bitte.«

»Wissen Sie, es ist einfach schön, so was zu sehen. Ein gemeinsamer Ausflug. Ich wünschte, mein Daddy hätte auch mal so was mit mir gemacht.«

Als sie in der Tasche ihrer Schürze herumkramte, bedachte

Joey sie mit einem Blick, der kaum anders als giftig zu bezeichnen war.

Die Kellnerin deutete mit der Ecke der Rechnung auf Joey. »Denk an meine Worte, irgendwann wirst du's zu schätzen wissen.«

Sie machte auf der Hacke kehrt, eine häufig geübte, geschmeidige Bewegung, und verließ die beiden wieder.

Die Rechnung lag dezent mit der Schrift nach unten auf dem Tisch. Evan legte zwei Zwanzigdollarscheine quer darüber und schickte sich gerade an, zum Ende der Bank vorzurutschen.

Plötzlich sagte Joey: »Ich hab's nicht gemacht.«

Evan hielt inne. »Was nicht gemacht?«

»Die Reisetasche. Mit dem Typen. Ich hab's nicht gemacht. Ich konnte nicht abdrücken.«

Evan ließ sich wieder auf die Bank sinken. Er faltete die Hände auf der Tischplatte. Gab ihr Raum zu reden. Oder eben nicht zu reden.

Sie ließ sich Zeit, schließlich sagte sie: »Ich stand da und hab die Waffe auf die Tasche gerichtet, hinter mir Van Sciver. Aber ich konnt's einfach nicht.«

»Was hat er gemacht?«

»Mir die Pistole abgenommen. Dann hat er mir gezeigt …« Ihre Lippen zitterten, und sie presste sich die Knöchel auf den Mund. Fest. »Das Magazin war leer. Das Ganze war nur eine Prüfung. Und ich hab's vergeigt. Wenn ich's getan hätte, wenn ich die Prüfung bestanden hätte, hätte ich auch so sein können wie …« Sie kriegte gerade noch die Kurve und führte den Gedanken nicht zu Ende.

»So sein können wie wer?«

»Wie du.«

Auf einmal wurde es an ihrem Tisch ganz still. Küchengeräusche drangen bis in ihre Ecke des Diners vor, Topfgeklapper, das Brutzeln der Grills. Mit dröhnender Stimme teilte der Sous-Chef seinen Kollegen gerade mit, bei den Regenbogenforellen hätte er wenig Glück gehabt, aber mit dem neuen Spinnköder könnte es vielleicht klappen.

»Van Sciver hat den Reißverschluss der Tasche aufgemacht und den Typen rausgelassen. Der hat die ganze Zeit nur so getan.

Wahrscheinlich irgendein PSYOP-Ausbilder. Van Sciver hat gesagt, er würde ihn jetzt rausbegleiten, ich solle da auf ihn warten. Aber weißt du was?« Ihre Stimme war nur noch ein Flüstern. »Als ich da stand und auf die Reisetasche runtergesehen habe, ist mir was aufgefallen: Da war ein kleiner Blutfleck auf der Innenseite. Und da war mir klar, dass ich nicht einfach nur bei der Prüfung durchgefallen war. Ich hatte auch bei Van Sciver verschissen. Und irgendwann wäre ich das in der Tasche, und davor würde ein anderes Mädchen oder ein anderer Junge stehen. Aber dann würde das Magazin nicht leer sein.«

Joey lehnte sich zurück und kam wieder im Hier und Jetzt an. »Das Büro auf der Empore im Hangar hatte ein Fenster mit nem popeligen Schloss. Ich hatte immer eine Haarnadel in meinen Haaren versteckt. Ich dachte, ich sollte jetzt besser schnellstmöglich die Biege machen, bevor Van Sciver zurückkommt. Was ich dann auch getan habe. Ich war elf Monate auf der Flucht, bis Jack kam.«

»Wie hat er dich gefunden?«

Der charakteristische Klingelton klang so fehl am Platz, hier, inmitten des ganzen retromäßigen feuerwehrroten Vinyls und der Elvis-Uhren und der Theke beim Eingang, die sogar Dentyne-Kaugummi in der Auslage hatte. Es war ein Klingeln, das zu einem anderen Ort gehörte, einem anderen Leben, einer anderen Dimension.

Es war das RoamZone.

Irgendjemand brauchte den Nowhere Man.

25. EHRENSACHE

Die Anruferkennung des RoamZone startete eine Rückwärtssuche und stellte automatisch einen Link zu der Google-Earth-Karte von Central L.A. her. Evan zoomte an ein einstöckiges Gebäude im Pico-Union-Viertel heran.

Das Telefon klingelte noch einmal. Und noch einmal.

Evans Daumen schwebte über der Annehmen-Taste.

Er konnte diesen Anruf nicht entgegennehmen. Völlig ausgeschlossen. Er musste ein Mädchen loswerden. Sich in einen Laptop hacken. Und einen Tod rächen.

Seit dem Mord an Jack war Evans Leben völlig aus der Bahn geraten. Jacks letzte Worte hatten den letzten Rest von Ordnung, Routine und regelkonformem Verhalten, an denen Evan versucht hatte festzuhalten, unwiederbringlich ausgelöscht. Eigentlich sollte er gerade bei sich zu Hause sein und sich um nichts anderes kümmern müssen als seinen Wodkavorrat und sein nächstes Work-out. Stattdessen saß er in einem Diner am Stadtrand von Missoula und halste sich immer mehr auf, bis irgendwann alles Gefahr lief, aus dem Ruder zu laufen.

Warum hatte Jack keine Vorkehrungen für Joey getroffen? Warum hatte er sie Evan aufgebürdet? Jack hatte doch gewusst, dass Evan seine eigenen Verpflichtungen als Nowhere Man hatte, die zu erfüllen ihm eine Ehrensache war. Jack wusste, dass man Evan das Einzelgängertum so lange eingedrillt hatte, bis es zu seiner normalen Daseinsform geworden war – verdammt, Jack hatte schließlich eigenhändig dafür gesorgt. Er musste einfach gewusst haben, dass Joey in diesem Moment eine große Belastung für ihn darstellen würde. Jetzt, da er alles um sich herum ausblendete und nur noch ein einziges Ziel vor Augen hatte: die Vernichtung von Charles Van Sciver.

Moment. Was, wenn Jack ein bestimmtes Ziel mit seinem Plan verfolgt hatte? Jacks Lehren hatten schließlich immer einen kleinen Zen-Touch gehabt.

Wenn du nicht weißt, was du nicht weißt, wie kannst du wissen, was du noch lernen musst?

Aber warum ausgerechnet das hier? Was sollte er dieser Störung Positives abgewinnen können?

Man muss nicht aus allem irgendwas lernen.

Auf einmal hörte er Jacks Antwort, so klar und deutlich, als säßen sie sich am Frühstückstisch in jenem ruhigen Farmhaus in Virginia gegenüber.

Doch. Muss man.

Evan zwang sich, nicht weiter darüber nachzudenken. Es gab kein Ziel, keinen raffinierten Masterplan. Jack hatte sich in einer ausweglosen Lage befunden und einen Hilferuf gestartet, weil er nicht mehr weiterwusste und Evans Hilfe brauchte, damit er hinter ihm aufräumte.

Mehr war es nicht.

Joey starrte ihn an. »Gehst du bald mal dran?«

Wieder klingelte es.

Evan biss die Zähne zusammen und sah Joey fest an. »Keinen Mucks.«

Sie nickte sofort, beinahe eifrig.

Evan meldete sich, wie er sich immer meldete: »Brauchen Sie meine Hilfe?«

»Ja. Bitte, ja.«

Die raue Stimme des Mannes klang gepresst, was nichts Ungewöhnliches war, wenn jemand diese Nummer zum ersten Mal anrief. Es klang, als müsse er sich jedes Wort einzeln abringen. Starker Akzent, Lateinamerika, aber nicht Mexiko. Es war erst kurz nach vier Uhr morgens. Evan stellte sich vor, wie der Mann in seinem kleinen Häuschen aufgeregt auf und ab gegangen war, seine Angst in den dunklen Stunden vor der Morgendämmerung kaum noch erträglich, und wie er versucht hatte, den Mut aufzubringen, seine Nummer zu wählen.

Joey hatte sich kerzengerade hingesetzt, die Unterarme auf den Tisch gestützt, und sah ihn wie gebannt an.

»Wie heißen Sie?«, fragte Evan.

»Benito Orellana. Die haben meinen Sohn, Xavier ...«

»Wo haben Sie diese Nummer her?«

»Von einem Mädchen. Ihr Cousin ist mit dem Jungen von

meiner Cousine befreundet. Ihr Name ist Anna Reznian. Sie ist aus gute armenische Familie.«

Evan hatte noch nie, noch kein einziges Mal, im Beisein einer anderen Person ein Nowhere-Man-Telefonat geführt. Obwohl er Joey so weit vertraute, dass er den Anruf entgegennehmen konnte, empfand er ihre Anwesenheit als störend. Er fragte sich, ob sich Zweisamkeit auch so anfühlte. Und wenn ja, warum die Leute sich so etwas antaten.

»Beschreiben Sie sie mir«, setzte Evan das Gespräch fort.

»Schmales Gesicht. Ihre Haare, da sind Löcher drin. Sie ist nett, aber viele Probleme.«

»Wer hat Ihren Sohn?«

»Ich darf den Namen nicht sagen.« Die tiefe Stimme des Mannes war ganz zittrig vor Angst.

»Wurde er entführt?«, fragte Evan.

»Nein«, antwortete der Mann. »Er ist ihnen beigetreten. Und jetzt lassen sie ihn nicht gehen.«

»Eine Gang?«

Schweigen am anderen Ende. Nur das schwere Atmen des Anrufers war zu hören.

»Wenn Sie nicht mit mir reden, kann ich Ihnen nicht helfen.«

»*Sí*. Eine Gang. Aber Sie kennen diese Gang nicht. Bitte, Sir. Mein Junge. Sie werden einen Killer aus ihm machen, und dann ist er verloren. Ich werde meinen Sohn verlieren. Bitte helfen Sie mir. Sie sind meine letzte Hoffnung.«

»Sir, wenn Ihr Sohn denen freiwillig beigetreten ist, kann ich nichts für ihn tun. Oder für Sie.«

Indem er es aussprach, spürte Evan bereits die Erleichterung. Er konnte unmöglich dies auch noch übernehmen. Er hatte einfach keine mentalen Kapazitäten mehr frei; er hatte sich bereits schon zu viel aufgehalst. Das Siebte Gebot – *Nur ein Auftrag auf einmal* – blinkte warnend vor seinem inneren Auge.

Evan nahm das Handy vom Ohr, um aufzulegen. Er wollte bereits auf die Taste drücken, als er das Geräusch hörte, das aus dem Hörer drang.

Ein ersticktes Schluchzen.

Vor dem Hintergrund seines leer gegessenen Tellers hielt Evan das Telefon vor sich; das heisere Weinen war so leise, dass man es kaum hören konnte.

Er blinzelte ein paarmal. Joey saß reglos da wie eine Statue, jeden Muskel angespannt, mit jeder Faser ihres Körpers auf ihn fixiert. Sie wagte noch nicht einmal zu atmen.

Evan holte tief Luft. Dann hielt er sich das Handy wieder ans Ohr. Lauschte noch einen Moment mit zusammengekniffenen Augen, bevor er sprach.

»Mr. Orellana?«

»¿Sí?«

»Ich kann sehen, von wo aus Sie anrufen. Morgen Mittag um zwölf bin ich bei Ihnen.«

»Gott sei Dank, dass Sie …«

Aber Evan hatte bereits aufgelegt. Er trat leise aus der Sitzecke und ging, dicht gefolgt von Joey, zum Hinterausgang. Sie warf ihm verstohlene Blicke zu, aber ihr Gesicht verriet nichts.

Er drückte die mit einem bimmelnden Glöckchen versehene Tür zum Parkplatz auf; spürte die frühmorgendliche Kälte unangenehm an Händen und Hals. Er hob die Autoschlüssel, die er der Kellnerin aus der Schürze gezogen hatte, hielt sie in Richtung der vereinzelten Autos und drückte auf den Türöffnungsknopf. Auf der anderen Seite des Parkplatzes gab ein Honda Civic mit einer verrosteten Kühlerhaube ein trauriges Zirpgeräusch von sich.

Die Schicht der Kellnerin hatte gerade erst angefangen, was ihnen ein sechsstündiges Zeitfenster verschaffte. Trotzdem würde er am nächsten Truckstop, den sie sahen, von einem der dort über Nacht abgestellten Fahrzeuge ein Nummernschild stehlen.

Joey und er stiegen in den Civic und schlossen gleichzeitig die Türen.

Sie starrte ihn noch immer an. Die Hand am Zündschlüssel, hielt er inne.

»Das ist mein Job«, sagte er schließlich.

»Okay, alles klar«, entgegnete sie bissig. »Du hilfst nur Leuten, die du *nicht* kennst.«

26. WOHER WEISST DU, DASS ES DICH WIRKLICH GIBT?

Endlich dämmerte der Morgen und durchbrach die nächtliche Dunkelheit, die gefühlt bereits viel zu lange angedauert hatte. Evan hielt mit den Scheinwerfern des Honda auf den goldenen Streifen am Horizont zu und steuerte Helena an. Auf dem Beifahrersitz hatte Joey sich in sich selbst zurückgezogen und strahlte eine Missmutigkeit aus, die genauso dicht und undurchdringlich wirkte wie die Schwärze, gegen die die Lichtkegel der Scheinwerfer noch immer ankämpften.

Als sie schließlich den Greyhound-Busbahnhof erreichten, ein niedriges Gebäude mit rotem Dach, das hier und da von ökologisch nachhaltiger, wassersparender Bepflanzung umrahmt war, hatte das morgendliche Licht eine Helligkeit erreicht, die anmutete wie auf einem grobkörnigen Zeitungsfoto. Der Himmel war von einem Londoner Grau, überzogen von fedrigen Wölkchen.

Evan fuhr zweimal um den Block und prüfte, ob ihm etwas verdächtig vorkam. Die Luft schien rein. Die Fahrt durch drei Bundesstaaten hatte sich offenbar ausgezahlt.

Er fuhr auf den Parkplatz und stellte den Motor ab.

Joey und er betrachteten den Busbahnhof durch die Windschutzscheibe. Er sah aus, als sei er vor nicht allzu langer Zeit noch ein Fast-Food-Restaurant gewesen. Ein paar Busse parkten parallel in Haltebuchten vor einer langen, niedrigen Sitzbank. Die gesamte Anlage war menschenleer.

»In zwanzig Minuten fahren die ersten Busse«, sagte Evan. »Ich such einen aus, der weit weg fährt. Sobald du da bist, kontaktierst du mich, so wie wir besprochen haben. Ich kann dir Geld und falsche Ausweise schicken …«

»Ich will dein Geld nicht. Deine Ausweise auch nicht.«

»Denk noch mal drüber nach, Joey. Drei Orphans und fünfzehn Freelancer sind hinter uns her. Wie willst du's sonst schaffen?«

»Wie ich's schon mein ganzen Leben gemacht habe. Ganz alleine.« Sie nagte an ihrer Unterlippe. »Diese letzten Monate mit

Jack, die waren nur ein schöner Traum, okay? Jetzt ist es wieder, wie's immer war.«

Aus dem Rückspiegel sah ihm ein Ausschnitt seines Gesichts entgegen. Die dunklen Blutergüsse unter seinen Augen waren ein wenig verblasst, verliehen ihm jedoch noch immer das wilde, übernächtigte Aussehen von jemandem, der schon zu viele Rückschläge hatte einstecken müssen.

»Hör mir zu«, fuhr Evan eindringlich fort. »Es war Jacks letzter Wunsch, dass ich …«

»Ist mir scheißegal. Ehrlich. Ich brauch dich nicht.« Sie griff hinter sich auf den Rücksitz und zog sich den Rucksack auf den Schoß. »Was? Dachtest du, wir sind Freunde?« Sie lachte bitter. »Bringen wir's einfach hinter uns.«

Sie stieg aus, und Evan folgte ihr.

Sie ging zu der Bank bei den Bussen, während Evan das Gebäude betrat und ihr ein Ticket kaufte, so wie sie es bereits am Bahnhof in Portland gemacht hatten. In den Ticketumschlag steckte er tausend Dollar und ging wieder nach draußen.

Joey saß auf der Bank und umklammerte ihren Rucksack. Ihre Jeans hatten Löcher am Knie, durch die man Ovale ihrer braunen Haut sehen konnte. Evan gab ihr das Ticket.

»Wo geht's hin?«, fragte sie.

»Milwaukee.«

Sie nahm den dicken Umschlag entgegen. »Danke. Für alles, und das mein ich ernst.«

Evan nickte. Er wandte sich zum Gehen, aber seine Beine gehorchten ihm nicht. Er stand noch immer vor Joey.

»Was?«

Evan räusperte sich. »Ich hab meine Mom nie kennengelernt. Meinen Dad auch nicht. Jack war der erste Mensch, der mich wirklich wahrgenommen hat.« Er schluckte, aber seine Kehle fühlte sich an wie zugeschnürt. »Wenn dich keiner sieht, woher weißt du, dass es dich wirklich gibt?« Jetzt hatte er Joeys volle Aufmerksamkeit. Etwas weniger wäre allerdings auch in Ordnung gewesen. Er musste sich erst sammeln, bevor er weitersprechen konnte. »Van Sciver hat mir diesen Menschen genommen. Dafür muss er bezahlen. Nicht nur um Jacks willen, sondern auch für mich selbst. Und dabei darf mir nichts und niemand im Weg stehen.«

»Ich versteh schon«, sagte Joey.

Evan nickte und ließ sie dort auf der Bank zurück.

Er stieg wieder in den Wagen und fuhr davon.

Eine Ablenkung weniger.

Wenn er nur zum Tanken anhielt, würde er in siebzehn Stunden wieder zu Hause sein. Dann könnte er sich Zugang zum Laptop von Van Scivers Handlanger verschaffen und nachsehen, wohin die Spur führte. Und morgen um zwölf würde er sich darum kümmern, Benito Orellana zu helfen. Es gab noch viel zu tun, also musste er sich ranhalten.

Die abgefahrenen Reifen des Honda dröhnten über den Asphalt. Von seiner Köperwärme beschlugen allmählich die Scheiben. Dort sah er wieder Jacks Botschaft vor sich.

HOL DAS PAKET.

Jacks letzte Worte.

Sein letzter Wunsch.

Evan drehte das Gebläse auf die höchste Stufe und sah zu, wie der Luftstrom die Kondensation Stück für Stück vertrieb.

»Es tut mir leid«, flüsterte er.

Er ist das Beste an mir.

Wieder erinnerte er sich daran, wie er an seinem ersten Morgen in Jacks Haus in dem Zimmer mit dem Dachfenster aufgewacht war und die Kronen der Eichen sich vor dem Fenster erstreckt hatten wie eine märchenhafte Wolkendecke. Er erinnerte sich auch, mit wie viel Angst er die Treppe heruntergeschlichen war und Jack im Sessel in seinem Arbeitszimmer gefunden hatte. Und an das, was Jack ihm an jenem ersten Morgen seines neuen Lebens geschenkt hatte: *Der Mädchenname meiner Frau war Smoak. Mit einem ›a‹ in der Mitte und hinten ohne ›e‹. Willst du den?*

Einverstanden.

Mit quietschenden Reifen fuhr Evan auf den Randstreifen. Staub vom aufgewirbelten Schotter wehte an der Windschutzscheibe vorbei. Er suchte nach Mustern im Staub, sah jedoch nur Chaos.

Mit voller Wucht schlug er mit den Handballen auf das Lenkrad.

Dann machte er einen U-Turn und fuhr zurück.

Er stellte sich wieder auf denselben Parkplatz und stieg aus. Gerade fuhr ein Bus ein, sodass die Sicht auf die Wartebank versperrt war. Einen Moment lang dachte er, sie sei schon weg.

Aber dann ging er um den Bus herum – und da war sie. Sie saß noch genauso da wie vorhin, als er sie verlassen hatte, den Rucksack an sich gedrückt und die Füße fest nebeneinander auf den Betonboden gestellt.

Sie konnte spüren, dass er auf sie zukam, und blickte auf.

»Lass uns fahren«, sagte er.

Sie stand auf und folgte ihm zum Auto.

27. GAB'S NIE, HAT'S NOCH NIE GEGEBEN UND WIRD'S AUCH NIE GEBEN

Der Mann war krank. So viel war offensichtlich. Alle paar Sekunden ergriff ein nervöses Zucken Besitz von seinem Gesicht, und er musste den Kopf schütteln, als habe er Wasser im Ohr.

Vor langer Zeit war er einmal ein Vorzeigeagent gewesen, eine der besten Waffen im Arsenal der Regierung. Und jetzt war das hier aus ihm geworden.

Er umklammerte einen von Ratten angefressenen Schlafsack. Sein Ohrläppchen war schmutzverkrustet. Gegen die Kälte hatte er sich eine Jogginghose über die Jeans gezogen.

Zittrig setzte er einen Fuß vor den anderen, dann hielt er abrupt inne, bohrte die Spitze seines Turnschuhs in die Erde und scharrte damit vor und zurück, vor und zurück. Dabei murmelte er leise Unverständliches vor sich hin, das ungefiltert aus seinem zerstörten Gehirn drang. Graues Haar, graue Bartstoppeln, graue Haut und ein eingefallenes Gesicht.

Die Suche nach diesem Mann hatte Jack nach Alabama geführt.

Den Aufenthaltsort eines Obdachlosen herauszubekommen war jedoch ungefähr so, wie einen Glasbecher in einem Swimmingpool zu suchen. Man wusste nicht, wo man anfangen sollte, und selbst wenn man direkt davor stand, war er leicht zu übersehen.

Aber Van Sciver verfügte über Ressourcen, die Jack nicht gehabt hatte.

Es hatte ein Weilchen gedauert, aber jetzt waren sie hier, in der Dunkelheit unter dieser Autobahnüberführung. Über ihnen flitzten Berufspendler vorbei, ein ganz normaler Morgen in Birmingham ging seinen ganz normalen Gang, aber hier unten, zwischen den Pfützen und den von Wind zusammengetragenen Abfallhaufen, hätten sie auch die letzten Menschen auf der Erde sein können. Nicht weit von ihnen brannte ein Feuer in einem rostigen Mülleimer, und in der Luft lag der beißende Gestank von verbranntem Plastik.

Der Mann wurde erneut von Zuckungen geschüttelt, wobei

er eine Schulter bis zum Ohr hochzog. Van Sciver streckte die Hand aus und packte den Mann am Kiefer; seine Hand war so groß, dass er damit den gesamten unteren Teil seines Gesichtes umfassen konnte.

Der Mann wurde ruhig. Van Sciver sah eindringlich in seine grünbraunen Augen. In ihnen spiegelte sich nichts außer den winzigen Flammen des Mülleimerfeuers hinter ihnen.

Dann sprach Van Sciver ihn an: »Orphan C.«

Der Mann reagierte nicht.

Außer Sichtweite, hinter der Biegung des Betonkanals, hörte Van Sciver, wie Thornhill die letzten Obdachlosen aus ihrem provisorischen Camp verjagte. Die Leute waren nervös und folgsam, wofür es einen Grund gab. In letzter Zeit hatte es eine ganze Reihe von Angriffen auf ihre Community gegeben, und zwar durch eine Gruppe von Neonazis, die ihre Opfer nachts durch Bordsteinkicks umbrachte oder sie anzündete.

Van Sciver schnippte vor dem Gesicht des Mannes mit den Fingern. Der Mann schreckte zurück. Dann überkam ihn wieder der Tic, und seine Wangen zuckten in Van Scivers Griff. Van Sciver drückte fester zu, was den Kopf ein wenig fixierte.

»Erinnerst du dich an Jack Johns?«, fragte Van Sciver.

»Bin ein toter Orphan, bin schon tot, hab's nie nie gewusst nie gewusst.«

»Damals, anno 1978, war Jack Johns dein PSYOP-Ausbilder. Neun Sitzungen in Fort Bragg. Hattest du seither Kontakt mit ihm?«

»Der Kopf der Frau war offen wie eine Schale wie eine offene Schale und das war ich ich hab früher Leute umgebracht beruflich wissen Sie hab sie umgebracht und schwupp war ich wieder weg und niemand wusste es und niemand wusste jemals Bescheid darüber oder über mich ich hab nie Bescheid gewusst über mich hab ich noch nie.«

»Hat Jack Johns je Orphan X erwähnt?«

Die Augen des Mannes weiteten sich. Er presste die Zunge von innen gegen die Unterlippe, sodass sie sich ausbeulte. »Weiß nicht hab's auch nie er is'n Phantom ihn gab's nie, hat's noch nie gegeben und wird's auch nie geben.«

»Weißt du irgendetwas über Orphan X?«

Einen kurzen Moment lang blickten die Augen des Mannes klar. »Das tut keiner.«

Van Sciver ließ ihn los, und der Mann stolperte zurück. Aus Orphan Cs Akte wusste Van Sciver, dass er siebenundfünfzig war. Er hätte mühelos für achtzig durchgehen können.

Die letzten medizinischen Untersuchungen, bevor er in den Ruhestand gegangen und untergetaucht war, hatten die Anfänge eines Hirnschadens festgestellt, der vermutlich von einer Verletzung durch eine Panzerfaust herrührte, die ihm auf einem Einsatz in Brüssel beinahe das Leben gekostet hätte. Seither hatte sich sein Zustand stetig verschlechtert, wobei das posttraumatische Stresssyndrom das vorantrieb, was die Kopfverletzung begonnen hatte, und ihn Stück für Stück weiter kaputt machte. Es machte ihn zu einem Sicherheitsrisiko, einer störungsanfälligen Festplatte, die ungesichert in der Gegend herumlief.

»R!«, brüllte Van Sciver.

Thornhill duckte sich unter dem durchhängenden Maschendrahtzaun hindurch und kam im Laufschritt auf sie zu, dabei zeichneten sich seine kraftvollen Muskeln unter dem T-Shirt ab. Heute trug er andere Schuhe als sonst.

Dicke Stiefel mit Stahlkappen.

»Ich bin hier fertig«, sagte Van Sciver. »Er hat nichts für uns.« Er drehte sich wieder zu dem Mann, mit einem Gefühl, das an Traurigkeit erinnerte. »Bei ihm gibt's nichts mehr zu holen.«

Das Gesicht des Mannes fing wieder an zu zucken, und er beugte sich nach vorne, wobei sich seine Gesichtsmuskeln stark anspannten. »Die Leute knabbern und knabbern kleine Stückchen ab kleine Piranha-Stückchen bis nichts mehr übrig ist bis sie dich bis auf die Knochen abgeknabbert haben und du tot bist ein Skelett zusammengehalten von Sehnen nur von Sehnen.«

»Ich kümmere mich drum«, sagte Thornhill, legte seinen Arm um den Mann und führte ihn zum Bordstein. »Komm, Kumpel. Schon gut, alles in Ordnung.«

Der Mann zuckte zusammen, ging aber mit.

»Tut mir leid, dass es dir so übel ergangen ist«, redete Thornhill weiter auf ihn ein. »Ist nicht deine Schuld. Nichts von dem

Ganzen. Du kannst nicht ändern, was du bist. Verdammt, das kann keiner von uns.«

Der Mann nickte ernst und zupfte an den Bartstoppeln, die an seinem ungesund gelblichen Hals sprossen.

Thornhill zog eine Dose Sprühfarbe aus der Jackentasche, schüttelte sie ein paarmal klackernd und fing an, etwas auf den Beton neben dem Ablauf zu sprühen. Nervös sah der Mann ihm dabei zu.

»Ich kannte mal diesen Typen«, sagte Thornhill. Aus den aufgesprühten Linien wurde allmählich ein riesiges Hakenkreuz. »Hat Hunde über alles geliebt. Sein ganzes Haus war voll mit ihnen, die haben auf seinen Sofas geschlafen, überall. Na ja, eines Tages ist er mit dem Auto unterwegs und sieht ein Schild an der Straße. Wolfswelpen zu verschenken.«

Thornhill steckte die Sprühdose wieder ein, legte dem Mann die Hände auf die Schultern und drehte ihn um. Dann stieß er ihm leicht mit dem Bein in die Kniekehle und drückte ihn nach unten, sodass er vor dem Ablauf kniete.

»Der Mann denkt sich, was soll's. Er nimmt einen Babywolf mit und zieht ihn auf genau wie nen Hund. Füttert ihn, gibt ihm ein Zuhause, lässt ihn sogar in seinem Bett schlafen. Der Wolf wird größer, wie das mit Wölfen eben so ist, irgendwann ist er ausgewachsen. Und an einem stinknormalen Morgen – der Typ baut gerade einen Schuppen – schießt er sich mit nem Nagler durch den Schuh einen Nagel in den Fuß.«

Thornhill drückte den Mann mit dem Oberkörper nach vorne in Richtung des erhöhten Betonstreifens oberhalb des Ablaufs. »Genau so. Leg dich einfach mit der Brust auf den Boden.« Er richtete den Mann aus. »Also humpelt der Typ durch den Garten zurück zum Haus, hinterlässt dabei überall Blutgeruch. Die Hunde drehen durch, sind beunruhigt. Die spüren, dass er Schmerzen hat, ja? Machen sich Sorgen um ihn. Der Wolf sieht kein Problem. Er sieht eine *günstige Gelegenheit*.«

Thornhill beugte sich nach unten, drückte dem Mann den Kiefer auseinander und positionierte seinen Mund mit dem Oberkiefer auf dem Bordstein. »Also reißt er seinem Besitzer die Kehle raus.« Der Mann zitterte, in seinen Bartstoppeln glitzerten

Tränen, aber er wehrte sich nicht. Den Mund an den Beton gepresst, gab er unverständliche Laute von sich. Thornhill beugte sich zu ihm hinunter, den Mund an seinem Ohr. »Denn der Wolf hatte nur abgewartet. Abgewartet, bis der Typ auch nur das kleinste bisschen Verletzlichkeit zeigt.« Fast zärtlich legte er den Kopf des Mannes so hin, wie er ihn haben wollte. »Egal, wie zahm er scheint, ein Wolf bleibt immer ein Wolf.«

Thornhill richtete sich zu seiner vollen Größe auf, wobei sein Schatten genau über Orphan C fiel. Thornhill spannte sich an und hob einen Stahlkappenstiefel über Cs Hinterkopf.

Van Sciver stieg auf der Beifahrerseite in den Chevy Tahoe. Selbst durch die geschlossene gepanzerte Tür konnte er das feuchte Knacken hören.

Das war schon in Ordnung. Gestern hatten sie zwei handfeste Spuren gefunden. C war die weniger vielversprechende gewesen.

Also auf zur nächsten.

Van Sciver klappte sein Notizbuch auf und spähte auf die Adresse, die dort stand. Von dieser versprach er sich am meisten.

Draußen zog Thornhill sich die Stiefel aus und warf sie in das Feuer im Mülleimer.

Van Sciver holte sein Handy aus dem Handschuhfach und wählte die Nummer von Orphan V.

28. IHRE VERSION DER NORMALITÄT

In einer Fertigbauvilla, die genauso aussah wie ihre Nachbarn, in der vollmundig Palm Hills getauften, aber definitiv nicht hügeligen geschlossenen Wohngegend, durchmaß Candy McClure die Küche. Ihre Hände steckten in Ofenhandschuhen mit einem Muster aus niedlichen Eiffeltürmchen.

Stilvoll.

Ihre fast schon unanständig reizvollen Lippen, die ihr größter Vorzug gewesen wären, hätte sie nicht noch so viele andere zur Auswahl gehabt, hatte sie um eine wie einen Spazierstock geformte Zuckerstange geschlossen. Und *saugte* daran. Lipliner und farbiger Lipgloss ließen sie noch voller erscheinen, was heißblütigen Herren – oder Damen – gegenüber einfach nicht fair war. Das war Absicht.

Sie hatte optisch wesentlich mehr zu bieten als die anderen Orphans, und sie hatte keinerlei Scheu, es auch einzusetzen.

Figurbetonte Lululemon-Yogahosen und ein knappes Tanktop schmiegten sich wie eine zweite Haut um ihren durchtrainierten Körper, betonten alles, was es zu betonen gab, und verbargen das, was sie nicht zeigen wollte.

Wie das Narbengeflecht, das ihren Rücken und ihre Schultern mit einem grellroten, verworrenen Muster überzog, das eher an wulstige Pahoehoe-Lava erinnerte als an menschliche Haut.

Sie beugte sich nach vorne und zog einen frisch gebackenen Apfelkuchen aus dem Ofen. Er roch köstlich. Auf der Arbeitsplatte lagen eine Packung Puderzucker, ein Becher Backfett – und ein Fläschchen konzentrierte Flusssäure, hervorragend geeignet, um Fleisch und Knochen zu zersetzen.

Candy war eine richtiggehende Küchengöttin.

Auf der leicht zu reinigenden Kücheninsel mit Quarzarbeitsplatte klingelte ihr Handy. Sie riss sich die Ofenhandschuhe herunter, streckte sich unter den aufgehängten Kupfertöpfen und -pfannen hindurch und ging dran.

Die Stimme ihres Chefs drang aus dem Hörer. »Codewort.«

Sie sah auf das Display. »Schillernder Motor«, las sie vor. »Mein Spitzname auf der Highschool ...«

»Ist deine Tarnung noch intakt?«

Der Apfelkuchen dampfte gemächlich vor sich hin. Irgendwo draußen wurde ein Rasenmäher angeworfen. Auf ihrer Schürze stand in verschnörkelter Schrift *Küss die Bäckerin!*.

»Und wie«, antwortete sie.

»Ist das Ziel identifiziert?«

Candy lächelte und spürte, wie sich der Pfefferminzgeschmack der Zuckerstange in ihrem Mund ausbreitete, kühl und prickelnd. »Aber hallo.«

Sie zog ihr rotes Notizbuch zu sich heran, das immer neben Salz- und Pfefferstreuer lag, und klopfte mit einem Pilot-FriXion-Tintenroller darauf. Es enthielt die umfangreichen und detaillierten Aufzeichnungen zu ihrem aktuellen Einsatz. Und ein neues Rezept für superleckere Shortbread-Kekse.

Seit beinahe zwei Wochen wohnte sie jetzt in diesem wahrhaft erotischen Teil des idyllischen Boca Raton und zog die Blicke aller Männer auf sich. Und den Hass ihrer Gattinnen. Ihre Aufgabe war es, herauszufinden, welcher Anwohner dieser exklusiven Wohngegend im Begriff stand, 51 Millionen Dollar in eine Super-Lobbygruppe zu investieren, um einen Abgeordneten namens Jonathan Bennett zu bekämpfen. Van Sciver hatte Bankbelege und Datenübertragungen zurückverfolgt und festgestellt, dass jemand aus Palm Hills die ganze Sache über einen illegalen Mobilfunkmast koordinierte. Da die Negativkampagne, die schon bald über den Äther gehen sollte, den Beginn eines Amtsenthebungsverfahrens einläuten sollte, war es nicht verwunderlich, dass der anonyme Kopf der Bewegung sein Möglichstes tat, damit seine Machenschaften im wahrsten Sinne des Wortes netzunabhängig blieben.

Deshalb war Orphan V in diese Gegend gezogen und gab die frisch geschiedene, verdammt scharfe Vorstadtbraut à la Desperate Housewives, die dieses Haus für ein paar Wochen gemietet hatte – als »kleine Aufmunterung« nach der Unterzeichnung der Scheidungspapiere. Sie mischte sich unter die Anwohner und machte spätabends des Öfteren noch einen kleinen Rundgang durchs Viertel, um zu überprüfen, wer sich vielleicht gerade in seinem Garten oder auf dem Dach aufhielt und eine geheime Mobilfunk-Basisstation aufbaute oder wieder auseinandernahm.

Gestern Abend hatte sie den Betreffenden durch die Spalte eines wirklich und wahrhaftig weißen Lattenzauns beobachtet, als er mit rot angelaufenem Gesicht mit einem dreibeinigen Gestell und einer Yagi-Richtantenne gekämpft hatte.

»Dann neutralisiere es jetzt«, sagte Van Sciver. »Ich brauche dich für X.«

Candys Gesichtsausdruck veränderte sich. Orphan X hatte immer Vorrang.

»Es gab einen Treffer«, fuhr Van Sciver fort. »Für den brauche ich deine weibliche List. Bring die Sache jetzt zu Ende, verschwinde von dort und kontaktiere mich für deine neuen Anweisungen.«

»Verstanden«, antwortete sie

Die Verbindung wurde getrennt.

Zeit aufzuräumen.

Sie platzierte das Notizbuch auf dem Drehteller der Mikrowelle und stellte sie an. Während sie das Fläschchen Flusssäure einsteckte, warf sie einen wehmütigen Blick auf den Apfelkuchen. Seltsamerweise war ihr dieses Haus und der vorübergehende Aufenthalt hier im Spießerparadies ans Herz gewachsen, so eingebettet in das wirkliche Leben – oder zumindest eine täuschend echte Nachbildung davon. Mit all den Familien als Nachbarn und den Einblicken in ihre heimlichen Abneigungen und kleinlichen Streitereien. Gestern, am Pool des Country Club, hatte sie miterlebt, wie sich ein Streit über Sonnenmilch zu einem Krieg ausgeweitet hatte, der den Dokus auf dem History Channel zur Ehre gereicht hätte. In den Genuss der kleinen Triumphe ihrer Nachbarn kam sie ebenfalls: Billy lernt, ohne Stützräder zu fahren. Ein Ehemann eilt vors Haus, um seiner Frau beim Ausladen der Einkäufe zu helfen. Jemand bringt seinem kleinen Hund bei, bei Fuß zu gehen.

Candy hatte sich hier ein Heim geschaffen. Auf den Bügeln in ihrem begehbaren Kleiderschrank hing eine komplett neue Garderobe. Ätherische Öle auf dem Badewannenrand, um die

Verätzungen zu lindern. Mikrofaserbettwäsche, die sich so wunderbar weich an ihrer schmerzenden Haut anfühlte. Satin ging natürlich auch, aber das hatte für ihren Geschmack immer etwas von Porno.

Die Mikrowelle machte Ping. Sie nahm das Notizbuch heraus und warf es auf dem Weg nach draußen in den Abfall, in dem bereits ein kunterbunter Berg Apfelschalen lag.

In der Eingangshalle hielt sie inne und betrachtete die breite, geschwungene Treppe, die ins Obergeschoss führte.

Wie seltsam, dass sie dieses Haus lieb gewonnen hatte.

War das ein Zeichen von Schwäche? Seit Orphan X sie mit Flusssäure verätzt hatte, wachte Candy manchmal spät in der Nacht nach Atem ringend auf, und ihr Rücken brannte wie Feuer. In den ersten atemlosen Sekunden hätte sie schwören können, dass sie spürte, wie sich ihre Unzulänglichkeiten immer tiefer in ihren Körper bohrten, durch ihr zerschundenes, pulsierendes Fleisch sickerten und ihr tiefstes Inneres infizierten. Seit letztem Monat war dieses Gefühl stärker geworden. In einer kleinen Gasse am Stadtrand von Sewastopol hatte einer von Candys Mitagenten ein wunderschönes junges Krimtatarenmädchen zu einer bedauerlichen Statistik werden lassen.

Candy hatte kein Problem damit, Leute umzubringen. Im Gegenteil, da war sie richtig in ihrem Element. Aber dieser Mord war vollkommen unnötig gewesen, und das Mädchen so süß und hilflos. Sie war nur zufällig in die Gasse gekommen und hatte etwas gesehen, das sie nicht hatte sehen sollen. Bis zu dem Moment, als sie sich einen Kuli in den Hals eingefangen hatte, hatte sie ihnen ihre Hilfe angeboten.

Ihr Name war Halya Bardakçi gewesen. Sie erschien Candy in den frühen Morgenstunden, ihr hübsches, mandelförmiges Gesicht ein Balsam für ihren schmerzenden Rücken. Sie hätte fünfzehn sein können, vielleicht auch zwanzig – bei diesen nuttig aufgemachten Tussis, die zu sexy für ihr tatsächliches Alter waren, war das schwer zu sagen –, aber Candy hatte ihr Tod aus unerfindlichen Gründen mehr zu schaffen gemacht als sonst.

Als sei auch ein Teil von ihr in dieser Gasse gestorben.

Ein feiger Gedanke, der nicht zu einem Orphan passte.

Sie schüttelte ihn ab und konzentrierte sich darauf, durch die schmiedeeiserne Haustür im toskanischen Stil zu treten. Sie liebte es, nach draußen unter die Leute zu gehen. Hier schenkte man ihr so viel Aufmerksamkeit.

Sie beugte sich nach unten und berührte ihre Zehen, wobei sich das enge Material ihrer Kleidung um ihren Rücken spannte wie eine zweite Haut, nur schöner. Dann trat sie mit ihrem schönsten leichtfüßig tänzelnden Frisch-geschieden-Gang vors Haus, wobei sie mit der Zunge die scharfe Spitze der Zuckerstange umspielte.

Die gesamte Straße registrierte ihre Gegenwart. Der picklige Fünfzehnjährige von gegenüber fuhr mit seinem Hoverboard gegen einen Baum. Der langmütige Mr. Henley folgte Candy mit der Gießkanne und wässerte statt der Begonien die Gesundheitsschuhe seiner Frau.

Candy stand jetzt vor dem einrädrigen RYNO-Elektromotorroller, den sie in der Einfahrt abgestellt hatte. Bevor sie den Helm aufsetzte, schob sie sich langsam die gesamte Zuckerstange in den Mund. Auch so etwas konnte sie hervorragend.

Sie setzte sich rittlings auf den Sitz und machte sich auf den Weg zum Country Club.

Die ganze Angelegenheit war etwas kippelig, aber nicht so sehr, wie man hätte annehmen können. Der Roller fuhr im gemütlichen Tempo, zehn Meilen pro Stunde.

Während die anderen Orphans alles taten, um nicht bemerkt zu werden, zog Candy es vor, Aufsehen zu erregen. Wenn die Leute sie anstarrten, sahen sie nicht sie, sondern ihre Fantasievorstellung von ihr. Im Nullkommanichts konnte sie sich die Brust abbinden, ihre Haare verändern, andere Kleidung anziehen und sich in jemand anderes verwandeln. Dann würden all die Gaffer feststellen, dass sie sie eigentlich nie richtig gesehen hatten.

Im Moment ging es ihr jedoch darum, sich ein Alibi zu verschaffen. Und dafür musste sie auffallen.

Das war ihre ganz besondere Spezialität.

Sie parkte den RYNO beim Country Club, zwischen einem gelben Ferrari und dem von einer Menschentraube umringten

Jetta des Profitennisspielers. Sie zog vorsichtig den Kopf aus dem Helm und schüttelte ihre honigfarbene Mähne in Form. Die Zuckerstange lag mit der Krümmung voran innen an ihrer Wange. Sie schob die nicht enden wollende rotweiß geringelte Stange lasziv mit der Zunge nach draußen und fing wieder an, daran zu lutschen.

Der Handtuchjunge fiel fast hintenüber. Mit offenem Mund hielt er mitten in der Kaubewegung inne, der weiße Klumpen Kaugummi leuchtete an seinen perfekten Backenzähnen. Gegenüber auf dem Tennisplatz hatte ein älteres gemischtes Doppel abrupt die Schläger sinken lassen, und der Ball sprang ungespielt zwischen einem der beiden Paare hindurch. Ein Trio Damen mit faltigen Hälsen zischte missbilligend über seinem Eistee, als Candy vorbeirauschte.

Drei Sekunden, acht Zeugen.

Nicht übel.

Candy betrat den Club, wischte an der Rezeption vorbei und ging durch einen mit Gummimatten ausgelegten Flur zur Damenumkleide, die nach Eukalyptus roch. Sie trat in die geräumige Behindertentoilette und verriegelte die Tür.

Diese Toilettenkabine hatte zufällig ein Fenster, das auf die Rückseite des wenig genutzten achtzehnten Lochs des Golfplatzes hinausging.

Sie zwängte sich hindurch und kam lautlos auf dem Rasen auf. Dann schlich sie sich noch etwa zwanzig Meter hinter das Gebäude zum besagten weißen Lattenzaun.

Sie schwang sich darüber.

Dann ging sie zu der Schiebetür auf der Rückseite des Hauses, wobei ihre prallen Lippen sich zu einem O um die mittlerweile geschrumpfte Zuckerstange formten.

Die Zielperson saß in der Nähe der Küche an einem sonnenbeschienenen Tisch vor dem Computer. Er hatte kein Hemd an, und zwei horizontale Streifen nackter Haut umrahmten einen ziemlich ausgeprägten, haarigen Bierbauch.

Sie beugte sich an das Fenster. »Klopf, klopf.«

Sie wollte die Scheibe nicht berühren, um keine Fingerabdrücke zu hinterlassen.

Der Mann entdeckte sie, sprang sofort auf und fummelte am Türschloss herum.

»Oh, hallo, willkommen«, sagte er atemlos. »Wow.«

Candy glitt ins Haus. »Selber wow.«

Sie warf einen raschen Blick auf seinen Schreibtisch, auf dem über zwei Bildschirme in einem endlosen, geschäftigen Strom per Live-Ticker die neuesten Börsenkurse liefen. Ein Wirtschaftsmagnat wie er hätte unter Garantie einen Haufen Feinde, was praktischerweise bedeutete, auch einen Haufen Richtungen, in die die Polizei ermitteln würde.

»Sie sind die neue Mieterin von dem Haus in der Black Mangrove Street«, sagte der Mann zu ihr.

Sie beugte sich dicht zu ihm. »Haben Sie mir etwa nachspioniert?«

Er war in Schweiß ausgebrochen. Diese Wirkung hatte sie nun mal auf Männer.

»Was machen Sie eigentlich in meinem Garten? Ich meine, verstehen Sie mich nicht falsch, ich find's toll, aber ...« Er hatte den Faden verloren.

Auch das passierte häufiger.

Langsam ließ sie die Zuckerstange aus dem Mund gleiten. »So sind wir ungestörter«, schnurrte sie, wobei sie das Wort »ungestörter« ganz besonders genüsslich betonte.

Der Mann blinzelte mehrmals in rascher Folge. Sein fleischiger Mund zuckte. Er kratzte sich an der Schulter. »Okay. Aha. Super. Ungestört ist super.«

Ein Hedgefonds-Manager mit mehreren Millionen im Jahr verhielt sich auf einmal wie ein Teenager bei der Schuldisco.

Sie legte ihre Hand an seine Wange, die vor Schweiß klebte. Erschauernd schnappte er nach Luft. Schloss die Augen. Sie fuhr mit der Hand in sein Haar, griff in seine langsam schütter werdenden Locken und zog seinen Kopf nach hinten.

Er gab ein unterdrücktes wollüstiges Stöhnen von sich.

Dann rammte sie ihm das spitz gelutschte Ende der Zuckerstange in die Halsschlagader.

Der erste Blutstrahl färbte die Bildschirme rot. Arterielle Fontänen fand sie immer faszinierend. Die Hand an den Hals gepresst, ging der Mann rasch zu Boden, wo er vergeblich mit den Beinen über den kühlen Fliesenboden ruderte. Dann hörte das Rudern plötzlich auf.

Candy sah angeekelt auf ihn herab. Tote sahen so gewöhnlich aus.

Sie zog das Fläschchen aus der Tasche und goss Flusssäure in die Wunde, woraufhin sich der altbekannte Geruch ausbreitete, als die Säure sich durch sein Fleisch fraß. Das sollte jegliche DNA-Spuren von ihrem Speichel restlos beseitigt haben. Sie ging zur Spüle in der Küche hinüber, ließ die Zuckerstange in den Abfallzerkleinerer fallen, schaltete ihn an und gab für alle Fälle noch einen Schuss Flusssäure dazu.

Dann nahm sie das schnurlose Telefon, wählte den Notruf, wischte die Tasten mit einem nassen Spüllappen sauber und legte es zurück auf die Arbeitsplatte. Der Coroner würde zwar irgendwann auf den genauen Todeszeitpunkt kommen, aber sie konnte ihm ja ein wenig auf die Sprünge helfen.

Sie verließ das Haus durch die offene Hintertür, sprang über den weißen Lattenzaun und lief im Laufschritt an der Hinterseite des Clubhauses entlang, wobei sie den Geruch nach frisch gemähtem Gras einatmete, der vom Golfplatz herüberwehte. Es würde ihr fehlen – hier zu wohnen und ein ganz normales Leben zu führen. Ihr Urlaub war vielleicht zu Ende, aber sie hatte schon eine weitere »kleine Aufmunterung« im Auge.

Und zwar, Orphan X in die Finger zu bekommen und ihn das volle Ausmaß der Schmerzen fühlen zu lassen, die sie jeden Tag und jede Nacht erdulden musste.

Durch das geöffnete Fenster kroch sie zurück in die Toilettenkabine, verließ die Damentoilette, trat in das gut besuchte Fitnessstudio zu ihrer Linken und stieg auf den StairMaster.

Die kaputte Haut unter ihrem Top juckte und brannte, aber sie blendete den Schmerz einfach aus. Sie würde zwei Stunden auf der Maschine verbringen, bis dahin sollte die Polizei da gewesen sein und Mr. Super-Lobbygruppe auf dem Rücken in einer großen Lache seines eigenen Blutes treibend vorgefunden haben.

Etliche Anwohner würden ganz genau zu Protokoll geben können, wo sich die attraktive frisch Geschiedene aufgehalten hatte, seit sie am Morgen ihr gemietetes Domizil verlassen hatte.

Das Studio war rundum verspiegelt, und anhand der unzähligen Spiegelbilder konnte sie erkennen, dass alle Augenpaare auf sie gerichtet waren.

Auf dem StairMaster war sie wirklich ein unvergesslicher Anblick.

29. WASSERDICHT

Als sie über den Freeway rasten, griff Joey nach hinten und zog den Laptop von der Rückbank, den Evan aus dem Hauptquartier in Portland mitgenommen hatte. Sie fuhr ihn hoch, dann lockerte sie ihre Finger wie eine Turnerin vor dem Stufenbarren.

Evan sah vom Fahrersitz zu ihr hinüber. »Pass auf, dass du nicht versehentlich eine automatische Löschfunktion auslöst …«

»Ja klar …«, sagte sie. »Ich hab's im Griff.«

Eine Weile fuhren sie schweigend weiter, während Joey sich durch den Computer klickte. Die Sonne an diesem Vormittag brannte auf die Windschutzscheibe herunter und heizte das brüchige Armaturenbrett auf. Vom Rückspiegel baumelte ein uraltes Duftbäumchen. Oberhalb des Tachos wackelte ein Hula-Mädchen auf einer verbogenen Spiralfeder hin und her.

»Schon was gefunden?«

Joey hielt einen Zeigefinger hoch, dass sie gleich bei ihm wäre. »Das hier ist ne verdammt krasse Verschlüsselung.«

»Kannst du sie knacken?«

»Keine Ahnung.«

»›Keine Ahnung‹ ist keine Antwort.«

»Danke, *Jack*.« Ihre Finger huschten über die Tastatur. Es war, als sähe er zu, wie jemand ein Musikinstrument spielte. »Eins kann ich dir schon mal sagen: *Du* könntest das auf gar keinen Fall.«

»Ja oder nein, Joey.«

»Es gibt vielleicht ne Handvoll Leute auf der ganzen Welt, die das hacken könnten«, sagte sie schließlich. »Und zufällig bin ich eine davon. Wird aber ne Weile dauern. Und ich brauche eine schnelle Internetverbindung.«

»Van Sciver weiß, dass du bei mir bist. Also müssen wir davon ausgehen, er weiß auch, dass du an jegliche Informationen kommst, die auf dem Ding versteckt sind. Schließlich hat er dich ausgebildet.«

»*Bitte*. Ich war von Anfang an besser als er. Als ich jünger war, war das das Einzige, was ich hatte. Ich meine, ich war sechzehn bis achtzehn Stunden am Tag online, hab mir *2006* reingezogen und das Darknet und so genutzt. Ich hab auch verdammt viel Zeit in privaten IRC-Hacker-Chatrooms verbracht, hab die Channel, Sicherheitslücken und Exploit-Datenbanken durchforstet und mit Scapy und Metasploit und dem ganzen Kram rumprobiert. Das war eins meiner Alleinstellungsmerkmale. Als ich noch heiß begehrt war. Das war vor ›nutzlos‹.« Sie grinste ihn an und klappte den Laptopdeckel zu. »Er weiß, dass ich gut bin, aber er hat keinen Schimmer, *wie* gut.«

»Sobald wir in L. A. sind, bringe ich dich in einem Safe House unter und besorge dir alles, was du brauchst. Ich will so schnell wie möglich an die Informationen kommen, die auf dem Ding sind.«

»Also, das wären ein Karton Red Bull und ne Familienpackung Twizzlers.«

»Du bekommst, was immer du brauchst.«

»Und Zac Efron. Ich will Zac Efron.«

»Wer ist das denn?«

»O Mann, du Opa ...« Sie lächelte, und es war, als hätte sie ein Licht angeknipst, das ihr ganzes Gesicht zum Leuchten brachte. Sie bemerkte, dass er sie ansah. »Was?«

»Ich hab dich nur noch nie lächeln sehen.«

Sie sah wieder auf die Straße. »Gewöhn dich gar nicht erst dran.«

Während er den Civic volltankte, ließ Evan den Blick über den Parkplatz und den Freeway schweifen. Joey stieg aus und streckte sich so langsam und ausgiebig wie eine Katze.

»Willst du irgendwelche Highway-Snacks?«

»Highway-Snacks?«

»CornNuts, Slim Jims, Mountain Dew?«

»Äh, nein danke.«

Sie drängte sich an ihm vorbei und ging Richtung Tankstelle. »Lass mich bloß nicht hier stehen.«

Er sah sie nur an. »Warum sollte ich das wohl tun?«

Sie zuckte die Achseln, hielt aber nicht inne.

Sie waren auf der I-15 in südlicher Richtung unterwegs, noch zehn Ausfahrten bis Idaho. Staatsgrenzen stellten immer ein Risiko dar – dort bündelte sich der Verkehr und war leicht zu überwachen. Bislang hatte es keine Probleme gegeben, allerdings waren sie auch noch nicht lange unterwegs.

Die Zapfsäule schaltete sich aus, und Evan stieg wieder in den Wagen, um auf Joey zu warten. Im Fußraum auf der Beifahrerseite war ihr Rucksack zur Seite gekippt. Eine weitere Grußkarte war herausgerutscht.

Evan beugte sich hin und hob sie auf.

Ein nervös aussehender Cartoon-Truthahn vor einem Hintergrund aus orangefarbenen und gelben Blättern. Das seltsame Gefühl meldete sich wieder. Er klappte die Karte auf.

Meine Süße,
hoffentlich gab es in Deinem sechzehnten Lebensjahr vieles, wofür Du dieses Thanksgiving dankbar sein kannst. Ich möchte, dass Du weißt, obwohl ich nicht bei dir sein kann, vermisse ich Dich sehr und denke immer an Dich.
Alles Liebe und viele Küsse, M.

Auch diese Karte sah so aus, als hätte Joey sie viele Male gelesen. Sie war verknittert, die Ecken umgeknickt, und wo sie sie angefasst hatte, war die Tinte abgerieben.

Thanksgiving. Dein sechzehntes Lebensjahr.

Das war beunruhigend.

Kaugummikauend kam Joey wieder und öffnete die Tür. Sie entdeckte die Karte, zögerte, dann hob sie sie auf und stieg langsam ein. Sie starrte stur geradeaus auf das Reifendruckgerät. Sie roch nach Bubblicious.

»Warum wühlst du in meinen Sachen rum?«

»Sie ist aus deinem Rucksack gefallen.«

»Beantworte meine Frage.«

»Es gibt wichtigere. Zum Beispiel, wer M ist und woher sie deine Adresse hatte.«

»Was meinst du mit ›meine Adresse‹?«

»Das ist eine Thanksgiving-Karte. Thanksgiving war letzten Donnerstag. Da warst du in der Wohnung, die Jack für dich bereitgestellt hat. Und Jack war in Alabama. Niemand hätte wissen dürfen, wie du zu erreichen bist.«

»Hat auch keiner.«

»Joey, was, wenn die deswegen die Wohnung gefunden haben?«

»Hör zu, das ist wirklich kein Problem.«

»Wer ist M?«

Mit finsterer Miene fasste sie sich ins Haar, hob es hoch und zeigte ihm die rasierte Seite.

»Joey, wir beide müssen uns vollkommen vertrauen können, sonst funktioniert das hier nicht.«

Sie holte tief Luft und atmete langsam wieder aus. »Das ist meine Mante.«

»Deine Mante?«

»Tante, aber mehr wie eine Mom. Kapiert?«

»Ja.«

»Sie hat sich um mich gekümmert, bis es irgendwann nicht mehr ging, okay? Dann ging's für viele Jahre ab in verschiedene Pflegefamilien. Bis Van Scivers Fuzzi mich dann da rausgeholt hat.«

»Woher wusste sie, an welche Adresse sie die Karte schicken sollte?«

Joey hatte auf einmal Tränen in den Augen. Es geschah so unvermittelt und unerwartet, dass sich auch Evan die Kehle zuschnürte.

Dann sagte sie langsam und eindringlich: »Es besteht keine Gefahr, okay? Das versprech ich dir. Wenn wir uns schon komplett vertrauen, dann vertrau mir hierbei.«

»Joey, die können alles zurückverfolgen.«

Sie legte den Kopf in den Nacken und blinzelte die Tränen weg. Dann drehte sie sich wieder zu ihm um und war vollkommen gefasst. Ihr Gesicht hatte sich verändert, war zu einer kalten, ausdruckslosen Maske geworden, das Gesicht eines Orphans. »Nein, das hier nicht. Das ist vollkommen wasserdicht.«

Er sah sie noch einen Augenblick länger an und überlegte, ob er ihr glauben sollte. Dann ließ er den Motor an und fuhr los.

Je näher sie der Grenze kamen, desto wachsamer wurde Evan. Er prüfte abwechselnd die Spiegel, die Auffahrten und die Autos vor ihnen. Er wechselte die Spur und die Geschwindigkeit.

Derweil schaltete sich Joey durch die Sender des Autoradios und kommentierte die einzelnen Songs entweder mit Begeisterung oder vehementer Ablehnung, obwohl Evan keinerlei Unterschied zwischen ihnen feststellen konnte.

Trotz allem war Joey schließlich erst sechzehn.

Eine ganze Weile hatten sie jetzt schon einen jagdgrünen 4Runner hinter sich. Fahrer männlich, weiß, dünnes Bärtchen. Evan wechselte auf die rechte Spur und wurde langsamer. Er timte es so, dass ein anderes Auto den Civic verdeckte, als der 4Runner vorbeizog. Der Fahrer nahm den Fuß nicht vom Gas und stellte auch den Rückspiegel nicht neu ein. Was bedeutete, dass er sich entweder gar nicht für sie interessierte oder ein echter Profi war.

Dafür zu sorgen, dass niemand, der an ihnen vorbeifuhr, sie deutlich erkennen konnte, war auf einer siebzehnstündigen Fahrt nicht ganz einfach zu bewerkstelligen. Van Scivers Leute würden nach einem Mann Ausschau halten, der mit einem Mädchen im Teenageralter unterwegs war, keine vollkommen ungewöhnliche Konstellation, aber eben doch eher selten. Die Fenster des Honda waren mit einer Verdunklungsfolie nachgerüstet worden, die dazu beitrug, die Sicht in den Innenraum zu erschweren. Die Sonne hatte fast ihren höchsten Stand erreicht und verwandelte die Scheiben in eine gleißende goldene Fläche, was ebenfalls eine vorübergehende Hilfe darstellte.

Ein Laster mit Pferdeanhänger zog auf der Nachbarspur parallel mit ihnen. Evan tippte auf die Bremse und ließ sich in den toten Winkel des Lasters zurückfallen.

»Moment«, sagte Joey und drehte das Radio laut. »Hör es dir an, das ist mein Song!«

Das tat Evan.

Sein Song war es allerdings auf gar keinen Fall.

Der Laster mit dem Pferdeanhänger fuhr ab. Er beobachtete, wie er nach links abbog und in gemütlichem Tempo die steile Landstraße hochzockelte.

Schließlich fuhren sie unter dem Hinweisschild »WELCOME TO IDAHO! THE ›GEM‹ STATE« hindurch.

Während Joey auf dem Beifahrersitz im Takt der Musik mitwippte, raste draußen der »Edelstein-Staat« als ein bräunlicher Streifen vorbei. Spärlich bewachsene Ebenen, als kleine Abwechslung ein paar Hügel links und rechts, dann wieder spärlich bewachsene Ebenen.

Als er irgendwann eine Raststätte mit Tankstelle ansteuerte, war der Benzinstand auf die Vierteltankmarke gesunken. Der Komplex befand sich auf einer kleinen Anhöhe, die wie eine Minigolfwelle inmitten der komplett flachen Landschaft wirkte und gute Sicht in alle Richtungen bot.

Der einzige Parkstreifen befand sich vor dem Gebäude, sodass Evan sich schnell einen Überblick verschafft hatte. Von den dort geparkten Fahrzeugen erkannte Evan nur einen blauen Volvo wieder, aber als der Wagen sie vor zwanzig Meilen überholt hatte, hatte er drei sich zankende Kinder auf dem Rücksitz entdeckt.

Als er getankt hatte, gingen Joey und er gemeinsam in die Raststätte, trennten sich dann aber, wie sie es mittlerweile immer handhabten. Joey wanderte durch den Gang mit Fast Food, während Evan vier Flaschen Wasser und eine ganze Ladung Energieriegel an die Kasse legte. Als die Kassiererin seinen Einkauf eintippte, erhaschte er in den verspiegelten Gläsern einer billigen Sonnenbrille einen Blick auf sein Spiegelbild, die an einem Ständer auf der Theke hing.

Die Blutergüsse unter seinen Augen waren ziemlich auffällig. Und einprägsam.

Evan riss das Preisschild ab, legte es auf die Theke und setzte die Brille auf. Im Moment erfüllten sie ihren Zweck, aber auf Dauer brauchte er etwas, das weniger offensichtlich nach Tarnung aussah. Ihm fiel Lorilee im Aufzug ein und was sie benutzt hatte, um die Male an ihren Handgelenken zu kaschieren, die ihr Freund ihr beigebracht hatte.

»Kleinen Moment noch«, sagte er zu der Frau an der Kasse.

Im nächsten Gang fand er preiswerten Concealer in Beige.

Eine Tüte Doritos an die Brust gedrückt, tauchte Joey neben ihm auf. Amüsiert betrachtete sie die Sonnenbrille. »Guter

Look«, kommentierte sie trocken. »Wo hast du deinen Kampfjet gelassen?«

»Komm, ich bezahl das. Ich hab noch den hier gefunden.« Er hielt den Concealer-Stift hoch. »Ich hätte ja gefragt, ob ich mir deinen leihen kann, aber irgendwie siehst du mir nicht wie der Make-up-Typ aus.«

»Unsere letzten paar Unternehmungen waren ja wohl nicht gerade der richtige Anlass für Schminke. Meinen hättest du aber eh nicht nehmen können. Ich bin nicht so käsig wie du. Gott sei Dank.«

Evan ging zurück zur Kasse und legte den Concealer und die Chips auf die Energieriegel.

Die Kassiererin lächelte. »Für Ihre Frau, was?«

»Ja, Ma'am.«

Sie reichte ihm seinen Einkauf in einer Plastiktüte.

Joey wartete vor der Tür auf ihn. Sie hatte die Arme vor der Brust verschränkt und starrte an ein paar schlanken Bäumen vorbei auf die lange Auffahrt vom Freeway.

»Was ist?«

Sie deutete mit dem Kinn hin.

Ein jagdgrüner 4Runner bog gerade vom Freeway ab und kam die Straße zur Raststätte hochgefahren.

30. MACH DEIN GESCHÄFT

Evan zog Joey mit sich an die Seite des Gebäudes. Sie standen auf dem sich langsam braun verfärbenden Rasen unterhalb des Fensters der Männertoilette und spähten vorsichtig um die Ecke zum Haupteingang der Raststätte. Ein guter Beobachtungsposten.

»Dieser Truck klebt schon seit ungefähr vierzig Meilen an uns«, sagte Joey.

Evan sah vor sich, wie sie auf ihrem Sitz im Takt zur Musik aus dem Radio hin und her gewippt war und die Songs mitgesungen hatte. »Hätte gar nicht gedacht, dass dir das auffällt.«

»Das ist meine Superkraft.«

»Was?«

»Unterschätzt werden.«

Über ihnen wurde das Toilettenfenster aufgeklappt, und ein beißender Schwall Klosteingeruch drang heraus. Durch den Spalt hörten sie, wie jemand vor sich hin pfiff, ausspuckte und den Reißverschluss seines Hosenstalls öffnete. Evan stellte die Einkaufstüte auf den Boden.

Sie warteten.

Schließlich erschien der 4Runner in ihrem Blickfeld, als er die Anhöhe erreicht hatte.

Im Schritttempo fuhr er an der Reihe parkender Wagen entlang und wurde langsamer, als er an dem Civic vorbeikam. Der Fahrer rollte noch ein Stück näher an die Tankstelle heran und blieb mit dem Kühlergrill in Richtung der Raststättenauffahrt unter ihnen stehen.

»Hmm«, kommentierte Joey.

Evan beugte sich näher an die Ecke des Gebäudes, wobei Joeys Haar ihn am Hals kitzelte. Bis zu dem 4Runner waren es etwa drei bis vier Meter.

Der Fahrer ließ den Motor laufen, stieg aus und kratzte sich an seinem spärlichen blonden Bärtchen. Die Hacken seiner Cowboystiefel klackerten über den Asphalt, als er zurück zum Civic ging und sich ihm von hinten näherte. Als er fast bei dem Wagen war, zog er sich das Hemd aus der Hose. Dann griff er sich hinten in Höhe der Nieren unter den Stoff, hakte die Finger um den Griff einer Handfeuerwaffe und zog sie ein Stück aus dem Hosenbund.

Sah aus wie eine großkalibrige halbautomatische Pistole, vielleicht eine Desert Eagle.

Von der Polizei war er also schon mal nicht.

Der Mann ging vorsichtig auf den Civic zu, sah durch die Scheiben und überprüfte, ob jemand im Wagen saß. Dann ließ er das Hemd wieder über die Waffe gleiten und betrat die Raststätte.

»Er hat uns nicht gesehen«, sagte Evan. »Zumindest nicht genau, jedenfalls nicht aus der Entfernung auf dem Freeway. Bestenfalls konnte er erkennen, dass ein Mann und eine junge Frau im Wagen saßen. Er wird rausfinden wollen, ob die Beschreibung, die ihm vorliegt, auf uns passt.«

»Und was sollen wir jetzt machen?«

»*Du* gar nichts.«

»Mit dem Typen würd ich aber fertigwerden.«

»Er ist größer als du«, merkte Evan an. »Und auch stärker.«

In der Toilette ging die Spülung, das Rauschen des Wassers wurde durch die Porenbetonwände noch verstärkt. Kurz darauf hörten sie Türangeln quietschen und dann das Zischen des hydraulischen Türöffners. Ein Mann mit Sonnenbrand kam um die Ecke gewatschelt und ging zu seinem Wagen.

Joey knallte ihren Kaugummi. »Ich würd ihn schaffen«, wiederholte sie.

»Das werden wir nicht rausfinden«, entgegnete Evan. »Du bleibst hier.«

»Gehst du ihm in die Raststätte hinterher?«

»Zu viele Zivilisten. Wir warten, bis er zu uns kommt. Als Nächstes wird er in den Toiletten nachsehen.«

Und tatsächlich trat der Fahrer des 4Runner wieder aus dem Gebäude und bewegte sich in ihre Richtung. Die beiden zogen sich ein Stück von der Ecke zurück.

Evan ließ die Hand zum Holster wandern. »Eigentlich will ich die Pistole nicht nehmen«, flüsterte er. »Kein Schalldämpfer. Aber wenn's nicht anders geht …«

Joey dachte mit. »Ich mach schon mal den Wagen startklar.«

Hinter ihnen knirschten Schritte. Ein Komplize? Evan presste sich mit den Schultern eng an die Porenbetonwand, drückte auch Joey neben sich und konzentrierte sich dann auf die Rückseite des Gebäudes.

Ein Zwergspitz kam ins Bild gewackelt, hinter ihm eine straff gespannte Leine aus Metallgliedern. Der Hund schnüffelte am Rasen, sein mit Swarovskisteinen besetztes Halsband glitzerte in der Sonne.

Evan löste sich von der Wand.

Der kleine Köter zog weiter an der Leine, bis eine ältere Dame in einem helltürkisen Freizeitanzug aus Nickistoff um die Ecke bog. Sie sah entrüstet zu dem Tier hinunter. »Mach endlich dein Geschäft, Cinnamon!« Als sie wieder hochsah, entdeckte sie Evan. »Oh, Gott sei Dank. Entschuldigen Sie, würden Sie vielleicht ganz kurz auf Cinnamon aufpassen? Ich muss furchtbar dringend für kleine Mädchen.«

Jetzt konnte Evan die Schritte des 4Runner-Typen hören, die sich hinter ihm an der Vorderseite des Gebäudes den Fußweg entlang bewegten und auf sie zukamen. »Tut mir leid, geht gerade nicht.«

Türangeln quietschten, dann das Zischen des Türöffners.

»Dann vielleicht Ihre Tochter?«, fragte die Frau.

Evan drehte sich um.

Joey war verschwunden.

Durch sein Hemd tastete er sein Holster ab.

Leer.

»Joey!«, zischte er und streckte den Kopf um die Ecke zur Vorderseite.

Er konnte gerade noch sehen, wie ein Schopf brauner Haare durch die Tür der Herrentoilette verschwand, bevor sie gemächlich ins Schloss fiel.

Die Frau mit dem Hund redete noch immer auf ihn ein. »Teenager …«, seufzte sie gerade.

Hin- und hergerissen stand Evan an der Ecke. Wenn er jetzt laut Joeys Namen rief, würde er sie verraten. Und wenn er ihr in die Toiletten hinterherrannte, könnte das ihren Verfolger auf sie aufmerksam machen und sie so in Lebensgefahr bringen. Wie die

Dinge momentan lagen, hatte sie zumindest Evans Pistole und das Überraschungsmoment auf ihrer Seite.

Voll konzentriert lauschte er angestrengt, bereit, jederzeit loszusprinten.

Die Frau missinterpretierte seine offensichtliche Beunruhigung und sah ihn jetzt voller Mitgefühl an. »Ich hab drei von der Sorte großgezogen«, sagte sie und hielt zur Verdeutlichung drei Finger hoch. »Glauben Sie mir, ich weiß Bescheid. Ist schwer, sich dran zu gewöhnen, dass sie langsam erwachsen werden.«

Der Köter kläffte und rannte immer im Kreis.

»Sie könnten ja betrunken Auto fahren«, fuhr die Frau fort. »Oder ihren Körper verunstalten.«

Durch die Porenbetonwand hörte Evan einen dumpfen Aufprall. Ein Stöhnen. Quer über die Fensterscheibe unmittelbar über der Schulter der Frau spritzte Blut, dann wurde das Gesicht des 4Runner-Fahrers dagegengedrückt, sodass sein blondes Zottelbärtchen das Blut verschmierte.

Die Frau im Freizeitanzug neigte den Kopf zur Seite. »Haben Sie das gehört?«

»Ich glaube, die Toiletten werden gerade gereinigt«, entgegnete Evan.

Ein weiteres, ganz klar männliches Ächzen und das Knacken brechender Knochen.

»Und zwar ziemlich gründlich«, fügte Evan hinzu, als er blitzschnell um die Ecke verschwand.

Mit der Schulter voran drängte er sich in die Herrentoilette.

Das Erste, was er sah, war Joey. Sie stand mit dem Rücken zu ihm, ihr Tanktop war ein wenig verrutscht, ihre Arme angehoben und die Schultern angespannt. Er konnte ihre Hände nicht sehen, aber die ARES-Pistole steckte hinten in ihrem Hosenbund.

Der Typ war in die Knie gegangen; er hatte eine riesige Platzwunde an der Wange, durch die man den Knochen sah, seine Vorderzähne fehlten, und die Brust seines Hemdes war voller Blut. Ein Arm baumelte nutzlos herab, offenbar gebrochen. Die andere Hand hielt er mit gespreizten Fingern abwehrend vor sich. Evan machte vorsichtig einen Schritt nach vorn, wodurch Joey ganz ins Bild kam. Sie stand in perfekter Weaver-Haltung da und hielt dem Mann seine eigene Desert Eagle an den Kopf. Der lange Lauf wirkte durch den aufgesetzten Schalldämpfer noch länger.

Joey verstärkte den Druck auf den Abzug.

Evan hielt beruhigend eine Hand hoch. »Joey.«

Der Mann zog den Kopf ein. Blut lief ihm von der Wange und tröpfelte auf den Boden. Der stechende Geruch seines Angstschweißes hing in der Luft.

»Nimm die Waffe runter«, sagte Evan ruhig. »Diesen Schritt willst du nicht gehen.«

»Doch.« Ihre Augen waren feucht. »Ich will beweisen, dass ich's kann.«

»Du musst nichts beweisen.«

Der Lauf zitterte leicht in ihrer Hand. Evan beobachtete die helle Haut rund um den Knöchel ihres Zeigefingers, der sich um den Abzug krampfte.

»Du musst den Druck nur minimal verstärken«, fuhr er fort. »Aber danach ist nichts mehr so, wie's vorher war.«

»Was macht das für einen Unterschied?«, fragte sie. »Ob ich's tue oder nicht?«

»Es gibt keinen größeren.«

Sie blinzelte und schien wieder zu sich zu kommen. Langsam ließ sie die Pistole sinken. Evan trat rasch zu ihr und nahm sie ihr ab.

Er drehte sich zu dem Mann um. »Die Anweisung, mich umzubringen, ist von ganz oben gekommen. Ich will wissen, von wem genau.«

Der Mann nahm ein paar feuchte Atemzüge und blieb stumm.

Evan trat einen halben Schritt näher. »Von wem erhält Van Sciver jetzt seine Befehle?«

Der Mann spuckte blutig aus. »Er erzählt uns überhaupt nichts, ehrlich.«

Evan warf einen raschen Blick zur Tür. Viel Zeit blieb nicht mehr. »Wie hat er dich rekrutiert? Warst du früher bei der Army?«

Der Mann hob den Kopf und grinste. Seine noch verbliebenen Zähne waren blutverschmiert. »Tja, da würd ich dir zu viel verraten, was? Aber heute ist dein Glückstag, X. Ich kann dir helfen. Ich werd Van Sciver was von dir ausrichten.«

»Ja«, sagte Evan. »Das wirst du.«

Er schoss dem Typ in die Brust. Der Schalldämpfer war hervorragende Qualität, und alles, was man hören konnte, war ein gedämpftes Plopp. Der Mann fiel rückwärts gegen die Fliesen unter dem Fenster und sackte auf den Hosenboden, Kinn auf der Brust, Kopf seitlich gedreht.

Elf erledigt.

Blieben noch vierzehn.

Evan ließ die Desert Eagle fallen, nahm Joey beim Arm und zog sie nach draußen. An den Zapfsäulen hatte niemand etwas bemerkt.

Er warf Joey die Schlüssel des Civic zu. »Hol deinen Rucksack und den Laptop.«

Sie lief im Laufschritt nach rechts, während er nach links abbog.

Als er um die Ecke ging, um nachzusehen, was mit der Frau war, beugte sie sich gerade über ihren Hund und schimpfte mit ihm: »Mach dein Geschäft, Cinnamon. Jetzt mach schon!«

Mit beleidigter Stimme drehte sie sich zu Evan um: »Früher hätten einem die Leute noch geholfen …«

»Tut mir leid, Ma'am«, sagte er und hob seine Einkaufstüte auf. »Liegt an meiner Tochter. Teenager sind wirklich unberechenbar …«

Das schien sie zu besänftigen. Sie widmete sich wieder ihrem Spitz.

Evan ging rasch an den Zapfsäulen vorbei zum 4Runner, der mit laufendem Motor und praktischerweise bereits in Fluchtrichtung schon auf sie wartete. Joey stieß zu ihm und stieg zeitgleich mit ihm ein, nachdem sie zuerst den Rucksack in den Wagen geworfen hatte.

Vom Kampf und dem Adrenalinschub war sie noch immer außer Atem, und auf ihren Schlüsselbeinen stand der Schweiß.

»Du bist eine sehr starke junge Frau«, sagte Evan.

Er bog auf den Freeway und machte sich auf den Nachhauseweg.

31. DEN MARATHON SPRINTEN

Als sie zwölf Stunden und neunundzwanzig Minuten später Evans Safe House in Burbank erreichten, saßen sie in einem Prius mit dem Nummernschild eines Kia. Die Straße mit einstöckigen, um die Mitte des zwanzigsten Jahrhunderts erbauten Häusern wurde von Zylinderputzer- und Pfefferbäumen gesäumt. Evans Haus stand ein wenig abseits am Ende des Blocks hinter einer hohen Blue-Point-Wacholder-Hecke. Als er das Anwesen gekauft hatte – eines von einem halben Dutzend Safe Houses, auf die er jederzeit zugreifen konnte –, waren die Preise in dieser Gegend noch erschwinglich gewesen und die Häuser voller Charakter, wenn auch ein klein wenig baufällig. Aber dank der hervorragenden Schulen in Burbank und der Nähe zu den Filmstudios schritt die Gentrifizierung seines Blocks immer schneller voran. Mittlerweile wurde die ruhige Straße ständig durch Renovierungen lahmgelegt. Er hatte schon länger vorgehabt, das Haus wieder loszuwerden, und würde es auch tun, sobald Joey und er getrennte Wege gehen konnten. Zu diesem Zweck unterhielt er ein unübersichtliches und vollkommen undurchdringliches Netzwerk von Briefkastenfirmen, dank derer er Immobilien und andere Wertobjekte austauschen und wieder loswerden konnte, ohne das Risiko einzugehen, Spuren zu hinterlassen, die zu ihm zurückverfolgt werden konnten.

Er stellte den Prius in die Garage neben einen zehn Jahre alten Buick Enclave, der ihm gute Dienste geleistet hatte. Das Garagentor ruckelte nach unten, und schützende Dunkelheit umhüllte Joey und ihn. Endlich in Sicherheit.

Er wollte gerade aussteigen, als Joey wütend fragte: »Was macht das für einen Unterschied?«

»Was?«

»Ob ich jemanden umbringe.«

Er dachte sorgfältig nach, bevor er antwortete. »Es verändert einen auf eine Art und Weise, die du dir nicht vorstellen kannst. Du würdest nie wieder ein normales Leben führen können.«

»Ein normales Leben? Wo ich dann was mache? In der Mall rumhängen? Auf die Prom gehen? Hunderttausend bescheuerte Selfies machen?«

In ihren Worten lag eine Wut, deren Ursprung Evan nicht kannte.

»Klar«, fuhr sie bitter fort. »Weil ich auch so gut reinpassen würde.«

»Es geht nicht nur darum«, entgegnete Evan. »Über das Zehnte Gebot hatten wir schon gesprochen. ›Lasse niemals einen Unschuldigen sterben.‹ Aber vielleicht geht das ja noch weiter: ›Lasse niemals einen Unschuldigen töten.‹«

»Ich bin kein Unschuldiger.«

»Nein, aber vielleicht können wir in deinem Fall die Uhr noch zurückdrehen.«

Diese Antwort schien sie nicht zufriedenzustellen.

Sie machte keine Anstalten auszusteigen. Also blieben sie beide im Prius sitzen und starrten durch die Windschutzscheibe in die Dunkelheit.

»Ich bin schwach«, sagte Joey schließlich mit leiser Stimme.

Plötzlich verzog sie das Gesicht, und ein Ausdruck von Schmerz und Trauer trat hinein, der so schnell wieder verschwunden war, dass Evan ihn beinahe nicht mitbekommen hätte.

»Warum denkst du das?«

»Ich hab den Typen in der Reisetasche nicht abknallen können. Und an der Raststätte konnte ich's auch nicht.«

»Aber nicht, weil du schwach bist«, sagte Evan. »Sondern weil du stärker bist.«

»Als wer?«

Ihm war nicht klar gewesen, worauf dieses Gespräch hinauslaufen würde, aber jetzt wusste er es. Er legte die Hände aufs Lenkrad und holte in der Dunkelheit tief Luft.

»Als ich.«

Die Safe Houses instand zu halten beanspruchte ungefähr so viel von Evans Zeit wie ein regulärer Nebenjob. Alle paar Tage wässerte er die Gärten, räumte die Werbeflyer von der Veranda, leerte die Briefkästen und programmierte die Zeitschaltuhren für die

Beleuchtung neu. All diese Adressen waren »Aufladestationen«, wie Jack es genannt hatte, und verfügten über alles an Ausrüstung und Waffen, was man für einen Einsatz brauchte.

Er trat in das Haus in Burbank und schaltete das Alarmsystem aus. Drinnen war es dunkel, da ringsherum Bäume standen und sich unmittelbar an den Garten ein steiler Hügel anschloss, der ebenfalls nicht viel Sonne hereinließ. Im Haus roch es immer leicht muffig, weil die Feuchtigkeit durch das Fundament drang.

Joey ging mit offenem Mund von Zimmer zu Zimmer. Dann kam sie zurück ins Wohnzimmer und ließ den Rucksack sowie eine Tüte mit Fast Food, das er ihr an der letzten Tankstelle gekauft hatte, auf den dicken braunen Teppich plumpsen. Wie versprochen, Twizzlers und Red Bull, aber auch Instant-Ramen, Snickers und Sandwiches in dreieckigen Plastikpackungen.

»Du hast einfach so Häuser überall?«

»Nicht überall.«

»Wo wohnst *du* eigentlich?«

»Das ist geheim.«

Sie machte eine abwiegelnde Geste. »Alles klar, Cowboy, ich hab's kapiert. Die Bude von X – geht keinen was an. Woher hast du überhaupt so viel Geld?«

»Als ich noch Teil des Programms war, war ich finanziell über die Maßen gut ausgestattet. Damit es keinen Grund gab, je von mir hören zu lassen. Eine Rieseninvestition, aber die hat sich gelohnt.«

»Gelohnt?«

»Wie viel ist ein Regimewechsel wert?«, fragte Evan.

Joey kniff den Mund zusammen.

»Eine wohlplatzierte Kugel kann den Kurs einer Nation verändern. Das Kräftegleichgewicht dahingehend beeinflussen, dass sich die Interessen eines Landes mit denen unserer Regierung decken.«

Sie schüttelte den Kopf, als wolle sie diese Gedanken aus ihrem Kopf vertreiben. »Wie kommt's, dass Van Sciver dich noch nicht über deine Bankkonten aufgespürt hat?«

»Versucht hat er's.«

»Aber du bist zu gut.«

»Nein. *Jack* war zu gut. Er hat alles eingerichtet und mir beigebracht, was ich wissen musste, damit das Geld nicht zu mir zurückverfolgt werden kann.«

»Aber seit damals hat sich einiges verändert.«

»Stimmt. Ich hab auch ein paar Anpassungen vorgenommen. Nach einem unglücklichen Zwischenfall letzten Monat habe ich mich etwas breiter aufgestellt. Bitcoin-Mining.«

Jetzt grinste sie. »Weil das völlig von der Regulierung und Überwachung durch die Regierung abgekoppelt ist.«

»Ganz genau.«

»Verstehe. Deshalb kannst du dir die ganzen Safe Houses überall leisten.«

»Nicht überall.«

Joey drehte sich langsam einmal um die eigene Achse und nahm alles in sich auf. »Und ich darf hierbleiben?«

»Ja. Und arbeiten.« Evan fuhr den Dell-Laptop hoch und stellte ihn auf einen runden Holztisch, der neben einem senfgelben Sofa die einzige Möblierung des Wohnzimmers darstellte. »Ich brauche das, was auf diesem Ding ist. Uns Van Sciver zu schnappen ist kein Sprint, sondern ein Marathon. Aber was wir machen müssen, ist, den Marathon zu sprinten. Verstanden?«

Sie verschränkte die Arme vor der Brust. »Ich erklär dir mal gerade, womit wir's hier zu tun haben. Dieser Dell Inspiron benutzt einen krass starken Verschlüsselungsalgorithmus.«

»Dann kann man den Schlüssel nicht mit der Brute-Force-Methode rausfinden?«

Ein lautes, ungefiltertes Stöhnen, das fast niedlich wirkte. »Wir reden hier von einer Substitutions-Permutations-Verschlüsselung mit einer Blockgröße von vierundsechzig Bit und Schlüsselgrößen von bis zu zweihundertsechsundfünfzig Bit. Daher: Nein, können wir nicht, es sei denn, du hast hundert Jahre Zeit oder so.«

»Wie kommt man dann am besten an den Schlüssel?«

»Mit nem Hammer. Von jemandem, der ihn kennt.«

»Joey.«

Sie gab noch ein übertriebenes Stöhnen von sich, setzte sich und zog den Laptop zu sich heran. »Was ist dein WLAN-Passwort?«

Evan sagte es ihr. Wartete einen Moment. Dann fragte er: »Was machst du da eigentlich?«

Ihre Finger huschten in rasender Geschwindigkeit über die Tastatur. »Die Tools runterladen, die ich brauche.«

»Und zwar?«

»Pass auf. Mit diesen Algorithmen könnten wir Wochen beschäftigt sein. Wir müssen den Schlüssel rauskriegen. Der in aller Wahrscheinlichkeit – zumindest zum Teil – aus Wörtern und besonderen Ziffernfolgen besteht, die irgendeine Bedeutung für diese Typen haben. Also brauche ich Listen. Und zwar mit allen Eigennamen der englischen Sprache, der europäischen Sprachen, Spitznamen, Adressen und Straßennamen, Telefonnummern und jegliche Kombinationen davon. Wusstest du, dass es nur eineinhalb Milliarden Telefonnummern in ganz Nord- und Südamerika gibt?«

»Nein, wusste ich nicht.«

Aber sie hörte kaum zu. »Amazon hat was relativ Neues. Nennt sich AMI, Amazon Machine Image. Da drauf läuft ein Schnappschuss eines Betriebssystems. Davon gibt's Hunderte, voll konfiguriert und einsatzbereit.«

Evan sagte nur: »Äh, ja?«

»Virtuelle Maschinen«, erläuterte sie, mittlerweile doch ziemlich genervt.

»Okay.«

»Aber das Gute an denen ist: Du drückst auf den Knopf, und schon hast du zwei davon. Oder zehntausend. In Rechenzentren auf der ganzen Welt. Hier, guck mal, ich vervielfältige meine gerade und erbitte, dass sie geografisch verteilt werden und garantiert jederzeit zur Verfügung stehen.«

Evan sah hin, konnte aber mit der Geschwindigkeit, mit der sich die Dinge auf dem Bildschirm taten, nicht Schritt halten. Trotz seiner nicht ganz unbeträchtlichen Hacker-Fähigkeiten kam er sich vor wie ein Skianfänger auf einer schwarzen Piste.

Joey war noch mitten in der Erklärung. »Wir laden die ganzen verschlüsselten Daten vom Laptop hoch in die Cloud, okay? Wie du's mir im Motel ziemlich unzureichend und herablassend versucht hast zu erklären.«

»So im Nachhinein ...«

»Und dann verteilen wir die Aufgabe auf alle Maschinen. Setzen HashKiller dran, der soll das mal mit den ganzen Passwortkombinationen bombardieren. Dann kann's uns nämlich egal sein, ob wir nach drei falschen Eingaben rausgeworfen werden. Wir nehmen einfach die nächste virtuelle Maschine. Und dann die nächste.«

»Und woher hast du die ganzen Geräte dafür?«

Endlich hielt sie inne und pustete sich eine glänzende gelockte Haarsträhne aus dem Gesicht. »Das versuch ich dir doch die ganze Zeit zu erklären, X. Man kauft sich keine Hardware mehr. Du mietest dir nur noch Platz in der Cloud. Und sobald wir fertig sind, killen wir die virtuellen Maschinen, und es gibt keinerlei Spuren, die zu uns führen.« Sie wackelte mit den Händen in der Luft wie ein mystischer Guru. »Es ist überall und gleichzeitig nirgendwo.« Sie grinste spitzbübisch. »Wie du.«

»Wie lange wird das Ganze dauern?«

»Weiß nicht genau. Ich muss die Kontrollprogramme im Auge behalten, die Ergebnisse überprüfen und ab und zu liebevoll eingreifen. Schließlich sind's ja doch nur Maschinen ...«

»In Ordnung. Ich muss zu mir nach Hause. Handtücher sind im Bad. Essen ist genug im Kühlschrank.«

»Halt, lässt du mich etwa hier alleine?«

Evan ging zu einem Schrank, holte ein Wegwerfhandy heraus und nahm es zum ersten Mal in Betrieb. »Ruf nur mich damit an. Die Nummer weißt du noch?«

»Ja, 1-855-2-NOWHERE. Eine Ziffer zu lang.«

»Genau.«

»Das war's?« Sie drehte sich zu den bloßen Wänden und der senfgelben Couch um. »Das ist mein Leben?«

»Nur vorübergehend.«

»Gibt's hier ne Glotze?«

»Nein.«

»Und was mach ich dann?«

Evan holte die Schlüssel des Enclave aus einer Schale auf der Küchentheke. Sein Ford F-150 wartete auf einem Langzeitparkplatz am Flughafen von Burbank auf ihn. Auf dem Nachhauseweg würde er ein letztes Mal die Autos tauschen. »Dich in diesen Laptop hier hacken.«

»Okay. Und wenn ich damit fertig bin?«

Er ging Richtung Garage. »Dann setz ich mich auf seine Fährte.«

»Nein. Ich meine, was passiert dann mit *mir*?«

Er ließ die Schlüssel einmal um den Finger kreisen und fing sie dann mit der Hand auf. Dann öffnete er die Tür. »Knack einfach den Code, Joey.«

»Wie jetzt? Was mit mir passiert, überlegen wir uns dann, oder was?«

»Bei der Sache geht's nicht um dich, Joey. Es geht um Van Sciver. Du verstehst doch, was ich tun muss. Nur das zählt für mich.«

Er hielt Augenkontakt. Schließlich nickte sie unmerklich.

Dann ließ er sie allein.

32. REINIGER

Endlich wieder zu Hause.

Evan manövrierte den großen Ford-Pick-up auf seinen angestammten Parkplatz zwischen zwei Betonpfeilern, stellte den Motor ab und stieß ein erleichtertes Seufzen aus. Die Tiefgarage des Castle Heights war riesenhaft, stockfinster und erheblich sauberer, als man es von einer Garage erwarten würde. Trotz des penetranten Zitronendufts des neuen Öko-Bodenreinigers lag noch ein angenehmer Hauch von Öl und Benzin in der Luft. Der Reiniger, Teil der von der Eigentümergemeinschaft propagierten Umstellung auf umweltfreundliche Produkte, war auf der letzten einmal im Monat stattfindenden Eigentümerversammlung nach erhitzter Diskussion mit knapper Mehrheit angenommen worden. Eine Diskussion, zu der Evan – als der ortsansässige Fachmann für Industriereiniger – zwangsverpflichtet worden war. Weil seine Stimme den Ausschlag für das teurere Ökoprodukt gegeben hatte, hatte er sich den Zorn einiger der älteren Bewohner zugezogen, die sich um ihr monatliches Auskommen im Grunde wenig Gedanken machen mussten.

Das Leben in der Großstadt war wirklich nichts für Feiglinge.

Bisweilen fand er die internen Intrigen des Castle Heights – all die Rivalitäten, kleinlichen Streitereien und bürokratischen Winkelzüge – ermüdender, als einem Team von Killern zu entkommen.

Er blieb im Truck sitzen. Hier in der Garage war es so wunderbar friedlich.

Er nahm sich einen Augenblick Zeit, um eine Bestandsaufnahme seines Körpers zu machen. Die gebrochene Nase sah zwar wieder einigermaßen passabel aus, aber der Nasenrücken tat noch weh. Der Schnitt im Zahnfleisch von der zerschossenen Windschutzscheibe war mehr oder weniger verheilt, aber als er mit der Zunge darüberfuhr, zuckte er zusammen. Unterer Rücken: immer noch steif von den Zusammenstößen mit den Streifenwagen auf der Straße bei Hillsboro. Ein Stechen unter der Achsel: vielleicht eine angeknackste Rippe. Hände: lädiert, seit er sich von dem Metalldach über dem Bahnsteig in Portland heruntergelassen hatte. Seine verletzte Schulter: wieder schlimmer durch den Rückschlag der Benelli. All das konnte er irgendwie verbergen.

Aber die Blutergüsse unter seinen Augen waren noch so deutlich zu sehen, dass man ihn darauf ansprechen würde.

Er schaltete die Innenbeleuchtung an, holte den Concealer heraus und gab ein paar Tupfer beigefarbene Abdeckcreme unter die Augen. Als er sie vorsichtig mit dem Finger verrieb, musste er schmunzeln.

Er hatte nur einen Moment lang nicht aufgepasst, und ein sechzehnjähriges Mädchen hatte ihm die Nase gebrochen. Joey hatte ihn nach allen Regeln der Kunst reingelegt. Sich vor die Wand gekauert, um ihr Kampfmesser zu verstecken, dann dieser Blick über die Schulter wie ein kleines, verletztes Tier. *Können Sie mir helfen?*

Er stieg aus und ging die Stufen zur Lobby hinauf. Als er auf dem Weg zu den Aufzügen an den Briefkästen vorbeikam, entdeckte er Lorilee draußen vor dem Eingang unter der überdachten Einfahrt, wo sie darauf wartete, dass der Mitarbeiter vom Parkdienst ihren Wagen vorfuhr. Sie stritt gerade mit ihrem Freund, einem durchtrainiert wirkenden Mann mit langen Haaren, der wie Ende vierzig aussah. Er hatte sie fest am Oberarm gepackt und redete eindringlich auf sie ein. Evans Blick zoomte auf die Finger um Lorilees Arm. Er konnte es überhaupt nicht vertragen, wenn jemand bei einer Meinungsverschiedenheit handgreiflich wurde.

Allerdings ging ihn die Sache überhaupt nichts an.

Am Tresen des Sicherheitsdienstes hatte sich Joaquin in seinem Aeron-Bürostuhl zurückgelehnt. Er tat so, als überprüfe er die Wand aus Überwachungsbildschirmen, aber sein Blick ging ins Leere, und Evan sah, dass er versteckt unter seiner Kappe einen Ohrhörer im Ohr hatte.

»Bitte in den Einundzwanzigsten, Joaquin.«

Der Wachmann rollte sofort nach vorn an die Theke, rief den Aufzug per Knopfdruck und gab das gewünschte Stockwerk ein – eine altmodische Sicherheitsvorkehrung des Castle Heights. »Alles klar, Mr. Smoak. Wie war Ihre Geschäftsreise?«

»Jeden Tag eine andere Flughafenlounge ... Aber ich hab ne Menge erledigen können.«
»Super.«
»Wie steht das Spiel?«
Joaquin wurde ein bisschen rot. »26:14. Golden State führen.«
»Aua.«
»Erinnern Sie sich daran, als die Lakers noch gut waren?«
Bevor Evan antworten konnte, zog sich Joaquin den Hörer aus dem Ohr und setzte sich abrupt kerzengerade hin. Ida Rosenbaum aus 6G kam im Schneckentempo durch den Vordereingang auf sie zugewackelt. Sie hielt sich krumm und hatte sich ihre riesige Handtasche so fest unter den Arm geklemmt, als befürchte sie, sie könne jeden Moment davonflattern.

Evan drehte sich zum Aufzug um und hoffte inständig, er würde kommen, bevor sie es durch die Lobby geschafft hätte. In den altmodischen Messingtüren konnte er deutlich sein Spiegelbild sehen.

Dank der grellen Beleuchtung in der Lobby konnte er jetzt erkennen, dass seine Nase noch immer schief war. Nicht sehr, aber sie ging ein paar Millimeter nach links, was den Adleraugen von Ida Rosenbaum sicher nicht entgehen würde.

Als sie sich, angekündigt von einer Wolke des bei alten Damen so beliebten Veilchenparfüms, näherte, griff er hoch und richtete sich mit einem Knacken die Nase.

Es tat so weh, dass ihm die Tränen in die Augen traten.

»Sie schon wieder«, begrüßte sie ihn wenig enthusiastisch.

Evan drehte sich nicht um, sondern versuchte, die Tränen wegzublinzeln. Falls die nämlich den Abdeckstift verschmierten, konnte er sich auf eine ganz besonders unangenehme Unterhaltung gefasst machen. »Guten Morgen, Ma'am.«

»Immer dieses ›Ma'am‹«, schimpfte Mrs. Rosenbaum. »Jetzt nennen Sie mich doch endlich Ida.«

»Na gut«, murmelte Evan.

Endlich kam der Aufzug. Evan stieg ein und hielt die Tür für Mrs. Rosenbaum offen. Er spürte, wie das Brennen in seinen Nebenhöhlen stärker wurde, und hoffte, seine Nase würde nicht anfangen zu bluten. Die Schmerzen vom erneuten Bruch strahlten bis in seine Wangenknochen aus.

»Furchtbar, dieses Wetter«, zeterte Ida, als der Aufzug sich in Bewegung setzte. »Meine Allergien spielen verrückt. Sie glauben ja gar nicht, wie lästig das ist. Als ob ich die ganze Zeit Heuschnupfen hätte.«

Jetzt kam das Blut, er konnte spüren, wie es ihm warm durch die Nase rann. Er wollte nicht hingreifen und sie sich zudrücken, also legte er den Kopf leicht in den Nacken und zog die Nase hoch. Der Stockwerksanzeiger bewegte sich im Schneckentempo. Seine Augen tränten zwar nicht mehr, aber die Feuchtigkeit hatte sich unten auf seinen Wimpern gesammelt und drohte überzulaufen und den Concealer zu ruinieren.

»Und meine Hüfte. Davon fang ich besser gar nicht an.« Ida winkte ab. »Was sollten Sie auch schon von so was wissen? Mein Herb, Gott hab ihn selig, hat immer gesagt, von Ihrer Generation hat niemand mehr gelernt, Schmerzen auszuhalten. Stattdessen rennen alle zur Massage oder rauchen medizinisches Marihuana.«

Evan versuchte, seine Nasenlöcher zusammenzupressen. »Ja, Ma'am.«

Endlich hatten sie den sechsten Stock erreicht, und Mrs. Rosenbaum stieg aus, wobei sie Evan einen letzten Blick zuwarf. »Und merken können Sie sich scheinbar auch nichts.«

Als die Türen wieder zufuhren und dank der Gummilamellen nichts mehr von der alten Dame zu hören war, kippte Evan seinen Kopf gerade noch rechtzeitig wieder nach vorne, um mit der Hand das Blut aufzufangen.

In Evans Gefrierfach lag seit Jahren eine Flasche Wodka, die er noch nicht angerührt hatte.

Stoli Elit: Himalayan Edition.

Evan klappte die Schatulle aus Walnussholz auf und betrachtete die darin eingebettete mundgeblasene Flasche aus böhmischem Glas.

Dieser Wodka aus dem hochwertigsten Winterweizen der Schwarzerde-Region rund um Tambow in Russland und Wasser aus Quellen unter der berühmten Bergkette, nach der er benannt war, durchlief einen komplizierten Destillationsprozess, danach wurde die Temperatur des Destillats bis auf minus achtzehn Grad herabgesenkt, um auch noch die letzten Zusätze und Verunreinigungen herauszufiltern. Der Flasche lag ein vergoldeter Eispickel bei. Bei dem Preis sollte man sich damit vermutlich gegen potenzielle Wodka-Diebe verteidigen.

Evan brach das Siegel und schenkte sich zwei Fingerbreit über einen runden Eiswürfel.

Er hob das Glas, um die Klarheit der Flüssigkeit zu bewundern. Sie roch nach Eis, sonst nichts. Ein Mundgefühl wie Samt, im Abgang eine überraschende Fruchtnote.

Ursprünglich sollte Wodka dazu dienen, den Gaumen nach dem Genuss fettiger Speisen zu reinigen. Evan liebte Wodka jedoch wegen seines stillen Ehrgeizes: auf den ersten Blick so gewöhnlich wie Wasser, jedoch bestrebt, die reinste Version seiner selbst zu sein.

Er stellte den Drink auf die Gussbetonarbeitsplatte der Kochinsel, beugte sich darüber und ließ langsam die Luft aus seiner Lunge entweichen.

Plötzlich erschien ein Bild vor seinem inneren Auge: Der Wind peitscht durch den Black Hawk, rüttelt an Jacks Hemd, fährt ihm durchs Haar. Jack steht breitbeinig da, ein Fels in der Brandung.

Immer ein Fels in der Brandung.

Evan führte das Glas halb zum Mund, stellte es wieder ab.

Da war Feuchtigkeit auf seinen Wangen.

»Verdammt noch mal, Jack«, flüsterte er.

Er schloss die Augen und versenkte sich in seinen Körper. Nahm von innen seine Form wahr. Spürte die Festigkeit des Bodens an seinen Sohlen. Die Kühle der Arbeitsplatte an seinen Handflächen. Er konzentrierte sich auf seinen Atem, spürte, wie er seine Nasenlöcher entlang, die Luftröhre hinab und durch seine Brust strich. Sog ihn tief hinunter, atmete in seinen Bauch und zählte bis zehn.

Jetzt, in diesem Moment, gab es keinen Einsatz für den Nowhere Man, keinen Van Sciver, keine Sechzehnjährige, die er vorübergehend an einem sicheren Ort untergebracht hatte. Keine Vergangenheit und keine Vorstellung von der Zukunft, keinen abgrundtiefen Schmerz oder Trauer, keine verzweifelten Gedanken, wie er in einer Welt ohne Jack leben sollte.

Es gab nur den Atem. Einatmen, ausatmen. Sein Körper tat, was er zwanzigtausendmal am Tag tat, nur dass er sich dessen in diesem Moment bewusst war.

Und diesem.

Und diesem.

Die kurze Meditation und der Wodka hatten seinen Körper mit neuer Wärme erfüllt. Es war, als hätten sie ihn von Grund auf gereinigt.

Er öffnete die Augen und machte sich auf den Weg zum Tresor.

33. EINE MENGE VARIABLEN

Benito Orellana.

So hieß der Mann, der den Nowhere Man angerufen und ihn um Hilfe gebeten hatte. Der Mann, mit dem sich Evan morgen Mittag treffen würde.

Zumindest hatte der Anrufer behauptet, dass dies sein Name sei.

Evan ließ jedem der Aufträge, die er unentgeltlich und in eigener Regie ausführte, dieselbe akribische Einsatzplanung angedeihen, mit der er früher die Attentate auf hochkarätige Zielpersonen vorbereitet hatte. Das Erste Gebot: *Keine voreiligen Schlüsse.*

Auch was den Namen anging, den ein Klient ihm nannte.

Oder die Vermutung, dass er wahrscheinlich nicht vorhatte, Evan umzubringen.

Evan hatte sich an seinem Metallschreibtisch im Tresor installiert und nippte im schwachen Schein der akkurat aufgereihten Monitore vor ihm an seinem Wodka. Von hier aus konnte er Hunderte von Datenbanken der Strafverfolgungsbehörden auf Staats- und Bundesebene einsehen. Alles, was er dazu brauchte, war Zugang zu dem Panasonic-Toughbook am Armaturenbrett jedes x-beliebigen LAPD-Streifenwagens. Da die Streifenwagen mit jedem Schichtwechsel von anderen Officers gefahren wurden, waren die Passwörter dieser Laptops in der Regel recht einfach aufgebaut, oft einfach nur die zugeteilte Nummer des Geräts, zum Beispiel LAPD_4012. Im Laufe der Jahre war es Evan gelungen, in diverse Streifenwagen von verschiedenen Revieren einzubrechen und einen selbst geschriebenen Code auf deren Armaturenbrett-Laptops hochzuladen, womit er sich ein Hintertürchen zu deren SSH-Verbindung geschaffen hatte. Firewalls sind nach außen gerichtet, um Eindringlinge abzuwehren. Aber den ausgehenden Datenverkehr kontrollieren sie nicht. Wenn Evan die Datenbanken fernabfragen musste, ließ er den versteckten Code laufen, der den Polizeicomputer dazu aufforderte, durch die Firewall Kontakt mit ihm aufzunehmen. Dann konnte er ganz einfach durch die geöffneten Schleusen hineinspazieren und sich ansehen, was immer er wollte.

Über Benito Orellana hatte er schon einiges in Erfahrung gebracht.

Als einem Arbeiter aus El Salvador ohne Papiere war ihm 1986 im Rahmen des »Immigration Reform and Control Act« Amnestie gewährt worden. Laut seiner Steuerbescheide hatte Benito drei Jobs: Tellerwäscher in einem italienischen Restaurant in Downtown, Parkservice-Mitarbeiter und Fahrer eines Uber-Taxis. Jedes Jahr aufs Neue hatte er gewissenhaft seine Trinkgelder angegeben. Falls die Informationen, die Evan fand, den Tatsachen entsprachen, ließen sie auf einen ehrlichen, hart arbeitenden Mann schließen.

Benitos Frau war im Februar gestorben. Aus ihren Medicaid-Krankenversicherungs-Unterlagen war ersichtlich, dass im vergangenen Jahr auf einem Scan ihres Brustkorbs schwarze Flecken entdeckt worden waren, und der Totenschein, ausgestellt vom L. A. County, gab als die Todesursache Lungenkrebs an. Es war schnell gegangen. Benito hatte einen Sohn, Xavier, der ein paar Kurse am East Los Angeles College belegt hatte und nicht mehr erschienen war, als seine Mutter mit Krebs diagnostiziert worden war. Das war das Einzige, was er über Xavier herausfinden konnte. Bis zu diesem Zeitpunkt war Benito nicht in finanziellen Schwierigkeiten gewesen. Dann hatte er angefangen, Schulden in Form von Kreditkartenabbuchungen an das Good-Samaritan-Krankenhaus anzuhäufen. Das Haus in Pico-Union war hoch verschuldet, eine zweite Hypothek mit einem absolut gnadenlosen Zinssatz ließ die Schulden jeden Monat weiter anwachsen.

Evan sah zu Vera II. hinüber. »Der Typ scheint echt zu sein.«
Vera blieb stumm.

Evan nahm den letzten Schluck des exklusiven Wodkas, fischte das letzte Restchen vom Eiswürfel aus dem Glas und legte es der Pflanze auf die gezackten Stacheln. Ein Eiswürfel pro Woche, das war alles, was die handtellergroße Aloe vera an Bewässerung benötigte.

Er holte das Samsung aus der Tasche – das Handy, das er Van Scivers Handlanger in Portland abgenommen hatte – und schaltete es ein. Keine Nachrichten. Nur eine Kurzwahltaste war belegt. Wenn er die drückte, würde er direkt bei Van Sciver landen. Irgendwann würde sich das noch als nützlich erweisen. Evan schaltete das Handy wieder aus und hing es ans Ladegerät.

Er wollte schon aufstehen, aber Vera II. sah ihn flehentlich an.

»Ist ja schon gut«, seufzte er.

Dann rief er die Feeds der im Safe House in Burbank versteckt angebrachten Überwachungskameras auf.

Er fand Joey am Holztisch vor. Sie knabberte gerade an einem Twizzler und gab etwas in die Tastatur ein. Neben dem Dell hatte sie jetzt ihren eigenen Laptop aufgebaut und die beiden Geräte mit einem Kabel miteinander verbunden. Nach einer Weile stand sie auf, kramte etwas aus ihrem Rucksack hervor und zog sich auf das Sofa zurück.

Evan konnte nicht erkennen, was sie sich so konzentriert ansah.

Schließlich setzte sie sich anders hin, und er konnte ihr über die Schulter blicken. Sie las wieder die Thanksgiving-Karte und fuhr die handschriftliche Botschaft mit dem Finger nach, als sei sie in Blindenschrift verfasst.

Wie sie da auf dem Sofa saß, an die Armlehne gelehnt und die Beine untergeschlagen, sah sie ganz verloren aus.

Evan sah zu Vera II. hinüber.

»Also gut«, grummelte er.

Er rief Joey auf dem Wegwerfhandy an. Er sah zu, wie sie aufschreckte und dann zum Tisch ging, um dranzugehen.

»X?«

»Wie geht's?«

Sie warf einen Blick auf die Laptops. »Geht anscheinend voran.«

Sie hatte seine Frage falsch verstanden, aber jetzt konnte er schlecht noch mal neu ansetzen.

Also sagte er stattdessen: »Gut.«

Joey ging in die Küche und leerte eine Packung Ramen in eine Schüssel.

»Weißt du schon, wann du ungefähr so weit sein wirst?«

»Wir haben zehntausend virtuelle Maschinen, die mit der Sache beschäftigt sind«, antwortete sie, während sie Wasser in die Schüssel füllte und das Ganze in die Mikrowelle stellte. »Es gibt eine Menge Variablen.«

»Wir müssen …«

»Den Marathon sprinten«, vervollständigte sie seinen Satz. »Absolut. Du hast mich damit quasi an den Laptop gekettet. Wenn ich hier fertig bin, dann kann ich gleich weitermachen und Geldbörsen für dich zusammennähen.«

In den Tiefen des Penthouse ertönte ein unbekannter Klingelton, und Evan erhob sich abrupt. Das letzte Mal, dass er dieses Klingeln gehört hatte, war so lange her, dass es einen Moment dauerte, bis er wusste, worum es sich handelte.

Der Festnetzanschluss.

Bei seinem Einzug hatte er ihn installieren lassen, damit er eine Nummer für das Telefonverzeichnis der Eigentümergemeinschaft angeben konnte. Außer einem Callcenter vor drei Monaten hatte seit Jahren niemand mehr unter dieser Nummer angerufen.

»Ich melde mich morgen früh wieder bei dir«, sagte er zu Joey und legte auf.

Er rannte aus dem Tresor, durch sein Schlafzimmer und den Flur entlang in die Küche und griff das schnurlose Telefon. »Ja?«

»Hallo.«

Damit, ausgerechnet ihre Stimme zu hören, hatte er überhaupt nicht gerechnet.

34. DER ALLERLETZTE AUFTRAG

»Ich weiß, wir hatten eigentlich keinen Kontakt vereinbart«, sagte Mia. Ihre Stimme am anderen Ende der Leitung klang hell und nervös. »Aber irgendwie hast du mir gar nicht gefallen, als ich dich letzte Woche in der Tiefgarage gesehen habe.«

Evan räusperte sich.

»Und ... Ich weiß, du warst eine ganze Weile weg. Heute Abend hab ich deinen Truck wieder an seinem Platz gesehen und dachte ... Na ja, ich dachte, du könntest vielleicht ein selbst gekochtes Essen vertragen.«

Im Hintergrund konnte er irgendeinen Radau hören, der mit Peter zu tun hatte. Mia hielt den Hörer zu und brüllte: »Mach sofort den Deckel wieder drauf!« Dann war sie wieder am Apparat. »Ach, war nur so ein Gedanke.«

»Ja, das wäre schön«, hörte er sich sagen.

»Wirklich?«

Dieselbe Frage stellte er sich auch gerade. Er hatte geantwortet, ohne nachzudenken. Welcher Teil von ihm hatte diese Antwort sofort parat gehabt?

»Ja.«

»Ah. Dann komm doch in zwanzig Minuten runter, okay?«

»Okay.« Ihm fiel auf, dass er nervös auf und ab ging. Jetzt sollte noch etwas folgen, etwas, das die Leute in Filmen immer sagten. Es klang sperrig und roboterhaft, aber er rang es sich trotzdem ab: »Soll ich was mitbringen?«

»Nur dich selbst.«

So ging das Drehbuch. Er hatte den Schauspielern schon so oft zugesehen, und jetzt spielte er selber mit und sagte seinen Text.

Da war doch noch irgendwas zu beachten gewesen. Sie musste ablehnen, aber er sollte trotzdem etwas mitbringen. Aber was war das noch mal? Cocktailoliven? Einen Energieriegel? Ein Strider-Einhandmesser mit Tanto-Spitze, die sogar kugelsichere Westen durchdrang?

Ein ganz normales Leben war verdammt anstrengend.

Mit einem weiteren »Okay« legte er auf.

Jack hatte ihm beigebracht, sich auf die verschiedensten Situationen einzustellen, und dank seiner Ausbildung war er extrem gefährlich, weltgewandt und kultiviert.

Aber davon, wie ein normales Familienleben ablief, hatte er keinen blassen Schimmer.

Er überprüfte nochmals, ob seine Nase jetzt gerade saß, und tappte zurück in die Dusche.

Mia riss die Tür auf, und ein viel zu laut eingestellter Zeichentrickfilm, der gerade im Fernseher lief, schlug ihm entgegen sowie ein Schwall Knoblauch und Zwiebeln, die sie gerade anbriet. »Hallo, schön, dass du da bist. Super – Wodka.«

Nervös hielt er eine frostbeschlagene Flasche Nemiroff Lex in der Hand, die weder zu teuer noch zu billig, weder zu prätentiös noch zu einfach und weder zu pfeffrig noch zu zitrisch war.

Er hatte ewig vor dem Gefrierschrank zugebracht.

Das Make-up auf den blauen Flecken unter seinen Augen hatte er ebenfalls aufgefrischt, weswegen er sich ziemlich unmännlich vorkam. Die dunkle Verfärbung war kaum noch zu sehen; hoffentlich würde er morgen ganz auf den Concealer verzichten können.

Er hob die Flasche. »Der hier ist aus der Ukraine.« Wie peinlich und einstudiert das klang. »Auf Weizenbasis und in Holzfässern gereift, sechs Mo…«

»Hallo, Evan Smoak!« Peter sauste vorbei. Er jonglierte mit Orangen, die hauptsächlich auf dem Boden zu landen schienen.

Mia fuhr herum. »Ab jetzt hab ich hier wieder das Kommando! Aber wirklich, da kannst du …«

Peter hielt inne. In der plötzlichen Stille war das Knacken besonders gut zu hören. Er sah auf den Boden. Das schlechte Gewissen stand ihm ins Gesicht geschrieben. »Die Fernbedienung ist kaputtgegangen«, verkündete er mit seiner rauen Stimme, dann warf er sich über die Rücklehne des Sofas und fing wieder mit seinen erfolglosen Jonglierversuchen an.

Mia stand offenbar noch unter Schock. »Ist kaputtgegangen«, murmelte sie. »Das heißt bei uns ›strategisch passiver Satzbau‹.«

Sie drehte sich um und eilte zurück in die Küche. Evan folgte ihr. Mit einem Pastalöffel fischte sie ein Stückchen Linguine aus dem Topf und schnippte es an den Küchenschrank, wo es neben etlichen anderen hängen blieb, die dort bereits angetrocknet waren. Sie bemerkte Evans ungläubigen Gesichtsausdruck und hob die Hand, die dank des Ofenhandschuhs gigantische Proportionen angenommen hatte. »Das bedeutet: Essen ist fertig!«, rief sie in einer Lautstärke, die den Krach aus dem Fernseher übertönte. Als sie die Nudeln in ein Sieb goss, trieb der aufsteigende Dampf ihr die Röte in die Wangen.

Der Rauchmelder plärrte los, und Mia griff ein Küchentuch, um damit den Dampf wegzuwedeln. »Macht nichts. Der geht gleich wieder …«

Der Rest des Satzes ging im plötzlichen Anschwellen des Bugs-Bunny-Soundtracks unter.

Inmitten dieses Chaos hielt Evan einen Moment inne. Er stellte die Flasche Wodka auf die Arbeitsplatte. Dann nahm er sich ein Steakmesser und ging um einen umgefallenen Barhocker herum ins Wohnzimmer. Die Fernbedienung lag auf dem Teppich vor dem Sofa. Die Knöpfe waren unter dem Plastikgehäuse eingeklemmt, wie er vermutet hatte.

Er setzte sich und löste die winzigen Schrauben mit der Spitze des Steakmessers. Drei Orangen plumpsten auf das Sofapolster, leichtfüßige Schritte näherten sich, und dann saß Peter auch schon im Schneidersitz ihm gegenüber.

»Was machst du da?«, fragte der Kleine.

Evan zog die erste Schraube heraus und machte sich an die zweite. »Das hier aufschrauben.«

»Warum nimmst du ein Steakmesser?«

»Weil ich nichts anderes habe.«

»Aber mit Messern isst man.«

»Unter anderem.« Die zweite Schraube sprang hoch, die Abdeckung der Fernbedienung hob sich, und die Knöpfe nahmen wieder ihre vorgesehene Position ein. Evan schraubte die Deckplatte wieder an und drückte auf den Ein/Aus-Knopf.

In dem Moment, in dem der Rauchmelder endlich aufhörte zu piepen, verstummte auch der Fernseher. Ein herrlicher Augenblick vollkommener Ruhe.

Dann sagte Mia: »Ich tu jetzt auf.«

Während Peter zum Zähneputzen verschwand, blieben Mia und Evan noch am Tisch sitzen, die leeren Teller zwischen sich. Irgendwo im Hintergrund ertönte leise Musik aus einer iPod-Ladestation mit Lautsprecher, und Linda Ronstadt fragte sich, wann sie endlich jemand lieben würde.

Mia nippte an ihrem Wodka. »Der ist wirklich gut. Schmeckt ... wie im Holzfass gereift.«

»Jetzt machst du dich über mich lustig«, sagte Evan.

»Ja, mach ich.«

Sie hob ihr Glas, und die beiden stießen an.

Von ganz entfernt aus dem Badezimmer schrie Peter: »Fertig!«, und Mia schrie zurück: »Das waren keine zwei Minuten!«

Es war kühl, und Mia hatte sich die Ärmel ihres Pullis über die Hände gezogen. Ihr Haar war ein prachtvolles Durcheinander aus Wellen und Locken. Der Schein der Deckenlampe spiegelte sich darin und ließ die ganze Farbenpracht schimmern, Kastanienbraun, Goldblond und ein rötlicher Braunton.

Evan fiel ein, dass er noch etwas zum Essen sagen sollte. »Das war sehr lecker.«

»Danke.« Sie beugte sich vor, verdeckte den Mund halb mit der Hand und sagte in dramatischem Flüsterton: »In der Tomatensauce ist pürierter Spinat. So krieg ich ihn dazu, Gemüse zu essen.«

Unerwartet musste Evan an Joey denken, die gerade im Safe House alleine zu Abend aß, Twizzlers und Ramen-Nudeln im sterilen blauen Schein ihres Laptops. Irgendetwas regte sich in ihm; er gab dem Gefühl Raum, betrachtete es und erkannte, was es war.

Er fühlte sich schuldig.

Interessant.

Er sah zur Küche hinüber. Über dem Durchgang hing ein neues Post-it an der Wand.

Vergiss nicht, das, was du noch nicht weißt, ist wichtiger als das, was du weißt. Jordan Peterson

Mia hängte diese Zitate überall in der Wohnung für Peter auf, Regeln, nach denen er sich orientieren konnte. Wie sie einmal zu Evan gesagt hatte: Jemandem das Menschsein beizubringen macht eine Menge Arbeit.

»Peter kann froh sein, dass er dich hat«, sagte Evan.

»Danke.« Sie lächelte und studierte ihren Wodka; ihre Fingerspitzen sahen vorne aus dem Ärmel, damit sie das Glas besser halten konnte. »Und ich bin froh, dass ich ihn habe. Vorhersehbare Antwort, ist aber die Wahrheit.«

»Jetzt bin ich aber wirklich fertig!«, brüllte Peter. »Darf ich noch lesen?«

»Zehn Minuten!«

»Sag mir Bescheid!«

»Mach ich! Ich komme dann rein und deck dich zu.«

Evan betrachtete die frisch zusammengelegte Wäsche, die noch im Wäschekorb auf dem Fußboden stand. Die über und über mit 3-D-Stickern beklebte Hausaufgabenliste über dem Esstisch in der Küche. »Das ist ja so viel Arbeit«, merkte er an.

»Ja. In einer guten Woche. Aber dann gibt's noch die Woche mit Mandelentzündung, die Mobbing-Woche und die Woche, in der er im Brüche-kürzen-Test schummelt.«

»Kein Wunder. Ist ja auch Bruchrechnung ...«, kommentierte er.

Sie musste lachen. »Kinder stellen dein Leben total auf den Kopf. Aber vielleicht sind sie auch das Einzige, was zählt. In dem ganzen großen Chaos um uns herum. Klar würde ich gerne mehr machen. Reisen. Mal richtig entspannen.« Sie hob ihr Glas. »Zum Wohl.« Auf einmal sah sie ernst aus. »Manchmal fühlt sich ein Kind großzuziehen an wie ... eine große Last, die einen runterzieht.« Jetzt hellte sich ihr Gesichtsausdruck wieder auf. »Aber das ist auch wieder gut. Denn sie ist auch ein Anker, der dafür sorgt, dass man den Bezug zur Realität nicht verliert.«

Evan dachte: Genau das war Jack für mich.

»O Mann«, schnaufte Mia. »Manchmal fehlt mir Roger so unglaublich. Es sind nie die großen Dinge, wie man annehmen würde. Romantische Abendessen bei Kerzenschein. Der Sex.

Unsere Hochzeit, gemeinsame Urlaube. Nein, sondern das Gefühl, nach einem schrecklichen Tag im Büro nach Hause zu kommen, und da ist jemand, der auf einen wartet. Stabilität. Weißt du, was ich meine?«

»Nein.«

Sie musste lachen. »Deine Direktheit ist echt mal was anderes. Alles, was von dir kommt, ist ›Ja‹ oder ›Nein‹. Nie ein ›Das tut mir leid‹ oder ›Verstehe ich‹.«

Er dachte: *Das liegt daran, dass ich's nicht verstehe.*

»Diese Sache, mit der du gerade beschäftigt bist, was ist das?«, fragte sie.

Er nahm noch einen Schluck von seinem Drink, ließ den Wodka seine Kehle wärmen. »Mein allerletzter Auftrag.«

»Im Ernst?«

»Ich glaube schon.«

»Wenn das stimmt, könnten eine Bezirksstaatsanwältin und ein ... was immer du bist ... Freunde sein.«

»Freunde.«

Sie stand vom Tisch auf, und auch Evan erhob sich.

»Vielleicht könnten wir das noch mal machen«, fuhr sie fort. »Nur das hier. Vielleicht nächsten Freitag? Peter macht's Spaß. Und mir auch.«

Evan dachte an Jack, der lautlos einen Schritt hinaus ins Nichts gemacht und sein Leben geopfert hatte, um Evan zu beschützen. An Joey, die wie wild daran arbeitete, ihn wieder auf Van Scivers Spur zu bringen. Und an Benito Orellana, hoffnungslos verschuldet, seine Frau tot, sein Sohn in großer Gefahr. *Bitte helfen Sie mir. Sie sind meine letzte Hoffnung.*

Er verdiente es nicht, regelmäßig so etwas Schönes wie heute Abend zu erleben.

Mia sah ihn eindringlich an.

»Was?«

»Jetzt musst du sagen, dass es dir auch Spaß macht.«

»Mir macht's auch Spaß.«

Sie standen jetzt vor der Wohnungstür. Mia sah auf seinen Mund und er auf ihren.

»Darf ich dich küssen?«, flüsterte sie.

Er zog sie zu sich heran und schloss die Arme um sie.
Ihr Mund war so unglaublich weich.

Sie lösten sich wieder voneinander. Sie atmete schwer, und auch er rang nach Atem. Ein seltsames Gefühl – sogar noch seltsamer als Schuldgefühle.

Schließlich sagte er: »Danke für die Einladung.«

Als sie die Tür hinter ihm schloss, lachte sie laut auf.

Er hatte keine Ahnung, warum.

35. SCHUTZHEILIGER ENTRECHTETER ORPHANS

Sie hatte sich einen neuen Look zugelegt.

Dunkelbraune Haare, Power-Bob, vorne länger, mit schnurgeradem Pony. Geschwungene Fünfziger-Jahre-Brille. Ein BH mit B-Körbchen unter der weißen, bürotauglichen Bluse, um ihre schwellenden Formen ein wenig züchtiger wirken zu lassen. Ein enger Wollrock, der sich um ihre Kurven weiter unten schmiegte. Das Ganze wurde durch teure, etwas spießige kniehohe Lederstiefel mit flachem Absatz abgerundet.

Candy achtete sorgfältig darauf, dass ihr Hinterteil optimal zu sehen war, als sie sich über den Kofferraum beugte und umständlich an dem Ersatzreifen herumhantierte.

Ihr fast brandneuer Audi A6 Quattro hatte nämlich einen Platten, praktischerweise genau vor dem Parkplatz am Hinterausgang der New-Chapter-Entzugsklinik.

Der Look, den Candy mit ihrer Verkleidung anstrebte, war junge Juniorpartnerin in einer der bekannten Georgetowner Kanzleien, erfolgreich, aber noch nicht etabliert, die in Kleidung und Lebensstil über ihre Verhältnisse lebte, in der Hoffnung, dass die ersehnte nächste Beförderung nicht lange auf sich warten ließ. Kaum etwas wirkte harmloser auf Männer als eine Frau, die etwas zu verzweifelt versucht, einen professionellen Eindruck zu machen.

Sie tat weiterhin so, als kämpfe sie mit dem Ersatzreifen, damit sich passend zu ihrer Rolle als Jungfer in Nöten eine leichte Gesichtsröte einstellte. Es war sechs Uhr achtundfünfzig am Morgen; pünktlich um sieben Uhr öffnete die Klinik ihre Pforten, und den Informationen zufolge, die Van Sciver ihr gegeben hatte, würde die Zielperson bereits ungeduldig auf ihre frühmorgendliche Nikotindosis warten.

Orphan Ls Nikotinsucht war das Einzige, das er momentan nicht vortäuschte. Und auch das Einzige, das er nicht unterdrücken konnte, selbst wenn sein Leben davon abhinge.

Was es natürlich tat.

Finde heraus, was sie lieben, und lass sie dafür bezahlen.

Sie hörte das dumpfe Geräusch, mit dem der Türriegel aufschnappte, Schritte, dann das Klicken eines Feuerzeugs.

Sie blieb mit dem Oberkörper im Kofferraum und überließ alles Weitere ihrer Rückansicht. Der Rock, konservativ, aber sexy, war wirklich hauteng.

Sie gab genervte Laute von sich.

Ach, herrje. Wenn doch nur ein kühner Held vorbeikäme, der mir...

»Verzeihung?«

Candy entwand sich dem Kofferraum, gab ein dezentes, echauffiertes Schnaufen von sich und presste sich die Hand auf ihr von Schweißperlen benetztes Dekolleté.

Er kam bereits auf sie zu – grau melierte Bartstoppeln, strubbeliges Haar. Das mit dem Abgewrackt-Aussehen hatte er wirklich gut hingekriegt, das musste man ihm lassen, aber wenn er nicht gerade einen Junkie spielte, musste er ziemlich gut aussehen. »Brauchen Sie Hilfe?«

Zu den Hochzeiten des Orphan-Programms war Tim Draker einer der Besten gewesen. Aber unlängst hatte er sich mit Van Sciver überworfen, hatte sich vor seiner Zeit in den Ruhestand verabschiedet und war einfach von der Bildfläche verschwunden. Dann hatte er herausfinden müssen, dass es keinen Abschied vom Orphan-Programm gab.

Zumindest nicht unter Van Sciver.

»O Gott, ja bitte. Der Reifen ist geplatzt, und ich hab überhaupt keine Ahnung, wie man den wechselt. Ich bin schon spät dran fürs Büro – mein Chef bringt mich um.«

Draker kam näher und schnippte mit einer geübten Bewegung die Zigarette beiseite. Ein breites, selbstsicheres Lächeln. Zu selbstsicher für einen Heroinabhängigen auf Entzug. Die Situation war zu verlockend – *sie* war zu verlockend –, um einem ausgebildeten Orphan nicht das Wasser im Munde zusammenlaufen zu lassen, ihn Distanz halten zu lassen und seine Tarnung nicht zu kompromittieren.

Allein ihrem Hinterteil war das gelungen, wofür man normalerweise ein ganzes Aufgebot an FBI-Agenten gebraucht hätte.

Draker trug ein T-Shirt – eine gute Wahl, denn so konnte man wunderbar die schorfigen Einstichstellen und dunklen, langsam verblassenden blauen Flecken in seinen Armbeugen erkennen. Beeindruckende Visuals, die vermutlich von einer knapp unter die oberste Hautschicht gespritzten Mischung aus Vitamin-C-Pulver, Ajax und Augentropfen herrührten. Dann haut man sich genug Mohn und kodeinhaltigen Hustensaft rein, damit die Opiat-Drogentests positiv ausfallen. Danach kommt es allein auf die eigenen Schauspielkünste an. Seife in die Augen reiben, reichlich Red Bull, Hustensaft und pseudoephedrinhaltige Erkältungsmittel schlucken, und schon kann man als der durchschnittliche aufgedrehte, nervöse Junkie mit verklebten Augen, Übelkeit und Schweißausbrüchen durchgehen. Gelegentlich geäußerte Selbstmordgedanken sorgen dafür, dass man noch länger irgendwo in Sicherheit verbringen kann – weit ab vom Schuss und geschützt durch die allumfassende Diskretion, die Drogenentzugskliniken ihren Klienten angedeihen lassen.

Ein Plan würdig eines Jack Johns, Schutzheiliger entrechteter Orphans.

Van Sciver wäre nie darauf gekommen.

Wäre da nicht diese eine Wimper gewesen.

Die hatte ihm einen Hinweis auf anonyme Entzugskliniken gegeben. Aber deren Adressen ausfindig zu machen war eine Heidenarbeit gewesen. Hätte es sich um irgendjemand anderes als Van Sciver mit seiner MegaBot-Data-Mining-Höhle gehandelt, hätten sie es niemals geschafft. Draker hätte sich weiterhin bedeckt gehalten, sich einem weiteren »Entzug« in einer anderen Klinik unterzogen und wäre dann lächelnd in den Sonnenuntergang verschwunden, sobald sie ihre Suche eingestellt hätten.

Draker kam auf sie zugeschlendert und tat so, also schaue er ihr nicht in den Ausschnitt. »Soll ich mal einen Blick drauf werfen?«

»O wie wunderbar«, hauchte Candy überzeugend. »Das ist ja *so* nett von Ihnen.«

Draker beugte sich über den Kofferraum und streckte sich nach dem Ersatzreifen, wobei sich das T-Shirt über seinem muskulösen Rücken spannte. Candy zog eine Spritze oben aus dem

Schaft ihres Stiefels, nahm die sterile Plastikkappe ab und stach ihm die Kanüle in den Hals.

Er sackte sofort über dem Kofferraum zusammen.

Sie packte seine Beine und schob ihn ganz hinein.

Ein besonders attraktives Ausstattungsmerkmal des A6.

Der großzügig bemessene Stauraum.

Sie knallte den Deckel zu, stieg ein und fuhr davon. Das ganze Kidnapping hatte drei Sekunden gedauert, vielleicht vier.

Männer waren so einfach rumzukriegen.

Sie hatten einen einzigen Hebel. Man brauchte nur ganz leicht an ihm zu ziehen.

Van Sciver und Thornhill fuhren mit dem gepanzerten Chevy Tahoe durch das hohe Maschendrahttor und stellten ihn an der Seite eines schlichten einstöckigen Gebäudes ab. Der Garten an der Rückseite des Hauses war von Unkraut überwuchert, und ein umgestürzter Grill war so stark verrostet, dass er bereits mit dem Erdreich zu verschmelzen begann.

Van Sciver stieg aus – sein feines rotblondes Haar glänzte im Sonnenlicht – und zog ruckelnd das auf Rollen montierte Tor zu, wodurch er sie von der Außenwelt abriegelte. Thornhill öffnete die Heckklappe.

Dann entluden sie den Tahoe:

Vorhängeschlösser und Sperrholz.

Nylonseile und Holzplanken in verschiedenen Längen.

Matratzen und Abdeckplanen.

Putzlappen und eine Bratenspritze.

Panzerband und einen Klappstuhl aus Metall.

Thornhill pfiff die ganze Zeit vor sich hin. Van Sciver fragte sich, was es brauchen würde, um dem Kerl seine permanente gute Laune auszutreiben.

Als sie fertig waren, waren Van Scivers Wangen und Hals vor Anstrengung unregelmäßig rot angelaufen. Sein Hemd klebte ihm an den breiten Schultern. Er hatte die Statur eines osteuropäischen Bauern – Arme, die Richtung Handgelenk kaum schmaler wurden, kräftige Oberschenkel, über denen sich die Cargohose spannte, ein Nacken, den man kaum mit zwei Händen umfassen konnte. In einem anderen Leben wäre er ein M60-Schütze gewesen, der das riesige, »Pig« genannte Maschinengewehr mit Gurtzuführung für einen Platoon mit sich herumschleppte. Eine Ein-Mann-Artillerie-Einheit.

Aber sein jetziges Leben war besser.

Er griff den Rest der Ausrüstung, schloss den Chevy ab und trat ins Haus.

Im dem Raum, der die Küche darstellen sollte, machte Thornhill gerade Handstand-Push-ups auf dem sich ablösenden Linoleumboden. Zwischen den Strängen seines Trizeps hätte man Walnüsse knacken können.

Van Scivers Handy gab einen Benachrichtigungston von sich. Er arrangierte alles, was er in der Hand hatte, neu, um drangehen zu können. »Codewort.«

»Potluck Chiaroscuro«, antwortete Candy. »Die werden aber auch immer überkandidelter.«

»Hast du das Paket?«

»Was denkst du?«

»V.« Noch ungeduldiger konnte ein einziger Buchstabe nicht klingen.

»Ja, habe ich«, sagte sie schnell.

Er ging zur abgeplatzten Küchentheke und legte dort ein Hundehalsband neben einem verzinkten Eimer ab.

»Gut. Wir sind nämlich gleich so weit.«

36. FRISCHE LUFT

Joey öffnete die Haustür des Unterschlupfs in Burbank. Sie sah ziemlich schlecht aus: verquollene Augen, aschfahle Haut, strubbelige Haare.

Evan trat an ihr vorbei ins Haus und ließ die Tür hinter sich ins Schloss fallen. »Hast du den Überwachungsbildschirm überprüft, bevor du aufgemacht hast?«

»Nö. Ich dachte, ich spiel russisches Roulette. Entweder bist du's – oder halt Van Sciver.«

»Es wird immer schwieriger, eine vernünftige Antwort aus dir rauszubekommen«, brummte Evan.

»Tja, der Sprint-Marathon hat mir nicht gerade viel Zeit zum Schlafen gelassen.«

Sofort sah er zu den beiden Laptops hinüber, über deren Bildschirme Ströme von Code liefen und auf denen der Fortschrittsbalken nur langsam anwuchs. »Also noch nichts.« Es gelang ihm nicht, seine Stimme nicht ungeduldig klingen zu lassen.

»Sonst hätte ich angerufen.«

Er sah sich in dem nur mit dem Nötigsten eingerichteten Haus um und fragte sich, ob es sie an den Hangar erinnerte, in dem sie bei Van Sciver hausen musste. Oder an das Apartment, in dem Jack sie versteckt hatte. Wieder verspürte er das merkwürdige Ziehen in der Brust, das sich in letzter Zeit öfter einstellte. Er dachte daran, wie sie am gestrigen Abend mit untergeschlagenen Beinen auf dem Sofa die Thanksgiving-Karte gelesen hatte.

»Wie geht's dir?«, fragte er.

»Wie geht's mir wohl? In letzter Zeit bin ich entweder um mein Leben gerannt oder hab eine gefühlte Ewigkeit auf einen Bildschirm gestarrt. Was für ein beschissenes Leben soll das sein?«

Sie ging in die Küche und machte noch ein Red Bull auf.

Bis zu seinem Treffen mit Benito Orellana in Pico-Union hatte Evan noch ein paar Stunden Zeit. »Lass uns einen Spaziergang machen«, schlug er vor.

»Toll. Ein Spaziergang. Als ob ich ein Köter wär. Willst du jetzt mit mir Gassi gehen?« Sie hielt sich zurück, rieb sich mit beiden Händen das Gesicht und stieß dahinter lautstark den Atem aus. »Scheiße. Tut mir leid, ich führ mich auf wie die letzte Kuh.«

»Nein, tust du nicht. Komm. Frische Luft.«

Sie deutete ein Lächeln an und strich sich das Haar zur Seite. »Kann mich noch dunkel an frische Luft erinnern.«

Sie folgte ihm nach draußen. Der belebende Duft des Blue-Point-Wacholders erinnerte ihn an den Parkplatz in Portland. Das Mädchen und er hatten schon einige verdammt brenzlige Situationen miteinander durchlebt und ziemlich viel Zeit zusammen an vorderster Front verbracht.

Sie gingen nach links die Straße hinunter. Evan war die ganze Zeit über wachsam und überprüfte Autos, Fenster und Dächer. Über ihnen schwatzten wilde Papageien, die von Baum zu Baum flogen. Ihre Rufe waren laut und durchdringend, aber irgendwie auch wunderschön. Während ihres Spaziergangs beobachteten Joey und er, wie die Vögel Pulks bildeten, miteinander stritten und dann wieder auseinanderflogen. Evan glaubte, so etwas wie Sehnsucht an Joeys Gesicht ablesen zu können.

»Du hast mir immer noch nicht gesagt, wie du mit richtigem Namen heißt«, bemerkte Evan.

»Ach ja. Moment. Äh, also ... Geht dich gar nichts an.« Sie stieß ihm leicht gegen die Schulter, sodass er in den Rinnstein treten musste.

»Ich verrate dir auch, was mein richtiger Vorname ist«, sagte er. »Hab ich noch nie jemandem erzählt.«

»Also nicht nur Evan?«

»Nein. Evangelique.«

»Echt?«

»Quatsch.«

Sie musste aus vollem Halse lachen und hielt sich die Hand vor den Mund.

Vor ihnen bogen gerade zwei Jungs um die Ecke, der eine auf einem Hoverboard, der andere auf einem Longboard, die Räder ruckelten über die Risse im Bordstein. Die beiden hatten Hoodies mit Skater-Logos und Retro-Vans mit Schachbrettmuster an.

Das Hoverboard prallte gegen einen durch eine Baumwurzel verursachten Buckel im Asphalt, und der Junge stürzte und schürfte sich die Hände auf.

Evan wollte Joey gerade sagen, dass sie weitergehen sollte, als sie rief: »Bist du okay?«

Als sie näher kamen, kam der Junge auf die Beine. »Alles klar.«

Sein Freund, ein stämmiger Typ, trat auf das Ende des Longboards, sodass es vorne hochschnellte und er es an der Vorderachse greifen konnte. Er sah aus wie knapp zwanzig. Sein Haar war an den Seiten kurz geschnitten, oben hatte er sich einen straffen Männerdutt gemacht.

Evan gefiel er kein bisschen.

Und erst recht nicht, wie er Joey ansah.

»Hi, ich heiße Connor. Wohnt ihr hier in der Gegend?«

»Nein«, sagte Evan schnell. »Wir besuchen gerade einen Freund.«

»Okay«, sagte der Junge, wobei er sich nur auf Joey konzentrierte. »Wenn du mal wieder hier bist: Wir hängen abends meist im alten Zoo ab.« Er zeigte die Straße entlang Richtung Griffith Park. »Zum Chillen. Du solltest mal vorbeikommen.«

Evan plante im Kopf den Aufprallwinkel, mit dem ihm sein Aufwärtshaken beide Kiefergelenke zerschmettern würde.

»Sie ist beschäftigt«, zischte er.

»Wann?«

»Immer.«

Als sie vorbeigingen, flüsterte Connor Joey zu: »Alter, dein Dad ist echt anstrengend.«

»Du hast ja keine Ahnung …«, entgegnete Joey.

Die beiden ließen die Jungs hinter sich zurück, als sie in die Straße zum Safe House einbogen.

»Glaubst du, den haben sie auf uns angesetzt?«, fragte Joey.

»Nein, ich glaube, er ist ein nichtsnutziger Mistkerl. Fahrige Bewegungen. Das typische Kiffernicken. Richtig übel.«

»Ich fand ihn ganz süß.«

»Du hast Hausarrest.«

»Meinst du die ›Eingesperrt in einem Safe House und gezwungen, einen verschlüsselten Laptop zu hacken‹-Art von Hausarrest?«

»Ganz genau.«

Ihr Lächeln schien sie selbst zu überraschen. Sie wandte sich ab, damit er es nicht sah.

Evan stieß sie leicht gegen die Schulter, sodass diesmal sie in den Rinnstein treten musste.

37. BLUT REIN, BLUT RAUS

Benito Orellana rang die Hände, trat unruhig von einem Bein aufs andere, offensichtlich von großem Kummer geplagt. Zwar weinte er nicht, aber Evan sah deutlich, dass er die Tränen nur mit Mühe und Not zurückhalten konnte. Die fleckige Spülschürze des Mannes hing über einer Stuhllehne; bevor Evan eintraf, hatte er sich noch ein gebügeltes weißes T-Shirt angezogen. Arm, aber stolz.

»Eltern, sie sind nur so glücklich wie ihr unglücklichstes Kind«, sagte Benito. »*Mi mamá* hat das immer gesagt. Verstehen Sie?«

Kein bisschen, dachte Evan. Was er sagte, war: »Erzählen Sie mir, was mit Xavier passiert ist.«

Im dem quadratischen Wohnzimmer des winzigen Hauses in East L.A. stand Evan neben Benito und sah aus dem Panoramafenster. Vor ihnen lag ein riesiges, von Bulldozern geebnetes Stück Bauland und ganz am Ende die oberen Stockwerke eines im Bau befindlichen mehrstöckigen Gebäudes. Man sah Bauarbeiter, die am Stahlgerüst hingen und Doppel-T-Träger einwinkten wie Flugzeuge nach der Landung.

Egal, welche Richtung man in Pico-Union einschlug, man traf früher oder später auf eine große Durchgangsstraße: den Freeway 110 im Osten, Normandie Avenue im Westen, Olympic Boulevard oben und unten den Santa Monica Freeway.

Viele Fluchtrouten. Was bedeutete, auch viel Verbrechen.

Evan hatte diesen Block, die unmittelbar angrenzenden und auch noch die dahinterliegenden auf mögliche Gefahren hin überprüft. Das Ganze hatte drei Stunden gedauert, musste aber unbedingt sein, bevor er sich dem Treffpunkt näherte, für den Fall, dass es sich um eine Falle handelte, mit Benito als Köder.

Früher hatte Evan bei diesen Aufklärungsmissionen immer einen Aktenkoffer mit allen möglichen Überwachungsspielereien dabeigehabt, unter anderem Störsender, falls Digitalsender im Spiel waren. Aber der Koffer war sperrig gewesen.

Außerdem hatte er ihn in die Luft jagen müssen.

Jetzt verwendete er einen einfachen tragbaren Störsender, den man in die Hosentasche stecken konnte und der nicht größer als eine Zigarettenschachtel war.

Nach kurzer Zeit hatte er sich überzeugt, dass Benito kein Undercoveragent für Van Sciver war und dass er wirklich in einer Notlage steckte.

Benito schluckte schwer. »Als meine Frau gestorben ist, wusste ich nicht, wie man kocht, ich wusste gar nichts.«

»Mr. Orellana. Ich bin wegen Xavier hier.«

»Sie hätte gewusst, wie man mit ihm reden muss. Aber ich muss so hart arbeiten. Sogar jetzt gerade vertritt mich ein Freund im Restaurant. Am Ende vom Gehaltsscheck ist immer noch zu viel Monat übrig. Ich hab drei Jobs, damit Xavier versorgt ist. Aber ich verliere ihn aus den Augen. Die Zeit hat einfach nicht gereicht, um Geld zu verdienen und mich auch noch um ihn ...«

Er war kurz davor zusammenzubrechen.

»Mr. Orellana«, sagte Evan vorsichtig. »Was hat Xavier gemacht?«

Benito schwankte hin und her, der Blick glasig und abwesend. »Wo ich herkomme, gibt's eine Gang. Die bringen jeden um. Frauen, Kinder. Die sind so schlimm, dass die Regierung in San Salvador ein eigenes Gefängnis für sie gebaut hat. Selbst die Polizei traut sich da nicht rein. Stattdessen stehen bewaffnete Truppen davor. Diese Gang kontrolliert das ganze Gefängnis. Das sind die Leute ...« Er suchte nach dem richtigen Ausdruck. »Das sind die Leute, die Sie am allerwenigsten gegen sich aufbringen wollen.«

»MS-13«, schlussfolgerte Evan. »Mara Salvatrucha.«

Benito kniff die Augen zusammen, als könne er sich so vor diesen Worten schützen.

»Es ist das gefährlichste Land der Welt«, fuhr Benito fort. »Für einen jungen Mann gibt es nichts außer Gangs und Gewalt. Eine Handgranate gibt's für einen Dollar. Als Xavier auf die Welt kam, sind wir hierhergekommen, um ein besseres Leben zu haben.« Jetzt kamen die Tränen und rannen ihm die faltigen Wangen herab. »Aber wie sich rausstellt, sind die auch hergekommen.«

»Und Xavier ist beigetreten?«

»Er hat noch nicht die Aufnahmeprüfung gemacht«, antwortete Benito. »Das weiß ich von meinem Freund. Sein Sohn ist einer von denen. Noch ist es nicht zu spät.«

»Aufnahmeprüfung?«

»Blut rein, Blut raus. Man muss töten, um aufgenommen zu werden. Und die Gang verlassen kann man nur als Leiche.« Der Mann wischte sich die Wangen. »Mir bleibt nicht mehr viel Zeit.«

»Wo ist das Hauptquartier der Gang?«

»Ich weiß es nicht.«

»Und wo finde ich Xavier?«

»Keine Ahnung. Letzte Woche hatten wir Streit. Er ist abgehauen. Seitdem hab ich ihn nicht mehr gesehen. Ich habe schon meine Frau verloren, jetzt darf ich ihn nicht auch noch verlieren. Als sie starb, habe ich ihr versprochen, gut auf ihn aufzupassen. Ich hab mich so sehr bemüht. So sehr.«

»Ich verstehe nicht, was Sie wollen«, sagte Evan. »Was genau soll ich für Sie tun?«

»Sorgen Sie dafür, dass die meinen Sohn nicht zum Mörder machen.«

»Niemand kann einen anderen zum Mörder machen.« Kaum hatte er es ausgesprochen, wurde ihm die Ironie bewusst, dass diese Worte von ihm kamen.

»Doch«, sagte Benito. »Das können sie, und das werden sie.«

Die philosophischen Feinheiten entgingen Benito, und Evan hatte keine Lust, mit ihm darüber zu diskutieren.

»Ich hatte Ihnen versprochen, mich mit Ihnen zu treffen«, sagte Evan. »Aber bei dieser Sache kann ich nichts für Sie tun.«

»Bitte«, flehte Benito. »Er ist ein guter Junge. Helfen Sie ihm.«

»Ich bin kein Sozialarbeiter.«

»Sie können ihn überzeugen.«

»Jemanden zu überzeugen gehört nicht zu meinen besonderen Fähigkeiten.«

Orellana ging in die Küche und riss ein Foto vom Kühlschrank, sodass der Magnet herunterfiel und über den Boden rollte. Er hielt das Foto mit beiden Händen hoch, als er zu Evan zurückkehrte.

Evan sah es sich an.

Es war auf einem Grillfest im Garten hinter einem Haus aufgenommen worden: Xavier trug ein Unterhemd und zu große olivgrüne Cargoshorts und hatte eine Bierflasche am Mund. Er war etwas grobschlächtig, aber attraktiv, mit klaren braunen Augen und noch einem Rest Babyspeck im Gesicht, obwohl er bereits vierundzwanzig war. Sein Lächeln ließ ihn wesentlich jünger wirken, und Evan fragte sich, wie es sich für Benito anfühlte, dabei zusehen zu müssen, wie sich sein kleiner Junge zu einem Chaos aus Widersprüchen entwickelte: bedrohlich und liebenswert, hart und kindlich zugleich.

Hatte Jack sich auch so mit Evan gefühlt?

Er ist das Beste an mir.

»Als seine Mutter starb, ist er vom Weg abgekommen«, sagte Orellana mit zitternden Händen. »Trauer lässt uns schreckliche Dinge tun.«

Evan sah sich im Schädlingsbekämpfungsladen in Portland stehen, den Fuß auf der Brust eines Mannes, die Flinte im Anschlag. Blut aus einer zerfetzten Hand färbte den Fußboden rot.

Er riss sich zusammen und nahm das Foto.

38. STAHLSKELETT

Die Bauarbeiter verließen nach und nach die Baustelle und gingen den Hang hinauf, wo ein altmodischer Imbisswagen und ein vornehmerer Foodtruck mit koreanischen Tacos um Kundschaft warben. Drei riesige Parkplätze waren dem Erdboden gleichgemacht worden, um Platz für eine erschwingliche Seniorenwohnanlage zu schaffen, die auf den gigantischen Werbetafeln idyllisch in Aquarell dargestellt war. Am südlichen Ende der abschüssigen, etwa zweieinhalb Hektar großen geräumten Fläche befand sich das Stahlskelett eines vierstöckigen Gebäudes, des ersten, das in der neuen Anlage in die Höhe wuchs. Hinten grenzte es an die hohe Mauer des Freeway 10, sodass das mitten in der Stadt gelegene Gelände seltsam abgeschieden war.

Also genau das Richtige für das, was Evan jetzt vorhatte.

Ein gelber Turmkran stand aus unerfindlichen Gründen mitten zwischen Stapeln von Ausrüstung und Baumaterial: Zementmixer, Stahlpodeste, hydraulische Drehmomentschlüssel und Schrauben in der Dimension von menschlichen Armen.

Ein gutes Stück weiter oben hatten die Arbeiter die Imbisse erreicht; ihr Gelächter wurde vom Wind davongetragen. Dann herrschte Stille, und nur noch das unablässige Rauschen der unsichtbar auf der anderen Seite der Freeway-Mauer vorbeirasenden Autos war zu hören.

Plötzlich tauchte ein drahtiger Typ mit orangefarbenen Haaren auf. Er schob eine Schubkarre vor sich her, Schweiß glänzte auf seinen muskulösen Armen. Vor einem Haufen Installationsrohre aus Kupfer hielt er an und fing an, sie in die Karre zu laden, wobei er nervös zu den Bauarbeitern oben am Hang hinaufsah.

Evan trat zwischen zwei Toilettenhäuschen hervor und näherte sich dem Mann von hinten.

»Verzeihung«, sagte er.

Der Mann zuckte zusammen und drehte sich blitzschnell mit einem Metallrohr in der Hand zu ihm um. Er sah aus wie jemand, der sich auf der Straße durchsetzen konnte; dank Aufputschmitteln zuckten seine Muskeln, was ihm noch mehr Kraft verleihen würde. Er hatte ein Mopsgesicht – Unterbiss und leicht hervortretende Augen –, und seine Haut war unnatürlich blass.

»Was willst du, Arschloch?«

»Ein paar Antworten.«

Sie standen im Schatten der Freeway-Mauer, und bis rauf zu den Foodtrucks war nirgends eine Menschenseele. Niemand konnte sie hier unten sehen.

Ideal für einen Kupferdieb.

»Du bist hier aus der Gegend«, sagte Evan zu dem Mann. »Ganz offensichtlich hast du die Baustelle genau beobachtet und weißt, wann die Arbeiter Pause machen. Ich hätte ein paar Fragen an jemanden, der sich hier auskennt.«

»Du hast genau zwei Sekunden, um dich zu verpissen. Danach schlag ich dir deinen beschissenen Schädel ein.«

Der Mann kam langsam auf ihn zu. Evan rührte sich nicht vom Fleck.

»Dein erster Instinkt ist, sofort zu eskalieren«, entgegnete Evan. »Das zeigt mir, dass du ein asoziales Arschloch bist.«

Der Typ fuhr sich mit der Zunge über seine kaputten, kariösen Zähne. »Ach ja?«

»Weil du dein ganzes Leben mit Leuten verbracht hast, die sich das gefallen lassen haben.«

»Ich bin nicht so 'ne Pussy von der West Coast, okay? Ich komm aus Lowell, Massachusetts, Bitch. Da hab ich schon als Kind Kämpfen gelernt, von richtigen Boxern, die ...«

Evan streckte die Finger zu einem einfachen Biu-Tze-Stich und rammte sie dem Typen in den Kehlkopf.

Seine Luftröhre fing an zu krampfen. Er riss den Mund auf und schnappte nach Luft.

Er ließ das Rohr fallen, machte einen Schritt nach hinten, ließ sich auf sein Hinterteil fallen und beugte sich nach vorn. Dann legte er sich flach auf den Rücken. Kam wieder hoch. Schnappte noch mal erfolglos nach Luft. Schließlich gelang es ihm, unter Keuchen etwas Sauerstoff einzusaugen. Dann hustete und würgte er ein bisschen.

Evan wartete und sah sich derweil die an einen Metallbaukasten erinnernde Konstruktionsweise des Gebäudes an. Vom dritten Stock aus konnte man Benito Orellanas Haus sehen. Und vom vierten fast ganz Pico-Union. Trotz all der Verbrechen war es ein kleines Viertel. Geradezu intim. Jemand, der in dieser Gegend wohnte, würde so einiges mitbekommen.

Der Hustenanfall schien vorüber, und der Mann nahm ein paar tiefe Atemzüge. »Scheiße, Mann«, sagte er. Seine Stimme war kaum mehr als ein Krächzen. »Warum hast du das gemacht?«

»Um das Gespräch etwas zu beschleunigen.«

Der Typ war noch immer nicht in der Lage zu sprechen, aber wedelte mit der Hand, dass Evan weiterreden sollte.

»MS-13«, sagte Evan. Jetzt huschten die Augen des Mannes hoch zu Evan. »Ich muss wissen, wo hier deren Hauptquartier ist.«

»Kann ich dir nicht sagen, Mann.«

Evan trat einen Schritt auf ihn zu, und der Kupferdieb robbte wie eine Krabbe auf Hände und Füßen nach hinten, bis er mit den Schultern an die obere Kante eines Doppel-T-Trägers stieß. Evan ging ihm hinterher.

»Ha-Ha-Halt. Okay. *Okay*. Ich sag's dir.«

Evan über sich gebeugt, drückte er sich ängstlich an den Stahlträger.

Mit einer Hand hielt er sich die Kehle, die andere hatte er abwehrend erhoben. »Aber lass mich erst mal wieder zu Atem kommen.«

39. OKKULTE SCHRECKENSVISIONEN

Eine stahlverstärkte Tür war das erste Anzeichen, dass das verlassene Kirchengebäude nicht das war, was es zu sein schien. Das halbe Dutzend Männer, die davor Wache schoben, rauchten und gelegentlich aneinandergerieten, war ein offensichtlicheres zweites. Sie hatten kahl rasierte Schädel, und ihre Gesichter und Köpfe waren über und über mit Tattoos bedeckt. Teufelshörner auf der Stirn. Die Zahlen 1 und 3 in römischen Ziffern in Rot auf den Wangen. In einer Dreiecksform angeordnete Punkte am Augenwinkel, die für die drei Orte standen, an denen die Reise für ein volles Mitglied der Mara Salvatrucha endete: Krankenhaus, Gefängnis – oder Friedhof.

Jeder einzelne von ihnen trug Nike-Cortez-Turnschuhe, in Blau-Weiß für die Flagge ihres Heimatlandes. Ein hemdloser Schlägertyp hatte ein Tattoo mit den drei Affen auf seinem nackten Oberkörper: Nichts sehen, nichts hören, nichts sagen.

Evan ging auf der gegenüberliegenden Straßenseite an ihnen vorbei und bog dann um den Block, wo er sich erst einmal orientierte. Die Kirche lag nördlich des Pico Boulevard am Freeway 110 und war umgeben von rapide verfallenden Gebäuden. Eine Textilfabrik. Eine Bodega – ein kleiner Gemischtwarenladen –, bei der ein Fenster zur Straße durch Sperrholz ersetzt war. Und überall Graffiti: auf Müllcontainern, auf geparkten Autos, an Hauswänden. An einer Ecke erinnerte ein Schrein aus Blumenkränzen und Votivkerzen an einen kleinen Jungen, der mit wachen, zu vertrauensvollen Augen von einem gerahmten Schulfoto blickte.

Auf einer löchrigen Überdecke auf dem Bürgersteig verkaufte ein Straßenverkäufer nachgemachte Nikes, deren »Swoosh«-Logo verdächtig tief saß. Auch sie waren blau-weiße Cortez, Fanartikel für diejenigen Bewohner, die ihre Sympathien für die Heimmannschaft öffentlich zur Schau tragen wollten.

Evan bog in eine schmale Gasse und kletterte über eine Feuerleiter auf das Dach eines Crack-Hauses. Er überquerte die verrottenden Schindeln in Richtung des Kirchturms nebenan, ging an der rostigen Dachrinne in die Hocke und sah vorsichtig durch das zerbrochene Buntglasfenster in die unter ihm liegende Kirche.

Die Bänke waren zur Seite geschoben, damit sich die Gangmitglieder im Kirchenschiff treffen konnten. Jeder hatte eine Pistole an der Hüfte, die Maschinenpistolen lehnten griffbereit in den Ecken. Das hier war keine Gang.

Es war eine Armee.

Die Männer tauschten zusammengerollte Bündel von Geldscheinen aus, befüllten Tütchen mit weißem Pulver oder kassierten die Einnahmen von verbraucht aussehenden Nutten. Auf langen Tischreihen standen elektronische Waagen wie Nähmaschinen in einem Sweatshop. An der Rückwand stapelten sich palettenweise Kartons mit Elektroartikeln, davor lagen große Haufen gestohlener Designerklamotten. Ein regelrechter Bienenstock, der nur so vor Geschäftigkeit summte.

Evan suchte die wuselnde Menge nach Xavier ab. Das Aufgebot an Tätowierungen war überwältigend. Pentagramme und Namen von geliebten Verstorbenen. Totenköpfe, Handgranaten, Würfel, Dolche, Macheten. Und Schriftzüge – anstelle von Augenbrauen, blaue Lettern auf Lippen, Spitznamen quer über die Kehle in Fraktur. Andere Tattoos standen für die Verbrechen, die die Männer verübt hatten, Vergewaltigung, Mord, Kidnapping.

Eine ganze Polizeiakte, mitten im Gesicht.

Xavier war nirgends zu sehen.

Ein Mann mit breiter Brust kam die Stufen vom Altarraum herunter, und die Körpersprache der anderen veränderte sich schlagartig. Die Gespräche verstummten, alle wirkten hoch konzentriert. Auf der Stirn des Mannes prangte MS in gotischer Schrift, was ihn als hochrangiges Mitglied auswies. Es war eine Ehre, die Anfangsbuchstaben des Gangnamens oberhalb der Schultern tragen zu dürfen. Aber das war nicht das Erste, was Evan an ihm auffiel.

Sondern seine Augen.

Sie waren komplett schwarz.

Hier, über die Dachtraufe des Crack-Hauses gebeugt, lief es Evan zum ersten Mal seit langer Zeit eiskalt über den Rücken.

Es dauerte einen Moment, bis er sich wieder gefangen und die okkulten Schreckensvisionen aus seinem Kopf verbannt hatte.

Der Typ hatte sich das Weiße in den Augen tätowieren lassen.

Er hatte ein schmales, fuchsähnliches Gesicht, und über den Nasenrücken verlief ein Kreuz, dessen Arme sich links und rechts bis unter seine Augen erstreckten. Zwei Reihen von Metallsteckern schmückten seine Wangen, und auf beiden Seiten der Unterlippe hatte er Sharkbites, mit je zwei Ringen pro Seite. Entlang seines Unterkiefers verlief in Großbuchstaben das Wort FREEWAY, als sei ihm ein Schwall Blut aus dem Mund gelaufen.

Im Vorbeigehen drückten er und einer seiner Lieutenants sich männlich-gefühlvoll die Hand auf Schulterhöhe, wobei sich ihre Schultern kurz berührten, dann ging er weiter zur Tür. Die Armee teilte sich, um ihn durchzulassen.

Evan hatte noch Benitos Worte im Ohr – *Das sind die Leute, die Sie am allerwenigsten gegen sich aufbringen wollen* –, und ihn fröstelte es in der kühlen Brise.

Er ging am Rand des Daches entlang und beobachtete Freeway, wie er die Stahltür aufwarf und hinaustrat. Sofort verstummten die Wachen und traten zur Seite. Oben auf dem Dach folgte Evan Freeway und lief an der Kante entlang, als der Anführer um die Ecke bog.

Aus den benachbarten Gässchen begrüßten ihn ein paar Männer mit dem Heavy-Metal-Teufelshörner-Zeichen, wobei ihre Finger ein umgekehrtes M wie Mara Salvatrucha bildeten. Freeway erwiderte den Gruß nicht.

Sobald Passanten ihn kommen sahen, senkten sie den Blick und traten auf die Straße, um ihm den Bürgersteig zu überlassen.

Noch immer keine Spur von Xavier.

Freeway betrat den kleinen Einkaufsladen. Durch das verbleibende Fenster sah Evan, wie der Besitzer erstarrte. Er huschte zur Tür und drehte das Schild vor der Scheibe auf GESCHLOSSEN.

Freeway ging durch die Gänge, nahm sich Waren aus den Regalen und verschwand nach hinten in den Hof, ohne zu bezahlen. Der Besitzer hielt kurz inne, bis er sich wieder beruhigt hatte, dann folgte er ihm.

Evans RoamZone klingelte; das durchdringende Geräusch ließ ihn zusammenzucken. Ihm war nicht bewusst gewesen, wie angespannt er gewesen war, als er den Anführer der Gang beobachtet hatte.

Auf dem Display wurde die Nummer des Wegwerfhandys angezeigt, das er Joey gegeben hatte.

Evan nahm ab. »Schieß los.«

»Ich bin drin«, sagte Joey.

Hoch über der Straße nahm Evan einen tiefen Atemzug der kühlen Luft.

»Du solltest lieber vorbeikommen«, fuhr sie fort. »Es ist schlimmer, als wir dachten.«

40. ERWEITERTE VERHÖRTECHNIKEN

Candy lenkte den Audi durch das Tor an der Seite des Grundstücks, ließ Tim Draker aus dem Kofferraum steigen und vor sich her durch die Hintertür ins Haus gehen. Sie hielt sich ein paar Schritte hinter ihm, die Pistole auf seinen Hinterkopf gerichtet. Die Hände hatte sie ihm zwar mit Kabelbindern hinter dem Rücken gefesselt, aber man konnte nicht vorsichtig genug sein. Zumindest nicht bei einem Orphan.

Draker trat in das Wohnzimmer und blinzelte, während sich seine Augen an das schummrige Licht gewöhnten. Vor den Fenstern und an den Wänden lehnten Matratzen, um den Raum schallzudämmen. Auf einer Plane auf dem Boden war eine Auswahl an Werkzeug ausgebreitet. Am anderen Ende des Zimmers stand Charles Van Sciver, die astdicken Arme vor der Brust verschränkt.

Candy konnte sich ein kleines Grinsen nicht verkneifen, als sie sah, wie Draker bei seinem Anblick ein wenig in sich zusammensackte, als habe jemand die Drähte einer Marionette durchtrennt.

Über seine verschränkten Arme hinweg fixierte Van Sciver den Mann, das eine Auge durchdringend und fokussiert, die Pupille des anderen derart vergrößert, dass der gesamte Augapfel schwarz wirkte. »Lass mich dir erzählen, was wir wissen«, fing er an. »Jack Johns war schon lange im Bilde, was die Anweisung von oben anging, Versager und Abtrünnige auszuschalten, und diejenigen Orphans, bei denen es laut Tests eine hohe Wahrscheinlichkeit für Ungehorsam gab. Aber von der Schattendatei wusste er, noch bevor ich es wusste. Und er wusste auch, dass ich sie mir schon bald beschaffen würde. Also hat er versucht, so viele von diesen Orphans zu kontaktieren, wie möglich, und sie auf jede ihm zur Verfügung stehende Weise zu verstecken. In ein paar Fällen ist es ihm auch gelungen, bevor wir ihn geschnappt haben. Du warst einer davon. Nachdem du dem Programm den Rücken gekehrt hattest, hat er dir geholfen unterzutauchen. Und er hat sich des Kandidaten angenommen, den du für mich rekrutiert hattest. David Smith. Zwölf Jahre. Mittlerweile dreizehn.«

Van Sciver hielt inne, aber Orphan L zeigte keinerlei Reaktion.

Bei der Erwähnung des Jungen fröstelte es Candy hinten im Nacken. Ein unangenehmes Gefühl, dasselbe, das sie hatte, wenn sie an die Gasse außerhalb von Sewastopol dachte, an Halya Bardakçi mit ihren Babygiraffenbeinen und dem mandelförmigen Gesicht. Eine Ostslawin durch und durch, wunderschön und aufreizend, billig zu haben und leicht wieder loszuwerden. Nachdem M sie in den Hals gestochen und in den Kofferraum des Wagens verfrachtet hatte, war sie immer noch am Leben gewesen und hatte gegen die Heckklappe gehämmert, während sie langsam verblutet war.

Van Sciver trat einen Schritt auf Draker zu. »Wir wissen, dass Jack den Jungen hier in Richmond versteckt hat. Wir wissen auch, dass du ihm dabei geholfen hast, bevor du untergetaucht bist. Ich will wissen, wo sich der Junge befindet.«

»Selbst wenn ich irgendetwas darüber wüsste, was willst du von dem Jungen? Glaubst du, er kann dich zu X bringen?«, antwortete Draker.

»Nein«, sagte Van Sciver. »Ich glaube, er kann X zu mir bringen.«

»Ich weiß überhaupt nichts«, sagte Draker.

»Ach ja?«

Die beiden Männer betrachteten einander mit ernster Miene.

Dann trat Van Sciver einen Schritt nach hinten und pochte an die Wand.

Kurz darauf kaum Thornhill aus dem Nebenzimmer. Er hatte die Bratenspritze in der Hand. Lässig ging er im Bogen um Van Sciver herum.

»Erweiterte Verhörtechniken«, bemerkte Thornhill mit seinem breiten, unbeschwerten Lächeln. »So eine sorgfältig gewählte Bezeichnung. Das muss man der Agency lassen. Die kennen sich wirklich aus mit Marketing.« Sein Blick wurde träumerisch, während er sich mit der Bratenspritze auf die Handfläche klopfte. »Weißt du, welche mir noch gut gefällt? Rektale Hydratisierung. Das klingt ... wie ne Wellnessbehandlung.« Dann stellten seine Augen wieder scharf. »Wenn deine Gedärme prall voll mit

Flüssigkeit sind und dir jemand einen Stahlkappenschuh in den Bauch rammt, weißt du überhaupt, wie weh das tut?«

Draker sagte trocken: »Ja, weiß ich.«

»Und das ist nur der Anfang«, schaltete Van Sciver sich ein. »Sieh dich mal um.«

Die Pistole weiterhin im Anschlag, sah Candy zu, wie Draker die auf dem Fußboden aufgereihten Gegenstände in sich aufnahm.

Es gab Vorhängeschlösser und Sperrholz.

Nylonseile und Holzplanken in verschiedenen Längen.

Eine Schrägbank und Wasserbehälter.

Matratzen und Abdeckplanen.

Panzerband und einen Klappstuhl aus Metall.

Jetzt war sein Gesicht von einer dünnen Schweißschicht überzogen, aber diesmal war es kein gefakter Junkieschweiß. Draker hob den Kopf wieder, einen entschlossenen Zug um den Mund.

Er sagte: »Dann wollen wir mal.«

41. GEBORGTE ZEIT

Joey kaute an ihrem Daumennagel, während sie sich über Evans Schulter beugte, der vor dem Dell-Laptop saß und ungläubig auf die Liste starrte.

Fünf Namen.

Einer davon war Joey Morales.

Morales. Die ganze Zeit hatte er ihren Nachnamen nicht gekannt. Noch nicht einmal ihren vollen Vornamen hatte er aus ihr herausbekommen.

Der Hang lag unmittelbar vor den Hinterfenstern, und der ständige Schatten ließ das Innere trübe und trostlos wirken. Die allgegenwärtige Feuchtigkeit hatte sich in den selten gelüfteten Zimmern festgesetzt, sodass sie sich klamm anfühlten. Es roch nach in der Mikrowelle aufgewärmtem Essen und Mädchendeo. Evan sah sich noch einmal an, was auf dem Bildschirm stand.

»So viel Verschlüsselung für nur fünf Namen«, sagte er.

Joey hörte auf an ihrem Nagel herumzukauen. »Es gibt mehr als diese paar Namen. Das Ganze ist eine Liste der Leute aus dem Programm, die irgendwas mit Jack zu tun hatten. Guck mal.« Sie schob ihn mit der Schulter zur Seite und übernahm die Tastatur. Als sie den Cursor zum ersten Namen bewegte, erschien eine versteckte Datei. Sie klickte darauf, und eine Flut von Fotos öffnete sich.

»Das da ist Jim Harville. Er war Orphan J. Einer der ersten. Jack war damals sein Betreuer. Hier steht, es war Jacks erster Auftrag für das Programm.«

Evan überflog die Dateien. »Wie zum Teufel ist Van Sciver da rangekommen? Diese Informationen existieren offiziell gar nicht.« Er scrollte nach unten. »Außerdem stammt es von einer Quelle außerhalb des Orphan-Programms. Da, das hier ist eine NSA/CSS-Verschlüsselung.«

»Was bedeutet das?«

»Dass noch jemand anderes in der Regierung Van Sciver und das Programm im Auge hat – und alles überwacht. Van Sciver hat die Sammlung dieser Daten weder durchgeführt noch hat er die Kontrolle darüber.«

»Na ja, bis er sie in die Finger gekriegt hat«, merkte Joey an.

Langsam beschlich Evan ein verdammt ungutes Gefühl. Erneut spulte sich Van Scivers kryptische Bemerkung in seinem Kopf ab: »*Du hast keinen blassen Schimmer, oder? Wie hoch nach oben die Sache reicht? Du glaubst immer noch, es geht um dich und mich.*«

Dann fragte er: »Was ist mit Orphan J passiert?«

»Die haben ihn in Venedig aufgespürt.« Joey rief ein Tatort-Foto auf: Ein Mann lag auf einem überfluteten Platz; man hatte ihm den Hinterkopf weggeschossen. Unterhalb seines Schulterblatts war ebenfalls ein großer roter Fleck zu sehen. Das Blut rann ins Wasser und färbte es rings um die Leiche rot. Das Foto, ein Handyschnappschuss, war unmittelbar nach der Tat aufgenommen worden.

Evan fiel der Zeitstempel auf. »Van Sciver aktualisiert die ursprünglichen Dateien mit den Informationsbausteinen aus dieser gestohlenen Datei. Er hat diese fünf Namen ausgewählt und den Auftrag zu ihrer Eliminierung erteilt.«

»Stimmt. Wie bei Orphan C.« Sie rief das Foto eines älteren Mannes auf, der, halb im Schatten, durch die Eingangshalle einer Shopping-Mall in Homewood, Alabama, lief. Er trug abgerissene Kleidung, und aus einem Turnschuh sahen vorne die Zehen heraus. »Und jetzt sieh dir das mal an.« Sie hatte einen Artikel über den Mord an einem unidentifizierten Obdachlosen ausgegraben, der sich unter einer Autobahnbrücke in Birmingham im selben Bundesstaat ereignet hatte. Das Bild zu dem Artikel stammte von der örtlichen Obdachlosenunterkunft und zeigte den Mann bei der Essensausgabe.

Evan ließ sich gegen die Lehne seines Stuhls sinken. »Also darum war Jack in Alabama. Er wusste, dass es nur eine Frage der Zeit war, bis dieses Dokument in die falschen Hände geriet.«

»Und das ist auch der Grund, warum er nach mir gesucht hat«, sagte Joey. »Und mich nach Oregon gebracht und dort versteckt hat.«

Evan starrte auf den Namen, der ohne jede Erklärung auf dem Bildschirm stand: *Joey Morales*.

»Hier, gruseliger geht's nicht.« Joey fuhr mit dem Cursor über ihren eigenen Namen, und ein Foto von einer Überwachungskamera eines 7-Eleven öffnete sich, das sie in einem der Gänge mit einer tief ins Gesicht gezogenen Baseballkappe zeigte. Aber die Kamera war so positioniert gewesen, dass ihr Gesicht zu erkennen war. Laut Zeitstempel war das Bild vor fast einem Jahr aufgenommen worden, die Adresse befand sich in Albuquerque. Ganz unten derselbe verblasste NSA/CSS-Stempel.

»Das war eine Woche nachdem ich von Van Sciver abgehauen war«, erläuterte Joey. »Hat aber gereicht, um sie auf meine Spur zu bringen. Und sie genau hierhin zu führen.«

Sie tippte auf einen weiteren Link, und ein ganzer Schwung mit Zoom aufgenommener Überwachungsfotos von der Wohnung in Hillsboro erschien auf dem Desktop: Joey beim Zähneputzen, aufgenommen durch ein Fenster auf der Rückseite. Joey beim Schattenboxen, nur ein dunkler Umriss im dunklen Apartment. Joey in der offenen Haustür, als sie gerade den Lieferdienst bezahlte und sich misstrauisch umsieht. Sie verkleinerte die Fenster, sodass der darunter geöffnete Bericht sichtbar wurde, der dreiundsechzig Knotenpunkte auflistete, die die Gesichtserkennungssoftware erkannt hatte, sowie dieselbe Adresse in Oregon, die Jack auf die Scheibe seines Trucks gekritzelt hatte, unmittelbar bevor man ihn gezwungen hatte, in den Black Hawk zu steigen, und ihn über sechzehntausend Fuß in die Lüfte entführt hatte.

»Du hattest recht«, sagte Joey. »Die hatten jemanden, der mich die ganze Zeit beobachtet hat. Und auf dich gewartet hat.«

Evan sah sich die beiden verbleibenden Namen an.

»Tim Draker«, las er vor. »Von dem hat mir Jack mal erzählt. War einer von Van Scivers Leuten, bis es vor ungefähr einem Jahr zum Bruch kam. Ist er etwa auch tot?«

»Vermutlich.«

Evan berührte das Trackpad und fuhr mit dem Finger zu Drakers Namen. Die Überwachungskamera in einer Straßenlaterne hatte ihn beim Verlassen einer anonymen Drogenentzugsklinik in Baltimore aufgenommen. Auch dieses Bild trug den NSA/CSS-Stempel.

Ein Überwachungsfoto neueren Datums zeigte Draker beim Rauchen vor einer Einrichtung in Bethesda, Maryland. Es war am 28. November aufgenommen wurde, also vor zwei Tagen; laut Zeitstempel um 8:37 Uhr morgens. Wenige Minuten davor hatte Evan die Tür zu dem Schädlingsbekämpfungsladen aufgeschossen, alle, die sich darin aufhielten, getötet und den Laptop an sich genommen. Van Scivers Update musste eben erst eingetroffen sein. Dieses zweite Bild hatte keinen offiziellen Stempel und auch keinerlei Verschlüsselung.

»Die Informationen der NSA haben Van Sciver auf die Spur von Drogenentzugskliniken gebracht«, sagte Joey. »Ab da war's nur noch eine Frage der Zeit.«

Evan starrte auf das Datum des Überwachungsfotos und wusste mit absoluter Gewissheit, dass Draker verloren war.

»Das heißt, jetzt ist nur noch einer übrig«, sprach Joey es aus.

Evan betrachtete den letzten Namen: *David Smith*. Bewegte den Finger ein kleines Stück über das Trackpad, und die versteckte Datei öffnete sich.

Das Foto eines zwölfjährigen Jungen. Eine Geburtsurkunde. Eine Akte, die eine altbekannte Geschichte erzählte: diverse Heime in verschiedenen, stark von Armut betroffenen Gegenden. Und schließlich erschien der Bericht über seine Rekrutierung vor zwei Jahren, in dem Tim Draker als Davids Betreuer aufgeführt war.

Evan suchte nach weiteren Details, aber mehr war nicht zu finden. »Ist das alles?«

»Ja.«

»Meinst du nicht, Van Sciver hat ihn mittlerweile gefunden?«

»Es gibt 33.637 Menschen in diesem Land, die David Smith heißen«, antwortete Joey. »Und glaub mir, so gut, wie Jack darin war, Leute von der Bildfläche verschwinden zu lassen, benutzt der Kleine den Namen längst nicht mehr.« Sie stach mit dem Finger Richtung Bildschirm. »All diese Leute sind so gut versteckt, wie man nur versteckt sein kann. Alles, was ich darüber weiß, wie man spurlos verschwindet – verdammt, alles was *du* darüber weißt –, hat Jack uns beigebracht. Also glaube ich, dass Van Sciver immer noch nach diesem Jungen sucht. Aber jetzt hat er ihn bald.

Und wenn wir ihn nicht zuerst finden, bringt er ihn um, genau wie die anderen.«

Evan stand auf. Er verschränkte die Hände im Nacken und holte tief Luft. »All das …«

Joey führte den Gedanken zu Ende: »All das nur wegen dir.«

Er sah sie verwundert an.

»Van Sciver ist jetzt, in diesem Moment, dabei, sich seinen Weg zu dir zu töten«, fuhr Joey fort. »Jeder von uns – diese fünf Namen und wer weiß wie viele andere, die er noch nicht erwischt hat, wir leben alle von geborgter Zeit.«

»Wie können wir dem Jungen helfen?«, fragte Evan.

»Indem wir ihn finden.«

»Mit Van Scivers Ressourcen können wir nicht mithalten. Ich hab zwar Zugang zu einer ganzen Menge Datenbanken, aber er spielt in einer ganz anderen Liga.«

»Du hast recht.« Joey nagte wieder an ihrem Daumen, während sie langsam den Tisch umrundete. Ihr Blick war hoch konzentriert. »Was David Smith angeht, haben wir so gut wie keine Daten.«

»Richtig«, entgegnete Evan. »Und wie sucht man nach fehlenden Daten?«

»Mit Deep-Learning-Software. Glaub mir, genau die benutzt Van Sciver.«

Sie sah zu Evan hinüber und stellte fest, dass er ihr nicht folgen konnte.

»Maschinelles Lernen auf der Basis von komplexer Mathematik«, erläuterte sie.

»Ich versteh's trotzdem nicht.«

Sie beugte sich über den Tisch und sah ihn eindringlich über den Laptopbildschirm hinweg an. »Diese Software findet Muster, von denen du nicht mal wusstest, dass du sie suchst.« Sie drehte eine weitere Runde um den Tisch und ging hinten an Evan vorbei. »Mit dem Namen David Smith, möglichen falschen Namen, die sich ein dreizehnjähriger weißer Junge einfallen lassen würde, Gesichtsmerkmalen, den Angaben aus seiner Geburtsurkunde, altersgemäßen körperlichen Veränderungen, Einkaufsgewohnheiten von Waisenkindern mit seinen speziellen Merkmalen, früheren Adressen, Kassenzetteln, verschreibungspflichtigen Medikamenten und Tausenden anderen Faktoren, deren wir uns nicht bewusst sind, aber die anhand dieser dünnen Akte hier extrapoliert werden können ...« Sie stach wieder einen Finger Richtung Bildschirm. »... Sagen wir, es gibt fünf Milliarden mögliche Kombinationen von Angaben. Konservativ geschätzt.«

»Konservativ.«

»Ja. Ohne ein Deep-Learning-System wäre es unmöglich, all diese Angaben miteinander in Verbindung zu bringen. Ganz zu schweigen davon, David Smith unter seinem neuen Namen in seinem neuen Versteck zu finden.«

»Na schön. Also wie stellen wir's dann am besten an?«

Sie hielt lange genug inne, um ihn kurz anzugrinsen. »Jemand, der weiß, wo er ist ...«

»... und ein Hammer«, beendete Evan ihren Satz. Er erhob sich. »Im Ernst, Joey. Können wir nicht irgendwo einbrechen, wo es Computer mit der entsprechenden Leistungsfähigkeit gibt, und die Daten über die laufen lassen?«

»Nein. Diese Art von Datenverarbeitung dauert zu lange. Möglicherweise mehrere Tage.«

»Was für Equipment brauchen wir?«

»Einen Riesenhaufen Hardware«, stöhnte sie. Weil sie beide frustriert waren, fing das Gespräch langsam an, wie ein Streit zu klingen. »Und so ungefähr ne scheiß Tonne ganz normale GPU-Chips. Die mathematischen Vorgänge, die dem Maschinenlernen zugrunde liegen, machen sich die Massiv-Parallele Verarbeitung zunutze, die dank der Tausenden von Rechenkernen dieser Dinger möglich ist. Wir würden verdammt riesige GPU-Cluster brauchen – etliche Computertürme vollgestopft mit Grafikkarten –, verbunden mit einem Highspeed-InfiniBand-Netzwerk mit 80 Gigabit und ...« Sie hielt inne und sah ihn an. »Mehr Kram, den ich dir erklären würde, wenn du's kapieren könntest.«

»Und wie machen wir das? Jetzt, in diesem Moment?«

»Wir brechen in das Computergrafik-Labor von Pixar ein.« Sie studierte seinen entsetzten Gesichtsausdruck. »Scherz.«

Mit wachsender Frustration wanderte Evan hinüber zum Sofa und lehnte sich dagegen. Joey hatte sich die Polster und Kissen so hingelegt, dass sie darauf schlafen konnte; ein zusammengeknäultes T-Shirt diente als Kopfkissen.

Er starrte auf das alte Schulfoto von David Smith auf dem Laptopbildschirm, auf dem der Junge mit altmodischem Topfschnitt und einem Hemd mit drei Knöpfen am Hals abgebildet war, das an der Schulter bereits fadenscheinig wurde. Feines blondes Haar; ein Wirbel stand aus dem glatten Pony heraus. Grünbraune Augen und angenehme, gleichmäßige Gesichtszüge. Sein Blick war nicht direkt in die Kamera gerichtet, als hätte ihn die letzte Anweisung des Fotografen überrascht. Er sah verloren aus. Dieses Gefühl kannte Evan nur zu gut.

»Ich werde es nicht zulassen, dass Van Sciver sich den Jungen holt«, sagte Evan. »Ich muss jetzt wissen, wo wir die Sachen herbekommen, die du brauchst, um ihn zu finden.«

»Das ist nicht so einfach, X. Wir können eben nicht schnell mal beim Best-Buy-Elektronikmarkt vorbeifahren. Der Durchschnittsbürger hat eben kein …«

Sie hielt inne, den Mund leicht geöffnet. Dann senkte sie den Kopf, kniff die Augen zusammen und massierte sich den Nasenrücken.

»Joey?«

»Nicht reden.«

»Joey …«

Sie hielt eine Hand hoch. Evan verstummte. Sie verharrte dreißig Sekunden in dieser Haltung. Was wesentlich länger ist, als es klingt.

Und dann, den Kopf noch immer in den Händen vergraben, sagte sie: »Bitcoin-Mining.«

»Bitte?«

»Du machst doch Bitcoin-Mining.« Sie ließ die Hand sinken, und ihr Gesicht verriet mehr als Freude. Sie sah siegesgewiss aus. »Keine staatlichen Vorschriften, keine Überwachung.«

»Genau.«

»Also hast du auch ein 2-U-Rackmount-System.«

»Zwei.«

Ihre Augen glänzten. »Ich könnt dich knutschen. Äh, nur ne Redewendung. Jeder Rack-Server hat sechzehn Grafikkarten.

Bei vier Chips pro Karte und 2.028 Kernen pro Chip macht das 8.112 Grafikkerne pro Karte. Wir haben zweiunddreißig Karten, also insgesamt sind das ...« Sie schloss die Augen und bewegte lautlos die Lippen. »259.584 Grafikkerne.« Sie sah auf. »Verdammt viel Holz.«

»Also kann ich einfach meine Bitcoin-Mining-Konfiguration verwenden?«

»Nein!« Auf einmal war sie wieder genervt. »Muss alles neu konfiguriert werden.«

Evan warf einen Blick auf das Snickerspapier auf der Küchentheke und das T-Shirt-Kissen auf dem Sofa. »Pack deine Sachen«, sagte er.

»Was? Wieso?«

»Mir ist gerade ein neues Gebot eingefallen.«

Sie hob die Augenbrauen. »Ein neues Gebot? Was denn?«

»Der ursprüngliche Plan ist nicht unbedingt der beste.«

42. ENTTARNT VOM TARGET

Joey stand im riesigen Wohnbereich von Evans Penthouse im Castle Heights und starrte mit offenem Mund an die Decke. Nach all den Unterkünften, in denen sie bislang gelebt hatte, musste es ihr hier ähnlich fremd vorkommen wie in der Serengeti.

Als er ihr zusah, fühlte er sich ein wenig unwohl und war sich überdeutlich bewusst, wie er stand und wie er die Arme hielt. Er konnte an einer Hand abzählen, wie viele Leute das Apartment 21A bislang betreten hatten. Und keiner von ihnen wusste, wer Evan wirklich war.

»Indem ich dich hierherbringe, schenke ich dir mein absolutes Vertrauen«, sagte er. »So sehr habe ich noch niemandem vertraut. Jemals.«

Joey drehte gerade eine Runde durch die Küche und ließ im Vorübergehen einen Finger über die Arbeitsflächen, die Kochinsel und den Sub-Zero gleiten wie eine Hausfrau bei einer Wohnungsbesichtigung. Bei diesem Satz hielt sie inne und sah zu ihm hinüber. Dieser Augenblick hatte eine solche Bedeutung, dass man eine Stecknadel hätte fallen hören können.

»Was, wenn ich es nicht verdiene?«, fragte sie.

»Wenn du's nicht verdienen würdest, hätte ich es dir nicht geschenkt.«

»Diese Wohnung ist wie aus nem Märchen«, sagte sie.

»Was hattest du erwartet?«

»Nach deinem Motel-Geschmack und der tollen Ausstattung in deinem Safe House zu urteilen, hätte ich gedacht, du lebst in ... keine Ahnung, nem alten Schuh.«

»Einem Schuh.«

»Ja. Aber das hier ist mehr wie ein Louboutin.«

»Ein was?«

»Eine sauteure Schuhmarke, über die sie im Fernsehen reden.«

»Oh.«

»Wo soll ich schlafen?« Sie sah sich um. »Ich schätze, das Hantelregal wäre groß genug.«

Darüber hatte er sich noch gar keine Gedanken gemacht. »Oben im Lese-Loft steht ein Sofa.«

»Das Lese-Loft. Natürlich.«

Er zeigte auf die Stahlwendeltreppe. »Da gibt's auch ein Badezimmer.«

Joey deutete zaghaft Richtung Loft. »Darf ich?«

»Ja.«

Sie sauste hoch und verschwand.

Ein anderes menschliches Wesen. Außer Sichtweite. In seiner Wohnung. Und das das tat, was immer Menschen taten.

Er sah zu seinem hängenden Garten. Der erwiderte seinen Blick. Er fragte sich, ob sich die Pflanzen genauso unwohl fühlten wie er.

»Das Ganze ist wahrscheinlich eine sehr schlechte Idee«, sagte er zu ihnen.

Er dachte wieder an David Smith in seinem abgetragenen Schulhemd und schluckte sein Unbehagen hinunter.

Wenig später kam Joey wieder die Treppe herunter, wobei sie mit der Hand sichtlich beeindruckt den geschwungenen Handlauf entlangfuhr.

»Ist es okay?«, fragte Evan.

»Mehr als okay.«

»Dann lass uns an die Arbeit gehen.«

»Klar. Kurze Frage: Wo sind die extra Laken? Und Kissen?«

Er sah sie verständnislos an.

»Na, für Gäste.«

»Gäste«, wiederholte Evan. Er nickte. »Darum kümmern wir uns später.«

Joey drehte sich zu den Fenstern nach Osten um und betrachtete staunend den Ausblick auf Downtown in der Entfernung. Die diskreten gepanzerten Sonnenschutzrollos vor den getönten Scheiben waren nach oben gefahren. Sie trat einen Schritt näher. Die gesamte Wandfläche war durchsichtig. Zumindest in eine Richtung.

»Von hier oben kann man in so viele Wohnungen sehen«, bemerkte sie.

Evan sagte nur: »Stimmt.«

Joey legte die Hände an die große Fläche aus Lexan. Er machte sich eine mentale Notiz, die Abdrücke nachher wegzuwischen.

»Hat Jack dir auch von den Mangoday erzählt?«, fragte sie.

»Die Elitetruppe Dschingis Khans.«

»Genau.« Sie lachte, und ihr Atem beschlug die Scheibe. »Er hat gesagt, sie waren die erste Elite-Sondereinheit der Welt, absolut furchtlose Kämpfer, weit über die Grenzen der menschlichen Leistungsfähigkeit hinaus. Weißt du auch, wie der Khan sie ausgebildet hat?«

»Er hat sich ein System einfallen lassen, das sich am Verhalten hungriger Wölfe orientierte.«

»Ja«, entgegnete Joey. »Je hungriger der Wolf, desto mutiger und aggressiver wird er. Das hier sieht aus wie die Wohnung von jemandem, der ständig hungrig ist.«

»Wonach?«

Sie drehte den Kopf zu ihm, wobei ihr das Haar über die Schulter fiel. Die Hände ließ sie am Fenster. »Nach allem *da draußen*.«

Evan löste sich von ihrem Blick und ging durch den Flur zu seinem persönlichen Wohnbereich. »An die Arbeit«, sagte er noch einmal.

In seinem Rücken konnte er hören, wie Joey sich beeilte, zu ihm aufzuschließen. Er öffnete die Tür und trat in sein Schlafzimmer. Sie folgte ihm, blieb aber an der Schwelle abrupt stehen.

»Äh, dein Bett schwebt.«

»Ja.«

»Du hast ein Bett, das schwebt.«

»Das hatten wir doch gerade.«

»Wieso?«

Evan blinzelte sie ungeduldig an. »Können wir jetzt bitte einfach mit der Arbeit anfangen?«

Sie sah sich um. »Und wo?«

Als sie durch die Geheimtür in den Tresor traten, entfuhr Joey ein Laut des Erstaunens. Sie lief einmal durch die beengten Räumlichkeiten, sah sich die Ausrüstung an, bemerkte auch die zahlreichen Monitore. »Ist das …? Bin ich im …? Das ist das Paradies.«

Sie hob Vera II. in ihrer Glasschale hoch. »Niedlicher Kaktus.«

»Stell sie wieder hin.«

»Sie?«

Bevor er antworten konnte, hatte Joey die Rackmount-Server entdeckt und hielt schnurstracks auf sie zu. »Gut. Sehr gut. Ganz wunderbar.« Sie überprüfte das Setup. »Du hast ja schon ein InfiniBand-Kabel, also bist du nicht komplett ahnungslos, aber wir müssen noch ein paar einfache Twisted-Pair-Kabel besorgen.«

»Das System hier ist auf dem neuesten Stand. Wofür brauchen wir Ethernet-Kabel?«

»Also, was wir bauen wollen, ist praktisch ein ganzer Haufen miteinander verbundener Grafikkerne. Wir müssen die Maschinen miteinander verbinden, und dafür nimmt man am besten das gute alte Gigabit-Ethernet.« Sie betrachtete seinen leeren Gesichtsausdruck. »Die Leute heutzutage. Ihr wisst, was ihr damit machen könnt, aber nicht, wie's funktioniert.«

Sie rauschte an ihm vorbei zur Tür. »Komm, wir gehen zu Target.«

»Target?«

»Ja, die haben auch Kabel. Außerdem brauche ich noch anderen Kram.«

»Wie zum Beispiel?«

Sie drehte sich im Türrahmen zu ihm um. »Hier gibt's keine Seife. Oder Shampoo. Oder Conditioner. Oder Bettzeug. Oder Kissen. Und dann brauch ich noch was anderes.«

»Das kann ich dir doch besorgen.«

»Für Mädchen ...«

Ach so.

»Dann nichts wie auf zu Target«, sagte er.

Überall warben knallrote Schilder mit »50 % reduziert«. Ein kleiner Junge schlurfte an ihnen vorbei. Er probierte gerade ein Paar Turnschuhe an, die noch mit der Plastikschlaufe verbunden waren, während seine Mutter ihm hinterherrief: »Wie sind die vorne? Rutschst du hinten raus?« Ein kleines Grüppchen Mädchen probierte Sonnenbrillen an, dabei benutzten sie ihre iPhones als Spiegel. Ein streng aussehender Vater brummte: »Guck dir mal an, was da drin ist. In unserem Essen ist überhaupt nichts Essbares mehr.« Ein Ehepaar stritt hitzig über Waschmittel: »Nein, den Juckreiz kriegst du vom Weichspüler mit *Lavendel*!«

Evan stand wie erstarrt neben Joey in dem breiten Gang im ersten Stock des Marktes.

Joey musste zweimal hinsehen, als sie seinen vollkommen überwältigten Gesichtsausdruck bemerkte. »Alles klar?«

Ein Angestellter fuhr eine Palette mit riesigen Windelpackungen vorbei und verfehlte nur knapp Evans Knie.

Er schluckte. »Ich warte draußen auf dich.«

Evan wartete auf dem Parkplatz gleich vor den automatischen Türen des Target-Marktes, atmete die abendliche Luft und versuchte, sich wieder zu beruhigen. Randvoll bepackte Einkaufswagen, geschoben von abgehetzten Eltern in Jogginghosen, ratterten an Sicherheitspfosten aus Beton vorbei. Evans Hand ruhte in der Nähe seiner unter der Kleidung verborgenen Pistole, während er das zirkusartige Treiben um ihn herum beobachtete. Ständig kam es zu Streitigkeiten auf dem Parkplatz. Es gab ein permanentes Hupkonzert. Die Seitentüren von Minivans wurden per Fernbedienung geöffnet und rollten lautstark zur Seite. Bei den Einkaufswagen kloppten sich Kinder um die münzbetriebenen Schaukelautomaten.

Von allen Richtungen dröhnten laute Gesprächsfetzen auf ihn ein.

»… du kriegst nicht jedes Mal ein Spielzeug, wenn wir …«

»… ich war doch schon am Zurücksetzen! Ich hab die Rückfahrscheinwerfer gesehen, bevor ich dran vorbei …«

»… nicht die Marke, die deine Mutter verwendet, Gott sei Dank, sonst würde das ganze Bad nach Potpourri stinken …«

Und dann war endlich Joey da. An jedem Arm baumelten ein paar Einkaufstüten. Offensichtlich amüsiert betrachtete sie sein Gesicht.

»Lass uns fahren«, stöhnte Evan.

»Och, dir ist das alles zu viel. Wie süß.«

»Joey.«

»Okay, okay.«

»Das Kabel hast du?«

Sie schlug sich die Hand vor die Stirn. »Mist. Ich wusste doch, dass ich was vergessen habe.«

Evan konnte spüren, wie ihm alles Blut aus dem Gesicht entwich. »Im Ernst?«

»Nein.« Sie lächelte ihr unglaublich strahlendes Lächeln. »Natürlich hab ich's. Dann wollen wir dich mal vom großen bösen Discounter wegbringen.«

Er knirschte mit den Zähnen und wandte sich zu seinem Truck um.

In diesem Moment sah er, wie Mia und Peter aus Mias Acura stiegen.

Er erstarrte. Drehte sich zurück zu Joey. Ihr Blick wurde ernst. »Was ist los?«, fragte sie besorgt.

»Gar nichts. Nur jemand, der mich nicht hier sehen soll. Jetzt. Mit dir. Geh da rüber. Tu so … Keine Ahnung, als ob du auf dem Ding da schaukelst.«

Joey sah zu den Kinderschaukelautomaten. »Auf der Bimmelbahn?«

»Ja.«

»Ich bin sechzehn.«

»Egal.«

»Du hast nicht viel Ahnung von Kids, oder?«

Er fasste sie an die Seite und schob sie in Richtung des Haupteingangs.

»Wir machen das folgendermaßen«, sagte Joey. »Ich tu einfach so, als würde ich an meinem Handy rumspielen.«

»Okay, klasse. Super.«

In seinem Rücken ertönte Peters raue Stimme. »Evan Smoak!«

Er drehte sich um und sah Mia und Peter auf sich zukommen.

Evan?«, fragte Mia verwundert.

»Hallo.«

»Moment. Ich wusste gar nicht, dass du weißt, wo der Target ist. Lass mich raten – die haben gerade Wodka im Angebot?«

»Ich wollte nur schnell ein paar … Sachen kaufen.«

»Gehört das Mädchen da drüben zu dir?«

»Wer?«, fragte Evan. »Nein.«

Joey war nach wie vor in ihr Handy vertieft. Trotz ihrer vereinten Fähigkeiten als Agenten funktionierte die Täuschung noch nicht mal auf den ersten Blick.

»Doch«, seufzte Evan.

Joey blickte auf und zog die Mundwinkel hoch.

Mia legte den Kopf schief. Ihre Augen wurden schmal. Der Bezirksanwältinnenblick.

»Sie ist so was wie … meine Nichte«, erläuterte Evan. »Sie wohnt vorübergehend bei mir. Sie brauchte noch …« Er zog eine Grimasse. »Mädchenkram.«

»Ich dachte, du hast keine Familie mehr.«

»Sie ist das, was dem am nächsten kommt, schätze ich. Das Kind meiner Großcousine … so was in der Richtung. Angeheiratet. Aber dann sind ihre Eltern gestorben. Du weißt schon.«

Er holte tief Luft und hielt den Atem an, bis er ihm in der Lunge brannte. All sein perfektes Training, tagtäglich eine falsche Identität leben und langsam zur eigenen Legende werden. Nie ein Zögern, ein Stottern, ein Fehltritt. Und dann das hier.

Enttarnt vom Target.

»Komische Situation«, räumte er ein.

»Kann man wohl sagen.« Mias wütender Blick wurde erst weicher, als sie zu Joey hinübersah. »Hallo, Schätzchen. Ich heiße Mia.«

Joey gesellte sich zu ihnen und schüttelte Mia die Hand. »Joey.«

»Echt toller Name für ein Mädchen«, krächzte Peter.

Mias Handy klingelte – es war die Titelmelodie von *Der Weiße Hai*, also war es ein Anruf aus ihrem Büro. Mit einem »Entschuldigt mich kurz« trat sie ein Stück zur Seite und ging dran.

Peter blinzelte zu Joey und Evan hinauf. »Heute in der Schule, da hatte Zachary ein Sandwich mit Eiersalat dabei. Das hat er kurz vor der Mittagspause rausgeholt, und es hat voll nach Pups gerochen, und er sitzt auf meiner Seite vom Klassenzimmer, und dann gucken alle zu *mir*, aber ich kann ja schlecht sagen, ich hab nicht gepupst. Ich meine, würde mir doch eh keiner glauben, oder?«

Joey sah Evan an. »Hat der auch einen Aus-Schalter?«

Von drüben, wo sie stand, hielt Mia in ihrem Gespräch inne, um Evan einen Blick zuzuwerfen, der keinen Zweifel an ihrer Verstimmtheit ließ.

War sie sauer auf ihn, weil er »so was wie ne Nichte« hatte? Oder weil er beim Target gewesen war? Oder weil er ihr nicht sofort Joey vorgestellt hatte?

Peter hatte Joey bei der Bimmelbahn in die Enge getrieben. »Was ist deine Lieblingsfarbe?«

»Mattschwarz«, sagte Joey.

»Was spielst du gerne?«

»Ich spiele nicht.«

»*Womit* spielst du dann gerne?«

»Mit den Eingeweiden von Kindern.«

»Was sind Eingeweide?«

»Innereien.«

»Echt?«

»Ja.«

Peter sah sie mit seinen dunklen Augen eindringlich an, während er diese Information verarbeitete. »Das sind echt Innereien, oder das ist echt, womit du gerne spielst?«

Evan räusperte sich. »Wir sollten dann mal.«

Mia beendete das Telefonat, kam wieder zu ihnen herüber und wuschelte Peter durchs Haar.

»Mom«, sagte Peter. »Evans Nichte ist echt cool.«

»Da hast du sicher recht«, meinte Mia. »Nett, dich kennenzulernen, Kleines.«

Sie warf Evan einen Blick zu, der vermutlich andeuten sollte, dass sie vor Wut kochte, legte Peter einen Arm um die Schulter und verschwand durch die automatischen Glastüren.

Evan nahm einen tiefen Atemzug. Er war sich nicht bewusst gewesen, dass er die ganze Zeit den Atem angehalten hatte.

»Reife Leistung, Orphan X«, kommentierte Joey.

Evan ging mit großen Schritten zu seinem Truck, aber diesmal war es ihm egal, ob sie mit ihm Schritt halten konnte.

43. DIE PROBLEME EINES ERWACHSENEN

Reglos wie eine Wasserspeierfigur hockte Evan am Dachrand des Crack-Hauses und spähte durch das zerbrochene Buntglasfenster in die Kirche nebenan.

Freeway saß auf den mit Teppich bezogenen Stufen vor dem Altar wie ein König auf seinem Thron. Eine ganze Abfolge von Jungen kam herein, jeder von ihnen legte eine riesige Sporttasche vor dem Anführer ab. Sie sahen nicht älter aus, als Evan damals gewesen war, als man ihn aus dem Pride-House-Heim geholt hatte.

Mit der Indoktrinierung konnte man eben nie früh genug anfangen.

Die Jungs betraten die Kirche mit angeberischer Pose, aber sobald sie den Altar erreicht hatten, war jegliches Zeichen von Selbstsicherheit verschwunden. Aus Furcht, Freeway direkt in die Augen zu sehen, hielten sie die Köpfe gesenkt.

Was bei diesem Blick auch nicht weiter verwunderlich war.

Mit seinen komplett schwarzen Augen prüfte der Mann die Ausbeute, dann entließ er nacheinander die Kinder mit einem angedeuteten Nicken.

Evan suchte die anderen Mitglieder der Gang, die in kleinen Grüppchen bei den umgestoßenen Bänken standen, nach Benitos Sohn ab. Aber wie bereits am Morgen konnte er Xavier nirgends entdecken. Joey war im Tresor geblieben, wo sie mit Hochdruck daran arbeitete, die Hardware neu zu konfigurieren. Der Gedanke, dass sie sich allein und ohne Aufsicht an seinem geheimen Rückzugsort befand, Kabel ausstöpselte und seine Gerätschaften berührte, bereitete ihm körperliches Unwohlsein, wie ein Juckreiz, den er nicht kratzen konnte. Darüber konnte er im Moment allerdings nicht nachdenken und gleichzeitig seine Konzentration wahren.

Und da er gerade die gefährlichste Gang der Welt observierte, brauchte er die ganz besonders.

Ein Aufruhr am Eingang weckte seine Aufmerksamkeit. Gerade wurde eine Gruppe Frauen ins Vestibül getrieben. Grelles

Make-up, zerrissene Strumpfhosen, auftoupierte Haare. Bei einer fehlte der Hacken am roten Pumps.

Es überraschte Evan zu sehen, dass die Männer, die sie hereingebracht hatten, noch keine sofort ins Auge fallenden Tattoos hatten. Niedrigrangige Anwärter, nach der niederen Aufgabe zu urteilen, die Straßenmädchen zusammenzutreiben.

Als das Licht der in Abständen angebrachten Deckenlampen auf die sich langsam vorwärtsbewegende Menge fiel, erhaschte Evan einen Blick auf einen jungen Mann ganz hinten. Xavier. Er half dabei, die Frauen durch das Kirchenschiff zum Altar zu lotsen. Er trug ein Holzfällerhemd mit abgerissenen Ärmeln, unter dem sich seine fitnessstudiogestählten Schultermuskeln abzeichneten.

Eine nach der anderen traten die Frauen vor Freeway und überreichten ihm Bündel zerknitterter Geldscheine, die er begutachtete und dann an seine Lieutenants weiterreichte. Keine der Frauen sah Freeway dabei an, und einige schienen den Atem anzuhalten, bis sie davonhuschten und sich bei den Taschen mit Diebesgut versammelten.

Die Letzte in der Gruppe, die Frau mit dem abgebrochenen Absatz, trat vor und hielt Freeway ein paar abgegriffene Scheine hin. Er musterte sie, offensichtlich alles andere als begeistert, und ließ sie dann auf den Boden fallen.

Er erhob sich.

Die Wirkung war unglaublich.

Alle Gangmitglieder nahmen Habachtstellung ein. Die Frau fing an zu zittern und schüttelte den Kopf. Evan konnte nicht hören, wie sie ihn anflehte, aber er wusste, dass sie es tat.

Freeway packte ihr Kinn und drückte ihr die Wangen zusammen. Blitzschnell zog er ein Rasiermesser hervor, das in der schummrigen Beleuchtung des Altars aufglänzte.

Die Frau kauerte vor ihm, den Rücken zu Evan, sodass ihm der Blick verstellt war. Freeway beugte sich über sie. Evan sah, wie er die Hand hob und ihr das Messer über das Gesicht zog. Zwei Schnitte, die jeweils in einer künstlerischen Drehung des Handgelenks endeten. Ihr Aufschrei war klar und deutlich zu hören, selbst hier oben, trotz des Windes, der um das Dach rauschte.

Evan wandte seinen Blick von Freeway und der Frau ab, um Xavier zu suchen. Benitos Sohn stand halb im Schatten an der Seite des Altars. Die übrigen Gangmitglieder sahen ehrfürchtig zu, aber Xavier hatte beunruhigt die Arme vor der Brust verschränkt. Er wurde immer blasser, und die Häufigkeit, mit der er blinzelte, nahm zu – die Anzeichen einer Angstreaktion.

Freeway stieß die Frau von sich. Sie fiel auf den Bauch, den Oberkörper seitlich gedreht, sodass Evan ihr Gesicht – und die Verletzung, die man ihr zugefügt hatte – deutlich sehen konnte.

Auf beiden Seiten ein Schnitt auf Höhe der Wangenknochen, das Blut lief ihr das Gesicht herunter, sodass es aussah, als trüge sie Kriegsbemalung.

Freeway hatte sie nicht nur bestraft, er hatte sie für immer entstellt.

Die Frau saß auf dem Boden, das Gesicht in den Händen. Blut quoll ihr durch die Finger.

Die Gang sah geschlossen zu Freeway.

Außer Xavier.

Der sah die Frau an.

Interessant.

Freeway entließ seine Leute mit einem Handzeichen und zog sich wieder in den Altarraum zurück, um sich anderen Dingen zu widmen. Die Männer strömten zum Ausgang. Xavier war auf halbem Wege zur Tür, als er innehielt und sich zu der Frau umdrehte, die auf den Knien vor dem Altar hockte.

Voller Unbehagen bewegte sich sein Kiefer. Er wirkte hin- und hergerissen.

Einer der anderen Anwärter machte eine Bemerkung, und Xavier riss sich zusammen und verließ die Kirche.

Evan sah zu, wie die Frau unsicher auf die Beine kam. Jetzt endlich erwachten ihre Kolleginnen bei den Taschen mit der gestohlenen Ware aus ihrer Schockstarre und rannten zu ihr. Die verletzte Frau sank ihnen in die Arme.

Sie halfen ihr durch eine Seitentür nach draußen.

Evan zog sich von der Dachkante zurück.

Vier Blocks weiter nördlich holte er Xavier ein, als er sich gerade an einer Straßenecke von zwei Mitanwärtern verabschiedete. Er trennte sich von ihnen und lief alleine einen dunklen Block entlang, wobei er die Einladungen der Nutten ignorierte: »Hey Großer, Lust, dich n bisschen aufzuwärmen?«

Evan blieb in einem halben Block Abstand hinter ihm. Nach einer Viertelmeile lief Xavier die Stufen zu einem heruntergekommenen Haus hinauf, das in vier separate Wohneinheiten aufgeteilt worden war. Auf der gegenüberliegenden Straßenseite blieb Evan stehen und beobachtete ihn. Nahezu alle Fenster des Wohngebäudes hinter ihm waren geöffnet, *Banda* – mexikanische Brassbandmusik – aus dem Radio und der Geruch nach gegrilltem Fleisch drangen ihm entgegen.

Wenig später ging in einem Fenster im ersten Stock des Apartmentgebäudes gegenüber das Licht an.

Evan wartete, bis ein tiefergelegter Wagen vorbeigeschrammt war, dann überquerte er die Straße. Das Schloss an der Haustür war ein Witz, das Schließblech war von zahlreichen Einbrüchen bereits ganz verbogen. Evan holte seinen gefälschten Führerschein heraus und benutzte die Kante, um den vorstehenden Teil des Schnappers zurück ins Türblatt zu schieben, und drückte vorsichtig die Tür auf.

Er ging die Treppe hinauf bis zu einem winzigen Vorraum mit zwei sich gegenüberliegenden Wohnungstüren. Die Dielen waren zwar ziemlich ramponiert, sahen aber nach Eiche aus, vermutlich die Reste des ursprünglichen Arbeitszimmers, bevor das Haus in Wohnungen aufgeteilt worden war.

Er klopfte an die linke Tür.

Schritte. Dann verdunkelte sich der Türspion.

»Wer zum Teufel bist du denn?«

»Dein Vater schickt mich.«

»Hau ab. Sonst handelst du dir richtig Ärger ein.«

»Mach die Tür auf.«

»Drohst du mir, Blödmann? Hast du überhaupt ne Ahnung, wer ich bin?«

»Warum machst du nicht auf und zeigst es mir?«

Die Tür wurde aufgerissen. Vor ihm stand Xavier mit einer

seitlich gedrehten popeligen .22er im Anschlag wie ein Musikvideo-Gangster. Er hatte den Kopf nach hinten gezogen und das Kinn gereckt.

Evan stand einfach nur da und sah ihn über die Mündung der Waffe hinweg an.

Xavier räusperte sich, dann räusperte er sich ein zweites Mal. Offenbar hatte die Pistole nicht die Wirkung, die er sich erhofft hatte.

»Deine Kehle ist trocken«, sagte Evan.

»*Hä?*«

»Weil du Angst hast. Dein Adrenalinspiegel ist oben. Funktioniert wie ein Antihistamin und vermindert die Speichelproduktion.«

Xavier hielt Evan die Mündung der Pistole ins Gesicht.

Evan betrachtete sie, dort, nur wenige Zentimeter vor seiner Nase. »Du hältst die Waffe seitlich.«

»Ich *weiß*, wie ich meine *gottverdammte* ...«

Evans Hände bewegten sich so schnell, dass man sie kaum wahrnehmen konnte. Er drehte Xavier den Arm zur Seite, zog ihm mit einer geschickten Bewegung die Waffe aus der Hand, zerlegte sie und ließ die Einzelteile auf den Fußboden regnen: Verschluss, Lauf, Schließfeder, Magazin, Griffstück.

Xavier starrte auf seine leere Hand, den roten Streifen auf seinem Unterarm und seine auseinandergenommene Waffe, deren Komponenten auf dem Boden rund um seine Nikes verteilt waren.

»Geh in die Wohnung«, sagte Evan.

Xavier gehorchte.

Evan folgte ihm, fegte die Überreste der Pistole mit dem Fuß über die Schwelle und schloss die Tür hinter sich.

Die Wohnung war heruntergekommen: Schlafsack auf dem Boden, ein Flachbildfernseher lehnte an der Rigipswand, auf dem Fußboden schmutzige Klamotten. Aus einer Wand ragte eine nachträglich eingebaute Kochzeile mit Kochplatte, Mikrowelle und ramponierter Spüle. Unter der Arbeitsplatte hing ein unverkleidetes Gewirr von Rohrleitungen wie verschlungene Gedärme.

»Das Leben ist unfair«, fuhr Evan fort. »Deine Mom ist tot. Du hast Mist gebaut und bist einer Gang beigetreten. Der falschen Gang. Ich glaube, du hast Angst. Ich glaube, die Sache ist dir über den Kopf gewachsen und du weißt nicht, wie du da wieder rauskommst.«

Das ärmellose Holzfällerhemd spannte sich über Xaviers Brust. Venen zeichneten sich auf seinem Bizeps ab. Er war ein ziemlich kräftiger Junge.

»Du weißt rein gar nichts über mich, *baboso*.«

»Willst du's mir wirklich so schwer machen, dich zu mögen?«

»Ich hab dich nicht gebeten herzukommen.«

»Stimmt. Aber dein Vater.«

»Der Alte hat keine Ahnung.«

Evan langte ihm eine, und zwar mit der flachen Hand. Das Geräusch hallte von den rissigen Rigipswänden wider. Als Xaviers Gesicht wieder zu seiner normalen Form zurückgefunden hatte, prangte der Abdruck von Evans Hand auf einer Wange.

»Triff jede Entscheidung, die du willst, um dein eigenes Leben zu ruinieren«, sagte Evan. »Aber diesen Mann behandelst du gefälligst mit Respekt.«

Xavier berührte vorsichtig seine Wange. Auf dem Unterarm nah beim Ellbogen hatte er ein frisches Tattoo, das noch von einer Schorfschicht bedeckt war. Ein verschlungenes *M* – der erste Buchstabe von *Mara Salvatrucha*.

Der Junge starrte Evan an. Dann nickte er. »Okay.«

»Wir wissen beide, dass du kein Killer bist«, redete Evan weiter. »Aber sie werden einen aus dir machen.«

Xaviers Gesicht wirkte weicher, mit rundlichen Wangen und Augen so klar wie auf dem Foto, dass Benito Orellana ihm gezeigt hatte. Er sah viel jünger aus als seine vierundzwanzig.

»Ich weiß«, antwortete er.

Evan erinnerte sich daran, wie Benitos Stimme gezittert hatte, als er ihm von seinem Sohn erzählt hatte. Von diesem Jungen, dem er beigebracht hatte, wie man sich die Socken anzieht, Fahrrad fährt und einen Baseball wirft. Unzählige Stunden liebevoller Zuwendung, lange Abende und frühe Morgen, und dann endet der eigene Sohn so, mit den Problemen eines Erwachsenen. Und man selbst – der Vater, der ihm früher die ganze Welt erklären konnte – ist völlig machtlos.

Auf einmal überfiel ihn eine Erinnerung: *Jack, der in einer Höhe von sechzehntausend Fuß in den Camcorder blickt, der Wind reißt an seinen Haaren.* Evan verbannte das Bild sofort wieder aus seinem Kopf.

»Dafür ist es zu spät«, sagte Xavier. »Ich hab den Eid geschworen.« Er hob seinen Arm und zeigte Evan das auftätowierte M an seinem Ellbogen. »Steht hier auf meiner Haut. Weißt du, warum sie das machen?«

»Weil's geschäftstechnisch Sinn macht: Wenn du ihr Zeichen trägst, kannst du keiner anderen Gang mehr beitreten. Du gehörst ihnen. Und das bedeutet, sie können mit dir machen, was sie wollen, und du kannst niemals gehen.«

Das schien Xavier zu verwirren. »Äh, es zeigt deine Treue. *Für immer*, verstehst du?«

»Nichts ist für immer. Wir können uns immer wieder neu erfinden. Mit jeder Wahl, die wir treffen.«

»Ich habe keine Wahl mehr.«

»Wir haben immer die Wahl.«

»Weißt du, was ihr Motto ist? ›*Mata, viola, controla.*‹« Xavier stieß die Worte hervor, auf einmal wieder das grobe Gangmitglied. »›Töte, vergewaltige und beherrsche.‹«

»*Ihr* Motto«, wiederholte Evan.

»Was?«

»Du hast gesagt, ›ihr Motto‹. Nicht ›unser Motto‹.«

»Ich hab schon einen Laden ausgeraubt. Ich hab Zeug von nem Laster geklaut. Sie zwingen mich, Geld von den *putas* einzutreiben. Heute habe ich eine reingebracht, und sie ... die haben ihr das Gesicht aufgeschlitzt.« Xavier presste sich die Hand vor den Mund. »Ich bin doch schon einer von ihnen.«

»Weiß irgendjemand außerhalb dieses Chapters von dir?«

»Nein, ich werd gerade erst eingeführt.«

»Niemand zu Hause in El Salvador?«

Xavier stand die Angst in den Augen. »Nein.«

»Dann hast du eine Chance rauszukommen.«

Xavier drehte angespannt eine Runde vor der Küchenzeile, dann kam er wieder zurück und sah Evan an. »Was kümmert dich das eigentlich?«

»Ich bin selbst in etwas hineingeraten, als ich jung war«, antwortete Evan. »Aber ich komme da nie wieder raus. Zumindest nicht sauber. Aber du kannst das noch.«

»Und was ist mit denen?«

»Um die kümmere ich mich.«

»Das schaffst du nie. Das schafft niemand.«

Evan lächelte nur.

Evans Ausbildung hatte Human Engineering umfasst, ebenso wie den französischen Kampfsport Savate, Treffsicherheit und Ausdauer. Er konnte unbemerkt in einer Menschenmenge verschwinden und beim Schießen aus einer Distanz von tausend Metern ein Trefferbild erzielen, das in einem Radius von circa fünf Zentimetern lag. Man hatte ihm beigebracht, wie man jemanden einschüchterte, erwachsenen Männern Angst machte. Wenn es sein musste, konnte er unglaublich bedrohlich wirken.

Also lächelte er nur, und dieses Lächeln sagte alles.

»Du entscheidest, was du machen willst«, sagte Evan. »Und ruf mich an, wenn du meine Hilfe brauchst: 1-855-2-NOWHERE. Wiederhol die Nummer.«

Xavier tat es.

Evan wandte sich zum Gehen. Er war bereits über die zerlegte Pistole hinweggetreten und hatte die Hand am Türgriff, als Xavier erneut sprach.

»Das Mädchen heute, ihr Gesicht …« Xavier senkte den Kopf. »Wenn du eine bestimmte Grenze überschreitest, bist du für immer verloren. Danach gibt's keine … ich weiß nicht, Erlösung mehr für dich.«

»Jede Entscheidung beinhaltet die Möglichkeit der Erlösung.«

Xavier hob den Kopf und sah Evan in die Augen. »Glaubst du das wirklich?«

Evan antwortete: »Das muss ich.«

44. DASSELBE RENNEN LAUFEN

Ein halb getrunkenes Glas Milch stand auf der Kochinsel. Noch in der Tür, die Schlüssel in der Hand, fixierte er es über die weite Fläche seines Wohnzimmers hinweg.

Die Seite, von der Joey getrunken hatte, war von einem weißen Film überzogen.

Evan band sich die Schuhe auf, dann ging er hinüber in die Küche.

Er hob das Glas hoch. Es hatte einen Milchring auf seiner Theke hinterlassen. Daneben, gleich neben einer aufgerissenen Packung Cracker, lag ein Berg Krümel. Die innere Plastikverpackung hatte sie offen gelassen, sodass Luft an die Cracker kam und sie weich wurden.

Essgewohnheiten wie ein wildes Tier ...

Im Rest der Welt konnte es seinetwegen unordentlich, chaotisch und zügellos zugehen. Aber nicht hier, in seiner Wohnung. Nachdem er sich gerade durch die Niederungen der menschlichen Gesellschaft gewühlt hatte, brauchte Evan dringend wieder ein Gefühl der Ordnung.

Er spülte das Glas per Hand, trocknete es und öffnete den Schrank, um es zurückzustellen. Dort fehlte noch ein weiteres Glas, sodass in der Reihe eine Lücke klaffte. Ihm wurde auf einmal bewusst, dass vorher noch nie zwei Gläser auf einmal in Benutzung gewesen waren. Er schob das saubere Glas vorsichtig zurück an seinen Platz, aber von den ursprünglichen sechs fehlte immer noch eines.

Vielleicht hatte sie ein Glas mit nach oben genommen.

Vielleicht war das ja da draußen ein ganz normales Verhalten.

Es hätte Joey wirklich nicht geschadet, noch ein wenig mehr Zeit mit Jack zu verbringen. Das Zweite Gebot: *Totaler Fokus im Großen wie im Kleinen.*

Evan packte die Cracker weg, kehrte die Krümel in seine Hand und warf sie in den Abfallzerkleinerer. Er bewegte die Hand vor dem Sensor des berührungslosen Küchenwasserhahns der Marke Kohler-Sensate hin und her und aktivierte den sauberen

Wasserstrahl, damit er den Abfallzerkleinerer anstellen konnte. Auf dem glänzenden Chrom befanden sich verschmierte Fingerabdrücke.

Wer berührte denn bitte einen berührungslosen Wasserhahn?

Er entfernte die Schmierer, dann holte er ein Blatt Wachspapier heraus und wischte damit über die Chromoberfläche. Das beugte Wasserflecken vor. Danach sprühte er Reinigungsmittel auf die Theke, wischte sie mit einem Stück Küchenrolle sauber, wusch sich die Hände, holte einen Eiswürfel für Vera II. aus dem Gefrierschrank und ging dann durchs Wohnzimmer und durch den kurzen Flur.

Die Tür zu seinem Schlafzimmer stand offen.

Offene Türen machten ihn nervös.

Die Überdecke auf seinem Magnetschwebebett war an einer Stelle platt gedrückt, wo jemand gesessen und sich nicht die Mühe gemacht hatte, sie wieder glatt zu ziehen.

Die Badezimmertür war ebenfalls offen.

Neben der Bademattte lag eines von Joeys Sweatshirts. Eine Ecke der Matte war umgeklappt. Mit dem großen Zeh klappte er sie wieder zurück.

Die Tür der Duschkabine war ganz zur Seite geschoben.

Die Geheimtür zum Tresor stand sperrangelweit offen.

Er atmete fünf Mal tief ein und aus, bevor er hineinging.

»Joey«, sagte er, als er den Tresor betrat. »Dein Milchglas ...«

Beim Anblick, der sich ihm im Innern des Tresors bot, wurde sein Mund staubtrocken. Eine Adrenalin-Antihistamin-Reaktion.

Mehrere Monitore waren von der Wand gezerrt und auf dem Fußboden aufgebaut worden, Ströme von Daten liefen über die Bildschirme. Die Einsteckserver waren zerlegt und aus ihren Schächten gezogen worden. Kabel wanden sich zwischen der Hardware und verbanden alles, ohne ersichtliche Ordnung.

Joey lag auf dem Rücken wie eine Automechanikerin. Sie trug ein Tanktop, und ihre schlanken, muskulösen Arme glänzten vor Schweiß. Sie prüfte gerade eine Kabelverbindung. Jetzt rollte sie herum und sprang auf die Beine.

»Zieh dir das hier mal rein!«

»Das ... tue ich ... bereits.« Evan hob Vera II. vom Boden auf, legte ihr vorsichtig den Eiswürfel auf die gezackten Stacheln und warf ihr einen vorwurfsvollen Blick zu: *Du solltest doch aufpassen*.

Joey rauschte an ihm vorbei, dabei drehte sie mit dem bloßen Fuß einen Monitor so, dass sie den Bildschirm sehen konnte. In der Luft lag ein Hauch von mädchenhaftem Parfüm, Flieder und Vanille, was hier, inmitten der Waffenschränke und des Summens der Geräte, gänzlich fehl am Platz wirkte.

Sie verschränkte die Finger, drehte die Handflächen nach außen und ließ ihre Knöchel knacken. »Was du hier vor dir siehst, ist ein wundervoll improvisiertes Deep-Learning-System. 259.584 Grafikkerne, die alle mit ein und derselben Aufgabe beschäftigt sind: David Smith zu finden.«

Evan fand, die Milch fiel jetzt nicht mehr so ins Gewicht. Oder die Krümel. Oder die Fingerabdrücke auf dem Wasserhahn.

Er stellte Vera II. zurück auf den Metallschreibtisch. Jetzt war sie der einzige Gegenstand, der sich im Tresor noch an seinem ursprünglichen Platz befand.

Er betrachtete die offene Tür zu diesem Raum und die zur Seite geschobene Duschtür dahinter und biss sich auf die Lippe. Es gelang ihm, sich ein »Gut gemacht« abzuringen.

Joey hielt ihm eine Hand entgegen, und sie gaben sich ein High-Five. »Du und Van Sciver, wenigstens lauft ihr jetzt dasselbe Rennen.«

45. EIN ZUSÄTZLICHER ANREIZ

Das ganze Geröchel und Gewürge konnte einem ganz schön zusetzen.

Van Sciver stellte den Arrowhead-Wasserspenderbehälter ab und wischte sich den Schweiß von der Stirn. Erweiterte Verhörtechniken waren verdammt anstrengend.

Orphan L war auf einer Schrägbank festgeschnallt, ein klatschnasses Handtuch klebte ihm auf dem Gesicht. Van Sciver hatte ein stetiges Rinnsal klares Quellwasser auf das Handtuch und somit in Ls Nebenhöhlen, Kehlkopf, Rachenraum, Luftröhre und Bronchien niedergehen lassen. Bis in die Lungen kam es allerdings gar nicht.

Es fühlte sich nur so an.

Als Teil seiner Ausbildung hatte man Van Sciver selbst dem Waterboarding unterzogen. Das wurden alle Orphans.

Das Gefühl entzog sich jeder Beschreibung.

Er hatte auch gelernt, wie man nicht ertrinkt, was im Vergleich hierzu Kinderkram war. Gefesselt am Boden eines Swimmingpools atmete man Wasser, und alles wurde ganz unwirklich wie in einem Traum.

Aber das hier fühlte sich an, als ob einem jemand einen Gartenschlauch im Schädel andrehte. Je stärker man nach Luft schnappte, desto tiefer saugte man sich das Handtuch in den Mund, diesen Oktopus, der einem auf dem Gesicht saß und einen endlosen Strom Flüssigkeit in die Atemöffnungen pumpte.

Van Sciver nickte Thornhill zu, der das nasse Handtuch von Orphan Ls Gesicht herunternahm. Eine Zeit lang ruckelte Draker nur auf der Bank, die blutunterlaufenen Augen traten aus den Höhlen, sein Mund schnappte nach Luft wie ein Fisch auf dem Trockenen. Dabei gab er keinen Laut von sich.

Wenn sich die oberen Atemwege mit Wasser füllten, hinderte diese Verstopfung das Zwerchfell daran, sich auszudehnen und wieder zusammenzuziehen, um einen entsprechenden Husten zu Wege zu bringen. Man musste richtig kämpfen, um sich seinen Sauerstoff zu verdienen.

Fünf Sekunden vergingen, in denen Draker sich krümmte und verzweifelt nach Luft rang.

Thornhill sah mitleidig zu ihm herunter. »Ich weiß, Kumpel. Ich weiß.«

Candy lehnte an der Matratze vor der rückwärtigen Wand und betrachtete ihre Fingernägel. Sie sahen frisch lackiert aus. In Aubergine.

Van Sciver sah wieder zu Thornhill und nickte erneut. Thornhill löste die Gurte um Ls Brust und Oberschenkel, und L rollte von der Bank und landete auf der Seite. Als er auf dem Boden aufkam, drückte ihm der Aufprall die Luft aus der Lunge, und aus seinem Kopf schossen plötzlich Wasserstrahlen.

Er hustete, würgte, dann hustete er noch ein bisschen.

Thornhill schlug ihm ein paarmal ermunternd auf den Rücken. »So ist's gut.«

Draker kam in einem blitzschnellen Sit-up nach oben und rammte Thornhill die Stirn in die Nase. Thornhill drehte sich weg und hätte beinahe das Gleichgewicht verloren. Er sah auf sein Hemd herunter, das dunkle Flecken hatte, wo das Wasser aus Drakers Haaren daraufgespritzt war. Drakers Kopfstoß hatte ihn nur um Millimeter verfehlt.

»Wow, Kumpel«, lachte Thornhill; offenbar gefiel ihm der Einsatz, den Draker gezeigt hatte. »Das war knapp.«

Völlig erledigt sackte Draker auf dem Boden zusammen.

Van Sciver ging neben ihm in die Hocke, wobei sich seine Knie beschwerten. Er war hoch konzentriert. »Der Junge. Die Adresse.«

Draker würgte ein paarmal. Van Sciver drückte ihm mit zwei Fingern auf den Solarplexus, und Draker erbrach einen wasserhellen Strom Flüssigkeit, so ruhig und stetig, als habe jemand den Wasserhahn aufgedreht. Als alles draußen war, wartete Draker kurz, bis er wieder bei Atem war. Dann fragte er: »Welcher Junge?«

»Super«, lobte Candy. »Mumm hat er ja.«

Sie löste sich von der Wand und prüfte die Sperrholzplatte, die vor einem der Fenster an der Rückseite angebracht worden war. Sie war zwar festgeschraubt, aber die Schrauben hatten noch ein wenig Spiel. Perfekt.

Van Sciver sagte zu Thornhill: »Mach ihm das Hundehalsband um.«

Die nächste Verhörmethode, das sogenannte Walling, war ein Guantánamo-Special. Dort legten sie dem Gefangenen ein zusammengerolltes Handtuch um den Hals und schleuderten ihn damit gegen eine etwas nachgiebige Wand. Zuerst kommen die Schulterblätter auf, die dann den Kopf nach hinten reißen. Der Aufprall klingt so laut wie ein Donnerschlag, als würde jemand direkt im Gehörgang ein Becken schlagen.

Van Sciver zog es vor, gleich ein Hundehalsband zu verwenden. Die waren stabiler, und sie rutschten ihm nie aus der fleischigen Hand. Zudem hatte er herausgefunden, dass sich, wenn er fest zudrückte, seine Handknöchel in den Kehlkopf des Betreffenden bohrten, was für einen zusätzlichen Anreiz sorgte.

Thornhill schnallte L das Halsband um.

»Ich weiß nicht recht, Kumpel«, sagte Thornhill und lächelte sein sorgloses Lächeln. »Wenn ich du wär, würd ich's dem Mann lieber erzählen.«

L lag nur zusammengekrümmt auf der Seite und keuchte. Van Sciver wusste, wie es war. Man musste die Pausen genießen, wenn sie sich boten.

Die ganze Sache war für beide Seiten wirklich anstrengend.

»Auf die Beine mit ihm«, befahl Van Sciver.

Draker war ganz schlaff, seine Muskeln waren zu Gummi geworden. Candy und Thornhill bugsierten ihn nach oben und hielten das meiste seines Körpergewichts. Er schien keine Knochen mehr zu haben.

Van Sciver packte das Halsband und zog L hinüber zu der Sperrholzplatte.

»Wo ist David Smith?«, fragte er erneut.

Draker konnte nicht sprechen, vor allem nicht mit den Knöcheln auf dem Kehlkopf, aber es gelang ihm, den Kopf zu schütteln.

»Verdammt«, knurrte Van Sciver, stellte sich breitbeinig hin und verstärkte den Griff um das Halsband. »Du musst den Jungen wirklich gernhaben.«

46. NOCH SPEZIALISIERTERE DIENSTLEISTUNGEN

Am Rande eines Industrieparks in Northridge, hinter zwei Sicherheitstüren, durch eine Werkhalle voll mit emsig wuselnden Malern und Restaurierern hindurch, die wertvolle Vintage-Filmposter wieder in altem Glanz erstrahlen ließen, und dann weiter durch einen hinteren Flur, der nach Petroleum und Reinigungstensiden roch, stand Melinda Truong in einem Fotozimmer mit dunklen Wänden, die Hände auf den schmalen Hüften, und musterte Evan und Joey eingehend.

Melinda trug Yogahosen und makellos saubere Puma-Sneaker in einem hellen Tiffany-Blau, die nach Limited Editions aussahen und vermutlich teurer waren als die meisten Schuhe. Ihre glatten schwarzen Haare reichten ihr bis zur Hüfte, um die ein Bauarbeiter-Werkzeuggürtel geschlungen war, in den sie noch zusätzliche Löcher hatte machen müssen, damit sie ihn eng genug für ihre überaus zierliche Figur schnallen konnte. An diesem Gürtel hingen eine Olympos-Double-Action-Airbrushpistole, ein Malpinsel der Stärke 000 sowie X-Acto-Präzisionsmesser in verschiedenen Größen, deren Griff sie mit pinkem Klebeband umwickelt hatte, um zu verhindern, dass ihre Angestellten sie sich ausborgten.

Sie war die einzige Frau im ganzen Gebäude. Ihr gehörte der Betrieb. Und sie war auch die talentierteste Fälscherin, die Evan je kennengelernt hatte.

In der einen Hand hatte sie noch immer eine modifizierte Insektizidsprühflasche. Evan hatte sie nämlich gestört, als sie sich gerade über ein einteiliges *Frankenstein*-Poster von 1931 auf einem Nasstisch beugte und einen Kaffeefleck von Boris Karloffs Wange entfernte. Das wiederhergestellte Filmposter würde mehrere Hunderttausend Dollar wert sein. Das lag jedoch weit unter den Summen, die sie mit ihren noch spezialisierteren Dienstleistungen erzielte, die hier im Fotozimmer durchgeführt wurden, dessen Fenster verdunkelt waren, angeblich damit es während der Aufnahmen keine Spiegelungen gab.

Gespielt sauer klickte Melinda den Sprühkopf in Evans Richtung. »Gut, dass ich insgeheim auf dich stehe. Sonst würde ich dich niemals mit diesem Kind hier reinmarschieren und mich bei der Arbeit stören lassen.«

»Ich bin kein Kind«, merkte Joey an.

Melinda sah nicht zu ihr, sondern hob nur einen mahnenden Zeigefinger. »Schweigen, wenn die Erwachsenen reden.«

Joey verstummte umgehend.

Evan entschuldigte sich bei Melinda.

Melinda strich sich mit einer Geste das Haar aus dem Gesicht, die gleichzeitig präzise und sinnlich war, und tippte sich an die Wange. Evan gehorchte und trat zu ihr, um ihr einen Kuss darauf zu drücken. Im letzten Moment drehte sie sich jedoch um und gab ihm einen Schmatzer voll auf die Lippen.

Einen Moment lang verharrte sie so, dann stieß sie ihn zurück. »Also. Was willst du?«

Joey beobachtete das Ganze mit offenem Mund.

»Ich brauche einen kompletten Satz Papiere für sie«, antwortete Evan. »Diverse Ausweise, Sozialversicherungskarte, Führerschein, Geburtsurkunde, Reisevisa, eine hieb- und stichfeste Biografie. Mach sie achtzehn.«

»Bis wann?«, fragte Melinda.

»Sofort.«

Melinda warf einen Blick auf ihre Werkbank, auf der zahlreiche radierte Metallplatten und Prägewerkzeuge lagen; in den Schubladen mit Setzkasteneinlage befanden sich Reisepassstempel. Sie seufzte.

Dann schnippte sie mit den Fingern nach Joey, die so schnell vortrat, als habe man sie mit einem elektrischen Viehtreiber gepikst. Melinda griff ihr Kinn und drehte ihr Gesicht erst in die eine, dann in die andere Richtung, um zu begutachten, zu welchem Gesicht passend sie eine neue Identität basteln würde.

»Unter dem ganzen grimmigen Getue und dem komischen Haarschnitt bist du ein sehr hübsches Mädchen«, räumte sie schließlich ein.

»Vielen Dank.«

»Das war kein Kompliment, sondern eine Feststellung.«

Die Geräusche der Arbeiter in der Werkstatt drangen durch den Flur: das Röhren der Absaugtische, fahrbare Gestelle mit Ausrüstung, die von Arbeitsplatz zu Arbeitsplatz geschoben wurden, laute Rufe, um sich bei dem Lärm verständlich zu machen.

Melinda ließ Joeys Gesicht los, griff ein Telefon, das auf dem Schreibtisch neben dem Binokularmikroskop der Firma AmScope lag, und drückte eine Taste. Dann sagte sie in ihrer Muttersprache: »*Ruhe. Ich kann hier drin keinen klaren Gedanken fassen. Und wenn ich nicht denken kann, tu ich schon mal was Unüberlegtes.*«

Schlagartig kehrte im gesamten Gebäude Stille ein. Sie legte auf. Als sie sich wieder umdrehte, sah Joey sie mit großen Augen an.

»Sie sind echt ne knallharte Lady.«

»Ja, Schätzchen«, antwortete Melinda. »Da kannst du Gift drauf nehmen.«

47. DIE SPRACHE DER GEBORGENHEIT

Bevor er schlafen ging, duschte Evan, zog sich um und schaffte noch, so gut es ging, Ordnung im Tresor. Er ertappte sich dabei, wie er versuchte, die Monitore auf dem Boden parallel auszurichten, und gab schließlich auf.

Dieses Chaos war eine verhältnismäßig kleine Unannehmlichkeit, wenn das Leben eines dreizehnjährigen Jungen auf dem Spiel stand.

Er starrte auf die verschiedenen Fortschrittsbalken, all die Software, die das Web nach Hinweisen auf den Verbleib von David Smith durchkämmte. »Arbeitet schneller«, sagte er zu den Computern.

Als er sich zum Gehen wandte, ertönte eine rasche Abfolge von Pieptönen aus dem Alarmsystem, die auf einen Einbrecher an den Fenstern oder Balkonen hinwiesen. Sein Blick irrte durch den Tresor und suchte die umfunktionierten Monitore nach demjenigen ab, der den richtigen Feed der Überwachungskameras zeigte. Er stand fast schon vor dem Waffenschrank, als er ihn endlich fand und sich entspannte.

Auf dem Bildschirm sah er einen dunklen Umriss, der vor seinem Schlafzimmerfenster hing und ab und zu dagegenstieß.

Er seufzte und trat den Rückweg durch die Duschkabine und das Badezimmer an.

Als er hinüber ins Schlafzimmer ging, betrat Joey es gerade vom Flur her. Sie hatte Schlafanzughosen und ein weites T-Shirt an.

»Was soll dieser Krach?«, fragte sie.

Evan deutete auf das Fenster. Ein altmodischer rautenförmiger Drachen flatterte im Wind und stieß gegen die Scheibe.

Peters Zimmer lag direkt unter Evans Schlafzimmer, neun Stockwerke tiefer.

»Ein Kinderdrachen?«, fragte Joey perplex.

Evan öffnete das Fenster und zog den gelben Drachen hinein. An seiner Unterseite hing ein kleiner, mit Klebeband befestigter Gefrierbeutel mit einem gefalteten Blatt Papier und einem Bleistift. Er holte den Zettel heraus.

Darauf stand in blauem Buntstift: »*Deine Nichte ist kuhl. Mahg sie mich auch? Bitte Ja oder Nein ankreuzen. Dein Freund Peter.*«

Darunter gab es zwei Kästchen.

Er gab den Brief an Joey weiter.

Sie nahm ihn, die Augenbrauen überrascht hochgezogen. Als sie ihn las, huschte eine Gefühlsregung über ihr Gesicht, die im selben Augenblick auch schon wieder verschwunden war. Aber Evan hatte es bemerkt. Sie war entzückt.

Als sie zu Evan hochsah, hatte sie bereits wieder ihren üblichen genervten Gesichtsausdruck aufgesetzt. »Super Rechtschreibung«, kommentierte sie.

Er reichte ihr den Bleistift.

Sie seufzte. »Im Ernst?«

»Im Ernst.«

Sie hielt den Zettel vor sich, klopfte sich mit dem Bleistift an die volle Unterlippe, als ob sie überlegte. Dann kreuzte sie ein Kästchen an, ohne dass Evan es sehen konnte. Sie steckte den Zettel zurück in den kleinen Plastikbeutel und warf den Drachen aus dem Fenster.

Er verschwand im Sturzflug nach unten.

Evan wusste, welches Kästchen sie angekreuzt hatte.

Joey fragte: »Gehst du jetzt schlafen?«

»Ich will erst noch meditieren.«

»Meditieren?«

»Das hat Jack dir nie beigebracht?«

»Nein. Dafür hatten wir keine Zeit.« Sie befeuchtete sich die Lippen, offenbar war ihr die Frage unangenehm. »Warum machst du das? Meditieren, meine ich.«

Evan dachte nach. Jack hatte es ihm beigebracht, genau wie so viele andere Dinge auch. Wie man inneren Frieden fand. Wie man eins mit der Stille wurde. Wie man jemandem einen Eskrima-Dolch zwischen die vierte und fünfte Rippe stach, nach oben, Richtung Herz.

Evan wurde einmal mehr bewusst, wie viele Widersprüche Jack in sich vereint hatte. Schroff, aber liebevoll, beharrlich, aber geduldig, streng, aber er ließ ihn seine eigenen Entscheidungen treffen. Er hatte gewusst, wie er Evan erziehen musste, wie er es erreichen konnte, dass er über sich hinauswuchs.

Joey sah ihn erwartungsvoll an, ein wenig nervös, ihre ebenmäßigen Wangen waren gerötet. Ihre Frage hatte mit etwas Persönlichem zu tun, und damit hatte sie sich für ihre Verhältnisse sehr weit vorgewagt.

Er erinnerte sich daran, wie er Joey erzählt hatte, dass Jack der Erste war, der ihn wirklich wahrgenommen hatte. *Wenn dich keiner sieht, woher weißt du, dass es dich wirklich gibt?*

Evan versuchte, sich vorzustellen, wie Jack wohl Joey sehen würde.

»Dein Zauberwürfel«, sagte er. »Den du im Motel hattest – dieser Shape-Shifter, mit den ganzen unterschiedlichen Ebenen?«

Sie nickte.

»Du hast mir erzählt, um ihn zurück in seine ursprüngliche Form zu bringen, nimmst du dir jede Dimension einzeln vor. Erst die Form, dann die Farbe. Du sagtest, du hältst nach den Ausreißern Ausschau und findest die richtigen Muster, damit sie sich wieder in das Ganze einfügen. Richtig?«

»Richtig.«

»Genau so funktioniert Meditieren. Man sucht die Ausreißer in seinem Innern und versucht, sie wieder in das Ganze einzufügen.«

»Aber wie?«

Er ging zum Bett, setzte sich darauf in den Schneidersitz und zeigte auf eine Stelle ihm gegenüber. Joey kletterte ebenfalls hoch und nahm dieselbe Haltung ein. Hände auf den Oberschenkeln, Wirbelsäule gerade, Schultern entspannt.

»Und jetzt?«, fragte sie.

»Nichts.«

»Also soll ich nur atmen?«

»Ja.«

»Nur hier sitzen und atmen?«

»Wenn du willst.«

Ihre Augen leuchteten.

»Konzentrier dich auf deinen Atem«, sagte er. »Und auf sonst nichts. Finde heraus, wo er dich hinführt.«

Er ließ seinen Blick verschwimmen, bis Joey mit der Wand hinter ihr verschmolz. Er spürte der kühlen Luft nach, die durch seine Nase strömte, die Luftröhre hinunter, bis in den Bauch. In seinem Innern tobte ein Chaos, das Blut rauschte durch seine Gefäße. Seine Gedanken wirbelten durcheinander wie ein gemischtes Kartenspiel. Jack im freien Fall, ein halb leer getrunkenes Glas Milch, die fadenscheinige Schulter von David Smiths Hemd …

Joeys Stimme durchbrach die Stille: »Das ist doch total bescheuert.«

Evan öffnete die Augen ganz. Sie hatte sich aus der Meditationshaltung gelöst und war nach vorne gesunken, was gleichzeitig locker und angespannt wirkte. Er sah, dass sie die Hände rang.

»Okay«, sagte er.

»Sind wir fertig?«

»Klar.«

Sie rührte sich nicht, sondern funkelte ihn wütend an. »Hat überhaupt nichts gebracht.«

»Doch, hat es«, antwortete Evan. »Es hat dich wütend gemacht.«

»Na toll. Und was soll ich jetzt damit anfangen?«

»Frag dich, worüber du wütend bist.«

Sie kletterte vom Bett und stand mit dem Gesicht zur Tür. Er sah zu, wie sich ihre Schultern mit jedem Atemzug hoben und senkten.

»Willst du drüber reden?«, fragte er.

Sie drehte sich blitzschnell zu ihm um. »Warum sollte ich dir irgendwas erzählen? Du haust ja doch bloß wieder ab. Sobald du mit mir fertig bist und wir mit dieser Sache.« Sie gestikulierte Richtung Badezimmer und des dahinterliegenden Tresors. »Stimmt doch.«

»Klingt nicht wie eine Frage«, stellte Evan fest. »Klingt wie eine Herausforderung.«

»Dreh mir die Worte nicht im Mund um«, fauchte sie. »Es kann gar nicht anders ausgehen.«

»Es gibt immer mehrere Möglichkeiten, wie eine Sache ausgehen kann.«

»Ach ja? Wie stellst du dir das vor? Du wirst was machen? Mich zur Schule fahren? Muffins für den Elternabend backen? Mir helfen, für die beschissene Mathearbeit zu lernen?«

»Ich glaube, damit müsstest eher du mir helfen …«

Sie verzog keine Miene und hielt kaum inne. »Du benutzt mich nur, genau wie die anderen. Du kapierst es nicht. Warum solltest du auch? *Du* hast das Programm ja freiwillig verlassen. Du hast keine Ahnung, wie es sich anfühlt, *ausgemustert* zu werden. Die haben mich rausgeschmissen, weil ich …« Ihre Lippen kräuselten sich verächtlich, als sie nach dem Wort suchte. »… minderwertig bin.«

»Du bist nicht minderwertig.«

»Doch, bin ich. Ich bin kaputt.«

»Dann lass uns dich wieder ganz machen.«

»Ach, und das geht so einfach.«

»Ich behaupte ja gar nicht, dass es einfach ist. Ich finde nur, dass es das wert ist. Schmerz ist unausweichlich. Aber du kannst wählen, ob du darunter leiden willst.«

»Du hast gut reden.« Sie wischte sich die Nase, wobei sie sie nach oben bog. Sie sah so jung aus. »›Du kannst wählen, ob du darunter leiden willst.‹«

»Genau. Sag Bescheid, wenn du bereit bist, diese Entscheidung zu treffen.«

»Aber sicher doch.«

Damit ließ sie ihn stehen.

Er lauschte, wie sie mit bloßen Füßen durch den kurzen Flur und den großen Wohnbereich tappte, das Geräusch noch verstärkt durch die ganzen harten Oberflächen. Dann wurden ihre Schritte schneller, als sie die Wendeltreppe zum Loft hinauflief.

Evan atmete aus und rieb sich die Augen. Als er jünger war, hatte Jack immer gewusst, was zu tun war. Wann er antworten und wann er schweigen musste, damit Evan selbst auf die Antwort kam.

Jetzt gerade fühlte Evan sich vollkommen hilflos. Er rief die Gebote auf, aber keines traf auf die gegenwärtige Situation zu. Er hatte einen Weg eingeschlagen, der jetzt vor einer Wand endete.

Ein weiterer von Jacks weisen Sprüchen drängte sich ihm auf: *Stehst du vor einer Wand, fang an zu klettern.*

Da war er wieder und trieb Evan selbst aus dem Jenseits noch dazu an, über sich hinauszuwachsen. Vielleicht ging es bei dieser letzten Mission ja darum, als er ihm Joey überantwortet hatte, ein lebendes und atmendes Paket. Vielleicht war dies nur eine andere Variante ein und derselben Sache: Evan, der Jacks Spuren folgt und versucht, in seine Fußstapfen zu treten.

Aber dies war ein anderer Pfad. Und für ihn brauchte man andere Regeln. Evan dachte an die Post-it-Botschaft, die Mia in der Küche hatte: *Vergiss nicht, das, was du noch nicht weißt, ist wichtiger als das, was du weißt.*

Er versuchte erneut zu meditieren, jedoch ohne Erfolg.

Dann war er wieder auf den Beinen. Bewegte sich lautlos durch den Flur. Tippte die Zahlenfolge ein, um den Alarm auszuschalten, und schlüpfte unbemerkt aus der Wohnungstür. Nahm den Aufzug nach unten, wobei er noch immer die Augen zukniff und ungläubig den Kopf schüttelte.

Dann ging er den Korridor hinunter zu 12B. Hob die Hand, um anzuklopfen. Ließ sie sinken. Drehte sich um. Kam zurück.

Dann klopfte er leise an die Tür.

Bitte. Jetzt war es zu spät.

Die Tür ging auf. Mia sah ihn an.

»Ich weiß, du bist sauer auf mich«, sagte er.

»Du hast mir gesagt, du hast keine Familie«, sagte sie. »Entweder hast du da gelogen, oder du lügst jetzt.«

»Es ist kompliziert.«

»Spar dir das für Facebook.«

Sie schob die Tür zu.

»Warte. Joey ist ... jemand von der Arbeit. Ich versuche gerade, ihr zu helfen. Und ich wollte dich und Peter von allem fernhalten, was mit dieser anderen Welt zu tun hat. Also hab ich versucht, das Ganze zu vertuschen. Ich war so dumm zu glauben, das würde die Sache besser machen.«

»Das ist sogar noch beunruhigender.«

Er ließ die Arme locker hängen, überprüfte seine Blinzelfrequenz und widerstand dem Drang, die Hände in die Hosentaschen zu stecken. »Ich weiß nicht, wie ich mich deiner Meinung nach sonst hätte verhalten sollen. Beim Target.«

»Meine Güte«, schnaufte sie, mehr erstaunt als verärgert. »Du hast wirklich keine Ahnung.«

»Nein.«

»Wie wär's mit: ›Hallo, Mia. Ich bin gerade in ner komischen Situation und weiß nicht genau, wie ich mit dir drüber reden soll.‹ Wie wär's damit? Einfach mal die Wahrheit sagen und darauf vertrauen, dass wir schon einen Weg finden? Hattest du das mal in Erwägung gezogen?«

»Nein«, sagte er nur.

Sie musste fast lachen, hielt sich aber die Hand vor den Mund. Als sie sie wegnahm, war ihr Lächeln verschwunden. »Okay. Ich bin sauer. Aber ich habe auch gelernt, mich nicht auf meine erste Reaktion zu verlassen. Egal, um was es geht. Also. Lass mich rausfinden, was meine zweite Reaktion ist, bevor wir weiterreden.«

Sie wollte gerade die Tür wieder schließen.

»Ich brauche deinen Rat«, platzte er heraus.

Dieser Satz hatte ihn große Überwindung gekostet.

»Meinen Rat? Du fragst *mich* um Rat?«

»Ja.«

Sie zog den Kopf zurück. Schnaufte. Und ließ dann die Tür aufschwingen.

Evan trat ein, und die beiden setzten sich auf ihr Sofa. Sie bot ihm kein Glas Wein an. Die Tür zu Peters Zimmer, mit ihren Batman-Stickern, dem »Betreten verboten!«-Schild im Piratenlook und dem Steph-Curry-Poster, stand einen Spalt offen. Die Heizung war an, in der Wohnung war es angenehm warm, und diverse Kerzen verbreiteten ein gedämpftes Licht. Sie rochen nach Grapefruit – nein, Blutorange. Eine rostrote Chenilledecke war über eine Armlehne des Sofas drapiert. So viele Dinge, die ihm niemals eingefallen wären, Dinge, die aus einer Wohnung ein Zuhause machten. Wörter einer fremden Sprache, der Sprache der Geborgenheit und des Wissens, wie man dazugehörte.

Evan bemühte sich, leise zu sprechen. »Wie redet man mit einem Teenager?«

»Sehr vorsichtig«, antwortete Mia.

»Das hab ich auch schon gemerkt.«

»Sie scheint ein wirklich nettes Mädchen zu sein. Aber sie hatte es schwer.«

»Woher weißt du das?«

»Ich bin Bezirksstaatsanwältin.« Mia legte die Hände auf die Oberschenkel, legte den Kopf in den Nacken und holte tief Luft. »Dräng sie nicht. Sei einfach für sie da. Und sei zuverlässig.«

Ihm fiel das gleichmäßige Tempo ein, mit dem Jack früher durch den Wald gegangen war, nicht zu schnell und nicht zu langsam, und seine Stiefel hatten tiefe Abdrücke im Schlamm hinterlassen, damit Evan wusste, wohin er treten musste.

Mia deutete auf Evan. »Was Kinder angeht, ist Ehrlichkeit wichtig. Und ein fester Rhythmus. Deshalb dachte ich auch, na ja, du kommst einmal die Woche zum Abendessen. Das ist wichtig für Peter. Nach so was stellen sie die Uhr und freuen sich die ganze Zeit drauf.«

Er nickte.

»Aber weißt du, was das Einzige ist, das sie wirklich hören wollen?« Mia zählte die einzelnen Punkte an ihren Fingern ab. »Du bist gut so, wie du bist. Alles wird gut. Und du bist es wert.«

Er nickte wieder.

Sie betrachtete ihn eingehend. »Was ist?«

»Und sind sie es wert?«

»Ja.« Sie stand auf, um ihn zur Tür zu begleiten. »Aber bevor du's ihr sagst, solltest du dir ganz sicher sein, dass du es auch meinst.« Sie warf ihm einen bedeutungsschweren Blick zu. »Denn sie wird genau wissen, ob du die Wahrheit sagst.«

Auf halbem Weg nach oben blieb Evan auf der Wendeltreppe stehen. Aus dem Loft kam ein klackendes Geräusch, und er brauchte einen Moment, bis er es zuordnen konnte: Joey hatte sich einen Zauberwürfel vorgenommen. Von hier, auf halber Höhe zwischen Fußboden und Decke, hatte man einen herrlichen Blick auf Downtown. Die glitzernden Wohnblocks mit ihren unendlich vielen Lichtern, die am Abendhimmel schimmerten. Über ihm klackte unablässig der Würfel. Er hörte Joey husten.

Es fühlte sich so seltsam an, das Penthouse mit einem weiteren menschlichen Wesen zu teilen.

Er setzte den Weg hinauf ins Lesezimmer fort. Joey hatte sich ihre Bettdecke umgewickelt und saß auf dem weich gepolsterten Sofa. Ihr Kopf blieb gesenkt, und das glänzende dunkelbraune Haar umrahmte ihr Gesicht, das sie vor Konzentration zusammenkniff. Sie drehte den Würfel, kleiner als der, den er das letzte Mal gesehen hatte, so schnell, dass er nur noch ein grellbunter Farbklecks zu sein schien.

Sie hatte die Deckenbeleuchtung ausgeschaltet und sich die Stehlampe herangezogen. Diese war fast ganz heruntergedimmt, sodass sie nur einen gedämpften Schein warf. Der Würfel selbst war nämlich eine Lichtquelle, und im Halbdunkel kamen die fluoreszierenden Farben richtig zur Geltung. Knallgrün und Giftig-Gelb. Grellorange und Neonblau.

Auf der vorletzten Stufe hielt er inne.

»Darf ich reinkommen?«, fragte er.

»Ist doch deine Wohnung.«

»Aber das hier ist nicht mein Zimmer.«

Ihre geschickten Finger drehten den Würfel mit raschen Bewegungen und ließen ihn mit jeder Sekunde anders aussehen. »Doch, ist es.«

Ihm fiel auf, dass sie gar nicht versuchte, den Würfel zu lösen; sie stellte verschiedene Muster darauf her, und die farbigen Felder veränderten sich von Streifen zu einem Schachbrettmuster und wieder zurück zu Streifen.

Er sagte: »Aber nicht, solange du drin wohnst.«

Sie sah auf. Aber ihre Hände bewegten sich noch immer in rasendem Tempo, und der Würfel gehorchte ihrem Willen. Jetzt hatte jede der sechs Seiten nur noch eine einzige Farbe, und sie ließ ihn in ihren Schoß rollen.

»Ja«, sagte sie schließlich. »Du kannst reinkommen.«

Er nahm die letzte Stufe ins Loft und setzte sich ihr gegenüber auf den Fußboden, den Rücken an ein Bücherregal gelehnt. Neben ihrem Knie stand der ramponierte Schuhkarton aus ihrem Rucksack. Der Karton war offen, und eine der Grußkarten lag draußen. Joey hatte sie kürzlich gelesen. Ihm fiel ein, was Mia gesagt hatte, also sagte er nichts.

Joey nahm den Zauberwürfel. Dann legte sie ihn wieder hin.

»Die Welt ist so groß«, sagte sie. »Und ich will nicht, dass es nur hieraus besteht.«

»Was genau?«

»Mein Leben. Mein ganzes Leben. Mal hierhin gesteckt, mal dahin gesteckt, immer musste ich mich verstecken. Da draußen gibt es so viel. So viele Dinge, die ich nicht kenne.«

Evan dachte an die rostrote Chenilledecke auf der Armlehne von Mias Sofa.

»Ja«, antwortete er. »Das stimmt.«

Joey steckte die Karte zurück in den Umschlag, legte sie in ihren Schuhkarton und verschloss ihn wieder mit dem Deckel.

»Tut mir leid, dass ich manchmal so ätzend bin«, sagte sie. »Meine Mante hat immer gesagt: ›*Tiene dos trabajos. Enojarse y contentarse.*‹ Ist bisschen schwierig zu übersetzen.«

Evan half ihr. »Man hat zwei Aufgaben. Wütend werden. Und sich wieder beruhigen.«

»So was in der Richtung, ja.«

»Du hattest sie sehr gerne«, sagte er.

Endlich sah Joey hoch und erwiderte Evans Blick. »Sie war *alles* für mich.«

Das war die längste Zeit, die sie sich bislang direkt in die Augen gesehen hatten, stellte Evan fest.

Schließlich rutschte Joey vom Sofa. »Ich muss mir die Zähne putzen.«

Sie nahm den Schuhkarton von der Decke. Als sie an ihm vorbeiging, ließ sie den Karton neben ihm auf den Boden fallen.

Ein Vertrauensbeweis.

Sie ging ins Badezimmer und schloss die Tür. Er hörte Wasser laufen.

Er wartete einen Moment, dann nahm er den Deckel ab. Der ganze Karton steckte voll mit Grußkarten. Er fuhr mit dem Daumen oben über die Karten. Die vorderen zwei Drittel waren geöffnet worden. Das letzte Drittel nicht.

Und plötzlich verstand er.

Ihm wurde eng um die Brust, seine Augen prickelten. Gefühle drängten an die Oberfläche.

Mit der Hand drückte er den Stapel nach hinten, sodass er die vorderste Karte herausziehen konnte. Auf der Vorderseite stand in goldenem Flockdruck:

Heute wird die Kleine neun
Drum lasst uns alle singen,
uns ganz doll freuen
und tanzen und springen …

Er ignorierte den Rest der Aufschrift und klappte die Karte auf. Darin lag eine getrocknete Iris, die bereits auseinandergefallen war. Er erkannte die weibliche Handschrift wieder, die die Seite füllte.

Mein allerliebstes Mädchen,
der erste Geburtstag ohne mich ist der schwerste. Es tut mir leid, dass ich heute nicht bei dir sein kann. Verzeih, dass ich krank geworden bin. Es tut mir leid, dass ich nicht stark genug war, um wieder gesund zu werden. Möge meine Liebe zu dir wie eine Sonne sein, die oben vom Himmel auf dich herunterscheint.
Für immer und ewig, M.

Evan steckte die Karte zurück an ihren Platz. Dann blätterte er weiter. Silvester. Valentinstag. Ostern. Geburtstag. Erster Schultag. Halloween. Thanksgiving. Weihnachten.

Er nahm einen geräuschvollen Atemzug. Blätterte durch die nächsten paar Karten.

Silvester. Valentinstag. Ostern. Geburtstag. Erster Schultag. Halloween. Thanksgiving. Weihnachten.

Die letzte geöffnete Karte war für Thanksgiving. Die, die Joey gestern aus dem Rucksack in den Fußraum vor ihrem Sitz gefallen war.

Er zog die unmittelbar dahinter heraus. Auf dem noch geschlossenen Umschlag stand »*Weihnachten*«.

Er blätterte vor, die Aufschriften sprangen ihm ins Auge. »*Ostern.*«

»*Halloween.*«

»*Dein 18. Geburtstag.*«

Und das war die letzte.

Im Badezimmer wurde der Wasserhahn abgedreht.

Er schloss den Karton, stellte ihn auf das Sofa und setzte sich wieder an seinen Platz.

Joey kam herein und trocknete sich mit einem Handtuch das Gesicht ab. Sie breitete es über die Sofalehne und setzte sich wieder auf den Berg aus Kissen und Decken. Sie bemerkte, dass der Karton wieder dort stand, und sah auf ihren Schoß.

Schließlich sagte sie: »Und dann fing das mit den Heimen an.«
»Das tut mir leid.«
»Wenn ich achtzehn werde, gibt es keine Karten mehr«, fuhr Joey fort. »Was hab ich dann noch?«

Evan erwies ihr die Achtung, nicht darauf zu antworten.

»Als ich von Van Sciver abgehauen bin, hat Jack mich da gefunden. An ihrem Grab.« Sie senkte den Blick und lächelte sanft. Sie hatte ihre dichte Mähne zur einen Seite geschoben, sodass die kurz geschorene Seite freilag. Zwei Teile eines wunderschönen Ganzen. »Er hatte ein Gespür für so was. Er wusste, wie's in mir aussieht.«

Evan nickte, traute aber seiner Stimme nicht. *Ja, das hatte er. Ja, das tat er.*

Nach einer Weile schlüpfte Joey unter die Decke und rollte sich zusammen, den Kopf auf dem Kissen. »Ich kann nicht einschlafen, wenn noch jemand im Zimmer ist«, sagte sie.

»Soll ich lieber gehen?«
»Wenn du bleiben willst, ist das in Ordnung.«
»Ja, das möchte ich«, sagte Evan leise.

Er saß einfach nur da und betrachtete die Rundung ihrer Schulter, das verwuschelte Haar an ihrer Wange. Ihre Lider wurden schwer, dann fielen sie ganz zu. Ihre Atmung wurde regelmäßig, ging in ein leises Schnarchen über.

Leise stand er auf und verließ behutsam das Zimmer.

48. SO ETWAS WIE STOLZ

Nachdem er am nächsten Morgen noch vor Sonnenaufgang die Deep-Learning-Software im Tresor überprüft hatte, meditierte Evan, duschte und ging dann durch den Flur in die Küche.

Joey war ebenfalls früh auf und wühlte gerade im Gefrierschrank herum, eine Kühlkompresse in der einen Hand, in der anderen die Flasche Stoli Elit: Himalayan Edition.

Sie hörte ihn kommen und sah über ihre Schulter. »Hast du keine Tiefkühl-Burritos oder so?«

»Vorsicht damit«, warnte Evan und deutete mit dem Kinn Richtung Stoli. »Der kostet dreitausend Dollar die Flasche.«

Joey begutachtete den Wodka. »Ist er's wert?«

»Kein Wodka ist dreitausend Dollar wert.«

»Warum hast du ihn dann?«

»Wofür soll ich denn mein Geld sonst ausgeben?«

Sie starrte in die jungfräulich weiße Leere seines Gefrierschranks. »Keine Ahnung. Essen vielleicht.«

Er bog um die Kochinsel.

»Mach mal Platz«, sagte er.

Zwei Eier landeten mit einem lauten Zischen in der Bratpfanne, in etwa das Geräusch eines Drogen-Whiteouts. Joey saß auf einem Barhocker über die Theke der Kochinsel gelehnt, das Kinn in die Hände gestützt. Fasziniert sah sie ihm zu.

»Du kannst kochen?«, fragte sie.

»Das hier würde ich nicht direkt als Kochen bezeichnen.«

»Woher kannst du das?«

»Jack.«

»Das habt ihr zwischen Lernen, wie man nicht ertrinkt, und Nahkampf noch schnell eingeschoben?«

»Genau.«

»Witzig.«

Der Toaster pingte, und Evan schob rasch zwei getoastete Scheiben Sauerteigbrot auf einen Teller. »Butter?«

»Hallo? Klar.«

Er butterte den Toast und ließ die Eier aus der Pfanne darauf gleiten. »Schnippel mal etwas Petersilie von der Grünen Wand.«

»Grüne Wand?«

»Der hängende Garten. Da drüben.«

Joey stellte sich davor. »Und welches ist die Petersilie?«

»Linkes oberes Viertel, ganz am Rand. Nein. Nein. Ja.«

Sie riss einen Zweig ab und brachte ihn mit, während Evan etwas Pfeffer aus der Pfeffermühle auf die Spiegeleier gab.

Evan halbierte die Petersilie und dekorierte jedes Eigelb mit einer Hälfte. Dann stellte er den Teller vor sie und gab ihm noch einen kleinen Stups, sodass er genau mittig zwischen Gabel und Messer stand.

Joey starrte auf den Teller, aber rührte sich nicht.

»Was ist?«, fragte er.

»Ich lass nur gerade das Ganze auf mich wirken«, antwortete sie.

»Iss.«

Sie sah zu ihm hoch und räusperte sich. »Danke.«

Bevor er etwas entgegnen konnte, ertönte ein Hinweiston über das kabellose Lautsprechersystem. Abrupt hob er den Kopf.

»Was ist das?«, fragte sie.

Er war bereits wieder auf dem Weg nach hinten. »Die Software hat gerade David Smith gefunden.«

Im feuchten Betonbunker des Tresors standen sie beide Seite an Seite und sahen wie gebannt auf die Monitore. Das miteinander verwobene Geflecht von Metadaten, das sie zeigten, war faszinierend.

Von den spärlichen Informationen über David Smith und den wenigen Fotos hatte die Software Prognosen zu Körpergröße und Gewicht angestellt, die Änderungen der Gesichtsstruktur berechnet und Aufnahmen ins Krankenhaus, Flug- und Reisebusaufzeichnungen, Schulanmeldungen und Einweisungen in Kinderheime in spezifischen Gegenden an der Ostküste überprüft. Diese Kriterien, die geografische Ausdehnung, Zeit, visuelle Informationen, Einträge in Datenbanken und Vorgänge miteinander in Verbindung brachten, waren dynamisch erstellt worden, damit sich die Maschine heuristisch verbesserte, immer mehr dazulernte und sich ständig weiterentwickelte. Seltsame Algorithmen verfolgten Onlinebestellungen zurück, indem sie *Star Wars*-Legosets mit einem Fahrzeug-Thema, Stückpreis 9,99 $ oder weniger, Rohrreiniger in Profistärke, Großbestellungen von »Little Hug Fruit Barrel«-Kindergetränken, Rollen brauner Papiertücher der Marke Lavex Janitorial sowie Dutzende weitere Produkte zusammenfassten, um den Suchbereich noch weiter einzuengen. Den Ergebnissen wurden Instagram-Fotos und Posts auf anderen sozialen Netzwerken zugeordnet, die alle aus bestimmten, vorher festgelegten Bezirken stammten.

Auf einem YouTube-Video einer Schulhofschlägerei an der Hopewell High in Richmond, Virginia, vom September vergangenen Jahres war im Hintergrund ganz kurz ein vorbeifahrendes Auto zu sehen. Trotz der gleißenden Mittagssonne, die sich auf dem Beifahrerfenster spiegelte, hatte ein Standbild das Ohr des Jungen auf dem Beifahrersitz erfasst. Das Ohr war gründlich analysiert worden, indem die Software die genauen Abstände und Verhältnisse der einzelnen Bestandteile zugrundelegte und den Abstand vom oberen Rand der Ohrkanals bis zur unteren Spitze des Ohrläppchens und des Tragus-Knorpels vermaß. Das Ergebnis war eine 85-prozentige Wahrscheinlichkeit, dass es sich um das Ohr ihres David Smith handelte.

Zwei Tage davor war ein Mädchen aus dem McClair Children's Mental Health Center in Richmonds Stadtteil Church Hill adoptiert worden, wodurch ein Platz in dieser Einrichtung frei geworden war, die in der Vergangenheit immer konstant mit vierzig Kindern belegt gewesen war. Seither war nichts über einen Neuzugang vermerkt worden, sodass scheinbar immer noch nur neununddreißig Personen dort lebten. Allerdings tauchte eine Woche später auf der Rechnung eines örtlichen Gesundheitszentrums die Untersuchung eines neuen Patienten als Posten auf, und die Anzahl der im darauffolgenden Monat verabreichten Grippeimpfungen belief sich nach wie vor auf vierzig.

Ein Kind, das aufgrund fingierter Vorwürfe häuslicher Gewalt einen Platz in diesem Heim bekommen hätte, würde nicht in den offiziellen Unterlagen auftauchen.

Die Deep-Learning-Software gab an, dass es sich bei dem mysteriösen Patienten mit 99,9743-prozentiger Wahrscheinlichkeit um den Jungen handelte, dessen früherer Name David Smith gelautet hatte.

Joey notierte rasch die Adresse, wobei sie an der Unterlippe nagte und vor Konzentration die Stirn runzelte. Das Licht der Monitore spiegelte sich auf der glatten Haut ihrer Wangen. Evan sah ihr zu und verspürte so etwas wie Stolz.

Sie bemerkte, dass er sie ansah. »Was?«

»Ach nichts.«

Das einzige Geräusch im Raum war der stoßweise Atem des Mannes.

Auf dem Boden, den Sperrholzplatten vor den Fenstern und den Matratzen an den Wänden waren Blutspritzer. Auf der Plastikplane auf dem Fußboden lag ein einzelner Backenzahn. Es stank nach Erbrochenem, Schweiß und noch Schlimmerem.

Zwei der drei Arrowhead-Wasserspenderbehälter waren leer. Das bedeutete knapp vierzig Liter Flüssigkeit, die sie Orphan L in die Gesichtsöffnungen gepresst hatten.

Draker lag zu einem Ball zusammengerollt auf dem Boden. Sein gesamter Kopf war mit Gewebeband umwickelt, nur für die Nasenlöcher war ein Schlitz frei gelassen worden.

Van Sciver saß vor ihm in der Hocke. Und wartete.

Thornhill balancierte gerade wieder auf den Händen und machte Handstand-Push-ups.

Der Typ war wirklich der Duracell-Hase.

Candy war losgefahren, um die Freelancer zu koordinieren, die Van Sciver aus Alabama hatte kommen lassen. Bald schon würde die Sache ernst werden.

Schließlich erhob sich Van Sciver mit einem Stöhnen. Verdammte Rückenschmerzen.

»Thornhill«, sagte er.

Thornhills Stiefel kamen mit einem dumpfen Aufprall auf dem Boden auf. Er machte sich daran, das Gewebeband von Ls Kopf abzuwickeln. Auf einmal war leise, blechern klingende Musik zu hören, die mit jeder Windung des Bandes, die er abriss, lauter wurde. Schließlich hatte er die unterste Schicht erreicht. Er riss sie ab, wobei er auch Büschel von Ls Haar mit herausriss und rote Flecken auf seinem Gesicht hinterließ, wo Äderchen geplatzt waren. Der Beats-Kopfhörer, den L aufhatte, war jetzt freigelegt, und »You Raise Me Up« von Josh Groban dröhnte in voller Lautstärke daraus hervor.

Thornhill schaltete die Musik aus und zog ihm die Kopfhörer ab. Er streichelte Draker über das Haar und strich ihm die schweißverklebten Ponyfransen aus den Augen.

»Gut gemacht«, lobte er. »Besser, als Jack es von dir hätte verlangen können. Aber wir werden ewig damit weitermachen.«

Draker brachte nur ein einziges, gekrächztes Wort hervor: »Nein.«

»Du weißt, dass es so laufen muss«, sagte Van Sciver. »Es ist, wie es ist. Mehr gibt's dazu nicht zu sagen.«

Draker kniff die Augen zu und keuchte weiter. Oben an der Wange hatte er einen Tic entwickelt, wo die Haut permanent zuckte und das Augenlid nach unten zog.

»Also schön«, sagte Van Sciver. »Bring ihn wieder auf die Bank.«

Thornhill ging zum Arrowhead-Behälter.

Draker fing an zu schluchzen.

Van Sciver hob die Hand, woraufhin Thornhill wie angewurzelt stehen blieb.

Dies war der wundervolle Moment, kurz bevor sie zusammenbrachen. Er ließ Draker weinen. Der Laut war zum Steinerweichen und schien aus den tiefsten Tiefen zu kommen.

Thornhill tätschelte ihm wieder das Haar. »Schon gut. Das hast du gut gemacht. Richtig gut.«

Draker heulte immer weiter. Schließlich verstummte er. Van Sciver wartete, bis sich seine Atmung beruhigt hatte. Nach allem, was L durchgemacht hatte, hatte er etwas Ruhe verdient, bevor das Ende kam.

Draker sah mit blutunterlaufenen Augen hoch. »Ich sag's euch. Ich sag euch, wo er ist.«

49. GUT IST MANCHMAL NICHT GUT GENUG

»Sie haben ihn um eine Stunde verpasst, Mister«, sagte die Stationsschwester.

Die füllige Frau in marineblauen Polyesterhosen und einem weiten weißen Schwesternkittel strahlte zu gleichen Teilen Wärme und Autorität aus. Neben dem Sonnenlogo auf ihrem Kittel stand in ebenso fröhlichen gelben Buchstaben: MCCLAIR CHILDREN'S MENTAL HEALTH CENTER.

Evan steckte seinen gefälschten Jugendamtsausweis wieder weg und klappte die abgewetzte braune Brieftasche zu. Die Brieftasche sowie seine abgetragene Dockers-Hose und die Timex waren Requisiten, die überdeutlich zum Ausdruck brachten: ganz normaler Typ mit kleinem Beamtengehalt.

Er klopfte sich mit dem Klemmbrett gegen das Bein und beeilte sich, um mit der Schwester mitzuhalten, die bereits den Gang hinunterspazierte.

»Verpasst?«, fragte Evan. »Was meinen Sie mit ›verpasst‹? Der Besuch seines Betreuers ist längst überfällig.«

»Süßer, das Einzige, was hier nicht überfällig ist, sind die Mahnungen. Das hier ist ein sinkendes Schiff.«

In einem der Zimmer warf sich ein Junge immer wieder gegen die Wand und brüllte. Zwei Krankenpfleger hielten ihn fest, jeder einen Arm.

Die Schwester blieb an der offenen Tür stehen. »Jetzt reicht's, Daryl«, sagte sie. »Benimm dich mal vernünftig.«

Der Junge beruhigte sich, und die Schwester lief weiter.

Eine Handvoll lieblos ausgewählter Poster klebte direkt an den Wänden. Sie waren ramponiert und eingerissen. Roy Lichtensteins Apfel. Picasso-Gesicht. Ausgeblichene *Sternennacht* von van Gogh. Auf einem Servierwagen stapelten sich Tabletts mit nur zur Hälfte gegessenen Mahlzeiten. Wässrige grüne Bohnen. Ein Würfel Maisbrot. Hart gewordene Käsetoasts. Die ganze Einrichtung roch nach extrastarkem Reinigungsmittel, Bleiche und Kindern in einem gewissen Alter, die auf engem Raum zusammenleben mussten.

Evan kannte dieses Heim. Mit jeder Faser seines Körpers.

Er räusperte sich, als sei er nervös, und rückte seine falsche Brille zurecht. »Sie sagten, ich habe Jesse Watson verpasst?«

Nach einigen weiteren Online-Manövern hatte Joey herausgefunden, dass dies der Name war, unter dem David Smith in diesem Heim in Richmond gelebt hatte. Momentan saß Joey draußen in einem gemieteten Minivan, einen Block entfernt in der Nähe der Kreuzung, von wo aus sie alles im Blick hatte.

Die Schwester hielt an und stieß einen Seufzer aus, der nach Pfefferminz roch. »Er ist weggelaufen.«

»Weggelaufen? Wann?«

»Wie gesagt, um sieben, bei der Kontrolle, ob alle auf ihren Zimmern sind, war er schon weg. Also sagen wir, vor ner Stunde, vielleicht anderthalb. Bei der ganzen Aufregung ist er wahrscheinlich durch die Hintertür entwischt.« Ihr linker Mundwinkel ging nach unten, ein Zeichen, dass es ihr naheging. »Beim Abendbrot hatte das Mädchen aus Zimmer 6 einen schweren epileptischen Anfall.«

Evan schob sich die Brille nach oben, um die sehr reale Panik zu überspielen, die sich in ihm breitmachte.

Die Schwester bemerkte seine Beunruhigung. »Wir haben schon bei der Polizei eine Vermisstenanzeige aufgegeben. Tut mir leid, aber die Sache ist jetzt in deren Händen.«

»Na schön. Ich sehe mir noch schnell sein Zimmer an und mache mich dann wieder auf den Weg.«

»Wir tun hier, was wir können – die Zuschüsse vom Staat werden ja auch immer weniger.«

»Ich verstehe Sie vollkommen.«

»Wirklich?«

»Ja.«

Sie hielt inne und musterte ihn. Dabei zog sich die Haut mit den erhabenen Sommersprossen oben auf ihren kupferfarbenen Wangen zusammen. Dann schnaufte sie und entspannte sich. »Na, und da tun wir so, als wären wir auf unterschiedlichen Seiten. Tut mir leid, Mr. ...?«

»Wayne.«

»Mr. Wayne. Ich weiß, Sie versuchen auch nur, Ihr Bestes zu tun. Ich schätze, es ist, weil ...« Ihr beträchtlicher Busen wackelte. »Ich schätze, ich schäme mich einfach, dass wir den Kindern nichts Besseres bieten können. Weihnachts- und Geburtstagsgeschenke kaufe ich ihnen von meinem eigenen Gehalt. Der Direktor auch. Er ist ein guter Mann. Aber gut ist manchmal nicht gut genug.«

»Ja«, sagte Evan. »Manchmal reicht das nicht. In welchem Zimmer war er denn untergebracht?«

»14. Wir versuchen, die Kinder mit weniger schweren Beeinträchtigungen in Trakt C unterzubringen. Also ADHS, Legasthenie, Störungen der visuellen oder motorischen Fähigkeiten.«

»Und Jesse hatte …?«

»Eine Verhaltensstörung.«

»Natürlich.«

Sie winkte ihn voran. Ihre Hand schmückten diverse Ringe aus gehämmertem Metall. »Kommen Sie, ich zeig Ihnen, wo's ist.«

Der Weg war länger, als Evan gehofft hatte, aber er hielt mit ihr Schritt. Sie kamen an einem Mädchen vorbei, das auf dem Boden saß und die ganze Zeit am Saum seines Hemdes zupfte. Seine völlig abgekauten Fingernägel hinterließen Blutflecken auf dem Stoff.

»Hallo, Schätzchen, ich bin gleich bei dir, okay?«, sagte die Schwester zu ihr.

Das Mädchen blickte auf und sah sie mit leerem Blick an, als sie vorbeigingen. Sie hatte wunderschönes dickes Haar, wie Joey. Eine Ähnlichkeit, über die Evan lieber nicht näher nachdenken wollte.

Schließlich blieb die Schwester vor Zimmer 14 stehen, klopfte einmal laut an die Tür und machte sie auf. Die Bewohner, drei Jungen im Alter von etwa dreizehn, genau wie David Smith, fläzten sich auf Stockbetten und tippten auf billigen Handys herum.

Zu einer anderen Zeit, an einem anderen Ort hatte Evan dieses Zimmer bewohnt.

»Das ist Mr. Wayne«, stellte ihn die Schwester vor.

Der Junge, der am ältesten aussah, warf Evan einen raschen Blick zu und kommentierte: »O toll. Noch n Sozialarbeiter.«

»Ein bisschen Respekt, Jorell, oder du kriegst wieder ne Verwarnung.«

»Hat jemand von euch mitbekommen, wie Jesse Watson weggelaufen ist?«, fragte Evan.

Alle drei schüttelten den Kopf.

»Er hat vorher nichts erwähnt? Irgendwelche Vorbereitungen? Gar nichts?«

»Nee«, antwortete Jorell. »Der Typ war total durchgeknallt. Für nen mickrigen Weißen war der echt hart drauf. Konnte krass kämpfen. Der hat alles auf *seine* Art geregelt.«

»Jorell«, seufzte die Schwester matt.

Es war nicht das erste Mal, dass sie seinen Namen so ausgesprochen hatte. Auch nicht das hundertste.

»Wo wart ihr vor der Zimmerkontrolle?«, fragte Evan.

»Noch im Speisesaal«, antwortete ein anderer Junge. »Haben uns um unseren eigenen Kram gekümmert. Jesse ist schon früher wieder aufs Zimmer, wollte Push-ups und so machen. Er hat immer gesagt, er will zu den Marines.«

Evan trat ins Zimmer und zeigte auf ein Bett. »Hat er da geschlafen?«

»Jawohl, im selbigen«, flötete Jorell.

Jorell war clever. Und clevere Kids in Einrichtungen wie dieser hatten es später meist wesentlich schwerer. Ein netter, dummer Junge konnte sich an die Regeln halten, einen mittelmäßigen Schulabschluss machen, eine feste Anstellung in einem Fast-Food-Laden finden und das Alter von dreißig erreichen.

Auf der Heizung neben dem unteren Stockbett auf der linken Seite stand die Legoversion eines Rebellenpiloten aus *Star Wars* nebst dazugehörigem Snowspeeder. Evan erkannte ihn aus einem von Peters Comics wieder. Er hob die Figur auf. »Der hat Jesse gehört?«

»Ja. Richtiger Weiße-Jungs-Scheiß.«

Alle drei Jungen lachten, auch der weiße.

Jetzt sagte die Stationsschwester: »Du legst es wirklich darauf an, dass du heute Abend eine Verwarnung von mir kriegst, was, Jorell?«

Der Junge verstummte.

Mit der Figur in der Hand trat Evan zurück zu der Frau und

sagte leise: »Ich vermute, der hier ist eins der Geschenke, die Sie aus eigener Tasche bezahlt haben.«

Sie nickte.

»Wahrscheinlich ist es das Einzige, das ganz allein ihm gehört«, fuhr Evan fort.

In ihren Augen lag die Last der vierzig jungen Leben, die ihr anvertraut worden waren. »Wahrscheinlich haben Sie recht.«

»Ich glaube nicht, dass er weglaufen und diesen Schatz zurücklassen würde.«

»Was soll das heißen, Mr. Wayne? Der Junge ist ausgebrochen. So was passiert ständig.«

Evan stellte den Lego-Rebellen zurück auf die Heizung und ging zum Schiebefenster. Es knarzte, als er es nach oben schob. Er lehnte sich nach draußen, wo er die frischen Kerbspuren in der Farbe auf dem Fensterbrett entdeckte.

»Und das tun sie normalerweise von außen?«

Die Stationsschwester kam zu ihm herüber und sah sich das Fenster an, dann presste sie erschrocken die Hand vor die Brust. Angesichts dieser Reaktion bedauerte er seinen sarkastischen Ton.

»Ich spreche noch mal mit der Polizei«, sagte die Frau leise.

Die Jungen waren ganz still geworden; sogar Jorell war nicht mehr nach Scherzen zumute.

Evan wandte sich zum Gehen. »Wie Sie bereits sagten, jetzt kümmern die sich um die Sache.«

Als er eilig zum Ausgang lief, kam er an dem Mädchen im Flur vorbei, das man vergessen hatte und das noch immer mit blutigen Fingernägeln am Saum seines Hemdes zupfte. Vor seinem geistigen Auge sah er Joey dort sitzen.

Er blinzelte, um die Vorstellung aus seinem Kopf zu vertreiben, und setzte seinen Weg fort.

50. DER BESTE HATTRICK

Evan saß auf dem Beifahrersitz des gemieteten Minivans; die Sonne Virginias knallte auf die Windschutzscheibe. Joey hatte die Neuigkeiten von David Smiths Entführung stoisch aufgenommen, allerdings umklammerte sie so fest das Lenkrad, dass sich ihre Knöchel weiß verfärbten, als er ihr die Einzelheiten erzählte.

»Eine Stunde«, sagte sie schließlich. »Eine Stunde früher, und wir hätten ihn retten können.«

»Wir wissen nicht mit Gewissheit, dass er tot ist«, merkte Evan an.

»Orphan J. Orphan C. Orphan L. Alle anderen, die auf der Liste standen, sind es. Außer mir. Wenn Van Sciver David Smith entführt hat, hat er ihn schon umgebracht.«

Aus einem Block Entfernung starrten sie auf die bröckelnde Fassade des McClair-Heims. Es strahlte eine Art Verzweiflung aus, die Evan nur zu gut kannte. Er dachte an die Jungs, mit denen er im Pride House aufgewachsen war. André und Danny und Tyrell und Ramón. Ab und zu schaute er aus der sicheren Distanz des Tresors nach, was sie machten, und suchte in seinen Datenbanken nach ihnen. Danny saß gerade wegen bewaffneten Raubüberfalls in der Chesapeake Detention Facility in Baltimore ein, seine dritte Haftstrafe. Ramón war in einem Stundenhotel in Cherry Hill an einer Überdosis gestorben. Tyrell hatte es endlich in die Army geschafft; bei seinem ersten Kampfeinsatz in der Nähe von Mossul war er gefallen.

Das Schicksal eines jeden von ihnen hätte Evans eigenes sein können. Er war sie, und sie waren er.

Bis Jack in sein Leben getreten war.

Hier, in dieser Gegend, die Hoffnung nicht aufzugeben war schwer, aber Evan versuchte es trotzdem. Das war das Mindeste, was sie David Smith schuldeten.

»Wenn Van Sciver ihn tot haben wollte, warum hat er ihn dann nicht gleich in seinem Zimmer abgeknallt?«, fragte Evan.

»Weil das nen riesigen Medienrummel gegeben hätte«, sagte Joey. »Aber ein Ausreißer ist nichts Besonderes.«

»Wenn in einer Gegend wie dieser ein Junge umgebracht wird, gibt's gar keinen Medienrummel. Das wird in zwei Zeilen im Regionalteil abgehandelt. Jeder würde annehmen, es war ein Racheakt im Gangmilieu. Vergiss nicht, niemand weiß, wer David Smith ist.«

»Außer Van Sciver«, antwortete Joey. »Und uns.«

Dann spürte er ihn, den ersten Hoffnungsschimmer, noch ganz zaghaft und blass, nicht stark genug, um ihn zu wärmen, aber ausreichend, um ihm den Weg zu weisen. »Der klügste Schachzug ist nicht, ihn zu töten, sondern ihn als Köder zu benutzen.«

»Also, was sollen wir machen?«, fragte Joey.

»Den Köder schlucken. Dann sollen sie uns doch zu sich ranziehen.«

»Und wenn er schon tot ist?«

Evan betrachtete das Schild über der gesicherten Eingangstür des Heims. Einige der Buchstaben waren beschädigt oder zerbrochen.

Er sagte: »Dieses Risiko muss ich eingehen.«

»Klingt nicht gerade nach sorgfältiger Planung.«

»Das Zehnte Gebot.«

»Lasse nie einen Unschuldigen sterben«, zitierte Joey. »Also, womit fangen wir an?«

Evan holte das Samsung Galaxy heraus, das er dem toten Typen in Portland weggenommen hatte. Er rief Signal auf, die verschlüsselte Kommunikationssoftware, die direkt zu Van Sciver führte. Er wollte gerade auf das Wählen-Symbol drücken, als ihm bewusst wurde, dass die Gefühle, die das Heim und die betreuten Kinder in ihm wachriefen, ihn überstürzt handeln ließen.

Er schaltete das Handy wieder aus.

»Bevor ich Kontakt aufnehme, müssen wir erst noch mehr herausfinden«, sagte er. »An der Tankstelle zwei Blocks von hier gibt's einen Geldautomaten zur Straße hin. Vielleicht können wir uns die Aufnahmen der Überwachungskameras besorgen und mal sehen, ob da was drauf ist.«

Joey gab ein Grummeln von sich. Sie klang nicht überzeugt.

»Was?«

»Falls sie überhaupt da lang gefahren sind«, merkte sie an. »Und falls wir wissen, nach wem wir überhaupt Ausschau halten.« Sie beugte sich so weit im Sitz nach vorne, dass der Sicherheitsgurt straff gespannt war, und schien zu den Telefonleitungen an der Straße hinaufzublicken.

»Hast du einen besseren Vorschlag?«, fragte Evan ein wenig pikiert.

»Den hab ich tatsächlich.« Sie zeigte nach vorne durch die Windschutzscheibe. »Siehst du die Straßenlaternen da?«

»Ja.«

»Das sind nicht einfach nur Straßenlaternen.« Sie griff auf den Rücksitz und holte ihren Laptop nach vorne. »Das sind Sensity-System-Lichter. Die können Wärmebilder, Ton, Erschütterung und Video aufzeichnen. Diese Informationen werden ständig gesammelt und in die Cloud hochgeladen.« Sie fuhr sich mit den Fingern durchs Haar und strich es zur Seite, sodass die kurz geschorene Partie über dem rechten Ohr freilag. »Weißt du noch, wie Van Sciver auf Orphan L gekommen ist?«

»Ein Überwachungsfoto, das ihn beim Rauchen zeigt.«

»Das von einer Straßenlaterne aufgenommen wurde«, sagte sie. »Wir drehen den Spieß jetzt um und verwenden das Ganze gegen Van Sciver.«

Evan betrachtete die Straßenbeleuchtung eingehend, aber für seine Begriffe sahen die Laternen ganz normal aus. »Bist du dir sicher, das sind solche, wie du gerade beschrieben hast?«

Sie sah ihn nur an, dann fuhr sie den Computer hoch.

»Wie können die sich in einer so kaputten Gegend so was leisten?«, fragte Evan.

Joey tippte bereits in rasendem Tempo etwas in die Tastatur. »Staatlich subventioniert. Das ist ein Teil der ›Safe Cities‹-Initiative. Detroit hat hundert Mille von der Regierung bekommen, und wenn Detroit das kriegen kann …« Sie warf ihm einen raschen Blick zu. »Du bist bei so was nicht auf dem Laufenden, oder?«

»Nein.«

»Die Laternen verwenden alle LEDs. Das gesamte System finanziert sich aus den Geldern, die die Städte an Stromkosten sparen. Nicht schlecht, oder? Ein Regierungsplan, der mal nicht kompletter Müll ist. Nicht, dass das ursprünglich deren Idee war. Die Software wurde entwickelt, um die Besucherbewegungen in Einkaufszentren zu analysieren: rausfinden, in welche Geschäfte die Leute gehen, was sie sich ansehen, wie sie auf Werbedurchsagen reagieren, Rabattaktionen, all das.«

»Kannst du dich reinhacken?«

Sie hob den Blick nicht vom Laptop, ihre Finger flogen über die Tastatur. »Ich tu jetzt mal so, als ob ich das nicht gehört hätte.«

Evan warf einen prüfenden Blick in Richtung Haupteingang des McClair-Heims. »Die Polizei wird bald da sein.«

»Tja, gut, dass ich schnell bin.«

»Da oben links. Nein, erst an der *nächsten* Kreuzung. Gut. Jetzt eine halbe Meile geradeaus.«

Evan saß am Steuer des Minivans, Joey auf dem Beifahrersitz. Sie lotste ihn durch den Verkehr, während sie gleichzeitig weiter auf die Tastatur ihres Laptops einhämmerte. Er fühlte sich mehr und mehr wie ihr Chauffeur – eine Beobachtung, die Mia einmal in Bezug auf Peter gemacht hatte, wie ihm zu seiner Bestürzung einfiel.

Evan verwandelte sich allmählich in einen dieser Vorstadt-Dads.

Wie es schien, hatte Joey ungefähr ein Dutzend Fenster auf dem Bildschirm geöffnet. Er wagte einen schnellen Blick zur Seite. Auf einem der Fenster schien sie sich aus einem schrägen Winkel gemachte Aufnahmen von der Ostseite des McClair-Heims anzusehen.

»Und?«

»Geduld, junger Padawan.« Der Laptop brummte. »Halt. Du hättest da hinten eigentlich links gemusst. Moment.« Sie wechselte zu einem anderen geöffneten Fenster, das eine Navi-Straßenkarte zeigte. »Fahr links, wieder links, dann rechts.«

Evan tat wie geheißen. Sich auf die Straße und die Rück- und Seitenspiegel zu konzentrieren statt auf das, was auf Joeys Bildschirm passierte, war nicht ganz einfach.

»Okay. Jetzt ... halt einfach hier. Wir sind in Reichweite.«

Evan sah sich um. Ein umzäunter Park. Ein Gerichtsgebäude. Ein McDonald's.

»In Reichweite wovon?«

Joey ging nicht darauf ein. »Bringen wir dich mal auf den neuesten Stand.« Sie drückte auf eine Taste und drehte den Laptop auf der geräumigen Mittelkonsole zu ihm um. Evan sah Trakt C von außen; die Aufnahme war so ruhig, dass man sie – wären da nicht ein paar ins Bild flatternde Blätter oder entfernter Verkehrslärm gewesen – für ein Foto hätte halten können.

Schließlich erschienen unten im Bild zwei dunkle Umrisse. Zwei Männer näherten sich dem Fenster von Zimmer 14. Der eine hatte eine Brechstange in der Hand, der andere eine Pistole mit aufgesetztem Schalldämpfer. Der Typ mit der Pistole bewegte sich zielstrebig vorwärts; sein kahler Schädel glänzte vor Schweiß. Links und rechts des Fensters drückten sich die beiden mit dem Rücken flach an die Wand.

Evan versuchte, seinen Herzschlag ruhig und gleichmäßig zu halten, und es funktionierte.

Er erkannte keinen der beiden Männer wieder, also hatte Van Sciver neue Freelancer geschickt. Der mit der Pistole hob die schwarz behandschuhte Hand; sein gefurchter, schweißbedeckter Schädel glänzte auf, als er mit drei Fingern einen Countdown andeutete. Der andere Kerl stieß das Brecheisen unter das Schiebefenster und schob es nach oben. Der Glatzkopf drehte sich blitzschnell zum geöffneten Fenster, Pistole im Anschlag; seine Lippen bewegten sich.

Er erteilte jemandem im Innern Anweisungen.

Der Sensor der Straßenlaterne war zu weit entfernt, um das Gesagte aufzuzeichnen, aber im nächsten Augenblick erschien David Smith mit erhobenen Händen vor dem Fensterbrett. Der Glatzkopf packte den Jungen am Hemd und zog ihn grob durch das offene Fenster nach draußen. Als er ihn von dem Gebäude wegzerrte, tauchte am Rand der Aufnahme eine weitere Person auf. Sie hatte den Rücken zur Kamera.

Ihr Gesicht war nicht zu sehen, aber Evan erkannte sie an der Figur.

Orphan V.

Candy McClure deutete auf den Mann mit der Pistole, offensichtlich rief sie ihn zur Ordnung, woraufhin er den Griff um den Jungen ein wenig lockerte. Die beiden Freelancer nahmen David zwischen sich und gingen rasch mit ihm davon. Im nächsten Moment war das Bild wieder genauso leer und ruhig wie zuvor.

Das gesamte Kidnapping hatte sechs Sekunden gedauert.

Evan sah Joey über die Konsole hinweg an. »Sie wollen ihn offenbar behalten.«

»Oder ihn irgendwo anders umbringen.«

»Nein. Du hast doch gesehen, wie Orphan V den Typ angefahren hat. Van Sciver will den Jungen unverletzt.«

»Oder *sie* will es. Vielleicht wird sie das mit Van Sciver ausfechten müssen.«

»Sie kann ziemlich überzeugend sein«, murmelte Evan.

Joey sah seinen Gesichtsausdruck und ließ die Sache ruhen. Sie lehnte sich rüber zum Laptop und rief ein Standbild der beiden Freelancer an der Wand vor dem Fenster kurz vor dem Einbruch auf. Diverse Markierungen erschienen auf ihren Gesichtern – ein Digital Overlay.

»Ich arbeite mit der FacePro-Gesichtserkennung von Panasonic«, erklärte Joey. »Ist einfach die beste. Die kann beides.«

»Beides?«

»Schnelligkeit *und* Genauigkeit. Der Flughafen von San Francisco verwendet die.«

»Wann haben wir die Ergebnisse?«

»Sind schon da.«

Ein weiteres Fenster, eine weitere Offenbarung: Die beiden Männer, identifiziert als Paul Delmonico und Shane Shea. Delmonico war derjenige, der das Fenster aufgebrochen hatte, Shea der mit der Pistole. Shea war eher knochig, mit gewölbter Stirn und deutlichen Furchen oben auf dem kahlen Schädel, wo die Schädelknochen verliefen. Ihre Akten waren vor Kurzem als streng geheim eingestuft worden, was im Moment verhinderte, dass sie mehr über ihre Vergangenheit und Ausbildung in Erfahrung bringen konnten. Evan ging davon aus, dass es sich um unehrenhafte entlassene Recon Marines handelte. Die unter anderem für Aufklärung zuständige Spezialeinheit innerhalb des

Marine Corps war Van Scivers bevorzugte Quelle für seinen häufig wiederaufzustockenden Pool von Schergen. Jetzt hatten Evan und Joey schon mal Gesichter und Namen, mehr brauchten sie im Moment nicht.

Als Nächstes rief Joey einen Flugreiseplan der United Airlines auf, den sie aufgestöbert hatte. »Die beiden sind heute Morgen mit dem Flugzeug aus Alabama gekommen.«

»Wo Van Sciver Orphan C ermordet hat.« Und wo Jack aus einer Höhe von sechzehntausend Fuß auf dem Boden zerschellt war.

»Genau. Und am Flughafen haben sie den hier gemietet.« *Klick*. »Ein schwarzer Chevrolet Suburban. Einfallsreich, ich weiß ... Kennzeichen VBK-5976.«

Sie hielt inne, um zu sehen, ob er beeindruckt war.

Das war er.

»Dieselbe Kreditkarte wurde verwendet, um einen zweiten von der Sorte zu mieten. Kennzeichen TLY-9443. Ich würde also von vier Typen ausgehen.«

»Sieht so aus«, stimmte Evan ihr zu.

»Weißt du, was ALPR ist?«, fragte sie.

»Automatische Nummernschilderkennung«, antwortete Evan, erleichtert, sich wieder auf bekanntem Terrain zu befinden. »Streifenwagen haben Sensoren zwischen den Warnleuchten auf dem Dach, die die Kennzeichen aller Fahrzeuge im Umkreis scannen. Sie können die Nummern von Fahrzeugen, die acht Spuren weit entfernt sind, erfassen, und zwar in beiden Richtungen und bis zu einer Geschwindigkeit von achtzig Meilen pro Stunde. Dann wird überprüft, ob gegen die Halter der Kennzeichen Haftbefehle vorliegen, und sie speichern sie für die Nachwelt.«

»Gummipunkt für den älteren Herrn«, kommentierte Joey. »Ich hab die Kennzeichen schon ins System eingegeben und es so programmiert, dass es mir, und zwar nur mir, eine Benachrichtigung schickt, wenn ein Sensor einen der beiden Suburbans scannt. Wir lassen einfach die Polizei Virginias die beiden Typen für uns aufspüren.« Ein listiges Grinsen. »Und zwar mit Nachdruck.«

Evan folgte ihrem Blick zum Gerichtsgebäude auf der anderen Straßenseite. Es war ein attraktives Gebäude im »Colonial Revival«-Stil – verwitterter Backstein, weiße Säulen, Walmdach. Ein stetiger Strom Männer und Frauen, Schwarze und Weiße, manche in Anzügen, andere in Blaumännern. Alle bewegten sich mit großer Zielstrebigkeit. Auf einem Schild an der Vorderseite stand CRIMINAL GENERAL DISTRICT COURT.

»Oh«, sagte Evan. »*Oh.*«

Joey war bereits dabei, das interne WLAN des Gerichtsgebäudes aufzurufen, das für die alleinige Benutzung durch Richter, Bezirksstaatsanwälte und Justizangestellte bestimmt war. Die 131 Milliarden Einträge umfassende Passwort-Datenbank von HashKiller verschaffte ihr in nur siebenundzwanzig Sekunden Zugang. In weiteren zweieinhalb Minuten war sie im Unterlagenverwaltungssystem. Und da war er und leuchtete vor ihnen auf dem Bildschirm wie eine heilige Reliquie.

Ein Vorführungshaftbefehl.

Evan und Joey grinsten sich an.

»Erster Schachzug«, sagte Joey. »Die bösen Jungs aus dem Verkehr ziehen. Oder zumindest die, von denen wir die Namen haben.«

»Du bist wirklich so ne Art Genie.«

»Da hast du absolut recht – bis auf das ›so ne Art‹.« Kichernd lockerte sie ihre Finger, dann tippte sie eine erfundene Fallakte ein.

Wenn die Polizei die Typen vorführte, würde die bürokratische Verwirrung dafür sorgen, dass sie tagelang festsaßen.

»Was sollen wir als den Grund für den Haftbefehl angeben?«, fragte Joey. »›Homegrown Terrorism‹ wird immer gern genommen, da werden die örtlichen Sicherheitskräfte ganz wuschig.«

»Terrorismus? *Delmonico* und *Shea*?«

»Auch wieder wahr.«

»Wir könnten doch Pädophile aus ihnen machen«, schlug Evan vor.

Joey tippte es ein. Ihr Grinsen wurde immer breiter, als sie sich für die Vorstellung erwärmte. »Und Gefängnisausbrecher.«

»Die außerdem gesucht werden, weil sie einen Polizeibeamten getötet haben.«

»Das ist ja so der beste Hattrick«, lachte sie. »Wie ne Wunschliste an den Weihnachtsmann schreiben.«

Sie füllte den Rest des Haftbefehls aus, gab eine bundesstaatsweite Fahndung heraus und speiste die Formulare in die juristische und strafbehördliche Maschinerie für den Großraum Richmond ein.

Dann hielt sie eine Hand hoch.

Evan gab ihr ein High-Five.

51. ETWAS MEHR DRUCK

Candys gesamter Rücken brannte wie Feuer, aber während eines Einsatzes machte sie keinerlei Zugeständnisse an ihre Haut. Sie weigerte sich zu kratzen, sie widerstand sogar dem Drang, an ihrem Shirt zu ziehen, damit der Stoff über das kaputte Fleisch rieb und das Brennen linderte. Candy hatte Van Sciver hinaus in den Flur des Safe Houses gezogen, um ihn unter vier Augen zu sprechen.

Van Sciver war der unnachgiebigste Mann, den sie je kennengelernt hatte, aber trotzdem war er ein Mann, was bedeutete, sie hatte eine realistische Chance, das von ihm zu bekommen, was sie wollte. Er hatte seine Pistole aus dem Schulterholster mit Federhalterung geholt.

Eine FNX-45 mit einem Gewinde für einen Schalldämpfer und holografischem Leuchtpunktvisier.

Verdammt viel Wumms für den Schädel eines Dreizehnjährigen.

»Der schwierige Teil ist vorbei«, sagte Van Sciver. »Jetzt haben wir ihn. X weiß es oder wird es schon bald wissen. Der Junge hat seinen Zweck erfüllt.«

Van Scivers Augen huschten zurück zu dem Raum, in dem David Smith auf der Schrägbank saß, einen Kissenbezug über dem Kopf und die Hände zwischen die Knie gepresst. Seit Delmonico und Shea ihn hergebracht hatten, hatte er noch keinen Laut von sich gegeben. Die beiden Männer standen vor der Hintertür und bewachten sie mit M4-Maschinengewehren, falls der dünne dreizehnjährige Junge einen auf Dwayne »The Rock« Johnson machen sollte. Die beiden anderen Freelancer patrouillierten in einer Weise vor dem Haus, als ob sie bei der Amtseinführung des Präsidenten das Gelände sichern müssten.

Ls Leiche war entfernt worden und alle ausgetretenen Körperflüssigkeiten, so gut es ging, aufgewischt, aber ein leichter Geruch nach Erbrochenem hielt sich hartnäckig.

Drüben in der Küche rührte Thornhill etwas in einem Topf auf dem Herd um und summte dabei vor sich hin. Es roch köstlich würzig, und Candy fragte sich, wo Thornhill herkam und wie er Kochen gelernt hatte und für wen. Es ließ sie an das Höhen-SERE-Training denken, das sie mit sechzehn absolviert hatte. Sie hatte einen baumbestandenen Höhenzug der Rockies erstiegen und war beinahe mitten in eine vierköpfige Familie gestolpert, die gerade hinten in ihrem Range Rover ein Picknick aufgebaut hatte. Die Mutter hatte eine Decke ausgebreitet, und es gab Schüsseln mit Apfelspalten, kaltes gebratenes Hühnchen und Thermosflaschen mit heißem Apfelwein. Die Tochter war etwa in Candys Alter. Candy hatte sich im Schutz der Bäume versteckt und beobachtete den exotischen Anblick wie gebannt, wobei sie kaum zu atmen wagte für den Fall, dass sie sie aufschreckte. Lange nachdem die Leute weggefahren waren, hatte Candy noch immer in ihrem Versteck gestanden, eine dünne Schicht frisch gefallenen Schnee auf den Stiefeln, und versucht, das Durcheinander von Gefühlen loszuwerden, das ihr die Kehle zuschnürte.

Thornhill hob den Holzlöffel, um zu probieren, dann schmatzte er, zufrieden mit dem Resultat. In einem Holster an seiner Hüfte steckte eine FNX-45, dasselbe Modell wie Van Scivers. Der Kerl wirkte so harmlos, dass man leicht vergessen konnte, wie gefährlich er war. Thornhill unterhielt sich nett mit einem – bis zu der Sekunde, in der er einem eine Kugel in den Schädel jagte.

Candy richtete ihre Aufmerksamkeit wieder auf Van Sciver und bemühte sich, leise zu sprechen. »Alles, was ich sagen wollte, ist, wir sollten jetzt keinen Mangel an Vorstellungskraft haben.«

»Und was genau soll das heißen?«

»L hat dafür gesorgt, dass der Junge von der Bildfläche verschwindet. Und Jack hat dafür gesorgt, dass man nirgends einen Hinweis auf ihn finden kann. Es gibt keinerlei Dokumentation zu David Smith – keine offiziellen Unterlagen, keine Fingerabdrücke, nichts. Außer ein paar Kids in nem Irrenhaus weiß niemand, wie er aussieht.« Sie legte eine Kunstpause ein und schürzte die verwirrend vollen Lippen. »Das bedeutet, er ist ein Freifahrtschein.«

Van Scivers helle Gesichtsfarbe war von der Anstrengung der letzten vierundzwanzig Stunden scheckig geworden, unregelmäßige rote Flecken zogen sich vom Hemdkragen nach oben. Die zerstörte Pupille sah aus wie ein schwarzes Loch. Candy hatte das Gefühl, wenn sie zu lange hineinstarrte, würde sie irgendwann in diese bodenlose Tiefe stürzen.

Sie dachte an die wunderschöne junge Frau, eingesperrt in einem Kofferraum in einer kleinen Gasse außerhalb von Sewastopol. Daran, wie sie mit den Fäusten gegen das Metal gehämmert hatte, bevor sie verblutet war. An das kratzende Geräusch ihrer Nägel.

Mit einem Schaudern schüttelte sie den Gedanken ab und wich Van Scivers seltsam schiefem Blick aus, damit er nichts an ihrem Gesicht ablesen konnte. Da, wo der Mund des Jungen saß, bewegte sich der Kissenbezug. Das Material blähte sich und zog sich wieder zusammen wie durch einen überraschend regelmäßigen Herzschlag.

»L hatte ihn ursprünglich für dich beschafft«, fuhr sie fort. »Jetzt hast du deinen Agenten zurück.«

»Was, wenn Jack Johns ihn umgedreht hat?«

»Jack Johns hatte ihn nur ein paar Monate, bevor er ihn in dieser Einrichtung abgeladen hat. Das reicht nicht, um ihn komplett zu indoktrinieren. Aber der Kleine hat von Jacks Ausbildung profitiert. Johns war gut in so was. Vielleicht der Beste.«

Van Sciver biss die Zähne zusammen und bestätigte es weder noch stritt er es ab. »Was schlägst du vor?«

»Nachdem wir uns X geholt haben, machen wir mit dem Kleinen weiter, wo L und Jack aufgehört haben.«

»Ich habe weder Zeit noch Interesse, irgendeinen x-beliebigen Jungen auszubilden.«

»Ich kann das übernehmen. Natürlich vorausgesetzt, er hat das Zeug dazu.«

Die erweiterte Pupille fixierte sie, dieser seltsame, verschwommene Seestern, der über dem Abgrund schwebte. Sie wusste gar nicht, wo sie hinsehen sollte.

Schließlich sagte Van Sciver: »Hat das was mit Sewastopol zu tun? Totes Mädchen in der Gasse?«

»Natürlich nicht.« Sie hoffte, die Antwort war nicht zu schnell gekommen. »Wir brauchen mehr Asse im Ärmel.« Sie zeigte in das Wohnzimmer. »Und das da könnte eins davon werden.«

Van Sciver bewegte den Kiefer, einmal nach links, einmal nach rechts. Dann steckte er seine .45er zurück ins Holster.

Candy ließ sich ihre Erleichterung nicht anmerken.

Er holte ein rotes Notizbuch aus einer Beintasche seiner Cargohose und klappte es auf. Darin befanden sich diverse hastig hingekritzelte Informationen sowie die Liste mit den fünf Namen.

Orphan J. Orphan C. Orphan L.

Alle durchgestrichen.

Dann Joey Morales, zweimal umkringelt.

Und David Smith.

Van Sciver zog einen Pilot-FriXion-Tintenroller aus der Mitte und radierte den Namen des Jungen aus. Dann hob er den Kopf und fixierte Candy mit seinem bodenlosen Blick. Anschließend warf er das Notizbuch auf einen Beistelltisch und ging ins Wohnzimmer. Die ehemaligen Marines nahmen Habachtstellung ein, wie ehemalige Marines es nun mal taten.

Thornhill nahm den Topf zum Abkühlen vom Herd und gesellte sich zu Candy und Van Sciver, um zu beratschlagen.

»Hast du das Propofol?«, fragte Van Sciver.

Thornhill lächelte sein unglaublich strahlendes Lächeln. »Jetzt geht die Party richtig los.«

Er ging zu einem schwarzen Arzneikoffer und holte eine Spritze mit einer trüben weißen Flüssigkeit heraus. Das Zeug hieß nicht umsonst »die Milch des Vergessens«. Das Medikament sorgte für eine schnelle Bewusstlosigkeit und ein zügiges Erwachen ohne Nebenwirkungen. Nur wenig Druck auf die Spritze, und es wirkte wie ein Anästhetikum. Etwas mehr Druck, und die Injektion war tödlich.

Van Sciver war in allem darauf bedacht, die volle Bandbreite an Optionen zu haben.

Wie der Junge in den nächsten paar Minuten reagierte, würde darüber entscheiden, wie viel Druck Thornhill auf den Kolben ausübte.

Candy ertappte sich dabei, wie sie nervös an der Innenseite ihrer Wange kaute.

Van Sciver ging zu dem Jungen hinüber und zog ihm den Kissenbezug vom Kopf.

David Smith blies sich den strähnigen Pony aus der Stirn und ließ den Blick über die mit Sperrholz verdunkelten Fenster, die leeren Wasserbehälter und die saubere Plastikplane auf dem Boden wandern. Dann sah er aus zusammengekniffenen Augen zu Van Sciver hoch.

»Ist das eine Prüfung?«, fragte er.

52. SCHACHDUELL

Evan wollte es nicht riskieren, in ein Motel einzuchecken. Nicht, wenn Joey und er Van Sciver so dicht auf den Fersen waren. Nicht, wenn Van Sciver wusste, dass er ihn schon bald finden würde.

Stattdessen verwendete er ein gefälschtes Airbnb-Profil, um ein Zimmer für neunundvierzig Dollar die Nacht zu buchen. Der Besitzer, der mehrere Dutzend Wohnungen in heruntergekommenen Gegenden im Großraum Richmond anbot, schien ein digitaler Miethai zu sein, der aus weiter Ferne seine Besitztümer überwachte. In einem am Griff der Eingangstür befestigten Schlüsselsafe der Firma Realtor wartete der Schlüssel bereits auf sie. Die Nachbarn waren wahrscheinlich an eine starke Fluktuation gewöhnt und würden nicht so genau hinsehen, denn ständig zog jemand ein oder aus. Das war auch gut so, denn Evans Profil nach hieß er Suzy Orton und war eine robust gebaute Blondine mittleren Alters mit einem energischen Lächeln.

Das L-förmige Gebäude hatte schon bessere Zeiten gesehen. Am Zaun um den Pool an der Vorderseite blätterte die Farbe ab. Im Pool selbst hatten sich derart viele Algen gebildet, dass er die grellgrüne Farbe von Gatorade angenommen hatte. Auf Gartenstühlen aus geflochtenem Plastik saß ein Grüppchen hemdloser, nur mit dunkelgrauen Denimshorts bekleideter junger Männer und rauchte Blunts. Etliche der Apartmenttüren standen offen; Frauen – und in einem Fall ein zartgliedriger junger Mann – hielten sich in schulterfreien Tops an der Schwelle auf und boten den Vorübergehenden mehr als nur einen Blick auf ihren Körper an. Der wummernde Bass eines Remixes ließ ein Fenster im ersten Stock vibrieren. Die schnelle Musik in Kombination mit den hier und da am Rand verteilten Stammgästen verlieh dem Ganzen die etwas triste Atmosphäre eines Clubs, in dem keine richtige Stimmung aufkommen wollte.

Als Evan zum zweiten Mal an der Anlage vorbeigefahren war, war es dunkel, und er stellte den Minivan mehre Blocks entfernt ab. Ungesehen gelangten Evan und Joey über den Bürgersteig und dann durch den Korridor vor den Wohnungen. Evan gab die Zahlenkombination ein und holte die Schlüssel aus dem Safe. Einen gab er Joey, den anderen steckte er ins Schloss und öffnete die Tür. Dann traten sie in ein überraschend sauberes kleines Zimmer mit zwei frisch gemachten Einzelbetten.

Er warf seine Sachen auf das Bett näher an der Tür, während Joey ihren Laptop in die Steckdose einstöpselte und dann zum fünfzigsten Mal nach Updates für ihr Handy suchte. Sie nahm frische Kleidung aus ihrer Tasche und ging in die Dusche, und Evan machte ein Work-out: Push-ups, Sit-ups und Dips, indem er die Hacken auf dem Fensterbrett abstützte und sich hinter ihm mit den Händen von der Sitzfläche des einzigen Stuhls hochdrückte. Joey kam wieder herein und wickelte sich ein Handtuch um die Haare. Aufgrund der Enge musste er sich nah an ihr vorbeizwängen, um ins Bad zu gelangen.

Als er fertig geduscht hatte und zurück ins Zimmer kam, saß sie bereits wieder vor dem Laptop und kaute an ihrer Lippe. Er sah auf dem RoamZone nach, ob Xavier angerufen hatte. Hatte er nicht. Evan nahm die Wand zur Hilfe, um die Sehnen seiner rechten Schulter zu dehnen. Er konnte sie fast wieder uneingeschränkt bewegen.

Ihm fiel auf, dass während der letzten fünfundvierzig Minuten weder Joey noch er ein Wort gesagt hatte, aber es war kein peinliches Schweigen gewesen, sondern hatte sich ganz angenehm angefühlt.

Es erinnerte ihn daran, wie er als Kind mit Jack durch das Farmhaus gegangen war, die Arbeitsflächen abgewischt, abwechselnd Klimmzüge an der Stange an der Seite des Hauses gemacht und Striders Wassernapf gefüllt hatte. Manchmal kochten Jack und er, aßen und räumten danach auf, ohne ein Wort zu wechseln.

Sie waren so aufeinander eingeschworen gewesen, dass es keiner Worte bedurft hatte.

Joey sah von ihrem bläulichen Bildschirm herüber und bemerkte, dass Evan sie beobachtete. Auf ihrer flächigen Wange erschien das Grübchen.

»Worüber denkst du gerade nach?«, fragte sie.

»Ach, nichts weiter.«

Die beiden sahen sich einen Moment lang an.

»Und was machst du da drüben?«

»Ich schau mal nach, was es so Neues gibt. Da gibt's diesen Pop-up-Chatroom für Black Hats.«

»Ich frag lieber nicht, ob das sicher ist.«

»Ja«, stimmte sie ihm zu. »Das wäre herablassend.«

»Möchtest du's noch mal mit Meditieren probieren?«

Sie zog eine Schulter hoch. »Ich krieg's scheinbar nicht hin.«

»Meditieren?«

»Das Leben da draußen.« Sie deutete halbherzig auf den Laptop. »Einfacher, online zu sein. Da drin komme ich mir real vor.«

»Das ist es aber nicht«, sagte Evan. »Real.«

»Was denn?«

»Ein Trauma.«

Sie presste die Lippen so fest aufeinander, dass die Farbe aus ihnen wich. »Was soll das heißen?«

»Du musst mir nie erzählen, was dir in diesen Heimen widerfahren ist«, antwortete er. »Aber du trägst es mit dir herum. Es hat sich in deinem Körper festgesetzt.«

»Warum sagst du das?«

»Weil es auf dich wartet, sobald du die Augen schließt und zur Ruhe kommst.«

»Blödsinn. Ich sitz nur nicht gerne still.«

Er ging zu seinem Bett und setzte sich mit dem Rücken zur Kopfstütze darauf. Dann saß er ganz still da.

»Also gut«, seufzte sie. »Bitte.«

Sie loggte sich aus und hüpfte vom Stuhl aufs Bett. Und setzte sich in den Schneidersitz.

»Entspann dich, aber nicht zu sehr«, sagte er. »Spüre in dich hinein, wo es Verspannungen gibt oder es kribbelt. Leg deine Zunge an den Gaumen, die Hände auf die Knie. Konzentriere dich auf den Atem, der durch dich hindurchströmt. Folge ihm und finde heraus, wohin er dich trägt.«

Er richtete seine Wirbelsäule auf, zog die Schultern nach hinten, sodass sie in der richtigen Position waren, und korrigierte die Haltung seiner Halswirbelsäule um zwei Millimeter. Langsam traten das Gelächter und die Musik von draußen in den Hintergrund. Deutlich nahm er den Druck der Matratze unter ihm wahr, einen leichten Schmerz in seiner Schulter, den sauberen Geruch der Bettlaken. Er fing an, seine Aufmerksamkeit Stück für Stück weiter nach innen zu richten wie die sich schließende Linse einer Kamera. Aber er spürte noch immer eine Unruhe im Zimmer.

Joey, die im Sitzen von einer Seite auf die andere schaukelte. Sie bewegte auch ihren Kopf hin und her.

»Versuch, nicht zu zappeln«, sagte Evan.

»Tu ich doch gar nicht.«

»Konzentrier dich einfach wieder auf deinen Atem. Und darauf, still zu sitzen.«

Sie hörte zwar auf, sich zu bewegen, aber ihre Anspannung nahm zu, bis sie zu einer fast körperlich spürbaren Präsenz zwischen ihnen wurde.

Auf einmal stieß sie laut hörbar den Atem aus und ließ sich rückwärts aufs Bett fallen. Sie starrte an die Decke. Als sie die Augen schloss, liefen ihr die Tränen die Schläfen hinunter. Ihr Atem ging schwer.

Dann sprang sie abrupt auf, sodass die Bettfedern quietschten, und kam dumpf mit bloßen Füßen auf dem Boden auf. Sie rannte aus dem Zimmer und knallte die Tür hinter sich.

Evan sah verwundert auf die Tür. Darauf war er nicht gefasst gewesen, vielleicht noch weniger als vor ein paar Tagen, als sie ihm die Nase gebrochen hatte.

Er kam aus dem Schneidersitz, stand vom Bett auf – und zögerte.

Offenbar wollte sie allein sein. Sollte er das respektieren? In einem Viertel wie diesem?

Er rief sich in Erinnerung, dass sie sehr gut auf sich selbst aufpassen konnte.

Irgendwo draußen hupte ein Auto.

Er stellte fest, dass seine Beunruhigung mit jedem Atemzug zunahm. Ein merkwürdiges Gefühl. Ihr ging es bestimmt gut.

Aber ihm nicht.

Dann war er bereits an der Tür und lief rasch durch den Gang vor den Apartments. Die anderen Türen waren jetzt geschlossen, und nach den Geräuschen zu urteilen, die herausdrangen, waren die Bewohner voll beschäftigt. Er bog um die Ecke in den anderen Flügel der Anlage: keine Spur von Joey. Um den Pool ging er zurück, wo dieselben jungen Männer sich dieselben Geschichten erzählten, neue Blunts rauchten und weder ihn noch sonst irgendetwas bemerkten. Die Brust wurde ihm noch enger, als er zwischen den Autos auf dem Parkplatz hindurchging.

Noch immer kein Zeichen von Joey.

Er lief den Block hinauf. Ein komplett gepimpter Camaro fuhr mit offenen Fenstern vorbei, Rap bollerte aus der Anlage. »Cleanin' out my closet«: Eminem packte aus, und das scheinbar gründlich.

Beim Minivan war sie auch nicht.

Von der nächsten Kreuzung aus war sie nirgends zu sehen. Auch nicht von der dahinter.

Er sah auf sein RoamZone. Kein Anruf von ihr. Auch nicht von Xavier. Ihm wurde noch mulmiger zumute, als er sich überlegte, was er täte, wenn Xavier ihn tatsächlich jetzt anrufen sollte. *Ihr Gang-Problem tut mir leid, aber ich bin gerade damit beschäftigt, durch ganz Virginia zu rennen, um zu verhindern, dass ein Junge umgebracht wird, und liefere mir ein Schachduell mit den gefährlichsten Killern der Welt. Und außerdem ist gerade mein Sidekick verschwunden.*

Sidekick.

Das Wort hatte sich ganz natürlich eingestellt.

Er bog nach links ab, dann wieder links und lief über rissige Bürgersteige zurück. Pitbulls warfen sich unter wütendem Gebell gegen Maschendrahtzäune, als er vorbeikam. In einem leer stehenden Haus ging es hoch her. Durch die leeren Fensterrahmen und die Tür konnte man einen Blick auf unappetitliche Gestalten erhaschen. Evan ging zielstrebig über den Rasen und durch die rechteckige Öffnung, wo sich einmal die Haustür befunden hatte. Unter seinen Sohlen knirschten die Splitter einer zerbrochenen Crackpfeife. Die halbe Rückwand des Hauses fehlte. Im rappelvollen Wohnzimmer torkelten sie zu zehnt und mehr herum. Ein Pärchen hatte gerade Sex auf dem Sofa an der Wand, ihre bleiche Haut phosphoreszierte fast in der Dunkelheit.

Evan drängte sich durch das Getümmel Richtung Garten.

»He, Arschloch, pass besser auf, wo du …«

Hand – Kiefer – Boden. Der Typ fiel um, als hätte man ihn mit einem Lasso eingefangen, und Evan schob sich durch die letzte Reihe von Körpern. Noch mehr Gesichter, noch mehr Hände, die Flaschen in zerknitterten braunen Papiertüten umklammerten, noch mehr Glaspfeifen. In einem riesigen Tongefäß loderte ein Feuer und warf einen flackernden Schein auf nackte Haut unter bauchfreien Tops, rasierte Schädel, einen Typen mit einer Brille, in der ein Glas fehlte.

Keine Joey.

Evan nahm die Abkürzung über den Grünstreifen an der Seite des Hauses und lief zunehmend beunruhigt rasch zurück zu der Apartmentanlage. Die Jungs saßen noch immer auf ihren Gartenstühlen, und im Gang roch es derart nach Gras, dass man vom bloßen Einatmen schon high werden konnte.

Die Tür zu ihrem Zimmer stand offen.

Evan lief darauf zu, die Hand am Griff der dünnen ARES hinten in seinem Hosenbund. Er umrundete den Türrahmen und trat hinein, drauf und dran, die Waffe zu ziehen.

Mitten im Zimmer stand Joey, die Schultern hochgezogen, das Gesicht in den Händen vergraben. Ihr Rücken bebte.

Er stieß die Tür mit dem Fuß hinter sich ins Schloss. »Joey?«

Sofort wirbelte sie zu ihm herum. »Wo warst du?« Sie kam blindlings auf ihn einschlagend auf ihn zu. »Warum hast du mich hier allein gelassen? Ich bin wiedergekommen, und du … du warst nicht. Warum warst du nicht da?«

Er wich zurück, aber sie warf sich erneut auf ihn, ließ die Fäuste auf ihn niedergehen – nicht wie eine ausgebildete Agentin, sondern wie eine fuchsteufelswilde Sechzehnjährige. »Du hast mich allein gelassen. Ich dachte … ich dachte …«

Evan versuchte, beruhigend seine Arme um sie zu legen, aber sie stieß ihn weg. Sie donnerte so fest gegen die Schiebetür des Kleiderschranks, dass sie aus der Schiene sprang, trat den Stuhl quer durchs Zimmer und warf die Lampe an die Wand, die ein Loch im Putz hinterließ.

Er trat beiseite, um ihr aus dem Weg zu gehen, setzte sich auf den Boden und lehnte sich mit dem Rücken gegen die Tür.

Sie riss die Kleiderstange aus den Halterungen, trat so fest gegen das Bett, dass die Metallfüße tiefe Rillen im Teppich hinterließen und rammte die Faust durch die Rigipswand.

Irgendwann war es dann vorbei.

Sie stand mit dem Rücken zu ihm, den ganzen Körper angespannt, die Hände locker zu Fäusten geballt an der Seite. Blut tropfte von ihrer lädierten Hand.

Sie kam zu ihm, setzte sich ihm gegenüber, mit dem Rücken zu seinem Bett. Ihre weit aufgerissenen Augen waren feucht, ihre Schultern hoben sich noch immer vor unterdrückten Schluchzern.

»Wo warst du?«, fragte sie.

»Ich bin dich suchen gegangen.«

»Aber du warst nicht hier.«

Er schluckte. »*Tiene dos trabajos. Enojarse y contentarse.*«

Sie presste sich beide Hände vor den Mund. Tränen rannen ihr über die Finger, aber sie gab nicht den geringsten Laut von sich.

So blieben sie noch eine sehr lange Zeit gemeinsam auf dem Boden sitzen.

53. MEIN ATEM IN DEINEM NACKEN

Am nächsten Morgen saßen Evan und Joey auf ihren Betten und löffelten Tankstellen-Porridge aus Styroporbehältern. Er hatte Joey gebeten, das Zimmer wieder in Ordnung zu bringen, und sie hatte getan, was sie konnte, aber die Tür hing immer noch schief im Schrank, die Lampe war kaputt und die Wände ramponiert. Die Bruchstücke des Stuhls lagen sauber gestapelt in der Ecke, ideales Anzündholz zum Feuermachen. Es stand bereits fest, dass Suzi Orton, die fröhliche Airbnb-Kundin, ihr Profil besser löschen sollte, nachdem sie hier ausgezogen waren.

»Hör zu«, sagte Joey. »Tut mir leid, dass ich gestern Nacht irgendwie ausgerastet bin. Es ist nur … Ich war …«

Ihr Handy gab einen aus drei Tönen bestehenden Hinweiston von sich, eine Fanfare, die den König ankündigt.

Sie stellte den Styroporbehälter unsanft auf ihrem Nachttisch ab, sodass Porridge herausschwappte, schwang sich vom Bett auf den Boden und kniete sich vor den Laptop auf dem Schreibtisch

»Ein Streifenwagen hat das Nummernschild erfasst«, sagte sie mit vor Aufregung erstickter Stimme.

Er beugte sich über ihre Schulter und sah den Screenshot eines schwarzen Suburban im Licht des Warnbalkens eines vorbeifahrenden Polizeiwagens. Der SUV stand auf dem vollen Parkplatz eines Food-Lion-Lebensmittelgeschäftes; unter der Aufnahme standen die GPS-Daten.

»Verdammter Mist.« Joey knabberte an ihrem Daumennagel. »Bis wir da sind, sind die längst verschwunden.«

»Nein. Das ist sogar gut. Niemand fährt einmal quer durch die Stadt, nur um Lebensmittel zu kaufen.«

Sie begriff, was er dachte, nickte und knallte ihren Laptop zu. In weniger als einer Minute hatten sie gepackt.

Bevor er zur Tür ging, legte Evan zehn nagelneue Hundertdollarscheine auf den Fußboden unter dem faustgroßen Loch in der Rigipswand.

Vom Food Lion ausgehend drehte Evan mit dem Auto immer größere Runden, wobei er sich durch zunehmend heruntergekommene Viertel vorarbeitete. Nach ein paar Meilen auf diesem gewundenen Pfad hielt er plötzlich am Bürgersteig.

»Was?«, fragte Joey.

Er deutete auf ein baufälliges einstöckiges Haus einen halben Block vor ihnen, das aussah wie die meisten anderen, an denen sie vorbeigekommen waren. Abgebröckelter Putz an der Vorderecke, Blumenkästen mit nichts als nackter Erde, überquellende Mülleimer am Bordstein. Ein hohes Rolltor an der Seite des Grundstücks war blickdicht gemacht worden, indem man grünes Plastikgewebe mit dem Maschendraht verwoben hatte. Eine Regenrinne hatte sich gelöst und hing vom Dach wie eine Kohlenrutsche.

»Ich kapier's gerad nicht«, bemerkte Joey.

»Die Mülleimer«, sagte er. »Siehst du die grünen Plastikstreifen, die oben rausgucken?«

Sie beugte sich Richtung Armaturenbrett und spähte angestrengt durch die Windschutzscheibe. »Sehen genauso aus wie das Zeug am Zaun.«

»Genau. Jemand hat diesen Sichtschutz diese Woche zurechtgeschnitten und am Tor angebracht.« Er nahm die ARES aus dem Holster und öffnete die Tür. »Warte hier.«

Er ging auf die andere Straßenseite, flitzte durch Vorgärten und sprang über Hecken. Als er fast bei dem Haus war, wurde er langsamer; seine Arme waren angespannt, aber nicht übermäßig, und die Pistole zielte ein paar Fuß vor ihm auf den Boden.

Das Tor saß fünf Zentimeter über dem Betonboden, um Platz für die Rollen zu lassen. Evan schlich sich vorsichtig in die Einfahrt, ließ sich auf den Bauch sinken und spähte durch den Spalt.

Die Einfahrt setzte sich hinter dem Tor fort und endete am vergammelten Holzzaun am anderen Ende des Gartens. Auf halbem Wege parkte in einem schrägen Winkel ein schwarzer Suburban. Aus den Rissen im Beton wucherndes Unkraut ragte seitlich am Wagen hoch. Aber es war nicht dicht genug, um das Kennzeichen zu verdecken.

VBK-5976.

Auf der ausgedörrten Erde daneben standen der zweite gemietete Suburban und ein Chevy Tahoe.

Evan zog sich zurück.

Im Laufschritt eilte er die Straße zurück und signalisierte Joey mit dem Finger, aus dem Wagen zu steigen. Sie stieg an der Fahrerseite aus, von wo aus sie die Straße beobachtet hatte, und verriegelte die Türen.

»Da ist es?«

»Ja.«

Als sie einmal um den Block liefen, konnte er hören, wie Joeys Atem schneller ging.

Sie schlichen sich über den seitlichen Grünstreifen neben einem halb ausgebrannten Gebäude. Das Chassis eines Eldorado stand auf Backsteinen in einem Carport, den die von der Hitze des Feuers verbogenen Stahlstützen kaum noch aufrecht halten konnten. Sie arbeiteten sich vorsichtig voran in den Garten. Eine Veranda hinter dem Haus hatte das Feuer aufgehalten, sodass der Garten mit seinen abgestorbenen, hüfthohen Fingerhutstauden verschont geblieben war. Evan und Joey wateten in das Gestrüpp, das unter ihren Sohlen knackte, als sie sich dem verrottenden Holzzaun von der anderen Seite her näherten. Obwohl der Brand anscheinend bereits einige Tage zurücklag, hing noch ein Ascheruch in der Luft, der die Atemwege ein wenig reizte.

Der verzogene Zaun wies zahlreiche Risse und Spalten auf, durch die man einen hervorragenden Blick auf den Garten hinter dem Ziel-Haus hatte. Auf den Überresten des Rasens lag ein altmodischer runder Grill, von dem nicht mehr viel übrig war als ein Häuflein Rost. Die rötliche Verfärbung des Bodens rief eine Fülle an Assoziationen in Evan wach, die er verdrängte, um sich stattdessen auf das Gebäude vor ihnen zu konzentrieren.

Sperrholzplatten verdeckten zwei der drei Fenster des Wohnzimmers. Eine der Platten war abgenommen und beiseitegestellt worden, vermutlich um Licht hereinzulassen. Das weit oben angebrachte Küchenfenster über der Spüle war frei geblieben, und die Hintertür stand offen.

Paul Delmonico und Shane Shea, Van Scivers Freelancer, standen mehr oder weniger in Habachtstellung vor jemandem, der sich in einem der toten Winkel befand. Evan nahm an, dass die beiden anderen Freelancer die Vorderseite des Hauses sicherten. Durch das Küchenfenster war Thornhills Kopf zu sehen. Kurz darauf trat eine Frau neben ihn; Evan konnte hauptsächlich ihren Rücken sehen.

Halblanges Haar, selbstbewusste Körperhaltung, athletischer Schulterbereich, der sich zu einer schmalen, aber nicht zu schmalen Taille verjüngte. Evan würde diese Haltung überall wiedererkennen.

Dann drehte Orphan V sich um.

Im breiten Strahl Sonnenlicht, der durch das Küchenfenster fiel, sah sie wirklich beeindruckend aus. Während sie unhörbar etwas zu Thornhill sagte, fasste sie sich über die Schulter und kratzte eine Stelle an ihrem Rücken. Evan dachte an das verätzte Fleisch unter ihrem Hemd und verspürte einen Stich tief in seinem Innern.

Die Hände an den splittrigen Zaun gestützt, atmete er den Geruch des verrottenden Holzes und beobachtete, wie die Freelancer wie zwei Kampfhunde, die auf das Kommando ihres Herrchens warteten, denjenigen beobachteten, der da außerhalb von Evans Gesichtsfeld stand. Neben ihm verlagerte Joey störend ihr Gewicht und kippte einen Sneaker nach außen. Ihre Nervosität war fast greifbar.

Die Person im toten Winkel trat jetzt heraus und kam ins Bild.

Diese breite Figur, das feine kupferfarbene Haar, die muskulösen Unterarme und kastigen Handgelenke. Aber es lag nicht nur an Van Sciver, dass Joey merklich der Atem stockte; es lag an dem, was er vor sich hertrug.

David Smiths zerbrechlich wirkende Gestalt, die schlaff in seinen Armen hing.

Van Sciver legte die Leiche auf einer über den Boden gebreiteten Abdeckplane ab. Seine Arme waren vor Anstrengung geschwollen; sie standen vom Körper ab, als er sie seitlich hängen ließ. Die Linien auf seiner rechten Gesichtshälfte warfen seltsame Schatten – vielleicht waren es Narben, vielleicht eine optische Täuschung. Evan hatte ihn nicht mehr gesehen – zumindest nicht von Angesicht zu Angesicht –, seit sie sich vor fast einem

Jahrzehnt in Oslo in angespannter Atmosphäre bei einem Drink unterhalten hatten.

Als er ihn jetzt im hellen Tageslicht vor sich sah, spürte Evan, wie all die alten Gefühle wieder hochkamen. Sie hatten so viele Jahre damit verbracht, einander im Verborgenen zu umkreisen, dass ein kleiner Teil von Evan sich von Zeit zu Zeit fragte, ob er sich Charles Van Sciver nicht nur eingebildet hatte.

Aber da stand er nun, in voller Lebensgröße.

Mit der Leiche des Jungen, der einmal David Smith gewesen war.

»Er ist tot«, flüsterte Joey. Trotz der kalten Dezemberluft hatte sie Schweißperlen an der Schläfe und vor Aufregung gerötete Wangen.

Während er fassungslos auf die schlanke, reglos daliegende Gestalt auf der Plane sah, spürte Evan eine hell lodernde, alles verschlingende Wut in sich aufsteigen.

Er stieß sich vom Zaun ab, senkte den Blick auf seine Stiefelspitzen. Er sah die dicht gedrängten Stockbetten von Zimmer 14 im McClair-Heim vor sich. Einen Lego-Rebellen in einem Snowspeeder auf einem rostenden Heizkörper. Jorell, der sich mit seiner Intelligenz keinen Gefallen tat. In einem anderen Leben würde Jorell Rechtsanwalt, Philosophieprofessor oder Stand-up-Comedian werden. In einem anderen Leben würde David Smith sich eines Tages mit seiner eigenen Familie an den Abendbrottisch setzen. In einem anderen Leben war Jack noch am Leben, und er und Evan hatten schon verabredet, wann sie das nächste Mal in dem zweigeschossigen Farmhaus in Arlington gemeinsam essen würden.

»Halt«, zischte Joey. »Evan, er atmet.«

Evans Kopf schoss nach oben. Er beobachtete, wie der Junge sich bewegte und auf die Seite rollte.

Evans Kiefermuskulatur spannte sich an. Seine unbändige Wut drohte, aus ihm herauszubrechen. »Wir müssen ihn holen.«

»In dem Haus da sind drei Orphans und vier Muskeltypen«, sagte Joey. »Bis an die Zähne bewaffnet. Und wir stehen hier mitten im Gestrüpp mit deiner Damenpistole.«

»Stimmt.«

»Also, wie willst du ihn da rausholen?«

Evan fischte das Samsung Galaxy aus der Tasche. »Indem ich Van Sciver sage, wo wir sind.«

Mit dem Daumen drückte er auf die Signal-App.

Wenig später trug der Wind einen Klingelton mit einer Xylophon-Melodie zu ihnen herüber. Evan legte das Auge an ein Astloch und spähte in das Haus.

Van Sciver holte sein Handy heraus und sah auf das Display. Alarmiert von seinem Gesichtsausdruck gingen Candy und Thornhill zu ihm; die drei bildeten ein relativ eng zusammenstehendes Grüppchen neben dem auf dem Boden ausgestreckten Jungen.

Sie standen so nah beieinander, dass eine wohlplatzierte Anordnung von Neunmillimetergeschossen sie erledigen könnte.

Wenn sie keine Orphans gewesen wären, hätte Evan sich überlegt, sich über den Zaun zu schwingen und auf das Haus zuzurennen, um in Schussweite zu gelangen. Aber er wusste, er würde keine drei Schritte weiter als bis zu dem rostigen Grill kommen, bevor sie ihn bemerkten.

Van Scivers Daumen schwebte über dem Display, dann hob er das Handy ans Ohr. Evan sah, wie sich seine Lippen bewegten, und mit einer halben Sekunde Verzögerung drang die bekannte Stimme aus dem Hörer; das eine Wort musste ein ganzes Arsenal von Verschlüsselungen durchlaufen. »X.«

»Endlich hast du's gemerkt.«

»Ich vermute, du rufst wegen dem Jungen an.«

Einen Garten und einen auseinanderfallenden Zaun entfernt sah Evan, wie Van Sciver sich umdrehte. Durch das Telefon konnte er das Rascheln der Schuhe des kräftigen Mannes auf der Abdeckplane hören. Candy hatte ihre Hüfte angewinkelt und wies die Freelancer an, ihre Augen offen zu halten. Thornhills Muskeln waren angespannt und vibrierten vor Energie, bereit, jeden Moment loszuschlagen. Er lief zur Vorderseite des Hauses, um die anderen beiden Freelancer in Alarmbereitschaft zu versetzen.

Van Sciver sprach weiter: »Du hast mir eine von meinen weggenommen ...«

Joey musste es mitbekommen haben, denn bei dieser Anspielung erstarrte sie.

»... also habe ich mir einen von Jacks geholt. Aber er hat keine von Joeys Schwächen. Er ist wie du und ich. Eine Tabula rasa. Jack hat ihn gefunden und irgendwo sicher versteckt. Jetzt haben wir ihn. Wie eine Pistole ohne Seriennummer.«

»Deren man sich leicht wieder entledigen kann«, entgegnete Evan. »Du bildest ihn aus, und dann verheizt du ihn, wenn Bedarf besteht.«

»Dafür sind wir da, Evan, schon vergessen?«

»Orphan J. Orphan C. Orphan L. Jack. Joey. Und jetzt der Junge. All das, nur um an mich ranzukommen.«

»Ganz genau.«

Candy stand ganz in Van Scivers Nähe und verfolgte jedes seiner Worte; sie hatte die Lippen geschürzt wie zu einem Kuss. Aber ihre Augen verrieten etwas anderes: Rachegelüste, die auf Befriedigung warteten.

Van Sciver ließ seinen Blick über den Garten wandern; er blieb am Hinterzaun hängen. Selbst aus dieser Entfernung sahen seine Augen verschieden groß aus, und es dauerte einen Moment, bis Evan begriff, dass es daran lag, dass die Pupille des rechten Auges größer war. Er hätte schwören können, dass Van Sciver ihn durch das Astloch hindurch direkt fixierte. Das war natürlich unmöglich, aber Evan zog sich trotzdem ein Stück vom Zaun zurück.

Diesen Blick kannte er, derselbe, den Van Sciver aufgesetzt hatte, wenn sie auf dem gesprungenen Asphalt der Basketballplätze gegenüber vom Pride House standen – ein Haufen kleiner Dreckskerle, ohne Aufgabe und ohne Ziel.

Ein Blick, als ob er in einen hineinsehen wollte.

Evan holte tief Luft und ließ den Atem langsam entweichen. »Wie wär's, wenn du mir endlich verrätst, was mich so besonders macht?«

Wieder sah er, wie sich Van Scivers Lippen bewegten, bevor er seine Stimme im Telefon hörte, als sei die Tonspur eines Films verrutscht. »Hast du dir das wirklich noch nicht zusammengereimt?«

Evan antwortete nicht.

Van Sciver lachte. »Du glaubst doch wohl nicht, das hier ist *nur* persönlich?«

Evan ließ sich nicht darauf ein. Ihre Unterhaltung von neulich spulte sich erneut in seinem Kopf ab. *Du hast keinen Schimmer, oder? Wie hoch nach oben die Sache reicht?*

»Wahnsinn«, kommentierte Van Sciver. »Du weißt noch nicht mal, wie wichtig du bist.«

Er drehte sich ein wenig zur Seite und tauschte einen bedeutungsschwangeren Blick mit Candy. Sie war offensichtlich über den Grund informiert, warum sich die Verfolgungsjagd auf Evan zugespitzt hatte.

Van Scivers Schultern hoben sich, und die Muskelstränge an seinem Hals traten hervor, als er seine große Pranke fester um das Handy schloss. »Die haben mich ein paarmal in den Mittleren Osten geschickt, es musste noch ein Name von dem Satz Spielkarten da unten entfernt werden. Ich hab ihn in Tikrit gefunden. In nem beschissenen kleinen Compound in Qadisiyah, mit Klettergerüsten und verrosteter russischer Munition. Wir hatten ihn schon aus der Luft bombardiert, aber Habib stolziert immer noch durch seinen kleinen eingezäunten Hinterhof, Herr über sein eigenes kleines Reich. Ich hatte mich mit meinem M2010 in zwölfhundert Metern Entfernung auf einem Hausdach platziert, bereit, ner Mücke den Pimmel wegzuschießen. Dann biegt Habib um die Ecke von seinem Hof, und ich hab ihn im Visier. Das gibt nen Kopfschuss, ganz klar. Aber in der letzten Sekunde ziehe ich das Fadenkreuz von seinem Gesicht zu seinem Arm und schieß ihm den an der Schulter weg.« Sein Atem drang als plötzliches Rauschen aus dem Hörer. »Jetzt verblutet er, ja? Aber ich wollte, dass es langsam geht. Rate mal, warum.«

»Um die anderen Zielpersonen aus ihrem Versteck zu locken«, riet Evan.

»Nein«, knurrte Van Sciver, die Stimme voll unterdrückter Wut. »Weil ich wollte, dass er es *mitbekommt*.«

Evan ließ das Schweigen andauern.

Schließlich sagte Van Sciver: »Wenn ich dich finde, Evan, wirst du ebenfalls genug Zeit haben. Es mitzubekommen. Und all deine Fragen? Die werde ich dir ganz am Ende beantworten. Wenn du vor mir am Boden liegst und langsam verblutest.«

Sein ganzer Körper war jetzt angespannt, aber Evan beobachtete, dass er versuchte, seine Muskeln wieder zu lockern wie eine Schlange, die sich langsam entrollt.

»Ich bin dir dicht auf den Fersen«, sagte Van Sciver.

»Und ich dir«, entgegnete Evan, das Samsung ans Ohr gedrückt. »Kannst du meinen Atem in deinem Nacken spüren?«

Van Sciver sah auf einmal verunsichert aus. Er ging in die Küche und spähte noch einmal hinaus in den Garten. »Ach ja?«

»Ja. Wir haben den Jungen genau im Visier.«

Neben ihm reagierte Joey empört. Sie breitete aufgebracht die Hände aus – *Was soll das?* –, aber er hielt den Blick weiterhin auf das Haus gerichtet.

Van Sciver presste sich das Telefon an die Schulter, um das Mikro abzudecken, und schnippte mit den Fingern. Die Freelancer machten ihr M4 bereit, verteilten sich im Haus und nahmen Wachpositionen ein. Thornhill zog eine FNX-45 aus seinem Hüftholster und spazierte gemächlich aus dem Blickfeld.

Van Sciver ließ seine eigene Pistole im Schulterholster mit Federsicherung stecken. Er hielt sich das Handy wieder ans Ohr. »Wenn du ihn haben willst, komm und hol ihn dir.«

Evan sagte: »Okay«, und legte auf.

»Was sollte das denn?«, fauchte Joey. »Jetzt sind sie in höchster Alarmbereitschaft. Wenn sie hierherkommen …«

Evan holte das RoamZone heraus, drückte drei Tasten und hielt einen Zeigefinger hoch in Joeys Richtung, während es klingelte.

Eine weibliche Stimme meldete sich: »Sie haben den Notruf erreicht.«

»Ja, guten Tag«, sagte Evan. »Ich arbeite im McClair-Heim in Church Hill. Ein Mann und ein Mädchen im Teenageralter haben sich den ganzen Morgen vor dem Gebäude herumgetrieben. Eine unserer Schwestern hat gesehen, dass der Mann eine Waffe hat. Könnten Sie bitte sofort jemanden hier vorbeischicken? Moment – o Gott, ich glaube, jetzt kommen sie.«

Er beendete das Gespräch.

Joey gestikulierte wie wild und zeigte durch den Spalt im Zaun. Er ging in die Hocke und spähte wieder durch das Astloch.

Candy durchquerte gerade die Küche zum hinteren Teil des Hauses. Er konnte ihre gesamte Gestalt erst sehen, als sie im Rahmen der Hintertür zum Garten erschien.

Mit einem M4.

Sie ging rasch über die Veranda und eilte nach draußen, um den Garten abzusuchen.

Joey trat abrupt einen Schritt zurück, wobei sie mit ihrem Turnschuh laut knirschend die Fingerhutpflanzen zertrat. Bei dem Geräusch zuckte sie zusammen und schwankte auf einem Bein hin und her, weil sie sich nicht traute, den anderen Fuß abzusetzen. Evan fasste blitzschnell hin und packte ihren Arm. Sie stand völlig erstarrt da, ein Bein schwebte über dem Gestrüpp in der Luft. Trockene Fingerhüte umgaben sie auf allen Seiten, ein Frühwarnsystem, das Candy noch auf die kleinste ihrer Bewegungen aufmerksam machen würde.

Evan verstärkte seinen Griff um Joeys Oberarm und drehte den Kopf wieder zum Zaun. Er sah vorsichtig durch das Astloch, das jetzt einen Fuß weit entfernt war. Diese Perspektive hatte einen ähnlichen Effekt wie ein Zoom, und der Garten lag direkt vor ihm.

Candy war noch zwanzig Meter entfernt, und sie kam immer näher.

Mit der freien Hand fasste Evan nach unten und zog die ARES 1911 aus dem Holster. Währenddessen wandte er den Blick nicht vom Astloch.

Candy kam gerade am verrosteten Grill vorbei; das große schwarze O der Mündung des M4 war genau auf Evan und Joey gerichtet.

Sie hielt genau auf den Zaun zu.

Evan hob die Pistole und zielte durch das silberdollargroße Loch.

54. IN POLICE DEPARTMENTS VON KÜSTE ZU KÜSTE VERBOTEN

Evans Oberkörper verdrehte sich, da er in zwei unterschiedliche Richtungen gezogen wurde – von Joeys Gewicht in die eine, von der gezogenen ARES in die andere. Er könnte ein angenehmes Brennen in der Brust spüren, als seine Rippen auseinandergezogen wurden und sich die Muskulatur dazwischen dehnte.

Wenn er auf den Auslöser drückte, würde er zwar Candy erwischen, aber der Knall würde Van Sciver und seine Leute auf sie aufmerksam machen. Dann würde er mit einem sechzehnjährigen Mädchen und acht Kugeln im Magazin den Rückzug antreten müssen, verfolgt von sechs ausgebildeten Kämpfern mit Langwaffen.

Nicht ideal.

Aber »nicht ideal« war etwas, mit dem er umgehen gelernt hatte.

Candy hatte jetzt fast den Zaun erreicht. Er nahm die Kuhle an ihrer Kehle ins Visier. Dann verdeckte ihr Oberkörper das Astloch und versperrte ihm die Sicht.

Er verstärkte den Druck auf den Abzug.

»*V!*«

Van Scivers Stimme aus dem Haus ließ sie wie angewurzelt stehen bleiben. Sie wirbelte herum, das M4 schwang locker an ihrer Seite.

Sie war nur noch vier Fuß vom Zaun entfernt.

Evan hielt die Pistole ruhig und sicher und zielte auf den Stoff ihres Hemdes, der ihr um den Rücken flatterte. Er würde ihr die Kugel durch das zerstörte Fleisch jagen, fünf Zentimeter rechts neben der Wirbelsäule, direkt unter dem Schulterblatt.

Obwohl Evan sie festhielt, fing Joey auf ihrem einen Bein bedrohlich an zu schwanken, und ihr freier Arm schoss nach oben, während sie versuchte, das Gleichgewicht wiederzuerlangen. Aus dem Augenwinkel konnte er gerade noch wahrnehmen, wie ihr erhobener Schuh die Spitzen der Fingerhüte streifte.

»Wir haben gerade einen Notruf abgefangen!«, brüllte Van Sciver durch den Garten. »Bewaffneter Mann und Mädchen im Teenageralter vor dem McClair-Heim.«

»Die hinken uns einen Schritt hinterher«, rief Candy zurück.

»Auf jetzt, lass sie uns vor Ort abfangen.«

Candy eilte im Laufschritt zurück zum Haus, ihr Umriss wurde in der Teleskoplinse des Astlochs immer kleiner. Als sie sich zurückzog, ließ Evan Joeys Arm los. Vorsichtig stellte Joey den erhobenen Fuß ab. Die toten Pflanzen knirschten leise. Sie stellte sich neben Evan, um ebenfalls durch den Zaun zu spähen.

Drüben beim Haus rauschte Van Sciver gerade mit den Autoschlüsseln in der Hand aus der Hintertür. Thornhill und Candy flankierten ihn auf dem Weg über den Hof, gefolgt von Delmonico und Shea.

Der Aufruhr hatte die beiden anderen Freelancer auf die hintere Veranda gelockt.

»Hangebrauck, du vernichtest das Notizbuch«, rief Van Sciver dem kräftigeren der beiden zu, einem Schrank von Mann mit stahlharten Muskeln trotz der vorhandenen Fettschicht.

»Jawohl, Sir.«

»Bower, du sicherst die Vorderseite.«

Bower, ein schlaksiger Typ mit tief in den Höhlen liegenden Augen, kratzte sich am Hals. »Jawohl, Sir.«

Auf der gegenüberliegenden Seite des Hofes schob Delmonico das Tor zur Seite, wobei die rostigen Rollen quietschten. Van Sciver und Candy sprangen in den Tahoe, Shea und Thornhill in den am nächsten stehenden Suburban, dann fuhren die SUVs rückwärts vom Gelände. Der Suburban wartete im Leerlauf in der Einfahrt, bis Delmonico das Tor wieder zugeschoben hatte und nicht mehr zu sehen war.

Einen Moment lang herrschte absolute Ruhe; Hangebrauck legte den Kopf in den Nacken, als er einen tiefen Zug der noch immer leicht verbrannt riechenden Luft nahm. Dann verschwand er im Haus.

Bower wartete mit einem roten Notizbuch auf ihn.

Es sah genauso aus wie das Exemplar, das Evan in ihrem Hauptquartier in Portland gefunden hatte.

Hangebrauck trug es in die Küche. Und legte es in die Mikrowelle. Im erleuchteten Innern drehte sich das Notizbuch auf dem rotierenden Teller.

Verwirrt sah Joey Evan an.

Sehr seltsam.

Als Bower wieder im vorderen Teil des Hauses verschwand, ging Hangebrauck ins Wohnzimmer und starrte auf David Smith hinunter. Der Junge lag ruhig da, nur noch halb auf der Plane, die Wange an die Dielen gedrückt; seine schmalen Schultern hoben und senkten sich regelmäßig.

Hangebrauck hängte sich das M4 über die Schulter und setzte sich auf das erhöhte Ende der Schrägbank. Er sah gelangweilt aus und pulte etwas unter seinem Daumennagel hervor.

Joey beugte sich näher zu Evan, wobei ihre Turnschuhe im Gestrüpp raschelten. »Da sind immer noch zwei von denen«, flüsterte sie.

Evan lächelte nur.

Evan hatte keinen Schalldämpfer. Ein Schuss würde die Nachbarn auf den Plan rufen. Er würde also auf Tuchfühlung gehen müssen.

Lautlos schlich er sich an der Seite des Hauses entlang und kam vor der offen stehenden Hintertür wieder hervor. Hangebrauck saß nach wie vor auf der Schrägbank und stierte stumpfsinnig aus dem einzigen unvernagelten Fenster auf der Rückseite in den Garten. Ein dunkler Flur führte auf die Vorderseite und zu Bower.

Evan wartete ab.

Nach einer Weile stand Hangebrauck auf und streckte sich, wobei sein Hemd aus der Hose rutschte und einen bleichen Rettungsring entblößte, der sich über den Hosenbund wölbte. Er gab ein leises Ächzen von sich. Mit der Hand am Kolben des Karabiners ging er zum Fenster.

Über seiner Schulter materialisierte sich plötzlich Evans Spiegelbild auf der Scheibe.

Evans rechter Ellbogen war erhoben und zeigte auf Hangebraucks Genick.

Die Augen des kräftigen Mannes hatten kaum Zeit, sich zu weiten, als Evan auch schon über seinen Schädel griff, ihn an der Stirn packte und seinen Kopf mit voller Wucht zurück auf seinen Ellbogen riss.

Er traf auf Evans Ellbogenspitze auf, die sich in Hangebraucks Schädelbasis bohrte und sein verlängertes Rückenmark in grauen Glibber verwandelte.

Ein verstärkter horizontaler Ellbogenstoß.

Der Typ fiel nicht so sehr um, als dass er komplett in sich zusammensackte.

Evan entwand Hangebrauck das M4, als der aus dem Gewehrgurt sank.

Der Aufprall des schwergewichtigen Körpers war ein kleines bisschen lauter, als Evan es gerne gehabt hätte.

Er lehnte das M4 an die Wand und lief rasch den Flur hinunter. Er erreichte den Eingangsbereich genau in dem Moment, als Bower mit erhobenem Gewehr um die Ecke bog.

Evan schlug Bowers Waffe zur Seite, sodass sie ihm aus der Hand fiel. Er platzierte seinen ersten Schlag, dessen Wucht Bower herumfahren ließ, und packte ihn von hinten im Polizeiwürgegriff, der mittlerweile allerdings in Police Departments von Küste zu Küste verboten ist. Evan winkelte Bowers Kopf nach vorne in seine Armbeuge ab und drückte ihm die Halsschlagadern auf beiden Seiten zu. Bower gab ein leises Röcheln von sich, sackte zusammen und hing schlaff in Evans Griff.

Evan ließ ihn vorsichtig auf den Boden gleiten.

Dreizehn erledigt.

Blieben noch zwölf.

Evan ging zurück zu David Smith. Er hockte sich neben ihn und fand einen starken Puls am Hals des Jungen. An seinem Unterarm befand sich ein Schnitt, der kürzlich vernäht worden war, aber sonst schien der Kleine unversehrt. Vermutlich hatte er sich den Schnitt während des Kidnappings zugezogen, und Van Sciver hatte ihn wieder zusammengeflickt.

Das Zimmer war offenbar vor Kurzem gründlich gereinigt worden, aber trotzdem roch es schlecht. Hier und da befanden sich dunkle Wasserflecken an der Wand, wo sich der Putz langsam in Hüttenkäse verwandelte. Die Holzdielen waren von Scheuerspuren überzogen. Die Scheuerbürste hatte einen dünnen Film aus schaumiger Bleiche hinterlassen; in das Weiß mischte sich noch eine weitere Farbe, die entfernt an Kaffee erinnerte.

Evan kannte diese Farbe sehr gut.

Er betrat die Küche. Der Glasteller der Mikrowelle drehte sich noch immer. Er hielt den Timer an, holte das rote Notizbuch heraus und steckte es sich oben in den Hosenbund.

Dann ging er wieder zurück zu David Smith, schwang ihn sich über die Schulter und trat aus der Haustür ins helle Tageslicht.

Joey hatte bereits den Wagen organisiert und rollte langsam mit offener Seitentür zum Bürgersteig vor dem Haus. Evan legte den Jungen vorsichtig in der Kabine ab, Joey machte ihm den Fahrersitz frei, und sie fuhren davon.

55. VOR ALLER AUGEN UNSICHTBAR

Sie waren schon halb durch Richmond, als der Junge aufwachte.

Unter geschwollenen Augenlidern blinzelten seine glasigen Augen hervor. David Smith hob benommen den Kopf, stöhnte und ließ ihn wieder auf die Rückbank des Minivans sinken.

Vom Beifahrersitz sah Joey besorgt zu ihm herunter. »Er ist wach. Halt irgendwo an.«

Evan parkte gegenüber einer Highschool, die so groß war, dass sie einen ganzen Block einnahm. Er stellte den Motor aus und überprüfte die Umgebung. Auf ihrer Straßenseite standen ausladende Magnolienbäume am Rande eines weitläufigen Parks. Ihre knorrigen Äste waren kahl und wirkten gespenstisch. Ein künstlich angelegtes Flüsschen floss gemächlich unter den tief herabhängenden Zweigen hindurch und schäumte über Steine im Flussbett, um schließlich einen kunstvollen Brunnen in der Mitte des Parks zu speisen. Man sah Leute, die Nordic Walking machten, junge Paare und Hunde, die Frisbees hinterherjagten – genug Rummel, um darin nicht weiter aufzufallen.

Evan lehnte sich am Fahrersitz vorbei nach hinten, um einen Blick auf den Jungen zu werfen.

»Keine Sorge, David«, sagte er zu ihm. »Du bist jetzt in Sicherheit.«

Der Junge blinzelte schwerfällig. »Das ist nicht mein Name.«

»Wir wissen aber, dass er es ist. Wir wissen, dass du von Tim Draker ausgebildet wurdest, du fliehen musstest und dass Jack Johns dich in diesem Heim versteckt hat, bis du gestern gekidnappt wurdest.«

»Ist das wieder so'n Psychospielchen?«, fragte der Junge.

»Bitte?«

»Na, wie der ganze SERE-Kram. Ihr schnappt mich und macht diese Spielchen mit mir, um zu sehen, was ich verrate.«

»Noch nicht mal ansatzweise richtig«, sagte Evan.

Eine Glocke ertönte, und die Kids strömten aus der Schule, liefen in Scharen die Stufen vor dem Gebäude herunter, und auf dem Weg in den Park umgaben sie kurzzeitig den Minivan wie ein

Zombie-Mob. Diese zusätzliche Unruhe war gut, denn so würden sie noch weniger auffallen.

Joey deutete auf den genähten Schnitt auf Davids linkem Unterarm. »Was hast du da gemacht?«

Der Junge sah den Schnitt und seinen Arm an, als sähe er sie gerade zum ersten Mal. »Ich ... ich erinnere mich nicht.«

Er versuchte, sich aufzusetzen, schwankte erst ein wenig, schließlich gelang es ihm. Er war sehr blass, und seine Lippen hatten nahezu alle Farbe verloren. Er schüttelte den Kopf. »Mir geht's nicht so toll.«

»Komm, er braucht mal etwas frische Luft«, sagte Evan, während er bereits aus dem Auto stieg und in die wuselnde Menge von Highschoolkids trat.

Er schob die Seitentür auf, und Joey half David heraus.

»Runter von der Straße«, sagte er leise zu ihr; sie nickte.

Sie schlossen sich dem Strom von Schülern an, die an den Magnolienbäumen vorbei durch den Park liefen. Zwischendurch hielten immer wieder ein paar Kids an, um Selfies zu machen und die Ergebnisse zu vergleichen. Wieherndes Gelächter, ohrenbetäubende Unterhaltungen, ein misstönendes Konzert von Klingeltönen. Evan ging Joey und David voran und bahnte sich einen Weg durch die einzelnen Grüppchen. Beim Springbrunnen hielten sie an. Auf dem Rand saßen bereits diverse Schüler. Es roch nach Chlor, Haarspray und dem würzigen Aroma von Haschisch. Eine Familie schwarzer Enten dümpelte im unbewegten Wasser am Rand des Beckens. Unter der Wasseroberfläche glitzerten verborgene Schätze: Wünsche in Gestalt von Kupfermünzen, die darauf warteten, in Erfüllung zu gehen.

Niemand schenkte ihnen auch nur die geringste Beachtung; sie waren vor aller Augen unsichtbar geworden.

Langsam kehrte die Farbe in Davids Wangen zurück, und seine Lippen röteten sich wieder. Er saß auf dem Rand des Springbrunnens und befühlte die Naht an seinem Arm.

»Sieht aus, als hätten sie dich betäubt«, bemerkte Joey.

Der Kopf des Jungen schwankte noch ein wenig benommen hin und her. »Aber wieso? Ich hätte doch alles gemacht.«

Auf einer Seite des Brunnens drängte sich eine Mädchenclique um ihre Anführerin mit Gelnägeln und grün-weißen Stan-Smiths. »Lauren lädt sie zu ihrer sechzehnten Geburtstagsparty voll wieder aus, weil – jetzt kommt's – sie hat ein Foto von sich und Dylan auf dem Rücksitz seines Autos gepostet. Die haben zwar nur dagesessen, aber trotzdem. Hashtag: *billig*.«

Die Mädels krümmten sich vor Lachen. Sie hielten sich aneinander fest, weil sie nicht mehr konnten, während ihre durchsichtigen Zahnschienen in der Sonne glänzten. Sie hatten alle die gleichen Turnschuhe. Und die gleiche Frisur. Ihre Rucksäcke lagen auf dem Boden – dasselbe Modell von Herschel, nur in verschiedenen Farben.

Joey betrachtete sie fasziniert wie eine Herde exotischer Tiere.

»Wo ist der Typ?«, fragte David. »Der Große?«

Joey richtete ihre Aufmerksamkeit wieder auf ihn. »Wir haben dich von ihm zurückgeholt.«

»Aber er wollte mich in dieses Programm aufnehmen. Das, wofür Tim mich die ganze Zeit ausgebildet hat.« Auf einmal wurde sein Blick klar. »Halt, wo ist Tim überhaupt? Was ist mit ihm passiert?«

Evan antwortete. »Sie haben ihn umgebracht.«

David öffnete den Mund, aber kein Ton kam heraus.

Evan hockte sich neben ihn und legte ihm die Hände auf die Knie. »Wir werden dafür sorgen, dass sich jemand um dich kümmert.«

»Evan«, sagte Joey eindringlich. »*Evan.*«

Am Rand des Parks hatte sie etwas Verdächtiges bemerkt. Er folgte ihrem Blick und entdeckte einen schwarzen Suburban, der hinter den skelettartigen Ästen der Magnolien und den Pulks von Schülern sporadisch hervorblitzte. Der Wagen bog um die Ecke und fuhr langsam an der Vorderseite der Highschool entlang.

Shea am Steuer, Delmonico auf dem Beifahrersitz, Jordan Thornhill hinten. Er wippte mit dem Kopf wie im Takt zur Musik.

Auf einmal hatte Joey einen der Herschel-Rucksäcke geöffnet vor sich auf dem Boden. Sie hatte bereits ein iPhone herausgenommen, das in einer Pandahülle aus Gummi steckte. Sie wählte den Notruf. Als sie sich das Handy ans Ohr hielt, zitterte ihre Hand.

Sie beobachteten, wie der Suburban langsam und bedrohlich seinen Weg fortsetzte.

Evan riss die beiden untersten Magnetknöpfe seines Hemdes auf, um direkten Zugriff auf sein Hüftholster zu haben. Ein kühler Luftzug fuhr durch den Stoff und ließ ihn frösteln. Thornhill und die beiden Freelancer würden versuchen, Evan, Joey und David aus dem Park zu treiben. Candy und Van Sciver lagen irgendwo in den angrenzenden Blocks auf der Lauer und warteten bereits auf sie.

Hier, im Park, hielten sich gerade mindestens zweihundert Schüler auf – eine Menge Körper, die eine verirrte Kugel abbekommen konnten.

»Ich habe gerade zwei Flüchtige gesehen«, sprach Joey in das Handy. »Paul Delmonico und Shane Shea.«

Als sie den Namen der Highschool und des Parks nannte, spürte Evan plötzlich Paranoia in sich aufsteigen. Er sah auf die Schnittwunde an Davids Arm

Getrocknetes Blut an der Naht. Offenbar frisch genäht. Ein verdammt gutes Versteck.

David blinzelte ihn aus verquollenen, geröteten Augen an. »Was? Was ist los?«

»Komm mit«, zischte Evan. »*Jetzt.*«

Als der Suburban um den Block bog, lief Evan links um den Brunnen herum, sodass die hohe Fontäne zwischen ihnen und ihren Verfolgern lag.

Joey hatte den gestohlenen Rucksack mitgenommen und sprach noch immer ins Handy. »Hier laufen überall Kids rum, und diese Typen sind bewaffnet, die fangen gleich an, Leute zu erschießen.«

Die Pandahülle untergrub die Ernsthaftigkeit ihres Tonfalls und verlieh der Situation etwas Surreales.

Überall um sie herum brodelte das Highschool-Leben. Zwei dünne Kids saßen im Schneidersitz unter einem Baum und fragten sich Mathegleichungen auf Karteikarten ab. Ein Älterer in einem kunstvoll zerrissenen Holzfällerhemd kicherte mit seinen

Kumpels. »Alter, das werd ich mir am Wochenende so was von geben.« Ein Mädchen auf der gegenüberliegenden Seite des Brunnens hatte einen Selfie-Stick hervorgeholt, und sie und ihre Freundinnen steckten die Köpfe zusammen, machten Duckfaces und zupften sich die Ponyfransen zurecht. Und einen halben Block entfernt bewegten sich drei Killer lautlos auf sie zu.

Joey legte auf und steckte das lächerliche Pandahandy ein. »Bin mal gespannt, wie schnell die Polizei hier ist, wenn's um aus dem Gefängnis ausgebrochene, pädophile Polizistenmörder in einem Park voller Kids geht.«

»Hä?«, fragte David nur.

Sie machte »Psst«.

Durch die hohe Fontäne des Springbrunnens sahen sie, wie der Suburban einen halben Block hinter ihrem Minivan langsam in eine Parklücke fuhr. Evan drehte sich einmal um seine eigene Achse und sondierte die Lage. Nur Kinder auf der großzügigen Grünfläche, der mäandernde künstlich angelegte Flusslauf, noch mehr Bäume. Van Sciver und Candy zeigten sich nirgends.

Mussten sie auch gar nicht.

Überall an den Rändern des Parks holten Eltern ihre Kinder ab, sodass der Suburban unter den ganzen anderen SUVs nicht weiter auffiel. Seine Türen gingen auf, und die drei Männer stiegen aus. Sie standen am Bordstein und suchten den Park ab.

Joey fragte nur: »Wie?«

»Sein Arm«, antwortete Evan.

Sie sah hinunter auf den zehn Zentimeter langen Schnitt in Davids Unterarm.

»Moment«, sagte David. »Wie jetzt?«

»Die haben dir nen Chip implantiert.«

Thornhill nahm jetzt den Brunnen ins Visier.

Und dann hatte er sie.

Er wippte einmal auf den Zehen, ein kleiner Ausdruck seiner überbordenden Freude, und sagte etwas zu Delmonico und Shea. Jetzt fixierten sie alle drei Augenpaare.

Van Scivers Truppe war ungefähr eine Viertelmeile entfernt. Die Sonne fing sich im Spritzwasser unter der im Bogen herabstürzenden Fontäne und ließ im feinen Netz der Wassertropfen einen Regenbogen entstehen. Evan starrte wütend durch den bunten Nebel. Die Männer starrten genauso wütend zurück. Außer Thornhill.

Thornhill grinste über das ganze Gesicht.

Die drei Angreifer setzten sich gleichzeitig in Bewegung und bahnten sich einen Weg durch die Schüler. Delmonico und Shea hatten Trenchcoats an. Mit jedem Schritt lugten in Kniehöhe die Läufe ihrer M4-Gewehre hervor. Thornhill schlug eine andere Richtung ein und ging hinter einem der knorrigen Bäume in Position, womit er eine zweite Angriffslinie eröffnet hatte.

Evan fuhr mit der Hand in den offenen Teil seines Hemdes, packte den Griff der ARES und machte sich bereit, sie zu ziehen.

56. BLUTROTER REGEN

Als Delmonico und Shea auf den Brunnen zuhielten, schlich Thornhill sich weiter in seitlicher Richtung, um Evans Aufmerksamkeit auf sich zu ziehen. Selbst aus dieser Entfernung konnte Evan sehen, dass er die Lippen spitzte. Pfiff er etwa vor sich hin?

Evan verstärkte den Griff um seine Pistole. Neben ihm richtete David sich kerzengerade auf. Obwohl sich die Angreifer noch auf der anderen Seite des Parks befanden, hatte Joey instinktiv einen Fuß nach hinten gesetzt und Kampfhaltung eingenommen.

Vor ihnen wimmelte es vor Schülern. Hinter ihnen ebenfalls.

Evan würde zwischen all diesen Menschen hindurch auf eine ziemliche Distanz einen Präzisionsschuss hinlegen müssen.

Und zwar gleich dreimal.

Er zog die ARES aus dem Holster, hielt sie tief am Oberschenkel, atmete bewusst aus und versuchte, seine verkrampfte Kiefermuskulatur zu entspannen.

Auf einmal war der ganze Block voller Streifenwagen.

Die Wagen waren nicht nach und nach eingetroffen; im einen Augenblick waren sie nicht da, im nächsten hatte sich ein halbes Dutzend Einheiten mit heulenden Sirenen und blinkenden Lichtern auf der Straße hinter Delmonico und Shea materialisiert. Officers waren hinter den Türen ihrer Streifenwagen in Deckung gegangen und hatten sich auf dem Bürgersteig verteilt, von wo aus sie mit ihren Flinten und Berettas auf die beiden Freelancer zielten: effektiv ein Halbkreis reiner Feuerkraft.

Die Kids wurden hektisch und drängten vorwärts, stellten sich auf Zehenspitzen und reckten die Hälse; das leise Gemurmel ihrer Stimmen wurde immer lauter.

Ein Captain hielt sich ein Funkmikrofon unter den grauen Schnurrbart und bellte per Lautsprecher Anweisungen.

Delmonico und Shea hielten abrupt inne und hoben die Hände. Ihre Trenchcoats klafften weit auseinander und gaben den Blick auf die am Schultergurt hängenden M4-Karabiner frei.

Einige Schüler schrien, diejenigen, die dicht am Geschehen standen, wurden unruhig. Nervosität und Aufregung griffen auf den ganzen Park über, als eine Vorhut Polizisten vorwärtsstürmte und die Freelancer zu Boden riss.

Evan nahm kaum Notiz von ihnen. Seine volle Aufmerksamkeit galt Thornhill, der sich noch am Rand des Parks bei den Streifenwagen aufhielt und ihn ebenfalls beobachtete.

Evan zuckte die Achseln in einer »Da kann man nichts machen«-Geste.

Thornhill lächelte gutmütig und breitete die Arme aus wie ein Zauberer, der einen Satz Spielkarten in die Luft wirft. Die Armee von Polizisten stand auf dem Bürgersteig und sah Richtung Park, Thornhill nur ein kleines Stück hinter ihnen, vollkommen unbemerkt. In gemächlichem Tempo ging er rückwärts über die Straße, die sie netterweise für ihn frei gemacht hatten, dann drehte er sich um und spazierte die breite Treppe zum Schulgebäude empor.

Oben angekommen, verfiel er in den Laufschritt, um Geschwindigkeit aufzubauen. Dann sprang er von einem Pflanzkübel oben auf einen Türrahmen, schwang sich im Zickzack im Zwischenraum zwischen einem Betonpfeiler und der Wand nach oben und katapultierte sich schließlich aufs Dach. Seine Jacke flatterte hinter ihm wie ein Umhang, und seine kräftige Wrestler-Statur zeichnete sich einen kurzen Augenblick lang als dunkler Umriss vor dem hellen Himmel ab.

»Heilige Scheiße«, sagte David. »Habt ihr das gesehen? Der Typ ist der verdammte *Spider-Man*!«

Statt zu fliehen, setzte sich Thornhill an der Dachkante über dem Schuleingang in den Schneidersitz. Er beugte sich tief über seinen Schoß wie der Weinende Buddha, wobei die Muskeln in seinen Schultern deutlich hervortraten.

Auf der anderen Seite des Parks hievten die Polizisten Delmonico und Shea wieder auf die Beine und führten sie in einem schrägen Winkel weg von der Highschool über den Rasen. Sie hielten auf eine Stelle zu, an der ein Mannschaftswagen in einer Nebenstraße auf sie wartete, in der sich keine Einsatzfahrzeuge stauten. Die Freelancer trotteten mit hinter dem Rücken mit Handschellen gefesselten Händen folgsam hinterher. Obwohl sich ein Großteil der Schüler bereits zerstreut hatte, waren noch einige im Park geblieben und sahen neugierig aus einer Entfernung zu, die sie für sicher hielten. Viele Eltern waren aus dem Auto gestiegen, eilten auf ihre Kinder zu und zogen sie mit sich weg.

Oben auf dem Dach der Highschool richtete Thornhill sich auf, und Evan sah, womit er die ganze Zeit beschäftigt gewesen war.

Vorne auf das Gewinde am Lauf seiner FNX-45 hatte er einen Schalldämpfer geschraubt.

»Wie weit sind wir weg?«, fragte Joey.

Mit zusammengekniffenen Augen schätzte Evan die Entfernung. »Knapp fünfhundert Meter.«

»Dann kann er uns unmöglich treffen.«

»Auf uns hat er's auch nicht abgesehen.«

Joey wusste nicht sofort, was er meinte. Dann sagte sie: »O Mann, echt?«

Am Rand des Daches kam Thornhill in einer einzigen geschmeidigen Bewegung auf die Füße.

»Van Sciver kann es sich nicht leisten, wenn sie in Haft kommen.«

David war gerade im Begriff, auf den Rand des Springbrunnens zu steigen, um besser sehen zu können, aber Evan legte ihm die Hand auf die Schulter und drückte ihn zurück auf den Boden.

Das, was gleich folgen würde, musste der Junge nicht unbedingt mit ansehen.

Die Polizisten führten Shea und Delmonico weiter in den Park hinein, weg von der Schule, aber Thornhill hatte scheinbar die Ruhe weg. Er setzte die Waffe auf ein Außengerät der Klimaanlage auf und stützte sich mit der freien Hand am Gehäuse ab.

»Den Schuss schafft er nicht«, kommentierte Joey. »Nicht durch die Bäume. Nicht aus der Entfernung.«

Oben auf der Waffe befand sich eine schwarze Auswölbung – ein holografisches Leuchtpunktvisier. Der Schalldämpfer verlängerte den Lauf und verlieh ihm ein schlankes, bedrohliches Aussehen. Die meisten gängigen Laborierungen für den Munitionstyp .45 ACP würden für Unterschallgeschwindigkeit des Geschosses sorgen, sodass Thornhill beide Schüsse abfeuern konnte, ohne einen lauten Knall zu produzieren, den die Polizisten orten konnten.

Delmonico und Shea waren auf einmal verschwunden, kurzzeitig umgeben von einer schützenden Mauer aus Polizisten. Die beiden Freelancer waren mindestens zweihundert Meter von Thornhill entfernt. Vielleicht zweihundertfünfzig. Ein paar Officers gingen voraus, um den Rest des Weges bis zum Mannschaftswagen frei zu machen.

Evan ließ seinen Blick zurück über den Park, die Straße und die Stufen hinauf zur Schule schweifen. An das Klimagerät gestützt, stand Thornhill so vollkommen reglos da, dass er auch ein Teil des Gebäudes hätte sein können.

Zweihundertfünfundsiebzig Meter, mindestens.

Der Klumpen blauer Uniformen hatte die Querstraße erreicht. Zwei Vollzugsbeamte kamen aus dem Gefängnistransporter und klappten die beiden Hintertüren auf.

Die Officers, die Delmonico und Shea festgenommen hatten, zogen grob an den beiden, damit sie stehen blieben, und traten vor, um sich mit den Vollzugsbeamten zu besprechen. Die übrigen Polizisten gingen auf und ab und verteilten sich bis auf die Straße.

Es entstanden Lücken.

Auf dem Dach ruckte die .45 ein Mal in Thornhills Hand.

Delmonico fiel um, ein blutroter Regen prasselte auf die Seite des Transporters nieder.

Konfus duckten sich die Polizisten und gingen in Deckung.

Seine hinter dem Rücken gefesselten Hände sorgten dafür, dass Shea einen halben Schritt hinterherhinkte. Verwirrt legte er den Kopf schräg, die hinter den Wolken hervorlugende Sonne glänzte auf seinem kahlen Schädel. Einen kurzen Moment lang stand er ohne jede Deckung dort auf der Straße, drehte sich um und sah in die falsche Richtung. Die Handschellen zogen seine Schultern nach hinten, sodass er die breite Fläche seiner Brust wie auf dem Präsentierteller darbot.

Etwas wie eine dunkle Blume Geformtes breitete sich auf seinem Hemd aus. Er taumelte zurück und knallte mit dem Rücken an die Seite des Polizeitransporters. Er war leicht in die Knie gegangen, sodass er mit seinem Körpergewicht am Wagen lehnte und die Gesetze der Physik ihn kurzzeitig noch auf den Beinen hielten.

Dann rutschten ihm die Füße weg, und er landete auf dem Hinterteil, die gespreizten Beine vor sich ausgestreckt.

Evan drehte sich wieder zu Thornhill, ganz am anderen Ende des Parks auf dem Dach, um und war nicht überrascht, dass auch er zu ihm hinsah.

Fünfzehn erledigt.

Blieben noch zehn.

Evan nickte ihm anerkennend zu.

Thornhill legte sich eine Hand an die Brust und breitete die andere mit einer theatralischen Geste, als wolle er sich mit einer Verbeugung für das Kompliment bedanken. Dann steckte er die Pistole zurück ins Holster und zog sich außer Sichtweite zurück.

Dann war er auch schon verschwunden.

Im Park brach die Hölle los. Die Polizisten schwärmten mit gezogenen Waffen aus und suchten hektisch in allen Richtungen Hausdächer und Fahrzeuge ab. Die noch verbliebenen Schüler flüchteten voller Panik aus dem Park und zertrampelten dabei zurückgelassene Rucksäcke. Der Wind fuhr durch die Seiten von auf die Erde gefallenen Schulbüchern. Ein Mädchen stand wie erstarrt inmitten des Chaos und presste sich die Hände auf die Ohren. Eltern zerrten ihre Kinder mit sich fort; ein Vater rannte davon, seinen Sohn über dem Arm wie einen Stapel frisch gereinigter Hemden. Autos hupten. Bremsen quietschten. Stoßstangen wurden eingedrückt. Beim Brunnen war ein Mädchen gestürzt; sie saß auf dem Boden und hielt sich das blutige Knie.

David zog Evan am Arm. »Was war das? Was ist hier los?«

»Wir müssen hier weg«, sagte Joey. »Wir hängen uns an das Durcheinander und verschwinden aus dem Park.«

Evan nahm Davids Arm und drehte ihn so, dass die Schnittwunde oben lag. »Zuerst ist das hier dran.«

Er setzte David auf den Rand des Brunnens und fuhr mit beiden Daumen an den Rändern der Wunde an seinem Unterarm entlang, wobei er vorsichtig darauf drückte. David zuckte vor Schmerz zusammen. Hinter ihm glitten die schwarzen Enten über das Wasser, vollkommen unberührt von dem ganzen Tumult.

Polizisten durchkämmten im Eiltempo den Park auf der Suche nach den letzten Schülern. Joey platzte fast vor Ungeduld, sie drehte ständig den Kopf zwischen den sich nähernden Officers und den umliegenden Straßen hin und her. »Dafür haben wir jetzt keine Zeit.«

Evan konnte nichts Ungewöhnliches im Bereich der vernähten Wunde feststellen. Er fuhr mit den Fingern über die heile Haut bis hoch zum Ellbogen des Jungen.

Mit dem Daumen erspürte er ein hartes Objekt tief unter der Haut in seinem Arm.

Eine dünne Scheibe, etwa so groß wie eine Uhrenbatterie.

»Was ist das?«, fragte David.

»Ein Digitalsender.«

»Da oben?«, fragte Joey. »Wie sollen wir den rauskriegen?«

Die winzige Ausbuchtung befand sich ungefähr fünfzehn Zentimeter oberhalb des Schnittes; der Sender war zum Ellbogen hochgeschoben worden, um ihn zu verstecken. Achtundsiebzig Prozent aller Orphans waren Linkshänder. Evan vermutete, Van Sciver hatte den Sender in seinem linken Arm versteckt, damit David, sollte er ihn bemerken und versuchen, ihn herauszuschneiden, gezwungen wäre, dies mit seiner nichtdominanten Hand zu tun.

»Wir brauchen einen Magneten. Und zwar einen starken«, antwortete Evan.

Zwei der Polizisten waren nur noch einhundert Meter vom Brunnen entfernt. Joey duckte sich hinter den niedrigen Rand. »Darum müssen wir uns später kümmern.«

»Solange er das Ding im Körper hat, weiß Van Sciver immer, wo wir sind.«

Joey sah Evan mit weit aufgerissenen Augen an.

Er fasste an seine Hemdknöpfe, aber die Magnete darin wären nicht stark genug, schließlich sollten sie sich ja mühelos öffnen lassen. Eindringlich sagte Evan zu ihr: »*Denk nach.*«

Joey schnippte mit den Fingern. »Moment.« Sie streckte sich nach dem geklauten Herschel-Rucksack und zog einen silbernen

Laptop aus der gepolsterten Innentasche. Sie zerschmetterte ihn am Brunnenrand, wühlte in seinen Eingeweiden herum und riss die Festplatte heraus. Die nahm sie in beide Hände und knallte sie so lange gegen den Beton, bis sie aufbrach. Dann zog sie die Spindel heraus, sodass die glänzende obere Scheibe zum Vorschein kam, und wühlte seitlich davon ein Metallbruchstück heraus. Mit einiger Anstrengung zog sie die beiden Hälften auseinander, die zu Evans Verwunderung nicht verschraubt waren.

»Wo-a-la«, sagte sie. »Magnete.«

Evan warf einen schnellen Blick auf die Polizisten. Die beiden nächsten waren jetzt dreißig Meter entfernt und wurden zeitweilig durch eine schluchzende Mutter aufgehalten. Er griff in die Vordertasche seiner Hose nach seinem Strider und zog es so heraus, dass sich der haifischflossenartige Haken an der Klinge am Saum der Tasche verfing und das Messer aufklappen ließ. Er ließ es um seine Hand schnellen und fing es mit der Tanto-Spitze nach unten wieder auf.

»Wird das …«, setzte David an.

Evan ließ das Messer unter die Fäden der Wundnaht gleiten. Mit einer kunstvollen Drehung seines Handgelenks öffnete er die Naht und klappte die Ränder des zehn Zentimeter langen Schnitts auseinander. David sah sprachlos hinunter auf seinen Arm.

Evan hielt die Hand auf. »Magnet.«

Mit dem Elan einer OP-Schwester klatschte Joey ihm das Teil auf den Handteller.

Evan platzierte den Magneten über der Beule an Davids Ellbogen und führte ihn hinunter zu dem offenen Schnitt.

Joey hob rasch den Kopf. »Die Cops sind gleich hier.«

Der Sender folgte dem Magneten den Unterarm des Jungen hinunter, wobei die Haut mit angehoben wurde, flutschte aus der Wunde und heftete sich mit einem kleinen Klickgeräusch an ihn.

David stieß entsetzt den Atem aus.

Eine der schwarzen Enten hüpfte auf den Betonrand des Brunnens und wippte mit dem Kopf; ihre kleinen Knopfaugen hatten eine Brotrinde neben Evans Schuh entdeckt.

Auf der gegenüberliegenden Seite des Brunnens schrie ein junger Polizist: »Stehen Sie auf! Zeigen Sie mir Ihre Hände!«

Über den Brunnen hinweg spähte Evan zu dem Polizisten und seiner Partnerin. Im Park wimmelte es nur so vor Polizei. Zwei SWAT-Einheiten fuhren gerade vor der Highschool vor, und weitere Streifenwagen kamen mit quietschenden Reifen herangerast, um die Querstraßen in alle Richtungen zu sperren.

»Zu spät«, flüsterte Joey.

Langsam erhob sich Evan, nahm die Hände hoch und sah sich zwei gezogenen Berettas gegenüber.

57. WAS ER GLAUBTE ZU WISSEN

Auf zittrigen Beinen stand David zwischen Evan und Joey. Durch die aufsteigende Fontäne des Springbrunnens zielten beide Polizisten auf Evans Kopf.

Der gesamte Block war jetzt von als Verstärkung eingetroffenen Officers und den SWAT-Einheiten abgeriegelt.

Evan überlegte sich seinen nächsten Schritt. Der junge Officer stand vor seiner Partnerin und hatte offenbar die Führung übernommen. Er wirkte fähig, eher selbstbewusst als nervös.

Das konnte Evan sich zunutze machen und an das Ego des Mannes appellieren. Er stieß ein besorgtes Ächzen aus. »Gott sei Dank. Ist die Gefahr vorbei? Ich habe gerade meine Tochter abgeholt und ... meinen Sohn. Er wurde umgestoßen. Er hat sich am Arm verletzt, und ...«

»Beruhigen Sie sich. Sir? Beruhigen Sie sich.«

David hielt sich schützend die Hand über die Wunde, und zwischen seinen Fingern schimmerte es rot hindurch.

Der Officer hielt die Pistole noch immer schussbereit mit beiden Händen, aber er ließ die Arme sinken und hielt die Waffe an einer Seite. »Braucht er einen Arzt?«

»Ich kann mit ihm in die Notaufnahme fahren«, sagte Evan. Er legte Joey den Arm um die Schulter und drückte sie an sich. »Ich will nur meine Kinder von hier wegbringen. Ich war mir nicht sicher, ob wir schon gefahrlos herauskommen konnten.«

Die Partnerin des Polizisten, eine knallhart aussehende Frau, fragte: »Wo steht Ihr Wagen?«

Evan zeigte hin. »Der Minivan da drüben.«

»Folgen Sie uns.«

Die Officers gaben ihnen bewaffnetes Geleit durch den Park, an Dutzenden von Polizisten vorbei, die keinerlei Notiz von ihnen nahmen.

Sie erreichten den Bordstein, und der junge Polizist signalisierte den SWAT-Trucks, dass sie Platz machen sollten, um den Minivan wegfahren zu lassen.

Evan schob eilig die »Kids« in den Van. »Haben Sie vielen Dank, Officer.«

Der junge Mann nickte, und er und seine Partnerin eilten im Laufschritt zurück, um die Suche fortzusetzen.

Evan parkte aus und fuhr an unzähligen Streifenwagen mit blinkenden Lichtern vorbei. Zwei Fahrzeuge, die Kühlergrill an Kühlergrill auf der Straßenkreuzung standen, glitten langsam ein Stück zurück wie ein sich öffnendes Tor, um den Minivan durchzulassen.

An der nächsten Querstraße blinkte Evan verantwortungsbewusst und bog dann ab. Die blauen und roten Lichter verschwanden aus seinem Rückspiegel.

Joey legte den Kopf zurück und stieß lautstark die Luft aus.

Evan wartete, bis sie die Stadtgrenzen hinter sich gelassen hatten, bevor sie eine Pause einlegten. Er stellte den Wagen hinter einen Spirituosenladen und verband David den Unterarm mit Mullkompressen und einer elastischen Binde, die er im Verbandskasten im Reserverad gefunden hatte.

Die Gasse hinter ihnen stank eklig süß nach verschüttetem Bier. Fliegen kreisten träge über einem offenen Müllcontainer. Der Asphalt ringsherum war übersät mit Glassplittern: Jemand hatte offenbar Zielwerfen mit einem leeren Zwölferpack gespielt und dabei so viel Zielgenauigkeit an den Tag gelegt, wie man es von jemandem erwarten würde, der gerade zwölf Bier getrunken hat.

Die Kofferraumklappe war geöffnet, und David saß am Rand der Ladefläche, seine Beine baumelten über die hintere Stoßstange. Evan saß vor ihm in der Hocke, zog den Verband glatt und hakte ihn mit den Metallklemmen fest.

Joey kam zu ihnen nach hinten, um zu sehen, wie sie vorankamen. »Alles klar?«

David drehte seinen Arm prüfend hin und her. »Ja. Kann das genäht werden, wenn wir da sind?«

»Wenn wir wo sind?«, fragte Evan.

»Im Hauptquartier des Programms oder wie das heißt.«

Evan konnte spüren, wie Joey auf der anderen Seite des Jungen kaum merklich zusammenzuckte.

»Wir fahren zu keinem Hauptquartier«, sagte Evan. »Und du wirst auch in kein Programm aufgenommen.«

Davids Tonfall wurde auf einmal härter. »Was soll der Mist?«

»Diese Möglichkeit besteht nicht mehr«, entgegnete Evan.

»Blödsinn. Dieser große Typ hat gesagt, sie nehmen mich.«

»Derselbe Typ wird dich entsorgen, wenn du's nicht packst«, sagte Joey.

David wirbelte zu ihr herum. »Ich pack's. Davon hab ich immer geträumt.« Er sah wütend zu den beiden hoch. »Ich wollte immer einen Ausweg. Und den hab ich endlich. Und jetzt wollt ihr mir das wieder wegnehmen?«

»Diese Leute haben Tim getötet«, sagte Evan.

»Dann hatte Tim's eben nicht drauf.«

»Pass verdammt noch mal auf, was du sagst.« Joey trat einen Schritt auf ihn zu und drängte Evan mit der Schulter beiseite; ihre Heftigkeit überraschte ihn. »Er ist für dich gestorben.«

Davids Mund zitterte, als er sich bemühte, nicht zu schlucken. Aber seine Augen waren nach wie vor voller Wut.

Joey beugte sich dicht über ihn. »Du weißt ja noch nicht mal, was das Programm überhaupt ist.«

»Ist mir egal«, fauchte David. »Total egal. Ich will wieder zu dem Typen zurück, der mich mitgenommen hat. Ich will was Besseres als ein beschissenes Leben in irgend nem beschissenen Heim.«

»Hat Jack dir überhaupt irgendwas beigebracht?«, fragte Joey kochend.

»Klar. Besser zu sein. Ich verdiene was Besseres als das hier.«

Joey schoss sofort zurück: »Keiner von uns *verdient* irgendwas.«

»Kann schon sein«, sagte David, sprang auf die Füße und stach mit dem Finger in Joeys Richtung. »Aber *ich* entscheide das. Ich geh nicht mit euch mit, wenn ihr nicht zum Programm gehört. Ihr bringt mich wieder zu diesen Typen, oder bei der nächstbesten Gelegenheit sag ich den Bullen, dass ihr mich entführt habt.«

Seine Gesichtszüge hatten eine bulldoggenhafte Sturheit angenommen, die ihn älter als dreizehn wirken ließ. Nach dem Leben, das er bislang geführt hatte, war das nicht weiter verwunderlich. Harte Jahre zählten doppelt.

Evan war ein Jahr jünger gewesen als David jetzt, als er vom Bordstein vor dem Truckstop in Jacks Wagen gestiegen war und nie mehr zurückgeblickt hatte. Er dachte darüber nach, wer er damals war und was er glaubte zu wissen.

Dann fragte er: »Gibt es irgendetwas, das wir sagen könnten, um dich davon abzubringen?«

Davids Gesicht war rot angelaufen. »Nein.«

»Brauchst du weitere Informationen, um …«

»*Nein.*« Der Junge war kurz davor auszurasten; er reckte Evan angriffslustig die Nase entgegen, die Schultern waren vorne, die Hände hatte er auf Hüfthöhe zu Fäusten geballt.

Evan sah den Jungen ruhig an, bis er sich wieder ein wenig entspannte. David schüttelte den Kopf; er hatte Tränen in den Augen. »Ich will kein Niemand sein.«

»Wenn du diesen Weg einschlägst, wirst du nie etwas anderes sein«, entgegnete Evan.

Bei diesen Worten hielt Joey sich die Hand vor den Mund, als wolle sie verhindern, dass etwas Bestimmtes herauskam.

»Kann sein«, sagte David. »Aber wenigstens ist es *mein* Weg.«

Evan sah ihn zehn Sekunden lang an, dann weitere zehn. Nicht das Geringste veränderte sich an seinem Gesichtsausdruck.

Evan sagte: »Warte hier.«

Er ging zum Müllcontainer, Joey folgte ihm. Sie steckten die Köpfe zusammen mit Blickrichtung zum Minivan, um David im Auge zu behalten.

Joey sah verunsichert aus. »Wir müssen ihn umstimmen.«

»Keine Chance«, kommentierte Evan.

»Also was machen wir? Lassen wir ihn hier, damit Van Sciver ihn sich wieder holt?« Sie nahm ein paar hastige Atemzüge. »Der wird ihn nämlich umbringen. Früher oder später, direkt oder indirekt.«

»Es sei denn …«, sagte Evan.

»Es sei denn?«

Evan räusperte sich, ein für ihn untypisches Zeichen, wie sehr ihn die Sache mitnahm.

»Es sei denn?«, wiederholte Joey.

»Wir bringen ihn an die Öffentlichkeit.«

Sie starrte ihn sprachlos an.

»Er weiß ja noch nichts«, fuhr Evan fort. »Kennt keinen einzigen Namen.«

»Er kannte Tim Draker. Und Jack.«

»Und die sind beide tot. Alles, was er über sie erzählen kann, wird wie die Wunschvorstellung eines Heimkinds klingen.«

Das war so zutreffend, dass es an Verrat grenzte, es laut auszusprechen.

»Enthüllung bedeutet Sicherheit«, fuhr er fort. »Niemand braucht einen kompromittierten Agenten.«

»Warum hat Jack es dann nicht schon vor Monaten gemacht?«

»Tim Draker war am Leben. Ich bin mir sicher, Jack wollte David zu ihm zurückbringen, sobald die Gefahr vorbei war.«

Joey warf ihr Haar auf eine Seite, sodass die kurz geschorene Partie freilag. Sie senkte den Kopf und zerrieb Glassplitter mit der Spitze ihres Turnschuhs. »Ich weiß nicht. Das ist riskant.«

»Alles ist riskant. Wir jonglieren hier mit Handgranaten.«

Sie antwortete nicht.

Evan fuhr fort: »Bei allem, was gerade los ist, und uns unterwegs auf der Jagd nach ihm – glaubst du wirklich, Van Sciver verschwendet Ressourcen und riskiert, entdeckt zu werden, für einen verkorksten kleinen Jungen von dreizehn Jahren?«

Joey spielte noch etwas mit ihrem Haar. Dann rieb sie sich den Nasenrücken und holte tief Luft. »Okay. Scheiße. Okay.«

Als sie wieder aufblickte, war jegliche Gefühlsregung verschwunden und ihr Gesicht vollkommen ausdruckslos.

Sie ging wieder hinüber zu David, wobei sie in ihrer Tasche herumkramte. Sie zog das Handy in der bescheuerten Pandahülle hervor und hielt es in einem Abstand von etwa einem Meter zwanzig vor Davids Gesicht. Das Auslösergeräusch der Kamera war übertrieben laut.

Abgeschirmt von ihren Haaren beugte sie den Kopf über das Display und tippte wie wild mit dem Daumen etwas ein.

»Ey!«, rief David genervt. »Was machst du da?«

Joey tippte weiter.

David war die Sache immer weniger geheuer. »Ich hab gesagt, was machst du da mit meinem Foto?«

»›Der beste Kumpel meines Cousins ist von der US-Regierung gekidnappt worden‹«, las Joey langsam vor. »›Sein Name ist Jesse Watson. Bitte retweeten. Ausrufezeichen.‹« Jetzt hob sie den Blick, und Evan war ziemlich überrascht, wie wenig daran abzulesen war. »Twitter. Facebook. Instagram.«

Das Handy zirpte ein paarmal, als die ersten Benachrichtigungen eintrafen.

Stirnrunzelnd sah Joey auf das Display hinunter. »Britney-Cheer28 scheint echt beliebt zu sein. Hat tonnenweise ›Freunde‹.«

Sie hielt das Handy hoch. Davids Gesicht vervielfältigte sich mit jedem neuen Post – ein warholartiger Effekt auf dem sich ständig aktualisierenden Display. Es zirpte in immer kürzeren Abständen, bis es Videospiel-Intensität erreicht hatte.

»Du totale Fotze.« David war so geschockt, dass er kaum mehr als ein Krächzen zustande brachte.

»Ich erwarte gar nicht, dass du's verstehst«, sagte Joey. »Vielleicht, wenn du älter bist.«

»Ihr habt mir gerade meine einzige Chance genommen, jemand zu sein.«

»Nein, du blödes kleines Arschloch.« Joey war stinksauer. »Wir haben dich *gerettet*. Wir haben dir gerade die Möglichkeit gegeben, ein normales Leben zu führen. Bei dem du nicht die ganze Zeit … vor dir selber wegrennen musst.« Ihre Stimme brach, und unter all der Aggressivität lag etwas Weicheres, fast so etwas wie Sehnsucht. Sie schluckte schwer, drehte sich um und starrte an die Rückseite des Spirituosenladens.

»Geh zurück ins McClair-Heim«, sagte Evan zu David. »Da gibt's eine Stationsschwester, die sich freuen würde, dich wiederzusehen.«

»Scheiß aufs McClair.« Tränen rannen über Davids gerötete Wangen. »Und scheiß auf die Stationsschwester.«

»Ich gebe dir jetzt meine Nummer, falls du je meine Hilfe brauchst.«

»Ich werd dich niemals anrufen. Und ich werd dich auch niemals um Hilfe bitten. Ich will dich nie wiedersehen.«

Evan holte den Verbandskasten aus dem Kofferraum und ließ ihn David vor die Füße plumpsen. Dann ging er um den Wagen herum zur Fahrerseite und stieg ein.

Joey war in der kleinen Gasse geblieben und fixierte mit vor der Brust verschränkten Armen noch immer den rissigen Putz an der Wand. Es dauerte einen Moment, bis sie sich losgeeist hatte, aber dann kam sie.

Sie stieg ein und knallte lauter als nötig die Tür zu.

»Finde mal die Nummer des McClair raus und sag denen, dass du ihn hier gesehen hast. Ich hab schon angerufen; es sollte eine andere Stimme sein«, sagte Evan.

»Gleich, kleinen Moment«, antwortete Joey.

David rührte sich nicht von der Stelle, als Evan zurücksetzte. Der Seitenspiegel war dabei nur wenige Handbreit von seiner Schulter entfernt. Auf dem engen Raum legte Evan eine Dreipunktdrehung hin und drehte das Lenkrad Richtung Straße ein.

Sie ließen ihn in der kleinen Gasse stehen. Sein Blick ging ins Leere.

58. EINE WERBEANZEIGE FÜR
HÄUSLICHKEIT

Um kurz nach acht hörte der GPS-Punkt endlich auf, sich zu bewegen. Auf dem Beifahrersitz zeigte Van Sciver eine Vorstadtstraße hinauf und sagte: »Da.«

Thornhill drehte das Lenkrad des Chevy Tahoe scharf links ein. Van Sciver hielt sein Handy hoch und betrachtete den pulsierenden Punkt, der jetzt verdammt noch mal endlich still stand. Candy beugte sich vom Rücksitz nach vorne; ein leichter Hauch von Parfüm umgab sie.

»Zwei Häuser rein?«, fragte sie.

Van Sciver taten die Muskeln des rechten Auges weh vom ganzen Starren auf das Handy. Er nickte. »Hinter dem Haus.«

Als sie an einem weißen Haus im Kolonialstil vorbeikamen, das unlängst durch eine Großbestellung bei der teuren Inneneinrichtungskette Restoration Hardware aufgehübscht worden war, wurden sie langsamer. Eine vierköpfige Familie aß gerade an einem langen, rustikalen Esstisch aus Holz zu Abend. Der Blick durch das Panoramafenster ließ die Szene wie eine Werbeanzeige für Häuslichkeit wirken.

Thornhill schob den Wählhebel auf Parken.

Drei Türen gingen auf. Drei Orphans stiegen aus.

Van Sciver und Candy trennten sich am Bordstein, und jeder ging auf eine andere Seite des Hauses. Thornhill sprang vom Mülleimer auf den Zaun und von da auf ein Fensterbrett im ersten Stock, von wo aus er sich auf das Dach katapultierte. Drinnen setzte die Familie nichts ahnend ihre Mahlzeit fort.

Zeitgleich trafen die Orphans im Garten hinter dem Haus ein: Van Sciver und Candy drängten mit der Pistole im Anschlag heran, während Thornhill sich von der definitiv nicht stilechten Veranda fallen ließ und geschmeidig wie ein Panther auf der Terrasse landete.

Der Garten war leer.

Nur eine Familie schwarzer Enten dümpelte auf dem Swimmingpool.

Van Sciver starrte sie an; seine Kiefermuskulatur verkrampfte sich.

Dann peilte er etwas mit seinem holografischen Leuchtpunktvisier an und drückte ab. Der Schalldämpfer gab ein leises Geräusch von sich, und ein Haufen Federn verteilte sich über die gesamte Wasseroberfläche. Mit lautem Geschnatter erhoben sich die Enten in den Abendhimmel. Van Sciver hielt das Handy in einer fleischigen Pranke und beobachtete, wie der blinkende Punkt davonflog.

»Ich hab dir doch gesagt, GPS ist zu ungenau«, bemerkte Candy.

Van Scivers Handy gab einen Signalton von sich, und eine Benachrichtigung erschien auf dem GPS-Bildschirm. Er öffnete sie und las die kurze Nachricht. Die Bilder waren zutiefst beunruhigend: David Smiths Gesicht, ins Unendliche vervielfacht, auf allen Kanälen, die das Informationszeitalter zu bieten hatte.

Auch Candys Handy meldete sich, und sie ging zu Van Sciver hinüber, während sie dasselbe Update auf ihrem Display las.

Thornhill gab ihnen etwas Privatsphäre.

»Wir fahren zurück zum McClair«, sagte Van Sciver. »Und schalten den Jungen aus.«

»Sicher«, kommentierte Candy. »Super Strategie. Einen Jungen, dessen Foto sich gerade viral verbreitet hat. Lass uns aus der Sache ein richtiges Medienereignis machen.«

»Er ist ein unerledigtes Problem.«

Als Van Sciver durch das Tor an der Seite des Hauses zurückging, wich Candy ihm nicht von der Seite. »Kennt er deinen Namen?«, fragte sie.

»Nein.«

»Weiß er irgendwas über das Programm?«

»Nein.«

»Dann lass ihn doch in der Kinderklapse vermodern und seine Hirngespinste in der Gruppentherapie verbreiten wie alle anderen.« Sie wedelte mit dem Handy. »Ihn hiernach auszuschalten wird die Presse magisch anziehen. Wieso den Verschwörungstheoretikern noch Wasser auf ihre Mühlen liefern?«

Van Sciver hielt im schmalen Durchgang an der Seite des Hauses inne. »*Damit X nicht kriegt, was er will.*«

Sein Ausbruch überraschte Candy. Ihn selbst schien er ebenfalls zu überraschen.

Er drehte sich um und ging weiter. Als sie fast beim Vorgarten waren, ging die Tür zur Küche auf, und der Vater lehnte sich vor ihnen in den Durchgang, die Hände auf den Hüften. Der Typ trug, offenbar völlig ironiefrei, einen rot-grünen Weihnachtspulli.

»Also, entschuldigen Sie mal!«, sagte er.

Van Sciver ging einfach weiter, die Augen schnurstracks nach vorne. Aber er hob die .45er und hielt sie dem Mann ins Gesicht. »Rein mit Ihnen. Wenn Sie die Polizei rufen, komme ich wieder und vergewaltige Ihre Frau.«

Candy lächelte süßlich. »Ich auch.«

Der Mann schoss abrupt zurück ins Haus, als sei er eine Marionette und jemand habe an seinen Fäden gezogen. Die Tür fiel mit so viel Wucht ins Schloss, dass die niedlichen Gardinen in Landhausoptik durcheinandergerieten.

Als Van Sciver mit Candy auf die Einfahrt hinaustrat, spürte er, wie sich seine Nasenflügel weiteten, und er bemühte sich, die unbändige Wut in seiner Brust unter Kontrolle zu halten. Thornhill ließ sich vom Garagendach fallen und spazierte zu ihnen herüber.

Candy konzentrierte sich weiter auf Van Sciver. »Du spielst doch nach seinen Regeln. Lass dich von X nicht reinlegen …«

Er wirbelte zu ihr herum und packte sie mit beiden Händen am Hemd. »Wag es nicht, mich zu manipulieren.«

Wie er so über sie gebeugt dastand, sein Gesicht ganz dicht vor ihrem, fiel ihm auf, wie viel stärker er war. Wenn er den Stoff losließe und nach oben griffe, könnte er mit einer Hand ihr Kinn packen, mit der anderen ihren Hinterkopf und ihr dann mehr oder weniger den Kopf abreißen.

Ihr Gesichtsausdruck blieb beeindruckend gleichmütig.

»Doch, genau das tue ich gerade«, antwortete sie. »Aber ich hab auch recht.«

Er warf noch einen Blick auf die Kante ihres Kinns, den schlanken Hals.

Dann ließ er sie los und stürmte zum Tahoe. Sein Atem stieg als weiße Wolke in die Abendluft auf.

»Ich weiß«, fauchte er.

59. TOTAL KAPUTT

Evan fuhr mit einer Hand am Steuer des gestohlenen Wagens, einem Toyota Pick-up, auf dessen Ladefläche ein Laubbläser scheppernd hin und her rollte. Joey sah aus dem Fenster in die vorüberziehende Nacht. Evan hoffte, dass Van Sciver und die Reste seiner Truppe noch immer auf Entenjagd waren und dem halb verdauten Digitalsender folgten, den Evan in die Brotkruste am Brunnen gedrückt hatte.

Er würde es nicht riskieren, von einem der Flughäfen in den angrenzenden Bundesstaaten aus zu fliegen. Dulles International war zu naheliegend, Charlotte und Nashville die beiden offensichtlichen Alternativen. St. Louis war jedoch nur knapp zwölf Stunden entfernt, und von dort gab es einen Flug mit Zwischenstopp nach Ontario, Kalifornien, ein Ort vierzig Meilen östlich von Los Angeles, der bizarrerweise einen Flughafen hatte. Kurz bevor sie morgen früh ins Flugzeug mussten, würde er am Schalter schnell noch zwei Tickets unter falschem Namen besorgen, und zwar nur für die erste Etappe. Die Tickets für die zweite würde er während des Zwischenstopps in Phoenix kaufen.

Schließlich brach Joey das Schweigen, das seit zwei Stunden geherrscht hatte. »Was machen wir jetzt?«

»Nach Hause fahren. Uns einen neuen Plan überlegen.«

»Und der wäre?«

»Bei dem Teil bin ich noch nicht.«

Um diese Uhrzeit war der Highway nahezu leer. Der dunkle Asphalt spulte sich unter ihnen ab wie ein Laufband. Das Licht ihrer Scheinwerfer war so schwach und bleich wie die Augen eines uralten Mannes.

»Glaubst du, der Kleine hat eine Chance?«, fragte Joey.

»Die hat jeder.«

»Er war so starrsinnig. Hat sich geweigert, mit uns zu kommen, und geweigert, unsere Hilfe anzunehmen. Das ist, als ob er sich in sein eigenes Gefängnis sperrt.«

Evan musste an die verschiedenen Grautöne und harten Oberflächen seines Penthouse denken, ein großer Kontrast zu Mias Sofadecken und Kerzen.

»Das tun viele Leute«, sagte er.

Joey murmelte etwas Unverständliches.

»Was hattest du dir vorgestellt?«, fragte Evan.

»Keine Ahnung.« Jetzt schwang Wut in ihrer Stimme mit. »Ihm helfen. Mehr, als wir's getan haben.«

»Man kann jemandem nur so viel helfen, wie er sich selbst zu helfen bereit ist.«

Er sah sie an. Sie hatte Tränen in den Augen.

Sie drehte sich wieder zum Fenster, schüttelte den Kopf.

»Der verdammte kleine Idiot«, flüsterte sie.

Evan und Joey saßen auf ihren nebeneinanderstehenden Einzelbetten; Joey hatte den Laptop auf den Knien, und Evan trank Wodka mit Eiswürfeln, die er sich aus der Eiswürfelmaschine des Motels geholt hatte. An der Rezeption gab es Miniaturflaschen Absolut Kurant, die Evan natürlich nicht gekauft hatte, er war ja schließlich kein Barbar. In einem rund um die Uhr geöffneten Spirituosengeschäft fünf Blocks entfernt hatte es eine Flasche Glass gegeben, ein seidenweicher Wodka, destilliert aus Chardonnay- und Sauvignon-Blanc-Trauben. Er war würzig im Abgang, unverfälscht durch Zugabe von Zucker oder Säure, und wenn er ihn ein paarmal im Mund herumgehen ließ, konnte er eine winzige Spur Geißblatt schmecken.

Stoli Elit war es zwar nicht, aber um vier Uhr morgens, in einer eher weniger noblen Wohngegend gleich neben dem *St. Louis International*-Flughafen, hatte er genommen, was er kriegen konnte.

Er blätterte durch das rote Notizbuch, das er aus der Mikrowelle in dem Haus in Richmond geholt hatte. Die Seiten waren leer.

Sehr seltsam.

Joey sah auf sein Glas. »Kann ich mal probieren?«

»Nein.«

»Oh, ein Gewehr aus nem Streifenwagen darf ich klauen, mit nem gefälschten Ausweis fliegen und einen Jungen aus nem Safe

House kidnappen, aber Alkohol, um Gottes willen ...«

Evan dachte kurz darüber nach. Dann gab er ihr das Glas. Das Zimmer war so klein, dass er sich nicht weit hinüberbeugen musste.

Sie nahm einen Schluck.

Der Geschmack traf sie mit voller Wucht, und sie verzog das Gesicht. »Ist ja widerlich. Und das magst du?«

»Ich hab versucht, dich zu warnen.«

Sie drückte ihm das Glas wieder in die Hand.

»Erinnert mich immer an das Heim«, sagte sie. »Alkoholgeruch. Und Haarspray. Mentholzigaretten.«

Evan stellte das Glas ab. Er dachte daran, wie Jack immer Pausen im Gespräch gelassen hatte, die Evan füllen konnte, ihm Raum gegeben hatte, sich zu überlegen, ob er etwas sagen wollte, und wenn ja, was das sein könnte. Dann fiel ihm Mias Rat ein: *Aber weißt du, was das Einzige ist, das sie wirklich hören wollen? Du bist gut so, wie du bist. Alles wird gut. Und du bist es wert.*

»Die hat *sie* immer geraucht«, fuhr Joey nach einer Weile fort. »Meine sogenannte Pflegemutter.« Sie presste die Wörter zwischen den Zähnen hervor. »Wir haben alle Nemma zu ihr gesagt. Keine Ahnung, ob sie wirklich so hieß, aber so haben sie jedenfalls alle genannt.«

Evan rief sich Papa Z in Erinnerung, der mit seinem Fernsehsessel verschmolzen war wie ein Einsiedlerkrebs, in der einen Hand ein Coors, in der anderen die Fernbedienung, die er so präzise handhabte wie ein Lichtschwert, während die Jungs um ihn herumtollten, miteinander kämpften, sich schubsten und lachten. Van Sciver war immer der Anführer gewesen, das Alpha-Tier, während Evan wie ein kleines Mäuschen am Rand des Geschehens umhergehuscht war, damit er ja niemandem auffiel. Das war so lange her, und doch kam es ihm vor, als stünde er jetzt gerade in diesem Wohnzimmer.

Joey starrte auf den Laptopbildschirm. »Sie war ne richtige Bestie. Hauskleider. Zentimeterdick Rouge im Gesicht. Und dann ihr Lieblingssatz.«

»Was war das?«, fragte Evan.

»Das wird dir jetzt mehr wehtun als mir.« Sie lachte, aber es klang grimmig. »Gott, war die schlimm. Ihr Atem stank wie n Aschenbecher. Riesige Schwabbelbrüste. Bei ihr im Haus wohnten immer viele Mädchen. Sie hatte ständig neue Kerle, und die haben sich auch an uns rangemacht. So konnte sie die Männer halten.«

Sie hielt inne, befeuchtete sich die Lippen und kaute an ihrer Unterlippe.

Evan verhielt sich ganz still.

»An viel erinnere ich mich nicht«, sagte sie schließlich. »Nur an die Gesichter.« Im Schein des Bildschirms wirkten ihre Augen wie flache, reflektierende Flächen. »All diese vielen Gesichter.«

Einen Augenblick lang sah es aus, als sei sie in ihrem Schmerz gefangen, die Schultern instinktiv zum Schutz hochgezogen. Dann tauchte sie aus ihren Erinnerungen auf und klappte den Laptop zu. »Ich will nicht drüber reden.«

Evan sagte nur: »Okay.«

Sie vermied es, ihn anzusehen.

Er stand, das Glas und die Flasche mit dem eleganten durchsichtigen Glaskorken in der Hand, auf. Seinen Drink schüttete er ins Waschbecken im Badezimmer und kippte auch die Flasche aus. Der Wodka gluckerte in den Abfluss. Er warf die leere Flasche in den Mülleimer, kehrte zu seinem Bett zurück und fing wieder an, im roten Notizbuch zu blättern.

Er spürte ihren Blick seitlich auf dem Gesicht.

»Und darum bin ich so total kaputt«, sagte sie.

»Du bist auch nicht kaputter als andere.«

»Ich bin wütend«, flüsterte sie. »Die ganze Zeit.«

Er wagte einen schnellen Blick zu ihr hinüber, und sie sah nicht weg.

»Das sind die Fähigkeiten, die du dir aneignen musstest, um zu überleben«, sagte er. »Ihretwegen bist du heute hier.«

Joey antwortete nicht. Die dünnen Laken waren unter ihren Knien verrutscht und bildeten geschmeidige Falten, die aussahen wie auf Brot gestrichene Butter.

Evan fuhr fort: »Aber du hast auch eine Wahl.«

Sie schluckte. »Und die wäre?«

»Du kannst dich fragen, ob sie dir noch dienlich sind. Du kannst sie behalten und weiterhin wütend sein. Oder sie loslassen und ein richtiges Leben führen.«

»*Du* kannst das nicht«, entgegnete sie. »Loslassen und ein richtiges Leben führen.«

»Bis jetzt noch nicht«, gab er zu.

»Ich hab das Gefühl, ich komme nicht weiter. Ich hasse das Programm, aber ich hasse auch, dass ich nicht gut genug dafür war. Und dann frage ich mich: Hasst du es nur deshalb? Weil du nicht gut genug warst?«

»Du warst gut genug, um auszusteigen«, antwortete Evan. »Weißt du, wie viele Leute das geschafft haben und noch leben?«

Sie schüttete den Kopf.

»Soweit wir wissen, nur wir beide.«

Das musste sie erst mal verdauen.

»*Du* hast das geschafft. Ganz allein.«

»Na ja, man weiß immer erst, wie stark man ist, wenn man es unter Beweis stellen muss.« Sie fasste neben sich, knipste ihre Nachttischlampe aus und rutschte im Bett nach unten, bis ihr Kopf auf dem Kopfkissen lag.

»Gute Nacht«, sagte Evan leise.

Er schaltete auch seine Lampe aus. Dank der Verdunklungsvorhänge war es im Zimmer so finster wie in einer Gruft. Er hörte, wie Joey sich umdrehte und tiefer in die Decke kuschelte. Und dann eine Stille, so rein, dass sie eine fast körperliche Präsenz zu haben schien.

»Gute Nacht«, flüsterte Joey.

Evans RoamZone vibrierte in seiner Tasche. Er holte es heraus und sah angestrengt auf die Anruferkennung: eine Mobilnummer, laut Vorwahl irgendwo in Downtown L.A. Er stand auf und entfernte sich ein paar Schritte von den letzten Passagieren, die hier in Phoenix auf ihren Anschlussflug warteten. Der Flugbegleiter hatte gerade die letzte Gruppe zum Boarding gebeten, also signalisierte Evan Joey, schon einmal einzusteigen. Er würde gleich nachkommen.

Er drückte auf Annehmen. »Brauchen Sie meine Hilfe?«
»Ja«, sagte Xavier Orellana. »Ich will raus. Ich will raus aus der Gang.«
Evan sagte nur: »Schon unterwegs.«
Er legte auf und stieg ins Flugzeug.

60. NICHT GUT

»Kennt ihr irgendwelche guten Deine-Mutter-Witze?« Peter spähte zu Evan und Joey hoch, als sich die Aufzugtüren mit einem Scheppern schlossen.

Seine dunklen Augen blickten todernst, als hätte er gerade nach einem guten Hausarzt gefragt.

Evan und Joey waren unmittelbar hinter Mias Acura in die Tiefgarage des Castle Heights eingebogen, die gerade Peter von der Schule abgeholt hatte. Auf dem Weg durch die Lobby und in den Aufzug war Peter praktisch die ganze Zeit um sie herumgesprungen.

Peter stand neben seiner Mutter und zog an den Gurten seines gigantischen Rucksacks, der aussah, als sei er mit Wackersteinen gefüllt. Brauchte ein Neunjähriger wirklich so viele Schulbücher?

»Was ist das denn?«, fragte Joey.

»So was wie: Deine Mutter ist so fett, wenn sie ins Rote Meer springt, sagt sie: ›Da guckst du, Moses.‹«

Mia seufzte. »Das passiert mit deinen Steuergeldern an öffentlichen Schulen.«

Peter machte unbeirrt weiter: »Deine Mutter ist so hässlich, sogar der blinde Junge musste weinen.«

»Den mag ich besonders, weil er auf gleich zwei unterschiedliche Weisen beleidigend ist.«

»Deine Mutter ist so fett, die passt nicht mal in den Chatroom.«

Joey drehte sich weg, um ihr Grinsen zu verbergen.

Im zwölften Stock angekommen, schoss Peter aus dem Aufzug und hielt mit seinem dünnen Arm die Tür auf.

»Du kommst doch heute Abend zum Abendessen, oder, Evan Smoak?«

Evans Gesichtsausdruck verbarg nur unzureichend, dass er es tatsächlich vergessen hatte.

Nachdem er Xavier unmittelbar nach der Landung in Ontario zurückgerufen hatte, hatte Evan einen Plan ausgearbeitet, für den er um spätestens zehn Uhr abends in Pico-Union sein musste. Wenn er um sieben mit den beiden zu Abend aß, wäre er um halb neun fertig, Zeit genug, einmal quer durch L. A. zu fahren. Als er schnell alles durchrechnete, spürte er Mias forschenden Blick auf sich. Die Aufzugtür stieß ungeduldig gegen Peters Arm und fuhr mit einem wütenden Klacken wieder zur Seite.

»Ja, natürlich«, sagte Evan.

Peter lächelte und ließ die Tür zugleiten.

Evan drosch auf den Sandsack ein, die Schläge hallten von den deckenhohen Fenstern des Penthouse wider. Dann hatte er sein Trainingspensum erreicht und ließ schweißgetränkt und schwer atmend die Fäuste sinken. Er war gerade auf dem Weg in die Dusche, als er Joey nach ihm rufen hörte. Es klang dringend.

Er lief im Eiltempo durch den großen, leeren Wohnbereich und die Wendeltreppe hinauf ins Loft.

Joey saß auf dem Sofa, den offenen Laptop hatte sie neben sich auf einem Kissen abgelegt. Sie sah ihn über die Seiten des roten Notizbuchs an, das er aus der Mikrowelle in Richmond gezogen hatte.

»Pilot-FriXion-Stifte«, sagte sie.

Er wartete.

»Weißt du, wie radierbare Tinte funktioniert?«

»Du kannst sie wegradieren.«

»Witzig«, sagte sie ohne die Spur eines Lächelns. »Die Tinte in den Dingern besteht aus verschiedenen chemischen Verbindungen. Wenn man den Radierer benutzt, entsteht Reibung, Reibung führt zu Hitze, und Hitze lässt aus einer der Verbindungen eine Säure entstehen, die den Farbstoff neutralisiert.«

»Die Mikrowelle!«

»Genau. Die haben was gefunden, wie sie durch Hitze die Tinte verschwinden lassen können, ohne alles wegradieren zu müssen. Du kannst die ganzen Aufzeichnungen von deinen Einsätzen einfach schnell in der Mikro wegbrutzeln.«

»Aber dann hätte man immer noch die …«

»Abdrücke im Papier«, ergänzte sie. »Leider sind die Seiten scheinbar auch behandelt worden, damit sie sich durch Hitzeeinwirkung irgendwie, na ja, wieder aufpumpen, um genau das zu verhindern.«

»Ist ›wieder aufpumpen‹ ein Fachbegriff?«

Sie ging nicht darauf ein. »Die Seiten fühlen sich doch steifer an, oder? Wie hochwertigeres Papier.«

Um es zu demonstrieren, rieb sie eine Seite zwischen Daumen und Zeigefinger.

»Also ist alles weg?«

»Fast alles. Bei einer Seite in der Mitte hat's nicht ganz geklappt. Wie die kühle Stelle in der Mitte, wenn du dir nen tief gekühlten Burrito warm machst?«

»Keine Ahnung.«

»Egal. Komm mal her.« Sie fächerte die Seiten vor ihm auf, und er konnte sehen, dass sie jede einzelne mit einem Bleistift bis an die Ränder ausgemalt hatte. Alle waren dunkelgrau, bis auf eine der beiden Seiten ganz in der Mitte, auf der sich ein winziges Stück Schrift hell vom dunklen Untergrund abhob.

»*6-1414 Dark Road 32.*«

Es erinnerte ihn an Jacks letzte Botschaft, die, die er unsichtbar an das Fenster auf der Fahrerseite seines Trucks geschrieben hatte.

»Der Teil einer Adresse?«, fragte Evan.

»Ob du's glaubst oder nicht, in ganz Amerika gibt's keine Adresse, in der ›6-1414 Dark Road 32‹ vorkommt.«

»Und was ist mit außerhalb von Amerika?«

»In keinem der englischsprachigen Länder. Ich hab auch nach Übersetzungen geguckt. Nein, muss irgendein Code sein. Dann hab ich überlegt, was für eine Art von Verschlüsselung Van Sciver und seine Leute wohl untereinander verwenden. Du erinnerst dich doch, dass die Akten von Delmonico und Shea als Verschlusssache eingestuft waren?«

»Waren? Vergangenheit?«

»Jetzt pass mal auf.« Sie tippte auf den Bildschirm des Laptops, und Evan war überrascht und auch nicht überrascht, diverse Dokumente mit dem Siegel der höchsten Geheimhaltungsstufe vor sich zu sehen. »Die waren tatsächlich früher mal bei den Marines. Da hattest du definitiv den richtigen Riecher. Aber danach?

Danach sind sie zum United States Secret Service gegangen und haben für die Sicherheit des Präsidenten gesorgt.«

Als er auf das Sicherheitssiegel mit dem Adler und der amerikanischen Flagge starrte, konnte Evan spüren, wie sich alles in ihm zusammenzog. Wieder hörte er Van Sciver sagen: *Du hast keinen Schimmer, oder? Wie hoch nach oben die Sache reicht?*

Auf einem Einsatz hatte Evan einmal mitten in der Nacht an einer Felskante im Hindukusch gehangen und abgewartet, bis ein feindlicher Konvoi oben auf der schmalen Straße vorbeigefahren war. Einer seiner Stiefel war von dem daumengroßen Vorsprung in der steilen Felswand abgerutscht und hatte eine kleine Steinlawine ausgelöst. Er hatte sich festklammern können und nach unten gesehen, um zu beobachten, wie die Steine in der Dunkelheit verschwanden. Es war eine außergewöhnlich windstille Nacht gewesen, die Bergluft kalt und klar und vollkommen unbewegt, und dennoch hatte er nicht gehört, wie sie auf dem Boden aufschlugen.

Genauso fühlte er sich in diesem Moment: als klammere er sich verzweifelt an etwas, ohne zu wissen, wie es in das große Ganze passte.

»Was bedeutet das?«, fragte Joey. »Dass sie auch die ganze Zeit für den Secret Service gearbeitet haben?«

»Das weiß ich noch nicht genau«, antwortete Evan. »Aber es klingt nicht gut.«

61. INAKZEPTABEL

Charles Van Sciver stand auf der Veranda in Alabama, als die noch übrigen Freelancer das ehemalige Herrenhaus der Plantage hinter ihm räumten und Pelican-Transportboxen mit Ausrüstung und Munition herausschleppten. Ihre Arbeit an dieser Küste der Vereinigten Staaten war erledigt. Es war Zeit, die Bauern auf dem Schachbrett neu anzuordnen und in Schlüsselpositionen zu platzieren, sodass sie sofort zuschlagen konnten, sobald Orphan X sich zeigte.

Van Sciver hatte sein Handy bereits herausgeholt und die Nummer ausgewählt, aber er zögerte, die Taste zu drücken.

Er nahm seine gesamte Willenskraft zusammen.

Und wählte die Nummer.

Jonathan Bennett hatte eine beträchtliche Anzahl von Fähigkeiten, wie man es von einem Präsidenten der Vereinigten Staaten erwarten würde. Die wertvollste von ihnen sah die Bevölkerung fast jeden Tag, ohne es überhaupt zu bemerken.

Perfekte Körperbeherrschung.

Einmal hatte er sich auf einer viertägigen Wahlkampftour durch Louisiana, einen der Swing States, durch eine Hitzewelle gekämpft: siebenundzwanzig Stationen, von Standardreden bis hin zu Gewerkschaftskundgebungen, bei einer derartigen Luftfeuchtigkeit, dass man den Eindruck hatte, durch einen Sumpf zu waten. Wie angekündigt, hatte er den Staat gewonnen – und zwar ohne eine einzige Schweißperle zu zeigen. Nicht unter der heißen Beleuchtung während der Wahlkampftour, nicht während der neun Fernsehdebatten und auch nicht später im Krisenzimmer, als er über eine Luftbombardierung nachgedacht hatte, um die Scheiße im bergigen Norden von Irak aufzuräumen.

Nixon war daran gescheitert. An seinem übermäßigen Schwitzen.

Aber Bennett war anders.

Er war das genaue Gegenteil von Nixon.

Vor seinem Jurastudium, in seiner Anfangszeit als Special Agent des Verteidigungsministeriums, hatte er gelernt, Funktionen seines Körpers zu beherrschen, die er bislang für unbeherrschbar gehalten hatte. Damals wie heute hatte sich diese Fähigkeit für ihn ausgezahlt. Kein Foto zeigte ihn mit glänzender Stirn oder dunklen Schweißflecken auf dem Anzughemd. Er stotterte nicht, und sein Blick huschte auch nicht unruhig hin und her.

Und am allerwichtigsten: Nie zitterten seine Hände.

In der heutigen Zeit brauchte das amerikanische Volk so etwas. Einen Anführer mit einer starken Hand. Einen Anführer, der wusste, wie man das richtige Image vermittelte, seines und das der Amerikaner insgesamt. Wie im Einzelnen dieser Eindruck von Kompetenz entstand, bemerkten sie nie, zumindest nicht bewusst, aber sie nahmen ihn irgendwo tief drinnen in ihrem Reptiliengehirn wahr.

Das war es, was man ansprechen musste. Gezielt ins Visier nahm. Und das man beherrschte.

Das Reptiliengehirn der Leute.

Instinkt. Überlebenswille. Angst.

Durch die dünne Metallbrille, die er ausgewählt hatte, um Autorität und eine gewisse Distanziertheit auszustrahlen, betrachtete er seine Mitarbeiter. Jetzt gerade konnten sich seine Leute nicht über einen Gesetzesentwurf zur Wohnungsnot einigen, der für Furore im Senat und, noch wichtiger, auf CNN sorgen würde. Während der letzten fünf Minuten hatte er sich das Ganze mit der Ruhe eines Raubtiers angehört. Aber jetzt war es an der Zeit, anzugreifen.

Ein demonstratives Räuspern.

Die Diskussion endete abrupt.

Bevor er seine Entscheidung kundtun konnte, klingelte eines der drei wuchtigen schwarzen Telefone auf seinem Schreibtisch. Als er merkte, um welches es sich handelte, erhob er sich vom Sofa, überquerte den Teppich mit dem präsidialen Siegel in einfarbigem Relief und nahm mit seiner bemerkenswert ruhigen Hand den Hörer ab.

Er drehte der Versammlung im Raum den Rücken zu, ein Zeichen, und sein Stab nahm leise die Diskussion wieder auf.

»Ist die Sache erledigt?«, fragte er.

»Nein«, sagte Orphan Y.

Bennett ließ zwei Sekunden verstreichen, bevor er antwortete. Zwei Sekunden waren während eines Telefonats eine sehr lange Zeit, besonders wenn einer der Gesprächspartner im Oval Office saß.

Bennett war so weit von den anderen entfernt, dass sie ihn unmöglich hören konnten, trotzdem senkte er die Stimme. »Das darf nicht an die NSA, die CIA oder das Außenministerium gelangen. Deshalb hatte ich Ihnen meine persönlich ausgewählten Leute zugeteilt. Wenn die Sache Ihnen entgleitet, könnte sie auch mir entgleiten. Und das ist inakzeptabel.«

Van Sciver setzte an: »Ich darf Ihnen versi…«

Bennett nahm seine Brille ab und legte sie auf die Schreibtischunterlage. »Als ich noch das Verteidigungsministerium geleitet habe, hatten wir einen Spruch. ›Manchmal wird's schmutzig, wenn man sauber machen will.‹ Die Sache muss hundertprozentig wasserdicht sein. Ich kann nicht zulassen, dass er da draußen frei herumläuft. Er selbst mag den Grund nicht kennen, aber er ist das letzte verbleibende Bindeglied. Jemand könnte den Zusammenhang herstellen, und der Schlüssel ist jedes Mal X. Ohne ihn kommt niemand darauf.« Bennett ließ weitere zwei Minuten verstreichen. »Entfernen Sie das Bindeglied, oder ich lasse Sie entfernen.«

»Jawohl, Mr. President.«

Bennett legte vorsichtig den Hörer zurück auf die Gabel des Telefons auf dem schweren *Resolute*-Schreibtisch. Eine rasche innere Bestandsaufnahme zeigte, dass sein Herzschlag normal war und seine Atmung so ruhig und gleichmäßig wie immer.

Er drehte sich zu seinem Stab um. »Also, wo waren wir stehen geblieben?«

62. NICHT EINFACH

Noch erfrischt von der Dusche stand Evan in Boxershorts vor seiner Kommode. Er zog die oberste Schublade auf. Identisch aussehende dunkle Levi's 501 auf der einen, für taktische Einsätze konzipierte, farblich neutrale Cargohosen auf der anderen Seite. Die Hosen waren akkurat gefaltet und so säuberlich gestapelt, dass sie aussahen wie ausgestanzt. Er zog sich eine Cargohose an und befestigte das High-Guard-Hüftholster aus Kydex am Hosenbund, froh, endlich wieder eine normal große Pistole tragen zu können. Dann schob er zwei Ersatzmagazine in die eng anliegenden Innentaschen. Von außen war nichts zu sehen.

In der Schublade darunter befanden sich zehn nagelneue graue T-Shirts mit V-Ausschnitt. Er zog sich eines davon über und steckte den Saum hinter das Hüftholster in den Hosenbund. Von einem gestuften Stapel Schuhkartons in einer Ecke des Kleiderschranks griff er den obersten. Seine Original-S.W.A.T-Boots wechselte er regelmäßig aus, wodurch er sicherstellte, dass man ihn nicht anhand von winzigen Fasern oder Erdresten im Profil ausfindig machen konnte. Neun Woolrich-Hemden hingen mit geschlossenen Magnetknöpfen exakt parallel nebeneinander an der Kleiderstange. Sie waren direkt aus der Versandverpackung dorthin gewandert, allerdings hatte er vorher die Preisschilder entfernt und die Falten glatt gebügelt. Als er gleich das erste Hemd überzog und die Knöpfe aufeinanderklacken ließ, dachte er darüber nach, was er in nur wenigen Stunden zu tun gedachte.

Er würde geradewegs in das Versteck der gefährlichsten Gang der Welt spazieren.

Unzählige Unwägbarkeiten, der Risikofaktor so hoch, dass er schon nicht mehr zu berechnen war. Genau deshalb musste auch jeder andere Aspekt dieses Einsatzes perfekt geplant sein, vorhersehbar, und wie am Schnürchen klappen. Er kannte jeden Umriss, jede Faser seiner Ausrüstung und wusste genau, wie alles funktionierte. Die Funktionstüchtigkeit jedes einzelnen Magazins hatte er auf einem Schießplatz in der Wüste genauestens überprüft und sichergestellt, dass es sich einwandfrei aus dem Magazinschacht löste.

In einer Holzkiste mit Scharnierdeckel bewahrte er einen größeren Vorrat an neuen Victorinox-Taschenuhren auf. Er hatte sich gerade eine an die erste Gürtelschlaufe auf der linken Seite geknipst, als ihm auffiel, dass er sich für den Einsatz gekleidet hatte und nicht für das ihm vorausgehende Abendessen bei Mia. Und in dreiundzwanzig Minuten sollte er bereits unten sein.

Bei einer Bezirksstaatsanwältin verbotenerweise mit versteckten Waffen aufzukreuzen wäre vermutlich keine sonderlich clevere Idee.

Er ging zurück ins Schlafzimmer, schnallte das Hüftholster ab und nahm dann die Magazine aus den Geheimtaschen seiner Hose. Die Victorinox-Taschenuhr schien ihm plötzlich irgendetwas Militärisches zu haben, also knipste er sie wieder ab und legte sie beiseite. Die Cargohose und die S.W.A.T.-Boots waren relativ unauffällig, aber ein kritisches Auge könnte sie zu aggressiv finden. Er streifte sich beides ab und stand nur noch in Boxershorts und durchgeknöpftem Woolrich-Hemd da.

Jetzt war er sich auch mit dem Hemd nicht mehr sicher. Taktische Magnetknöpfe – die konnte Mia doch unmöglich bemerken, oder?

Er zog das Hemd aus. Und dann auch das T-Shirt.

Jetzt hatte er nur noch die Boxershorts an.

Das lief aber nicht besonders gut.

Es klopfte an der Tür. Joey rief zu ihm herein: »Sollen wir's noch mal mit diesem Meditationsdings versuchen, bevor du losmusst?«

Evans Antwort kam wie aus der Pistole geschossen: »Ja, bitte.«

Evan und Joey saßen sich im Loft gegenüber. Nach »Operation Getting Dressed for Dinner« hatte er es nötiger zu meditieren als sie, wie er fand. Er hatte sich rasch seine Klamotten wieder übergeworfen und war hinauf zu ihr ins Loft gegangen.

Joey nahm eine aufrechte Yogihaltung ein. »In Richmond hast du über David Smith gesagt: ›Man kann jemandem nur so viel helfen, wie er sich selbst zu helfen bereit ist.‹«

»Ja«, antwortete Evan.

Er konnte sehen, wie schwer es Joey fiel, es auszusprechen.

»Ich will mir selbst helfen«, sagte sie leise. »Ich will, dass es mir mal besser geht.«

»In Ordnung.«

»Ich bin ganz klar kacke im Meditieren.«

»Würde ich nicht unbedingt sagen. Vielleicht macht es genau das, was es machen soll.«

»Kannst du's mir noch mal Schritt für Schritt erklären?«

Jack hatte Evan für alles die richtige Herangehensweise beigebracht, angefangen vom Zerlegen einer Pistole bis hin zur Vorbereitung zum Meditieren. Er wollte gerade die Anweisungen rauskramen, als er innehielt und sich an das neue Gebot erinnerte, das er für sich erfunden hatte – und für Joey.

Der ursprüngliche Plan ist nicht unbedingt der beste.

Joey wartete auf seine Antwort, etwas irritiert von seinem Zögern.

»Weißt du was?«, sagte er. »Vielleicht sind wir das Ganze falsch angegangen.«

»Was meinst du damit?«

»Setz dich einfach so hin, wie es dir bequem ist. Und wie du dich sicher fühlst.«

Sie lachte nervös. »Ich weiß nicht.«

»Dann finde es heraus.«

Sie sah sich um. Dann lockerte sie ihre Schultern. Bewegte ihren Kiefer hin und her. Schlug die Beine übereinander und nahm sie wieder auseinander. »Kann ich auf mein Sofa gehen?«

»Du kannst machen, was immer du möchtest.«

Sie kletterte aufs Sofa, drückte ihr Kopfkissen an sich und zog die Knie an die Brust. Sie nahm ein weiteres Kissen und drückte es an ihre Schienbeine. Ein drittes an die Seite, die noch freilag. Sie hatte sich einen schützenden Kokon gebaut. »Findest du das komisch?«

»Komisch gibt's nicht.«

»Okay«, sagte sie. »Okay.«

»Fühlt sich das gut an?«

Sie nickte. Zweimal kurz auf und ab mit dem Kinn.

»Jetzt konzentrier dich nur auf deinen Atem, und hör zu, was dein Körper dir sagt.«

Evan schloss die Augen. Während der ersten Minute machte er sich mit der Stille bekannt. Er hatte kaum Zeit, seine Aufmerksamkeit nach innen zu richten, als Joey zusammenbrach. Erst ein zittriges Luftholen, dann brachen die Dämme.

Sie saß noch immer mit angezogenen Knien da, ganz in sich zusammengerollt, und schluchzte. Er wartete darauf, dass sie aufstand und aus dem Zimmer stürmte wie das letzte Mal, aber das tat sie nicht. Sie wiegte sich hin und her und weinte, bis das Kissen vor ihrer Brust dunkel vor Tränen war, bis ihr das Haar im Gesicht klebte, bis er bereits dachte, sie würde nie mehr aufhören.

Er saß ganz still und war aus der Entfernung einfach nur bei ihr. Nach einer gewissen Zeit wurde ihm bewusst, dass das vielleicht nicht reichte.

Er fragte: »Darf ich mich zu dir setzen?«

Sie wischte sich mit den Handballen die Tränen ab und nickte.

Er setzte sich in respektvollem Abstand neben sie auf das Sofa, aber sie schob das Kissen zur Seite und lehnte sich an ihn.

Er war überrascht, völlig unvorbereitet und hatte keine Ahnung, was jetzt von ihm erwartet wurde.

Zuerst hielt er die Arme steif einige Zentimeter über ihrem Körper. Sie wurde von Schluchzern geschüttelt und hatte die Hände unter ihrem Kinn verborgen. Er überlegte, was Jack an seiner Stelle tun würde. Dann wurde ihm klar, dass Jack sich nie in einer Situation wie dieser befunden hatte.

Also fragte er sich stattdessen, was *er selbst* tun würde.

Er ließ die Arme sinken und legte sie tröstend um sie.

Er war sich nicht sicher, ob die Berührung sie wütend machen oder dafür sorgen würde, dass sie wieder die Flucht ergriff, aber sie blieb sitzen, das Gesicht an seine Brust gepresst.

Für ihn fühlte sich Joey wie ein Anker an, der ihn aber nicht belastete, sondern ihn mit dem Hier und Jetzt verband und ihn endlich Teil der Welt da draußen werden ließ. Zum allerersten Mal in seinem Leben nahm er diese Verbindung nicht als Störung wahr, sondern als etwas, das ihn unendlich bereicherte.

Joeys Beine bewegten sich, sodass sie ganz leicht vor und zurück schaukelte. Evan hielt sie und wiegte sie sanft im Arm, als sie ihren Tränen freien Lauf ließ. Er strich sich ihr Haar vom Mund. Dann räusperte er sich.

»Du bist gut so, wie du bist«, flüsterte er.

»Alles wird gut.«

»Du bist es wert.«

Unten in seinem Schlafzimmer rief er Mia an. Als sie abnahm, holte er tief Luft.

»Hallo, Mia. Hier ist Evan. Ich weiß, ich hätte schon vor zwanzig Minuten da sein sollen, aber ich kann nicht zum Abendessen mit dir und Peter kommen. Es tut mir wirklich leid.«

Joey hatte schließlich vom Sofa aufstehen können, um sich das Gesicht zu waschen, und Evan hatte ihr versprochen, gleich wieder zu ihr nach oben zu kommen. In einer Stunde musste er los nach Pico-Union, vorher musste er sich auch noch umziehen, aber er wollte sie nicht allein lassen, bevor es nicht unbedingt sein musste. Diese Notwendigkeit bestand ebenso für ihn wie für sie, denn sein Beschützerinstinkt hatte vertrautere, väterliche Züge angenommen.

Es fühlte sich bedrohlich und unkontrolliert an, und weder das eine noch das andere konnte er im Moment gebrauchen. Aber er wusste auch, dass wenn er ein sechzehnjähriges Mädchen nach dem, was es gerade durchgemacht hatte, sich selbst überließ, er sich das niemals würde verzeihen können.

In der Leitung herrschte einen kurzen Moment lang überraschte Stille. Dann sagte Mia: »Aha. Darf ich fragen, warum?«

Evan war hin- und hergerissen zwischen dem, was er Mia, und dem, was er Joey schuldig war. »Etwas Persönliches ist dazwischengekommen.«

»Und da hast du uns nicht Bescheid sagen können? Ich meine, etwas früher?«

»Ging wirklich nicht, tut mir leid.«

»Peter hat Tischkärtchen gebastelt und schon vor einer Stunde den Tisch gedeckt. Halt, noch mal von vorne.« Ihr schneller Atem drang durch den Hörer. »Tut mir leid. Ich wollte dir keine

Schuldgefühle machen. Und es ist auch okay, dass Peter lernt, mit Enttäuschungen umzugehen. Sind ja schließlich Teil des Lebens. Aber es ist einfach so, dass ich nicht genau weiß, wie ich ihm in Bezug auf dich etwas erklären soll, wenn ich selbst nicht weiß, was los ist. Und das passiert immer öfter. Ich meine, dass ich nicht weiß, was los ist. Und das geht einfach nicht, Evan. Ich dachte, es könnte klappen, aber jetzt glaube ich das nicht mehr.«

Tief in seinem Innern stürzte etwas in sich zusammen, zerbrach und zerfiel zu Staub. Er dachte an die aufgestapelten Teller auf ihrer Küchentheke, an den Geruch frisch gewaschener Wäsche, die Post-its mit den lehrreichen Botschaften und daran, wie ihm all das immer vorgekommen war wie der Teil eines anderen Lebens, eines Lebens, das zu gut für ihn war. Nur neun Stockwerke lagen zwischen Evan und Mia und Peter, und trotzdem waren sie für ihn unerreichbar. Das waren sie immer gewesen. Aber für eine kurze Zeit war es wunderschön, so zu tun, als könnte es anders sein.

Was er sagte, war: »Ich verstehe.«

»Du verstehst.« Sie gab ein Lachen von sich, das in keiner Weise amüsiert klang. »Weißt du, ich kann dich einfach nicht aus dem Konzept bringen. Ich hab noch nie mitbekommen, dass du sauer wirst oder unsicher oder dass du ausflippst. Anfangs hab ich gedacht, das ist eine Art Stärke. Aber dann ist mir klar geworden, dass es eigentlich … gar nichts ist.«

Was sie sagte, war nicht nur wahr. Es war die bittere Wahrheit und traf ihn mit der vollen Wucht der vergangenen Jahrzehnte seines Lebens.

»Hör zu«, fuhr sie fort. »Auch wenn es das letzte Mal ist, dass wir uns unterhalten, ich will das nicht. Ich will nicht derjenige sein müssen, der dir hinterherhechelt. Und du darfst den Unerreichbaren spielen. Wir kommen einfach nicht dahinter, was auch immer das ist mit uns. Ist auch egal. Wir sind beide erwachsen und haben genug mit unserem eigenen Leben zu tun. Aber es wäre wirklich schön, wenn du wenigstens den Mumm hättest zu sagen, dass du auch etwas für mich empfindest.«

Es kam aus ihm herausgeschossen, eine heiße Wut, die nach außen drängte, bevor er es verhindern konnte. »Glaubst du, ich *tue nur so*, Mia? Dass das hier irgendein Spiel für mich ist? Glaubst du, ich würde nicht lieber gemeinsam mit dir Linguine kochen, mich beim Abendessen mit dir unterhalten und mit dir zusammen sein? Ich habe nicht dieselben Wahlmöglichkeiten wie du. Ich habe jemanden verloren, der mir sehr nahestand, und ich muss die Sache in Ordnung bringen. Egal, ob ich dieses Mädchen an der Backe habe, von dem ich nicht weiß, was ich mit ihm machen soll, ob ich andere Aufträge habe, die ich erledigen muss, oder ob du möchtest, dass ich zum Essen komme. Das ist nun mal die Sachlage.«

Ihm dröhnte der Schädel. Alles wirkte etwas unscharf, als hätte er zu viel getrunken. Er fragte sich, ob er das wirklich gerade laut gesagt hatte. Es kam ihm unwahrscheinlich vor.

»Schön«, sagte Mia. »Das ist ja schon mal was. Danke.«

Ein Hauch Sarkasmus schwang in ihrer Stimme mit. Er war ebenso schockiert von ihrer Reaktion wie von seinem eigenen Ausbruch. Er hatte keine Schublade für das, was eben passiert war, nichts, was ihm den Weg in vertrautere Gewässer weisen könnte.

Auf einmal hörte er, wie auf der anderen Seite des Penthouse die Tür ins Schloss geworfen wurde.

Seine Pistole hatte er bereits gezogen und zielte damit auf die Schlafzimmertür. Ein vertrautes Gefühl der Ruhe senkte sich über ihn wie ein Vorhang. Er hieß es willkommen.

»Ich muss los«, sagte er und legte auf.

Er trat auf den Flur hinaus; auf halbem Weg zum großen Wohnbereich lag ein zerknülltes Stück Papier. Vorsichtig schlich er daran vorbei und kam auf der riesigen offenen Betonfläche heraus, wo er sofort in einem weiten Bogen herumschwang, um in der optimalen Schussposition zur geschlossenen Wohnungstür zu sein. Die komplizierten Schlösser auf der Innenseite waren nicht verriegelt.

Was bedeutete, dass sie jemand von innen geöffnet haben musste.

Er steckte die Pistole zurück ins Holster und steckte den Kopf in den Gang. Der Fahrstuhl war bereits in der Lobby angekommen. Er drehte sich um und lief im Eiltempo zurück in die Wohnung und die Wendeltreppe hoch, und ja, tatsächlich, das Loft war leer. Joeys Rucksack war noch da, und ihre kostbare Schuhschachtel stand auf dem Sofa.

Gut. Für diese beiden Sachen musste sie noch mal wiederkommen.

Mit wachsender Beunruhigung stapfte er wieder nach unten, ging durch den Flur und starrte auf den Papierball knapp einen Meter vor seiner geöffneten Schlafzimmertür. Von hier aus wäre überaus deutlich zu hören gewesen, was er zu Mia gesagt hatte: *Ich habe dieses Mädchen an der Backe, von dem ich nicht weiß, was ich mit ihm machen soll.*

Seine Beine fühlten sich taub ab, als er auf das Stück Papier zuging. Er hockte sich davor und faltete es auseinander. Zerbrechliche blaue und gelbe Fragmente fielen heraus – die Reste der getrockneten Iris, die Joeys Mante ihr geschickt hatte.

Joey hatte noch etwas dazugeschrieben.

Danke, dass du für mich da warst. Ich weiß, ich bin nicht einfach.
Alles L., J.

63. TEUFELSHÖRNER

Die kühle Nachtluft drang Evan durchs Hemd bis auf die Haut. Vor der verlassenen Kirche hatten sich Mitglieder der Mara Salvatrucha in lockeren Grüppchen an der gepanzerten Eingangstür versammelt. Mit ihren rasierten Schädeln wirkten sie kompakt und gefährlich wie wilde Tiere. Hier draußen auf der Straße versteckten sie ihre Waffen, aber ihre Hemden waren an den strategischen Stellen ausgebeult.

Als sie Evan bemerkten, drehten sich alle Köpfe gleichzeitig zu ihm um. Mit all der Tinte im Gesicht war es schwer, ihre Augen zu erkennen. Die Männer schnippten ihre Zigaretten weg, stießen sich von den Säulen vor dem Kirchenportal ab, an denen sie gelehnt hatten, und traten ihm als geschlossene Front entgegen, die an eine NFL-Verteidigungslinie erinnerte.

Als Evan nah genug herangekommen war, zogen sie ihre Hemden hoch, sodass ihre glänzenden Handfeuerwaffen zum Vorschein kamen.

Ein Mann mit einem Teufelshörner-Tattoo auf der Stirn nahm das Kinn hoch und sah Evan von oben herab an. »Ich glaube, du hast dich verirrt.«

»Ich will mit Freeway reden«, sagte Evan.

Die Typen lachten. »Ne Menge Leute wollen mit Freeway reden.«

Evan ließ sein Schweigen andauern.

»Hast du überhaupt irgendeinen Schimmer, wer wir sind, *gringo culero*? Wir sind Mara Salvatrucha. Ich übersetz das mal für dich. *Mara* heißt ›Gang‹. Und *trucha* ›hab große Angst vor uns‹.«

Evan trat einen Schritt auf ihn zu. Die Typen zogen ihre Waffen, nahmen sie aber noch nicht hoch. »Eure Tattoos sollen Angst hervorrufen. Ihr seid es wahrscheinlich gewohnt, dass die Leute sich vor euch fürchten, wenn ihr die Straße runtergeht, in einen Laden, ein Restaurant. Ihr habt euch ja schließlich direkt aufs Gesicht tätowieren lassen, wie wenig es euch kümmert, was andere von euch denken. Und das wiederum soll zeigen, dass ihr vor nichts zurückschreckt. Bislang hat das vermutlich funktioniert. Aber jetzt seht mich an. Seht ganz genau hin. Und fragt euch: Sehe ich aus, als ob ich Angst vor euch hätte?«

Einen Moment lang war nur das entfernte Rauschen des Verkehrs zu hören. Teufelshorn schnaubte verächtlich und nagte an seiner Unterlippe.

Evan wiederholte: »Sag Freeway Bescheid, dass ich mit ihm reden will.«

Die Männer tauschten nervöse Blicke. Dann fragte Teufelshorn: »Hast du ne Waffe dabei?«

»Ja. Eine Pistole. Und die geb ich nicht her. Frag mal deinen Anführer, ob er Schiss hat, sich mit mir in seinem Hauptquartier zu treffen, wo ihn fünfzig Bewaffnete beschützen.«

»Vorsicht, was du dir wünschst, *cabrón*.« Teufelshorn drehte sich zu seinen Kumpels um. »Lasst diesen *hijo de puta* nicht aus den Augen.«

Die Stahltür öffnete sich quietschend, dann fiel sie schwer ins Schloss.

Evan wartete, während er die restlichen Gangmitglieder gleichmütig fixierte. Die starrten zurück und traten unruhig von einem blau-weißen Nike-Turnschuh auf den anderen.

Schließlich ging die Tür wieder auf, und Teufelshorn trat heraus. Er hielt die Tür für Evan auf. Als Evan eintrat, konnte er Weihrauch und Schweißgeruch wahrnehmen.

Dutzende Männer warteten im Kirchenschiff. Sie hatten Pistolen und Maschinenpistolen in der Hand. Sie reihten sich hinter Evan ein und umringten ihn. Mit ineinandergelegten Händen thronte Freeway auf den breiten teppichbezogenen Stufen vor dem Altar wie ein dämonischer Herrscher.

Tische voller Drogentütchen und elektronischer Waagen standen ringsherum an den Wänden. Die meisten Paletten mit verpackten Fernsehern waren schon abgeholt worden, aber es lagen noch jede Menge geklaute iPhones, Xboxen und Armani-Jacketts herum. Das kleinere Diebesgut war zum Teil aus sogenannten Booster Bags gefallen – mit Alufolie ausgekleidete Sporttaschen, um die elektronische Warensicherung der Kaufhäuser auszutricksen.

Aus dem Augenwinkel nahm Evan inmitten der im Schatten wartenden Menge von Gangmitgliedern Xavier wahr, achtete aber darauf, ihn nicht direkt anzusehen. Evan ging den Mittelgang zwischen den zur Seite geschobenen Kirchenbänken hinauf und blieb einen Meter vor Freeway stehen. Der Mann erhob sich nicht. Aus dieser Entfernung konnte Evan die Gesichtszüge unter all der Tinte ausmachen. Sein Gesicht erinnerte an einen Pitbull: breite Wangen, kaum vorhandene Augenbrauen, eine kurze Nase, die die Nasenlöcher zu flachen, breiten Ovalen zog. Er hatte einen runden Kopf, der wie eine Bowlingkugel oben auf seinem kräftigen Oberkörper thronte. Das MS-Tattoo zog sich quer über seine Stirn, eine besondere Ehre und Auszeichnung.

Freeway breitete die Hände aus, dann legte er sie wieder ineinander. Eine wortlose Frage. Das diffuse Licht im Kirchenraum schimmerte auf den Stahlpiercings in seinen Wangen und Lippen.

»Ich habe mit einem deiner Leute etwas zu klären«, sagte Evan. »Ich möchte ihn dir abkaufen.«

Freeways Augen schlossen sich kurz zu einem erstaunten Blinzeln. Aber es war nicht mit Bestimmtheit zu sagen, da sich die tätowierten Augenlider farblich nicht vom dunkel tätowierten Augenweiß abhoben. »Wen denn?«

»Das geht nur mich und ihn etwas an. Sobald du zugestimmt hast.«

»Und wenn ich lüge, um's rauszukriegen?«

»Ich gehe doch davon aus, du bist ein Mann deines Wortes«, bemerkte Evan.

In diese schwarzen Augen zu sehen war, wie dem Tod ins Auge zu blicken.

»Niemand nimmt mir weg, was mir gehört«, entgegnete Freeway. »Diese Männer sind mein Eigentum. Genauso wie die *putas* mein Eigentum sind, die draußen auf der Straße für mich anschaffen. Drogen und Waffen sind nicht schlecht, *sí*. Aber die kann ich nur einmal verkaufen. Ne Frau? Verkaufe ich zehn-, fünfzehnmal am Tag. Und einen Mann kann ich in der Woche auf hundert verschiedene Arten einsetzen.« Er erhob sich, und die Stufen ächzten unter seinem Gewicht. »Es wird keinen Verkauf geben. Meine Leute sind mein wertvollster Besitz.«

»Ich verstehe. Deshalb biete ich ja auch an, dich für ihn zu bezahlen.«

»Wenn du dich einem meiner Männer näherst, bringe ich ihn um, seine gesamte Familie – und dich.«

Eine feuchte Brise wehte durch das kaputte Buntglasfenster über ihnen. Evan sah hoch zum Dach, auf dem er erst vor zwei Abenden gesessen hatte. Ihm wurde bewusst, dass er müde war. Müde, von dem, was er hinter sich hatte, und müde im Hinblick auf das, was noch vor ihm lag.

»Ich will keinen Krieg mit dir«, sagte Evan. »Aber ich habe auch keine Angst vor einem.«

Freeway bleckte die Zähne. »Du. Einen Krieg. Mit uns.«

»Du hast vierundzwanzig Stunden, um zu entscheiden. Ich komme wieder. Dann frage ich noch mal. Und entweder lässt du ihn gehen. Oder ihr werdet alle sterben.«

Ein paar der Männer lachten, aber Freeway starrte Evan nur an.

»Und wie willst du das anstellen?«, fragte er.

»Mir wird schon was einfallen.«

Die Gefolgsleute wurden unruhig.

»Bring das Weichei doch sofort um, Freeway!«, rief jemand hinter Evan.

Freeway griff sich hinten in den Hosenbund und zog ein Rasiermesser hervor. »Was hält mich davon ab, dich gleich hier aufzuschlitzen?«

»Gar nichts«, antwortete Evan. »Aber ich nehme an, du nimmst von deinem Fußvolk keine Befehle an.«

Freeway zog das Messer ein Stück auf und ließ es wieder zuklappen. »Warum erledigen wir die Sache nicht sofort?«

»Das passt gerade nicht so gut«, sagte Evan.

»Passt gerade nicht.«

»Ja. Ich muss mich um eine andere Sache kümmern.«

»Du bist ein interessanter Mann.«

»Vierundzwanzig Stunden. Ich komme wieder. Dann teilst du mir deine Entscheidung mit.« Evan trat ein Stück vor. Sofort nahm er hinter sich Bewegungen wahr, Pistolen wurden aus Gürteln gezogen und Abzugschlitten lautstark zurückgeschoben.

Freeway hob eine Hand, und sofort kehrte Ruhe unter seinen Leuten ein.

Evan sagte: »Vorausgesetzt, du traust dich, mir wieder gegenüberzutreten.«

Freeways tief in ihren Höhlen liegende schwarze Augäpfel fixierten Evan.

»Dieses Spiel gefällt mir«, sagte er. »Vierundzwanzig Stunden. Ich freue mich jetzt schon drauf.«

Als Evan sich umdrehte, nahm er Xavier irgendwo hinten in der Menge wahr. Auf dem Weg zur Tür teilten sich die Männer, um ihn durchzulassen, dann schlossen sich die Reihen wieder hinter ihm wie ein einziger lebender Organismus.

64. GLEICHMÄSSIG WIE EIN METRONOM

Joey war bei dem altmodischen Karussell aus dem Uber-Taxi gestiegen und hatte eine Gruppe Highschoolkids in Collegejacken nach dem Weg zum alten Zoo gefragt. Das Ganze fühlte sich an, als sei sie mitten in einer dieser Jugendserien auf The CW gelandet. Draußen war alles wunderschön und abendlich erleuchtet. Aber in ihr tobten die Gefühle.

Connor, der Skater, den sie und Evan neulich vor dem Safe House getroffen hatten, hatte gesagt, er und seine Kumpels würden fast jeden Abend hier abhängen. Sie wusste nicht genau, warum sie ausgerechnet hierhergekommen war. Sie hatte einfach rausgewollt.

Und sich fühlen, als sei sie ganz normal.

Sie schlug den Weg den Hügel hinauf ein und ließ die Lichter von Griffith Park hinter sich. Je weiter sie nach oben kam, desto zweifelhafter wurde die Umgebung. Obdachlose raschelten im Gebüsch, und Crystal-Junkies tauschten zerknüllte Scheine gegen gefaltete Vierecke aus Alufolie. Schließlich stand sie vor dem verlassenen Zoo.

Ein leeres Bärengehege ragte vor ihr auf, eine Ansammlung von aufgeschichteten, disneyartigen Steinplatten, überzogen mit aufgesprühten Gang-Tags, davor stand eine Handvoll auseinanderfallender Picknickbänke. Hier spukte es bestimmt. Sie bahnte sich langsam einen Weg ins Zentrum der Anlage, vorbei an aufgereihten Käfigen, an deren Stangen sich Efeu emporrankte. Steinstufen führten nur zu verbarrikadierten Durchgängen. Eine Parkwächterhütte war jetzt ein Unterschlupf für Obdachlose, Gelächter hallte im Innern wieder, ein Lagerfeuer warf lange, tanzende Schatten an die Wände. Vorsichtig warf sie einen Blick hinein, sah jedoch nur Junkies. Sie lief weiter und spähte in die Dunkelheit. Der schmale Pfad zwischen den Käfigen war übersät mit Spritzen und Kondomen.

Und dann hörte sie seinen schleppenden Tonfall.

Er war mit seinem Kumpel in einem der Käfige, mit dem, der vom Hoverboard gefallen war. Ein paar dürre Mädels ungefähr in ihrem Alter waren bei ihnen, die Augen ganz glasig.

Connor sah auf, blickte durch die Gitterstäbe und entdeckte Joey. »Hey.«

Ihr Lächeln fühlte sich aufgesetzt an. »Hey.«

»Halt das mal, Scotty.« Connor reichte seinem Freund die Bong und deutete auf den hinteren Teil des Käfigs. »Du musst rumgehen. Da hinten gibt's ne Luke.«

Sie lief im Dunkeln um das Gebäude und bückte sich, um sich durch den schmalen Einstieg zu zwängen. Als sie den Käfig betrat, hielten Connor und Scotty ihr die Ghetto-Faust hin. Joey stieß mit ihrer dagegen.

»Das hier ist Alicia«, sagte Connor. »Und Tammy und Priya.«

Joey hielt ihnen die Faust hin, aber das erste Mädel starrte sie nur an. Ihr Lippenstift war verschmiert. »Wer is'n das Kind?«, nuschelte sie gelangweilt.

Ihre Freundinnen lachten nicht, sondern hoben nur ein paarmal die Schultern, als ob sie es täten, was gleichzeitig gruselig und vollkommen desinteressiert wirkte.

»Vergiss Alicia«, sagte Connor. »Die ist total dicht.« Er gestikulierte in Scottys Richtung. »Gib ihr die Bong. Sie braucht nen Hit.«

»Nee, ist schon okay«, sagte Joey.

Connor lächelte, wobei sein Männerdutt am Hinterkopf auf und nieder wippte. Obwohl er ganz eindeutig mehrere Jahre älter war als sie, war sein hübsches Gesicht noch kindlich rund. Seine Wangen sahen glatt und hell aus, als ob er sich nicht oft rasieren müsste. Aus seinem über der Hose hängendem Hemd dünsteten Axe-Körperspray und Budweiser. »Okay, dann kriegt sie ein Bier.«

Scotty reichte ihr eine Flasche rüber, und sie machte den Verschluss auf und nahm einen Schluck. Es schmeckte eklig, aber sie ließ es sich nicht anmerken.

»Mmh«, machte sie.

»Erzähl das mal deinem Gesicht«, zischte Alicia.

Joey fragte sich, was mit ihrem Gesichtsausdruck nicht stimmte. Jetzt musste sie ständig daran denken, und ihr Gesicht kam ihr auf einmal vor wie eine Maske. Die Flasche fühlte sich jetzt auch riesengroß und übertrieben an, wie eine Requisite. Die

Mädels sahen so viel älter aus als sie, ihre unglaublich dünnen Figuren und die Tatsache, dass sie total high waren, verliehen ihnen etwas Unwirkliches, als ob sie ein Stück über dem Boden schwebten. Im Vergleich fühlte Joey sich unbeholfen und gewöhnlich, wie ein träger, flugunfähiger Vogel.

Scotty schaltete die Taschenlampe seines iPhones ein und legte es auf einen Betonvorsprung neben einen Berg leerer, verrosteter Bierdosen. Die Wände und Decke waren mit Graffiti überzogen, und die ballonartigen Buchstaben und anzüglichen Zeichnungen wirkten im grellen Licht bedrohlich.

»Alicia, das war das letzte Bier. Hol doch mal den anderen Sixpack aus der Kühltasche«, sagte Connor.

Alicia bleckte die Zähne zu einem Lächeln. Sie fuhr sich abwesend mit der Hand den Hals hinauf, als berühre sie ihre Haut zum ersten Mal. »Na klar, Connor.«

Sie hielt Joey ihre blasse Faust hin. »Vorhin war nur Spaß«, sagte sie. »Komm, Faust.«

Joey hob die Hand, aber Alicia ließ ihre sinken und drehte sich weg. Ihre Mädels kicherten leise in identischem Tonfall. Auf dem Weg zur Luke schob Alicia sich mit der magersüchtigen Schulter an der Wand entlang, ihre Freundinnen im Schlepptau, die so bleich und substanzlos waren wie Gespenster. Ohne langsamer zu werden, schlüpften sie durch den schmalen Einstieg.

Sobald sie verschwunden waren, trat Scotty vor und versperrte den Ausgang. Joey spürte, wie Connor sich ihr langsam von hinten näherte.

Um ihr den Weg abzuschneiden.

Plötzlich fiel jegliches Gefühl von Unbeholfenheit von Joey ab. Deutlich nahm sie das schlurfende Geräusch von Connors Schuh auf dem Boden wahr, wie weit die Wände ringsum entfernt waren und die Kraft, die in ihren eigenen Muskeln schlummerte. An der Seite ihres Halses pochte ihr Herzschlag, gleichmäßig wie ein Metronom.

Was jetzt kam, war nicht gruselig oder bedrohlich, nicht so wie Biertrinken oder Ghetto-Faust mit Fremden oder sich den Kopf zerbrechen, wie man auf die richtige Art lächelte.

Nein, diesen Teil kannte sie in- und auswendig.

Als sie sich umdrehte, packte Connor sie vorne am Gürtel und zog sie zu sich heran. Sie ließ es geschehen. Er war so groß und kräftig, dass sich unweigerlich ihr unterer Rücken wölbte und sie ihm das Gesicht entgegenreckte. Sein Atem roch nach schalem Tabak.

Er krallte sich in ihren Gürtel, seine Knöchel drückten ihr in den Unterbauch.

»Du weißt genau, warum du hergekommen bist«, murmelte er.

Joey sagte laut: »Lass mich los.«

Er küsste sie.

Sie presste den Mund zusammen und spürte seine Bartstoppeln rau an ihren Lippen. Hinter ihr konnte sie Scotty lachen hören. Connor zog den Kopf zurück, aber hielt sie weiter vorne an der Jeans fest.

Sie wiederholte: »Lass mich los.«

Connor baute sich drohend vor ihr auf. »Ich glaube, da hab ich noch keinen Bock drauf.«

Joey trat einen Schritt zurück, aber er zog an ihrer Gürtelschnalle, sodass sie wieder vor seiner Brust landete.

»Oh«, sagte sie mitfühlend. »Du denkst, du hast hier das Sagen.«

Seelenruhig hob sie das Knie und hämmerte ihm den Hacken in den Knöchel.

Das Knacken klang, als ob ein dicker Ast bräche.

Connor starrte ungläubig auf sein eingedrücktes Schienbein. Sein Fuß baumelte nutzlos seitlich vom Knöchel, um neunzig Grad verdreht.

Joey zählte langsam von drei abwärts.

Der Junge fing an zu schreien.

Scotty brüllte »Durchgedrehte Schlampe!« und stürmte Schulter voran auf sie zu wie zu einem Football-Tackle. Sie trat zur Seite und lenkte ihn um, sodass er mit voller Wucht gegen die Wand prallte. Sein Gesicht hinterließ einen feuchten Fleck. Er fiel um, seine Beine strampelten gegen den Schmerz an, und die Hacken hinterließen tiefe Rillen im Dreck.

Joey legte Connor die Hand auf die breite Brust und stieß ihn nach hinten. Er krachte hin und landete neben Scotty. Er gab noch leise Geräusche von sich.

Sie zwängte sich durch die Luke und ließ den Käfig hinter sich. Als sie hinaus ins Freie trat, hatte sie den Eindruck, die Welt öffne sich überall um sie herum. Auf dem Weg den Hügel hinab in die Zivilisation spürte sie, wie sich ein Teil von ihr aus ihrer Brust befreite, wo er so lange gefangen war, und sich emporschwang in den Nachthimmel voller Sterne.

65. KEIN UNSCHULDIGER

Joey stand in der offenen Tür von Apartment 21A und sah wie gebannt auf den riesigen, höhlenartigen Wohnbereich. Keine Lampe brannte, aber durch die hohen Fenster schienen die Lichter der Stadt hinein und ließen die Umrisse der Möbel gedämpft schimmern.

Ein Umriss erhob sich von einem der Barhocker an der Kochinsel.

Evan.

»Ich hab dein Bett gemacht«, sagte er.

Joey trat ein und schloss die Tür hinter sich. »Danke.«

»Ich kann das nicht so gut.«

»Was?«

Er deutete auf sie, dann wieder auf sich. »Das.«

»Du kannst es besser, als du denkst.«

»Was ich am Telefon gesagt habe, war nicht so gemeint. Was du gehört hast.«

»Ich weiß.«

Sie ging ein Stück auf ihn zu, und die beiden sahen sich an.

»Ich hab diesen Typen mit der bescheuerten Frisur besucht«, sagte sie. »Der von neulich vor dem Safe House.«

Evan nickte.

»Er ist ein nichtsnutziger Mistkerl. Du hattest recht.«

»Ich will gar nicht recht haben«, sagte er.

Sie lehnte sich ein wenig steif an ihn, ihre Stirn stieß gegen seine Brust, ihre Arme hingen seitlich herab. Er zögerte kurz, dann nahm er sie in den Arm, eine Hand an ihrem Hinterkopf und dem wunderschönen, dichten Haar.

»Insgesamt ein richtig blöder Abend, was?«, flüsterte er.

»Ja.« Ihre Stimme wurde ganz piepsig und drohte zu versagen. »Ich glaub, ich hab keine Lust mehr, so zu tun, als ob.«

»So zu tun, als ob was?«

»Vortäuschen, dass ich nichts von niemandem brauche. Damit hab ich angefangen, als meine Mante gestorben ist, weil … na ja, ich hätt's ja eh nicht bekommen.« Sie richtete sich auf. »Aber das war gelogen. Manchmal denke ich immer noch, was hätte sein können. Jemand, der mich abends zudeckt, vielleicht. Na ja, der fragt, wie mein Tag war. Ein süßer Typ in der Schule. Mein Fußballteam. All dieser ganze normale Kram. Aber stattdessen. Stattdessen.« Ihr Mund fing an zu zucken. »Glaubst du, das könnte ich jemals haben?«

»Ja.«

»Und es ist nicht zu spät?«

»Nein. Sobald wir uns Van Sciver geschnappt haben, finden wir heraus, wie's für dich weitergeht. Es muss nicht das hier sein.«

Sie blinzelte, und eine Träne rann ihr über die glatte braune Wange. »Und du?«

»Für mich geht das nicht mehr. Da sieht die Sache anders aus.«

Sie sah zu ihm hoch. »Wirklich?«

Er nickte.

»Selbst nachdem du Van Sciver erledigt hast?«

»Es wird immer Leute wie Van Sciver geben.«

»Aber was ist mit Mia? Und dem Jungen?«

»Es wird immer Leute wie Van Sciver geben«, wiederholte er leise.

Sie kniff den Mund zusammen und betrachtete ihn im Dämmerlicht. »Ich erinnere mich, ich war vierzehn und hab aus dem Ohr geblutet. Van Sciver hatte mich einem Zugangstechniker zugeteilt, der mich zu nah an eine Türsprengladung gelassen hat. Ich dachte, mein Trommelfell ist geplatzt. Der Typ hat mich wieder mit in die Stadt genommen und an einem Park abgesetzt, wo ich abgeholt werden sollte. Wie auch immer, mir ging's schlechter, als alle dachten. Ich bin querfeldein durch den Park gestolpert. Dann kam ich hinter einem Typen raus, der auf einer Bank saß. Der ist vor und zurück geschaukelt und hat vor sich hin gemurmelt. Zuerst dachte ich, er ist auch verletzt. Oder nicht ganz richtig im Kopf. Aber dann hab ich das Baby gesehen. Sein Baby. Und wie zärtlich er es gehalten hat. Ich hab mich im Gebüsch dichter an ihn rangeschlichen. Und die ganze Zeit hat er gesagt ... er hat gesagt: ›Du bist in Sicherheit. Du wirst geliebt.‹« Tränen glänzten in ihren Augen. »Kannst du dir das vorstellen?«

Er war Jack durch den Wald gefolgt und hatte seine Füße immer in Jacks Fußstapfen gesetzt.

»Ja, das kann ich«, antwortete Evan.

»Vielleicht ist das alles, was ein Mensch braucht«, sagte Joey. »Einen einzigen Menschen, der so für einen empfindet. Damit man seine Menschlichkeit nicht verliert.«

»Das ist ein Geschenk«, entgegnete Evan. »Aber auch eine Schwäche.«

»Wieso?«

»Weil es eine Verletzlichkeit darstellt, die sie ausnutzen können. Jack, der mich beschützt hat. Ich, der dich beschützt. Und wir beide, die David Smith beschützen wollten. Aber damit ist jetzt Schluss. Statt ihnen zu gestatten, es gegen uns zu verwenden, werden wir jetzt anfangen, es gegen *sie* zu verwenden. Das Neunte Gebot.«

»Angriff ist die beste Verteidigung«, zitierte sie. »Aber wie?«

»Wir haben, was sie wollen.«

Sie sah ihn verwirrt an.

»Uns.«

Ihre Augen funkelten. »Benutz mich als Köder.«

Evan nickte. »Und wir wissen genau, wo wir ihn auslegen müssen.«

Sie brachen um fünf Uhr morgens auf und tauschten Evans Truck gegen einen schwarzen Nissan Altima, der in einem seiner Safe Houses direkt unter der Einflugschneise des *LAX*-Flughafens stand. Sieben Stunden und vier Minuten später erreichten sie Phoenix. Ein paar Stunden verbrachten sie mit Auskundschaften und Planen, bevor sie rechts ranfuhren und im Schatten eines Roten Eukalyptus anhielten. Die Fenster standen ein Stück offen, und Staub lag in der trockenen Luft, die hereindrang.

Die Skyline von Downtown Phoenix – oder was als solche galt – ragte ein paar Blocks vor ihnen auf. Sie befanden sich hier in den Ausläufern der Vororte, zwei Blocks nördlich des Freeway 10, bis zum Freeway 17 waren es eine Handvoll mehr. Eine hohe Wand-Werbetafel an der Seite eines runden Parkhauses verkündete DAS URBANE HERZ ARIZONAS und zeigte ein kubistisches Herz, das aus Hochhäusern zusammengesetzt war.

Evan und Joey hatten ein Dutzend Alternativpläne ausgearbeitet und dann noch ein Dutzend mehr und genauestens Fluchtwege, Treffpunkte und Notfallszenarien durchgespielt. Da sie mit dem Auto aus Los Angeles gekommen waren und sich nicht um Sicherheitsbestimmungen am Flughafen hatten kümmern müssen, hatte er einen Kofferraum voll Ausrüstung und Waffen mitgebracht, das volle Programm mit allem, was man für einen Einsatz brauchte, sodass er auf nahezu alles vorbereitet war. Aber wenn man die Angel auswarf, wusste man letztendlich nie, was später am Haken hängen würde.

Als könne sie Gedanken lesen, sagte Joey: »Okay. Also, wenn die kommen und mich schnappen wollen, was machst du dann?«

»Dann schnappe ich *sie*.«

Sie rückte den Strauß Iris auf ihrem Schoß zurecht. »Und dann?«

»Bringe ich sie dazu zu reden.«

»Wie?«

Evan sah sie nur an.

»Schön«, sagte sie. »Und falls dieser nette kleine Plan nicht funktionieren sollte?«

»Der ursprüngliche Plan ist nicht unbedingt der beste.«

Die Sonne war ein Stück gewandert, und man konnte jetzt erkennen, was auf dem geschwungenen Schild über dem schmiedeeisernen Tor oben auf dem Hügel stand.

FRIEDHOF SHADY VALE.

Hier hatte Jack Joey gefunden, als sie das Grab ihrer Mante besucht hatte. Wie sie bereits gesagt hatte, Jack wusste, wie es in ihr aussah.

Auch Van Sciver wusste es, allerdings nicht, weil er sich in andere hineinversetzen konnte. Er verstand Menschen von einem rein wissenschaftlichen Standpunkt aus, indem er herausfand, wo ihre Schwächen lagen, welche Knöpfe er drücken musste und an welchem Körperteil er klopfen musste, um einen Reflex zu erzielen.

Er hatte Joey elf Monate lang behalten, sie ausgebildet, analysiert und evaluiert. Evan baute darauf, dass Van Sciver genug strategischen Verstand hatte, einen Ort observieren zu lassen, zu dem sie einen derart starken emotionalen Bezug hatte. Ob diese Überwachung aber durch versteckte Kameras erfolgte oder durch Freelancer vor Ort, konnte er nicht genau sagen.

Verletzlichkeit war für Van Sciver kaum mehr als ein beschleunigender Faktor in einer Kettenreaktion. Joeys Mante würde zu Joey führen. Joey würde zu Evan führen.

Evan dachte an den GPS-Sender, den Van Sciver im Arm von David Smith versteckt hatte, und fragte sich, wie sie Joey mit einem Sender versehen wollten, wenn sie sie erst einmal in den Fingern hatten.

Er rief sich die Secret-Service-Vergangenheit von mindestens zwei der Freelancer in Erinnerung, die Van Sciver angeheuert hatte. Van Sciver hatte sich noch nie vorher Leute vom präsidialen Geheimdienst besorgt, und dass er das jetzt tat, war ganz sicher kein Zufall. Evans Überlegungen führten ihn auf äußerst unangenehmes Terrain, wo mögliche Szenarien dunkel und giftig wie schleimige Pilze aus dem Boden sprossen.

Joey steckte sich den Ohrknopf tief ins Ohr und wollte aus dem Auto steigen. Evan legte ihr die Hand auf den Unterarm, damit sie noch einen Moment sitzen blieb. Wie aus dem Nichts kam die Erinnerung: Er sah vor sich, wie er selbst im Alter von neunzehn vor dem *Dulles International*-Flughafen aus Jacks Truck gestiegen war, bereit, in das Flugzeug zu steigen, das ihn zu seinem ersten Einsatz bringen würde. Jack hatte damals Evans Arm auf exakt dieselbe Weise umklammert.

Damals hatte er zum ersten Mal mitbekommen, dass Jack Angst um ihn hatte.

Evan musste sich ermahnen, dass er jetzt *keine* Angst hatte. Dann tat er es noch einmal. Joey sah ihn auf eine Art und Weise an, die deutlich besagte, dass sein Gesicht ihm nicht abkaufte, was er sich einzureden versuchte.

»Was ist los?«, fragte sie.

»Das Zehnte Gebot«, sagte Evan. »Lasse niemals einen Unschuldigen sterben.« Er hielt inne. »Die Sache ist sehr riskant.«

»Ich bin kein Unschuldiger«, kommentierte Joey.

Er nickte. Was diesen Einsatz anging, war sie es tatsächlich nicht.

»Außerdem, die brauchen mich lebend, um an dich ranzukommen«, fügte Joey hinzu. »Wie du schon sagtest, wenn die mich schnappen wollen, bestimmen wir, wie's weitergeht.«

»Das ist unser Plan, trotzdem ist es nur geraten. Jetzt, wo Ex-Secret-Service-Leute mitmischen, haben wir keine Ahnung, wie weit das Ganze reicht. Was wir aber mit Bestimmtheit wissen, ist, was sie zu tun bereit sind.«

»Ich bin schnell«, sagte Joey. »Ich bleibe an öffentlichen Orten und sehe mich ständig um, ob ich verfolgt werde.«

»Wenn wir das durchziehen …«

»*Was*, Evan?«

»Bau keinen Mist.«

»Was soll das jetzt heißen?«

»Nach dem, was mit Jack passiert ist, wird mich nichts davon abhalten, mir Van Sciver zu holen. Nichts. Und niemand.« Seine Kehle fühlte sich an wie ausgedörrt; ob es an der trockenen Wüstenluft oder der Klimaanlage lag, konnte er nicht sagen. »Bring mich nicht in die Lage, diese Wahl treffen zu müssen.«

Sie begriff, was er sagen wollte, nickte ernst und kletterte aus dem Wagen.

66. REIBUNGSHITZE

Lyle Green reichte das Fernglas an seinen Partner, Enzo Pellegrini, weiter, der es sich ans Gesicht hob und genervt schnaufte. Sein Atem roch nach abgestandenem Kaffee. Die beiden saßen in einem geparkten Truck und konzentrierten sich auf einen ganz bestimmten Grabstein mitten auf einem weitläufigen Rasenstück. Das Gras war von einem Grün, wie man es nur durch guten Dünger erreichen konnte, was Leichen oder regelmäßige Pflege durch einen Gärtner nahelegte, und Shady Vale hatte beides im Überfluss.

Plötzlich sagte Enzo: »Augen nach oben, Südeingang.«

»Klar, wie dein ›Augen nach oben‹ zu der schwangeren Tante oder dem Typen mit der Beinprothese.«

»Er hat gehumpelt.«

»Was man macht, wenn man ne Beinprothese hat.«

»Mädchen, um die fünfzehn.«

Lyle griff hastig das abgebaute Zielfernrohr von der Mittelkonsole und hielt es sich ans Auge. Das Mädchen ging hinter einem Gebüsch entlang und kam plötzlich ins Bild. »Verdammte Scheiße. Das ist sie.«

»Sag Van Sciver Bescheid. Sofort.«

Lyle schnappte sich sein Samsung und stellte die Verbindung mit der Signal-App her.

Im nächsten Moment war Van Sciver bereits in der Leitung. »Codewort.«

Lyle sah auf das Display. »Fröhlich Hartriegel.«

»Schieß los.«

»Sie ist hier. Das Mädchen ist hier.«

Sie war nahe genug herangekommen, sodass Lyle auf das Fernrohr verzichten konnte. Vor dem Grab legte sie einen Blumenstrauß ab und hielt inne, den Kopf geneigt, und murmelte etwas in Richtung Erde.

»Nicht nähern«, sagte Van Sciver. »Ich wiederhole: Nicht nähern. Folgt ihr in sicherer Entfernung, falls X sie beobachtet. Wählt sorgfältig euren Moment und verpasst ihr den Sender. Dann soll sie uns zu ihm führen.«

Enzo ließ den Deckel des Handschuhfachs aufklappen. Darin befand sich eine Auswahl an GPS-Peilsendern: Microdots, magnetische Sender für Radkästen von Fahrzeugen, eine Ampulle mit verdaulichen Mikrochips aus Silikon.

Das Mädchen machte sich wieder auf den Weg. Lyle tippte aufs Gas und umrundete langsam den Friedhof, wobei er sie nicht aus den Augen ließ. »Verstanden.«

Zwanzig Minuten später saß Lyle in einer vollen Taqueria, nippte an einer Horchata mit zu viel Zimt und sah angestrengt über die Plaza zu der Stelle, wo die Zielperson draußen an einem Cafétisch saß. Lyle hatte sich eine Nikon an einem Tragriemen mit dem Logo der Arizona State University um den Hals gehängt. Nicht ganz eingezogene Sonnenschutzcreme mit hohem Zinkanteil und ein Poloshirt in den Farben der Uni, das laut verkündete, wie stolz er war, ein Ehemaliger zu sein, vervollständigten den Look eines Touristen, der zu einem Spiel in der Stadt war.

Er tat so, als spiele er an den Kameraeinstellungen herum, während er mit dem Zoom auf das Mädchen scharf stellte. Als er mit dem Objektiv über die Caféterrasse fuhr, entdeckte er drinnen Pellegrini, der an der Bar lehnte und mit einem Strohhalm in seinem Arnold Palmer stocherte. Ein paar Bestellungen wurden auf die Theke geschoben und warteten darauf, vom Servicepersonal abgeholt zu werden. Pellegrini holte eine Ampulle mit Mikrochips heraus, schüttete sie in ein Glas Wasser und rührte das Ganze mit dem Strohhalm um.

Er hatte gerade wieder seine relaxte, an die Bar gelehnte Haltung eingenommen, als eine Kellnerin vorbeieilte und das Tablett griff. Als sie den Salat und das mit Mikrochips versetzte Wasser zu Joey an den Tisch brachte und vor ihr hinstellte, verließ Pellegrini das Café auf der anderen Seite und lief zur angrenzenden Straße, wo sie den Truck abgestellt hatten.

Lyle hielt mit der Nikon auf das Glas Wasser neben Joeys Ellbogen. Aus dieser Entfernung sah die Flüssigkeit komplett klar aus, die winzigen schwarzen Mikrochips waren nicht auszumachen. Nach der Einnahme würden sie sich im Magen zusammenklumpen, wo sie, von den Magensäften angeregt, jedes Mal ein GPS-Signal sendeten, wenn der zu Observierende etwas zu sich nahm. Die Technologie hatte sich in letzter Zeit weiterentwickelt, und für die Übermittlung des Signals war kein Patch auf der Haut der Zielperson mehr erforderlich, was den verdeckten Einsatz erleichterte. Dieses Upgrade hatte allerdings auch Nachteile: Die Sendezeit des Signals war kürzer; es war nur für ungefähr zehn Minuten nach der Nahrungsaufnahme aktiv. Die Mikrochips wurden vom Körper abgebaut und bereits nach achtundvierzig Stunden ausgeschieden.

Van Sciver verließ sich darauf, dass sich das Mädchen irgendwann in den nächsten zwei Tagen in unmittelbarer Nähe zu Orphan X befinden würde.

Sie stocherte in ihrem Salat herum, dann legte sie die Hand an das Wasserglas. Lyle beschwor sie mental, es zu nehmen und einen Schluck zu trinken, aber etwas auf ihrem Handy hatte sie abgelenkt. Sie zog die Hand zurück, und er verzog das Gesicht.

Um sich nicht verdächtig zu machen, musste er die Kamera absetzen, also schlürfte er noch etwas eklig süße Horchata, während er zusah, wie sie auf ihrem Handy herumtippte und das Wasser komplett ignorierte.

Sein Samsung vibrierte, und er ging dran.

»Codewort«, bellte Van Sciver.

Lyle sah auf das Display. »Teekessel liebevoll.«

»Update.«

»Der Tisch ist gedeckt. Wir warten nur noch darauf, dass sie ihren Part spielt.«

»Art und Weise?«

»Wasserglas.«

»Ich bleibe solange dran«, sagte Van Sciver.

Lyle schluckte, um seine trockene Kehle zu befeuchten. »In Ordnung.«

Das Schweigen war alles andere als angenehm.

Es war genug Zeit vergangen, sodass Lyle wieder mit seiner Nikon hantieren konnte, ohne aufzufallen. Er nahm sie hoch und beobachtete, wie Joey kaute und gedankenverloren ins Leere stierte. Die Sonne stand hoch am Himmel und knallte direkt auf die Terrasse. Sie waren hier im gottverdammten Arizona. Warum trank sie nicht einfach das Wasser?

Schließlich tupfte sie sich den Mund ab. Streckte die Hand nach dem Glas aus. Hob es hoch.

Plötzlich tauchte eine dunkle Gestalt hinter ihr auf, die in der Naheinstellung des Zooms nur verschwommen zu erkennen war. Eine Hand nahm dem Mädchen das Glas aus der Hand.

Lyle fokussierte die Kamera, und stellte fest, dass er auf Orphan X starrte.

Woher zum Teufel wusste X, dass etwas in dem Wasser war?

Auf einmal brach Lyle der Schweiß aus. Das *Arizona State University*-Polohemd klebte ihm unten am Rücken. X sagte irgendetwas zu dem Mädchen.

Lyles Atmung musste sich verändert haben, denn Van Sciver fragte hektisch: »Was? Was ist passiert?«

Beim Klang seiner Stimme erschrak Lyle; er hatte vergessen, dass er sich die ganze Zeit das Telefon ans Ohr presste. Fieberhaft überlegte er, wie er die neuesten Entwicklungen am besten präsentieren konnte. Er öffnete den Mund, brachte jedoch vor lauter Angst keinen Ton heraus.

Das Mädchen erhob sich, um zu gehen.

Orphan X stand noch immer neben ihrem Stuhl, das Glas in der Hand.

Dann hob er es zum Mund und leerte es in einem Zug.

Als X dem Mädchen hinaus auf die Plaza folgte, konnte Lyle spüren, wie ihm die Kinnlade noch ein weiteres Stück nach unten klappte. Ein Signalton verkündete, dass das GPS-Signal jetzt von seinem Samsung empfangen wurde.

Van Sciver fragte: »Was war eben los?«

Lyle musste zweimal ansetzen, bevor er herausbrachte: »Wir haben gerade den Jackpot geknackt.«

Das Samsung in der Hand, rannte Lyle über die Plaza auf die Stelle zu, an der Pellegrini bei laufendem Motor im Truck wartete. Lyle sprang hinein, sah auf den GPS-Bildschirm und machte wie wild Zeichen, dass Pellegrini rechts abbiegen sollte.

»Da lang, da lang, da lang! Wir haben nur noch sieben Minuten.«

Pellegrini schien Lyles Hektik zu verwirren. »Dann haben wir das Mädchen?«

Lyle sagte: »Wir haben Orphan X.«

Pellegrinis Gesicht wurde starr vor Schock. Die Reifen quietschten, als er aus der Parklücke fuhr. Lyle lotste ihn einmal um den Block, während er dem blinkenden Punkt auf dem Display folgte.

»Erledigen wir die Sache selbst? Oder warten wir auf Verstärkung?«, fragte Pellegrini.

Lyle hielt den Bildschirm hoch. Als ehemalige Secret-Service-Agenten hatten sie eine eindeutige Präferenz, was Einsätze anging, und die beinhaltete Überwachung, Prävention und Schutz. Im Notfall konnten sie auch ganz passabel jemanden aus dem Verkehr ziehen, aber der Hauptteil ihrer Ausbildung hatte sich auf andere Dinge konzentriert. Was an der Anzahl ihrer ebenfalls von Van Sciver angeheuerten Kollegen, die in letzter Zeit ins Gras gebissen hatten, überdeutlich abzulesen war.

»Wir haben jetzt die Koordinaten von Orphan X«, antwortete Lyle. »Wir können ihm zuvorkommen, wenn wir sofort aktiv werden.«

Pellegrini bog langsam um die Ecke, und dann sahen sie den Wagen ein Stück weiter die Straße hinauf: ein schwarzer Nissan Altima mit Spoiler, Orphan X, deutlich zu erkennen hinter dem Lenkrad, das Mädchen auf dem Beifahrersitz. Lyle gab die Fahrzeugbeschreibung und das Kennzeichen per SMS an Van Sciver durch.

Van Sciver hatte Zugang zu Satelliten, und wenn die den Wagen erst einmal von oben ins Visier genommen hatten, gab es keinen Ort der Welt, an dem sie ihn nicht aufspüren würden.

Van Sciver bestätigte: VÖGEL JETZT ONLINE.

SEID IHR UNTERWEGS?

BIN GLEICH AM FLUGHAFEN.

Der Nissan jagte um die Ecke. Als er abbog, drehte Orphan X den Kopf ein Stück in ihre Richtung.

»Mist«, zischte Pellegrini. »Hat er uns gesehen?«

»Keine Ahnung. Ich glaube nicht.«

»Sag Van Sciver Bescheid.«

Lyle tippte: EVENTUELL AUFGEFLOGEN. NICHT SI-CHER.

Van Sciver schrieb zurück: WEITERMACHEN. SEID VOR-SICHTIG.

Der Nissan fuhr weiter, weder schneller noch langsamer. Sie blieben weiter hinter ihm.

»O Scheiße, o Scheiße«, sagte Lyle. »Wir werden's sein. Wir werden's sein.«

»Jetzt komm mal wieder runter«, empfahl Pellegrini.

Vor ihnen fuhr der Nissan in ein fünfstöckiges Parkhaus.

Lyle schrieb an Van Sciver: SIND GERADE INS PARK-HAUS GEFAHREN.

Van Sciver antwortete: VÖGEL JETZT AM HIMMEL. WIR SCHNAPPEN IHN UNS, WENN ER RAUSFÄHRT. TREIBT IHN RAUS, ABER KEINE VERFOLGUNG.

Lyle rief den GPS-Bildschirm auf und sah, wie der blinkende Punkt höher und höher stieg. »Er will auf eins der oberen Parkdecks.«

Pellegrini bog in das Parkhaus. Als er langsamer wurde, um den Parkschein in Empfang zu nehmen, deutete Lyle nach vorne. Der schwarze Wagen, jetzt ohne Insassen, stand in der Nähe der Aufzüge neben den Behindertenparkplätzen.

Der Truck fuhr durch die Schranke, und Lyle hüpfte heraus und ging rasch um das Auto herum, um zu überprüfen, ob es leer war. Als er zurück zum Truck rannte, tippte er bereits die nächste SMS an Van Sciver: WAGEN LEER, STEHT IM EG NEBEN AUFZÜGEN.

Der letzte Balken flimmerte, aber die SMS ging gerade noch durch, bevor das Samsung keinen Empfang mehr hatte. Lyle stieg in den Truck. »Los, los, los. Er ist nach oben gefahren.«

»Warum?«, fragte Pellegrini.

»Wenn er auf einem anderen Parkdeck das Fahrzeug wechselt, müssen wir vor Ort sein, um den neuen Wagen für die Satelliten zu identifizieren. Wir haben nur noch ein paar Minuten, dann ist das GPS weg.«

Eine spiralförmige Auffahrt führte um einen Lichtschacht in der Mitte des Parkhauses nach oben. Pellegrini beschleunigte in der Kurve, sodass Lyle von der Fliehkraft an die Tür gedrückt wurde, als sie die Spirale in den ersten Stock hochfuhren.

Er beobachtete den GPS-Punkt. Er befand sich hoch über ihnen im fünften Stock.

Pellegrini räusperte sich, und Lyle sah hoch.

Ein schwarzes Seil baumelte auf einmal im runden Schacht in der Mitte.

Lyles Gehirn konnte das plötzliche Auftauchen des Seils nicht verarbeiten. Er sah wieder auf den Bildschirm. Der Punkt befand sich nicht mehr über ihnen. Er war im vierten Stock. Dann im dritten.

Pellegrini fuhr langsamer, um nach seiner Waffe zu greifen.

Lyle warf einen weiteren Blick auf das dicke Nylonseil, das drei Meter vor ihnen herabhing.

Natürlich. Zum *Abseilen*.

Als sie um die Rampe in den zweiten Stock bogen, ließ sich Orphan X von oben blitzschnell am Seil herunter, eine Pistole schussbereit in der behandschuhten Hand.

Das Fenster auf der Fahrerseite explodierte, als er Pellegrini eine Kugel in die Schläfe jagte.

Selbst als Blut und Gewebefetzen auf ihm landeten, begriff Lyle nicht, was gerade vor sich ging. Orphan X glitt weiter am Seil hinunter, als der jetzt fahrerlose Truck die Auffahrt zum zweiten Stock hinaufschoss, ihr Auf und Ab perfekt austariert wie bei einem Flaschenzug.

Für einen Sekundenbruchteil hielt die Zeit an, als sich die beiden Männer einander Auge in Auge gegenüber befanden und Lyle klar und deutlich das Gesicht von X über dem auf ihn gerichteten Visier erkennen konnte.

Dann blitzte das Mündungsfeuer auf, und alles wurde schwarz.

Evan kam im Erdgeschoss auf dem Boden auf, ließ das Seil los und ging unmittelbar in die Hocke, um die Wucht des Aufpralls abzufangen. Er schüttelte sich die Handschuhe ab, die ihm anschließend vom Ärmel baumelten, wo sie befestigt waren. Das genarbte Leder dampfte von der Reibungshitze.

Siebzehn Männer erledigt.

Blieben noch acht.

Joey trat aus dem Treppenhaus und rannte zum Nissan Altima, wo Evan bereits auf sie wartete. Während er den aufgeklebten Spoiler abzog und mit ihm zum Mülleimer lief, pellte sie die Karbonfolie von dem Wagen, sodass die ursprüngliche weiße Lackierung zum Vorschein kam. Evan schraubte die Nummernschilder aus Arizona ab und zog sie von den kalifornischen herunter.

Ein paar verwunderte Passanten starrten neugierig die Einfahrt hinauf auf das Kletterseil. Kurz vor dem zweiten Stock, wo der Truck gegen die Wand geprallt war, ertönte lautes Hupen. Es herrschte ein solcher Tumult, dass niemand weiter auf Evan und Joey achtete. Sie stopften die Arizona-Nummernschilder und die Folie in den Mülleimer vor dem Aufzug, stiegen in den jetzt weißen Nissan, fuhren aus dem Parkhaus und reihten sich in den Verkehr ein.

67. DIE HÜBSCHE

Als Orphan X hatte Evan ein verworrenes Geflecht von Assoziationen, Verbindungen und Leid hinterlassen. Jede hochkarätige Zielperson, die er jemals an irgendeinem Ort der Welt ausgeschaltet hatte, stellte in diesem riesigen Spinnennetz auch jetzt noch eine potenzielle Gefahr für ihn dar. Die Tatsache, dass mittlerweile der Secret Service beteiligt war, bedeutete, dass irgendwo in seiner dunklen Vergangenheit ein hauchdünner Faden vibriert hatte, der direkt ins Zentrum von Washington D.C. führte.

Als die Ausfahrt des Freeways vor ihnen auftauchte, sagte Joey: »Warte mal.«

Aus seinen Gedanken gerissen, sah er über die Mittelkonsole hinweg zu ihr hinüber. »Wir müssen zurück nach L.A.«

»Es gibt da was, was ich vorher erledigen will.«

Ihr grimmig-entschlossener Gesichtsausdruck ließ ihn nachgeben. Er nickte.

Ihren Richtungsangaben folgend, schlängelte er sich immer tiefer in ein zunehmend heruntergekommenes Viertel im Osten von Phoenix. Joey betrachtete die an ihnen vorbeiziehende Gegend mit einem Ausdruck, den Evan nur zu gut kannte.

»Das hier ist der ›Rock Block‹«, kommentierte sie. »Man kann keinen Schritt gehen, ohne über ein Tütchen Crack zu stolpern.«

Evan fuhr weiter geradeaus, bis sie nach vorne zeigte. »Da ist es.«

Er stieg aus und blieb an der Fahrertür stehen, da er nicht wusste, wohin genau sie wollte. Joey umrundete den Wagen und drängte sich dicht an ihm vorbei, als sie über die Straße ging. Er folgte ihr.

Hinter einem vollkommen zugemüllten Vorgarten lag ein Haus, das ursprünglich einmal gelb gewesen war. Die billige Plastikverkleidung hatte sich größtenteils gelöst und war an den Rändern hochgerollt wie getrocknete Farbe. In einer Ecke der Veranda quoll eine stark übergewichtige Frau über einen verstärkten Schaukelsitz.

Joey trat durch ein kniehohes Gartentor mit quietschendem Scharnier, und Evan hielt mit ihr Schritt durch den Vorgarten, vorbei an einer Puppe ohne Arme, einem verrostenden Kinderwagen und einer durchweichten Matratze. Joey ging die Stufen zur Veranda hoch, und die alten Holzdielen knarrten.

Trotz des kühlen Luftzugs glänzte die Haut der Frau vor Schweiß. Sie hatte ein Kleid mit einem Navajo-Muster an. Unterhalb des Saumes konnte Evan erkennen, dass man ihr den halben Fuß abgenommen hatte und der Stummel jetzt ein Stück über dem Boden hin und her schwang. Das andere Bein sah geschwollen aus und war von geplatzten Äderchen durchzogen. Er nahm den süßlich-penetranten Geruch einer Entzündung wahr. Ein dünner Schlauch schlängelte sich von einem Sauerstoffbehälter hoch zur Nase der Frau. Die Schaukel quietschte im Rhythmus ihrer Bewegungen.

Sie hielt es nicht für nötig aufzusehen, obwohl Evan und Joey direkt vor ihr standen.

Joey sprach sie an: »Erinnerst du dich noch, Nemma?«

Während sie sich mit einer Fernsehzeitschrift Luft zufächelte, drehte die Frau lethargisch den Kopf und musterte Joey.

»Kann schon sein. Du warst die Hübsche. Hast immer n kleines bisschen wie ne Lesbe ausgesehen.«

»Warum wohl«, zischte Joey.

Die Frau machte ein rasselndes Geräusch beim Einatmen, ein langwieriges Unterfangen, das zähflüssig und feucht klang. »Gibt nichts mehr, was du mir antun könntest, das der Zucker nicht schon längst mit mir gemacht hat. Und das is noch nicht alles. Die ha'm mir auch den linken oberen Lungenflügel rausgeschnitten. Fünf-, sechsmal am Tag krieg ich nen Hustenanfall, und dann hängt mir der ganze Kram im Hals. Muss mich zusammenkrümmen und bei mir selbst das Heimlich-Manöver anwenden, nur um Luft zu kriegen. Die Schweine haben mir sogar die Erlaubnis entzogen, Pflegekinder aufzunehmen.«

Joey entfernte sich vorsichtig ein Stück von Evan, sodass ein maroder Beistelltisch aus Korbgeflecht zwischen ihnen lag. Dann sagte sie zu der Frau: »Willst du etwa, dass ich Mitleid mit dir habe?«

Die Frau gab so etwas wie ein Lachen von sich. »Ich will gar nichts mehr.«

Evan bemerkte, dass sich sein Hüftholster seltsam leicht anfühlte. Joey drehte ihm die Seite zu, sodass ihre linke Körperhälfte verdeckt war. Die Frau fixierte etwas in Joeys Hand. Evan fiel ein, dass Joey sich vor dem Altima an ihm vorbeigedrängt hatte, als sie ausgestiegen waren. Er musste gar nicht ans Holster fassen, um zu wissen, dass es leer war.

Joey hatte sich clever positioniert. Der Winkel über den Beistelltisch hinweg war ziemlich kompliziert. Er würde sie nicht rechtzeitig erreichen, nicht bei ihren Reflexen und ihrer Ausbildung.

Die Frau nickte resigniert. »Du bist hier, um mir was zu tun?«

Evan trat heimlich ein Stück zurück, aber Joey bewegte sich langsam nach vorn. Der Tisch lag weiterhin zwischen ihnen. Die ganze Zeit wandte sie den Blick nicht vom Gesicht der Frau.

Er hielt inne, Joey ebenfalls. Ihre Hand konnte er immer noch nicht sehen, aber ihre Schulter war angespannt, die Muskeln einsatzbereit.

Das einzige Geräusch war der laut rasselnde Atem der Frau.

Dann atmete Joey langsam aus, und die Anspannung entwich aus ihrem Körper. »Hab's mir anders überlegt«, sagte sie. »Lieber lass ich dich nach und nach verrecken. So wie du's mit uns vielen Mädchen gemacht hast. Aber im Gegensatz zu dir kann ich mich wieder ganz machen.«

Die Frau rührte sich keinen Millimeter, Evan ebenso wenig.

Joey trat zu ihr und beugte sich dicht über sie. »In mir ist kein Platz mehr für dich. Ab jetzt musst du in dir selber leben.«

Sie kehrte der Frau den Rücken und ging von der Veranda. Im Vorbeigehen reichte sie Evan seine Waffe.

Als die beiden losfuhren, saß die Frau noch immer auf ihrem Sitz und schaukelte gemächlich hin und her.

68. RÄTSEL DES VERSCHLOSSENEN RAUMES

Candy trat an die Absperrung vor dem Parkhaus in Phoenix. Die Polizei hatte nach und nach die Zugangsbeschränkungen zum Tatort gelockert, und es herrschte ein stetiges Kommen und Gehen der Leute von der Spurensicherung.

Ein Officer hielt sie an. »Parken Sie hier, Ma'am?«

»Ja, ich arbeite in der physiotherapeutischen Praxis auf der anderen Seite der Plaza, und – um Gottes willen, was ist denn passiert?«

»Das dürfen wir Ihnen nicht sagen, Ma'am. Bitte holen Sie Ihren Wagen und verlassen Sie umgehend das Parkhaus.«

Candy nickte nervös, betrat das Gebäude und suchte die Autos im Erdgeschoss ab. Van Sciver hatte das Parkhaus den ganzen Tag per Satellit überwachen lassen, und es war kein schwarzer Nissan Altima beim Ausfahren gesichtet worden.

Die Zufahrt war noch immer abgesperrt, und im ganzen Gebäude befanden sich Polizisten. Rasch ging Candy zu den Aufzügen, während sie sich die restlichen Autos ansah. Kein schwarzer Altima.

Der Wagen hatte das Gebäude nicht verlassen. Aber er stand auch nicht auf dem Parkplatz, den Lyle Green in seiner letzten SMS angegeben hatte.

Also war das Ganze eins von diesen Rätseln des verschlossenen Raumes, für was sie gerade wirklich nicht in der Stimmung war.

Ihr Blick wurde auf einmal von dem Mülleimer bei den Behindertenparkplätzen angezogen. Jemand hatte ihn bis oben hin mit etwas vollgestopft, das wie schwarze Abdeckplane aussah. Sie ging näher heran.

»O Scheiße.«

Sie schraubte den Deckel des Betonmülleimers ab und sah auf den Berg abgezogener Autofolie herunter. Sie durchwühlte die Folienreste und zog sie Stück für Stück heraus, um sie nach brauchbaren Hinweisen abzusuchen. Nach der Hälfte fand sie ein winziges Copyright-Logo am Rand eines starren Streifens Karbonfolie: © FULL AUTO WRAPATTACK.

Sie machte ein Handyfoto und simste das Bild an Van Sciver. Als sie die Folie zurück in den Mülleimer stopfte, bemerkte sie die abgeschraubten Nummernschilder ganz unten am Boden.

Durch eine Seitentür verließ sie das Gebäude, schlüpfte durch eine Lücke in der Absperrung, überquerte die Plaza und stieg hinten in einen der beiden an einer Parkuhr wartenden Chevy Tahoes. Die Wagen waren schwer gepanzert, genau wie der in Richmond.

Van Sciver und Thornhill saßen auf den beiden Vordersitzen.

Thornhill hielt sein Handy mit einer Google-Maps-Karte hoch, auf der ein bestimmter Ort mit dem Stecknadelsymbol gekennzeichnet war. »Full Auto WrapAttack«, sagte er. »South Figueroa 1019B. Los Angeles. Eine Werkstatt. Die verarbeiten das Material nach Kundenwünschen vor Ort. Was denkt ihr?«

Van Sciver dachte einen Moment darüber nach. »Es gibt keine Garantie«, sagte er schließlich. »Aber es ist das Beste, was wir haben. Wir verlegen unser Hauptquartier.«

»Gut, dass wir mobil sind«, kommentierte Thornhill.

Candy drehte sich zum zweiten Tahoe um, der unmittelbar hinter ihnen stand. Durch die getönte Rückscheibe konnte sie gerade so die Umrisse der acht Freelancer erkennen, die den Wagen inklusive der beiden hinteren Sitzbänke komplett ausfüllten. »Wer von denen ist der Pilot?«, fragte sie.

»Der Typ auf dem Beifahrersitz«, antwortete Van Sciver. »Ich habe einen Black Hawk auf Stand-by. Wir richten uns in Downtown ein, von dort aus sind wir im Nullkommanichts fast überall in der Stadt. Sobald X etwas isst oder trinkt, haben wir zehn Minuten, um zu seinem Aufenthaltsort zu kommen und ihn und das Mädchen aus dem Verkehr zu ziehen.«

»Meinst du, es lohnt überhaupt, das Mädchen zu töten?«, fragte Candy.

»Warum das Risiko eingehen?«, merkte Thornhill an.

»Kriegt er nen Aufschlag, damit er für dich antwortet?«, fragte Candy pikiert.

Van Sciver starrte Candy im Rückspiegel an.

Sie wusste, dass sie zu weit gegangen war, und sie hatte keine Ahnung, was als Nächstes passieren würde.

Van Sciver sagte: »Steig aus, Thornhill.«

Thornhill tat wie geheißen.

Candy konnte ihren Puls seitlich am Hals spüren. »Den Teil, wo du dir auf die Brust trommelst und ich den Schwanz einziehe, können wir doch überspringen«, sagte sie versöhnlich. »Betrachte hiermit meinen Schwanz als eingezogen. Warum denken wir nicht kurz über die ganze Sache nach. Und mit ›wir‹ meine ich dich und mich – die Leute mit Grips. Thornhill hat nichts in der Birne. Netter Körper und tolle Zähne. Aber weiter oben: totales Vakuum.«

Sie malte sich schon aus, wie Van Sciver in seinem Sitz herumfuhr, die Hand um ihren Kehlkopf schloss und ihr die Luft abdrückte. Aber nein, er blieb, wo er war, eine große unbewegliche Kraft, und seine Augen durchbohrten sie weiterhin im Rückspiegel.

»Er ist eine Verlängerung von mir«, sagte Van Sciver. »Mein Zielfernrohr.«

»So was hat auch seine Berechtigung. Aber hier geht's um Strategie. Das Ganze ist ein chirurgischer Eingriff. Wir wollen saubere Ränder. Alles Unnötige bringt unnötige Komplikationen mit sich. Wenn wir Evan ausradieren, hinterlassen wir keine Spuren. Wenn wir ein sechzehnjähriges Mädchen umbringen, schlägt das hohe Wellen. Was wiederum unvorhersehbare Folgen nach sich zieht. Und wen müssen wir dann töten, um die in den Griff zu kriegen?«

Die zerstörte Pupille im Rückspiegel schien sie in sich hineinzuziehen. Sie stellte fest, dass sie sich nach hinten lehnte, um nicht ins Kaninchenloch zu stürzen.

»Das ist mir egal«, antwortete Van Sciver.

»Dem Mann, der das Sagen hat, aber vielleicht nicht.«

Zum ersten Mal wendete Van Sciver den Blick ab. Sein Trapezmuskel links und rechts des Nackens spannte sich an. Sie war sich sicher, gleich würde er in die Luft gehen, aber stattdessen nickte er unmerklich. Dann gab er Thornhill ein Zeichen, der geduldig am Bordstein wartete. Er stieg wieder ein, rief das Navi auf seinem Handy auf, und beide Tahoes fuhren gleichzeitig aus der Parklücke.

Der aus zwei SUVs bestehende Konvoi machte sich auf den Weg nach Los Angeles.

69. EIN SPEICHELFADEN, NUR NICHT AUS SPEICHEL

Als sie wieder im Castle Heights eintrafen, waren Evan und Joey gerädert von der langen Fahrt und dem Umweg, um die Wagen zu tauschen. Evan stellte seinen treuen Ford-Pick-up an seinen Platz in der Tiefgarage, und die beiden stiegen aus. Bevor sie ins Gebäude gingen, nahm er sich kurz Zeit, um den Rücken zu strecken.

Sie konnten die aggressive Stimme schon hören, bevor sie durch die Tür in die Lobby traten.

»... nur sagen, in deinem Alter könntest du etwas mehr auf die Kohlehydrate achten. Ich meine, hast du in letzter Zeit mal in den Spiegel gesehen? Das könnte alles erheblich straffer sein.«

Als Evan und Joey um die Ecke bogen, sahen sie Lorilee und ihren Freund vor der Wand mit den Briefkästen stehen. Sie hatte den Kopf gesenkt, ihre Katzenaugen waren geschwollen. Der Freund warf sich mit einer geübten Bewegung die langen Haare aus dem Gesicht und fuhr fort, den Stapel Post in seiner Hand durchzusehen.

»Und wo ist jetzt meine neue Kreditkarte?«, nörgelte er weiter. »Du hast doch gesagt, die hättest du längst bestellt.«

Als Evan auf sie zuging, vermied Lorilee es, ihn anzusehen. Evan dachte daran, was Joey gerade erst auf der Veranda in Phoenix durchgemacht hatte und wie ein Streit dieser Art auf sie wirken musste. Er war hundemüde und stinksauer.

Als Lorilee leise antwortete, klang sie wie ein kleines Mädchen: »Das hab ich doch auch.«

»Tja, dann hat sie wohl einer weggezaubert, denn sie ist immer noch nicht ...«

Wie von selbst schoss Evans Ellbogen vor und rammte den Arm des Typen, sodass der Packen Post auf den Boden fiel.

»Ups«, sagte Evan. »Hab Sie gar nicht gesehen.«

Er ging in die Hocke, um die Briefe wieder einzusammeln, wobei er das undeutliche Spiegelbild von Lorilees Freund auf den glänzenden Fliesen analysierte.

»Schon okay, Kumpel«, sagte der Mann und beugte sich nach unten, um ihm zu helfen.

Abrupt stand Evan auf und brach dem Kerl mit dem Hinterkopf die Nase.

Der Freund taumelte rückwärts und lehnte sich an die Briefkästen, eine Hand am Gesicht. Grellrotes Blut lief ihm über den Unterarm.

»Oje«, sagte Evan besorgt. »Das tut mir aber leid.«

Hinter ihm hielt sich Joey die Hand vor den Mund und hustete. Und in Lorilees Gesicht war ein anderer Ausdruck getreten, ein zaghaftes Lächeln.

Evan nickte entschuldigend, tätschelte dem Typen den Rücken und ging Richtung Aufzug. »Fest die Nasenflügel zusammendrücken, und schicken Sie die Arztrechnung an mich.«

Im Tresor angekommen, gab Evan Vera II. einen Eiswürfel. Er hatte sie schon eine ganze Weile nicht mehr gewässert, und ihre Stacheln wurden langsam braun. Dann ging er zum Waffenschrank, schnallte die noch im Holster steckende ARES ab und packte sie weg.

Joey saß auf dem Metallschreibtisch und sah zu, wie er die Waffe ablegte. »Das ist so was von bescheuert. Ist doch viel zu gefährlich.«

Er nahm die Ersatzmagazine aus den versteckten Taschen seiner Cargohose und räumte auch sie in den Schrank. »Ist es.«

»Du willst da also einfach reinlatschen? Und es mit der gesamten Gang aufnehmen?«

»Ja.«

Diese Unterhaltung führten sie schon seit Stunden, und es war noch immer kein Ende in Sicht.

»Du kannst nicht unbewaffnet in diese Kirche gehen«, murrte Joey.

»Ich habe ihnen gesagt, ich komme zurück und bringe sie alle um«, sagte Evan. »Die lassen mich doch niemals mit ner Waffe rein. Nicht diesmal.«

Er zog sich das Hemd glatt und sah auf seine Victorinox-Taschenuhr. Es war fast an der Zeit.

»Wenn nicht alles *exakt haargenau so* klappt, wie du's geplant hast, dann ...«

»Joey«, unterbrach er sie. »Ich weiß.«

»Warum wartest du nicht, bis wir uns was Besseres ausgedacht haben?«

»Ich habe Freeway gesagt, vierundzwanzig Stunden. Einer wie er wird unruhig, wenn ich dann nicht auftauche, und fängt an, Fragen zu stellen und Leute unter Druck zu setzen. Wenn er rausfindet, dass Xavier dahintersteckt, bringt er ihn um.«

»Dann ziehst du das wirklich durch? Für irgend nen Typen, den du gar nicht richtig kennst?«

»Ja.«

Unbewaffnet ging er zur Tür.

Joey ließ sich vom Schreibtisch gleiten und legte ihm die Hand an die Brust, um ihn aufzuhalten. Sie sah ihn grimmig an. »*Warum?*«

»Weil er Hilfe braucht. Und ich der Einzige bin, der ihm diese Art von Hilfe geben kann.«

Sie sah ihn flehentlich an.

»Joey. Das ist nun mal mein Job. Das hab ich schon immer gemacht. Nichts hat sich geändert.«

»Dann ... dann hab ich mich wohl verändert.«

»Was meinst du?«

»Wenn man erst mal feststellt, dass man gern ein richtiges Leben hätte, fällt's einem viel schwerer, es aufs Spiel zu setzen.«

Er dachte an Jack, wie er aus dem Black Hawk getreten war, ihn die Luftströmung erfasst hatte und er, sich um seine eigene Achse drehend, in der Dunkelheit verschwunden war.

Sanft löste er ihre Hand von seiner Brust und ging aus dem Zimmer.

Die Mara-Salvatrucha-Präsenz draußen vor der Kirche war um einiges aufgestockt worden, zweifellos weil Evans Besuch kurz bevorstand. Um exakt 9:59 Uhr abends trat er aus der Dunkelheit und ging auf die Gruppe der wartenden Männer zu.

Die Pistolen ließen nicht lange auf sich warten: zehn Läufe, alle auf Evan gerichtet. Ein paar Schritte vor dem Eingang blieb er stehen.

Teufelshorn sagte: »Spreiz die Arme. Wir müssen sichergehen, dass du nicht die komplette Montur am Leib trägst wie einer von diesen scheiß Selbstmordattentätern.«

Evan kam der Aufforderung nach.

Zwei jüngere MS-13-Mitglieder traten vor und tasteten ihn grob von den Knöcheln bis zum Hals ab. Perplex drehten sie sich zu den anderen um und zuckten die Achseln. »Er ist sauber.«

Teufelshorn grinste und schüttelte den Kopf, als er nach der gepanzerten Tür griff. »Du bist echt n verrückter Idiot.«

Die Tür quietschte in den Angeln, als sie aufschwang. Offenbar wartete der Rest der Gang drinnen, verteilt zwischen den umgestoßenen Kirchenbänken. Nur eine schwache Lampe auf dem Altar erhellte den Kirchenraum; ihr Licht fiel Freeway auf die Schultern und strahlte ihn von hinten an.

Dutzende tätowierter Gesichter fuhren herum, um Evans Weg durch das Kirchenschiff zu verfolgen. Er verzichtete darauf, nach Xavier Ausschau zu halten; er hatte ihn vorher kontaktiert und ihm nahegelegt, keinesfalls vor Ort zu sein.

Xavier hätte nicht überlebt, was gleich passieren würde.

Evan hatte die Mitte der Kirche erreicht und hielt inne. Freeway drückte sich die Faust in die Hand und ließ einen nach dem anderen die Knöchel knacken.

»Vierundzwanzig Stunden«, sagte Freeway.

»Ganz genau.«

Freeway schürzte verächtlich die Unterlippe, sodass ihm die Piercings gegen die Zähne klickten. »Und jetzt bist du hier, um uns alle umzubringen.«

»Richtig.«

Einige der Männer lachten.

»Wie willst du das anstellen?«, fragte Freeway.

»Hiermit.« Evan fasste in die Tasche am Bein seiner Cargohose. Im Schatten wurden unzählige Maschinenpistolen gehoben, und unzählige Male wurde mit einem deutlich vernehmbaren Klacken durchgeladen.

Freeway hob die Arme, damit seine Leute sich wieder beruhigten. Dann nickte er Evan zu, er solle fortfahren.

Der Klettverschluss an Evans Tasche öffnete sich mit einem reißenden Geräusch, das in der stillen Kirche unverhältnismäßig laut klang. Evan steckte die Hand in die Tasche und zog ein Snickers hervor.

Ungläubige Stille.

Evan öffnete die Verpackung und biss hinein. Er kaute und schluckte den Bissen hinunter. Er konnte sich nicht erinnern, wann er das letzte Mal einen Schokoriegel gegessen hatte.

Er hatte ihn in Joeys Rucksack gefunden.

Einer von Freeways Soldaten konnte nicht mehr an sich halten und brach in ein tiefes, dröhnendes Gelächter aus, dann fielen nach und nach immer mehr Männer ein.

Nach seinem Gesichtsausdruck zu urteilen, fand Freeway die Sache gar nicht komisch. Er durchbohrte Evan mit Blicken. »Dieser *pendejo* ist verdammt *loco*.«

»Wir könnten ihm doch die Haut abziehen«, rief jemand aus der Dunkelheit.

Freeway schwang sein Rasiermesser auf. »Nicht ihr. *Ich*.« Er ging die teppichbezogenen Stufen hinunter, die ganze Zeit die schwarzen, tätowierten Augen auf Evan gerichtet. »Mein Kampfhund braucht ne Menge Futter.«

Evan biss noch mal ab. »Ich bin noch nicht fertig«, sagte er mit vollem Mund.

»Du willst deinen Schokoriegel zu Ende essen?«, fragte Freeway.

Evan nickte.

Freeway ließ das Rasiermesser aufgeklappt, aber er verschränkte die Arme vor der Brust. Das Messer ragte ihm vor dem gefurchten Bizeps aus der Hand. »Na schön. Deine Henkersmahlzeit.«

Evan kaute weiter, dann steckte er sich das letzte Stück in den Mund. Er zerknüllte das Papier, öffnete die Hand und ließ es auf den Boden fallen.

Freeway machte einen Schritt auf ihn zu, aber Evan hielt ihm den Zeigefinger entgegen, während er sich mit der Zunge das Karamell aus den Backenzähnen pulte. Er lauschte angestrengt, aber da war nichts. Langsam wurde ihm mulmig zumute. Ihm blieb keine Zeit mehr.

Aber dann spürte er es.

Die Luft vibrierte von einem entfernten Dröhnen.

Es wurde lauter.

Freeway machte einen halben Schritt zurück Richtung Altar, sein Blick schoss hoch zur Kirchendecke. Die anderen Männer sahen ängstlich an die Wände ringsum. Das Dröhnen wurde immer lauter. Ein paar Scherben des zersprungenen Buntglasfensters über ihnen, die noch im Rahmen steckten, fielen herab.

Von der anderen Seite der Eingangstür drang das charakteristische Geräusch von Scharfschützenschüssen herein. Dann der dumpfe Aufprall getroffener Körper.

Evan riet Freeway: »Vielleicht solltest du dich mal darum kümmern.«

Die stahlverstärkte Eingangstür flog heraus, Teufelshorn kam rückwärts durch das Vestibül geflogen – der obere Teil seines Schädels fehlte. Unter tosendem Rotorengeräusch setzte ein Black Hawk direkt vor dem Eingang auf und blies einen starken Luftstrom durch das Kirchenschiff. Mit militärischer Präzision sprangen Spezialeinsatzkräfte in Skimasken aus dem Helikopter, Maschinenpistolen im Anschlag, feuerten durch die offene Tür und mähten die ersten Reihen von Freeways Soldaten um.

Sein nichts ahnender Rettungstrupp, genau zum richtigen Zeitpunkt.

Als die Gangmitglieder aufgeregt hin und her rannten und versuchten, das Feuer zu erwidern, ging Evan zu der Seite der Kirche, an der das Diebesgut gelagert wurde. Er duckte sich hinter eine kopfhohe Palette und kippte eine der Taschen aus, die die Gang zum Stehlen verwendete, sodass ein großer Haufen Versace-Hemden mit Sicherungsetiketten auf dem Boden landete. Dann kletterte er in die große Sporttasche und zog den Reißverschluss zu. Das Innenleben, dick ausgekleidet mit metallisierter Rettungsdecken-Folie, raschelte leise rings um ihn.

Sein ganz persönlicher Faraday'scher Käfig im Kleinformat.

Er würde verhindern, dass das GPS-Signal aus seinem Magen nach außen drang.

Die Geräusche aus dem Kirchenschiff hatten etwas Alttestamentarisches. Laute Schüsse, panische Schreie, Körper, die krachend zu Boden stürzten, feucht klingendes Brüllen, splitterndes Holz – ein ausgewachsenes Großstadt-Feuergefecht.

Zwei Vögel, eine Klappe.

Irgendwann wurden die Abstände zwischen den Salven größer. Ein letzter Schuss beendete abrupt ein Gebet auf Spanisch.

Selbst hier, in der verschlossenen Sporttasche, konnte Evan den Korditgeruch wahrnehmen. Er hörte, wie sich schwere Schritte durch das Mittelschiff bewegten, und dann sagte Thornhill: »*Sauber*. Mannomann, wer hätte gedacht, dass wir hier direkt nach Falludscha reinwaten?«

Van Scivers tiefe Stimme war bis zu Evan zu hören: »Was für ein beschissenes Fiasko. Wie viele Leute haben wir verloren?«

»Drei. Also ich zähle drei«, sagte Candys Stimme.

In der Dunkelheit der Sporttasche dachte Evan: *Zwanzig erledigt. Bleiben noch fünf.*

Dann sprach wieder Van Sciver: »Wo ist X?«

»Keine Ahnung. Das GPS-Signal war auf einmal weg.« Thornhill.

»Weg? Nach meiner Schätzung hatten wir mindestens noch vier Minuten.«

»Ich weiß nicht, was ich dir sagen soll.«

»Was ist mit der Blutspur da hinten am Altar?«

»Einer von der Gang. Ich hab ihn rausstolpern sehen. Das war nicht X.«

»Besorg mir die Wärmebilder vom Gebäudeinneren. *Sofort*.«

Schritte, die hin und her hasteten. Dann sagte Thornhill: »Hier drin gibt's nichts außer Leichen, und unter denen haben wir auch nachgesehen.« Eine kurze Pause. Dann: »Ich glaube, der Junge hat uns verarscht.«

Ein paar Sekunden lang herrschte Schweigen. Dann fing Van Sciver lauthals an zu fluchen; die gebrüllten Wörter hallten dröhnend von den Wänden wider.

Evan hatte nie mitbekommen, dass Van Sciver die Fassung verlor, nicht seit damals, als sie beide im Pride-House-Heim gewesen waren. In seiner isolierten Sporttasche, gut versteckt hinter der Palette, verhielt er sich mucksmäuschenstill.

»Schaff unsere Toten hier raus. Wir müssen uns sofort eine Tarngeschichte einfallen lassen. Bandenkrieg, die Kartelle haben mitgemischt, was auch immer. Wir waren jedenfalls nie hier.«

Über Walkie-Talkie gab Thornhill Anweisungen, und weitere Stiefelpaare kamen herangetrampelt. Dann das Geräusch von Leichen, die weggeschleift wurden.

Die Dielen ächzten, als jemand sich näherte. Ein erneutes Ächzen, diesmal noch näher. Evan konnte die leichten Schwingungen durch den Fußboden spüren.

Schließlich ertönte Van Scivers Stimme, nicht mehr als drei Meter von ihm entfernt: »Nein.«

Dann noch mal: »Nein.«

Und wieder, diesmal mit einem besorgten Unterton: »Nein.«

Ein Telefonat.

Van Sciver hatte sich ein Stück von den anderen zurückgezogen, um ungestört zu sein.

»In Ordnung«, sagte er. »Werden wir nicht. Keinerlei Spuren.«

Kurzes Schweigen, dann: »Mir ist klar, dass der Black Hawk nicht gerade unauffällig ist. Wir werden ihn nicht mehr einsetzen. Es war unsere beste Chance …« Eine erneute Pause. »Nicht sehr gut.«

Van Sciver kam noch einen Schritt auf ihn zu. Jetzt war er so nah, dass Evan seinen Atem hören konnte.

»Ich verstehe, dass er das einzige Bindeglied ist. Aber 1997 ist sehr lange her.«

Jetzt konnte Evan die Stimme am anderen Ende der Leitung hören. Nicht, was sie sagte, aber den Tonfall. Fest und selbstsicher, mit einem Unterton von kaum verhohlener Wut.

Van Sciver antwortete: »Ja, Mr. President.«

Mit einem Klicken in der Leitung war das Gespräch beendet.

Van Sciver stieß laut hörbar den Atem aus, offenbar durch zusammengebissene Zähne. Er verlagerte das Gewicht, was die Dielenbretter mit einem Ächzen quittierten.

Dann entfernten sich seine Schritte.

Kurz darauf hörte Evan, wie sich die Rotorenblätter des Black Hawk wieder zu drehen begannen und der Hubschrauber abhob. Das Geräusch entfernte sich. Dann folgte ein Augenblick der Stille.

Und dann ertönte irgendwo in der Nacht bereits leise Sirenengeheul.

Evan zog den Reißverschluss auf und ließ die feuchte Hitze entweichen, die sich in der Sporttasche gebildet hatte. Er kletterte hinaus. In der Kirche roch es nach Rauch und Blut.

Überall im Mittelschiff lagen Leichen: über die Bänke gesunken, auf dem Boden ausgestreckt und an die Wände gelehnt.

Von Freeway keine Spur.

Die Sirenen waren jetzt lauter.

Das alte hölzerne Altarretabel war von Kugeln durchsiebt. Auf der Stirn der Jungfrau Maria prangte ein Blutspritzer wie das verschmierte Aschekreuz zu Aschermittwoch. Die Richtung der Blutspritzer wies nach rechts.

Evan folgte ihnen die teppichverkleideten Stufen hinauf.

Hinter dem Altar führte ein kurzer Flur zu einer Hintertür.

Er trat hinaus in die kühle Abendluft. Wie im Märchen führte eine Spur Blutstropfen aus der kleinen Gasse hinaus. Evan folgte ihr.

Auf der Straße kam er heraus und überquerte sie, als ein ganzes Geschwader Streifenwagen mit quietschenden Reifen vor der Kirche vorfuhr. Eine Menschenmenge hatte sich gebildet, in der Evan untertauchte.

Die blutroten Tropfen auf dem Bürgersteig gingen weiter. Ein roter Handabdruck auf einer Straßenlaterne. Ein verschmierter roter Fleck auf einem Flyer neben dem kleinen Laden mit dem vernagelten Schaufenster.

Das Ladenschild stand auf GESCHLOSSEN.

Vorsichtig schlüpfte Evan hinein. Der Besitzer stand hinter der Kasse und zitterte am ganzen Leib.

»*Lárgarte*«, sagte Evan zu ihm.

Der Mann verließ den Laden, so schnell er konnte, durch die Vordertür.

Hier, auf den Fliesen, waren die Blutstropfen dichter. Evan folgte ihnen durch den Gang zwischen den Regalen hinaus auf den Hof.

Freeway lehnte an einem Metallpfosten und hielt sich eine Schussverletzung an der Seite. In der anderen Hand hatte er das Rasiermesser. Er richtete sich auf und hielt das Rasiermesser locker an der Seite.

Mit seinen schwarzen Augen musterte er Evan. »Dumm von dir, ohne Waffe hier aufzukreuzen.«

»Mag schon sein«, entgegnete Evan. »Aber was eins angeht, bin ich klar im Vorteil.«

Freeway bleckte die Zähne zu einem Grinsen. »Und zwar?«

»Ich habe kein Metall im Gesicht.«

Er verpasste Freeway einen Schwinger mitten in die Visage. Die Piercings hielten die Haut am Platz. Es gab ein gewaltiges Reißen, dann lief ihm etwas das Kinn herunter wie ein Speichelfaden, nur nicht aus Speichel. Das Rasiermesser fiel klappernd zu Boden, als Freeway auf die Knie sackte und ihm die Reste seines Gesichts zwischen den Fingern hervorquollen.

Evan hob das Messer auf und sah auf Freeway herunter.

»Guck mal, was ich gefunden habe. Eine Waffe.«

70. NEGATIVRAUM

Evan saß an der Kochinsel in seiner Wohnung und blätterte noch einmal durch Van Scivers rotes Notizbuch. Angestrengt sah er auf die hingekritzelten Buchstaben, die sich hell von der bleistiftgeschwärzten Seite in der Mitte abhoben.

»6-1414 Dark Road 32.«

Er war ins Castle Heights zurückgefahren, um einige Vorbereitungen zu treffen und die Grundlage für den bevorstehenden Kampf zu schaffen. Angesichts des Gesprächs, das er in der Kirche mitgehört hatte, musste er sich dringend das Notizbuch noch einmal ansehen. Als er jetzt auf die Wörter starrte, spürte er, wie sich die Puzzleteile zusammenfügten.

Er ging an der Grünen Wand vorbei, an der es nach Minze roch, und trat durch eine der Schiebetüren nach Süden auf den Balkon. Vor einem viereckigen Blumenkübel mit diversen Sukkulenten ganz am Rand ging er in die Hocke und schob die Abdeckung eines Geheimfachs zur Seite. Darin befand sich ein Rucksack mit Tarnmuster, den er herausholte und mit nach drinnen nahm.

Er ging zurück zur Kochinsel, wo die aufgeschlagene Seite des Notizbuchs lag und die hastig aufgeschriebene Nachricht sich deutlich vom Negativraum des dunklen Hintergrunds abhob.

Joey kam aus dem Loft und war startbereit. Sie hielt inne und betrachtete ihn, wie er über das Notizbuch gebeugt dasaß.

»Du weißt jetzt, was es bedeutet«, schlussfolgerte sie.

Geistesabwesend nickte er.

»Verrätst du's mir?«

Evan schlug das Notizbuch zu, als könne er das Problem darin verschließen. »Ja. 202 456-1414 lautet die Nummer der Haupt-Telefonzentrale des West Wings«, sagte er.

Joey schwieg, während sie diese Information verarbeitete. »Und ›Dark Road‹?«

»Ein Codewort. Vermutlich, damit der Anrufer direkt an eine geheime Befehlsstelle im Weißen Haus durchgestellt wird.«

»Und die 32, das ist eine Durchwahl.«

Wieder nickte er.

»Und von wem?«, fragte sie.

Evan sah sie nur an.

»Verdammte Scheiße.«

»Kann man so sagen.«

»Warum?«, fragte sie. »Warum sollte er was damit zu tun haben?«

Evan rieb sich das Gesicht. Wieder sah er Jack vor sich, als er Evan als neunzehnjährigen Jungen vor der Abflughalle des *Dulles*-Flughafens abgesetzt hatte. Jack hatte ihm die Hand auf den Arm gelegt, weil er ihn nicht gehen lassen wollte.

»Als ich mich in der Sporttasche versteckt hatte, habe ich gehört, wie Van Sciver das Jahr 1997 erwähnte.«

»Und?«

»In diesem Jahr hatte ich meinen ersten Einsatz.«

»Worum ging's da?«

»Kann ich dir nicht verraten. Aber 1997 war Präsident Bennett Staatssekretär für Verteidigungspolitik im Verteidigungsministerium.«

»Und das Orphan-Programm existierte unter dem Dach des Verteidigungsministeriums«, sagte Joey langsam, als sie die Bezüge herstellte.

Plötzlich wurde auch klar, warum sich die Zielsetzung des Programms unter der Leitung Van Scivers verändert hatte. Und auch, warum auf einmal Orphans ausgeschaltet werden mussten, allen voran Evan.

Er wusste nicht nur, wo die Leichen vergraben waren, er hatte die meisten von ihnen eigenhändig dorthin befördert.

»Also hat Bennett grünes Licht für deinen ersten Einsatz gegeben«, kombinierte Joey.

»Ja. Und als der jetzige ›Führer der freien Welt‹ will er jeglichen Hinweis darauf vernichten, dass er je in nicht offiziell sanktionierten Maßnahmen verwickelt war. Also jeglichen Hinweis auf mich.«

Joey stützte die Ellbogen auf die Kücheninsel und beugte sich mit weit aufgerissenen Augen zu Evan. »Kapierst du überhaupt, was das bedeutet? Du hast was gegen den Präsidenten der Vereinigten Staaten in der Hand.«

Plötzlich erinnerte sich Evan an etwas aus seinem zwölften Lebensjahr. Er hatte in Jacks Truck gesessen, und Jack hatte ihm mit seiner Reibeisenstimme zum ersten Mal das Orphan-Programm beschrieben: *Du wirst wie ein Bauer beim Schach sein. Vollkommen entbehrlich. Du wirst nur dein Silo kennen, wie ein Marschflugkörper. Nichts, was Schaden anrichten könnte. Wenn man dich schnappt, bist du auf dich allein gestellt. Man wird dich grausam foltern, aber du kannst ruhig alles sagen, was du weißt, weil nichts davon nützlich ist.*

»Ich weiß nur, wer«, antwortete Evan schließlich. »Aber nicht, was.«

»Was soll das heißen?«

»Ich weiß zwar, was ich 97 gemacht habe. Aber nichts sonst. Oder wie das Ganze mit Bennett zusammenhängt.« Er starrte auf das rote Notizbuch hinunter, als enthielte es die Antwort. »Aber eines Tages, wenn das alles vorbei ist, finde ich's raus.«

»Wenn *was* vorbei ist?«

»Komm mit, ich zeig's dir.« Er warf sich den Tarnrucksack über die Schulter, griff die Schlüssel und machte sich auf den Weg zur Tür.

Der Strip von Las Vegas ragte aus der flachen Wüstenerde wie ein Karnevalsumzug, ein ordinärer, grell beleuchteter Angriff auf die Sinne. Evan blieb auf der Interstate 15 und ließ das bombastische Schauspiel rechter Hand an sich vorüberziehen, während Joeys Kopf herumfuhr, um es sich ganz genau anzusehen. Ein paar Minuten lang konnte man unmöglich sagen, dass es erst kurz vor vier Uhr morgens war, aber als das künstliche Leuchten im Rückspiegel immer kleiner wurde und die Sterne am Himmel über ihnen wieder deutlich hervortraten, war klar, dass sie durch tiefe Nacht fuhren.

Ohne hinzusehen, drehte Joey ihren Speedcube. Immer wenn Evan einen Blick zu ihr hinüberwarf, stellte er fest, dass sie schon wieder auf ihm aus der Erinnerung ein anderes Muster herstellte. Das klackende Geräusch des Würfels begleitete sie auf ihrer langen Fahrt durch die Dunkelheit.

Sobald sie den pompösen Boulevard weit hinter sich gelassen hatten, fuhr Evan rechts rein und schlängelte sich durch kleine Nebenstraßen. Der Pick-up rumpelte auf eine unbefestigte Straße, die zu einem schmalen, links und rechts dicht mit Wüstensalbeibüschen bestandenen Pfad wurde. Schließlich hielt er vor einem improvisierten Schießstand. An Heuschobern befestigte, zerlöcherte Zielscheiben flatterten im Mondlicht im Wind – Monet in martialisch. Als sie aus dem Truck stiegen, traten sie auf leere Patronenhülsen, die klingelnd gegeneinanderstießen.

»Was machen wir hier?«, fragte Joey.

»Wir bereiten uns vor.«

»Worauf?«

»Auf das nächste Mal, dass ich etwas esse und in meinem Magen das GPS-Signal aktiviere.«

»Jetzt weiß Van Sciver aber, dass es eine Falle ist«, gab sie zu bedenken.

»Stimmt.«

»Also wird er unserer Falle eine Falle stellen.«

»Und wir seiner.«

Durch die Dunkelheit sah sie ihn stirnrunzelnd an. Auf einmal verspürte er große Zuneigung zu dem Mädchen, diesem Auftrag, der wie ein F-5-Tornado durch sein Leben gefegt war. Er erinnerte sich an das, was er während ihrer letzten Unterhaltung zu Jack gesagt hatte – *Dich zu kennen würde ich gegen nichts auf der Welt eintauschen* –, aber jetzt, bei all dem, was gerade passierte, konnte er es nicht über die Lippen bringen. Die Wörter blieben ihm irgendwo im Halse stecken, fest verschlossen hinter seinem ausdruckslosen Gesicht.

Tief unten im Tal erhellten die Scheinwerfer eines einsamen Wagens die Nacht. Evan und Joey sahen zu, wie sie sich die Sanddüne heraufarbeiteten und in den Kurven hin und wieder aus ihren Blicken entschwanden. Dann ruckelte ein hinten doppelt bereifter Truck neben Evans F-150 und kam schaukelnd zum Stehen.

Die Tür wurde aufgetreten, und Tommy Stojack rutschte vom Fahrersitz und kam etwas unbeholfen auf dem Boden auf. Zu viele Fallschirmlandungen hatten seine Knöchel in Mitleidenschaft gezogen, ebenso wie seine Knie und Hüften. Der Schaden hatte ihm einen breitbeinigen, extrem geschmeidigen Gang verliehen, der an einen Cowboy aus Western-Filmen erinnerte.

»Scheiße, Kumpel, als du angerufen hast, war ich gerade bei mir in der Werkstatt und hab die SHOT Show vorbereitet. Hatte gerade noch Zeit, mir die strategischen Stellen zu waschen, dann musste ich wie ein Wahnsinniger hier rüberbrettern, aber da bin ich.«

Tommy und Evan begrüßten sich mit Handschlag, dann sah Tommy zu Joey hinüber; sein Walrossschnurrbart bewegte sich auf und ab, während er sie von Kopf bis Fuß musterte.

»Ist das die Kleine, von der du mir erzählt hast?«

»Ja, genau.«

Tommy nickte anerkennend. »Gut gebaut, würd ich sagen.«

»Äh, danke«, sagte Joey.

»Für ne sechzehnjährige Schnecke, meine ich.«

Joey lächelte gequält. »Besten Dank.«

Tommy strich sich über den Schnurrbart und sah Evan mit schräg gelegtem Kopf an. »Als wir das letzte Mal das Brot gebrochen haben, hab ich dir gesagt, wenn du mich brauchst, musst du nur Bescheid sagen. Jetzt steckst du in der Klemme und hast dir gedacht, scheiß drauf.«

»Ganz genau«, sagte Evan.

»Na ja, ich bin zwar nicht mehr so fix auf den Beinen wie früher, aber mit ner Knarre kann ich nach wie vor umgehen, und für ne Nacht-und-Nebel-Aktion bin ich auch noch jederzeit zu haben. Ich kenn dich jetzt gut genug, um zu wissen, dass du echt am Arsch bist, wenn du Luftverstärkung anforderst.«

»Bin ich.«

»Also, dafür musst du jetzt aber noch ein paar mehr Infos rauslassen.«

»Die versuchen, mich umzubringen. Und die versuchen auch, sie umzubringen.«

Längeres Schweigen, als Tommy das Ganze auf sich wirken ließ. »*Dich* kann ich ja verstehen«, sagte er schließlich, wobei sich sein Schnurrbart anhob, als er grinste. »Aber schätzungsweise wär's ziemlich unfein von mir, mich einfach zurückzulehnen und zuzusehen, wie so'n brauchbarer Typ wie du im Fleischwolf landet. Also. Welche meiner Dienstleistungen benötigst du konkret?«

»Deine Arbeit für die DARPA …«

Tommys Augen fingen an zu strahlen. »Bevor wir richtig loslegen, sollte ich besser wissen, worum's geht. Dann kann ich prüfen, ob ich das Ganze auch moralisch vertreten kann. Also, wenn du willst, dass ich die Große-Jungs-Hose und den Houdini-Hut anziehe, lass uns zurück in die Werkstatt fahren, da trink ich dann ne Tasse Halt-die-Schnauze, und du verrätst mir, was auch immer du mir verraten kannst.«

»Äh, Moment«, hakte Joey nach. »DARPA?« Sie sah erst zu Evan, dann zu Tommy. »Worüber redet ihr da?«

»Worüber wir reden?« Tommy lächelte sein Zahnlückenlächeln. »Wir reden über waschechten Harry-Potter-Scheiß.«

71. DEN DONNER BRINGEN

Eine Tasse Matetee und ein Teller frisch aufgeschnittene Mango, beides liebevoll kredenzt und beides unberührt, standen vor Evan auf dem niedrigen Couchtisch im Wohnzimmer. Auf dem windschiefen Sofa ihm gegenüber saßen Benito und Xavier Orellana.

»Mein Sohn und ich, wir wissen nicht, wie wir unseren Dank ausdrücken …«, fing Benito an.

»Schon gut«, sagte Evan.

Xavier legte die Hände aufeinander. Das vor Kurzem begonnene Tattoo auf seinem Unterarm – ein verschnörkeltes *M* für *Mara Salvatrucha* –, ging jetzt ganz anders weiter. Anstatt des Gangnamens stand dort *Madre*. Die letzten vier Buchstaben sahen brandneu aus, nur wenige Stunden alt. In die Schrift flochten sich Ranken und Blumen.

Xavier bemerkte, dass Evan ihn ansah, und setzte sich verlegen anders hin. »Sie haben gesagt, wir können selbst bestimmen, wer wir sein wollen. Da hab ich mir gedacht, warum fang ich nicht gleich hiermit an.«

Benito traten die Tränen in die Augen, und Evan befürchtete, der Vater würde gleich anfangen zu weinen. Dafür hatte Evan keine Zeit.

Über ihre Schultern hinweg sah er aus dem Fenster an der Vorderseite des Hauses zu der Stelle, an der es zu dem im Tal gelegenen, geräumten Bauland hinunterging. Die Geräusche der Bauarbeiten drangen zu ihnen herauf. Am Rand des Baugrundstücks, ganz unten am Freeway 10, war das vierte Stockwerk des langsam emporwachsenden Gebäudes zu sehen. Die grobe Rahmenkonstruktion der Wände stand jetzt, und die Arbeiter turnten in den in Queransicht vor ihm liegenden oberen Stockwerken herum. Ihre mit der Gewerkschaft vereinbarte Schicht würde in zwei Stunden enden, und ab dann würde das Grundstück bis zum nächsten Morgen verlassen sein.

»Wie können wir uns bei Ihnen für Ihre Hilfe bedanken?«, fragte Benito.

»Da gäbe es tatsächlich etwas«, sagte Evan.

»Was immer Sie wollen, ich mach's«, entgegnete Xavier.

Neben ihm, am Rand des Sitzpolsters, erstarrte sein Vater.

»Finden Sie jemanden, der mich braucht«, sagte Evan. »So wie Sie mich gebraucht haben. Egal, wie lange es dauert. Finden Sie jemanden, der verzweifelt ist und keinen Ausweg mehr weiß. Geben Sie ihm meine Nummer: 1-855-2-NOWHERE.«

Beide Männer nickten.

»Dann erzählen Sie ihm von mir. Sagen Sie ihm, ich werde am anderen Ende der Leitung auf ihn warten.«

»Der Nowhere Man«, bemerkte Benito ehrfürchtig.

»Ganz genau.«

Als Evan aufstand, sprang auch Xavier auf. »Sir«, sagte er, aus seinem Mund klang das Wort lächerlich und altmodisch. »Warum machen Sie das?«

Evan sah zu Boden. Ein Bild kam ihm in den Kopf: Joey, wie sie in der heißen Sonne von Phoenix vor diesem Haus steht, mit der Waffe in der Hand, und sich einer Frau auf einem Schaukelsitz mutig entgegenstellt. Und ihm dann die Pistole zurückreicht, ohne dass ein Schuss gefallen wäre.

Der Satz kam ihm überraschend schwer über die Lippen, aber er zwang sich, ihn auszusprechen: »Weil jeder eine zweite Chance verdient.«

Xavier streckte ihm die Hand hin, das *Madre*-Tattoo noch ganz blutig, frisch und wunderschön. »Ich mach's. Ich werde jemand anderes finden.«

Evan schüttelte ihm die Hand.

Die Haustür flog mit einem Knall auf, Tommy drängte sich, Schulter voran, hinein, eine Pelican-Transportbox in jeder Hand.

Ängstlich sahen Xavier und Benito den Eindringling an.

»Und Ihr Dach werden wir uns auch ausborgen müssen«, sagte Tommy.

Ganz unten auf dem teilweise am Hang gelegenen Baugrundstück standen Evan und Joey zwischen einem Turmkran und einem hydraulischen Drehmomentschlüssel und starrten zu dem vierstöckigen, im Bau befindlichen Gebäude hinauf. Hinter der hohen Betonmauer neben ihnen rauschte der spätnachmittägliche Rushhour-Verkehr vorbei.

Die Bauarbeiter hatten für heute die Arbeit beendet und die Baustelle geräumt. Das zweieinhalb Hektar große, nicht einsehbare Bauland bot ein Stück Privatsphäre, obwohl es mitten in Los Angeles lag. Hangaufwärts endete das Grundstück an einer Straße, aber die Häuser auf der anderen Seite, auch das von Benito Orellana, konnte man von unten nicht sehen.

Der Bauaufzug, ein orangefarbener Käfig, halb so groß wie ein Schiffscontainer, war zum Ende des Arbeitstages heruntergelassen worden. Joey ging darauf zu und ruckelte mit ihrem Fuß daran. Er bewegte sich nicht. Dann lehnte sie den Oberkörper zurück und begutachtete die Stahlkonstruktion des Rohbaus.

»Welche Route?«, fragte Evan.

Joey kniff die Augen zusammen. Dann hob sie den Arm und zeigte hin. »Von da nach da nach da. Siehst du den Doppel-T-Träger da? Im zweiten Stock? Dann rüber. Dann da rauf. Da, da und dann nach oben.«

Evan prägte sich den Verlauf ein. »Wie weißt du das?«

»Geometrie.«

»Prima. Dein Part ist hiermit vorbei. Jetzt bringen wir dich irgendwohin, wo du in Sicherheit bist.«

»Du machst Witze, oder?«

»Nein, du bist raus. Tommy und ich übernehmen ab jetzt.«

»Du und Tommy werdet alle Hände voll zu tun haben. Ihr braucht mich. Egal, wie du's drehst und wendest, das ist ein Plan für drei.«

Er wusste, dass sie recht hatte. Evan konnte es mit fünf Freelancern aufnehmen, egal, was sie draufhatten. Aber nicht noch mit weiteren drei Orphans.

Er lehnte sich gegen den klobigen 1980er Lincoln Town Car, mit dem sie hier heruntergefahren waren. Daneben schwebte die herabgelassene Schaufel eines Tieflöffelbaggers wie ein Kranich, der sich zum Trinken über einen See beugte.

Joey sah zum oberen Teil des Gebäudes hinauf; der leichte Wind fuhr ihr durchs Haar, eine Strähne verfing sich in ihrem Mundwinkel. »Du hast es doch selbst gesagt. Im Territorium der

Vereinigten Staaten setzt Van Sciver keine Drohnen ein. Der Präsident hat ihm befohlen, keine Hubschrauber mehr zu verwenden. Ein paar Variablen können wir also kontrollieren.«

»Das hier ist was anderes«, sagte Evan.

»Ich lasse dich das nicht allein machen. Und du hast nur noch ein paar Stunden, bis die GPS-Chips in deinem Magen abgebaut werden. Iss also lieber was und sende das Signal, solange du noch kannst.« Sie griff in ihre Jackentasche, holte ein Snickers heraus und wedelte einladend damit.

Evan lächelte nicht, aber das schien sie nicht weiter zu stören.

»Ich geh nirgendwo hin«, sagte sie. »Also hör auf, Zeit zu verschwenden.«

»Joey. Es ist zu gefährlich.«

»Stimmt. Egal, wo ich hingehe, er wird mich finden. Das weißt du. Dein Bauchgefühl sagt es dir. Ich werde niemals in Sicherheit sein, bis er tot ist. Und du weißt auch, dass du mich brauchst, wenn das hier was werden soll.«

Evan studierte ihren sturen Gesichtsausdruck. Dann stieß er sich von dem Wagen ab, hob warnend den Zeigefinger und versuchte, sich seine Frustration nicht anmerken zu lassen. »Aber danach bist du draußen.«

»Definitiv. In nem anderen Leben.« In ihrem Grinsen hielten sich Bedenken und Vorfreude die Waage. »Mit Pferdeschwanz und nem weißen Lattenzaun.«

»Sobald die Sache ernst wird …«

»Verschwinde ich einfach von hier«, beendete sie seinen Satz. »Mach dir um mich mal keine Sorgen.« Sie hielt inne. »Aber du? Ich sehe nicht, wie du da wieder rauskommst.«

Er hörte zu, wie der Wind über ihnen durch die Doppel-T-Träger pfiff. Jack, in Abwandlung des schottischen Dichters, hatte immer gesagt: *Selbst der sorgfältigste Plan überlebt nicht den ersten Schuss.* Evan hatte alle notwendigen Berechnungen angestellt, den genauen Ablauf geplant, seine Pläne geschmiedet. Er kannte die Fluchtwege und hatte inoffizielle medizinische Versorgung auf Stand-by. Trotz all seiner Vorbereitungen hatte Joey recht: Dieses künstlich angelegte Tal konnte sehr wohl zu seinem Grab werden.

»Möglicherweise nicht.« Er drückte ihr ein schmales Saber-Funkgerät in die Hand; das dazugehörige Knochenschall-Headset würde ihre Stimme aufnehmen und ihr erlauben, Ton direkt durch den Kieferknochen unter ihrem Ohr zu empfangen.

»Wir könnten immer noch in diesen potthässlichen Lincoln Town Car steigen und einfach wegfahren«, merkte Joey an.

Ein wehmütiges Lächeln umspielte seine Mundwinkel. Er schüttelte den Kopf.

Der Wind blies ihr ins Gesicht, und sie strich sich die Haare zurück. »Er wird alles auffahren, was er zur Verfügung hat. Und er wird dich umbringen, so wie er alle anderen umgebracht hat. Glaubst du, Jack hätte das gewollt?«

»Es geht nicht mehr nur um Jack. Es geht um alle anderen, die Van Sciver noch im Visier hat.« Seine Kehle war wie ausgedörrt. »Es geht um dich, Joey.«

Seine Stimme klang lauter, als er beabsichtigt hatte, und auch wütender, aber wo die Wut herkam, wusste er nicht genau.

Joeys Augen wurden feucht. Abrupt sah sie zur Seite.

Eine ganze Weile war nur der Wind zu hören.

Dann sagte sie: »Josephine.«

»Wie bitte?«

»Mein Name. Du wolltest doch wissen, wie ich richtig heiße.« Ihr Blick huschte zu seinem Gesicht, dann wieder weg. »Bitte schön.«

Hinter der hohen Betonmauer rauschten auf dem Freeway die Autos an ihnen vorbei, nichts ahnende Menschen mit ganz normalen Leben, manche wunderbar, manche nicht. Aber auf dieser Seite der Mauer gab es nur Evan und ein sechzehnjähriges Mädchen, die versuchten, sich, so gut sie es konnten, voneinander zu verabschieden.

Joey hob die Hand mit dem vergessenen Snickers und warf es ihm zu. Dann holte sie tief Luft.

»Okay. Bringen wir den Donner.«

72. DIE HERDE AUSDÜNNEN

Zuerst erschienen die Freelancer, und zwar zu Fuß. Die fünf Männer bahnten sich langsam in immer enger werdenden Serpentinen ihren Weg ins Tal wie eine Schlange, die sich um ihre Beute schlingt.

Als ehemalige Secret-Service-Agenten führten sie die gesamte Ausrüstung mit, die normalerweise den wichtigsten Menschen der Welt beschützte. Elektronische Geräte zum Aufspüren von gefährlichen chemischen und biologischen Kampfstoffen, Bombendetektoren und tragbare Wärmebildgeräte. Obwohl es noch hell war, hatten sie bereits Nachtsichtgeräte um den Hals, bereit für den Einbruch der Dunkelheit. Nachdem sie die umliegenden Wohnblocks auf Gefahrenquellen untersucht hatten, durchkämmten sie jeden Quadratmeter im Tal, wobei sie über ihre Funk-Headsets kommunizierten und sicherstellten, dass es nirgends in Sichtweite der Baustelle ganz unten eine Bedrohung gab.

Jeder von ihnen hatte einen Boomerang Warrior der Firma Raytheon auf der Schulter, ein elektronisches System zum Orten von Scharfschützen. Ursprünglich für den Einsatz im Irak entwickelt, war es in der Lage, die exakte Position eines feindlichen Schützen innerhalb von Sichtlinien bis zu einer Entfernung von dreitausend Fuß zu bestimmen.

Zwei der Freelancer lösten sich aus der Formation, stiegen den Hang wieder hinauf, wobei sie ihn ein letztes Mal absuchten, und verschwanden schließlich aus dem Blickfeld.

Zehn Minuten vergingen.

Dann kamen zwei Chevy Tahoes mit getönten Scheiben aus kugelsicherem Verbundsicherheitsglas und gepanzerten Türen langsam ins Tal gefahren. Am Fuß des im Bau befindlichen Gebäudes hielten sie vor den Toilettenhäuschen an.

Van Sciver, dank der Schutzweste noch massiger, stieg aus und blieb im Schutz der geöffneten Tür stehen. Candy und Thornhill wagten sich etwas weiter vor, während die Freelancer sie in lockerer Kreisformation umgaben, den Blick nach außen gerichtet. Die Männer hielten jetzt SCAR-17S-Spezialeinsatz-Gewehre mit Zielfernrohren auf den verchromten Läufen. Bedrohliche Waffen, die ebenso mordlustig aussahen wie ihre Träger.

Van Sciver sah sich um. »Na dann. Hier sind wir.«

Thornhill suchte den Rand des Talkessels ab. »Glaubst du, er kommt?«

Van Scivers rechtes, beschädigtes Auge tränte im leichten Wind. Er wischte sich mit dem Handgelenk die Flüssigkeit vom Lidrand. »Er hat das Treffen doch anberaumt.«

»Wo ist er dann?«, fragte einer der Freelancer.

»Das GPS-Signal von den Mikrochips hat längst aufgehört«, merkte Thornhill an. »Jetzt liegt es nur an uns.«

Auf einmal löste sich das leise Geräusch eines Motors aus dem Hintergrundrauschen des Verkehrs auf dem Freeway hinter der Mauer. Die Freelancer schwangen in Richtung der Straße über ihnen herum.

Das Motorengeräusch wurde lauter.

Die Männer hoben die Waffen.

Ein weißer Lincoln Town Car kam über den Rand des Talkessels gepflügt und raste hangabwärts direkt auf sie zu. Die Freelancer feuerten bereits und durchsiebten die Windschutzscheibe und die Motorhaube mit Kugeln.

Der Lincoln holperte über den unebenen Untergrund, wurde langsamer, hatte dank der Schwerkraft aber noch immer genügend Fahrt drauf. Die Männer zerschossen die Reifen und durchlöcherten den Motorblock.

Der Wagen wurde immer langsamer und langsamer, prallte gegen einen Tieflöffelbagger und kam zwanzig Meter vor ihnen zum Stehen.

Zwei Freelancer rannten auf ihn zu, wobei sie ununterbrochen Schüsse in die gähnende Öffnung der zerborstenen Windschutzscheibe abgaben.

Über den erhobenen Lauf seiner Waffe hinweg untersuchte der erste das Wageninnere. »Sauber. Niemand drin.«

Der zweite fuhr mit dem Bombendetektor am Fahrzeug entlang. »Auch kein Sprengstoff. Das war ein Test.«

Zwanzig Meter entfernt, noch immer im Schutz ihrer jeweiligen gepanzerten Autotür, hatten Van Sciver und Candy sich längst umgedreht, um die weniger offensichtlichen Angriffslinien zu prüfen, von denen sie dieses Manöver hatte ablenken sollen.

Van Scivers Blick blieb an der Seite des im Bau befindlichen Gebäudes hängen: Neben dem obersten Stockwerk wartete der Bauaufzug. »Er ist hier.«

»Wir hätten ihn doch auf dem Wärmebildgerät gesehen«, antwortete ein Freelancer.

Van Sciver deutete auf das Bedienelement der Transportbühne. Thornhill eilte im Laufschritt zum Fuß des Gebäudes, während er den oberen Teil im Blick behielt, und drückte auf den Knopf, der den Aufzug nach unten holte.

Nichts passierte.

Jemand hatte das untere Bedienelement sabotiert.

All fünf Freelancer hoben gleichzeitig ihre SCAR-Gewehre und nahmen den gesamten vierten Stock ins Visier.

Van Sciver schrie: »Ich brauche Satellitenaufnahmen.«

Das Gewehr nach wie vor nach oben gerichtet, kam einer der Freelancer zu Van Sciver herüber, der sich noch immer hinter der gepanzerten Fahrertür seines Tahoe verschanzt hatte, und reichte ihm einen Handheld. Van Sciver zoomte auf die Aufnahme des Gebäudes aus der Vogelperspektive und wartete, bis sich das Bild scharf gestellt hatte.

Ein Berg steifer, sackleinenartiger Stoff lag zusammengeknüllt wenige Meter vom Rand des nach allen Seiten offenen vierten Stockwerks.

»Er versteckt sich unter einem Faraday'schen Umhang«, verkündete Van Sciver. »Das metallisierte Gewebe hat eure Wärmebildaufklärung abgehalten. Er hebt sich nicht genug vom Hintergrund ab, um auf der Satellitenaufnahme aufzufallen, es sei denn, man weiß, wonach man Ausschau hält.«

»Er hat sich ganz oben platziert«, merkte Candy an. »Und wir haben keinerlei brauchbare Sicht auf ihn.«

Van Sciver betrachtete die Betonmauer vor Freeway 10. Oben im vierten Stock Posten zu beziehen war ein cleverer Schachzug von X gewesen. Das offen liegende oberste Stockwerk war vom Freeway und den Häusern auf der gegenüberliegenden Seite voll einsehbar. Sie konnten nicht gewaltsam oder mit vielen Einsatzkräften auf ihn zugreifen, ohne dass vierhundert Augenzeugen pro Sekunde mit zusahen.

»Worauf wartet er noch?«, presste ein Freelancer zwischen den Zähnen hervor.

»Darauf, dass ich von dem gepanzerten Wagen wegtrete und er freie Sicht auf mich hat«, antwortete Van Sciver. »Aber den Gefallen werd ich ihm nicht tun.«

Der Freelancer wischte sich mit einer behandschuhten Hand den Schweiß von der Stirn. »Und was machen *wir* dann? Da rauf kommen wir nicht.«

Van Scivers merkwürdig einseitiger Blick landete auf Thornhill. Ein wortloser Austausch fand statt. Thornhill fing an zu strahlen.

Van Sciver sagte: »Hol's Stöckchen!«

Thornhill prüfte, ob das Headset seines Funkgeräts sicher saß. Dann sprintete er los und schwang sich von einer Schubkarre auf das Dach eines Toilettenhäuschens. Von dort stieß er sich ab, segelte durch die Luft und bekam den Rand des offen liegenden ersten Stocks zu fassen. Voller Bewunderung sahen die Freelancer zu, wie er rasch an der Fassade hochkletterte und von Fensteröffnung zu 2,5-mm-Brett zu Betonsims hüpfte. Ein aus der Wand ragendes Stück Betonstahl im zweiten Stock verwendete er wie ein Hochreck, schwang sich daran herum, ließ los und flog auf einen vertikal stehenden Doppel-T-Träger zu, der im dritten Stockwerk die Decke stützte.

Wenige Fuß von der Kante des vierten Stockwerks entfernt hielt er auf seinem neuen Ausguck einen Moment inne. Seine Schultermuskulatur war angespannt, er war leicht in die Knie gegangen, bereit zum Sprung. Er drehte sich um, sah zu den anderen hinunter und gab ihnen die Gelegenheit, ihn angemessen zu bewundern für das, was er gerade hingelegt hatte.

Dann konzentrierte er sich wieder. Sein Körper bewegte sich rhythmisch, als er sich halb springend, halb ziehend den Träger hinaufarbeitete. Er packte das Kopfblech mit beiden Händen und machte sich bereit für den letzten Sprung, der ihn über die Kante hinweg zum obersten Stockwerk des Gebäudes bringen würde.

Aber er rutschte zusammen mit dem Kopfblech ab.

Es riss sich vom Träger los und knallte ihm mit einem dumpfen Geräusch gegen die Brust.

Einer der extrastabilen Torbandschrauben, die eigentlich das Kopfblech am Ende des Doppel-T-Trägers hätte befestigen sollen, sauste an seiner Wange vorbei.

Die restlichen drei Schrauben klapperten unverschraubt in ihren Bohrlöchern.

Für den kurzen Moment der Schwerelosigkeit drückte er sich das Blech an die Brust.

Seine Augen waren auf der Höhe des Gussbetonbodens des vierten Stockwerks, und er konnte das Bündel des Faraday'schen Umhangs sehen, beinahe in Reichweite.

Der Rand des Umhangs war zurückgeworfen, und ein Gesicht lugte ihm aus dem behelfsmäßigen Versteck entgegen.

Nicht das von X.

Sondern das des Mädchens.

Sie hob die Hand und wackelte mit den Fingern, ein angedeutetes Winken.

»Es ist das Mädchen«, sagte Thornhill. Mit einer Stimme, ganz leise vor lauter Ungläubigkeit, sprach er in sein Funk-Headset.

Den Bruchteil einer Sekunde schwebte er dort oben, das Kopfblech an sich gedrückt.

Dann stürzte er gemeinsam mit ihm in die Tiefe.

Vier Stockwerke sausten blitzschnell an ihm vorüber, ein Kaleidoskop aus Baustellengerät, winzigen Spielzeugautos, die sich langsam durch den Verkehr auf den vierzehn Spuren der Autobahn hinter der Betonmauer schoben, seinen Kollegen, die voller Entsetzen zu ihm hinaufstarrten.

Er krachte durch das Dach des Toilettenhäuschens. Als er darin einbrach, trennte ihm eine stabile Glasfaserwand das linke Bein an der Hüfte ab. Die arterielle Blutfontäne färbte den Boden rot.

Eine Zeit lang herrschte schockiertes Schweigen.

Van Sciver versuchte zu schlucken, aber ihm schnürte sich die Kehle zu. Eines seiner hochkarätigsten Werkzeuge, eine zu einer tödlichen Waffe gemachte Verlängerung seiner selbst als der Leiter des Orphan-Programms, überzog gerade in Flüssigform ein mobiles Scheißhaus.

Candy war die Erste, die sich wieder rührte, und sprang in den Tahoe. Van Sciver schaltete auf Autopilot und kam wieder im Hier und Jetzt an. Er hob seine FNX-45, stützte die Ellbogen auf die geöffnete gepanzerte Tür und zielte hangaufwärts. »Das ist ein weiteres Ablenkungsmanöver.«

Die Freelancer verteilten sich und zielten mit ihren Waffen in verschiedene Richtungen: das teilweise fertiggestellte Gebäude hinauf, quer durchs Tal, auf die Freewaymauer.

Der Anführer feuerte ein paarmal auf die Kante des vierten Stocks, um Joey davon fernzuhalten.

Der Wind war jetzt so stark, dass er durch die nackten Verstrebungen des Gebäudes heulte.

»Scheiße«, fluchte Van Sciver. »Wo ist …?«

In zwanzig Meter Entfernung sprang auf einmal der Kofferraum des Lincoln Town Car auf, und Evan schoss hoch in eine kniende Schusshaltung, wobei ihm ein Faraday-Umhang von den Schultern rutschte.

Er schoss zwei Freelancern in den Hinterkopf, bevor sie sich zum Ursprung der plötzlichen Bewegung umdrehen konnten. Dem dritten gelang es, und dafür fing er sich eine Kugel mitten ins Gesicht ein.

Die restlichen beiden Freelancer wirbelten zu Evan herum, ihre Gewehre rissen bierdeckelgroße Stücke aus dem Kühlergrill des Lincoln. Evan sprang aus dem Kofferraum des Wagens und drückte sich dahinter flach auf den Boden. Der Big-Block-Motor der alten Limousine schützte ihn, zumindest so, wie er es auf dem Weg ins Tal getan hatte, aber die Zeit lief ihm davon.

Der Knall der Schüsse war ohrenbetäubend.

Er schaltete sein Knochenschall-Headset ein. »Joey, spring jetzt und sieh zu, dass du hier abhaust.«

Sie hatte ein letztes Mal den Köder gespielt. Jetzt war es ihre einzige Aufgabe zu verschwinden.

Evan hatte ihr den Tarnmuster-Rucksack gegeben, den er im Blumenkübel auf seinem Balkon versteckt hatte. Im Rucksack steckte ein Basejumping-Schirm. Wenn sie mit Anlauf von der Rückseite des vierten Stocks sprang, würde sie über den riesigen

Freeway steuern, im Gewirr der Gassen und Häuser auf der anderen Seite landen und untertauchen können.

Evan riskierte einen kurzen Blick um die hintere Stoßstange. Er entdeckte Candy, die sich mit einem Gewehr vom Rücksitz des Tahoe rollte, eine Sekunde bevor eine von Van Scivers Kugeln nur wenige Zentimeter vor seinem Gesicht das Bremslicht zertrümmerte. Er ging sofort wieder in Deckung und spürte, wie der Lincoln durchgeschüttelt wurde, als er Kugel um Kugel abfing, während die Freelancer vorrückten.

Erneut sprach er in das Knochenschall-Headset: »Tommy, jetzt bist du dran.«

Flach ans Auto gedrückt, lehnte er sich mit dem Kopf an das Blech; er war festgenagelt auf einer Fläche in der Breite einer hinteren Stoßstange.

Tommy löste sich aus dem Schatten neben Benito Orellanas Schornstein und kroch auf dem Bauch an den Rand des Daches, wo seine beiden Pelican-Transportboxen mit offenem Deckel auf ihn warteten. Im ersten befand sich eine optische Zielausrüstung, und ein halbes Dutzend schwarze, kugelrunde Kameras lagen im Schaumstoffeinsatz.

Er hatte keine direkte Sicht auf das Tal oder die Baustelle unter ihm.

Er nahm die erste Kamera aus dem Schaumstoff und warf sie über die Straße. Sie sprang einmal hoch, dann verschwand sie über den Rand und rollte den Hang hinunter; die 360-Grad-Panoramaufnahmen erschienen auf dem Laptopbildschirm. Die Ballkamera landete hinter einem Tieflöffelbagger und zeigte ihm den Erdabhang dahinter, den klaren blauen Himmel und sonst nichts.

Die zweite und dritte Ballkamera warf er kurz hintereinander. Nummer zwei landete in einem Graben, aber die dritte rollte ungefähr drei Viertel des Weges den Hang hinunter und bot eine wunderbare Aussicht auf das blutige Spektakel, das sich auf der Baustelle darunter abspielte. Zwei Freelancer standen ungeschützt mitten auf dem Platz, aber Van Sciver und Candy hatten sich wohlweislich zurückgezogen und benutzten die gepanzerten SUVs als Deckung.

Nicht weiter tragisch. Tommy konnte trotzdem für Evan die Herde ausdünnen.

Vor der zweiten Pelican-Transportbox wartete ein schussbereit zusammengesetztes Barrett M107 auf ihn. Er hatte den Selbstlader gewählt, weil er schneller war; sobald die Sache richtig losging, würden die Jungs da unten nämlich wild durcheinanderlaufen wie aufgeschreckte Hühner.

Das .50-Scharfschützengewehr sicher in Position, legte er sich bäuchlings davor an den Rand des Daches. Er hätte zwar lieber einen Spotter gehabt, aber aufgrund des heiklen Charakters der Mission und weil Evan es so wollte, durfte niemand sonst Bescheid wissen. Es würde verdammt schwierig werden, zwei Schüsse kurz hintereinander rauszuhauen, besonders da er den ersten zuerst in die richtige Flugbahn lenken musste. Mikroelektronik sorgte dafür, dass sich die Form des Projektils veränderte, sobald es den Lauf verließ, wodurch sich auch die Flugbahn änderte. Tommy war zwar gut und die Technologie das Neueste vom Neuen, aber man konnte ein Projektil, das mit 2.650 Fuß pro Sekunde durch die Luft schoss, eben nur zu einem gewissen Grad beeinflussen. Er prüfte das Display der Zieloptik und setzte unter Zuhilfenahme der Ballkamera-Feeds Orientierungspunkte.

Dann legte er das Auge ans Zielfernrohr und machte sich bereit, die Flugbahn einer Kugel mitten in der Luft zu ändern.

Evan analysierte die Schatten der Freelancer. Mehr konnte er nicht tun. Dicht an die hintere Stoßstange des Lincoln gepresst, beobachtete er, wie die lang gestreckten Formen sich neben ihm vorwärtsbewegten, der Umriss der erhobenen Gewehre war deutlich zu erkennen. Wenn er sich seitlich aus dem Schutz des Wagens hervorrollte, egal, auf welcher Seite, würde er sich nicht nur für sie, sondern auch für Van Sciver und Candy zur Zielscheibe machen, die zwanzig Meter weiter in den SUVs Stellung bezogen hatten.

»Wir haben dich hinter dem Wagen festgenagelt, und die Kleine sitzt oben auf dem Dach fest!«, brüllte Van Sciver. »Selbst wenn sie ein Gewehr hat, kann sie dir keine Deckung geben, nicht von da oben. Ich weiß, wie sie schießt.«

Tommy hatte sich immer noch nicht angekündigt. Die Technologie steckte noch in den Kinderschuhen. Evan hatte immer gewusst, dass jegliche Unterstützung ein ziemliches Glücksspiel sein würde.

Die nach vorn fallenden Schatten der Freelancer krochen langsam weiter über den Boden, an seiner Position, eingequetscht hinter dem Lincoln, vorbei. Die Männer rückten im gleichen Tempo vor. Jeden Moment würde Evan sich für eine Richtung entscheiden müssen.

Er würde mit der rechten Seite aus der Deckung kommen. Zwar konnte er mit beiden Händen schießen, aber er war besser mit links; wenn er also einen Arm opfern musste, dann lieber den rechten.

Falls er überhaupt mit einer Kugel im Arm davonkäme.

Er holte tief Luft, spannte die Beine an und zählte rückwärts. Drei ... zwei ...

Auf das Pfeifen eines Projektils folgte ein Knall, den der Wind zu ihm herübertrug. Der Schatten zu Evans Rechten sackte in sich zusammen, als knapp außerhalb seiner Sichtweite ein Mann neben dem Lincoln zu Boden ging. Evan sah die grellrote Lache, die sich auf dem Boden ausbreitete, als sie auf seine Stiefelspitzen zukroch.

Vierundzwanzig erledigt.

Blieb noch einer.

Der letzte verbleibende Freelancer sprang zurück. »Heilige Scheiße. Wie zum Teufel ...?«

Evan sprang aus der Deckung hoch, um ihn auch noch zu erledigen, aber Candy wartete bereits am zweiten Tahoe auf ihn. Sie ballerte mit der Schrotflinte los, und Evan ließ sich gerade noch fallen, bevor der Kugelregen auf den Kofferraum niederging. Der Kofferraumdeckel krachte nach unten, wobei er ihm fast das Kinn abgetrennt hätte, und sprang wieder auf. Die Kante knallte an seine Schusshand, sodass ihm die ARES aus der Hand flog und außer Reichweite zehn Meter weiter im offenen Gelände landete.

Tief nach unten geduckt hinter dem Stoßdämpfer des Lincoln, kauerte er schwer atmend auf dem unbefestigten Boden.

Die Einschusslöcher im offenen Kofferraumdeckel ließen helle Kreise im Schatten hinter Evan entstehen. Er erhob sich ein Stück, um nach einer Ersatzpistole im Kofferraum zu greifen, aber Candy feuerte erneut; die Kugeln durchstießen das Metall und zischten an seinem Oberkörper vorbei. Der Deckel knallte wieder nach unten, diesmal war sein Unterarm dazwischen. Evan ließ sich wieder auf den Boden fallen und schluckte ein wenig Staub.

Der Freelancer kroch langsam davon; Evan konnte ihn kurz unter dem Fahrwerk des Lincoln sehen. Eine weitere Kugel von Tommy pfiff vorbei und sprengte zehn Zentimeter vom kleinen Finger des Freelancers entfernt ein Stück aus der Erde.

Der Mann brüllte und rollte sich zur Seite, wobei er versuchte, das Display des Boomerang Warrior auf seiner Schulter zu erreichen. Eine dritte Kugel streifte den Kolben seines umgehängten Gewehrs, sodass es am Gurt um seine Schulter rotierte.

Er hechtete hinter einen Schotterhaufen neben dem Turmkran und schrie: »Wie zum Teufel kann er mich sehen? Da ist nichts mit Sichtverbindung zu uns!«

Van Scivers ruhige, tiefe Stimme ertönte. »Sieh nach, ob irgendwo eine Kamera ist.«

Kurz darauf: »Der Boomerang Warrior hat hier in der Senke ein Fern-Überwachungsgerät entdeckt, das eine Sichtverbindung zu uns hat.«

Evan überlegte, ob er noch einen Versuch starten sollte, die Reserve-ARES aus dem zerfetzten Kofferraum des Lincoln zu holen, aber der erhobene Kofferraumdeckel war so durchlöchert, dass das Metall keinen Schutz mehr bieten würde; dann könnte er sich auch gleich hinter eine Gittertür stellen. Es gelang ihm, einen raschen Blick am zerschossenen Hinterreifen vorbei zu werfen, und er sah, wie Van Sciver den massigen Arm um die geöffnete Tür des Tahoe streckte, um das auf dem Boden liegende SCAR-17S zu sich heranzuziehen.

Selbst ohne Knopf im Ohr konnte Evan Van Sciver sagen hören: »Schick mir die Koordinaten.«

Diese simple Anweisung war wie ein Schlag in die Magengrube mit der Wucht der unmittelbar bevorstehenden Niederlage.

Zwanzig Sekunden vergingen, eine Ewigkeit in einem Gefecht.

Dann krachte ein Gewehrschuss, und Evan sah ein Stück hangaufwärts etwas Metallisches zerbersten, das im Licht der untergehenden Sonne aufglänzte.

Van Scivers Stimme hallte gespenstisch durch die große, staubige Senke. »Problem beseitigt. Candy, sieh zu, dass du da raufgehst und dir denjenigen schnappst, der hinter der Kamera steckt.«

Hinter dem Lincoln hörte Evan Tommys Stimme in seinem Knochenschall-Headset: »Ich seh nichts mehr.«

»Zieh dich zum Sammelpunkt zurück«, flüsterte Evan. »Sofort. Keine weiteren Angriffe.«

Tommy war ein Weltklasse-Scharfschütze, allerdings etwas in die Jahre gekommen. Falls es zu einem Zweikampf mit Candy käme, ein Orphan auf dem Höhepunkt ihrer Fähigkeiten, würde sie ihn töten.

Evan hörte, wie einer der Tahoes mit quietschenden Reifen davonraste. Er bretterte hangaufwärts, weit entfernt von Evans Position. Im Seitenspiegel erhaschte er einen Blick auf Candys Haar, als der SUV über das geräumte Baugrundstück holperte.

Über das Funkgerät klang Tommys Stimme noch rauer als sonst. »Was ist mit dir?«

Evan fixierte die ARES 1911, die zehn Meter von ihm entfernt auf dem Boden gelandet war. Der Ersatz lag unerreichbar im Kofferraum hinter ihm. Tommy ausgeschaltet. Der Lincoln im Visier von Van Scivers Gewehr.

»Ich gebe dir Deckung«, rief Van Sciver seinem letzten Freelancer zu. »Los geht's.«

Plötzlich wusste Evan, was Van Scivers Gegenzug war. Er war so genial, dass es ihm eiskalt den Rücken herunterlief.

Das Dröhnen von Schritten auf Metallstufen. Dann öffnete sich quietschend die Tür zum erhöhten Kranführerhäuschen und fiel wieder ins Schloss.

Mit Evan war es vorbei.

Aber er war Tommy noch eine Antwort schuldig. Er drückte mit dem Finger auf das Knochenschall-Headset und sagte: »Mach dir keine Sorgen um mich.«

»Bist du in Sicherheit?«, fragte Tommy.

Evan schluckte. »Ja, ich bin in Sicherheit.«

»Ich zieh mich jetzt zurück. Ruf mich an, wenn ich dich da rausholen soll, okay?«

Der Tahoe ächzte, als Van Sciver sich kampfbereit machte und ein neues Magazin mit einundzwanzig Patronen in sein riesiges Gewehr schob.

»Na klar«, antwortete Evan. Sein Mund war wie ausgedörrt. »Und, Tommy?«

»Was, Kumpel?«

»Danke für alles.«

73. DAS PECHSCHWARZE JENSEITS

Joey stand am Rand des vierten Stockwerks, der Gussbetonboden unter ihren Sohlen fühlte sich solide an, der Basejumping-Rucksack saß sicher auf ihrem Rücken, die Hand hatte sie fest um die Reißleine geschlossen. Von unten drangen die Geräusche eines Feuergefechts herauf, der Knall der Schüsse gedämpft durch die Betonmauer und das laute Rauschen des Verkehrs dahinter. Sie suchte sich eine Stelle auf der anderen Seite der vierzehn Spuren des Freeway aus, auf der sie landen wollte – ein Parkplatz, auf dem zerbrochenes Glas glitzerte. Mit der einsetzenden Dämmerung begann die Stadt, allmählich zu verschwimmen. Bald wäre das Licht ganz verschwunden, und die Dunkelheit wäre hilfreich für ihre Flucht.

Von ihrer hohen Warte aus hatte sie fast das gesamte Geschehen beobachten können. Tommy hatte sich vom Dach der Orellanas gerollt und war verschwunden, lange bevor Candy McClure mit dem Geländewagen oben an der Straße angekommen war. Die Verfolgung könnte sie sich auch sparen, Tommy hatte zu viel Vorsprung.

Blieb noch Evan, eingekesselt ohne eine Waffe, im Duell mit Van Sciver und einem Freelancer. Das letzte Mal, als Joey heruntergespäht hatte, hatten sie strategisch geschickt im 90-Grad-Winkel voneinander Stellung bezogen und nahmen ihn von zwei Richtungen in die Zange, die er unmöglich beide überwachen konnte, selbst wenn er eine Pistole gehabt hätte.

Aber er war Orphan X, und Orphan X fand immer einen Weg.

Also hatte sie sich wie versprochen den Rucksack angezogen und ganz an den Rand auf der anderen Seite gestellt.

Und da stand sie jetzt, die Freiheit nur einen Fallschirmsprung entfernt.

Die Mauer auf der anderen Seite des Freeway zierte ein Wandbild, das die nach Osten fahrenden Autos sehen konnten. César Chávez und Gandhi, Martin Luther King und Nelson Mandela. Ein wildes Durcheinander von Zitaten in verschiedenen Sprachen zog sich über den öden Beton. Ein Satz stach jedoch besonders heraus:

»*Wenn man nichts hat, wofür es sich zu sterben lohnt, hat man auch nichts, für das man gerne leben würde.*«

Sie las ihn zweimal; er berührte etwas tief in ihrem Innern.

Sie verdrängte das Gefühl und trat ein paar Schritte zurück, um Anlauf nehmen zu können.

Dann hörte sie ein anderes Geräusch.

Eine große Maschine, die mit einem dumpfen Poltern ansprang.

Genau in der Mitte des obersten Stockwerks blieb sie zögernd stehen.

Losrennen.

Oder umdrehen.

Sie schloss die Augen, holte tief Luft und hörte eine Stimme in ihrem Kopf, die wie eine Mischung aus Jack, Evan und ihr selbst klang.

Das Sechste Gebot. Hinterfrage deine Befehle.

Sie drehte sich um.

Vorsichtig ging sie wieder zu der Stelle, an der sie vorhin gestanden hatte. Von hier aus hatte sie einen perfekten Blick auf das, was sich unten abspielte.

Van Sciver, geschützt von der offenen Tür des gepanzerten Tahoe, das Gewehr im Anschlag. Evan in seinem Versteck hinter dem zunehmend durchlöcherten Lincoln, seine 1911 auf dem Boden, wo er sie niemals erreichen konnte.

Das Drehwerk des gigantischen Krans auf dem Boden kreischte, als sich der horizontale Ausleger in Bewegung setzte. Der Ausleger fuhr schwankend herum und hielt dann in einer Linie zum Lincoln an. Der riesige stählerne Lasthaken senkte sich und fuhr unter die Tragseile eines Doppel-T-Trägers.

Der Träger stieg in die Luft.

Allerdings nur wenige Meter.

Dann setzte sich die Laufkatze in Bewegung, die die Last vom Zentrum des Krans wegtransportierte. Der Doppel-T-Träger bewegte sich ein Stück und stieß leicht gegen den Lincoln wie ein Rhinozeros, das einen Jeep voll Safari-Touristen antestete. Der

Lincoln kippte auf die Reifen auf der linken Seite, nicht ganz hoch genug, um den Blick auf Evan freizugeben. Dann sackte er wieder runter.

Die Last hatte noch nicht genug Schwung erreicht.

Der Kran kreischte, als die Laufkatze den Doppel-T-Träger vom Auto wieder zurück zum Turm zog. Sie fuhr immer weiter zurück, wie ein gewaltiger Rammbock, der Schwung holte. Der Lincoln stand mitten im Weg, eine leere Konservenbüchse, die auf den Vorschlaghammer wartet.

Wenn man nichts hat, wofür es sich zu sterben lohnt, hat man auch nichts, für das man gerne leben würde.

Joey ließ den Tarnrucksack von ihren Schultern gleiten. Dann betrat sie die Transportbühne und drückte auf den großen roten Knopf, der sie nach unten bringen würde.

Evan wusste, was als Nächstes passieren würde, und in diesem Fall war das nicht von Vorteil.

Der Kran brummte; sein Motor brachte den Boden zum Vibrieren wie ein Erdbeben geringfügiger Stärke. Er reckte den Hals und beobachtete, wie der Doppel-T-Träger am Ende der Schienen ankam und dort stark schwankend innehielt und sich für den Rückweg entlang des Auslegers und geradewegs in die Seite des Lincoln bereit machte.

Sobald die Katze sich wieder in Bewegung setzte, würde der Wagen zur Seite gerissen werden und Evan vollkommen ungeschützt sein.

Nach Evans Berechnung gab es fünf Dinge, die er jetzt tun konnte, aber das Endresultat wäre immer dasselbe: Van Sciver würde ihm einige wohlplatzierte Kugeln in den Oberkörper jagen. Wenn es so weit war, würde sich Evan für eine der Möglichkeiten entscheiden. Sein Instinkt und seine Ausbildung verlangten es von ihm.

Allerdings wusste er diesmal genau, wie die Sache enden würde.

Im Bauaufzug auf dem Weg nach unten sah Joey den Doppel-T-Träger ein gutes Stück unterhalb des Auslegers baumeln. Er hatte den Endpunkt seines Rückschwungs erreicht. Sie drückte so fest auf den Pfeil nach unten, dass ihr der Daumen wehtat. Sie beschwor den orangefarbenen Käfig, sich schneller abzusenken, aber er behielt sein langsames, gleichmäßiges Tempo bei – es war zum Ausrasten.

Der Freelancer im Kranführerhaus kam jetzt teilweise in den Blick – ein horizontaler Ausschnitt mit Stirn und einer Wange. Das Geräusch des nach unten fahrenden Bauaufzugs wurde vom Dröhnen des Drehwerkmotors des Krans geschluckt.

Der Aufzug zockelte langsam nach unten und näherte sich immer weiter der Kranführerkabine. Der Freelancer hatte die Hände um zwei Joysticks ähnelnde Bedienhebel geschlossen.

Er riss die rechte Hand nach vorn.

Der Doppel-T-Träger schoss auf den Lincoln zu, einen Sekundenbruchteil bevor die orangefarbene Gitterkabine mit Joey darin ins Dach des Kranführerhauses krachte.

Zu spät.

Evan konnte zwar nichts sehen, er spürte aber den plötzlichen starken Luftzug, mit dem der Doppel-T-Träger auf den Lincoln zuraste.

Fünf Sekunden bis zum Aufprall, dann vier.

Er musste sich die Reserve-1911 aus dem Kofferraum holen, selbst wenn er dafür riskierte, von Van Sciver erschossen zu werden.

Er sprang auf, sich nur zu bewusst, dass er gerade seinen ungeschützten Oberkörper präsentierte, und griff blitzschnell die ARES aus dem teppichbezogenen Kofferraum. Durch die Löcher im hochstehenden Kofferraumdeckel konnte er Van Sciver in zwanzig Meter Entfernung sehen, die offene, gepanzerte Tür des Tahoe als Schutzschild vor sich.

Er hatte erwartet, direkt in das Rund seines Zielfernrohrs zu blicken als das Letzte, was er jemals sehen würde.

Aber wie durch ein Wunder sah Van Sciver gar nicht in seine Richtung. Er zielte mit dem Gewehr nach oben auf den sich absenkenden Bauaufzug und hielt nonstop darauf.

Die Kugeln prallten Funken schlagend von der Kante des Aufzugs ab, während er langsam das Dach des Kranführerhäuschens eindrückte. In der Sekunde bevor es ganz einbrach und nach unten sackte, sprang der Freelancer heraus. Als der Bauaufzug seinen Weg nach unten fortsetzte, kletterte er die vergitterten Stufen herunter, wobei er schneller vorankam als der Aufzug.

War das etwa Joey in der orangefarbenen Gitterkabine?

Bevor Evan reagieren konnte, raste der Doppel-T-Träger auf ihn zu, ein riesiger, verschwommener Umriss in seinem peripheren Gesichtsfeld.

Er schnappte sich die Ersatz-Pistole aus dem Kofferraum und ging blitzschnell wieder in Deckung.

Gerade war der Lincoln noch hinter ihm, ein solider Schutzwall.

Dann war er verschwunden, und Evan befand sich ohne jeglichen Schutz mitten auf freier Fläche.

Das gewaltige Stück Metall war so dicht an ihm vorübergeschossen, dass der von ihm verursachte Luftzug ihn herumwirbelte und er auf einem Knie landete.

Für einen winzigen Moment hatte Evan den kompletten Überblick.

Der Freelancer am Ende der Kranleiter sprang herunter und würde in ein, zwei Sekunden sein Gewehr gehoben haben.

Van Sciver, zwanzig Meter entfernt, fuhr mit seinem SCAR herum, um Evan ins Visier zu nehmen.

Im nächsten Augenblick würde Evan aus zwei verschiedenen Richtungen als Zielscheibe dienen – eine 7-10-Split-Situation wie im Bowling.

Evan machte, dass er aus der Schusslinie kam, indem er sich zur Seite warf und eine Rolle vorwärts machte, Ellbogen schussbereit angewinkelt, die ARES vor sich gestreckt. Er hatte noch neun Kugeln – acht im Magazin, eine im Lauf.

Kopfüber zielte Evan auf die Lücke unter der Tür des Tahoe. Eine Kugel von Van Sciver zischte an seinem Ohr vorbei, er konnte die Hitze an der Wange spüren.

Evan rollte immer weiter und richtete das Visier aus, während das Ziel sich drehte wie eine Schallplatte. Er gab einen, zwei, drei Schüsse ab, bevor eine Kugel Van Sciver hinten am Schuh streifte und ein ordentliches Stück strapazierfähiges Nylon plus Achillessehne herausriss.

Van Sciver stöhnte auf, hielt sich jedoch auf den Beinen und haute eine weitere Kugel raus, die sich kurz vor Evans Nase in die Erde bohrte und ihm Dreck in die Augen schleuderte.

Evan schoss auf die gepanzerte Tür. Die Wucht der Kugel trieb die Tür zurück in Richtung Wagen und ließ sie mit voller Wucht auf Van Sciver knallen. Der Aufprall raubte ihm kurz die Orientierung, das Gewehr wackelte in seinem Griff hin und her.

Evan nutzte diese Unterbrechung, um sich in eine kniende Position zu katapultieren.

Der Freelancer hatte jetzt eine Scharfschützenhaltung eingenommen: die Beine leicht gespreizt, den rechten Ellbogen an den Brustkorb gepresst, um das Gewehr zu stützen, den Kolben weit oben auf der Schulter, um das Ziel ins Visier zu nehmen.

Evan jagte eine Kugel durch das Zielfernrohr oben auf dem Gewehr und schoss dem Mann den Hinterkopf raus.

Dann wirbelte er blitzschnell zu Van Sciver herum, der gerade erneut seine Waffe hochgenommen hatte, noch immer geschützt durch die gepanzerte Tür.

Evan kam auf ihn zu und schoss wieder auf die Tür; Van Sciver wurde rückwärts gegen den Truck geschleudert. Das Gewehr flog ihm aus der Hand. Evan nutzte seinen Vorteil und feuerte ein weiteres Mal auf die Tür. Van Sciver knallte nochmals gegen den Tahoe, diesmal kam er so auf, dass ein Teil seines Körpers nicht länger in Deckung war.

Van Scivers Kopf befand sich nach wie vor hinter der gepanzerten Tür, aber sein Körper – noch wuchtiger durch die kugelsichere Weste –, war voll zu sehen, wo er hingestürzt war. Es wurde rasch dunkel, aber Evan war bereits nahe genug heran, um ausreichende Sicht zu haben.

Er hatte noch genau eine Kugel.

Er zielte auf den offenen Bereich der Schutzweste, der normalerweise von den herabhängenden Armen verdeckt wurde. Bei Van Scivers Sturz hatte sich die Weste verdreht, sodass sich die ungeschützte Stelle jetzt über seinem Oberbauch befand.

Genau darauf feuerte Evan seine letzte Kugel.

Stoff riss, als die Kugel in Van Scivers Bauch eindrang.

Die Luft wurde ihm aus der Lunge gepresst.

Blut quoll aus dem Einschussloch.

Evan behielt die Pistole im Anschlag, während Bilder aus seiner Vergangenheit auf ihn einströmten.

Jack lehnt sich im Sessel zurück, schließt die Augen und taucht ganz in die Opernmusik ein. Der kleine Evan sitzt zu seinen Füßen und nimmt alles in sich auf, diese seltsamen, wunderschönen Klänge eines anderen Lebens, das jetzt irgendwie auch seines ist.

Van Sciver kämpfte sich in eine sitzende Position hoch und lehnte sich gegen den Tahoe.

Evan warf seine leere Pistole beiseite und kam weiter auf ihn zu. Das Gewehr, das Van Sciver aus der Hand gefallen war, lag zwischen ihnen. Er könnte es aufheben und Van Sciver mit dem Kolben den Schädel einschlagen.

Der Schein des Kaminfeuers fällt flackernd auf Jacks Gesicht, als er Evan griechische Mythologie vorliest. Seine Begeisterung ist ansteckend, und die Geschichten werden lebendig, geflügelte Pferde und nicht zu bewältigende Aufgaben, Gorgonen und Halbgötter, die Unterwelt und die Elysischen Gefilde.

Van Sciver presste sich die Hände auf den Bauch. Er hatte einen Bauchschuss, und die Kugel war in den mittleren Bauchbereich eingedrungen, über dem Bauchnabel und unterhalb des Schwertfortsatzes, wo die Rippen ansetzen. Nach dem grellroten Blut zu urteilen, das Van Sciver zwischen den Fingern hindurchquoll, hatte die Kugel die obere Eingeweidearterie durchtrennt. Alles, was ihn noch zusammenhielt, war die kugelsichere Weste. Eventuell würde sie sogar ausreichen, ihn so lange stabil zu halten, bis er irgendwo auf dem OP-Tisch lag.

Genau deshalb würde Evan ihn auch mit bloßen Händen zu Tode prügeln.

Jack tritt aus dem Hubschrauber ins pechschwarze Jenseits, in seinen Augen ist kein Fünkchen Angst. Was könnte ihn mit so viel Frieden erfüllt haben, als er seinem Tod entgegenfiel?

Van Scivers permanent erweiterte Pupille starrte hinter der Tür hervor; sie glänzte tiefgründig, das Zentrum einer Zielscheibe, das förmlich nach einer Kugel verlangte. Evan stellte sich vor, wie er seinen Daumen hineinversenkte und ihm den Frontallappen zerquetschte.

Evan war bis auf zehn Meter an ihn herangekommen, als ihn etwas abrupt innehalten ließ.

Van Sciver grinste.

Mit einiger Anstrengung hob er den Arm und zeigte auf etwas in Evans Rücken.

Als Evan sich umdrehte, taumelte Joey vor dem halb fertigen Gebäude aus dem Aufzug. Sie hielt sich mit beiden Händen das Bein ein kleines Stück oberhalb des Knies.

Es sah aus, als könne sie sich kaum auf den Beinen halten.

Sie war dabei zu verbluten.

74. DIE FRISCHE IHRER HAUT

Evan stand wie erstarrt zwischen Van Sciver und Joey; sein Körper wurde in zwei unterschiedliche Richtungen gezogen. Nur wenige Schritte vor ihm befand sich der Mann, der Jack getötet hatte. Und fünfzehn Meter hinter ihm krümmte sich Joey zusammen, während langsam das Leben aus ihr herausströmte.

Auf einmal kam es Evan so vor, als stürze er in freiem Fall durch den Nachthimmel, so wie Jack es getan hatte, ohne jegliche Orientierung, alles drehte sich, und weit, weit entfernt leuchteten stecknadelkopfgroß die Sterne.

Er starrte auf den Kolben des Gewehrs auf dem Boden vor ihm, auf die erweiterte Pupille, in die er zu gern seinen Daumen gebohrt hätte.

Van Sciver atmete schwer. »Sieht so aus, als hätte ich ihre oberflächliche Oberschenkelarterie erwischt.«

Evan drehte sich zu Joey um. Sie rang nach Luft, die Beine drohten ihr zu versagen.

Evan zwang sich, den Blick von ihr zu lösen, und machte noch einen Schritt auf Van Sciver zu.

»Sie stirbt«, rief Van Sciver. »Du willst doch sicher bei ihr sein, wenn sie es tut.«

Mit zusammengebissenen Zähnen und wutverzerrtem Gesicht hielt Evan erneut inne.

Er dachte an Jack, der ins Nichts gestürzt war, an seine Bereitschaft, aus einem Hubschrauber zu springen, um Evan zu beschützen.

Das Beste an mir.

Schwankend trat Evan einen Schritt zurück. Dann noch einen. Dann wirbelte er herum und rannte zu Joey.

Hinter sich hörte er Van Scivers Lachen, rau wie Schmirgelpapier. »Genau das ist der Unterschied zwischen mir und dir.«

Evan erreichte Joey, als ihr gerade die Beine wegknickten, und fing sie auf, als sie umsackte.

Er klappte sein Strider-Messer auf und trennte Joeys Jeans auf, sodass das Einschussloch freilag. Da war so unglaublich viel Blut.

Die Oberschenkelarterie, genau wie Van Sciver gesagt hatte.

Evan startete eine Verbindung über das Knochenschall-Headset: »Tommy, du musst herkommen. Sofort. Komm sofort her.«

Seine Stimme kam ihm ganz fremd vor.

Er drückte mit der Hand auf Joeys Bein.

»Verstanden«, sagte Tommy. »Schon unterwegs.«

»*Auf der Stelle*. Wir müssen sie zu einem Arzt bringen.«

Auf der anderen Seite des Baugrundstücks sah Evan zu, wie Van Sciver sich mit den Schultern seitlich am Tahoe hocharbeitete und auf die Beine kam. Dann ließ er sich auf den Fahrersitz fallen.

Der SUV raste davon, durch die Geschwindigkeit fiel die Tür ins Schloss.

»Du hast Van Sciver ... gehen lassen«, flüsterte Joey mit schwacher Stimme.

Evan sah noch einmal Jacks gelassenen Gesichtsausdruck vor sich, als er aus dem Black Hawk gesprungen war, und endlich begriff er, was ihn mit diesem Frieden erfüllt hatte.

Joey blinzelte schläfrig. »Warum ... bist du zurückgekommen?«

Evan nahm einen tiefen Atemzug und musste die Tränen zurückhalten. Dann sagte er: »Das hat mir mein Vater beigebracht.«

Er beugte sich über Joey, die Hand noch immer auf die blutende Wunde gepresst. Der Tahoe war fast nicht mehr zu hören; jetzt wirkte die Senke verlassen, erfüllt von der düsteren Stimmung der späten Dämmerung. Sie befanden sich nur einen Steinwurf vom meistbefahrenen Autobahnkreuz der Welt entfernt, und doch war weit und breit keine Menschenseele.

Sie sah zu ihm hoch, der Blick glasig.

»Du solltest doch springen«, sagte er leise. »Über den Freeway auf die andere Seite. Weg von all dem hier.« Er hatte Tränen in den Augen. »Verdammt noch mal. Was hab ich dir beigebracht?«

»Alles«, flüsterte sie.

Ihr dunkles Haar war zu einer Seite gefallen und gab den Blick auf die kurz geschorene Partie frei. Die entfernten Lichter der Stadt färbten ein paar Strähnen golden, und ihm wurde bewusst, dass er irgendwann im Lauf der Tage und Nächte, die sie gemeinsam verbracht hatten, ihren Geruch genau kennengelernt hatte, diese zitronige Frische ihrer Haut.

»Du bist gut so, wie du bist«, sagte er.

»Du bist in Sicherheit.«

»Du bist es wert.«

Sie presste die Lippen aufeinander. Ein schwaches Lächeln.

Er verstärkte den Druck auf ihr Bein.

Das Licht von Scheinwerfern strich über die Senke hinweg, ein Fahrzeug näherte sich. Es hielt an. Wegen der Grellheit musste er die Augen zusammenkneifen.

Die Fahrertür wurde zugeworfen. Jemand trat vor, dessen Umriss sich dunkel gegen die hellen Scheinwerfer abhob.

Nicht Tommy.

Candy.

Evans letzter Hoffnungsschimmer hatte sich gerade in Luft aufgelöst.

Candy kam näher und musterte die beiden.

»Finde heraus, was sie lieben, und lass sie dafür bezahlen.«

Evan hätte die Hand von Joeys Bein nehmen müssen, um nach dem Messer auf dem Boden zu greifen.

Er entschied sich dagegen.

Er blieb, wo er war, die Hand auf Joeys Wunde gepresst.

Er schloss die Augen und sah seine winzigen Füße in Jacks riesige Fußstapfen im Wald treten. Das war der Weg, den er bestimmt war zu folgen. Ein Weg ins Leben, egal, was es ihn kostete.

Als er die Augen wieder öffnete, stand Candy direkt vor ihm, der Lauf ihrer Pistole nur Zentimeter vor seiner Stirn. In seinen Armen konnte er Joeys Atem spüren, er wurde mit jedem Atemzug schwächer.

Evan fixierte Candy über den Lauf hinweg. »Wenn du mich umgebracht hast, klemm diese Arterie ab.«

Candy schwieg.

»Bitte.«

Die Mündung von Candys Pistole zitterte kaum merklich. Sie verzog das Gesicht.

Evan sah wieder zu Joey hinunter. Kurz darauf nahm er wahr, dass sich die Pistole senkte. Candy verschwand langsam wieder im Licht der Scheinwerfer. Er hörte kaum, wie der SUV wegfuhr.

Joey rang ein paarmal nach Atem. Sie hob die Hand, berührte seine Wange und hinterließ einen verwischten Blutfleck unter seinem Auge. Er konnte ihn dort spüren, wie einen besonders schweren Augenring.

»Ich sehe dich«, flüsterte sie leise. »Du bist immer noch real.«

Als er Tommys Truck hinter sich ruckelnd zum Stehen kommen hörte, verdrehte sie die Augen, sie fielen zu, und ihr Kopf sank zurück in seine Arme.

75. DIE SCHWÄRZE, AUF DIE SIE ZUFUHREN

Evan hatte seine blutüberzogenen Hände in den Schoß gelegt.
Rote Handschuhe.
Tommy fuhr durch die tiefste Nacht. Los Angeles lag lange hinter ihnen, und bis nach Las Vegas war es noch weit.
Sie hatten sich um alles gekümmert, um das sie sich hatten kümmern müssen.
»Ich weiß, wie nahe dir das geht«, sagte Tommy. »Aber wir müssen jetzt klar denken.«
»Geht mir gar nicht nahe«, antwortete Evan. Seine Stimme zitterte.
»Das hier ist jetzt ne Nummer härter«, fuhr Tommy. »Wir müssen von der Bildfläche verschwinden. Für ein paar Wochen, Minimum. Dann schaun wir mal, was aus der Sache rausbrät. Ich hab ein Haus in Victorville, komplett geheim, von dem weiß keiner.«
Evan sah aus dem Fenster. Die Schwärze, die vorüberzog, sah genauso aus wie die Schwärze hinter ihnen und die Schwärze, auf die sie zufuhren.
Tommy redete weiter, aber Evan hörte ihn nicht mehr.

Candy McClure saß mit an die Brust gezogenen Beinen auf dem Teppich in ihrem leeren Safe House. Vor ihren bloßen Füßen lag ihr Handy. Es war nach Mitternacht, und trotzdem hatte sie kein Bedürfnis, das Licht anzuschalten.
Sie wusste nicht, wie lange sie schon so dagesessen hatte. Ihre Oberschenkelmuskulatur und die Unterschenkel taten weh. Selbst ihre Achillessehnen brannten.
Sie hatte gerade, was sensiblere Gemüter eine Gewissenskrise nennen würden.
Das Samsung würde vielleicht klingeln.
Vielleicht würde es auch nie mehr klingeln.
Wenn es doch klingelte, wüsste sie nicht, was sie machen sollte.
Das Ganze war so eine Abwarten-und-Teetrinken-Nummer, aber dafür war sie eigentlich überhaupt nicht der Typ. Zumindest davor nicht.

Was war sie jetzt?

Das Handy vibrierte auf dem Teppich und warf einen blauen Schein auf ihr Gesicht. Die Signal-App schickte ihr den aus zwei Wörtern bestehenden Code.

Van Sciver.

Irgendwie hatte er es geschafft.

Zu ihrer Verwunderung ging sie nicht dran.

Ein Telefon, das niemand abnimmt, scheint ewig zu klingeln.

Schließlich hörte es auf, gegen die Dielen unter dem dünnen Teppich zu klappern.

Sie hob es auf.

Und tippte eine andere Nummer ein.

1-855-2-NOWHERE.

Sie starrte auf das Display. Das leere Haus schien sie auf einmal zu umschließen wie der Brustkorb eines urzeitlichen Monsters.

Bevor sich der Anruf aufgebaut hatte, legte sie auf.

Sie presste sich das Samsung an die Lippen und dachte nach. Dann legte sie es auf den Boden, stand auf und ging aus der Tür.

Sie nahm nichts mit. Und sie machte sich auch nicht die Mühe abzuschließen.

Denn sie würde niemals hierher zurückkehren.

76. ETWAS AUSDRUCKSLOSES UND MONOTONES

Van Sciver lag in seinem Bett auf der Intensivstation, sein unrasiertes Gesicht war leichenblass. Ein gräulicher Schweißfilm lag auf seiner Haut, während er mit zuckenden Augenlidern vor sich hindöste. Der Schlauch eines Urinkatheters schlängelte sich zwischen seinen Beinen. Ein Monitor überwachte seine Herzfrequenz, die Sauerstoffsättigung seines Blutes, die Atemfrequenz und ein halbes Dutzend andere Vitalparameter. Er wurde parenteral ernährt, und ein zentralvenöser Katheter links an seiner Brust versorgte ihn mit Nährstoffen und Vitaminen aus einem Beutel mit grellgelber Flüssigkeit.

Er hatte ein Einzelzimmer, und die Vorhänge rund um das Bett waren wegen der verglasten Wände und der Tür zugezogen, um für ein wenig Privatsphäre zu sorgen.

In einer Hand hielt er das Samsung.

Als es einen Hinweiston von sich gab, wachte er auf.

Die Signal-App. War das Candy, die endlich wieder Kontakt aufnahm?

Schwach hob er das Handy ans Ohr. »Codewort?«

Die Stimme von Orphan X sagte: »Hinter dir.«

Van Sciver hörte das Gesagte in Stereo. Durch das Telefon, natürlich. Aber die Stimme kam gleichzeitig aus diesem Zimmer.

Evan trat in Van Scivers Gesichtsfeld und ließ sein Handy auf das Bettzeug fallen. Van Sciver starrte ihn mit offenem Mund an, den Kiefer leicht zu einer Seite verschoben.

Evan nahm ihm das eigene Samsung aus der kraftlosen Hand.

Ihn zu finden war nicht einfach gewesen. Aber so schwer dann auch wieder nicht.

Ohne sofortiges chirurgisches Einschreiten beeinträchtigte eine Verletzung der Baucharterie die Blutzirkulation, was wiederum bedeutete, dass dem Patienten in den meisten Fällen der Dünndarm großflächig abstarb.

Dünndarmtransplantationen waren selten und Spender noch seltener, aber dank der ihm zur Verfügung stehenden

Ressourcen hatte Van Sciver sich einen Platz ganz vorn auf der Liste sichern können. Aufgrund der Schwere seiner Verletzung wäre es ihm unmöglich gewesen, weit zu reisen. Das UCLA Medical Center war die einzige Klinik im Großraum Los Angeles, die Dünndarmtransplantationen an Erwachsenen durchführte.

Ohne die Hilfe von Joey hatte sich Evan ziemlich anstrengen müssen, um sich in das EPIC-Patientenaktensystem der UCLA zu hacken. Aber einmal geschafft, hatte er herausgefunden, dass am 4. Dezember, also vor zwei Wochen, ein ungenannter Patient aufgenommen worden war, für den es scheinbar keine Krankenakte gab.

Evan trat vorsichtig ein Stück näher, sodass Van Sciver ihn sehen konnte, ohne sich zu sehr anstrengen zu müssen.

»Ich bin wirklich zurück zu Joey gegangen«, sagte Evan. »Und das ist tatsächlich der Unterschied zwischen uns beiden. Weißt du, was noch ein Unterschied ist? Du liegst jetzt in diesem Bett. Und ich bin der, der davorsteht.« Er hielt eine leere Spritze hoch. »Mit der hier.«

Van Sciver sah hilflos hin. Mit einer Hand tastete er in den verwühlten Laken herum und zog den Schwesternknopf hervor. Er drückte ein paarmal hintereinander darauf.

»Den hab ich ausgestöpselt«, informierte ihn Evan. »Dann habe ich dir eine Weile beim Schlafen zugesehen.«

Durch die Spalte im Vorhang konnten sie auf dem Gang über Krankenberichte gebeugte Ärzte und Pflegepersonal vorbeieilen sehen. Evan wusste, dass Van Sciver nicht um Hilfe rufen würde. Denn die würde nicht rechtzeitig eintreffen, und außerdem war er zu stolz.

Besiegt, erschlaffte Van Scivers Gesicht. In seiner zerstörten Pupille schwebte eine milchig-trübe unregelmäßige Sternform, die an eine entfernte Galaxie erinnerte.

Evan beugte sich über ihn und drückte den Schlauch zusammen, der in den zentralvenösen Katheter führte, sodass keine neongelbe Nährlösung mehr in Van Scivers Brust gelangte.

»Du hast Jack getötet, um an mich ranzukommen«, sagte Evan. »Gratuliere. Hier bin ich.«

Oberhalb des Knicks und somit näher an Van Sciver steckte er die Nadel in den Schlauch.

Gemeinsam beobachteten sie, wie die Luftblase durch den Schlauch in Richtung Van Scivers Brust wanderte. Sie würde über die Zentralvene in sein Herz transportiert werden und dort eine Embolie verursachen. Die kleine Kugel aus Luft schob sich Stück für Stück weiter auf ihn zu.

Ein resignierter Ausdruck trat auf Van Scivers Gesicht. Er sagte: »Es ist, was es ist, und mehr gibt's dazu nicht zu sagen.«

»Nein«, entgegnete Evan. »Es ist viel mehr als das.«

Die kleine Luftblase glitt aus dem Schlauch in Van Scivers Brust.

Kurz darauf ging ein Zittern durch seinen Körper.

Die linke Pupille erweiterte sich und sah jetzt aus wie ihr Pendant.

Das Konzert aus Piep- und Brummlauten, das vom Monitor ausging, wurde zu etwas Ausdruckslosem und Monotonem.

Als Ärzte und Schwestern ins Zimmer stürzten, fanden sie nur einen reglosen Leichnam vor. Sonst war der Raum leer.

77. ORIGINAL S.W.A.T.

Sie erinnerte sich, dass zwei Männer sich in der Dunkelheit um sie gekümmert hatten. Der eine roch nach Seife und Schweiß, der andere verbreitete eine Wolke aus Zigarettenrauch und Kautabak in der Geschmacksrichtung Wintergreen. Auch ein Krankenzimmer, aber nicht in einem Krankenhaus, und ein oder zwei Ärzte waren ihr durch den von den vielen Medikamenten ganz vernebelten Kopf geisttert.

Jetzt sah sie hinaus auf das sensationelle Panorama vor dem Fenster ihres Zimmers: der Luganer See und die schneebedeckten Alpen. Es war ein englischsprachiges Internat für die Kinder wohlhabender Leute, eine Bevölkerungsschicht, zu der sie jetzt wohl auch zählte. Siebenhundertdreiundneunzig Schüler aus zweiundsechzig verschiedenen Ländern mit vierzig verschiedenen Muttersprachen.

Ein hervorragender Schmelztiegel, in dem sie nicht weiter auffallen würde.

Laut Reisepass und Ausweisdokumenten war sie achtzehn, also volljährig, was bedeutete, dass sie sich selbst um ihre Angelegenheiten kümmern konnte. Ihre Tarnung war umfassend und vollkommen wasserdicht. Vor Kurzem hatte sie ihre Eltern verloren. Ein für sie eingerichteter Treuhandfonds operierte ähnlich wie ein Wasserhahn, der jedes Jahr ein wenig mehr aufgedreht wurde. Nach den nur zu verständlichen emotionalen Belastungen infolge ihres noch nicht lange zurückliegenden Verlustes wiederholte sie hier verpassten Lehrstoff. Sie würde den Unterricht im zweiten Halbjahr besuchen, das in ein paar Wochen anfing.

Das Schulgelände war spektakulär, das Angebot allem Anschein nach unendlich. Es gab ein Abfahrtski-Team und Reitunterricht und Kickboxing; bei Letzterem würde sie aufpassen müssen, nicht zu sehr über die Stränge zu schlagen.

Heute war die Einschreibung, eine einfache Zeremonie. Ihre Mitbewohnerin, eine unfassbar nette Holländerin, würde sie gleich abholen.

Sie stellte einen Fuß aufs Bett und beugte sich darüber, um das Narbengewebe zu dehnen. Das Letzte, an das sie sich erinnerte, bevor sie das Bewusstsein verlor, war Evan, der sich über sie beugte und ihr die Hand auf das Bein presste, um den Blutverlust zu stoppen.

Und sie so fest hielt, dass sie nicht gestorben war.

Sie würden sich nie wiedersehen können. Weil er der war, der er war, war es zu riskant, und er wollte sie um keinen Preis noch einmal irgendeiner Gefahr aussetzen.

Aber er hatte ihr das hier geschenkt.

Ein ganz neues Leben.

Sie machte das Fenster auf und atmete die frische Luft, die sauberer war als alles, was sie bislang kennengelernt hatte.

Es klopfte.

Sie machte die Tür auf und hatte mit Sara gerechnet, stattdessen war es der Hausmeister der Schule, ein freundlicher Herr mit trockenen, geröteten Wangen. Er reichte ihr ein längliches Paket, das in einfaches braunes Packpapier eingewickelt war, und sagte mit einem leichten Akzent: »Das ist für Sie gekommen, Ms. Vera.«

»Danke, Calvin.«

Sie nahm das Paket mit hinüber zum Bett und setzte sich. Es stand kein Absender darauf. Laut der diversen Poststempel war es durch die Hände mehrerer Postnachsendeunternehmen gegangen.

Sie riss das braune Papier ab und sah, dass es sich um einen Schuhkarton handelte. Auf dem Deckel stand: ORIGINAL S.W.A.T-BOOTS.

Ihr Herz tat einen Sprung.

Sie öffnete den Karton.

Darin befanden sich Dutzende und Aberdutzende akkurat aufgereihter, zugeklebter Briefumschläge mit Inhalt.

Mit zittriger Hand nahm sie den ersten Umschlag heraus.

Auf der Vorderseite stand in säuberlicher Druckschrift: JETZT ÖFFNEN.

Sie fuhr mit dem Finger unter der Lasche auf der Rückseite entlang und zog eine einfache weiße Karte heraus. Sie klappte sie auf.

Darauf stand in derselben Druckschrift:
HEUTE IST DEIN ERSTER TAG. VERSUCH, NICHT ZU VIEL CHAOS ANZURICHTEN.
x
Sie hielt sich die Hand vor den Mund. Und starrte auf die Nachricht und dann wieder auf den Karton mit den Briefumschlägen. Auf dem zweiten Umschlag stand WEIHNACHTEN.

Als sie die Karte zurück in den Umschlag steckte, entdeckte sie Buchstaben auf der Rückseite.

D.B.I.S.

D.W.G.

Sie brauchte einen Moment, bis sie wusste, was sie bedeuteten. Es waren die Worte, die der junge Vater im Park zu seinem Neugeborenen gesagt hatte, als sie aus dem Ohr blutend an ihnen vorbeigetaumelt war.

Du bist in Sicherheit.

Du wirst geliebt.

Jetzt klopfte es erneut, und sie wischte sich die Tränen ab.

Saras freundliche Stimme drang durch die Tür. »Bist du so weit?«

Joey schob den Karton unters Bett und stand auf.

»Ja«, sagte sie. »Ich bin so weit.«

78. DER MÜHE WERT

Als Evan die Lobby des Castle Heights durchquerte, blickte Lorilee von ihrem Briefkasten auf und sah zu ihm herüber. Der Freund war nirgends zu sehen. Sie lächelte Evan an, und in dem Lächeln lag alles, was sie ihm sagen wollte.

Er nickte und nahm ihren Dank entgegen.

Dann stand er vor dem Tresen des Sicherheitsdienstes gegenüber der Aufzüge. »Bitte in den Einundzwanzigsten, Joaquin.«

Joaquin sah hoch, die Kappe mit dem Logo der Sicherheitsfirma schief auf dem Kopf. »Hey, Mr. Smoak. Lange nicht gesehen.«

Evan schnitt eine Grimasse. »Viele Vertriebskonferenzen.«

»Zum Glück gibt's ja Wochenenden.«

»Sie sagen es.«

Hinter ihm sagte jemand: »Bitte auch in den Zwölften, Joaquin.«

»Na klar doch, Mrs. Hall.«

Evan hielt die Aufzugtüren auf, und Mia schlüpfte an ihm vorbei, ihre Locken berührten ihn an der Wange.

Die Türen schlossen sich, und sie sahen einander an.

Er bemühte sich, das Muttermal an ihrer Schläfe auszublenden. Und den Schwung ihres Halses. Und ihre Unterlippe.

»Vertriebskonferenzen.« Ein spitzbübisches Grinsen. »Fragst du dich nicht manchmal, welche Identität die richtige ist?«

»In letzter Zeit immer öfter.«

Jetzt lächelte sie richtig, dieses besondere Mia-Lächeln, das ihm direkt ins Herz ging. »Wie geht's dir, Evan? Wirklich, wie geht's dir?«

»Gut. Mir geht's richtig gut.«

Und es stimmte tatsächlich.

Endlich, nach all den Jahren, war Charles Van Sciver Geschichte. Alles, was noch von ihm übrig war, war das Samsung in der rechten Vordertasche von Evans Cargohose, das ihm gegen das Bein drückte.

Andere Dinge waren auch zu einem guten Abschluss gebracht worden.

Auf Benito Orellanas nächster Kreditkartenabrechnung würde die Summe von 0 Dollar erscheinen, die Schulden für die Krankenhausrechnungen seiner Frau wären bezahlt. Er würde immer noch die erste Hypothek abbezahlen müssen, aber der zweite Kreditgeber, der ihm die mörderische Rate angedreht hatte, war ausbezahlt worden. Ein bedauernswerter Buchungsfehler im System ebendieses Kreditgebers hatte eine sechsstellige Summe von dessen Treuhandkonto verschwinden lassen.

Am heutigen Morgen hatte das McClair-Heim in Richmond eine anonyme Spende erhalten, die zufällig genau mit der fehlenden Summe auf dem Treuhandkonto übereinstimmte. Das Geld war bereits für die Verbesserung der Lebensbedingungen, der Pflege und der Sicherheitsvorrichtungen vorgemerkt worden.

Außerdem könnte man damit verdammt viele Lego-Snowspeeder kaufen.

Das Paket mit den Briefen, das Evan verschickt hatte, würde heute ankommen und einem sechzehnjährigen Mädchen auf der anderen Seite der Welt dabei helfen, sein neues Leben in Angriff zu nehmen.

Jack hatte Evan immer beigebracht, dass es nicht schwer war, jemanden umzubringen. Schwer wurde es erst, wenn man dabei seine Menschlichkeit bewahren wollte. Ersteres konnte Evan richtig gut. Und so langsam gelang ihm auch das Zweite viel besser.

Es war auf jeden Fall der Mühe wert.

»Wirklich traurig, dass es mit uns nicht so geklappt hat, wie wir gehofft hatten«, sagte Mia.

»Finde ich auch.«

»Peter vermisst dich. Ich auch.«

Evan stellte sich ein anderes Leben vor, in dem er ein anderer Mann für die beiden hätte sein können. Und für sich selbst.

»Ich muss auf ihn aufpassen«, sagte Mia. »Egal, was ich vielleicht für mich selber will, ich muss ihn um jeden Preis beschützen.«

»Das verstehe ich«, antwortete Evan.

Sie sah ihn mit schräg gelegtem Kopf an, sichtlich gerührt. »Wirklich?«

»Ja. Wirklich.«

Sie waren im zwölften Stock angekommen, die Türen gingen auf, und Mia stieg aus. Sie drehte sich wieder zu ihm um, als wolle sie noch etwas sagen, aber eigentlich war alles gesagt.

Das Gefühl kannte er.

Dann schlossen sich die Türen wieder und trennten sie voneinander.

Evan fuhr hinauf in sein Stockwerk und ging ins Penthouse. Er lief schnurstracks zum Gefrierschrank und nahm die Schatulle aus Walnussholz heraus. Nachdem er die mundgeblasene Glasflasche geöffnet hatte, schenkte er sich zwei Fingerbreit Stoli Elit: Himalayan Edition ein, der etwa zweihundert Dollar pro Fingerbreit kostete.

Er hatte es sich verdient.

Das Penthouse fühlte sich riesig und leer an. Auf der Küchentheke war noch ein angetrockneter Ring von Joeys Orangensaftglas. Den würde er morgen früh wegschrubben müssen. Er dachte an das Chaos von Computerteilen, das im Tresor auf ihn wartete – ein Symbol für die wundervolle Vielschichtigkeit in Joeys Kopf. Es würde Tage dauern, bis er den ganzen Kram sortiert hatte.

Am Fuß der Wendeltreppe zum Loft hielt er inne. Selbst hier unten war ihr Fehlen deutlich spürbar; es lag eine unnatürliche Ruhe in der Luft. Er ertappte sich dabei, wie er lauschte, ob er das Klacken ihres Speedcubes hören konnte. Oder einen Kinderdrachen, der an sein Schlafzimmerfenster stieß.

Aber ab jetzt würde hier immer eine solche Stille herrschen.

Während er langsam zu der großen Fensterfront schlenderte, ließ er sich den ersten Schluck die Kehle herunterbrennen, exquisit und reinigend. Er sah hinaus auf all die Apartments im Wohngebäude gegenüber. Die Familien zündeten jetzt langsam die Lichter der Weihnachtsbäume an.

Er hörte Jacks Stimme in seinem Kopf: *Ich hab dich lieb, mein Junge.*

Evan hob sein Glas zu einem Toast. »Verstanden«, sagte er laut und deutlich.

Erst nachdem er die zwei Fingerbreit Wodka getrunken und

sein Glas gespült und es wieder zurück in den Schrank gestellt hatte, nahm er Van Scivers Samsung aus seiner Hosentasche.

Und wieder las er die letzte SMS vom 4. Dezember.

VS: NACHDEM ICH X ERLEDIGT HABE, DARF DAS MÄDCHEN LEBEN?

Die Antwort: NIEMAND DARF ÜBERLEBEN.

Der Absender hatte das Kürzel DR verwendet.

Dark Road.

Unglaublich, dass jemand in einer so hohen Position so viel riskieren würde wegen eines Einsatzes, den Evan vor neunzehn Jahren ausgeführt hatte. Er wusste nicht, wo die feinen Fäden dieses Auftrags hinführten, aber er hatte fest vor, sie bis zum Ende zu verfolgen. Ohne Zweifel würden sie bis ganz an die Spitze der Nahrungskette führen. Dorthin, wo die Dunkelheit war. Und das Geld.

Das Thema hatte er Joey gegenüber selbst angesprochen: *Wie viel ist ein Regimewechsel wert? Eine wohlplatzierte Kugel kann den Kurs einer Nation verändern. Das Kräftegleichgewicht dahingehend beeinflussen, dass sich die Interessen eines Landes mit denen unserer Regierung decken.*

Während seiner Zeit als Orphan hatten einige dieser wohlplatzierten Kugeln aus seiner eigenen Waffe gestammt. Vielleicht hatte die Kugel, die er 1997 abgefeuert hatte, auch dazugehört.

Wie er wusste, war er nur ein Glied in einer Kette gewesen, und er würde sich jetzt der Aufgabe widmen, den genauen Verlauf dieser Kette zu untersuchen und herauszufinden, wie weit nach oben sie reichte.

Er starrte noch einmal auf die SMS: NIEMAND DARF ÜBERLEBEN.

Und es gab noch etwas anderes, dem er sich widmen wollte.

Er ging hinüber zur Kochinsel, wo das rote Notizbuch lag. Er schlug es auf. Auf der Seite, die Joey mit Bleistift geschwärzt hatte, hob sich hell die Schrift ab.

»6-1414 Dark Road 32.«

Eine Telefonzentrale. Ein Codewort. Eine Durchwahl.

Er nahm das RoamZone heraus.

Und wählte die Nummer.

Auf dem *Resolute*-Schreibtisch klingelte das mittlere der drei schwarzen Telefone.

Präsident Bennett hatte nicht davor gesessen und gewartet.

Er war allein auf dem Sofa sitzen geblieben, ein Glas Premier-Cru-Bordeaux in der legendär ruhigen Hand.

Keine einzige Schweißperle glänzte auf seinen grau melierten Schläfen. Sein Atem war ruhig und gleichmäßig. Die letzten Wochen hätten einen schwächeren Mann in ein nervöses Wrack verwandelt, aber er war Jonathan Bennet, und sein Körper gehorchte seinem Willen.

Er durchquerte das Oval Office und nahm den Hörer ab.

Und schwieg.

Eine Stimme sagte: »Sie hätten 1997 ruhen lassen sollen.«

Bennett ließ die obligatorischen zwei Sekunden verstreichen, dann entgegnete er: »Wenn Sie Nachforschungen anstellen, werde ich Sie vernichten.«

Orphan X ließ seinerseits die Bennett'schen zwei Sekunden verstreichen und hängte noch ein paar dran. Schließlich sagte er: »Ich glaube, Sie missverstehen den Zweck dieses Anrufs, Mr. President. Nachforschungen anzustellen reicht mir nicht.«

»Was soll das heißen?«, fragte Bennett. Erst dann fiel ihm auf, dass er zu schnell geantwortet hatte.

Die Stimme in der Leitung sagte: »Sie haben grünes Licht für den Tod von Jack Johns gegeben. Und für den des Mädchens. Wie auch für unzählige andere.«

Bennett rückte seine Brille zurecht; sein Nasenrücken fühlte sich auf einmal rutschig an. »Ich höre.«

»Hiermit gebe ich grünes Licht für Ihren«, sagte Orphan X.

Ein Klicken ertönte, dann war die Leitung tot.

Bennett nahm einen tiefen Atemzug. Dann noch einen. Er legte den Hörer zurück auf die Gabel, umrundete den *Resolute*-Schreibtisch, setzte sich und legte die Hände auf die Schreibtischunterlage.

Sie zitterten.

DANKSAGUNG

Trotz seiner Neigung, allein zu agieren, erhält Evan Smoak jede Menge Luftunterstützung. Ich schulde meinem Team und meinen Beratern ein riesengroßes Dankeschön.

An erster Stelle gebührt mein Dank meinem lieben Freund Billy Stojack, der mich zu der Figur von Tommy inspiriert hat. Wenige Monate bevor dieses Buch erschien, ist er verstorben. Er war ein zartfühlender Mensch im von Kampfverletzungen gezeichneten Körper eines Kriegers. Ich kann gar nicht oft genug darauf hinweisen, wie viel Orphan X und die Welt, die ich für ihn erschaffen habe, diesem Mann verdanken. Billy hat mir nicht nur seinen Nachnamen geliehen, den man gar nicht besser erfinden kann, sondern hat mich auch auf jegliche Schusswaffe gebracht, die Evan verwendet – angefangen bei Combat-Schrotflinten bis hin zu sonderangefertigten 1911-Pistolen und sogar ein paar Whathappens-in-Vegas-stays-in-Vegas-Waffen, die ich an dieser Stelle gar nicht erwähnen will. Er war ebenso geduldig wie liebenswürdig. Ich hoffe, er ist irgendwo da draußen und raucht seine Camel Wide, spuckt Kautabak, schlürft Kaffee und lächelt sein Tommy-Lee-Jones-Lächeln, dieses herzliche Lächeln, bei dem sich die kleinen Fältchen um seine Augen kräuseln. Und ich hoffe auch, dass ich ihm in diesem Buch gerecht geworden bin und in all denen, die noch folgen.

Ich habe das große Glück, ein herausragendes Team bei Minotaur Books zu haben. Mein Dank geht an Keith Kahla, Andrew Martin, Hannah Braaten, Hector DeJean, Jennifer Enderlin, Paul Hochman, Kelley Ragland, Sally Richardson und Martin Quinn.

Und ebenso danke ich Rowland White und seinem Team bei Michael Joseph/Penguin Group UK sowie meinen anderen Verlagen im Ausland, die Evan auf Einsätze um die ganze Welt geschickt haben.

Mein Dank geht ebenfalls an meine Repräsentanten: Lisa Erbach Vance und Aaron Priest von der Aaron Priest Agency; Caspian Dennis von der Abner Stein Agency; Trevor Astbury, Rob Kenneally, Peter Micelli und Michelle Weiner von der Creative Artists Agency; Marc H. Glick von Glick & Weintraub sowie Stephen F. Breimer von Bloom, Hergott, Diemer et al.

Mein Dank geht natürlich auch an meine Spezialisten, was den Inhalt angeht: Geoff Baehr (Hacken), Philip Eisner (Frühwarnsystem), Dana Kaye (Propaganda), Dr. Bret Nelson und Dr. Melissa Hurwitz (medizinisches Fachwissen), Maureen Sugden (IQ), Jake Wetzel (Cubing) und Rollie White (Geografie).

Und natürlich an meine Familie. Mit den Worten der Beach Boys, jener Schutzheiligen der Sonnenverwöhnten und vom Glück Begünstigten: God only knows what I'd be without you.